Im Kreis des Mael Duin

Zum Buch

Arrat Keswick ist ein Offizier, wie er im Buche steht. Er ist pflichtbewußt, treu und denkt an seine Untergebenen, doch sein letzter Feldzug endet in einer Katastrophe. In seine Stadt Scaven zurückgekehrt, muß er mit der Todesstrafe rechnen. Aber sein General hat anderes vor. Er schickt Arrat in den Norden, wo eine neue, unglaubliche Bedrohung für die Menschen lauert. Angeblich haben Draaks Dörfer angegriffen – angeführt wurden sie von einem Lharen, obschon diese magischen Wesen bisher Verbündete der Menschen waren. Noch ehe Arrat die Stadt verlassen hat, beginnen die Schwierigkeiten: Sein Diener wird hinterrücks ermordet – und ihm wird befohlen, den Kriegerfürsten Sardeik mitzunehmen, seinen ärgsten Todfeind.

Zur Autorin

Helga Glaesener, 1955 geboren, hat Mathematik studiert und ist Mutter von fünf Kindern. Gleich ihr erster Roman »Die Safranhändlerin« schaffte den Sprung auf die Bestsellerlisten. Im Herbst 1998 erschien ihr zweiter historischer Roman »Die Rechenkünstlerin«.

Helga Glaesener lebt in Aurich, Ostfriesland.

Helga Glaesener

Im Kreis des Mael Duin

Roman

Econ & List Taschenbuch Verlag

Veröffentlicht im Econ & List Taschenbuch Verlag 1998

Der Econ & List Taschenbuch Verlag ist ein Unternehmen
der Econ & List Verlagsgesellschaft, München

Originalausgabe

Umschlagkonzept: Büro Meyer & Schmidt, München – Jorge Schmidt
Umschlagrealisation: Init GmbH, Bielefeld
Titelabbildung: Agentur Schlück, Garbsen
Lektorat: Reinhard Rohn
Gesetzt aus der Caslon, Linotype
Satz: Josefine Urban – KompetenzCenter, Düsseldorf
Druck und Bindearbeiten: Ebner Ulm
Printed in Germany
ISBN 3-612-27574-7

Im Kreis des Mael Duin

I

»Eine Schande nenn' ich das, Herr.« Mart spie aus und deutete hinunter in die Ebene auf die verwitterte, graue Festungsstadt Gorrota, die mit ihren Wachtürmen und Wehrgängen und Mauervorsprüngen wie ein bizarr geformter Fels in den Gewitterhimmel ragte. »Da sitzen sie wie Madengewürm im Speck, tun nichts als fressen und saufen und lassen unsereins für sich bluten. Und wenn sie den fetten Hintern mal bewegen, dann nur, um denen, die was schaffen, Knüppel zwischen die Beine zu werfen.« Er schnaufte zornig, zog an den Zügeln und spähte über die Schulter zu seinem Hauptmann. Als keine Antwort kam, fuhr er verdrossen fort: »Außerdem wird's bald losbrechen. Sauwetter, das! Wir schaffen's garantiert nicht mehr.«

Arrat Keswick verzog das Gesicht. Normalerweise ließ er seinen Burschen reden, wie er wollte. Aber er hatte Schmerzen. Dort, wo er sich die Nackenwunde eingefangen hatte, rieb der Schultergürtel am Schorf. Außerdem schwitzte er, mit jedem Atemzug kamen ihm winzige Gewittermücken in die Nase. Und – nicht zu vergessen – einen Krieg hatte er auch gerade verloren. Gereizt trieb er sein Pferd an dem Begleiter vorbei.

Der Weg schlängelte sich den Berg hinab, bis er auf die Heeresstraße stieß, die schnurgerade durch die Felder auf das mächtige Haupttor der Stadt zulief. Arrat ließ seinem Pferd die Zügel. Auf halber Strecke überholte er ein Weib mit einem Bündel Holz auf dem Rücken, dann, weiter unten, ein paar Bauern, die hastig eine Plane über das Getreide auf ihrem Karren zogen. Am Himmel blitzte es grell auf. Über den Wolken begann es zu grollen, als brause dort eine Geisterarmee entlang. Man konnte den Regen schon riechen.

»Da haben wir's, Herr.« Mart war es gelungen, seinen Hauptmann einzuholen. »Ich meine, wir sollten uns endlich unterstellen!«

»Drei Schritt vor der Stadt? Blödsinn. Die paar Tropfen werden dich nicht umbringen.«

»Wie Ihr meint, Herr«, entgegnete Mart beleidigt. Sie hatten die Hauptstraße erreicht. Er mußte die Stimme heben, um das Klappern der Hufe auf dem Kopfsteinpflaster zu übertönen. »Habt Ihr eigentlich gehört«, brüllte er, »was sie da in den Wagenmeistereien geredet haben? In Scaven, meine ich? Die sagen, daß die Stadt voll von Edlen ist. Allein gestern und vorgestern sind dort ... so wartet doch, Herr. Fünf Ratsherren haben in Scaven haltgemacht! Und Winterman und tem Goork sollen schon seit letzter Woche in der Stadt sein. Ich weiß ja nicht, aber ... also in meinen Ohren klingt das, als hätten sie den Großen Rat einberufen und ... hört Ihr mir überhaupt zu, Herr?«

»Ja.«

»Den Großen Rat! Das hatten wir seit dem Angriff auf Corvigne nicht mehr.«

Ein Blitz flammte auf. Bruchteile von Sekunden schwebten die Spitzen der Türme wie lodernde Pfeile über der Stadt, bis ein gewaltiger Donnerschlag sie wieder in die Farblosigkeit zurückstieß.

»Manchmal denke ich, Ihr wollt mich nicht verstehen«, schrie Mart gegen das Grollen an. »Dabei reden sie überall davon. Von Thyram, meine ich. Daß Ihr den Pass verloren habt. Und daß Sardeik mit seinen Mistkerlen vielleicht schon im Herbst vor Gorrota stehen wird. Und jetzt haben sie Euch hierherbefohlen, und der ganze verfluchte Rat wartet auf Euch und ... und Ihr, Herr, Ihr ...« Er warf seinem Hauptmann einen verzweifelten Blick zu und platzte dann heraus: »Ihr schweigt und schweigt und schweigt!«

Arrat spürte die ersten Regentropfen am Hals. Die wenigen Minuten bis zum Stadttor würden ausreichen, sie bis auf die

Haut zu durchnässen. Er streifte seine Jacke ab, rollte sie zusammen und stopfte sie unter den Mantel, den er hinter sich aufs Pferd geschnallt hatte.

»Natürlich«, knurrte Mart, »es geht mich nichts an. Ich bin nichts als ein blöder Stiefelputzer. Sagt schon, daß ich das Maul halten soll.«

»Ja, bitte, tu das. Ich habe meine Befehle von Gny-Kobe. Und der will, daß ich nach Gorrota kommen soll, und damit ...«

»... reitet Ihr direkt in Euer Unglück!« Marts freundliches Vollmondgesicht bebte vor Kummer und Zorn. »Ihr tut, Herr, als wüßtet Ihr nicht, wie es um Euch und den Rat steht. Sie warten doch seit Ewigkeit drauf, Euch eins auszuwischen. Haben's ja auch schon oft genug versucht. Und nun habt Ihr Thyram an Sardeik verloren, und den Paß dazu, und daraus werden sie den Strick drehen, an dem Ihr baumeln sollt. Und es wird sie einen verdammten, verfluchten Dreck kümmern, wer die Schuld an allem hat. So ist's doch, Herr.«

»Nein.«

Mart riß die Augen auf.

»Hauptleute werden nicht gehängt. Alles, was im Rang über dem Leutnant steht, wird mit dem Schwert ins Jenseits befördert.«

»Oooh! Als wenn das ein Unterschied wär! Verzeiht, Herr, aber es macht mich schier wahnsinnig, wenn Ihr so daherredet!«

Arrat zuckte die Achseln ...

»Es ist ungerecht! Die Finger habt Ihr Euch wundgeschrieben, daß Thyram ohne Truppennachschub nicht zu halten ist. Jeder andere hätte die Stadt schon vor Monaten verloren. Das sagen sie alle. Ohne Eure Klugheit ...«

»Jetzt redest du Mist, Mart. Seit wann erhebt die Armee den Anspruch, gerecht zu sein?«

»Aber ... was habt Ihr dann noch mit ihr zu schaffen? Ich meine, sie tun's doch nur, weil sie Euch heimzahlen wollen ...«

Mart stockte. Die Haut unter seinen Bartstoppeln begann sich zu verfärben. »Es stößt ihnen eben auf, daß Ihr ... ja, ich meine, daß Ihr nun einmal nicht von edler Geburt seid«, stieß er hervor. »Ein Bauer eben. Und daß Gny-Kobe Euch trotzdem den Befehl über die Nordtruppen gegeben hat. Und ihre Söhne Euch gehorchen müssen. Und daß Ihr dabei auch noch so ... «, er geriet von neuem ins Stottern, »so ... so verflucht stolz seid, wenn Ihr mir das verzeihen wollt.«

»Ach!« Arrat warf ihm einen überraschten Blick zu. »Stolz bin ich?«

»Aber gewiß, Herr!« Sein Bursche gab es auf, sich zu winden. »Warum sonst habt Ihr es ihnen abgeschlagen, als sie Euch die Stadtwürde verleihen wollten? Und warum kleidet Ihr Euch in dieses Leder- und Wollzeug, wo doch alles, was auf sich hält, in Seide geht?« Sein bekümmerter Blick wanderte zu Arrats langen, schwarzen Haaren, die dieser nach Art der Bauern im Nacken mit einem Lederband zusammengebunden hatte. »Ihr tragt keine Perücke aus Ziegenhaar ... «

»Wenn die Schöpfung gewollt hätte, daß ich mit Ziegenhaaren herumlaufe, dann hätte sie mich zweifellos mit zwei Hörnern und vier Beinen ausgestattet.«

Mart ließ sich nicht ablenken. »Und wenn ich dran denke, wie grob Ihr zu ihnen wart, als sie Euch befohlen hatten, aus Cedeville abzurücken. Alle haben's gehört, wie Ihr zu ihrem Boten gesagt habt, er soll sich mit dem Befehl den ... Ach, Herr, warum könnt Ihr nicht ein bißchen gefälliger sein? Wir bücken uns alle vor unseren Herren.«

»Jetzt fängt es an, langweilig zu werden.«

»Gut, ich schweige. – Nein, Herr, ich schweige nicht! Wenn wir nämlich erst durch das Stadttor geritten sind, dann seid Ihr tot. Das wißt Ihr so gut wie ich. Aber ... « Mart unterbrach sich. Glühende Röte kroch in seine Wangen. Er knetete die Zügel in den Händen und bemerkte in seiner Aufregung nicht einmal, wie der Regen ihm das Haar ins Gesicht wusch. »Seht, Herr, wenn wir jetzt entschlossen handeln würden ... Ich meine, versteht Ihr? Sie wissen ja nicht, daß wir schon hier sind, und wahrscheinlich erwartet man uns sowieso erst morgen. Und wenn wir uns beeilen, dann könnten wir in weniger als drei Tagen an der Grenze zu Sichem sein. Sie würden Euch dort mit Freuden aufnehmen. Jeder kennt Euren Ruf als Schlachtenführer.«

»Desertion, Mart?« fragte Arrat ungläubig.

»Ihr schuldet ihnen nichts.«

»Weißt du, wie viele Männer ich habe aufhängen lassen, weil sie genau das getan haben, was du mir da eben vorschlägst?«

»Aber Herr, das ist ... «

»Großartig, Mart. Das ist ganz ausgezeichnet. Nur weiter so. Ich hänge meine Leute auf, weil sie davonlaufen. Und wenn es ernst wird ... «

»Aber ... «

»Stopf dir dein verdammtes *Aber* in den Hintern, du lausiger ...« Arrat hielt inne und machte eine winzige Pause. »Außerdem«, sagte er leise, »verflucht, was schert's mich!«

Mit diesen Worten gab er seinem Pferd die Sporen und preschte auf das Tor zu, und seinem Burschen blieb nichts übrig, als ihm zu folgen.

II

Arrat blieb auf der Schwelle des Turmzimmers stehen und starrte schweigend in den Raum, zu dem Gny-Kobes Diener ihn geführt hatte.

Er wußte, dieses abgelegene, kleine Zimmer war so eine Art Refugium für seinen General. Ein privates Heiligtum, zu dem kaum jemand Zutritt fand und das auch er selbst erst zweimal betreten hatte. Das gesamte Inventar bestand aus einem wuchtigen Schreibtisch, ein paar Stühlen und einem Regal mit

Büchern und Papierrollen. Es war ein schmuckloser, funktioneller Raum, in dem gearbeitet und in dem Entscheidungen getroffen wurden, und er nahm es als gutes Zeichen, daß das erste Gespräch hier stattfinden sollte.

Der Diener hüstelte, und Arrat folgte seiner auffordernden Hand, worauf die Tür sich hinter ihm schloß.

Er mußte aufpassen, wohin er trat, denn der Holzfußboden war, genau wie die Wände, mit Landkarten übersät. Arrat musterte sie neugierig. Die meisten kannte er schon. Es waren Landkarten des Städtebundes, Karten, in denen die benachbarten Königreiche von Aton und Valorra und das Baronat von Sichem eingezeichnet waren, ein paar Karten von den beiden Ratthstädten Bonne und Fiddich und eine etwas dürftige Aufzeichnung über die Wüsten von Skeld.

Eine neuere Karte auf Gny-Kobes Schreibtisch erweckte sein Interesse. Offensichtlich hatte der General auf ihr die Truppenbewegungen der letzten Monate verzeichnet. Nachdenklich betrachtete Arrat das dicke, rote Kreuz, das durch Thyram gezogen worden war, das Zeichen seiner Niederlage. Es gab nicht viele Kreuze in dieser Gegend der Grenze. Über Cedeville hatte es eines gegeben, das der General mit kleinen, blauen Häkchen wieder ausgestrichen hatte, nachdem die Stadt von Arrat zurückerobert worden war. Über Bironne und über dem Grenzstädtchen Kisqarge lagen Kreuze, und außerdem ... Arrat runzelte die Stirn, als er die feinen roten Striche am oberen Rand der Karte bemerkte.

»Was, zum Teufel ...« sagte er leise und fuhr mit dem Finger über die Linien, die die Zwillingsdörfer Grune und Taborwall und die Nachbarstadt Glen-to am Ufer des Fadenflusses auslöschte. Das waren alles Orte, die weit hinter Thyram lagen und sich noch fest in den Händen der Nordtruppen befanden.

»Interessant?« fragte eine dünne Stimme von der Tür her.

»Sehr. Besitzt Ihr die Gabe der Weissagung, Gny-Kobe?

Oder was hat Euch veranlaßt, Orte zu streichen, die die Skelden noch nicht einmal von weitem gesehen haben?«

Der General lachte leise. »Eine kühne Frage, Hauptmann. Besonders, wenn sie von jemandem gestellt wird, dessen Kopf so wacklig auf den Schultern sitzt wie Eurer.« Er ließ sich mit einem ächzenden Grinsen auf dem Stuhl hinter seinem Schreibtisch nieder. Sein langer, faltiger Hals, die listigen Augen und die scharfgekrümmte Nase gaben ihm das Aussehen eines Geiers auf Beuteschau, als er zu Arrat hinüberschielte.

»Setzt Euch, Keswick. Habt mir eine Menge Scherereien gemacht in letzter Zeit.« Er wartete, bis sein Hauptmann sich einen Stuhl herangezogen hatte. »Verletzt es irgendwelche zarteren Gefühle, wenn ich frage, wie es zu der Niederlage am Paß gekommen ist?«

»Durchaus nicht. Es lag daran, daß Sardeik gewitzter war als ich.«

Gny-Kobe reckte den Hals und musterte seinen Untergebenen mit neugierigen Augen. Sein Grinsen bekam etwas Boshaftes. »Ein lobenswert kurzer Bericht, Hauptmann. Werdet Euch eine Menge Freunde damit machen, wenn Ihr ihn so im Rat wiederholt.«

Als Arrat auf die Stichelei nicht einging, fuhr er fort: »Einerlei. Thyram ist verloren. Das war über kurz oder lang zu erwarten und bringt uns nicht um. Außerdem – ich habe da eine andere Sache im Kopf. Eine neuer Plan ist das, ein verdammt guter sogar, bei aller Bescheidenheit.« Er lachte knapp. »Wenn wir es richtig angehen, dann könnte es uns die Skelden für Jahre vom Hals schaffen. Vielleicht sogar für immer ...«

Seine Augen hatten zu funkeln begonnen. Er schien auf eine Reaktion zu warten. Wohl, daß der Fisch nach dem Haken schnappt, dachte Arrat. Aber er hatte keine Lust zu schnappen. Thyram war verloren. Ein paar tausend Menschen hatten ihr Leben gelassen oder waren in Gefangenschaft geraten. Und ihm tat die Schulter weh.

»Was habt Ihr vor? Euch im Schmollwinkel zu verkriechen? Über Euer Unglück zu greinen?« Der Alte hatte flinke Augen. Er ärgerte sich über seinen Hauptmann und sah keinen Anlaß, das zu verbergen. »Der Rat will Euch für Thyram bluten lassen. Wollt Ihr so zuvorkommend sein und ihm wie ein Schaf unter die Klinge hüpfen?«

Das wäre zum Beispiel auch eine Möglichkeit.

Die neue Karte lag so auf dem Schreibtisch, daß Arrat sie verkehrt herum betrachten mußte. Er hatte keine Ahnung, was der Alte plante. Aber die drei Dörfer am Fadenfluß würden dabei aus der Welt gewischt werden. Daran war nichts Außergewöhnliches, nur – heute ging es ihm besonders an die Nieren.

»Ich werde Euch verschwinden lassen«, sagte der General.

»Tatsächlich?«

»Ja. Unter der Burg, in den Kerkern. Das wäre angemessen. Ich verabscheue Extravaganz und Getue.«

Aber er würde es natürlich nicht machen. Der alte Mann hatte zuviel Energie in seinen Zögling gesteckt, um die Gefahr einzugehen, ihn in einem nassen, rattenverseuchten Kerker zu Schaden kommen zu lassen.

Gny-Kobe stand auf, wanderte um den Schreibtisch herum, stellte sich hinter seinen Hauptmann und legte ihm die dürren Finger auf die Schultern.

»Die dort oben können Euch nicht ausstehen. Das ist nichts Neues. Wenn Ihr sie darum haßt oder verachtet, ist das Eure Sache. Aber ich will nicht, daß Ihr meine Pläne durchkreuzt, verstanden?«

Arrat wurde neugierig. Der Rat wünschte schon so lange, seinen Kopf über den Platz der Erneuerung rollen zu sehen. Was für ein Argument hatte Gny-Kobe, das sie bewegen könnte, dieses Vergnügen aufzuschieben?

»Wir haben Schwierigkeiten in den Saucortbergen.«

»In den Bergen?« Nun war Arrat wirklich überrascht. Der

Krieg mit den Skelden fand an der Westgrenze statt. Das Saucortgebirge war im Norden. Es bestand aus nichts als Wildnis, Hunderte von Meilen Gebirge und undurchdringliche Wälder, die zu erforschen weder lohnend noch ratsam war.

»Es ist etwas in unser Land eingedrungen, was aus dem Saucort zu kommen scheint«, sagte Gny-Kobe. Er beugte sich zu seinem Schreibtisch. Eine kleine Messingglocke stand auf dem Zipfel der Landkarte. Er faßte sie mit seinen Vogelklauen und läutete. »Ich werde nichts darüber sagen. Es hört sich zu verrückt an. Aber ich will, daß Ihr Euch von einem Mann berichten laßt, der dabeigewesen ist. Bei einem dieser Überfälle, meine ich.«

Sein Diener erschien in der Tür, bekam einen Befehl, und kurze Zeit später kehrte er mit einem uniformierten Mann zurück. Es war ein Kerl, wie Arrat sie zuhauf in seinen Truppen hatte. Groß und kräftig, mit den rotgeäderten Wangen und dem kurzen, struppigen Haar der Bergbauern. Als er vor seinem General und dem Hauptmann stand, wurde er steif vor Verlegenheit.

»Also, Kilian. Hauptmann Keswick will von dem Überfall hören. Aber laß den Kram, was du vorher mit deiner Truppe zu tun hattest, weg. Nur den Überfall«, befahl Gny-Kobe.

Der Mann nickte und fuhr sich mit dem Handrücken über die plumpe Nase. Dann begann er zu erzählen.

Daß er zu einer Nachhut gehört hatte, fand er wichtig genug, um es zu erläutern. Und auch, daß sie für die Verpflegung zuständig gewesen waren. Und dann wären sie eben zu diesem Fluß gekommen. »Im Dämmern, Herr. Deshalb hatten wir es auch eilig. Weil es schon dunkel wurde und wir vorher noch an die andere Seite wollten.«

Gny-Kobe begann mit den Fingern auf der Stuhllehne zu trommeln. Sein Soldat bemerkte es nicht. Vor Kilians Augen stand der Blaingeriff und die Furt, die sie zu überqueren hatten, und die schattenhaften Wälder auf der Seite gegenüber.

»Die Furt war dort sehr schmal, Herr. Deshalb hatten wir

unsere Leute auch eingeholt. Weil, eigentlich hatten wir ja immer Abstand halten sollen. Und da ...« Er begann an seiner Unterlippe zu kauen und verstummte.

Gny-Kobe verdrehte die Augen zur Decke.

»Und da?« fragte Arrat.

»Sie – kamen von dem Wald ... «

»Vom anderen Ufer?«

»Ja.«

»Wer kam?«

»Die Draaks.«

Es verschlug Arrat die Sprache. Das war ja nun ... totaler Quatsch war das. Draaks gehörten in die Geschichten der Bänkelsänger. Mißtrauisch äugte er zu Gny-Kobe. Diente die Geschichte des Soldaten irgendeinem Komplott als Vorwand?

Der General zuckte die Achseln.

»Ich weiß nicht, Herr, ob Draak der richtige Name für sie ist«, verteidigte der Soldat sich. »Aber jedenfalls sahen sie genauso aus, wie sie immer gemalt werden. So ... schwarz. Ja, sie waren schwarz wie ...« Er rang nach einem Vergleich, ohne ihn finden zu können. »Jedenfalls schwärzer als alles, was man sich denken kann«, schloß er lahm.

»Vielleicht waren es Blagwarries?«

»Oh ... nein, Herr. Gewiß nicht. Sie waren so *schwarz* ... Es gab gar kein Licht mehr am Himmel.« Kilian trat in seiner Erregung einen Schritt auf Arrat zu. »Außerdem waren sie viel größer. Sie haben fast die Sonne bedeckt. Sie ... «

»Wie viele waren es?«

Der Mann starrte Arrat an. »Das weiß ich nicht. Ich habe nicht hingesehen.«

»Du hast nicht hingesehen? Dein Trupp wird von etwas ... Monströsem überfallen, und du ... «

»Ich konnte es nicht, Herr. Wirklich. Ich hab' sie angeschaut, als sie über dem Wald auftauchten, aber dann ... «

»Hast du versucht, deinen Kameraden Hilfe zu leisten?«

»Herr...« Kilians Erstaunen war echt. »Wie kann man denn gegen etwas helfen, das...« Verwirrt hob er die Hände. »Es war... *dämonisch,* Herr. Wenn sie einen ansahen – ihre Augen – das verbrannte einem das Hirn.«

»Was du dadurch festgestellt hast, daß du fortgesehen hast.«

»Ich... nein, Herr...«

Gny-Kobe knurrte unwillig. »Hört doch auf, ihn ständig zu unterbrechen, Keswick. Er soll erst einmal zum Ende kommen. Erzähle von dem Weißen, Soldat.«

Wenn Kilian sich bei dem Bericht über die Flügelwesen unwohl gefühlt hatte, so sprach jetzt das reine Entsetzen aus seinem einfältigen Gesicht. »Das... war ein *Lhare*!« stieß er hervor und hielt mit offenem Munde inne.

Arrat schwieg. Er wußte nicht, was Gny-Kobe von ihm erwartete. Dieser Kilian war zu beschränkt, sich so eine Geschichte auszudenken. Vermutlich war er verrückt. Aber was bezweckte der General...

»Ihr müßt mir glauben, Herr: Es war wirklich ein Lhare!« Kilian war so bemüht, den zweifelnden Mann zu überzeugen, daß er sogar nach seinem Ärmel faßte. »Dieses Wesen«, flüsterte er, »dieser Lhare... er hatte Haare aus Silber. Und seine Augen waren wie... wie gesplittertes Eis. Kein *Mensch* kann solch schreckliche Augen haben. Und auf dem Umhang – er trug einen weißen Umhang, Herr – da war ein Zauberkreis. Und...« Kilians Hände verkrampften sich um den Stoff, seine Stimme sank zu einem gespenstischen, weinerlichen Raunen. »Er war – *böse,* Herr.«

Lächerlich. Das alles war absurd. Trotzdem fühlte Arrat, wie ihm ein Schauder den Rücken hinabrieselte. »Was hat der Lhare getan?« fragte er.

»Er hat... gelacht.«

»Das hört sich nicht besonders gefährlich an.«

»Ihr begreift nicht, Herr. Dieses Lachen...« Kilian ließ ihn los. »Es... hat *geschmerzt.* Es hat einem regelrecht – den Kopf zerrissen...« Er sah das blanke Unverständnis im Gesicht seines Gegenübers. »Es...«, versuchte er verzweifelt zu erklären, »es war – *wirklich böse*... «

Gny-Kobe war des Gestammels überdrüssig. »Genug, Mann«, entschied der Alte. »Du bleibst in deiner Kammer, bis du weitere Befehle bekommst.«

Die beiden Männer warteten, bis der Soldat das Zimmer verlassen hatte. Dann trat der General zu seinem Hauptmann.

»Draaks, mein Freund. Und Lharen. Genug dummes Zeug, um sich totzulachen. Aber in Valorra lacht man nicht. Und auch nicht in Sichem oder Aton. Dort hat das dumme Zeug nämlich ganze Dörfer in Asche gelegt.«

»Draaks?«

»Keine Ahnung. Aber jedenfalls ist da etwas. Und es fällt über unsere Siedlungen her. Und wenn man Torrot glauben will... «

»Wer ist das?«

»Ein Rhatt. Einer von ihren Waffenhändlern. Eigentlich war er gekommen, um mit mir die Pläne für ein neues Katapult zu besprechen. Ein komischer Kauz, aber immerhin ein Ratth, oder, wie sie sich selbst nennen, ein Dunkel-Lhare. Und er sagt, der Weiße, den unser Mann hier gesehen hat, muß tatsächlich ein Lhare aus Aneirin gewesen sein.«

»Wie kann er das wissen? Es ist doch schon Ewigkeiten her, daß die beiden Lharen-Völker sich zerstritten und getrennt haben.«

»Na und? Trotzdem sind sie Vettern. Er hat uns Kilians Beschreibung bestätigt. Nicht nur das mit den silbernen Haaren. Auch ihre Augen. Sie müssen tatsächlich ganz... eigenartige Augen haben. Und dieser Kreis, von dem Kilian erzählte. Wißt Ihr, was es mit dem Lharenkreis auf sich hat? Wißt Ihr überhaupt noch etwas von den Draaks und den Lharen und dem großen Krieg?«

»Nur soviel, daß die Draaks unser Land überfallen und die Lharen uns gerettet haben. Vor *vielen hundert Jahren.*« Arrat betonte das Letzte.

»Schön. Dann will ich Euch etwas zeigen. Seht her.«

Der General zog ein dünnes, vergilbtes Buch aus einer Schublade und schlug es an einer Stelle, die er mit einem Lederband markiert hatte, auseinander. Es war ein Skizzenbuch, nicht schlecht gemacht. Darstellungen des Kampfes um Missala. Zwei Bilder auf jeder Seite. Auf dem ersten war die Stadt im friedlichen Sommerlicht zu sehen, auf dem nächsten erhoben sich schwarze Schatten am Himmel, riesenhafte Monstren, halb Vogel, halb Echse, die sich auf die Häuser hinabzustürzen schienen, offensichtlich Draaks. Dann kam ein Bild der brennenden Stadt, und zum Schluß wurde ein weißgekleidetes Heer gezeigt, das den bedrängten Menschen zu Hilfe eilte. Die weißen Gestalten sollten offensichtlich die Lharen darstellen. Der Maler hatte in seiner Begeisterung, das Massaker heil überstanden zu haben, ihnen golden schimmernde Reifen um die Köpfe gemalt, lauter kleine Streifenkronen, die dem sonst nicht schlecht gearbeiteten Bild etwas Süßliches gaben.

»Seht Euch hier die Fahne an«, befahl Gny-Kobe.

Der vorderste der Lharen, der Bannerträger, war von einem der schwarzen Tiere attackiert worden. Er war halb in die Knie gestürzt, trotzdem hielt er seine Fahne noch hoch. Es war ein grünes Tuch, in das der Maler mit unglaublich feinen Strichen einen blauen Kreis eingezeichnet hatte. Oder eigentlich mehr eine Kugel, dachte Arrat, während er mit den Fingern darüberstrich. Es war eine meisterhafte visuelle Täuschung. Man meinte tatsächlich, räumlich zu sehen.

»Das Wappenzeichen der Lharen. Der blaue Kreis auf grünem Grund!« erklärte der General triumphierend. »Ein blauer Kreis, genau wie der, den Kilian auf dem Umhang des Fremden gesehen hat.«

»Wahrscheinlich liegt es an meiner Einfältigkeit, daß ich es nicht begreife, nur – heißt es nicht, daß beim Kampf um Missala das halbe Lharenvolk von den Draaks ausgerottet wurde? Warum sollten sie dann jetzt mit ihnen gemeinsame Sache machen?«

»Fragt lieber: Warum sind sie uns damals überhaupt zu Hilfe gekommen? Die Draaks hatten es auf *ihr* Land doch gar nicht abgesehen. Aber niemand scheint sie nach den Gründen für ihre Hilfsbereitschaft gefragt zu haben. Niemand scheint sie überhaupt etwas gefragt zu haben. Sang- und klanglos sind sie wieder in ihren Wäldern verschwunden, und seitdem hat sich auch nicht einer von ihnen mehr bei uns blicken lassen. Angeblich wurde kurz nach dem Krieg eine Delegation zu ihnen gesandt, um Handelsbeziehungen zu knüpfen, aber man hat in Aneirin dankend abgelehnt, obwohl die Bedingungen sehr großzügig gewesen sein sollen. Sie meiden uns, Keswick, wollen nichts mit uns zu tun haben. Das ist natürlich ihre Sache, aber warum haben sie uns beigestanden, als die Draaks unser Land überfielen, wenn sie uns weder mögen noch brauchen? Nein, mein Lieber, so uneigennützige Leute sind verdächtig! Wer weiß, vielleicht bekommen wir jetzt die Quittung für ihre Hilfe.«

»Und was soll nun passieren?«

»Dort drüben im Ratssaal gibt es so viele Meinungen wie Köpfe. Valorra und Sichem wollen ein Heer gegen die Lharen aufstellen, der Ältestenrat kann sich wieder einmal zu nichts entschließen, und die Fürstin aus Aton ist dafür, eine Gesandtschaft loszuschicken, die herausfinden soll, was hinter den Überfällen steckt, und eventuell Verhandlungen führt. Da Aton das reichste der vier Länder ist, wird sich diese Ansicht vermutlich durchsetzen, und das wäre mir das liebste.

Denn es würde sicher keine gewöhnliche Delegation sein, die wir losschickten. Der Weg durch das Saucortgebirge ist verrufen. Dort treibt sich tausenderlei Gesindel herum, Verfemte, desertierte Soldaten, Trolle, herumstreunende Oghools . . . Wir bräuchten also einen erfahrenen Mann, der sich mit wenig

Begleitung durch die Berge schlagen kann und der uns vor allen Dingen brauchbare Informationen über die Befestigung ihrer Stadt Aneirin liefern kann, für den Fall, daß wir Krieg führen müssen. Also einen Mann wie Euch – was sich mit meinen privaten Wünschen natürlich aufs erfreulichste ergänzen würde. Ich glaube auch, daß ich die Gesandten von diesem Plan überzeugen kann. Ihr habt einen gewissen Ruf, selbst drüben in den Königreichen.«

Gny-Kobe hatte es plötzlich eilig.

»Ihr würdet Kilian und diesen Ratth aus Blairgowrie mitnehmen. Der Mann ist ein bißchen wunderlich, aber er scheint mehr von den Lharen zu wissen als irgendeiner sonst, und er wäre bereit, Euch zu begleiten. Natürlich könnt Ihr auch Soldaten haben, so viele, wie Ihr für nötig haltet. Hier, nehmt das Buch und diese Pläne an Euch und macht Euch schon einmal vertraut damit. Darinnen ist alles verzeichnet, was wir über das Saucortgebirge und das Land der Lharen wissen. Ich muß jetzt wieder hoch in den Ratssaal. Und, Keswick ... «

Jetzt hielt der Alte doch noch einmal inne.

»Ich brauche für Eure Entsendung die Zustimmung des Rates. Sie werden Euch nachher vorladen, und das, was sie Euch zu sagen haben, wird Euch ohne Zweifel quer durch die Kehle gehen. Aber wenn Ihr es wagt, wenn Ihr auch nur mit dem geringsten aufsässigen Zucken wagt, gegen sie aufzumukken ...« Gny-Kobe führte den Satz nicht zu Ende. Es war auch nicht nötig.

III

Mart rüttelte seinen Hauptmann an der Schulter. »Aufwachen, Herr!« flüsterte er. »Ihr sollt zum Rat kommen. Beeilt Euch. Draußen wartet ein Diener.«

»Wie spät ist es?« gähnte Arrat schlaftrunken.

»Weiß ich nicht. Wohl kurz nach Mitternacht. Nun kommt schon.«

»So spät? Seit wann opfern die hohen Herren den Staatsgeschäften ihren Schlaf? Ja doch! Hör auf, mich zu hetzen. Und Finger weg von meinem Hemd. Ich bin durchaus fähig, es allein zu knöpfen.«

Der kurze Schlaf hatte ihn nicht erquickt. Im Gegenteil, er hatte Kopfschmerzen und fühlte sich wie gerädert. Müde legte er die Hände vors Gesicht und preßte sie gegen die Augen.

»Ihr hättet etwas essen sollen, Herr!« jammerte Mart. »Es ist noch kaltes Fleisch da. Wollt Ihr ...?«

»Nein. Die Stiefel.«

»Verzeihung, natürlich. Trotzdem meine ich ... «

»Was soll das? Den Linken an den linken Fuß.«

»Tut mir leid, Herr. Könntet Ihr nicht wenigstens ein Stückchen ... «

»Nein«, sagte Arrat und langte nach seiner Jacke, die über dem Bettrand hing. Mart quiekte entsetzt auf.

»*Bitte,* nicht das alte Ding. Nicht heute! Ich meine ...« Er schluckte. »Seht, Herr, ich habe das seidene Schlitzwams mit dem Spitzenkragen mitgebracht und gebügelt und ... «

»Mart, ich sage das nur ungern, aber wenn du nicht Frieden gibst, dann werd ich dich noch durchprügeln müssen, bevor ich nach oben gehe.«

»Ganz, wie Ihr meint, Herr. Trotzdem glaube ich ... «

»Mart!«

»Ja, Herr.«

Schweigend klopfte Mart den Staub von der Jacke, eine sinnlose Beschäftigung, denn er hatte sie selbstverständlich schon vor Stunden gründlich gereinigt. »Wußtet Ihr, Herr, daß man den weißen Kragen auch auf diese Jacke ... «

Mit einem Fluch knallte Arrat die Türe hinter sich zu.

Es war eine müde, gereizte Gesellschaft, die ihn im Ratssaal erwartete. Mißmutig hockten die Edlen in ihren Prunksesseln hinter der bogenförmigen Holzbrüstung, und die Fackeln, die von den Wänden ihr blasses Licht verströmten, ließen die übernächtigten Gesichter weiß und krank aussehen. Einige der Männer flüsterten miteinander, andere dösten. Aber als Arrat eintrat, richteten sich wie auf ein geheimes Kommando alle Blicke auf ihn. Nur wenige davon waren freundlich.

Die meisten Ratsmitglieder waren ihm bekannt. Da saß der alte, gallenkranke Vokke tem Goork aus Ertros, der mit den Fingern auf dem Holz der Absperrung trommelte, und neben ihm Gredermann. Dann Bruns von Corvigne, von dem es hieß, er habe sich ein Vermögen durch überhöhte Pachten erpreßt, der fette Skall aus Auxerre, Hen-Karven, Winterman, Bouguri... ja, Bouguri. Über der Nasenwurzel des verlebten, alten Mannes krümmte sich eine Falte, als er Arrats Blick erwiderte. Es war nicht schwierig zu erraten, was ihn bewegte: Sein Neffe, Saram Bouguri, war von Arrat kurz vor der Schlacht um Thyram degradiert worden. Arrat sah, wie der Ratsherr sich zu Winterman beugte und ihm etwas ins Ohr flüsterte, was dieser mit einem finsteren Kopfnicken quittierte.

O ja, lauter gute, alte Feinde, dachte Arrat, und ein kleines, böses Lächeln stahl sich in seine Mundwinkel.

»Keswick, da *seid* Ihr ja.« Appelton, der Ratsherr von Missala, der auf einem leicht erhöhten Stuhl thronte, weil er in diesem Jahr den Vorsitz über den Großen Rat führte, rappelte sich auf. Er verneigte sich in Richtung eines provisorisch aufgestellten Tisches, hinter dem die fremden Gesandten saßen – eine Handvoll Männer und eine ältere Frau in einem pfirsichfarbenen Mantelkleid. »Durchlaucht, meine Herren«, tröpfelte seine näselnde Stimme in den Dunst des Raumes, »bitte gestatten Sie, daß ich Ihnen Hauptmann Arrat aus Keswick vorstelle, dem wir die Leitung unserer Delegation anvertrauen wollen.«

Arrat spürte die Blicke der Fremden wie Spinnenbeine auf

seiner Haut. Neugierig versuchten sie ihn einzuschätzen. Den Bauern aus der Provinz, der das größte Heer des Städtebundes leitete. Den Flegel, der den Edlen seines Landes eine lange Nase zeigte.

»Darf ich erfahren, was genau der Rat von mir wünscht?« fragte er steif.

»Der Rat wünscht nicht, Keswick, der Rat befiehlt!« Die Stimme, die in den Raum hineinkeifte, als hätte man einem Kläffer auf den Schwanz getreten, gehörte zu Bouguri. Der Ratth, der in seinem Sessel vor sich hingedämmert hatte, fuhr erschreckt zusammen, und die pfirsichfarbene Fürstin hob überrascht die Augenbrauen.

»Worin also bestehen Eure Befehle?« fragte Arrat und wandte sich diesmal betont direkt an Appelton.

Aber es war wieder Bouguri, der antwortete. »Wartet gefälligst, bis Ihr die Erlaubnis zum Sprechen bekommt, wie es Euch gebührt!« fauchte Sarams Onkel. »Vielleicht könnt Ihr Euch draußen bei Euren Söldnern diese Manieren erlauben, aber hier seid Ihr ... «

Ergeben ließ Arrat die Beschimpfungen über sich ergehen. Er spürte Gny-Kobes verkniffenen Blick. Nun, der General würde keinen Grund bekommen, sich über seinen Hauptmann zu ärgern. Arrat war hundemüde. Das Geplärr rann an seinem trägen Geist herab wie Wasser.

Bouguri nahm sich Zeit. »Jahr um Jahr haben wir mit Euch Nachsicht geübt, Keswick!« zischte er. »Aber jetzt habt Ihr es mit Eurer bodenlosen Unfähigkeit, die tatsächlich nur noch von Eurer Unverschämtheit übertroffen wird, fertiggebracht, eine unserer wichtigsten Grenzstädte ... «

Plötzlich gab es ein Scheppern. Vokke tem Goork, der die ganze Zeit wie ein gereizter Bulle hinter der Brüstung gehockt hatte, knallte seinen Zinnbecher auf die Holzplatte.

»Jetzt reicht's aber!« schnauzte der gelbgesichtige Mann. »Ich weiß, daß der Hauptmann nicht nach Eurer Nase ist,

Bouguri, und wir haben uns die halbe Nacht um die Ohren geschlagen, um das zu diskutieren. Aber nun ist über die Sache beschlossen, und der Teufel soll mich holen, wenn ich mir den ganzen Mist noch ...«

»Herr tem Goork! Wie ... wie könnt Ihr ... Ich verbitte mir diesen Ton!«

»Verbittet Euch, was Ihr wollt. Aber die Tatsache, daß Euer Neffe sich bei Thyram in die Hosen gemacht hat ...«

»Meine Herren, meine *Herren*!« flehte Appelton.

»... und sich mit seinem impertinenten Großgetue in die Nesseln gesetzt hat ...«, fuhr tem Goork unbarmherzig fort.

Da ertönte plötzlich ein Lachen hinter Arrats Rücken. Es war ein leises Lachen, wirklich ganz leise, nicht mehr als das Schnurren einer Katze. Und doch bewirkte es, daß tem Goork innehielt und auch jedes andere Geräusch im Saal erstarb. Arrat wartete einen Augenblick, so als würde im nächsten Moment jemand etwas sagen, was das Lachen in seinem Rücken ungeschehen machte. Aber die Ratsherren schwiegen, und da drehte er sich langsam um.

Er hatte Sardeik, den Chan der Skelden, seinen alten und ureigenen Feind, nie aus der Nähe gesehen. Er kannte ihn nur als wirbelnden, weißen Schatten inmitten seiner Krieger. Aber trotzdem und obwohl es eigentlich unmöglich war, wußte er, daß es Sardeik war, der dort halb verborgen in einer Fensternische saß und sie mit seinem Lachen bannte. Vielleicht lag es an der arroganten Lässigkeit, mit der der Wüstenmann in dem ungewohnten Sessel lehnte. Die Beine übergeschlagen, die Ellbogen leicht auf die Lehnen gestützt, als säße er im Kreise seiner besten Freunde. Vielleicht war es auch das Raubtierlächeln, das die prächtigen, weißen Zähne entblößte, oder der Blick aus den halbverhangenen Augen, die den Hauptmann mit glitzerndem Spott beobachteten. Unbewußt tastete Arrats Hand nach dem Waffengürtel, und als er nichts fand, fühlte er sich seltsam nackt.

Appelton faßte sich. »Hauptmann Keswick«, sagte er mit seiner näselnden, förmlichen Stimme. »Vermutlich kennt Ihr ja...«, er suchte nach der angemessenen Bezeichnung, »den ehrenwerten...«

»Was soll das werden?« fragte Arrat.

»Nun ja, Chan Sardeik ist gekommen, also gewissermaßen... in der Position eines... äh, eines Unterhändlers. Sein Volk hat ihn befugt...«

»Ich werde mit dir zu den Lharen gehen, Arrat Keswick«, unterbrach Sardeik den Vorsitzenden. Er stand auf. Sardeik war ein großer Mann, noch um einen halben Kopf größer als Arrat und wesentlich breiter in den Schultern, aber er bewegte sich mit der Grazie einer Katze.

»Warum?« fragte Arrat.

Appelton räusperte sich. »Es sieht so aus, als hätte es auch bei den Skelden diese merkwürdigen Überfälle...«

»Die Lharen haben unsere Zeltlager in den Skiffelfelsen angegriffen«, schnitt Sardeik dem Ratsvorsitzenden abermals das Wort ab. »Sie haben unsere Quellen verseucht, und sie haben unsere Grabkammern verwüstet.« Er brachte es fertig zu lächeln und gleichzeitig mit dem Lächeln eine Aura von Haß zu verströmen.

»Warum führst du dann nicht einfach deine Krieger gegen sie?«

»Das werde ich tun, sobald ich weiß, wo sie sich aufhalten und wie sie zu bekämpfen sind.«

»Und warum findest du das nicht allein heraus?«

»Keswick, Ihr vergeßt Euch!« brüllte Bouguri dazwischen. »Ihr habt kein Recht zu diesem Verhör. Der Rat hat über die Sache bereits...«

»Ich werde deshalb mit dir gehen, weil mein Volk keine Informationen über den östlichen Teil des Saucortgebirges und die Wohnstätten der Lharen besitzt«, erklärte Sardeik. Das Lächeln auf seinen vollen Lippen verblaßte für keinen Moment, aber die

Augen, mit denen er Arrat fixierte, waren zu Schlitzen geworden, in denen es loderte. Der Stolz des Skelden litt.

Gny-Kobe erhob sich und trat zu den beiden Männern. »Keswick«, sagte er, »diese Dinge sind alle längst besprochen. Es ist ein Handel. Sardeik bietet uns Thyram und den Paß als Gegenleistung dafür, daß er die Delegation begleiten kann. Ein Waffenstillstand, der bis zu Eurer Rückkehr anhalten wird.«

»Ich werde trotzdem nicht mit ihm gemeinsam gehen . . . «

»Keswick!« brüllte tem Goork.

» . . . weil damit niemandem gedient wäre.«

»Warum nicht?« fragte Sardeik.

Arrat zuckte die Achseln. »Es steht Blut zwischen uns, das weißt du so gut wie ich.« Er zögerte. »Heißt es nicht sogar, du hättest einen Schwur getan?«

»Ja, das habe ich.« Sardeik beugte sich vor, und als er weitersprach, schillerte unverhohlene Wut in seinen Augen. »Mouwen, mein Bruder, ist nicht vergessen«, flüsterte er. »Ich werde mit dir zu den Lharen reiten, Arrat Keswick, aber wenn wir beide getan haben, was zu tun ist . . .« Er machte eine Pause, und jetzt bekam sein Lächeln etwas durchaus Beängstigendes. » . . . dann kannst du darauf warten, daß ich dich töte.«

Arrat betrachtete den erregten Mann wohl einige Sekunden lang. Dann schüttelte er den Kopf. »Nein. Es würde nicht funktionieren.«

Das Lächeln des Chan entspannte sich. »Sie werden dich hinrichten, wenn du dich weigerst«, sagte er sanft und so leise, daß er kaum zu verstehen war.

»Möglich.«

»Aber bevor ihre Wachen bei dir sind, werde ich dir den Bauch aufschlitzen.«

Arrat mußte lächeln.

Es war verrückt, was der Mann ihm da vorschlug. Es war das Allerverrückteste, was er je gehört hatte. Wenn es jemanden gab, den Sardeik haßte, dann war es Arrat Keswick. Er haßte ihn mit einer Leidenschaft, die sich selbst jetzt in einem Zittern seiner Lippen Raum schuf.

Andererseits – hatte Sardeik sich nicht trotzdem dieser für ihn so demütigenden Situation ausgeliefert? Gab es also doch etwas, das stärker war als sein Haß? Die Liebe zu seinem Volk vielleicht? Oder die Furcht vor dem, was da aus dem Land der Lharen über sie hereinbrach? Und würde das, was ihn getrieben hatte, vielleicht doch ausreichen, dem Haß für einige Wochen die Zügel anzulegen? Noch vor wenigen Minuten hätte Arrat die Frage mit einem glatten Nein beantwortet. Nun wurde er unsicher.

Er versuchte abzuwägen. Sardeik war nicht wie die Männer aus dem Rat. Wenn er sich zu etwas entschlossen hatte, dann stand er dazu. Und als Begleiter in den Saucortbergen ... Gny-Kobe hatte recht. Die Berge *waren* gefährlich. Solange Sardeik sich loyal verhielt, wäre er ein unschätzbarer Bundesgenosse. Und außerdem, gab es überhaupt eine Wahl? Der Rat wollte Thyram wiederhaben ...

Das Lächeln im Gesicht des Chans vertiefte sich. Es war, als hätte er die Gedanken seines Gegenübers Wort für Wort mitgehört.

»Schön«, sagte Arrat. »Gehen wir also gemeinsam. Aber ich habe eine Bedingung.«

»Was für eine Bedingung?«

»Eine Winzigkeit. Nur eine Formalität, die mir den Schlaf erhalten soll. Ich möchte von dir den Treueid.«

Sardeiks Augen schwärzten sich. Kein Muskel regte sich in seinem Gesicht, aber Arrat spürte die Hölle, die in ihm tobte, und einen Moment lang fragte er sich, ob er zu weit gegangen sei. Der Treueid war den Skelden heilig. Er hatte keine Ahnung, ob es Sardeik überhaupt erlaubt war, ihn jemand anderem als den Männern seines Volkes zu leisten. Davon abgesehen war es natürlich eine Demütigung. Andererseits war der Treueid der einzig wirksame Schutz, den Arrat sich in der Einsamkeit des

Saucortgebirges vorstellen konnte. Und sie würden Wochen miteinander aushalten müssen ...

Er sah, wie Sardeiks linke Hand zum Beinkleid glitt, wo er ohne Zweifel sein Messer versteckt hatte, und er spannte die Muskeln zur Abwehr. Aber auf halbem Weg hielt die Hand inne.

»Was bist du doch für ein Hund, Keswick! Aber mein Volk ist in Not, ich bin nicht frei. Deine Hand!«

Er packte sie so grob, daß Arrat meinte, die Knochen knirschen zu hören. Dann sprach er die alten Worte des Schwurs. Es war ein heiseres Flüstern, und Arrat bezweifelte, daß irgendjemand außer ihm ein Wort davon verstand. Aber das war auch nicht wichtig. Der Schwur galt, und Sardeik würde sich daran halten.

»Ich gebe dir Bescheid, wann wir aufbrechen werden«, sagte er, als der Skelde fertiggesprochen hatte.

Sardeik schleuderte seine Hand von sich und verließ ohne ein weiteres Wort den Raum.

Jetzt, nachdem alles geregelt worden war, ging die Versammlung schnell zu Ende. Arrat wurde offiziell vom Kommando an der Nordgrenze befreit, er erhielt seinen Auftrag mit allen notwendigen Ermächtigungen (die Bouguri am liebsten auf ein Nichts gekürzt hätte), dann war er entlassen.

Er durchquerte gerade den Vorraum, als sich der Ratth neben ihn drängte – ein dürres, dunkelhäutiges Männlein, dem sich der Mantelstoff beim Laufen um die Beine wickelte und dessen Hände die Luft zerwühlten, als wollten sie Milch zu Butter schlagen.

»Wartet, Hauptmann! Torrot ist mein Name. So bleibt doch stehen! Ich bin wegen des Katapults hier ... «

»Ihr seid der Ratth aus Blairgowrie?«

In dem schwärzlichen Warzengesicht funkelte es erbost auf. »Mein Herr, ich weiß, daß man es liebt, uns so zu beschimpfen! Ratths! Dreckwühler! Aber seht Euch vor!« Seine krumme Nase reckte sich drohend zu Arrat empor. »Auch wir sind aus dem Geschlecht der Lharen, genau wie gewisse andere Leute, die mit den Köpfen in den Wolken stecken und vernünftigeren Zeitgenossen mit ihrem Geschwätz den Verstand durcheinanderwirbeln. O ja, vielleicht haben sie in Aneirin tatsächlich die hübscheren Larven mit ihrem Schneehaar und den Himmelsaugen. Aber deshalb sind wir nicht weniger zaubermächtig als sie. Auch wir sind Jarlskinder, sind Dunkel-Lharen aus demselben Stamm.«

»Gny-Kobe sagt, Ihr wißt Genaueres über die Bewohner von Aneirin?«

»Alles weiß ich. Und damit meine ich: alles, was sich zu wissen lohnt. Nichtsnutzige Tagediebe sind es, die Dinge stehlen, die anderen Leuten ebensogut gehören wie ihnen, und dann behaupten ... «

»Habt Ihr selber schon einmal einen von ihnen gesehen?«

»Unsinn! Wir haben ihnen den Rücken gekehrt, als die Sache mit Cashels Dolch passierte. Und das war das Klügste, was wir tun konnten, denn ... «

»Was für ein Dolch?«

»Nichts! Gar nichts! Vergangenheit, die ein Mensch nicht begreifen kann.« Torrot schien das Thema unangenehm. »Will nur sagen«, wich er aus, »es freut mich nicht, daß Ihr Sardeik zur Begleitung geladen habt. Sind wie streunende Hunde, diese Wilden. Beißen heute die Hand, die sie gestern geleckt haben. Und außerdem ist er ein Wüstenmann. Wird immerzu über Baumwurzeln stolpern und sich verlaufen.«

»Sardeik weiß ein Schwert zu führen. Das qualifiziert ihn.« Unüberlegt vor Abneigung und Müdigkeit fuhr Arrat fort: »Was dagegen Ihr mir nutzen sollt, Torrot, das hat mir bisher noch niemand erklären können.«

Der häßliche Männlein erstarrte, und Arrat, der sich erinnerte, wer dem Städtebund die Waffen lieferte, versuchte abzuschwächen. »Ich weiß nichts von Euch. Jedenfalls nichts, was Euch für diese Aufgabe empfehlen würde.«

»So!« zischte Torrot. »Er weiß also nichts! Weiß nichts, als daß wir Ratths sind, hä? Aber ich frage Euch, Herr Nichtswisser, was werdet Ihr denn tun, wenn Ihr in Aneirin angekommen seid? Wie werdet Ihr dann mit den Lharen reden? Hat man Euch ihre Sprache mit der Muttermilch eingeflößt? Hat man sie Euch an der Wiege gesungen?«

»Es heißt, sie sprechen jede Sprache.«

»Unsinn. Viele Sprachen vielleicht. Schnattern ja auch von morgens bis abends. Besaufen sich an ihren eigenen Worten. Werden auch die Südlandzunge parat haben, sicherlich. Aber was macht Ihr, wenn sie dann anfangen, untereinander zu tuscheln, hä? Wie wollt Ihr verstehen, was sie flüstern und raunen. Wispern und zischeln... Hilflos seid Ihr! Und außerdem ...« Er machte eine kleine, effektvolle Pause. »Gny-Kobe scheint sehr erpicht auf mein Katapult zu sein.« Seine Finger strichen triumphierend über das knochige Kinn, als er sah, wie Arrat die Stirn runzelte. »Ihr könnt natürlich gern mit ihm darüber reden«, stichelte er. »Vielleicht liegt ihm ja doch nicht soviel daran. Wird sicher gerne auf die Wünsche seines Hauptmannes Rücksicht nehmen.«

Giftzwerg, dachte Arrat, und wußte nicht, ob er sich ärgern oder es komisch finden sollte. »Wir werden nur mit ein paar Mann reiten«, machte er der Auseinandersetzung ein Ende. »Wenn Ihr wirklich mitkommen wollt, Torrot, dann unter der Bedingung, daß Ihr Euch an die Regeln haltet.«

»Was für Regeln?«

»Eigentlich gibt es nur eine einzige: Gehorsam. Vollständiger Gehorsam.«

Der Ratth blies empört die Backen auf.

»Und wenn Ihr das nicht wollt«, fuhr Arrat schnell fort, »dann wird Gny-Kobe auf mich oder auf sein Katapult verzichten müssen.«

Die schwarze Gesichtshaut färbte sich. Aber Torrot aus Blairgowrie war zu sehr Krämer, um sich hinreißen zu lassen. »Ich habe verstanden«, zischelte er. »Und ich werde dabeisein.«

Ohne weiteren Gruß schloß er sich den Ratsherren an, die der Treppe zustrebten, und war im nächsten Augenblick verschwunden.

IV

Das Pochen des Türklöppels hallte durch die leere Straße. Es war noch früh am Morgen. Die Luft hing frisch und feucht zwischen den Häusern, und das Kopfsteinpflaster glänzte silbrig vom Tau. Irgendwo zwischen den Schindeldächern hörte man einen Rotschwanz zwitschern, sonst war es still. So früh am Morgen war in Gorrota noch niemand auf den Beinen.

Aber Jooris, der Schmied, dem Arrats Besuch galt, mußte schon weit über neunzig sein und brauchte nach Art der alten Leute gewiß nicht viel Schlaf. Jedenfalls hoffte Arrat das.

Er klopfte ein zweites Mal. Hinter einem der Fenster in den Nachbarhäusern begann ein Kind zu weinen, sonst rührte sich nichts. Arrat ärgerte sich, daß er nicht noch zwei Stunden gewartet hatte. Schließlich, was trieb ihn? Der Rat wollte noch ein Ermächtigungsschreiben aufsetzen, das ihm Vollmacht zu Verhandlungen mit den Lharen gab. Das würde sicherlich den halben Vormittag in Anspruch nehmen. Außerdem mußten Kilian und Mart, die ihn begleiten sollten, mit Waffen ausgerüstet werden. Die Landkarten über das Saucortgebirge waren zu überprüfen und zu kopieren. Nein, vor dem Nachmittag war an Abreise überhaupt nicht zu denken. Es war nichts als eine merkwürdige innere Unruhe, die ihn jetzt schon hierhergetrieben hatte. Ein Gefühl, als liefe irgendwo eine Uhr ab, als geschähen irgendwo Dinge, die er aufhalten mußte, bevor es zu spät war. Er hätte für dieses Gefühl keinen Grund angeben können, und das reizte ihn noch mehr.

Er pochte ein weiteres Mal. Eben, als er sich endgültig abwenden wollte, öffnete sich ein kleines, verglastes Fensterchen neben dem Schmiedetor, und eine Frau steckte ihren Kopf hinaus.

»Was habt Ihr vor, Mann? Einen Volksaufstand? Oder warum trommelt Ihr mitten in der Nacht die halbe Stadt aus dem Schlaf?«

Arrat trat zum Fenster. »Wohnt hier Jooris, der Schmied?«

Die Frau – sie mußte ziemlich klein sein, denn sie hatte Schwierigkeiten, über die Blumen auf der Fensterbank zu schauen – fauchte: »Die Schmiede wird beim zweiten Turmblasen geöffnet. Bis dahin geduldet Euch gefälligst wie andere Leute auch.«

Sie wollte das Fensterchen zuknallen, aber Arrat schob blitzschnell seine Hand in den Rahmen. »Wartet, Weib. Ich brauche keine Waffen. Ich habe mit dem alten Mann zu reden.«

»Mit Jooris? Wozu?«

Eines der gegenüberliegenden Fenster öffnete sich. Ein Mann streckte seine neugierige Nase hinaus.

»Ich möchte Auskünfte über die Lharen.« Arrat ärgerte sich über das unnötige Aufsehen. »Verdammt, macht auf, und weckt den Alten.«

»Über die Lharen?« Die braunen Äuglein zeigten zum ersten Mal etwas wie Interesse. Sie glitten über Arrats Uniform. »Es stimmt also doch, was man sich über die Draaks erzählt? Die Überfälle und das?«

»Da Ihr sowieso schon alles wißt, könnten wir die Details vielleicht drinnen besprechen.«

Die Frau nickte, ohne beleidigt zu sein. »Ja, mein Herr, das könnten wir.« Nochmals musterte sie ihn, dann schloß sie das Fensterchen, und kurze Zeit später hörte man den Riegel am Hoftor gehen.

»Versucht, leise zu sein, wenn Ihr das fertigbringt. Ich hätt's nicht gerne, wenn Ihr das ganze Haus rebellisch macht«, flüsterte sie, während sie ihn über den blumenbepflanzten Innenhof zur Schmiedewerkstatt führte. Sie war tatsächlich so klein, wie er vermutet hatte, sie reichte ihm kaum bis an die Brust. Alles an ihr schien zart und zierlich, ausgenommen der mächtige, braune Lockenschopf, der ihren Kopf umwuselte und ihrem Gesichtchen das Aussehen einer kleinen Sonne verlieh. Da sie sich eine gekrempelte Männerhose übergezogen hatte und dazu die lederne Arbeitsschürze der Schmiede trug, sah sie eher wie ein etwas groß geratener Zwerg als wie ein Menschenweib aus, fand Arrat.

»Ihr seid Hauptmann Keswick, stimmt's?« Die kleine Frau hielt an einem doppeltürigen Schmiedetor und blickte zu ihm hoch.

»Da Ihr es schon wißt ... «

»Es war nicht schwer zu erraten. Ihr tragt den silbernen Hauptmannsfalken und außerdem ...« Sie brach ab, zuckte die Schultern und stieß die Tür zur Werkstatt auf. »Jooris ist schon am Arbeiten.«

Tatsächlich hockte ein verkrümmtes Männlein im Dämmerschein der Esse und stocherte mit einem Schlackenhaken in der Kohle herum. Es drehte sich um, als das Licht in den Raum fiel.

»Hier ist jemand aus der Veste, Jooris. Ein Hauptmann. Er möchte etwas über die Lharen wissen ... «

Die Frau hatte laut gesprochen, wie zu einem Schwerhörigen, aber es sah nicht aus, als ob der Alte viel verstanden hätte. Brummelnd stand er auf, begann auf dem Werkzeugtisch herumzukramen, legte das eine hier-, das andere dorthin, kratzte sich am Ohr und wandte sich schließlich an Arrat.

»Habt Ihr mir Eure Waffe schon gegeben, mein Herr?«

»Er ist nicht wegen Waffen hier. Er will etwas fragen, Großvater«, brüllte die Frau vom Feuer her.

»Keine Waffe? Ihr habt überhaupt gar keine Waffe? Äh ... wenn Ihr nichts zu reparieren habt, wollt Ihr dann vielleicht etwas kaufen?«

Arrat schüttelte den Kopf. »Nein, ich habe nur ein paar ... «

»Wenn Ihr eine *neue* Waffe wollt, dann braucht das aber Zeit, mein Herr. Bei Jooris geht nichts übers schnelle Feuer. Und ein Degen ... Hattet Ihr gesagt, ein Degen, Herr? Degen mache ich nämlich nicht mehr. Hat mir nie besonders gut gefallen. Firlefanz, sage ich. Aber wenn Ihr ... «

»Ich möchte mit dir über die Lharen sprechen, Schmied! Über die Lharen, verstehst du?« schrie Arrat dem Alten ins Ohr.

Jetzt verstand Jooris tatsächlich. Sein Gesicht begann zu strahlen, und er deutete mit seiner zittrigen Greisenhand auf eine weißgetünchte Stelle über den Amboß, wo mehrere besonders schöne Waffen in Lederschlaufen an der Wand hingen.

»Da oben, das Lharenmesser. Bring's mal her, Mekeele. Hat mich schon lange niemand mehr nach den Lharen gefragt. Nun mach schon, Mädchen!«

Seine Enkelin zögerte einen Augenblick, dann schob sie einen Stuhl neben den Amboß, kletterte hinauf und zog ein kleines Messerchen aus einer Schlinge. Vorsichtig reichte sie es an Arrat weiter. Es war eine wunderschöne Arbeit. Die doppelschneidige Klinge war aus einem ihm unbekannten grünschimmernden Metall gearbeitet, das eine eigenartige Wärme ausstrahlte. Sie war völlig glatt und ebenmäßig, aber als er mit der Hand darüberstrich, merkte er, daß sie trotz ihres Alters außerordentlich scharf war. Dennoch wirkte das Messer weniger wie eine Waffe als wie ein kostbares Schmuckstück. Nachdenklich betrachtete Arrat den Griff, in den, von Blumen umrankt, ein zierlicher blauer Kreis eingearbeitet war.

»Man möchte nicht denken, daß man damit töten könnte, was?« fragte der Alte. »Ist auch nicht zum Töten geschaffen und nie dazu benutzt worden. Sie nehmen es, um ihre Kräuter damit zu schneiden.«

»Wie habt Ihr es bekommen?«

»Er möchte wissen, wie du es bekommen hast!« brüllte Mekeele.

»He? Geschenkt haben sie es mir!« Jooris lächelte glücklich. »War damals auf meiner Walz. Hatten uns auf den Weg nach Orkley gemacht ...«

»Zu den Oghools?«

»Äh, ja, Oghools. Sind gute Waffenschmiede. Burt und ich, wir dachten, wir könnten etwas lernen. Aber dann sind wir in den Sturm geraten, und gerade, wie wir meinten, wir hätten's überstanden, da hat mich der Bär erwischt. Hat mir den ganzen Oberschenkel aufgerissen, ehe Burt ihn wegstechen konnte. Hab' durch das Blut die Knochen schimmern sehen, Mann wirklich, so was glaubt Ihr nicht. Mein Bein war ein einziger Matsch. Und Burt war ganz verzweifelt. Sagte, wir müßten es abnehmen. Und wenn die Lharen nicht gewesen wären ...«

»Euer Weg führte durch das Land der Lharen?«

»Nein, nein. Die Lharen kamen erst später. Erst als Burt schon meinte, es wäre höchste Zeit ...«

»Ich fragte, ob der Weg von der Küste nach Orkney durch Lharenland führt!« Arrat sah die kleine Schmiedin grinsen. »Der Weg!« brüllte er. »Ob der Weg ...«

»Aber ja, Herr, warum auch nicht?« Jooris nickte freundlich und nahm einen Schluck aus seiner dampfenden Tasse. »Und außerdem war die Wunde damals schon brandig geworden. Burt sagte: Wenn es morgen nicht besser ist, dann müssen wir's abtrennen. Und das wäre schlimm gewesen, denn der Himmel weiß, mit einem Bein hätte ich nie durch die Wildnis nach Hause gekonnt.«

Die Erinnerung ließ den alten Schmied schaudern. Dann hellte seine Miene sich wieder auf.

»Zum Glück waren da aber ja die Lharen. Auf einmal standen sie vor uns, wie aus dem Nichts. Bestimmt fünfzehn Mann. Burt ist erst mal abgehauen, aber da darf ihm auch niemand einen Vorwurf draus machen. Weil es immer geheißen hat, die Lharen sind Zauberer und so. Na, und ich habe mir vor Angst ja auch fast in die Hosen geschissen. Aber dann ...« Jooris schüttelte versonnen den Kopf. Er hob sein faltiges Gesicht zu Arrat. »Weißt du, mein Junge, du hast noch niemals jemanden lächeln sehen, wie die Lharen lächeln. Das Herz wird einem warm dabei. Man vergißt alle Furcht und allen Kummer. Als sie dann auch noch anfingen, mit mir zu sprechen, und ihre Decken holten, um mich zu wärmen ... na also, heulen hätte ich können. Wirklich heulen. So glücklich war ich, daß sie gekommen waren und sich um mich kümmerten. War ja noch ein junger Bursche damals ...« Jooris wischte sich die Augen und beugte sich über die Tasse. »Na, jedenfalls«, fuhr er nach einem tiefen Schluck fort, »haben sie mir etwas zu trinken gegeben, was die Schmerzen linderte. Und dann kam einer von ihnen, der schon älter war, und fragte, ob er das Bein heilen soll. Ich habe gesagt, natürlich soll er, aber ich habe auch gesagt, ich glaube nicht, daß er das hinkriegt, weil das Bein ja schon brandig war. Und ich habe gesagt, sie sollten mir noch mehr von dem Zeug zu trinken geben und es dann abschneiden. Ich war in dem Moment ganz wirr im Kopf, von dem Trank und von den Schmerzen und allem. Ich wußte reinweg nicht, was ich denken sollte ... «

Jooris verlor sich in Erinnerungen. Dann begann er plötzlich, seine Hose hochzukrempeln.

»Wollt ihr's sehen?« Er zog einen Schemel heran und legte sein gichtiges Bein auf das Holz. »Hier, bis auf den Knochen durchgetrennt. Und die Wunde schon brandig. Nun kommt schon und guckt.« Er winkte die beiden ungeduldig heran.

Seine Enkelin beugte sich über ihn und strich mit der Hand über die faltige Haut. »Ich sehe nichts, Jooris, muß wohl das andere gewesen sein.«

Der Greis kicherte, und auch Mekeele lächelte, als teilten sie einen gemeinsamen, heimlichen Spaß. »Ist schon das richtige, Mädchen. Wie mir nämlich der Alte die Hände auf die Wunde legte, da wurde mir auf einmal ganz warm an der Stelle, und wie er sie wieder wegzieht, ist nichts mehr von der Wunde zu sehen. Alles wie neu, wie wenn ich nie was gehabt hätte.« Triumphierend deutete er auf seinen Oberschenkel. »Als hätte ich nie was gehabt. Burt sagte auch: Junge, als wenn da nie was gewesen wäre.«

Ächzend hob er sein Bein wieder zu Boden und zog das Hosenleder über die Haut.

»Aber das war noch nicht alles. Sie haben uns mitgenommen. Mich und auch Burt, der inzwischen wieder zurückgekommen war. Sie sind mit uns in ein Tal gegangen, und da, Mann, da haben wir Trolle gesehen. Nicht einen oder zwei, nein, bestimmt hundert Trolle. Und jede Menge Lharen. Die hatten da nämlich ein richtiges Fest. Könnt Ihr Euch das vorstellen? Ein Troll-und-Lharen-Fest. Ich hab' mir immerzu die Augen gerieben, weil ich dachte, ich träume. Sie hatten riesige Feuer angesteckt und Früchte und Gemüse gebraten. Und am Abend, da haben sich alle hingesetzt, und dann haben sie Musik gemacht und gesungen. Das war Musik, mein Junge, wie du sie nie im Leben gehört hast. In einem Moment hätte man lachen und Purzelbäume schlagen mögen vor Seligkeit, und dann wieder sind uns die Tränen runtergelaufen, wie sie von ihren traurigen Geschichten gesungen haben.« Er lächelte glücklich. »Aber am besten war, wie dann die Trolle getanzt haben. Habt Ihr schon mal Trolle tanzen sehen? Sie stampfen wie die Ochsen, aber als die Lharen gesungen haben, ja, da fingen sie plötzlich richtig an zu schweben, versteht Ihr? Zu schweben, sag' ich. Diese Fleischberge! Kinder, als der Abend vorbei war, dachte ich, Jooris, jetzt kannst du sterben.« Er lächelte wehmütig. »Manchmal denke ich, es verzehrt mich vor Sehnsucht, noch einmal ihre Musik zu hören. Ich hatte schon ernsthaft überlegt, damals, als meine Godwine gestorben war, ob ich nicht rüberwandere, über die Berge, in ihr Land. Aber irgendwie ist es nie dazu gekommen. Na, und jetzt, jetzt bin ich zu alt für so eine lange Reise.« Er nahm Arrat das Messer ab und drehte es zwischen den Fingern und vergaß den fremden Mann.

»Ihr wollt also zu den Lharen, Hauptmann?« brach Mekeele das Schweigen.

Arrat zögerte. Genaugenommen ging es die Enkelin des Schmieds nichts an.

»Ich frage nur, weil... Ich meine, wie wollt Ihr dorthinkommen? Nach was für Karten wollt Ihr reisen? Habt Ihr jemanden, der sich in den Bergen auskennt?«

»Ich habe ein paar Karten aus der Bibliothek der Veste.«

Mekeele zuckte verächtlich die Achseln. »Habe ich mir angesehen, vor ein paar Jahren, als ich selber den Weg gesucht habe. Ich sag's Euch offen, sie taugen nicht viel. Haben mich gut achtzig Meilen vom Weg abgebracht und drei Wochen Zeit gekostet.«

»Ihr wart in den Bergen?« fragte Arrat ungläubig.

»Ja. Bis zum Dornaq bin ich gekommen. Das ist ein Fluß am Nordhang des Saucortgebirges. Noch ein paar Tagesritte, und ich hätte Aneirin erreicht.«

»Warum habt Ihr aufgegeben?«

»Fieber. Ich hatte mir was weggeholt und lag tagelang sterbenskrank in einer Höhle. Da hatte es mir gereicht. Außerdem war der Winter zu nahe gekommen.«

»Und Ihr würdet noch einmal gehen?«

»Nicht mehr allein.«

»Mit fünf Männern?«

»Das schon.«

»Warum eigentlich?«

»Was warum?«

»Warum wollt Ihr zu den Lharen?«

Mekeele begann zu lächeln. »Habt Ihr nicht Jooris erzählen hören? Ich möchte wissen, wie die Lharen singen.«

»Und darum wollt Ihr eine so gefährliche Reise unternehmen?«

»Ist das der schlechteste Grund?«

»Ich hätte lieber einen, der mir garantiert, daß Ihr durchhaltet.«

»Ach.« Die kleine Frau war verstimmt und gab sich keine

Mühe, das zu verbergen. »Ihr meint einen von Euren eigenen Gründen. Macht, Siege, Geländegewinn. All Eure Schlachtereien . . . «

»Ihr mögt keine Soldaten?«

Mekeele kreuzte die Arme über der Brust und blickte ihm gerade in die Augen. »Wenn ich alles, was ich verabscheue, in einem Begriff zusammenfassen sollte«, erklärte sie mit Nachdruck, »dann würde ich dazu sicherlich das Wort ›Soldat‹ benutzen.«

Arrat mußte lachen. »Und trotzdem wollt Ihr mit mir kommen?«

»Ich habe Euch gesagt, warum.«

»Und Ihr könntet uns direkt nach Aneirin führen?«

»Ich kenne die Strecke bis auf die letzten zwei, drei Tagesritte.«

»Könnt Ihr mit Waffen umgehen?«

»So gut wie jeder Mann.«

»Und Eure Familie?«

Sie strich sich die braune Wolle aus dem Gesicht, blickte zu dem alten Mann, der schon wieder mit seinen Werkzeugen hantierte, und sagte: »Meine Familie, das ist Jooris dort. Und der wird es verstehen.«

»Also gut, Mekeele, dann ist die Sache abgemacht.«

Arrat hatte Mart den Auftrag gegeben, in den Stallungen ein paar gute Pferde auszusuchen, und deshalb wunderte er sich, als er ihn bei seiner Rückkehr dort nicht antraf. Die Stallknechte, die gerade frühstückten, hatten ihn auch nicht gesehen.

»Vielleicht ist er draußen im Hof bei der Zisterne«, grunzte der Stallmeister hinter seinem Fladenbrot hervor. »Die Männer aus Vallora tränken da gerade ihre Pferde . . . «

»Wo ist das?«

Der Knecht zog anstelle einer Antwort den Lederlappen beiseite, den sie gegen die Hitze über die Stallfenster gehängt hatten, und deutete auf den gepflasterten Platz zwischen dem Backhaus und der Kemenate, wo ein gutes Dutzend Soldaten sich mit ihren Pferden um die Roßtränke drängten. Mart war allerdings nicht unter ihnen. Arrat wollte das Ledertuch schon zurückfallen lassen, als er zwei Männer bemerkte, die sich in den Spalt zwischen der Rückwand des Backhauses und dem Kräutergarten gedrängt hatten und dort heftig gestikulierend aufeinander einredeten. Wahrscheinlich hätte er sie gar nicht bemerkt, wenn nicht einer von ihnen immer wieder wie unter Zwang um die Ecke des Schornsteins zu den Soldaten hinübergelugt hätte. Es lag etwas Verstohlenes in dieser Bewegung, etwas beinahe Ängstliches, das Arrat veranlaßte, genauer hinzusehen. Überrascht stieß er die Luft aus. Den einen Mann, den größeren der beiden, der ihm den Rücken kehrte, kannte er nicht, aber der andere war zweifellos Saram Bouguri. Sein Vogelgesicht unter den weiß gepuderten Haaren war unverkennbar.

Arrats Miene verfinsterte sich. Saram mußte direkt nach ihm das Lager bei Thyram verlassen haben, sonst hätte er auf keinen Fall schon hier sein können, denn sie waren scharf geritten. Damit hatte er gegen Arrats ausdrücklichen Befehl gehandelt, etwas, das jeden gemeinen Soldaten unverzüglich an den Strick oder zumindest für längere Zeit ins Eisen gebracht hätte. Aber für den Neffen des Stadtrats galt das natürlich wieder nicht. Es juckte Arrat in den Fingern, hinüberzugehen und ihn zumindest ordentlich zurechtzustutzen, aber er mahnte sich zur Vernunft. Schließlich, was ging ihn Saram jetzt noch an? Er war von seinem Kommando entbunden worden. Wenn er den Jungen jetzt zur Rede stellte, würde er sich damit nur neuen und diesmal völlig überflüssigen Ärger einhandeln. Wahrscheinlich war das auch Sarams Ansicht, sonst hätte er es sicherlich nicht gewagt, hier öffentlich herumzuspazieren. Arrat zuckte die Achseln. Mochte sein Nachfolger sich mit diesem Problem herumschlagen!

Er wollte sich schon abwenden, als der Fremde neben Saram eine leichte Drehung mit der Schulter machte, so daß er Arrat sein Gesicht zuwandte. Der Mann war groß, ein halber Riese, und obschon die Einkerbungen auf seiner Stirn und in den Augenwinkeln zeigten, daß er die Lebensmitte lange überschritten haben mußte, ging von ihm eine bemerkenswerte Kraft aus. Aber nicht das war es, was Arrat an ihm fesselte. Es war sein Gesicht, das man trotz der Falten und einer weißlich gezackten Narbe, die die linke Wange furchte, nur als schön bezeichnen konnte. Das mochte an den Augen liegen, die eine ungewöhnlich tiefblaue Färbung und Leuchtkraft aufwiesen, oder auch an der völligen Symmetrie der beiden Gesichtshälften. Der Mund war voll, ohne weich zu wirken, die Nase gerade, das lockige, rotblonde Haar trotz vereinzelter grauer Strähnen noch dicht und glänzend. Ja, zweifellos ein schöner oder doch zumindest beeindruckender Mann. Und auch ein kluger Mann; vielleicht sogar ein gefährlicher.

Aber in jedem Fall ein Mann, der mich nichts angeht, dachte Arrat. Ebensowenig wie Saram Bouguri. Mochten sie sich doch zum Teufel scheren mit ihren jämmerlichen, kleinen Intrigen! Mit einer entschiedenen Bewegung ließ er den Vorhang wieder fallen, und als er Minuten später den Hof überquerte, war der Fremde mit Saram Bouguri verschwunden.

Die Veste war nun endgültig zum Leben erwacht. Frauen mit Wassereimern schleppten sich durch die Gänge, aus den Küchen klapperte Geschirr, und einige Lakaien trugen bereits Tabletts mit Geflügel und warmem Kümmelbrot in den Herrentrakt hinauf. Arrat spürte, wie sein Magen zu rumoren begann. Wenn Mart den Auftrag mit den Pferden vergessen hatte, dann wartete er bestimmt mit eben solch einem Tablett auf die Rückkehr seines Herrn. Er beeilte sich, in die unteren Räume zu gelangen.

Im Kellergeschoß ging es ruhiger zu. Der Lärm der Veste klang nur noch gedämpft durch die wenigen Entlüftungsschächte, die zum Hof hinausgingen. Kaum jemand trieb sich hier unten herum. Arrat war erleichtert, den Tumult hinter sich zu haben. Er verlief sich ein paarmal in den weitläufigen Gewölben und Kreuzwegen, aber schließlich erreichte er doch den schmalen, finsteren Gang, der am Küchenaufzug vorbei und zu seiner Schlafkammer führte.

Eigentlich paßt es nicht zu Mart, so etwas Wichtiges wie die Sache mit den Pferden zu verschlampen, überlegte Arrat, während er sich den Weg entlangtastete. Am Anfang war es seinem Burschen hin und wieder geschehen, daß er etwas vergaß, aber nachdem er herausgefunden hatte, wie sehr er seinen Herrn damit reizte, hatte er sich penible Zuverlässigkeit angewöhnt.

Arrat stolperte gegen ein niedriges Möbel, eine Truhe. Er fluchte leise. Warum hatte Mart nicht wenigstens die Wachsfakkeln an den Wänden entzündet? Er rieb sich das Knie.

Der Weg beschrieb eine Kurve, am Ende des Ganges leuchtete ein helles Rechteck, das die Umrandung der Kammertür nachzeichnete. Mart war also tatsächlich hier unten. Warum hatte er die Türe angelehnt gelassen?

Arrat beeilte sich. Seine Stiefel knallten über den Steinboden. Das Echo hallte an den Gewölbemauern. Mart mußte ihn kommen hören. Warum machte sein Bursche sich nicht bemerkbar?

Er erreichte die Tür. Einen Moment lang zögerte er, dann stieß er sie auf.

Mart lag neben dem Bett. Sein Kopf war halb abgetrennt, und sein Körper schwamm im Blut.

Das ganze Zimmer war voller Blut. Es schimmerte in einer Pfütze auf dem Steinboden, es tränkte den filzigen Wollteppich, und es sickerte als träger, verzweigter Fluß unter das eiserne Bettgestell. Auch Marts Kleider war naß, und seine Arme und die Finger, mit denen er nach der Kehle gegriffen hatte, als es schon zu spät gewesen war.

Arrat stützte sich mit der Schulter gegen den Türrahmen und

fuhr sich mit der Hand über den Mund. Mart hatte seinen Auftrag also nicht vergessen. Natürlich nicht. Mart vergaß niemals etwas. Dumm von ihm, so etwas zu denken.

Krampfhaft löste er den Blick von dem Toten.

Sein Bursche mußte sich gewehrt haben. Stühle waren umgefallen, das Bett am hinteren Ende zusammengebrochen. Aber Mart war ein miserabler Kämpfer gewesen. Kein Wunder, seit sieben Jahren hatte er nur noch mit Schuhwichse und Bürste hantiert. Er hatte keine Chance gehabt. Sie hatten ihn abgestochen wie ein Stück Vieh.

Mechanisch blickte Arrat zur Wand, wo an einem eisernen Haken seine Waffen hingen, das einzig Wertvolle, das er besaß. Sie waren unangetastet, ebenso wie die ledernen Satteltaschen, in denen er seine wenigen Habseligkeiten aufbewahrte. Es war also kein Raubmord gewesen. Sein Blick fiel auf den Tisch neben der Tür, und da wußte er endlich, was fehlte: Gny-Kobes Karten, die ihnen den Weg zu den Lharen hatten weisen sollen.

Wegen der Karten also war Mart umgebracht geworden.

Eine stille, hilflose Wut packte den Hauptmann.

Irgend jemand, dem es nicht paßte, daß mit den Lharen verhandelt werden sollte, war hier heruntergekommen und hatte Mart die Kehle durchgeschnitten. Ein Handlanger des Rates vielleicht. Oder einer von den ausländischen Soldaten. Irgend jemand, der wünschte, daß es keine Verhandlungen mit den Lharen gab. Und Mart hatte sterben müssen, weil er zufällig gerade im Zimmer gestanden hatte. Ausgerechnet Mart, den das alles überhaupt nichts anging.

Plötzlich packte Arrat einen Glaskrug vom Tisch und schleuderte ihn mit aller Kraft gegen die Wand.

»Ihr sagt, bis auf die Karten ist nichts gestohlen worden?« Gny-Kobe blickte mit angeekeltem Gesicht auf den Toten. Er trug noch seinen Nachtrock, denn Arrat hatte ihn aus tiefstem Schlaf geholt. »Na, wenigstens wissen wir, daß es nicht Sardeik gewesen sein kann«, fuhr er fort. »Der war nämlich die ganze Zeit unter strengster Bewachung.«

»Einige der Ratsältesten waren dagegen, daß mit den Lharen verhandelt wird«, bemerkte Arrat.

Gny-Kobe machte sich gar nicht erst die Mühe, diese Möglichkeit zu leugnen. »Aber wenn es jemand aus dem Rat veranlaßt hat, dann werden wir es niemals herausbekommen«, sagte er nur.

Arrat lehnte sich gegen die Tischkante und sah zu, wie die beiden Diener, die Gny-Kobe mitgebracht hatte, den toten Körper auf ein Brett hoben. Die Aufregung und der erste Schock waren vorüber. Er wünschte sich nur noch, daß die Männer gingen, damit er endlich allein war.

»Herr, hier liegt was!« rief plötzlich einer der Lakaien. Er deutete mit der Fußspitze auf etwas Metallenes, das von dem Toten verdeckt worden war. Arrat hob es auf. Es war das Messer, mit dem man Mart die Kehle durchtrennt hatte. Gny-Kobe nahm es ihm aus der Hand und pfiff leise durch die Zähne.

»Verdammt, Keswick. Seht. Seht hierher. Der Lharenkreis!«

Er hatte recht. In den Haselnußgriff war ein winziger, blau bemalter Kreis eingekerbt. Man hatte ihn wie ein Suchbild zwischen Blättern und Blumen versteckt, und die Vertiefungen waren vom vielen Greifen bereits abgeschliffen. Aber es war trotzdem ein blauer Kreis. Der Kreis der Lharen. Ihr Zeichen.

Gny-Kobe schüttelte nachdenklich den Kopf. »Ich glaube nicht, daß man etwas darauf geben kann. Solche Messer gibt es massenweise. Eine Zeitlang waren die Leute ganz wild danach. Sie wurden zu Tausenden hergestellt, und auch wenn die meisten davon bereits zerbrochen sind, einige werden doch noch im Umlauf sein. Nein, mein Lieber, meiner Meinung nach ist das nichts als ein billiger Trick, mit dem der Mörder von sich ablenken will.«

Arrat betrachtete das sanftgrün schimmernde Metall der Klinge und die kunstvolle Schnitzerei und schwieg.

»Überlegt doch mal: Wenn ein Lhare den Burschen hier umgebracht hätte, dann hätte er doch irgendein anderes Messer benutzen können. Wäre doch idiotisch, gerade dieses hier zu nehmen und es dann auch noch als Siegel der Tat zurückzulassen, oder?« fragte Gny-Kobe hartnäckig.

»Ich weiß nicht«, sagte Arrat. Er machte Platz für die Diener, die Mart hinaustrugen. »Wohin bringt Ihr ihn?« fragte er.

»Auf den Acker an der Südmauer.«

Arrat schüttelte den Kopf. »Begrabt ihn oben im Wald.«

Die Diener blickten zögernd auf den General, der noch immer in die Betrachtung des Messers vertieft war. Als von dort keine Entscheidung kam, meinte einer von ihnen: »Herr, es ist nicht erlaubt, die Toten außerhalb der Friedhöfe zu bestatten. Und auf dem Hügel, wo die Gräber der Edlen sind, wird man ihn nicht haben wollen.«

»Begrabt ihn im Wald!« wiederholte Arrat mit einer Schärfe, die überflüssig war und die den General verwundert den Kopf heben ließ.

»Warum wollt Ihr ihn denn unbedingt im Wald liegen haben, Keswick? Tot ist tot. Dem armen Burschen wird es gleich sein, wo er verfault.«

»Ich sagte: im Wald!«

Gny-Kobe ließ bei den zornigen Worten das Messer sinken. Er runzelte die Stirn. »Ihr vergreift Euch im Ton, Hauptmann«, sagte er mehr überrascht als verärgert.

Arrat wußte, daß er sich jetzt entschuldigen mußte. Der General wartete darauf. Die beiden Diener, die sie mit angehaltenem Atem beobachteten, warteten auch darauf. Aber er brachte es nicht über sich. Mit steinernem Gesicht, den Blick auf den rotbraunen Fleck im Teppich geheftet, wartete er auf Gny-Kobes Zurechtweisung.

»Verscharrt ihn also im Wald, aber so, daß kein Aufsehen entsteht«, befahl der General nach einer peinlich langen Pause. Er wartete ab, bis die beiden Lakaien mit ihrer Bahre das Zimmer verlassen hatten. Dann beugte er sich zu seinem Untergebenen vor.

»Keswick, ich weiß nicht, was in Euch vorgeht. Es interessiert mich auch nicht. Aber ich warne Euch: Erlaubt Euch so etwas kein zweites Mal. Ihr habt Euch verändert, seit ich Euch das letzte Mal gesehen habe. Und die Art, *wie* Ihr Euch verändert habt, gefällt mir nicht. Sie gefällt mir *überhaupt* nicht. Reißt Euch also zusammen. Das nächste Mal wird es Konsequenzen geben.«

Er wartete noch einen Moment, aber als Arrat sich nicht rührte, verließ er mit einem zornigen Türschlagen den Raum.

Arrat wollte nicht länger warten. Er sagte sich, daß sie sich beeilen müßten, damit der unbekannte Mörder keine zweite Gelegenheit bekäme, ihre Reise zu verhindern. Aber der wahre Grund war, daß er die Burg mit ihrer lärmenden, quirligen Betriebsamkeit einfach nicht länger ertragen konnte.

Er ließ Kilian kommen und beauftragte ihn, Waffen, Pferde und das Gepäck fertigzumachen und bei den Stallungen auf ihn zu warten. Dann ließ er sich in die Schreibstube führen, wo Gny-Kobes privater Schreiber mit der Abfassung seiner Bevollmächtigung beschäftigt war. Der Mann hatte fleißig gearbeitet, und das Dokument war fast fertig. Arrat wies ihn an, es in wasserdicht imprägniertes Leder einzunähen und an Kilian zu übergeben.

Nachdem er Sardeik, Torrot und die Enkelin des Schmieds hatte benachrichtigen lassen, ging er zu Gny-Kobe. Der Abschied von seinem General war kurz und frostig.

»Seht zu, daß Ihr keine Zeit vertrödelt, Hauptmann. Ihr habt acht Wochen, mehr will Euch der Rat nicht zugestehen. Und wenn sich die Überfälle häufen, kann auch leicht weniger daraus werden. Eure Aufgabe kennt Ihr. Ich gehe davon aus, daß Ihr sie zu meiner Zufriedenheit erfüllt.«

Damit war Arrat entlassen.

Unbeachtet von den Knechten und Soldaten versammelte er eine Stunde später seinen kleinen Trupp neben den Pferdeställen, überprüfte Gepäck und Bewaffnung und verließ mit ihnen die Veste und die Stadt.

V

Ihre Abreise lag in der Zeit der Mittagshitze. Der Himmel spannte sich wie ein endloses, lichtblaues Nichts über die Felder, und die kraftvolle Hochsommersonne heizte die Luft zu flimmernder Glut.

Sie waren allein auf der Heeresstraße. Die Händler, Bauern und Söldner, und alle, die sonst noch auf dem Weg nach Gorrota oder Missala waren, hatten sich in die Gasthäuser am Rand der Straße zurückgezogen, um die ärgste Hitze abzuwarten. Erst in ein oder zwei Stunden würden die Karren wieder über das Kopfsteinpflaster holpern. Bis dahin wollte Arrat die Heeresstraße verlassen haben. Sardeik hatte seinen verräterischen Glatzkopf zwar unter der Kaputze eines wallenden, blauen Umhangs verborgen, aber jeder Windstoß und jede ungeschickte Bewegung konnte die flüchtige Tarnung zunichte machen. Und die Skelden waren im Augenblick alles andere als beliebt.

Arrat warf nur selten einen Blick zurück. Er wußte, daß Sardeik dicht hinter ihm war. Und auch Kilian und die kleine Schmiedin schienen nicht üble Reiter zu sein. Nur der Ratth hockte wie ein Häufchen Elend auf seinem Pferd. Sein Quengeln und Fluchen begleiteten sie mit derselben Penetranz wie die Mückenschwärme. Aber das war nicht Arrats Sache. Er mochte den kleinen Giftspucker nicht, und wenn der Ratth aufgab, um so besser.

Sie waren vielleicht eine Viertelstunde unterwegs, gerade so weit, daß die Stadt hinter ihnen zu einem kleinen, braunen

Spielzeug zusammengeschmolzen war, als sie den Mann am Roggenfeld trafen. Eine hochgewachsene, hell gewandete Gestalt, die sich bei ihrem Nahen aus dem Getreide erhob und auf die Straße trat. Der Fremde bewegte sich langsam, mit merkwürdig zögernden Bewegungen, so als wäre er gar nicht sicher, ob er sich überhaupt zeigen solle. Geduldig wartete er am Wegrand ihr Kommen ab.

Es war Sardeiks Bruder.

Arrat wußte es in dem Augenblick, als er in sein Gesicht blickte. Nicht etwa, weil der Mann Sardeik so ähnlich gesehen hätte: mit dem Skeldenchan verband ihn nicht mehr als die tätowierte Glatze, die alle erwachsenen Männern ihres Volkes zierte. Es war die Ähnlichkeit mit Sardeiks Bruder Mouwen.

Er muß sein Zwillingsbruder sein, fuhr es Arrat durch den Kopf. Dann fiel ihm ein, daß Mouwen, wenn er noch lebte, bereits auf die dreißig zugegangen wäre, und dieser junge Mann war gerade dem Knabenalter entwachsen. Und als er ihm auf Schrittlänge nahe gekommen war, fand er, daß die Ähnlichkeit doch geringer war, als er zuerst gedacht hatte. Die Art, wie der Junge den Kopf hielt, war dieselbe, auch das weiche Kinn und der unstete, etwas beunruhigte Blick. Aber die Augen hatten eine dunklere Farbe und der Leib war magerer. Mouwen hatte trotz seiner Jugend bereits einen Fettansatz am Bauch gehabt.

Arrat suchte die Umgebung mit den Augen ab. Der Junge schien allein zu sein. Und Sardeik war, wenn seine Miene nicht log, vom Auftauchen des Bruders mindestens ebenso überrascht wie alle anderen. Was also sollte diese merkwürdige Begegnung? Arrats Blick blieb an dem Schwert hängen, das der Fremde wie zufällig in der Hand hielt. Er wollte etwas sagen, aber Sardeik kam ihm zuvor.

Ein Schwall skeldischer Worte ergoß sich über den Wartenden, und man brauchte die Wüstensprache nicht zu verstehen, um zu begreifen, daß sie alles andere als freundlich waren.

Die Gesichtshaut des jungen Mannes färbte sich in tiefstes

Rot. Er blickte beschämt zu Boden. Wie Mouwen, ging es Arrat durch den Kopf. Mouwen konnte auch keine Auseinandersetzungen ertragen.

Sardeik fing an, Fragen zu stellen. Er sprach jetzt etwas langsamer, und Arrat verstand, daß der junge Mann mit anderen Stammesgenossen auf dem Wege zurück in die Wüste hätte sein sollen. Warum also, zürnte der Chan, warum hatte er hier auf sie gewartet?

Die Antwort kam, aber sie war nicht an Sardeik, sondern an Arrat gerichtet. »Ich möchte, Hauptmann«, sagte der Junge in einem harten, mit skeldischen Brocken durchsetzten Südländisch, »mit Euch zu den Lharen reiten.« Er mied den fassungslosen Blick seines älteren Bruders und starrte beharrlich auf die Jackenknöpfe des feindlichen Offiziers.

Arrat schüttelte den Kopf. Die Feindschaft zwischen den Skelden und den Angehörigen des Bundes war durch den Pakt mit Sardeik nicht beendet. Niemand hätte ihm einen Vorwurf gemacht, wenn er den Jungen jetzt einfach vom Pferd hinab niedergestochen hätte. Selbst Sardeik, der ja an seinen Treueid gebunden war, hätte es dulden müssen. Ja, er hätte sogar selbst den tödlichen Streich führen müssen, wenn Arrat es ihm befohlen hätte – ein Gedanke, der dem Chan möglicherweise auch schon gekommen war, denn seine Miene war finster wie ein Gewitterhimmel.

»Wie heißt du, Junge?« fragte Arrat.

»Tarek.«

»Und warum, Tarek, meinst du, daß ich dich mitnehmen sollte?«

Der Blick des jungen Skelden verlor sich im Nichts. »Mein Volk ist angegriffen worden«, murmelte er. »Ich möchte ... auch etwas tun ... «

Oh, du kleiner, glatzköpfiger Einfaltspinsel! Arrat schwankte zwischen Ärger und Mitleid. Es war ein Wunder, daß der Skelde noch von keiner Streife aufgegriffen worden war.

»Kannst du überhaupt ein Schwert führen?«

Das Gesicht des Burschen hellte sich auf. »So gut wie jeder andere.« Stolz schwang in seiner Stimme mit, ein Stolz, der Sardeiks Züge noch härter machte, aber Arrat seltsam anrührte. Er ist tatsächlich noch ein Kind, dachte er. Doch dann fiel ihm ein, daß auch Mouwen fast noch ein Kind gewesen war, und die weiche Regung erlosch.

Es wäre verrückt, den Jungen mitzunehmen. Schon Sardeiks Begleitung stellte ein Risiko dar. Aber der Chan war zumindest berechenbar. Wie sein Bruder es dagegen mit einem Schwur hielt, wußte niemand. Und wenn es hart auf hart ging...

Arrat spürte Sardeiks Blicke. Wenn sie den Jungen, jetzt zurückließen, dann würde die nächste Patrouille, der er begegnete, ihn aufknüpfen. Und sie würden ihn schnappen, diesen kleinen Träumer. Sie würden ihn ganz bestimmt schnappen.

»Die Berge sind gefährlich. Und sechs Mann können sich besser verteidigen als fünf«, meldete sich die Schmiedin zu Wort.

Arrat blickte in ihre kühlen, braunen Augen und entschied sich. Der Junge war ein Risiko, aber dieser Ritt würde die Hölle werden, wenn er ihn jetzt hier zurückließ.

»Wenn du mit uns kommen willst, Tarek, dann mußt du mir den Treueid leisten«, sagte er.

Tarek zuckte mit keiner Wimper. Er war offenbar nicht so schnell zu beleidigen wie sein älterer Bruder. Fragend blickte er den Chan an.

»Vituske bello kretta araveske libetonette goivorni krallste, Tarek, in voskällatte skät!« bellte Sardeik.

Das mußte Zustimmung bedeuten, denn Tarek griff nach Arrats Hand und leistete mit gesenktem Kopf den Schwur. Dann pfiff er sein Pferd heran, einen prächtigen Schimmel, der aus dem nahen Waldrand galoppiert kam.

Es ist ein Fehler, ihm das Mitkommen zu gestatten, dachte

Arrat, während er zusah, wie Tarek sich in den Sattel schwang. Der Junge hat den Schwur zu schnell geleistet. Er ist wie Mouwen. Er wird mir Schwierigkeiten machen.

Aber nun war es zu spät.

Arrat richtete seinen Blick wieder an den Horizont, wo die Saucortberge ihre gewaltigen, schneegekrönten Zacken in den blauen Nachmittagshimmel stießen. Zwei Wochen vielleicht, dann würden sie das Gebirge erreichen. Und dort, in der Wildnis, wo es nichts als Trolle, Baeldogs, Wölfe und herumstreunendes Gesindel gab, würde es sich zeigen, wieviel Tareks Wort taugte.

VI

Arrat wartete darauf, daß etwas passierte. Er wartete die ganzen zehn Tage, die sie brauchten, um die Altmark und die Steppe von Ahagorr zu durchqueren und die ersten Ausläufer des Saucortgebirges zu übersteigen. Hätte man ihn gefragt, was genau er befürchte oder warum er es tat, so hätte er allerdings keine Antwort geben können. Es war nichts als ein Gefühl, so als wäre jemand um sie herum, der sie ständig beobachtete und nur auf eine Gelegenheit wartete zuzuschlagen. Manchmal wurde dieses Gefühl so stark, daß er plötzlich herumfuhr und versuchte, mit den Blicken in die braungrüne Blätterwand seitlich des Weges einzudringen, weil er fast körperlich die Anwesenheit von etwas Lebendigem zu spüren meinte. Von etwas – und diese Empfindung war vielleicht die Aufreizendste, weil sie jenseits jeder Vernunft lag –, das ihnen *Böses* wollte.

Natürlich entdeckte er nie etwas. Weil, wie er sich verärgert einzuhämmern suchte, es ja nichts zu entdecken gab.

Mart war von einem der Ratsältesten ermordet worden oder von einem Mann, den sie dazu gedungen hatten. Aber dieser

Mann würde kaum so dumm sein, eine Schar von sechs bewaffneten Leuten zu verfolgen!

Und wenn es doch ein Lhare gewesen war, der den Dolch geführt hatte?

Bei diesem Gedanken fühlte Arrat regelmäßig nach dem grünschimmernden Messer in seiner Jackentasche. Und jedesmal wenn er es berührte, packte ihn eine merkwürdige Scheu. Ihm war, als besäße diese Waffe... ja, fast so etwas wie ein Eigenleben. Als wäre sie mit ihrem Erschaffer auf eine besondere, ausschließliche Weise verbunden, die zu jedem Fremden Distanz schuf.

Der Dolch war ohne Zweifel ein zauberisches Gerät, aus einem zauberischen Metall geschmiedet, und der Lhare, dem es gehört hatte, verfügte sicherlich über zauberische Kräfte. Andererseits waren sie während der vergangenen zehn Tage nicht im geringsten behelligt worden, und daher war es unvernünftig anzunehmen, sie würden von dem Lharen, falls es ihn denn überhaupt gab, bedroht werden.

Trotz dieser Überlegungen vibrierten seine Nerven, und es kostete ihn alle Selbstbeherrschung, seine Kameraden nicht zu einem Gewaltmarsch anzutreiben oder sie loszuhetzen, das Gesträuch zu durchkämmen. Er bezwang sich, denn es ging nicht an, daß seine Unruhe an dem dünnen Kitt des Vertrauens rüttelte, der ihre Gemeinschaft zusammenhielt. Das einzige Zugeständnis, das er sich machte, war, daß er seine Leute jede Nacht zu zweit wachen ließ.

Ihr Weg wurde beschwerlicher, je weiter sie sich von den bewohnten Flecken entfernten. Die Handelsstraße, die über Jahrhunderte die südlichen Länder mit dem Norden verbunden hatte, war nach dem Krieg mit den Oghools kaum noch benutzt worden, und der Wald hatte sich die gestohlene Schneise mit zäher Beharrlichkeit zurückerobert. Oft blieben ihnen nur Sonne und Sterne zur Orientierung, und Arrat war jedesmal erleichtert, wenn Mekeele auf einen merkwürdig geformten Fels oder einen der zahllosen Bergmare deutete und ihnen mit ihrem breiten Lächeln versicherte, daß sie auf dem richtigen Weg seien.

Überhaupt erwies es sich mehr und mehr als Glücksfall, daß sie die kleine Schmiedin bei sich hatten. Mekeele war es, die mit dem bedauernswerten Tarek plauderte, als er sich weder an Sardeiks Seite noch an die der alten Feinde traute. Sie war es auch, die den Bauern Kilian aus seiner eigenbrötlerischen Stumpfheit zu reißen verstand. Und selbst Torrot, dem Ratth mit den tausend Klagen, begegnete sie mit Gleichmut.

»Ihr müßt es einmal so betrachten«, versuchte sie ihn aufzumuntern, als er sich zum hundertsten Male über die Rücksichtslosigkeit beschwerte, mit der Arrat sie vorwärtstrieb. »Wenn wir herumgebummelt hätten, dann müßten wir heute zwischen diesem Gestrüpp hier übernachten, wo man sich nicht drehen kann, ohne sich die Haut aufzureißen, und wo einem schon am frühen Morgen die Sonne das Fell verbrennt. Aber die paar Schweißtropfen, die wir uns zusätzlich abgeritten haben, werden uns als Nachtlager ein gemütliches Tal mit hohen, schattigen Bäumen und einem wunderschönen Bergsee bescheren.«

»Bäume! Bergsee! Quatschkram! Stechmücken wird es dort geben. Auffressen wird man uns! Pieksen, beißen, krabbeln, summen: Kein Auge wird man zutun können . . . «

»Was ist das für ein Tal?« erkundigte sich Arrat.

»Es liegt dort hinter dem Buckel. Die Oghools, die es angeblich als erste entdeckten, haben es das Glenshoo-wuk-trobben Tal genannt, was soviel heißt wie: ›wo auf einen Schlag Dreie fielen‹. Das ist für unsere Zungen natürlich schwer zu sprechen . . . «

»Drei auf einen Schlag?« unterbrach Torrot sie.

»Richtig«, bestätigte Mekeele und fuhr mit einem kleinen, boshaften Lächeln fort: »Allerdings haben die Waldläufer hier immer Schwierigkeiten mit dem Namen, und deshalb nennen sie es einfach das Tal der Gehenkten.«

»Der Gehenkten!«

»Ja. Weil nämlich irgendwann einmal eine Gruppe Goldsucher dort unten von Verfemten überfallen und aufgeknüpft worden ist. Aber das muß bestimmt schon... na, sicher drei oder vier Jahre her sein, und inzwischen...«

»Inzwischen! Inzwischen! Und inzwischen ist es das reinste Paradies. Das wolltet Ihr doch zweifellos sagen, Gnädigste!«

»Nun ja, *so* würde ich es auch wieder nicht ausdrücken. Immerhin gibt es da diese Geschichte von dem Mann aus Taruleg, den sie nach der letzten Schneeschmelze in einen gespaltenen Baumstamm eingeklemmt fanden, wo er...«

Sie lachte ihr tiefes, kollerndes Lachen, als der Ratth, der sich zu Recht veralbert fühlte, entrüstet die Arme hochriß und sich einige Pferdelängen vor den Rest der Truppe setzte.

»Davon abgesehen, ist es aber wirklich ein Paradies«, rief sie ihm vergnügt nach.

Und damit hatte sie recht.

Eine gute Stunde später, nachdem sie ihre Pferde einen Sandhang hinauf und dann über eine Graskuppe geführt hatten, schauten sie in eine sanftgrün bewaldete, ovale Schlucht hinab, in deren Mitte tiefblau und einladend ein See glänzte. Arrats Laune besserte sich. Zwei Tage lang Hitze und staubige Wege: Er sehnte sich nach einem Bad.

Die Schmiedin schmunzelte vergnügt. »Um diese Zeit ist das Wasser beinahe warm. Der See kann selbst in der Mitte nicht mehr als acht Fuß tief sein. Und seht Ihr den hellen Streifen, der sich um den südlichen Teil zieht? Das ist nichts als weiches, saftiges Gras. Es ist tatsächlich einer der schönsten Flecken Erde.«

»Es ist eine perfekte Falle!« unterbrach Sardeik sie rüde. Es war vielleicht das zweite oder dritte Mal, seit sie Gorrota verlassen hatten, daß der Chan unaufgefordert sprach, und entsprechend verblüfft schauten sie ihn an. Er beschrieb mit der Hand einen Bogen. »Die Felswände da! Das ist alles steiler, spiegelglatter Stein. Der reinste Kessel. Zwei Mann hier und zwei

Mann dort drüben, wo der Weg wieder hinausführt, und wir stecken fest.«

Arrat musterte ihn forschend. Der Chan hatte natürlich recht mit dem, was er sagte, aber Arrat hätte für sein Leben gern gewußt, wie er überhaupt auf den Gedanken kam, jemand könnte das Tal als Falle benutzen, und warum ihn diese Vorstellung so nervös machte. Denn nervös war er. Seine Nasenflügel hatten sich gebläht, und die Augenbrauen bildeten gereizte Zacken. Hatte Sardeik vielleicht auch Schatten gespürt, die nicht zu sehen und nicht zu greifen waren? Arrat hätte ihn gern danach gefragt, aber er wußte, daß er sich damit nur eine Abfuhr holen würde.

Nun, im Grunde war es auch gleichgültig, was Sardeik dachte. Dieses Tal *eignete* sich als Falle. Und wenn irgend jemand vorhatte, sie unschädlich zu machen, dann *war* es der ideale Ort dazu. Eine Handvoll entschlossener Männer genügten, um sie bis in alle Ewigkeit dort unten festzuhalten. Und wenn jemand auf den Gedanken kam, Brandpfeile in das ausgedörrte Sommerlaub zu schießen . . .

»Führen noch andere Wege aus dem Tal hinaus?« fragte Arrat die Schmiedin.

»Sicher. Es kommt nur darauf an, wie gut Ihr klettern könnt. An der Ostseite wird der Fels schroffer. Man kann das von hier aus nicht sehen, weil die Bäume davorstehen. Mit etwas Geschick und wenn einem das Feuer heiß genug unterm Hintern brennt, könnte man da sicher hochkommen. Die Gemsen, die hier leben, tun es ja schließlich auch.«

»Sicher. Und wenn Ihr einen Blick auf die Schwarzdrosseln dort hinten werft, Verehrteste«, bemerkte Torrot frostig, »dann werdet Ihr feststellen, daß man Euer Paradies sogar auf dem Luftwege verlassen kann. Mit einigem Geschick, versteht sich.«

»Können wir das Tal umgehen?« fragte Arrat.

Mekeele schüttelte den Kopf.

»Dann hat es keinen Sinn, darüber noch ein Wort zu verlieren. Hindurch müssen wir, also können wir es ebensogut gleich jetzt versuchen.«

Der Weg, der sich ins Tal hinunterschlängelte, war so schmal, daß sie ihre Pferde am Zügel nehmen und im Gänsemarsch abwärtssteigen mußten. Arrat fragte sich, wie die Handelskarawanen vor dem Krieg mit ihren Lastkarren und Gepäcktieren diese Schräge bezwungen haben mochten. Er rutschte und schlitterte bei jedem Schritt und hatte Mühe, sein Pferd ruhig zu halten, und seinen Kameraden erging es nicht besser. Sie hatten den Hang noch nicht einmal zur Hälfte überwunden, da wußte Arrat schon, daß sie das Tal an diesem Abend nicht mehr verlassen würden. Der Weg dehnte sich, als würde jeder Schritt, den sie machten, auf geheimnisvolle Weise vorn wieder angefügt werden.

Sein Blick irrte zu dem See, in dem sich orangerot das Licht der untergehenden Sonne spiegelte. Und auf einmal fiel ihm auf, wie tot das Tal wirkte. Er stutzte. Nicht einmal die Baumspitzen schienen sich zu bewegen. Es war, als hätte jemand einen Zauber über den Flecken Erde geworfen. Tiere, Pflanzen und selbst die Luft kamen ihm vor, als wären sie zu Glas erstarrt. Unsinn, natürlich. Er hatte den Gedanken kaum zu Ende gedacht, da stiegen zwei Amseln aus dem Wipfel einer Hainbuche auf und schwangen sich in den rotgestreiften Abendhimmel. Trotzdem konnte er das Gefühl nicht loswerden, sie kletterten geradewegs in ein riesiges Grab hinab.

Er war so mit sich und seinen Gedanken beschäftigt, daß er fast auf Torrot geprallt wäre, als der Zug vor ihm plötzlich ins Stocken geriet. Mekeele, die voranging, war stehengeblieben und betrachtete etwas am Boden.

»Was gibt es?«

»Mancher Tag hat zwölf Stunden und dreizehn Unglücke«, seufzte sie. »Hier, wo der Sand liegt, ist ein Fußabdruck, gut zwanzig Zoll lang, mit sechs Zehen, und selbst wenn ich hundert Jahre darüber nachdächte, wüßte ich nicht, wer ihn anders getreten haben sollte als ein Troll. Und ich will meine Stiefel fressen, wenn es länger als eine Stunde her ist, daß er hier hinuntermarschiert ist.«

Sardeik, der sich neben sie gequetscht hatte, fuhr die Spur mit den Fingern nach und grunzte zustimmend.

Ein Troll also. Na, das war gerade, was ihnen noch fehlte. Arrat hatte erst einmal in seinem Leben einen Troll gesehen. Ein wabbelnder, sabbernder Fleischberg, der von einem Gaukler an einem Nasenring über die Jahrmärkte geführt worden war. Eine Jammerfigur. Aber er wußte durchaus auch von anderen Trollen, bärenstarken, muskelbepackten, wilden Gesellen aus den Tiefen der Berge, die einem ausgewachsenen Mann mit einer lässigen Ohrfeige das Genick brechen konnten. Und es auch taten, wenn ihnen danach zumute war.

»Also schön. Sehen wir zu, daß wir ihm aus dem Wege gehen«, erklärte er verdrossen.

Als sie den Boden des Kessels erreichten, hatte sich die Dämmerung bereits in den Spitzen der Bäume gefangen. Das Tal verkroch sich im Zwielicht.

»Wir lagern direkt am See«, entschied Arrat.

Der Waldstreifen, der den See umzog und der einen Steinwurf hinter dem Abhang begann, ragte feindselig wie eine Wand vor ihnen auf. Nichts regte sich zwischen den schwarzen Stämmen, und doch schien jede einzelne Faser dieses kompakten, finsteren Stücks Natur eine unbestimmte Drohung auszustrahlen.

Wieder wurde Arrat von Unbehagen gepackt.

Er schalt sich einen Narren. Ein Haufen Holz stand dort in der Dämmerung, und sonst nichts!

Entschlossen führte er seine Kameraden auf die schwarze Wand zu. Er verharrte einen Moment, nachdem er die ersten Schritte zwischen die Stämme getan hatte, aber nichts geschah. Die Bäume blieben so stumm auf ihren Plätzen, wie es ihnen gebührte. Kein Schatten strich durch das Geäst. Kein geisterhaftes Lachen. Nichts, was seine überreizte Phantasie ihm vorzugaukeln versuchte. Er fühlte sich wie ein Idiot.

Unter dem Blätterdach war es dunkel, aber nicht ganz. Am Himmel hing der Vollmond, und sein Licht warf unregelmäßige Flecken auf den Waldboden. Das reichte, sie den Weg erkennen zu lassen. Zehn Minuten, schätzte Arrat, und sie würden am See angelangt sein.

Er hatte sich wieder an die Spitze des Trupps gesetzt. Das Laub vom Vorjahr raschelte unter seinen Füßen, und er wunderte sich, wie laut das klang. Überhaupt schienen alle Geräusche, die sie machten, laut zu sein, fiel ihm plötzlich auf. Es war, als bewegten sie sich in einem vollkommen stillen Raum. Sein Pferd begann zu schnauben und am Leder zu zerren, und er tätschelte ihm geistesabwesend den Hals.

Hinter ihm begann Torrot in seinem Kauderwelsch leise vor sich hin zu schimpfen. Arrat war erstaunt, wie melodisch die Ratthsprache klang. Er hatte sie sich immer wie etwas Holpriges, Grobes vorgestellt. Gab es vielleicht doch mehr Gemeinsamkeiten zwischen den Lharen von Aneirin und den Ratths, als er gedacht hatte? Er stellte fest, daß er bestürzend wenig über Torrot und die Ratths aus Blairgowrie wußte. War der Waffenhändler nicht etwas *zu* bereitwillig gewesen, die Menschen zu begleiten? Ihm fiel auf, daß der Kleine ihm niemals etwas über *seine* Beweggründe verraten hatte, die beschwerliche Reise anzutreten. War es vorschnell gewesen, anzunehmen, sie hätten alle dasselbe Ziel?

Arrat rammte sich den Kopf an einem tiefhängenden Ast und blieb fluchend stehen.

»Was ist los?« krächzte Torrot schrill.

»Nichts, verdammt!«

Arrat rieb sich die Schläfe und ging energisch weiter. Irgend etwas war mit diesem Tal nicht in Ordnung, und sie alle spürten es!

Obwohl er es eigentlich nicht wollte, mußte er wieder an die zauberischen Lharen denken. Doch woher sollten die Lharen von ihrem Kommen wissen? Und woher sollten sie wissen, daß die Menschen und der Ratth gerade dieses Tal zu gerade dieser Zeit passieren würden? Niemand konnte das wissen. Außer vielleicht der Mann, der Mart getötet und die Pläne gestohlen hatte? Und der ihnen vielleicht gefolgt war?

Er lehnte es ab, diesen Gedanken weiterzudenken. Sie hatten nichts gesehen als die Fußabdrücke eines Trolls. Dies hier war ein gewöhnliches Tal mit gewöhnlichen Bäumen und...

Er hielt mitten im Laufen inne.

Ein gewöhnliches Tal?

Er lauschte. Und dann verfluchte er sich selbst, daß er es nicht schon früher bemerkt hatte. O nein, dies hier war keineswegs ein gewöhnliches Tal. Die Vögel! Es war nicht eine einzige Vogelstimme zu hören.

Torrot, der übersehen hatte, daß er stehengeblieben war, trat ihn schmerzhaft in die Hacken, aber Arrat achtete nicht darauf. Er horchte in die Dunkelheit, und während er es tat, spürte er, wie seine Nackenhaare sich zu sträuben begannen. Nicht nur die Vögel schwiegen. Es war überhaupt kein Laut zu hören. Keine Grille sang, das Laub lag still, der See schwieg. Dieses Tal war tatsächlich tot.

Er empfand es beinahe erleichternd, endlich einen Beweis gefunden zu haben, daß er sich zu Recht sorgte. Leise erklärte er den Gefährten seine Beobachtung. Er spürte, wie sie in die Dunkelheit horchten und enger zusammenrückten.

»Das sind die Lharen!« flüsterte Kilian. Sein Wispern kam mit greller, dünner Stimme und erhöhte damit die Wirkung seiner Worte. »So war's auch bei der Furt. Dort hat es auch keine Tiere mehr gegeben. Sie... fliehen vor dem Bösen.« Seine Stimme schraubte sich, bis sie eine lächerliche Höhe erreichte. »Irgendwo hier müssen sie sein, Herr. Sie... wollen nicht, daß wir in ihre Stadt kommen. Deshalb warten sie auf uns. Sie...«

»Halt den Mund!«

Arrat merkte selbst, daß er zu scharf gesprochen hatte. Er spürte, wie seine Gefährten ihn anstarrten. »Wir werden weiter zum See gehen und dort den Morgen abwarten«, erklärte er betont gelassen.

Kilian begann zu kichern. »Na und? Sie werden uns finden, ob hier oder am See. Und dann werden sie uns ins Fleisch fahren. Genau wie am Fluß. In die Augen und ins Hirn ... «

Arrat packte Kilians Arm und drückte ihn so heftig, daß der Soldat aufschrie. »Ich habe gesagt, Mann, du sollst das Maul halten!« Er hielt den festen Griff und wartete, ob Widerstand kam, aber Kilian duckte sich verschreckt. »Gut.« Mit einem groben Stoß gab er ihn frei. »Wir gehen weiter zum See gehen. Jeder nimmt die Waffen zur Hand. Und vermeidet allen Lärm.«

Der Weg schien sich endlos zu strecken. Der Wald, der am Anfang noch relativ offen gewirkt hatte, verzweigte und verästelte sich, und sie mußten Dutzende von Malen kehrtmachen, weil ihnen Dornengesträuch den Weg versperrte.

Arrat spürte, wie ihm die Kehle enger wurde. Er hatte das Gefühl, als würde sich mit jedem Schritt, den sie vorwärtstraten, die Dunkelheit um sie herum verdichten, und zwar auf eine Weise, die nichts mehr mit der einbrechenden Nacht zu tun hatte. Es war, als sickere schwärzeste Finsternis durch die Laubdekke, obwohl der Mond unverdrossen vom Himmel strahlte. Ihre Pferde wieherten und zerrten am Geschirr.

Und dann bemerkte er plötzlich den Geruch.

Es war eine abstoßend süßliche Witterung, die den Duft der würzigen Walderde unterwandert hatte. Vorsichtig sog er die Luft ein. Man mußte eine gute Nase haben, um es wahrzunehmen. Es roch ... er schüttelte den Kopf vor Ekel. Ja, es roch, als wehte ihnen der Wind von einem mehrere Tage alten Schlachtfeld entgegen.

Sardeik packte ihn an der Jacke. »Von dort drüben kommt es her!« raunte er. »Stinkt wie vergammeltes Fleisch.«

»Was bitte stinkt?« fragte Torrot, der wie alle Ratths einen beklagenswerten Geruchssinn hatte.

Kilian begann zu kichern. »Es riecht nach Lharentod, Rhatt. Das sind die ...« Er mußte Arrats Bewegung gespürt haben, denn er brach ab, ließ die Zügel seines Pferdes fahren und rettete sich einige Schritt weit ins Gebüsch zurück. »Ich sag', was ich sag', Herr.«

»Dein Maul sollst du halten, verdammtes ...«

Der Schatten des Soldaten duckte sich. »Nein«, flüsterte er aufsässig. »Was ich weiß, das weiß ich. Die Lharen sind hier! Und wenn wir weitergehen, werden sie uns ihre Draaks schikken. Die werden mit ihren Krallen ...«

Arrat war mit zwei Sprüngen bei Kilian und wollte ihn packen. Aber der Mann war flinker, als er gedacht hatte. Er wich zurück, hob die Fäuste und hätte Arrat bestimmt mit einem kräftigen Schwinger am Kinn erwischt, wenn der nicht im letzten Moment noch eine Seitwärtsdrehung geschafft hätte.

Wütend packte Arrat ihn am Handgelenk und verdrehte es. Er wußte, daß der Griff weh tat, aber Kilian schien nichts davon zu merken.

»Nein!« kreischte der Soldat. »Da habt Ihr kein Recht zu. Ich brauche nicht zu gehen. Ich will nicht ...« Er riß sich mit verblüffender Kraft los und versuchte davonzustürzen. Arrat schnappte sich einen Ast vom Boden und setzte ihm nach. Nach wenigen Schritten hatte er ihn erreicht und schlug ihm das Holz über den Schädel.

Sein verrückter Soldat sackte zusammen.

Keuchend vor Ärger zog Arrat einen Lederstreifen aus der Tasche und warf ihn Tarek zu. »Fessele ihn!« befahl er.

Er wartete, bis der Skelde seinen Befehl ausgeführt hatte. Dann wickelte er sein Tuch vom Hals, band es sich vor die Nase und schickte sich an, in eben die Richtung zu verschwinden, vor der Kilian geflüchtet war.

»Warte!« Sardeik zog einen Feuerstein aus der Tasche, bückte sich, entzündete das dürre Laub und machte sich aus einem Ast eine Fackel zurecht. Er nahm sie in die Linke, packte mit der Rechten sein Schwert und deutete Arrat mit einem Kopfnicken an, daß er bereit wäre, mitzukommen.

Sie brauchten nicht weit zu gehen. Schon nach wenigen dutzend Schritten stolperte Arrat über etwas Weiches, Nachgiebiges, das zwischen den Sträuchern lag. Sardeik schob die Fackel über seine Schulter, und dann starrten sie beide betroffen auf den Kreis, den das Feuer ausleuchtete.

Der Kadaver eines gerissenen Hirsches ist nie ein schöner Anblick, aber was sich ihnen hier bot, schnürte ihnen die Kehle.

»Zerfetzt! Als hätte es einer im Wahnsinn in Stücke gerissen«, murmelte Sardeik.

Und seinen Schädel ausgekratzt und die Gedärme herausgezerrt und die Haut vom Fleisch gerissen, dachte Arrat, aber das behielt er lieber für sich.

Sardeik deutete mit der Fackel nach rechts. »Sieh mal. Da drüben liegen noch mehr.«

Arrat machte einen sorgfältigen Bogen um das gerissene Tier und ging zu den anderen Kadavern.

Einen Augenblick verharrte er vor den Leibern der toten Tiere. Sein Magen rebellierte gegen den Verwesungsgestank, und er mußte sich zwingen, sich über einen der roten Fleischklumpen zu beugen.

»Sieh dir diese Wunde an!« murmelte er. »Wer das getan hat, der hat Klauen, so groß, wie ein Kürbis.« Er wies auf die messerscharfen Einschnitte, die das Tier von der Kruppe bis zum Schulterblatt aufgerissen hatten. »Sieben Krallen hat das Biest. Die reinsten Dolche. So etwas habe ich noch nie gesehen. Leuchte höher. Was ist das hier am Kopf? Sieht aus, wie weggeätzt. Von hier kommt auch der Gestank!« Er beugte sich dichter über den Kopf des Hirschs. »Siehst du das? Das schleimige Grün in der Wunde? Es hat sich mit dem Blut gemischt.«

Er streckte die Hand aus, um es zu berühren, hielt inne und zog sie hastig wieder zurück. Betroffen starrte er auf die grüne Masse. Es lebt, dachte er bestürzt. Auch wenn es unmöglich ist, das Zeug lebt.

Er zog sein Messer und näherte es langsam dem merkwürdigen Glibber. Noch bevor die Spitze ihn ganz berührte, zuckte das Grün auf und leckte mit einem bösartigen Zischen am Stahl empor. Fluchend ließ Arrat die Waffe fallen und sprang zurück. Grüner Dampf kräuselte sich für wenige Augenblicke über dem blanken Metall auf dem Moospolster, dann war der Spuk verschwunden.

»Zauberei!« keuchte Sardeik. Sie starrten erst einander und dann wieder das Messer an. Arrat streckte die Hand aus.

»Laß es liegen!« entfuhr es Sardeik. Er lächelte verkrampft, als der andere ihn ansah. »Laß es liegen, oder heb es auf. Aber ich würde die Finger davon lassen.«

Arrat zögerte einen Augenblick, dann packte er den Griff, wischte die Klinge im Moos sauber und schob die Waffe in die Ledertasche zurück. »Sardeik?«

Der Skelde drehte ihm das Gesicht zu.

»Ist es das? War es so bei dir zu Hause gewesen?«

Sardeiks Kopf war im Schatten, aber Arrat sah, daß der Chan nickte.

»Hast du sie einmal gesehen?«

»Die Draaks? Nein. Von denen, die die Überfälle miterlebt haben, lebt nur noch einer. Ein alter Mann.«

»Was hat er erzählt?«

»Ich weiß nicht, wieviel man darauf geben kann. Sein Verstand war verwirrt. Er sagte, es sei ein schwarzgeschupptes Drachentier gewesen. Und aus seinem Rachen sei grüner Dampf gekommen, und es habe metallene Klauen gehabt. Und er sagte, es komme von den Lharen.«

»Und wenn das die Wahrheit ist?«

Der Chan schwieg.

»Wie viele von diesen ... Dingern mag es geben?«

Sardeik zuckte die Schultern. »Ich weiß nicht. Ich weiß nur, daß sie aus Lust an der Grausamkeit töten. Und das ist ein schlimmes Zeichen.«

Kilian war wieder zu sich gekommen. Tarek, der nicht recht wußte, was Arrat von ihm erwartete, stand mit dem Messer in der Hand neben dem Soldaten, während Mekeele vor dem Gefesselten kniete und ihm mit finsterster Miene das Blut aus dem Gesicht tupfte. Arrat drängte sie zur Seite und beugte sich zu seinem Mann nieder.

»Sieh mich an!« befahl er.

Als Kilian sich nicht rührte, faßte er ihn am Kinn und zwang seinen Kopf nach oben. »Hörst du schwer?«

»Worüber beklagt Ihr euch, Hauptmann?« knurrte die Schmiedin bissig. »Wahrscheinlich habt Ihr ihm den letzten Rest Verstand, den er noch hatte, gerade vorhin aus dem Kopf geschlagen.«

Arrat beachtete sie nicht.

»Ich will, daß du mich ansiehst!« befahl er noch einmal, und als Kilian endlich gehorchte: »Du hast einen Befehl deines Hauptmanns mißachtet, Soldat. Weißt du, welche Strafe darauf steht?«

Natürlich wußte Kilian das. Gewisse Strafen wurden grundsätzlich öffentlich vollstreckt. Arrat sah, wie seine Pupillen sich erweiterten.

»Und das ist nicht alles, nach deiner Verweigerung hast du deinen Hauptmann auch noch angegriffen.«

»Ich ... oh ... bitte, Herr ...« Kilian röchelte vor Furcht. »Ich wußte ja nicht, was ich tat ... Die Lharen ... Ich war wie von Sinnen ...«

»Das ist keine Entschuldigung.«

»Ich hatte solche Angst, Herr ...«

Arrat merkte, wie der Mann schwitzte, und ließ sein Kinn los. »Ein Soldat hat nicht das Recht, davonzulaufen. Auch dann nicht, wenn er Angst hat.«

»Ich ... weiß, Herr ...«

»Und was soll ich mit dir tun?«

Kilian senkte den Kopf. Sein fleischiges Gesicht lag im Schatten. Der Mond schimmerte in seinem Borstenhaar.

»Wirst du mir gehorchen, Kilian?«

»Ja, Herr.«

»Jedem meiner Worte?«

»Ja, alles, Herr.«

Arrat musterte ihn prüfend. Er fand es schwer, Kilian einzuschätzen. »Du weißt, daß ich dich bei deinem nächsten Ungehorsam töten werde.«

»Ja, Herr.«

Arrat zögerte. Dann nickte er, stand auf und löste dem Mann die Fesseln. Der Pflicht war Genüge getan. Er hatte gehandelt, wie die Situation es erforderte. Aber er war nicht glücklich dabei. Etwas sagte ihm, daß das Problem Kilian erst seinen Anfang genommen hatte.

»Holt die Pferde. Wir lagern am Ufer des Sees«, befahl er.

VII

Er ordnete an, daß sie zu zweit wachten. Erst er selber mit Kilian, dann Sardeik mit Torrot und zum Schluß Tarek und Mekeele.

Schweigend aßen sie das getrocknete Fleisch vom Vortag, und schweigend wickelten sie sich in ihre Mäntel und Decken, als sie damit fertig waren. Aber sie achteten sorgfältig darauf, daß sie nicht zu weit auseinanderlagen, und Sardeik hielt die Faust um den Schwertgriff.

Arrat setzte sich auf einen umgestürzten Stamm im Schatten der Bäume und starrte auf die schwarzschimmernde Wasseroberfläche, an deren anderer Seite der Wald wie eine aus Finsternis gefügte Zwingmauer gegen den Himmel wuchs. Durchsichtige Spinnwebenwolken krochen über das Firmament, und es hatte den Anschein, als hielten sie den Mond hinter ihrem bizarren Gespinst auf geheimnisvolle Weise gefangen. Gelegentlich rissen die Fäden, und dann breitete das gelbe Mondlicht sich wie ein Fächer über das Wasser aus, bis hin zum jenseitigen Ufer. Aber das dauerte immer nur Augenblicke, und hinterher schien die Finsternis noch drückender zu sein.

Kilian hatte sich ans Seeufer zurückgezogen. Er hockte wie ein Steinklotz beim Schilfrohr, die Knie angezogen, die Arme um die Beine geschlungen, und wünschte offensichtlich, allein gelassen zu werden.

Arrat fragte sich, ob der Mann ihm grollte. Der Schlag, den er ihm versetzt hatte, war von Herzen gekommen, und wahrscheinlich hatte Kilian einen mächtigen Brummschädel. Er zuckte die Achseln. Die Strafen für Ungehorsam waren mit Recht hart. Wohin würde es führen, wenn jeder Soldat nach seiner eigenen Nase handeln durfte? Wäre ihre Lage nicht so besonders, Kilian hätte seine Aufsässigkeit mit dem Leben büßen müssen. Er war gut davongekommen, und das mußte er auch wissen. Nur, Kilian war nicht wie irgendein Soldat. Kilian war ...

Wieder stellte Arrat fest, wie schwer es ihm fiel, den Soldaten, mit dem er schon so viele Tage verbracht hatte, einzuschätzen. Selbst Sardeik war leichter zu begreifen als dieser Bauer aus Taruleg, dem die Gespenster des Blaingeriff den Geist verwirrt hatten.

Arrat langte hinter sich und zog seinen Mantel hoch. Was half das Grübeln. Kilian war Soldat. Er kannte die Regeln, und er sollte sich gefälligst daran halten. Mehr wurde von ihm nicht verlangt, und mit weniger konnte sein Hauptmann sich nicht zufriedengeben.

Es war noch immer still im Tal. Aber gelegentlich, wenn auch nicht allzu oft, ließ sich schon wieder ein Steinkauz oder eine Waldohreule hören, und irgendwo zirpten ein paar Grashüpfer. Arrat nahm das als gutes Zeichen. Die Tiere wußten besser als die Menschen, wann eine Gefahr vorüber war. Die Draak schien die Gegend verlassen zu haben.

»Herr, da ist was.«

Arrat schrak zusammen, als er so unvermutet von Kilian angesprochen wurde. Er ging die paar Schritte zu ihm hinüber.

»Wo? Was hast du gesehen?«

»Drüben, auf der anderen Seite des Sees. Ein Licht. Nur für einen kurzen Augenblick.«

Angestrengt starrte Arrat auf die Wand jenseits des Wassers. Er sah nichts als Schwärze.

»Bist du sicher, daß du dich nicht geirrt hast?«

»Ja, Herr. Ich hab's gesehen. Ein kleiner Schimmer. Er war gleich wieder verschwunden. Aber es war ganz deutlich.«

Arrat setzte sich zu dem Soldaten ins Gras. Er spürte, wie der Mann neben ihm zitterte. Vor Aufregung? Oder weil er jetzt endgültig die Nerven verlor? Schweigend beobachteten sie das Seeufer. Die Minuten verstrichen, ohne daß etwas geschah, und Arrat gelangte langsam zu der Ansicht, daß Kilian einem Trugbild aufgesessen sein mußte.

»Ich hab's gesehen«, beharrte der Soldat, der seine Zweifel zu spüren schien. Plötzlich schoß sein Zeigefinger vor.

»Da, links, wo die Bäume fast bis ans Ufer gehen, da! Schaut, Herr!«

Und jetzt sah Arrat es auch. Ein winziger Lichtstrahl, der nur für wenige Momente aufblitzte und dann wieder verschwand.

»Wo hast du es beim ersten Mal gesehen?«

Der Soldat überlegte. »Weiter rechts, glaube ich. Ja, mehr dort, wo die Sandzunge in den See ragt.«

Das war interessant. Ein nächtlicher Wanderer, der um den See schlich. Vielleicht der Troll, aber Arrat glaubte es nicht. Die

Trolle hatten Augen wie Katzen und brauchten keine Fackeln zum Sehen. Und ganz sicher war es nicht die Draak. Aber das Messer, das Mart getötet hatte, war von einer Hand geführt worden, die auch ein Licht tragen würde. Arrat dachte wieder an das Unbehagen, das ihn plagte, seit sie Gorrota verlassen hatten. Vielleicht hatte es doch seine Ursache.

»Gut gemacht, Kilian!« flüsterte er.

Das Gesicht des Soldaten leuchtete auf. »Ich komme mit und helfe Euch, Herr!« wisperte er zurück. Aber Arrat schüttelte den Kopf.

»Wir brauchen die anderen.«

Es dauerte nicht lange, die Gefährten zu wecken. Sie hatten mehr gedöst als geschlafen, und als er sie an den Schultern berührte, waren sie sofort hellwach.

»Wir müssen ihn von beiden Seiten nehmen«, erklärte Arrat, nachdem er hastig berichtet hatte. »Er hält sich dicht ans Ufer. Wenn wir vorsichtig sind und gut lauschen, müßten wir ihn erwischen.«

»Ich frage mich, ob es nicht besser wäre, wenn wir uns einen übersichtlichen Platz am Ausgang des Tales suchten und ihn von dort aus erst einmal beobachten«, schlug Torrot vor. Unter Sardeiks verächtlichem Blick sank er in sich zusammen.

»Das Licht war immer nur für wenige Momente zu erkennen. Wer auch immer dort läuft, sucht also den Schutz der Bäume, aber er nutzt den See zur Orientierung. Das engt den Streifen, den wir überwachen müssen, auf wenige Meter ein«, erklärte Arrat. »Tarek und Sardeik, ihr geht rechts um den See, Kilian und ich kommen euch von der anderen Seite entgegen. So müßten wir ihn in die Zange bekommen.«

»Und die Frauen und Kinder schließen sich im Haus ein?« fragte die Schmiedin eisig.

Arrat lächelte. »Wie groß schätzt Ihr seine Chancen ein, uns zu entgehen, Mekeele? Wenn er uns entwischt, gehört er Euch.«

»Gehört er Euch!« krächzte Torrot. »Jetzt gehörst du mir! sagte die Gans, als sie dem Fuchs den Weg durch die Stalltür versperrte. Und es waren ihre letzten Worte!«

Sardeik spuckte ins Gras. »Für Hasenfüße wird sich immer ein Gebüsch zum Verstecken finden.«

»Hasenfüße! Ha! Wenn die Herren Muskelprotze von dem, was sie so überreichlich in den Armen haben, etwas mehr im Kopfe sitzen hätten, dann würden sie weniger laut herumtönen! *Ich* kenne Jarls Kinder und besonders die Brut aus dem Mael Duin ...«

»Rhatt!« Arrat sprach scharf. »Wir haben in Gorrota über Befehle und Gehorsam gesprochen!«

Torrot nagte an seiner Unterlippe. »Habe ich gesagt, daß ich nicht mitmachen will?« murrte er. »Man wird ja wohl noch anderer Meinung sein dürfen.«

»Jederzeit«, versetzte Arrat betont freundlich. »Solange Ihr sie meiner unterordnet.«

Augenblicke später waren sie unterwegs. Das Messer in der Hand kämpften sie sich durchs Unterholz, immer bemüht, möglichst jedes Geräusch zu vermeiden. Kilian ging hinter seinem Hauptmann, und Arrat versuchte, immer ein paar Schritte zwischen sich und dem anderen zu lassen. Ganz geheuer war der Mann in seinem Rücken ihm immer noch nicht. Aber Kilian hielt brav Abstand.

Der Mond hatte sich verkrochen; es war fast völlig dunkel zwischen den Bäumen. Sie ahnten mehr, wohin sie traten, als daß sie es sahen. Obwohl Arrat die Arme als Schutz gebrauchte, zerkratzten ihm Zweige das Gesicht. Das Unterholz war an dieser Seite des Sees noch dichter als auf der Ostseite, und er blieb ständig an Dornenzweigen hängen, und an Kilians gelegentlichem unterdrückten Schimpfen merkte er, daß es dem Soldaten nicht besser erging. Immer wieder stolperten sie über Wurzelausläufer oder traten unvermutet in Bodensenken. Arrat begann sich zu fragen, ob es wirklich so eine gute Idee gewesen war, den Fremden hier im Wald abfangen zu wollen.

Dunkel erinnerte er sich an eine Stelle fast in der Mitte des Tales, wo die Felswand ihr Gestein wie einen riesigen Stiefel in den Baumgürtel vorgeschoben hatte. Das mußte ganz in der Nähe sein. Dort verengte sich der Streifen zwischen See und Fels auf weniger als zwanzig Schritt. Wenn er diese Stelle erreichen konnte, bevor der geheimnisvolle Fremde sie passiert hatte, dann hatte er beste Aussichten, ihn zu erwischen.

Plötzlich brachen hinter ihm Zweige, Laub raschelte, es gab einen unterdrückten Schmerzensschrei. Er schoß herum und lauschte.

»Hauptmann! Mein Fuß. Ich bin in ein Loch getreten.«

Arrat erlaubte sich einen Fluch.

Sein Soldat hockte zusammengekrümmt zwischen den Büschen und hielt sich den Knöchel. Arrat spürte mit dem Fuß das Messer, das ihm beim Sturz aus der Hand gefallen war, und er schob es sachte beiseite. Dann kniete er vor Kilian nieder, zog ihm den Stiefel vom Fuß, wobei der Soldat ordentlich stöhnte, und betastete das Fußgelenk.

»Spürst du etwas?« fragte er, als er den Knöchel bog. Anstelle einer Antwort sog Kilian scharf die Luft ein und faßte ins Gras.

»Ich glaube nicht, daß es gebrochen ist. Eher verstaucht. Meinst du, daß du laufen kannst?«

»Ja, Herr, aber nicht so schnell wie Ihr.«

Arrat gab ihm das Messer in die Hand. »Bleib einen Moment sitzen und warte, bis der ärgste Schmerz vorüber ist. Dann humpelst du ins Lager zurück.«

»Herr, es war keine Absicht«, stöhnte Kilian.

»Natürlich nicht.«

Der Soldat griff nach seinem Arm. »Ich ... ich könnte Euch nachkommen. Es geht sicher bald besser. Wenn Ihr einen Augenblick wartet ... «

»Unsinn. Du kehrst zum Lager zurück.«

»Herr ...«

»Was ist denn noch?« Arrat spürte die Ungeduld zwischen den Schulterblättern kribbeln.

»Es ... es tut mir leid, Herr ... das vorhin. Ich wollte nicht ungehorsam sein. Ich hatte nur solche Angst ... und ... und immer, wenn ich an die Lharen denk, und ihre Ungeheuer ...« Kilians Stimme klang bedenklich wie ein Schluchzen.

»Schon gut, Mann, die Sache ist erledigt.«

»Sie sind so furchtbar. Schlimmer als ... als was man sich vorstellen kann ...« Jetzt weinte Kilian wirklich.

Arrat scharrte mit dem Fuß im Laub. Er war ungeduldig wegen des Fremden. »Bist du ein guter Soldat, Kilian?« fragte er.

»Ja, Herr.«

»In Ordnung. Du bist ein guter Soldat, und ich bin ein guter Offizier. Und wir beide werden den Auftrag, den der Rat uns gegeben hat, auf die Art erfüllen, die wir gelernt haben. Ich, indem ich die Befehle gebe, und du, indem du gehorchst. So werden wir miteinander klarkommen.«

»Ja, Hauptmann.« Kilian klang, als hätte er sich wieder gefangen. »Ich schwöre Euch, Ihr werdet Euch auch nie wieder über mich zu beklagen haben. Ich werd' alles tun ...«

»In Ordnung, dann ist es gut. Geh zum Lager zurück und warte dort auf mich.«

Arrat machte sich wieder auf den Weg. Nach wenigen Augenblicken hatte er seinen problematischen Untergebenen vergessen.

Es wurde immer schwieriger, vorwärtszukommen. Die Dornen krallten sich ineinander, als hätten sie während der Dauer ihrer Existenz nichts anderes getan, als sich möglichst kunstvoll umeinander zu schlingen. Arrats Arme und Beine waren zwar durch das feste Leder geschützt, aber seine Hände bluteten von unzähligen kleinen Kratzern.

Schließlich sagte er sich, daß der Fremde, der ja nicht wußte, daß sie ihn jagten, ihm sicherlich nicht in diesem Dschungel entgegenkommen würde. Vermutlich hielt er sich viel dichter an das Seeufer. Also strebte Arrat wieder auf das Wasser zu. Der Boden war uneben und von Kaninchenbauten und Fuchshöhlen durchlöchert. Immer wieder gab die Erde unter seinen Stiefeln nach. Er begann lautlos zu fluchen. Wenn er den Fremden verpaßte, dann mußte Mekeele mit ihm fertigwerden, und obwohl sie eine patente Frau war und ihm an einem der vergangenen Abende gezeigt hatte, wie gut sie sich auf die Waffenführung verstand, bezweifelte er, daß sie einem zu allem entschlossenen Mann gewachsen sein würde. Ungeduldig riß er die Zweige auseinander und schlängelte sich durch die entstehenden Lücken. Und gerade diese Eile wurde ihm schließlich zum Verhängnis.

Das Gesträuch wich vor ihm ein wenig auseinander, und Arrat nutzte den Platz für zwei lange Schritte, als er plötzlich ins Leere trat. Er versuchte, sich zurückfallen zu lassen, aber seine Bewegung war zu schwungvoll gewesen. Mit der Schulter voran stürzte er einen fast senkrechten Hang hinab, schlug mit dem Arm auf eine Felskante auf, rollte noch ein wenig weiter und prallte schließlich gegen die Wurzel eines Baumes.

Einen Moment lang lag er still. Vor seinen Augen flimmerten bunte Lichter. Dann richtete er sich auf und versuchte, seinen Arm zu bewegen. Er stieß einen weiteren Fluch aus, als ihm ein Schmerz durch die Schulter bis zu den Nackenwirbeln fuhr. Entmutigt lehnte er sich gegen den Stamm. Wenn er sich jetzt den Arm gebrochen hatte... Er mochte sich die Folgen gar nicht ausmalen. Wundfieber wäre noch das wenigste, was ihn erwartete. Vorsichtig bewegte er die Finger, dann den Unterarm, und schließlich ließ er mit sachten Bewegungen die Schulter kreisen. Der Schmerz trieb ihm das Wasser in die Augen, aber der Arm ließ sich bewegen. Also war zumindest nichts gebrochen.

Er erhob sich und drehte den Kopf, um sich zu orientieren. Ein leichter Wind blies ihm den Geruch von Schilf und faulendem Wasser zu. Der See mußte ganz in der Nähe sein. Er wollte schon losgehen, als er plötzlich mitten in der Bewegung erstarrte.

Etwas war da.

Arrat hätte nicht einmal sagen können, was es war, das ihn aufgeschreckt hatte. Vielleicht ein Zweig, der unter einem Fuß gebrochen war, oder das Schleifen von Blättern an einem Körper. Still und ohne sich zu bewegen, verharrte er und lauschte. Da, wieder ein Geräusch, als hätte sich ein Zweig gebogen und wäre wieder zurückgeschnellt. Obwohl er den Atem anhielt, um nichts zu verpassen, konnte er danach nichts mehr hören. Der Bursche schleicht wie ein Iltis, dachte er mit widerwilliger Bewunderung, und der Gedanke daran, wie er selber durch die Büsche gebrochen war, machte ihn erröten. Genaugenommen war sein Sturz ein Glücksfall gewesen. Hätte er sich bewegt, der Schleicher dort in der Dunkelheit hätte ihn sicherlich hundertmal eher bemerkt.

Wieder hörte er ein leises Rascheln und danach ein unterdrücktes Wort, so als hätte sich jemand verletzt und nur mit Mühe einen Aufschrei unterdrückt. Arrat lächelte.

Der Fremde kam genau auf ihn zu. Mußte auf ihn zukommen, denn der Abhang, den Arrat hinuntergestürzt war, versperrte ihm den Weg.

Er tastete nach seinem Messer. Die Waffe war fort. Sie mußte ihm bei dem Sturz aus der Lederscheide geglitten sein. Aber er wagte nicht, sich zu bücken und danach zu tasten. Zweifellos hatte der Fremde, der sich dort beinahe lautlos seinen Weg durch das Gestrüpp bahnte, ein ausgezeichnetes Gehör. Vorsichtig löste Arrat den Gurt seines Schwertes und legte es neben sich ins Gras. Bei einem Zweikampf im Dunkel würde ihm die lange Waffe mehr schaden als nützen.

Der nächste Laut, den er vernahm, kam ganz aus der Nähe.

Der Fremde schien stehengeblieben zu sein und zu horchen. Arrat hielt den Atem an. Wieder brach ein Zweig, der Fremde war noch einen Schritt näher gekommen, hielt erneut inne, zögerte. Arrat konnte bereits seinen Schatten zwischen den Bäumen wahrnehmen. Der Mann trug kein Licht mehr. Er schien es für besser gehalten zu haben, seine Fackel zu löschen.

Flüchtig streifte Arrat der Gedanke, ob es klug sei, sich mit der geprellten Schulter auf einen Zweikampf einzulassen, aber er wischte ihn sofort beiseite. Das Jagdfieber hatte ihn gepackt.

Er stand stocksteif, voller Sorge, irgendeine winzige Bewegung würde den Fremden den lebendigen Schatten zwischen all den toten vorzeitig entdecken lassen.

Und dann kam plötzlich der Mond hervor. Sein Licht fiel direkt zwischen die Bäume. Arrat preßte sich dicht an die knorrige Rinde des Baumes, der ihn verbarg, aber die Vorsicht war überflüssig. Der Fremde hatte den Kopf gedreht und schaute über die Schulter zurück, als lausche er in die Finsternis hinter seinem Rücken. Er stand in einem Oval, das frei von Büschen lag, seine hellen Kleider waren vom Mondlicht übergossen und glitzerten wie von Tauperlen. Unsicher hob er die Hand und strich sich durch das silberne Haar, als wäre er im Zweifel, was zu tun sei. In diesem Moment kam er Arrat wie eine Figur aus dem Märchen vor. Grazil, zerbrechlich, von anmutigster Schönheit und dabei gleichzeitig so unwirklich, als wolle er sich im nächsten Moment in eine Wolke feinsten Rauches auflösen. Er hob leicht die Schultern und drehte den Kopf, aber er schien Arrat, der sich noch enger an den Stamm schmiegte, nicht zu bemerken.

Eine neue Wolke schob sich vor den Mond, und das Licht begann zu verblassen. Arrat zögerte nicht länger.

Er brauchte keine fünf Schritte. Der Fremde bemerkte ihn erst, als er schon fast über ihm war. Er hob abwehrend den Arm, aber es war zu spät. Arrat stürzte sich auf ihn und riß ihn im Fallen mit sich zu Boden.

Sein Gegner war kleiner als er selbst. Instinktiv hatte Arrat ihn als ungefährlich eingestuft. Jetzt zeigte sich, daß er mit seinem Gefühl richtig gelegen hatte. Nicht, daß der Fremde sich nicht gewehrt hätte. Er schlug um sich, boxte und trat, aber er befand sich ganz offensichtlich in einem Zustand hellster Panik. Sein Hiebe waren von bemitleidenswerter Impulsivität und gingen ausnahmslos ins Leere. Eine verschreckte Zappelei ohne die geringste Aussicht auf Erfolg. Das einzige, was er dem kampferprobten Soldaten entgegenzusetzen hatte, war eine geradezu katzenhafte Geschmeidigkeit, mit der er sich immer wieder seinen Armen entwand. Eine natürliche Gabe, die er instinktiv zu nutzen schien. Aber auch die hätte ihn nicht bewahrt, wenn Arrat nicht den verletzten Arm gehabt hätte. Die Schulter schmerzte ihn mit jedem Stoß heftiger, und er spürte, daß er der Sache ein Ende machen mußte, wenn der Fremde ihm nicht doch noch durch die Finger schlüpfen sollte.

Er gab dem Druck des Gegners scheinbar nach, lächelte grimmig, als der andere sich, wie er gehofft hatte, aufrichtete, und schlang ihm in dem Moment, als er seinen Hals frei darbot, den gesunden Arm um die Kehle. Der Mann schrie auf, aber der Lärm ebbte sofort zu einem Gurgeln ab.

Das war's, dachte Arrat befriedigt.

Er zog sein Opfer noch dichter zu sich heran und schlang ihm die Beine um den Leib. Dabei geriet ihm allerdings der Lockenschopf des Fremden ins Gesicht. Unwillkürlich wandte er den Kopf. Und diesen einen Moment, den er unaufmerksam war, nutzte der Fremde. Er legte den Kopf schräg, so daß der Druck auf seine Kehle nachgab, drehte sich mit der Behendigkeit eines nassen Fisches und rammte Arrat den Ellbogen in den Magen. Der Schlag kam überraschend und so wuchtig, daß Arrat nach hinten stürzte und mit der verwundeten Schulter gegen den Fels prallte. Er schrie auf und ließ los.

In einer blutroten Wolke aus Schmerz und Wut sah Arrat den Fremden auf die Füße taumeln. Er versuchte ihm nachzusetzen, und dabei stießen seine Finger gegen etwas Hartes im Moos, einen Stein. Er packte das Ding, griff nach dem Fußgelenk des Fremden, erwischte es auch, und riß ihn zu sich herunter. Einen Moment lang konnte er im blassen Licht des Mondes ein paar verschreckte Augen sehen, dann schlug er zu. Mit einem abgebrochenen Seufzer sackte der Fremde in sich zusammen.

Arrat rollte sich von ihm fort. Der Schmerz tuckerte in seiner Schulter wie ein Trommelwirbel aus tausend kleinen Nadeln. Ihm war schwindlig, und es blieb ihm nichts, als still zu liegen, bis das Ärgste vorüber war. Er hatte mit dem Stein heftiger zugeschlagen, als es seine Absicht gewesen war. Deshalb wälzte er sich, als er sich wieder berappelt hatte, auf die Seite und tastete nach der Halsschlagader des Reglosen. Der Puls war schwach, aber er spürte das leise Pochen gegen seine Fingerspitzen. Der Fremde hatte Glück gehabt.

Als er die Hand zurückzog, fühlten seine Finger eine dünne Kordel, die dem Mann die Jacke über der Brust zusammenhielt. Er zog sie aus den Ösen und riß daran. Das Band war aus einem glatten Material geflochten, das Arrat nicht kannte. Es schien sehr fein und dünn, aber von außergewöhnlicher Stärke zu sein. Er konnte es nicht zerreißen. Mit einem befriedigten Lächeln wälzte er sein Opfer auf den Bauch und band ihm die Hände auf dem Rücken zusammen.

Er wußte nicht, wieviel Zeit inzwischen vergangen sein mochte, aber er nahm an, daß Sardeik und sein Bruder bald auftauchen würden. Also packte er den Ohnmächtigen am Kragen und zerrte ihn zum Seeufer. Es war eine mühselige, schmerzhafte Plackerei, während der der Fremde jedoch glücklicherweise bewußtlos blieb. Als sie den Moosstreifen erreichten, der das Ufer des Sees säumte, ließ Arrat ihn zu Boden fallen und streckte sich erleichtert neben ihm aus.

Die Wolkengespinste hatten sich auseinandergeschoben, und der Mond stand als leuchtend weißer Kreis zwischen den funkelnden Sternen. Sein Schein goß sich auf den Seenspiegel und badete auch das Ufer in warmem Dämmerlicht. Arrat drehte sich zu dem Fremden und zog ihn so, daß das Licht auf sein Gesicht fiel.

Unwillkürlich hielt er den Atem an.

Himmel, er ist schön! war sein erster Gedanke. Ein völlig verrückter Gedanke, der Situation überhaupt nicht angemessen, und trotzdem war es das, war Arrat am intensivsten fühlte, als er die stille Gestalt im Gras betrachtete.

Ja, der Fremde war schön. Sein Gesicht, dem der Mondschein einen warmen, bronzenen Schimmer verlieh, war sanft und zart und edel geformt. Kinnlanges, seidiges Kraushaar umschloß es wie ein Wasserfall flüssigen Silbers. Dort, wo Arrat ihn an der Schläfe verletzt hatte, prangte eine häßliche Platzwunde, aber nicht einmal das konnte die Harmonie des Gesichtes beeinträchtigen. Arrat fühlte sich an die marmornen Jünglinge erinnerte, die die Gärten des Schlosses von Missala schmückten. Aber irgendwie war es trotzdem noch anders. Mehr als nur vollkommen geformt. Dieses Gesicht war ... ja, es war von einer unerhörten Lebendigkeit. Vielleicht lag das an dem Mund. Es war ein heiterer Mund. Ein Mund, der Lieder singen konnte, wie Jooris sie liebte. Ein zärtlicher Mund, selbst jetzt noch, als er begann, sich im Schmerz zu verziehen ...

Arrat setzte seinen verwirrenden Gedanken ein unwilliges Stirnrunzeln entgegen. Was sollte dieser Unsinn! Kilian hätte mit Sicherheit andere Worte benutzt, um den Bengel hier zu beschreiben. Und wie dieser liebenswürdige Mund ausgesehen hatte, als sie beide im Finstern miteinander gerungen hatten, mochte der Teufel wissen.

Sein Gefangener tat sich schwer damit, ins Reich der Lebenden zurückzukommen. Er stöhnte leise, bewegte sich und zerrte an den Fesseln. Die Füße in den braunen Sandalen traten gegen das Gras. Schließlich öffnete er die Augen. Eine Zeitlang lag er still da und starrte in den Sternenhimmel. Dann spannte sich sein Körper. Er erinnerte sich. Arrat sah, wie seine Hände sich zu Fäusten ballen und er an den Schnüren zu zerren begann. Der Lhare – und Arrat zweifelte nicht im geringsten daran, daß es sich um einen Lharen handeln mußte – hatte Angst. Eine beruhigende Tatsache, denn obwohl der Fremde sich im Kampf dümmer als der letzte Straßenlümmel angestellt hatte, hätte es ja immerhin sein können, daß ihm bei kühlem Überlegen eine Zauberei, irgendein teuflisches Hexenkunststückchen einfiel, mit dem er seinem Wächter Schwierigkeiten machen konnte. Arrat hatte die Geschichten über die Lharen keineswegs vergessen.

Eine Zeitlang beobachtete er die erfolglosen Bemühungen seines Gefangenen.

»Ich würde es an deiner Stelle lassen«, riet er schließlich. »Du scheuerst dir nur die Handgelenke wund.«

Der Fremde erstarrte in seiner Bewegung. Langsam drehte er den Kopf zu der Stimme in seinem Rücken.

Er hatte blaue Augen. So tiefblau und strahlend wie der Frühling, wenn er das letzte Wintergrau vom Himmel fegt. Selbst im Dämmerlicht des Mondes schimmerten sie wie Kristalle, in denen sich das Licht der Sonne bricht. Als er Arrat damit betrachtete, kniff er sie zu Schlitzen zusammen.

»Ich lasse es, und ich danke dir für den Rat«, erklärte er mit einer Stimme, die nicht weniger sanft als seine Augen war. »Könnte man«, fuhr er fort, »dieses Unglück nicht vielleicht auch dadurch verhindern, daß du mich zum Beispiel losbindest?«

Arrat lächelte. »Nichts, was ich lieber täte. Aber vorher hätte ich gern noch ein paar Fragen beantwortet.«

»Oh. Du denkst, das geht mit gefesselten Händen besser?«

»Unbedingt!«

»Da du zweifellos die größere Erfahrung in diesen Dingen besitzt«, erwiderte der Lhare, und es brauchte ein feines Ohr, um aus seiner höflichen Stimme den Spott herauszuhören, »werde ich mich deiner Meinung beugen. Was ist es denn, das du so dringend von mir wissen willst?«

»Wie heißt du, und wo kommst du her?«

»Ich heiße Salvain, und ich komme von jenseits der Berge«, erwiderte der Lhare bereitwillig, und nach einem Augenblick des Überlegens setzte er hinzu: »Das hätte ich dir übrigens auch ohne diese Festbinderei verraten.«

»Um so besser«, erwiderte Arrat. »›Jenseits der Berge‹ ist allerdings ein weites Feld. Würde es dir etwas ausmachen, das zu präzisieren?«

Der Fremde warf ihm einen forschenden Blick zu. »Wie genau willst du es denn wissen?«

»Ganz genau.«

»Ich komme vom Brunnwieselsee.«

»Hm. Kein allzu großer Ort?«

»Könnte sein«, gab der Lhare mit einem winzigen Lächeln zu. »Obwohl dort ein gutes Dutzend Kaninchen haust. Aber es ist schon etwas einsam.«

»Liegt es zufällig in der Nähe der Stadt Aneirin?«

Der Blick des Fremden wurde wachsam. »Warum willst du das wissen? Nicht, daß es ein Geheimnis wäre, aber...« Er versuchte die Schultern zu heben, was ihm mit den gefesselten Händen jedoch nicht gelang. »Ich meine, was liegt dir daran?«

Arrat schwieg einen Moment. »Du bist ein Lhare, nicht wahr?« fragte er dann geradehinaus.

»Nein!«

Der Fremde hatte eine Winzigkeit zu lange gezögert und eine Spur zu heftig widersprochen, als daß Arrat ihm geglaubt hätte. Kopfschüttelnd betrachtete er seinen Gefangenen. Wozu diese ungeschickte Lüge?

»Wenn du kein Lhare bist, was bist du dann?«

Der junge Mann schwieg unentschlossen. Schließlich blickte er ihm gerade ins Gesicht und sagte: »Genaugenommen geht dich das gar nichts an, nicht wahr?«

»Genaugenommen geht mich das nichts an«, bestätigte Arrat.

»Und gerade das ist der Grund, warum du gefesselt bist: da spielt es nämlich keine Rolle mehr, ob es mich etwas angeht oder nicht.«

Sein Gefangener starrte ihn an, dann lächelte er schwach. »Ich verstehe. Aber was willst du machen, wenn ich mich weigere, darüber zu sprechen?« Es klang eher neugierig als ängstlich.

Arrat seufzte. »Es gibt eine Menge Möglichkeiten, jemanden zum Sprechen zu bewegen. Und sie haben alle eines gemeinsam: Sie sind ungesund und schmerzhaft. Meinst du nicht, wir sollten uns das ersparen?«

»Du würdest... mich verletzen?«

Arrat nickte.

»Und es würde dir nichts ausmachen? Ich meine, weil ich gefesselt bin?«

Gütiger Himmel, was für eine Frage!

»Doch, es würde mir etwas ausmachen. Aber das ändert nichts daran, daß ich es täte.« Arrat biß sich ärgerlich auf die Lippen. Seine Stimme wurde ein Spur dunkler, als er fortfuhr: »Bei mir zu Hause sind häßliche Dinge passiert. Männer, Frauen und Kinder sind gestorben. Sie sind, um es genauer zu sagen, auf grausame und gemeine Art hingemetzelt worden. Und ihr Lharen habt auf eine Weise, die ich noch nicht kenne, aber bald herausbekommen werde, damit zu tun. Und deshalb, Junge, würde ich es machen, und es spielt überhaupt keine Rolle, ob ich es gern tue oder nicht.«

Der Lhare blickte ihn entgeistert an, so als würde er erwarten, daß Arrat seine Worte irgendwie als Scherz oder etwas Ähnliches erklären würde. Aber Arrat schwieg, und da erlosch auch das Lächeln in dem Gesicht seines Gefangenen.

»Das... ist nicht wahr«, brachte er hervor. »Lharen würden niemals... sie würden niemals jemandem absichtlich etwas zuleide tun.« Er schüttelte den Kopf und blickte zur Seite.

Es gibt nicht den geringsten Grund, ihm zu glauben, stellte Arrat fest. Schließlich hatte der Junge schon einmal gelogen. Aber er merkte, daß er ihm trotzdem gern geglaubt hätte, und darüber ärgerte er sich. Gereizt hieb er sich die Faust aufs Knie. Die Sache wurde schwieriger, als er erwartet hatte. Er stand auf und setzte sich so neben seinen Gefangenen, daß der sein Gesicht sehen konnte.

»Hör zu, Salvain ... das war doch dein Name?«

Der Fremde nickte stumm.

»Ich will dir nichts Böses antun. Auch nicht deinen Freunden, den Lharen, vorausgesetzt, sie haben wirklich nichts mit den Verbrechen zu schaffen, die bei uns geschehen sind. Ich möchte nur ein paar Informationen von dir haben. Informationen, die niemandem etwas schaden, wenn das, was du gesagt hast, die Wahrheit ist.«

Er blickte seinen Gefangenen aufmunternd an, aber Salvain rührte sich nicht.

»Ich will wissen, wie viele Lharen es gibt, wo genau Eure Stadt Aneirin liegt, wer sie regiert, was in letzter Zeit dort passiert ist, solche Dinge. Und außerdem ... hörst du mir zu?«

»Ja.« Der Lhare blickte ihn mit seinen verwirrenden blauen Augen an. »Aber ... ich glaube nicht, daß ich dir das sagen werde.«

Arrat furchte die Stirn, wurde finster. »Natürlich wirst du. Wenn ich es darauf anlege, wirst du mir alles sagen, was ich wissen will. Jeder tut das. Du ...« Er zögerte. »Zum Schluß würdest du mir sogar Dinge sagen, nach denen ich dich gar nicht gefragt habe ...«

Es kam keine Reaktion.

»Du wirst es tun«, beharrte Arrat.

Als sein Gefangener immer noch schwieg, ließ er sich mit einem Schulterzucken zurück ins Gras sinken. Es wird überhaupt kein Problem sein, ihn zu zwingen, dachte er. Aber er konnte keinen Triumph dabei fühlen. Er hatte plötzlich das

Gefühl, etwas auf eine ganz besonders fatale Weise falsch gemacht zu haben.

Sardeik und Tarek kamen durchs Unterholz getrampelt wie ein Joch Vieh. Man konnte sie schon Minuten vor ihrem Erscheinen hören.

»Du hast ihn also tatsächlich erwischt, Arrat?« Der Chan triumphierte, als er den Gefesselten erblickte. Er schlug dem Hauptmann auf die Schulter. »Bei Askall, dem Gehörnten, der Bursche sieht wahrhaftig genauso aus, wie man sie beschrieben hat! Hat er schon etwas gesagt?«

Arrat schüttelte den Kopf.

»Ach, das Vöglein will nicht singen?« Sardeiks Lächeln bekam etwas Unangenehmes. Er hockte sich neben den Gefangenen und stieß ihn leicht mit der Faust. »So einer bist du also, ein ganz Mutiger?«

Er musterte den Fremden wohl eine ganze Minute lang. Als er dann weitersprach, war seine Stimme leiser geworden, dunkler und voller gefährlicher Intensität. »Ich will dir einmal etwas erklären, mein schöner, weißlockiger Freund«, flüsterte er. »Du *brauchst* gar nicht zu reden, wenn du nicht willst. Du brauchst es wirklich nicht. Es ist mir sogar angenehmer so. Und weißt du auch, warum?«

Die Frage war hypothetisch, eine Einleitung zu ungezügelter Grausamkeit. Und genauso faßte der Lhare sie auch auf. Arrat sah, wie er die Fingernägel in die Handballen grub.

»Ich will es dir erklären, damit du mich nicht mißverstehst«, raunte Sardeiks seidenweiche Stimme. »Ich hatte einen Sohn, vielleicht so alt wie du. Einen großartigen Jungen, wie ein Vater ihn sich wünscht. Den zukünftigen Chan der Skelden. Und dieser Sohn hatte zwei Brüder, gerade groß genug, einen Bogen zu tragen, aber noch zu schwach, die Sehne zu spannen. Weißt du, was mit meinen Söhnen geschehen ist?«

Der Gefesselte hatte die Augen aufgerissen, aber er rührte

sich nicht. Er wich nicht einmal zurück, als Sardeik nach seinem Stirnhaar griff und ihn daran packte.

»Eines Abends, als ich zu meinen Zelten zurückkehrte, Lhare, da fand ich sie im Sand liegen. Das Fleisch war ihnen von den Knochen gerissen, ihre Gesichter zerhackt, die Gedärme hingen aus ihren Leibern. Das ist aus meinen jungen Söhnen geworden.« Er schwieg, als wolle er die Wirkung seiner Worte auf den Lharen überprüfen. Dann fuhr er mit noch leiserer Stimme fort: »Aber die Bestien, die das getan haben, waren unaufmerksam. Sie haben Raph-Lah übersehen, der nach Art der alten Männer in Tücher gewickelt in seinem Zelt lag und den Tod erwartete. Raph-Lah, der alte, nutzlose Raph-Lah. Zu schwach, um seinen Söhnen und ihren Müttern, Schwestern und Freunden beizustehen, aber nicht zu schwach, um zu sehen. Und was hat er gesehen?«

Der Griff um die weißen Haare verstärkte sich, und dem Gefesselten schossen Tränen in die Augen.

»Er hat einen Lharen gesehen. Genauso einen, wie du es bist. Weißgelockt, mit blauen Augen. Einen Lharen, der dem Morden der Bestien zusah und sich darüber totlachte.«

Das war gelogen. Sardeik hatte seine Geschichte mit der Kilians vermischt. Aber er erreichte seinen Zweck. Die blauen Augen wurden groß vor Entsetzen.

»Und deshalb, mein Freund, Sohn der Lharen und Bruder der Lharen«, lächelte Sardeik, »ist es mir angenehm, wenn du ein bißchen widerspenstig bist. Denn es wird mir ein Vergnügen sein, dich gesprächig zu machen.«

Er warf den Kopf des Gefesselten ins Gras zurück und zog sein Messer aus dem Gürtel. Sachte strich er mit dem Daumen über die Schneide. Sein Lächeln vertiefte sich, als er sah, wie der Junge verstört den Kopf zur Seite drehte.

Arrat fand es an der Zeit, etwas zu unternehmen. Betont ruhig erhob sich, trat er zu seinem alten Feind und jetzigen Verbündeten und sagte: »Laß es sein, Sardeik. Das hat keinen Zweck. Der Junge ist ... «

Sardeik hob den Kopf, und der Rest des Satzes blieb Arrat im Halse stecken. Niemals in seinem Leben, soweit er sich zurückerinnern konnte, hatte er so viel Haß im Gesicht eines Menschen gesehen, wie jetzt, als der Skelde ihn anstarrte.

»Wie soll ich das verstehen, *Hauptmann*?«

Himmel, was für ein Narr bin ich gewesen, schoß es Arrat durch den Kopf. Anzunehmen, daß ein Mann wie Sardeik vergessen oder gar vergeben könnte. Sie waren zehn Tage lang über dünnes Eis geschritten, und nun, bei der ersten Belastung, begann es unter ihren Füßen zu knirschen. Verzweifelt suchte er nach ausgleichenden Worte, aber sein Kopf war wie leergeblasen.

»Laß ihn in Ruhe, Sardeik«, bat er. »Der Junge wird von selber reden. Gib ihm einen Moment Zeit.«

»Zeit? Wofür?« Sardeiks Augen schimmerten. Die Knöchel, die den Dolch umklammerten, waren weiß.

»Dann laß mich mit ihm sprechen. Er nützt uns nichts, wenn du ihn zum Krüppel schneidest. Wir werden ihn brauchen.«

Sardeik neigte die Wimpern. Sein Brustkorb hob und senkte sich im Rhythmus seiner Erregung. »Der Lhare«, flüsterte er, »wird uns überhaupt nichts nützen, wenn er den Mund nicht aufmacht.«

»Das weiß ich.«

Arrat tat, als wären Sardeiks Worte eine Aufforderung gewesen. Er kniete sich neben dem Gefesselten ins Gras, absichtlich so, daß er Sardeik den Rücken kehrte, und fragte: »Hast du verstanden, was der Chan eben gesagt hat?«

Salvain, der Lhare mit den Himmelsaugen, irrte mit seinen Blicken zwischen ihm und dem bedrohlichen Riesen hin und her, sichtbar schockiert und unfähig, etwas zu sagen. Arrat legte ihm die Hand auf die Schulter.

»Hör zu, Junge. Ich möchte, daß du mir erzählst, wer im Moment Euer Herrscher ist.«

»Aber ...«, flüsterte der Gefesselte, »das ist doch alles nicht wahr. Lharen tun so etwas nicht, was ihr gesagt habt.«

»Dann kannst du mir ja beruhigt antworten.«

Salvain schluckte. Man konnte die Gedanken und Ängste durch seinen Kopf wirbeln sehen. »Ihr ...«, er räusperte sich, »ihr wollt nach Aneirin gehen?«

Arrat wußte nicht, was eine Lüge nutzen sollte. »Ja«, sagte er.

»Und was werdet ihr dort tun?«

»Wir werden mit deinem König sprechen.«

»Du meinst – so, wie ihr jetzt mit mir sprecht?«

Arrat verschlug es die Sprache. Er hatte den Lharen, dieses Kind, unterschätzt. »Salvain«, sagte er, »es hat keinen Sinn, daß du dich sträubst. Wir werden aus dir herausbekommen, was wir wissen müssen. So oder so.« Es war nicht als Drohung gemeint, eher als Appell, aber sein Gefangener schien die Nuance nicht zu begreifen. Er schüttelte den Kopf, und seine schönen, blauen Augen wurden wie Glas, als er Sardeik lachen hörte.

Na gut, er war empört und vielleicht zu Recht. Aber außerdem ist er ein Lügner, rief Arrat sich in Erinnerung. Ich habe ihm eine Chance gegeben, und wenn er jetzt in Schwierigkeiten gerät, dann ist es seine eigene Schuld.

»Du bist es nicht gewohnt, Schmerzen auszuhalten«, versuchte er es trotzdem noch einmal. »Es ist sinnlos, und niemand würde dir einen Vorwurf machen ...«

Der Gefangene preßte die Lippen zu einem Strich zusammen und starrte an dem Menschen vorbei in den sternenfunkelnden Himmel.

»Also schön«, sagte Arrat grimmig. »Du bekommst es, wie du es willst.«

Mit langen, ärgerlichen Schritten zog er sich zu einem Baum zurück und lehnte sich gegen den Stamm.

Sardeik ließ sich Zeit. Er zog seinen Dolch erneut aus dem Gürtel, setzte sich neben den Lharen und betrachtete ihn, so lange, bis der Junge den Kopf drehte und ihn seinerseits anblickte.

»Du hast von unserem gemeinsamen Freund Arrat etwas über Schmerzen gehört«, begann der Skelde mit seiner weichschnurrenden Stimme. »Aber diese Ausführungen waren natürlich lükkenhaft. Ich werde mir also die Zeit nehmen, deine Kenntnisse zu vervollständigen.«

Arrat steckte erbost die Hände in die Taschen. Sobald der Junge sein Schweigen bricht, nahm er sich vor, sobald er das erste Wort sagt, werde ich der Sache ein Ende machen.

»Mit dem Schmerz«, fuhr der Skelde fort, »ist es eine eigenartige Sache. Wenn du im Kampf verwundet wirst... Aber was rede ich da für Unsinn. Die friedliebenden Lharen führen ja keine Kämpfe. Sagen wir also, wenn du dich schneidest, aus Unachtsamkeit, dann fühlst du kaum einen Schmerz. Oft bemerkst du die Wunde nicht einmal. Völlig anders ist es dagegen, wenn du den Schmerz kommen siehst. Schau, dieses Messer...«

Wie hypnotisiert blickten sie alle auf den blinkenden Stahl in der behaarten Hand.

»Siehst du die Klinge, Lhare? Das Metall? Vielfach geschärfter Stahl. Und wenn ich sie gleich in dein Fleisch senken werde, wenn sie Faser für Faser deine Muskeln durchschneidet, dann wird jeder einzelne Nerv deines Körpers diesen Schmerz aufgreifen und ihn an dein Gehirn weiterschreien...«

Salvain lag da, schwieg, starrte auf das Messer und rührte sich nicht. Nur als Sardeiks schwere Hand seine Jacke auseinanderschob und dabei seine Haut berührte, zuckte er ein wenig zusammen.

»Sieh auf das Messer. Sieh genau hin!« gurrte wieder die Stimme. Sardeik legte die Schneide auf die braune Haut. Er wartete einen Herzschlag lang, dann senkte er sie langsam, so langsam, wie seine zitternden Hände es eben zuließen, in das braune Fleisch.

Der Junge warf den Kopf in den Nacken. Er schnappte nach Luft und grub die Zähne in die Lippen.

»Spürst du es, Junge? Spürst du es?« Immer noch lächelnd zog Sardeik die Klinge über den Brustkorb.

Mit Haß im Herzen verfolgte Arrat, wie das Blut über die Haut strömte. Es war keine schlimme Sache. Sardeik hielt sich zurück. Er ritzte ihn kaum. Aber es war unausstehlich grausam. Und der Junge wußte mit Schmerzen nicht umzugehen. Die Tränen rollten ihm die Wangen hinunter, und aus seinem Mundwinkel lief Blut, dort wo er sich die Lippe zerbissen hatte. Warum gab der kleine Idiot nicht endlich auf?

Es gab ein Geräusch in ihrem Rücken, ein Rascheln von Blättern und Zweigen, das aber so jenseits ihrer Aufmerksamkeit lag, daß sie die ersten Sekunden gar nicht darauf reagierten.

Und dann war es schon zu spät.

Mekeele, die Schmiedin aus Gorrota, hatte sich zwischen den Büschen hervorgestürzt, die wenigen Schritte zu dem knieenden Chan zurückgelegt und warf sich nun mit ihrem ganzen Gewicht gegen ihn. Ihre Fäuste trommelten auf die breiten Schultern.

»Verdammtes, du mistverdammtes, hundsgemeines, widerwärtiges Stück Vieh!« fauchte sie den völlig Überraschten an. »Wer gibt dir ... verflucht noch mal, wer gibt dir das Recht ... «

Arrat riß die Tobende zu sich hoch und umklammerte ihre Brust.

»Oh, Ihr seid auch dabei, Hauptmann!« zischte sie ihn an. »Natürlich. Im Prügeln wie im Quälen ist man sich einig.« Vergeblich zerrte sie, um sich aus seinem Griff zu befreien.

»Ihr habt Euch in diese Dinge nicht einzumischen!« brüllte Arrat sie an. »Was zum Teufel ...« Sie biß ihn in die Hand, und er fluchte ungehemmt. Mehr als grob bog er ihr den Arm auf den Rücken. »Ich hatte Euch befohlen ... «

»Befohlen? Verdammt, befohlen! Gibt es in Eurem Kopf noch etwas anderes als Eure verfluchten Befehle?«

Sardeik erhob sich. »Arrat, Mann, laß die Hexe los.« Er grinste, lässig und amüsiert, als hätte es die vergangene Viertelstunde nie gegeben. »Ist doch einerlei. Der Junge wird sowieso reden, früher oder später.«

Arrat zögerte. Dann stieß er die Schmiedin von sich.

Gemeinsam sahen sie zu, wie sie ein Tuch aus einer der Taschen ihres umfangreichen Mantels zupfte, es in den See tauchte und mit Händen, die vor Entrüstung zitterten, dem Mißhandelten das Blut von der Brust wusch.

»Laß die Finger von seinen Fesseln, Schmiedin«, knurrte Arrat.

»Schert Euch doch zur Hölle!« Die Wunde blutete noch immer, und Mekeele preßte das Tuch dagegen. Sie wartete. Ihre Blicke verirrten sich zur Schulter des Lharen, wo sich ein tiefroter Flecken ausbreitete. Mit zusammengekniffenen Lippen zog sie den Jackenstoff zur Seite, um nachzusehen, woher er stammte.

»Was soll das?« fauchte sie, als der Hauptmann abrupt ihr Handgelenk packte.

Arrat riß ihr, ohne zu antworten, das Tuch fort und wischte damit die Mulde unterhalb des Schlüsselbeins aus, wo sich das Blut zu einem dunkelfeuchten See gesammelt hatte. Er packte Salvain an der Schulter und zog ihn so, daß das Mondlicht direkt auf die gesäuberte Stelle fiel.

»So, mein Junge, du bist kein Lhare, ja«? sagte er leise und voller bösem Spott. Er richtete den Gefesselten halb auf, streifte ihm mit einer groben Bewegung die Jacke ganz über die Schulter und drehte ihm den Arm nach hinten, so daß das Mondlicht voll auf den kleinen, blauen Kreis fiel, der dort unterhalb des Schlüsselbeins eintätowiert war. Blut war in die Ränder des Males gelaufen und hatte die Umrisse verwischt und zusätzliche Linien gemalt, aber es war trotzdem ein Kreis. Derselbe Kreis wie auf Jooris' Messer, derselbe Kreis wie auf der Waffe, mit der Mart getötet war. Derselbe Kreis wie auf dem Banner in Gny-Kobes Buch. Das Zeichen der Lharenherrscher.

»Du lügst also nicht«, zischte Arrat. »Aber hier, mein Lieber, gerade über deinem Herzen, da steht deine Lüge geschrieben. Du behauptest, kein Lhare zu sein, und trägst sogar das Zeichen ihrer Könige! O ja, mein Junge, und ob du ein Lügner bist!

»Das stimmt nicht.« Der Gefangene wehrte sich gegen seinen Griff. »Ich bin kein Lhare«, preßte er heraus. »Und wenn ich hundertmal das Zeichen trage.«

»Und was bist du dann?«

»Das ... geht dich überhaupt nichts an!« Die blauen Augen versprühten Wut. Vergeblich versuchten sie, die Zornestränen fortzublinzeln.

Da räusperte sich Tarek. »Wenn er wirklich zu ihrem Königshaus gehört«, gab er völlig unerwartet einen Kommentar ab, »dann sollten wir ihn mitnehmen und als Geisel benutzen.«

Das war ein vernünftiges Wort. Arrat ließ den Lharen ins Gras fallen und rang um Gelassenheit. »Wir nehmen ihn mit ins Lager«, befahl er. »Und morgen früh ... «

»Es sind Fremde im Tal.« Mekeele reckte trotzig das Kinn vor, als sie die fassungslosen Blicke der Männer bemerkte. »Deshalb bin ich ja gekommen, um es euch zu sagen. Mindestens zehn oder zwölf Leute. Sie haben unser Lager entdeckt.«

Arrat sprang auf die Füße. »Und das sagt Ihr erst jetzt!«

»Wenn Ihr weiter so herumschreit«, fauchte sie ihn an, »dann wird das kaum noch eine Rolle spielen.«

»Was ist mit Kilian und Torrot?«

»Ich weiß nicht. Wir haben uns alle im Gebüsch versteckt, als wir sie kommen hörten. Aber ich hatte eine günstigere Stelle erwischt als die anderen und konnte mich davonschleichen.«

»Was sind das für Leute?«

»Keine Ahnung.« Mekeele zögerte. »Üble Subjekte, meiner Meinung nach. Und der Troll war bei ihnen.«

Arrat starrte sie an. Mechanisch überschlug er ihre Möglichkeiten und fand, daß sie kaum welche hatten. Jetzt den vermutlich bewachten Talausgang zu passieren wäre Wahnsinn.

»Sardeik, nimm den Lharen«, befahl er. »Wir verbergen uns weiter hinten zwischen den Bäumen.«

Mekeele hielt ihn am Arm. »Wenn ich sagte, üble Leute, Keswick, dann meinte ich das auch so.«

Arrat zuckte die Achseln. Er entknotete sein Halstuch und wickelte es dem Lharen um den Mund. Dann winkte er den anderen, ihm zu folgen.

VIII

Arrat fand, es sei die richtige Zeit.

In den Zweigen des Buschgestrüpps kräuselte sich feiner, grauer Nebel. Es begann zu dämmern, und etwa eine halbe Stunde lang würde ein vages, diesiges Halblicht den Talkessel füllen. Das mußte reichen, um über die geriffelte Nordsteilwand ihr Gefängnis zu verlassen.

Er gab sich keinen Illusionen hin. Wenn jemand die Kesselwände beobachtete, dann würden sie entdeckt werden. Aber der Morgen war eine schwache Zeit für disziplinloses Gesindel. Es bestand eine kalkulierbare Chance, daß die Männer – Verfemte, wie er – betrunken waren oder schliefen.

Mit Flüsterstimme bedeutete er seinen Kameraden, ihre Mäntel einzurollen und die Waffen aufzunehmen.

Tarek ging ihnen voran, denn er war es gewesen, der den Fluchtweg für sie erkundet hatte. Mitten in der Nacht war der junge Skelde heimlich davongeschlichen und hatte sich auf die Suche nach einem Talausgang gemacht. Arrat schämte sich ein wenig der Heftigkeit, mit der er ihn nach seiner Rückkehr empfangen hatte. Aber das war vorüber. Tarek war erfolgreich gewesen, und jetzt führte er sie durch das verschattete Gewirr des Unterholzes auf die Stelle zu, an der sie seiner Meinung nach das Tal würden verlassen können.

Arrat zerrte den Lharen neben sich her. Er hatte ihm die Fußfesseln gelöst, aber seine Hände gebunden und auch den Mund geknebelt gelassen.

»Bist du schwindelfrei?« fragte er im Flüsterton.

Der Junge weigerte sich, mit irgendeiner Geste zu antworten. Trotzig stolperte er neben seinem Aufpasser durch das nasse Unkraut und tat sein möglichstes, ihnen das Vorwärtskommen zu erschweren.

Es wurde schnell heller. Der Himmel teilte sich in eine graue und eine hellrosa Seite. Die Zeit begann zu drängen. Tarek bog um eine Hügelkette, die von einem Pulk Holundersträucher bedeckt wurde. Er zögerte, dann fuhr er herum und legte den Finger auf die Lippen. Arrat zerrte seinen unwilligen Gefangenen mit sich, bis er neben dem Skelden stand.

»Ich höre etwas«, hauchte Tarek.

Sein Bruder zog das Messer und setzte es Salvain gegen den Adamsapfel.

Sie lauschten.

Irgendwo, nicht allzuweit entfernt, sprach jemand. Es schien von der anderen Seite der Hügel zu kommen, die sie gerade im Begriff gewesen waren zu umgehen. Arrat bedeutete seinen Kameraden, mit Gesten zu warten, und kletterte so geräuschlos wie möglich durch das alte Laub den Abhang hinauf. Das Gemurmel, das sich in das Gezwitscher der Morgenvögel gemischt hatte, war zu leise, um Worte zu verstehen. Aber er meinte, zwei Stimmen unterscheiden zu können: Eine tiefe und eine hohe, schrille. Erschrocken duckte er sich ins Unkraut, als das Gemurmel plötzlich abbrach, halb erwartend, daß im nächsten Moment jemand über den Hügelkamm steigen würde. Aber nichts geschah. Er winkte seinen Gefährten beruhigend zu und kletterte weiter. Auf der Kuppe angekommen, bog er vorsichtig die Zweige auseinander und spähte durch die grünen Holundertrauben den Hang hinab. Er konnte nur noch eine einzige Person dort stehen sehen. Einen schmächtigen Kerl, eine

Knabengestalt, mit strähnigem, rotem Haar, zerlumpten Hosen und nacktem Oberkörper, der ihm den Rücken zuwandte.

Einige Minuten lang beobachtete er ihn. Der Bursche schien völlig arglos. Er hatte einen Zweig in die Hand genommen und zerbröselte die Blätter daran, als würde er sich langweilen.

Arrat spähte in die Umgebung. Als er nichts von dem zweiten Mann erblicken konnte, erhob er sich leise und sprang mit wenigen langen Sätzen auf den Zerlumpten zu. Dem Jungen gelang gerade noch ein erstickter Schrei, bevor ihm die Luft abgepreßt wurde.

Der Laut hatte Sardeik und die anderen alamiert. Augenblicke später umstanden sie Arrat und seinen Gefangenen.

»Liebes bißchen, das ist ja noch ein halbes Kind«, raunte Mekeele.

Sardeik zuckte abschätzig die Schultern. »Frag ihn, wo seine Kumpanen stecken!«

Arrat verstärkte den Griff und sagte leise: »Hör zu, Junge, wenn du anstellig bist und uns hilfst, geschieht dir nichts. Du hast gehört, was wir von dir wissen wollen. Wo sind deine Leute, und wie viele von euch gibt es hier im Tal?«

Er gab dem Jungen den Mund frei, aber statt zu antworten, schoß der Bursche wie ein kleiner Straßenköter vor und biß ihn in die Hand. Mit einem Fluch packte Arrat sein Kinn. Der Bengel hatte nicht schlecht zugebissen. Blut floß aus der Wunde über den Hals des Jungen.

»Du kleines Miststückchen, ich kann auch anders! Wo sind deine Leute, habe ich gefragt. Los, raus mit der Sprache!« Er lockerte den Griff um eine Winzigkeit.

»Ich ... weiß es nicht.« Der Junge schien zu der Ansicht gekommen zu sein, daß sich offener Widerstand nicht lohnte. Mit verschlagenen Augen tastete er ihre Gesichter ab, als wolle er herausfinden, wie weit sie bereit wären, bei ihm zu gehen.

Voller Abneigung betrachtete Arrat das Kind in seinem Arm.

Eigentlich war es überhaupt kein Kind. Der gehässige Mund und die wissenden, flinken Augen hätten eher zu einem alten Luder gepaßt als in dieses spitze, blasse Knabengesicht. Er war überzeugt, daß der Junge jedem von ihnen, was Niedertracht und Gemeinheit anging, noch etwas beibringen konnte.

»Natürlich weißt du's, red also keinen Unsinn. Wo, frage ich!«

»Nach Hause gegangen.«

»Nein, sie sind nicht nach Hause gegangen, sie stecken hier im Tal und dort oben. Wo?« Arrat preßte ihm den Oberarm zusammen, und der Junge begann zu wimmern.

»Ich weiß nichts, ich würd's ja sagen, wenn ich was wüßte.«

»Also hört mal, Keswick«, wandte Mekeele ein. »Wenn der Bursche wirklich nichts weiß ...« Das Wimmern in Arrats Arm verstärkte sich.

»Er weiß schon«, erwiderte Arrat trocken, »und er wird es uns auch sagen.«

»Wenn du mir den kleinen Schleimer gibst«, graunzte Sardeik, »dann dauert es keine zwei Minuten.«

Der Bengel stoppte sein Geheul und warf dem Skelden einen haßerfüllten Blick zu. Aber er hatte auch Angst. Noch ein bißchen mehr Angst, und er würde ihnen sagen, was sie wissen mußten. Arrat tastete mit der Linken nach dem Messer in seinem Gürtel, während er den Jungen mit der Rechten an sich gedrückt hielt.

Aus den Augenwinkeln sah er, wie der Lhare alarmiert den Kopf hob und seine Miene sich verfinsterte. Er beachtete es so wenig wie die Betroffenheit der Schmiedin. Der Griff des Messers hatte sich in seiner Jacke verhakt, und er hatte Mühe, ihn mit einer Hand wieder freizubekommen. Endlich gelang es, und der kleine Strauchdieb begann wie erwartet erschrocken zu strampeln, als er es ihm unter die Nase hielt. »Also, mein Junge«, sagte Arrat. »Fangen wir noch einmal ganz von vorn ...«

Aber er kam nicht mehr dazu, irgend etwas von vorn oder

überhaupt anzufangen. Sardeik hatte sich einen Moment vorgebeugt, um besser sehen zu können, und diesen Augenblick nutzte der Lhare. Er ließ sich gegen seinen Bewacher fallen, so daß sie beide nach hinten stolperten, und trat gleichzeitig nach Arrats Beinen.

Es war, als hätte der Junge es geahnt. Nur für den Bruchteil einer Sekunde lockerte sich Arrats Griff, aber diese Zeit reichte der kleinen Rotznase. Er ließ sich fallen, schlüpfte unter Arrats Arm davon und schoß den Hügel hinauf. Sardeik folgte ihm, hielt aber schon nach wenigen Schritten inne. »Der Bursche ist davon«, knurrte er.

»Verd . . .!« Arrat riß den Lharen vom Boden auf. Blaß vor Zorn begann er ihn zu schütteln. »Du wahnsinniger, Idiot!« flüsterte er mit kaum beherrschter Heftigkeit. »Weißt du, was du da eben angerichtet hast? Weißt du das eigentlich? Ich könnte dir . . . «

Sein Gefangener versuchte, sich seinem Griff zu entwinden, und Arrat schlug ihm mit aller Macht die Hand ins Gesicht. Er wollte etwas sagen, aber da klang irgendwo in seinem Rücken Gebrüll auf, und damit wurde alles andere unwichtig.

Die Banditen mußten dicht hinter dem Hügel gelagert haben. Ihre Schreie und Zurufe mehrten sich und kamen mit bestürzender Schnelligkeit näher. Es schien sich um einen ganzen Trupp zu handeln.

»Einzeln haben wir bessere Chancen. Jeder versucht es für sich selbst!« stieß Arrat einen letzten Befehl heraus.

Er wartete, bis seine Kameraden sich in Bewegung gesetzt hatten, dann zerrte er den gefesselten Lharen zu sich heran. »Und du . . . du kleiner, schwachsinniger Träumer . . .«, zischte er, während er mit dem Messer verbissen an den Schnüren zu säbeln begann, »du solltest wissen, daß die Burschen, die da kommen, dich zu Hackfleisch verarbeiten werden, wenn sie dich in die Finger kriegen!«

Die Schnur riß, und Salvain zog sich Arrats Tuch vom Mund.

»Du weißt ja überhaupt nicht, was das für Leute sind!« brach es aus ihm heraus. »Und der Junge eben...«, er stolperte vor Wut über die eigenen Worte, »der... das war doch noch ein richtiges Kind. Und du hattest überhaupt kein Recht, nicht das geringste Recht...«

»Hau ab!« fauchte Arrat ihn an. Er verlieh seinen Worten mit einem derben Stoß Nachdruck.

Die fremden Stimmen klangen verzweifelt nahe. Schon erschienen die ersten Verfolger, allen voran der kleine, rothaarige Rotzbursche, auf der Scheide der Hügelkappe.

Arrat zog sein Schwert. Er wußte, daß es für ihn selbst zu spät war, und vermutlich auch für Salvain, der dort, wo er ihn hingestoßen hatte, stehengeblieben war. Aber womöglich gab es für die anderen noch eine Chance. Er packte das Schwert mit beiden Händen und warf einen Blick über die Schulter. Mekeele lief um ihr Leben, Tarek auch. Sardeik konnte er nicht sehen.

Und dann tauchte auf einmal, irgendwo an ganz anderer Stelle und völlig unerwartet, Kilian zwischen den Sträuchern auf. In seiner Rechten blitzte die Klinge, und sein Bauerngesicht glänzte vor Eifer.

»Kilian, verschwinde!« brüllte Arrat ihm zu.

Es schien, als ob der Soldat ihn gehört habe. Er verlangsamte den Schritt und blieb stehen. Ja, es sah sogar aus, als würde er regelrecht zur Bildsäule erstarren. Das Schwert kippte ihm aus der Hand, und einen Moment lang glaubte Arrat, er müsse von etwas getroffen worden sein. Aber dann langte Kilian auf seinen Rücken und zog den Kurzbogen von den Schultern. Er legte den Pfeil auf die Sehne und hob den Bogenstock.

Arrat begriff es nicht.

Warum gerade diese Waffe? Sie würde ihn höchstens einen Schuß lang schützen. Und außerdem zielte Kilian viel zu niedrig. Und dann, von einem Moment zum anderen, verstand Arrat, daß Kilian es überhaupt nicht auf die feindlichen Angreifer abgesehen hatte. Er zielte auf den Lharen, auf den Jungen mit den weißen Kleidern und dem silbernen Haar.

»Kilian!«

Der Soldat hörte den Warnruf seines Hauptmanns. Mit einem feinen Lächeln zog er die Sehne straffer und zielte erneut.

»Kilian! Tu's nicht!« brüllte Arrat.

Die Zeit schien sich zu verlangsamen. Arrat wußte, daß in wenigen Sekunden jemand sterben würde. Entweder Kilian oder der verwünschte, kleine Lhare. Und er wußte auch, daß es an ihm lag, wen von den beiden es treffen würde.

Das Gesicht seines Soldaten war entspannt und glücklich. Kilian war mit sich selbst im reinen. Man hatte seine Kameraden umgebracht, und weil er ein guter Kerl war, freute er sich, diese Rechnung begleichen zu können. Und ganz gewiß würde er sich von niemandem auf der Welt daran hindern lassen.

Arrat traf seine Entscheidung. Er ließ das Schwert fallen und zog das Messer.

Sechzig Fuß waren für ihn keine Entfernung.

Die Waffe zerwirbelte die Luft, beschrieb einen Bogen und traf den Bauern aus Taruleg mitten in der Kehle. Kilians Arme schwankten, sein Pfeil sirrte planlos von der Sehne, dann sackte der Soldat, mit einer Grimasse grenzenloser Überraschung, in die Knie. Das war das letzte, was Arrat von ihm zu sehen bekam.

Er wurde herumgerissen, erblickte ganz kurz den Schatten eines Trolls, der mit fletschenden Zähnen an ihm vorbei auf den Lharen zustürzte, und dann waren die Angreifer über ihm.

Seine Reflexe funktionierten tadellos. Er wich einer Streitaxt aus und rammte die Faust in ein plattes, stoppelhaariges Gesicht. Der Ellbogen seines zweiten Armes traf einen Magen, und die Spitze seines Stiefels schlug jemandem das Schwert aus der Hand. Einer der Kerle stolperte über seinen Fuß, während ein anderer versuchte, ihn von hinten in den Schwitzkasten zu nehmen.

Aber im Grunde war das alles nur noch Spielerei.

Arrat wußte, daß er den Kampf nicht gewinnen konnte. Er wußte auch, daß er gut daran täte, sich zu ergeben. Aber in seinem Herzen brannte die Wut über Kilians unnützen Tod, und so raste er und schlug und trat gegen die Menschen, die er in zorniger Ungerechtigkeit für das Sterben des Bauern verantwortlich machte.

Jemand riß ihn an den Haaren, und er stürzte hintenüber. Vergebens versuchte er, wieder auf die Füße zu kommen. Stiefel traten nach seinem Kopf und hielten seinen Oberkörper nieder. Sekundenlang schaukelte eine Schwertspitze vor seinen Augen, aber sie wurde beiseitegefegt, ehe sie zustoßen konnte. Kurz bevor er das Bewußtsein verlor, sah er noch ein feixendes, sommersprossiges Kindergesicht.

IX

Er erwachte davon, daß sein Kopf gegen Wurzelholz und Steine schlug. Benommen öffnete Arrat die Augen. Man zerrte ihn an den Füßen über den Waldboden, grob, ohne sich darum zu scheren, wie es ihm dabei erging. Er versuchte, mit der Hand den Kopf zu schützen, aber seine Arme führten ein seltsames Eigenleben. Und nach einer Weile begriff er, daß sie mit Stricken zusammengebunden und am Gürtel seiner Hose festgeschnürt waren.

»Guck mal, he, der Schwarze, er is wieder wach!« drang eine Stimme mit schmerzhafter Schärfe in sein Bewußtsein.

»Quatsch doch nich. Den ham wir bis mindestens bis heut abend auf die Reise geschickt! Wenn nich für immer!«

Einige bärtige Gesichter beugten sich über Arrat, und der Geruch von Knoblauch, Schnaps und Schweiß schlug ihm ins Gesicht.

»Klar is der wieder da. Bei meiner Seel, der Kerl muß einen Schädel aus Eisen haben!«

»Wird ihm aber nichts nützen, wenn Gort ihn erst in die Finger kriegt. Der weiß Besseres, als nur auf'n Kopp raufprügeln!« spottete eine Quiekstimme.

»So, Gort weiß also Besseres, was? Na, der hat auch nicht hier gestanden, wie der Kerl um sich gedroschen hat, wie ein Verrückter. Und du, du hast dich doch wieder ganz nach hinten verdrückt, Goowie. Nachher große Töne spucken, das kannste! Aber sonst fällt dir auch nichts ein!«

Goowie ballte die Fäuste, und einen Moment sah es so aus, als wolle er sich auf seinen Kontrahenten stürzen, aber da drängte sich ein glatzköpfiger Hüne zwischen die beiden und fuhr sie wütend an. Er schien Autorität zu genießen, denn die Streithähne trollten sich.

Arrat schloß wieder die Augen.

Es war also passiert. Sie waren bei den Verfemten gelandet. Er drehte das Gesicht zur Seite. Blut rann ihm zwischen die Lider. Aber sein Kopf schmerzte so sehr, daß er nicht ausmachen konnte, wo die Wunde saß und wie groß sie sein mochte.

Er versuchte sich zu erinnern. Was hatten sie mit Sardeik und den anderen angestellt? War es einem seiner Gefährten gelungen zu entkommen? Er blinzelte das Blut von dem Wimpern und versuchte sich umzuschauen. Aber alles, was er von dort, wo er lag, sehen konnte, waren spinnwebenbehangene Farne und schmutzige Stiefel, die kamen und gingen. Und als er versuchte, den Kopf zu heben, ging eine Welle von Übelkeit durch seinen Körper, die ihm jegliche Neugierde austrieb.

Der Glatzkopf, der Anführer der Bande, hatte seine Leute auf Trab gebracht und kehrte zu seinem Gefangenen zurück. Mit mürrischen Fischaugen blickte er auf ihn hinab. »Du bist also wieder bei Sinnen? Na dann los, auf die Beine mit dir.«

Als Arrat nicht reagierte, versetzte er ihm einen Tritt, und als auch das nichts fruchtete, packte er ihn am Kragen und zerrte ihn auf die Füße.

Arrat stöhnte. Er taumelte gegen seinen Peiniger, wurde von

ihm weitergestoßen und stolperte. Jemand packte ihn am Arm, schrie etwas, das er nicht verstand, und zerrte ihn zur Seite, wo er stehenblieb – schwankend und hilflos bis zur Verzweiflung.

Der Glatzkopf trat auf den Weg, brüllte etwas und kehrte zu Arrat zurück. Ein dürres Männlein auf einem ebenso dürren Gaul kam zu ihnen herübergeritten.

»Der Schwarze da – ich will, daß du auf den besonders aufpaßt«, befahl die Glatze dem Dürren. »Der hat was Komisches an sich.«

»Hat er das?« Der Dürre grinste. »Ich will dir mal was sagen, Massoch. Solche wie den da, die kenn' ich. Die hab' ich geradezu gern. Kannste deinen Hut drauf fressen, daß der das Kuschen auch noch lernt. Der wird noch hinter mir hertrotten wie'n Lämmchen. Und wenn nich, dann kriegt er was zu flennen, bis er's kapiert, verstehste?«

Massoch nickte ungeduldig. Er zog ein Seil aus der Tasche, band eine Schlinge daraus, streifte sie dem Gefangenen über den Kopf und reichte das Ende dem Dürren auf dem Pferd weiter. Dann machte er sich davon, neue Befehle zu erteilen. Als seine Männer vor ihm zurückwichen, meinte Arrat, Sardeiks blauen Umhang zu erkennen, aber schon versperrte ihm wieder jemand die Sicht.

»He, du ...« Der dürre Mann grinste auf Arrat hinab. In seinen Augen flackerte eine Freude, die Böses verhieß. Gemächlich, ohne sich zu eilen, wand er sich den Strick um die Faust, wobei er Arrat keinen Moment aus den Augen ließ. Dann wog er das Band prüfend in der Hand – um es im nächsten Augenblick mit einem einzigen jähen Ruck straff zu ziehen. Arrat taumelte und prallte mit der Stirn gegen Goowies Knie. Er konnte nicht die Hände heben, um sich zu schützen, und so schnürte sich ihm das Band erbarmungslos in den Hals. Als er schon fast die Besinnung verloren hatte, wurde er an den Haaren hochgerissen, und Goowies faule Zahnstümpfe grinsten ihm entgegen.

»Na, was is nu? Willste jetzt nich ein bißchen betteln? Goowie ist ein netter Kerl. Läßt vielleicht mit sich reden, he?« Der Bandit zwängte seinen schmutzigen Zeigefinger unter das Band und zerrte daran, bis der Druck um Arrats Hals nachließ. »Würde dir ja vielleicht helfen, der alte Goowie, wenn du brav darum bettelst. Versuch's doch mal ... «

»Fahr zur Hölle!« würgte Arrat heraus.

Goowies Gesicht verfinsterte sich. Er griff erneut in Arrats Haar und riß seinen Kopf bis dicht vor die Visage. »So einer biste also. Ein stolzer Hahn, was? Aber ich will dir mal was sagen, Mann. Noch vor heute mittag biste bei Gort. Und wenn der dich erst bedient, du miese, kleine Ratte, dann wirste dir die Augen aus dem Kopf heulen, daß du nich netter zu dem alten Goowie warst. Verstehste? Aber dann is es zu spät. Dann kannste nach Goowie brüllen, wie du willst. Dann gibt's nichts mehr! Und jetzt los mit dir. Und zwar zackig, sonst fängt der Spaß nämlich gleich hier an!«

Er trat Arrat ins Kreuz.

Als wäre das ein Zeichen gewesen, setzte sich auch der übrige Trupp in Bewegung. Goowies nervöse Hand verwehrte jedes Ausruhen, und so trottete Arrat ergeben neben ihm her, Meter für Meter, ein Schritt nach dem anderen, über Steine, Wurzeln, Buschwerk und Baumreste. Er verbot sich, an etwas anderes zu denken als an die Hindernisse, die es zu überwinden galt. Irgendwann würde dieser Marsch ein Ende haben, und bis dahin galt es durchzuhalten.

Er bemerkte das Dorf erst, als sie die Hütten schon fast erreicht hatten. Es lag schräg unter ihnen in einem weit ausladenden Tal. Eigentlich war es gar kein richtiges Dorf. Nur einige strohbedeckte Lehmhütten, fünfzehn vielleicht, auf einer Lichtung neben einem der zahllosen kleinen Bergseen.

»He, Goowie! Warte!« Massoch drängte sein Pferd nach vorn, wo Goowie die Spitze ihres Zuges gemacht hatte. Die beiden begannen leise miteinander zu tuscheln.

Arrat nutzte die Pause und drehte sich um. Das Flimmern vor seinen Augen war verschwunden, und auch der Kopfschmerz hatte sich auf ein erträgliches Maß reduziert. Er konnte wieder klar sehen. Seine Gefährten warteten knapp zwanzig Schritt hinter ihm. Die Verfemten hatten sie aneinandergebunden und mit ihren Pferden einen Halbkreis um sie gebildet. Erleichtert stellte Arrat fest, daß auch der Lhare unter den Gefangenen war. Er hatte halb befürchtet, daß der Troll ihn in seiner Wut einfach in Stücke gerissen hätte. Aber Salvain schien nicht einmal eine Schramme abbekommen zu haben, sogar die Kleider waren ganz.

Als hätte der Lhare seine Blicke gespürt, hob er den Kopf. Er lächelte unglücklich und schaute gleich wieder fort.

»... zum Dorfplatz«, hörte Arrat hinter sich Massoch sagen. »Ich will keinen Ärger. Binde sie an die Birken. So daß alles fertig ist, wenn Gort sie sich ansehen will. Und mach schnell. Du weißt ja, daß er nicht gern wartet.«

»Was habt ihr mit uns vor?« krächzte Arrat. Jedes Wort tat ihm weh. Seine Kehle war wie abgeschnürt.

Goowie drohte mit dem Strick und wollte etwas sagen, aber Massoch schüttelte ärgerlich den Kopf.

»Weiß ich nicht, was mit euch passiert«, knurrte er zu Arrat gewandt. »Ist auch nicht meine Sache. Das entscheidet immer Gort. Rate dir aber, ihn nicht zu reizen. Er ist nicht sehr geduldig.« Einen Moment sah es aus, als wolle er noch etwas hinzufügen, aber dann zuckte er nur die Achseln. »Ist nicht meine Sache«, wiederholte er und wandte sich zum Dorf hinab.

Goowie brüllte den Befehl zum Weitermarschieren, und sie begannen den Abstieg zu den Hütten. Massochs Ankunft schien sich blitzschnell herumgesprochen zu haben, denn sie hatten kaum die Hälfte des Weges zurückgelegt, da kamen ihnen schon die ersten Dorfbewohner entgegen. Anfangs waren es nur Kinder, magere, nackte Geschöpfe mit verfilztem Haar, die ihnen johlend entgegenliefen. Als sie den Dorfrand erreichten, folgten die Frauen. Sie sahen kaum sauberer aus, auch wenn viele, besonders die Jüngeren, das durch Glasschmuck und grelle Schminke wettzumachen suchten.

Goowie zog eine kleine Peitsche hervor, deren Griff in seiner Satteltasche gesteckt hatte.

»Macht uns Platz, Leute. Los, wie sollen wir denn hier durchkommen. Platz da!« Niemand achtete auf ihn.

In einer lärmenden Prozession zogen sie, umringt von den Kindern, auf einem festgetrampelten Sandweg durch das Dorf. Der Geruch von Kohl und angebrannten Kartoffeln kroch ihnen in die Nase. Arrat spürte, wie sein Magen wieder zu rebellieren begann, und ging ein wenig schneller. Alles stank hier in diesem Dorf. Sie hatten keinen Platz für ihren Abfall reserviert. Oder wenn es einen gab, dann benutzte ihn niemand. Überall an den Häuserwänden lagen schimmelnde Essensabfälle, und Ratten huschten durch das Unkraut am Wegrand.

Am Dorfplatz wurden sie von einer rundlichen Frau mit einem Bündel Lederriemen in der Hand erwartet. Goowie sprang vom Pferd und nahm ihr die Fesseln ab. »Und jetzt keine Faxen!« schnauzte er. »Jeder an einen Baum und die Hände nach hinten. Wer sich rührt, kriegt mit dem Schwert eins über. He!« Er pufffte Arrat ins Kreuz. »Du bist der erste. Aber keine Sperenzchen! Du weißt ja, Goowie versteht da keinen Spaß.«

Einen Moment überlegte Arrat, ob es Zweck hätte, zwischen den Frauen und Kindern hindurch einen Fluchtversuch zu wagen, dann fand er, daß er sich für einen Tag genug zum Narren gemacht hatte.

Einer nach dem anderen wurden sie an die Bäume gebunden. Goowie nahm die Peitsche wieder zur Hand und trieb die allzu vorwitzigen Kinder, die nach den Taschen der Gefangenen grapschten, auseinander. Danach wurde es ruhig auf dem Sandplatz. Die Männer, die zur Bewachung abkommandiert waren, begannen mit den herumlungernden Frauen Gespräche, und ihre Gören balgten sich in einiger Entfernung am Ufer des Sees.

Auch der Troll war wieder aufgetaucht. Er hatte sich unter einen Baum verzogen, kratzte sich mit einem Kastanienzweig die verlausten Haare und beschäftigte sich damit, die Gefesselten zu beobachten.

Arrat lehnte den Kopf gegen den Birkenstamm. Wider alle Vernunft war er plötzlich entsetzlich müde. Er warf einen nachdenklich-trägen Blick auf seine Kameraden und stellte fest, daß sie trotz aller Beulen und Schrammen nicht ernsthaft verletzt waren. Und am besten schien es tatsächlich Salvain ergangen zu sein. Der Junge hatte nicht die geringste Blessur, wenn man einmal von dem roten Flecken absah, den Arrats Hand auf seiner Wange hinterlassen hatte. Merkwürdig, dachte Arrat. Hatte er nicht selbst den Troll mit einer Mordswut auf den kleinen Exoten zustürzen sehen?

Salvain war direkt neben ihn gebunden. Er konnte mit ihm sprechen, ohne die Stimme heben zu müssen.

»Na, wie gefällt's dir, Träumer?« Belustigt sah er, daß dem Jungen die Röte ins Gesicht schoß.

»Du hattest trotzdem kein Recht, das Kind zu mißhandeln«, erklärte Salvain steif.

»Ich habe kein Kind mißhandelt, sondern einem kleinen, verdorbenen Stück Dreck einen Schrecken einzujagen versucht«, korrigierte Arrat.

Die Verlegenheit des Lharen kehrte sich augenblicks in Zorn. »O ja, natürlich. Verzeih! Ich hatte ganz vergessen, daß du allwissend bist. Wer jede Wahrheit kennt, der kann es sich natürlich leisten, den Richter zu spielen!«

»So wie du zum Beispiel, als du uns an die Verfemten ausgeliefert hast?«

Salvain biß sich auf die Lippen. »Du hättest dem Jungen nicht zu drohen brauchen!«

Eine Zeitlang schwiegen sie und sahen den Kindern bei ihren Prügeleien zu. Lauter kleine Ratten, dachte Arrat. Und in ein paar Jahren werden es große Ratten sein.

»Bist du in Ordnung?« rief Sardeik ihm vom anderen Ende ihrer kläglichen Reihe zu.

Goowie brüllte etwas und drohte mit der Peitsche, und Arrat zuckte die Achseln. Er war immer noch müde. Wenn nicht bald etwas passierte, würden ihm einfach die Augen zufallen.

»Warum hast du mich eigentlich angelogen?« fragte er Salvain im Flüsterton.

»Womit?«

»Als du gesagt hast, daß du kein Lhare bist. Es ist inzwischen egal, aber ich würde es trotzdem gern wissen. Es war eine so absolut idiotische Lüge.«

»Es war überhaupt keine Lüge.« Salvain starrte mit finsterster Miene auf seine Fußspitzen, und Arrat dachte, daß ihr Gespräch damit beendet sei. Aber dann sprach der Junge doch weiter. »Meine Mutter war eine Lharin, das stimmt«, stieß er hervor. »Aber mein Vater ist ein Mensch. Und deshalb bin ich auch ein Mensch. Jedenfalls zur Hälfte. Obwohl«, fügte er böse hinzu, »ich mir die rechte Hand abhacken würde, wenn ich es damit ändern könnte!«

»Ach du meine Güte«, sagte Arrat. Er schloß die Augen und fragte sich, warum der silberhaarige Lhare . . . nein, der Lharenhalbling, um so eine Bagatelle solch ein Aufhebens gemacht hatte.

Eine der Frauenstimmen rief etwas, Worte, die sich durch die Reihen der Wartenden fortsetzten, und Arrat erschrak.

Fett. Das war sein erster Gedanke.

Gort war geradezu unglaublich fett. Es schien ein Wunder, daß die kurzen, dicken Beine den Leib überhaupt den Dorfweg entlangschleppen konnten. Sein Bauch war zu prall, um zu wabbeln, aber die dicken, mit rotgekräuselten Haaren besetzten Brüste schlabberten wie zwei leere Säcke. Den Daumen im Gürtel eingehakt, kam er neben Massoch den Weg hinunter, gefolgt von einer Schar Kinder, die respektvoll Abstand hielten.

»Das wird übel«, hörte Arrat die Schmiedin flüstern, und er wußte, daß sie recht hatte.

Vielleicht lag es an den Augen des Dicken. Arrat hatte noch nie in seinem Leben so farblose Augen gesehen. Es war, als läge in jeder Augenhöhle eine Portion gefrorenen Gelees, in das man anstelle der Pupillen schwarze, nadelförmige Sehrohre gesteckt hatte. Man brauchte nicht viel Einbildungskraft, um sich vor diesen Augen zu fürchten.

Wenige Meter vor ihnen blieb Gort stehen. Massochs Finger zwirbelten an den Knöpfen seiner Jacke, seine Augen irrten unruhig zwischen dem Dicken und den Gefangenen hin und her. Er hat Angst, dachte Arrat. Das Geleeauge schien ein unangenehmer Herr zu sein.

Aber für den Moment war der Dicke offenbar zufrieden. Sein Mund verzog sich zu etwas, das er für ein Lächeln halten mochte, und er schlenderte gemächlich zu Sardeik und Tarek.

»Die Sandratten sind aus ihren Löchern gekrochen, he?« Er lachte ein kaltes, schmieriges Lachen. »Kennt ihr die Skelden, Leute? Großartige Kerle, das. Hatten eine Menge Spaß mit ihnen. Weißt du noch, Massoch? Die beiden Wichte damals in Samassus?«

Massoch nickte zögernd.

»Hatten uns Boten geschickt, zum Verhandeln. Prima Burschen, übrigens. Hart im Nehmen. Hatte sie richtig gern. Wenn sie nur nicht so gestunken hätten. Was, Massoch, haben die gestunken? Wie die Schweine!«

Massoch nickte wieder.

»Haben uns ’ne Menge Mühe gegeben, ihnen Zivilisation beizubringen, he?« Er kicherte. »Wir haben ihnen sogar die Füße gewaschen, den Brüdern. In einem See. War leider eine längere Sache. Hat gedauert, bis der Dreck ab war, was, Massoch? Zwei Tage.« Er rieb sich amüsiert die Wange. »Hatten auch nicht viel Lust dazu, die Schweine. Mußten sie an einen Baum hängen, erinnerst dich, Massoch? Mit den Händen an den Baum, die Beine im Wasser. So haben wir's gemacht! Hatten aber flotte Helfer zur Hand. Der See war nämlich voll von Greißfischchen. Tausende kleiner Greißfischchen. Und alle wie wild, ihnen den Dreck von den Füßen zu fressen. Haben natürlich manchmal auch ein bißchen mehr als den Dreck erwischt, die kleinen Biesterchen. Waren verdammt gierig. Aber die Füße waren sauber, hinterher, was, Massoch? Bis auf die Knochen. Zwei Tage! Mensch, war das ein Spaß!«

Gort lachte, und die Männer, Frauen und Kinder hinter ihm stimmten mit ein. Er schien ein bißchen enttäuscht über die ausdruckslosen Gesichter der beiden Skelden, aber andererseits hatte der Nachmittag ja auch gerade erst begonnen. Also ließ er es ihnen durchgehen und begab sich weiter zu Torrot.

»Pfui Teufel! Ein Rhatt!« Er spuckte aus. »Mickergewürm. Mache mir nichts aus den Kriechern. Halten nichts durch. Können die Kinder kriegen. Aber was haben wir denn hier?« Seine fetten Wangen verzogen sich zu einer Grimasse spöttischer Hochachtung. »Ein Lhare? Tatsächlich, Leute, das ist ja ein Lhare! Ich muß schon sagen: eine vornehme Gesellschaft.« Er rieb sich die kleinen Wurstfinger. »Ich hoffe, du hast keine Angst vor mir? Du mußt nämlich wissen, ich liebe die Lharen. Hab' richtig ein Herz für euch. Kommt zwar nur selten einer zu uns zu Gast, aber der wird immer bestens bedient, stimmt's, Massoch?«

Massoch murmelte etwas, das jedoch von dem Knurren und Schnalzen des Trolls übertönt wurde, der das Läuseknacken aufgegeben und sich durch die Kinderschar zu den Birken gedrängt hatte.

Der Fettwanst ließ sich durch die Unruhe in seinem Rücken nicht stören. »Komm, sag Gort deinen Namen, kleiner Lhare«, schmeichelte er. »Es plaudert sich viel besser, wenn man sich mit Namen anreden kann, nicht wahr? Wie heißt du, Lhare?«

Salvain schwieg.

Ob es nun Angst war oder Empörung über das, was er gehört

hatte – er tat jedenfalls den Mund nicht auf. Mit kalkweißem Gesicht und großen Augen starrte er den Dicken an. Die Männer und Frauen hinter Gort wurden aufmerksam. Ihre Gespräche verstummten, neugierig reckten sie die Hälse. Der Troll bohrte mit dem Finger in der Nase und grunzte beunruhigt. Danach war es still. Eine gefährliche, vollständige Stille, in der es vor Spannung knisterte.

Arrat wurde es schwül. Teufel noch mal, konnte der Junge sich denn nicht denken, wie das enden würde? Warum ...

Aber da schoß Gorts Hand auch schon vor. Er schlug Salvain so heftig ins Gesicht, daß ihm ein Blutstrom aus der Nase schoß und sein Kopf gegen den Birkenstamm flog.

»Man ist sich also zu fein, um mit uns Menschen zu reden, ja? Man ist was Besseres? Wollen doch mal sehen, ob wir der kleinen Hochnase nicht ein bißchen Manieren beibringen können. Was, Massoch? Der Junge braucht doch eine Lektion!«

»Ja, Gort, braucht er wohl.« Massochs Gesicht war ein wenig blasser geworden.

»Snerre!« Der rothaarige Bengel aus dem Wald stürzte herbei. »Na, Snerre, wollen wir dem Burschen die Flausen austreiben? Los, hole die Gütige!«

»Klar!« Snerre hatte keine Angst vor Gort. Mit einem Grinsen in seinem mageren Gesicht rannte er davon. Er brauchte nicht einmal eine Minute, bis er zurück war. In der Hand trug er eine Lederpeitsche. Ein abgegriffener Holzgriff und daran fünf lange Lederriemen, in die sie kleine Knötchen geknüpft hatten.

Der Troll jaulte auf, als er das Marterinstrument sah, sackte aber gleich wieder in sich zusammen, als einer der älteren Jungen ihn in die Seite trat.

Gort nahm Snerre die Peitsche aus der Hand und strich mit einer liebevollen Bewegung über das Leder. Dann blickte er Salvain an.

»Das ist die Gütige, Lhare.« Er grinste durch seine Zahnlükken. »Die Gütige ist wie eine Mutter. Sie lehrt ihre Kinder

Manieren. Du mußt ihr dankbar sein. Sie ist eine wunderbare Mutter. Bei ihr lernen alle. Sehr schnell. Was meinst du, wie wunderbar wir uns gleich unterhalten werden! Ist die verdammt beste Schule, die du je erhalten hast!«

Langsam, lässig ließ er die Peitsche über seine Schulter zurückschwingen. Er zögerte es hinaus, weidete sich am Entsetzten seines jungen Opfers, suhlte sich in der allgemeinen Spannung. Schließlich holte er aus.

Salvain hörte auf zu atmen. Arrat sah, wie er das Gesicht wegdrehte und sich gegen den Stamm drückte. Gort sah es auch. Er grinste und spannte die Muskeln zum Schlag...

»Dreckiger, fetter Mistkerl!«

Arrat sprach leise. Gerade eben so, daß jeder auf dem Sandplatz ihn verstehen konnte.

Aber mehr war auch nicht nötig.

Der Dicke hielt inne, die Lederriemen schwappten an der Schulter des Lharen vorbei und fielen schlaff in den Sand.

»*Mistkerl*? Hier ist jemand, der Gort einen *Mistkerl* nennt?«

Seine Blicke saugten sich an Arrat fest. Er ließ die Peitsche fallen und trat auf den Gefesselten zu, bis er so dicht war, daß Arrat den Knoblauchgestank aus seinem Mund einatmete.

»Du nennst Gort einen *Mistkerl*?« Seine Quallenaugen begannen zu glänzen, er fuhr sich mit der Zunge über die Lippen. Klar. Ein Opfer, das sich wehrte, war amüsanter.

»Das ist doch der Bursche, der Celm und Barburin fertiggemacht hat? Ist er das, Massoch?«

»Ja, aber...« Eine Handbewegung brachte den Kahlkopf zum Schweigen.

Gort musterte Arrat genüßlich von Kopf bis Fuß mit einem Blick, der dem Gefesselten das Blut in die Wangen trieb. Doch plötzlich fiel sein Auge auf den silbernen Falkenkopf, den Arrat halb verborgen unterm Kragen seiner Jacke trug, und das Lächeln verschwand, als wäre es von einer unsichtbaren Hand weggewischt worden.

»Ein Soldat bist du!«

Gort packte das Abzeichen und riß es mit einem Ruck ab. Lange betrachtete er es. Die Hand, mit der er es hielt, zitterte. Auf dem Platz war es mit einem Male totenstill geworden. Nicht einmal die Kinder schrien mehr. Als Gort wieder hochsah, stand der nackte Haß in seinem Gesicht.

Er ist ein desertierter Soldat, dachte Arrat. Sein Mund wurde trocken. Unwillkürlich blickte er auf die linke Hand des Mannes. Der Daumen fehlte. Das Abhacken des linken Daumens war die Strafe für Feigheit. Gorts Blick war dem seinen gefolgt.

»Richtig, Hauptmann. Das verdanke ich euch. Gort, der Feigling. Weil ich mich nicht umbringen lassen wollte für euren Blödsinn.« Er lachte ein leises, irres Lachen. »Gort, der Feigling! Aber heute ...«, er drehte sich zu seinen Leuten um, die alle einen Schritt zurückgewichen waren, »heute werden wir einmal einen *tapferen* Soldaten sehen. Einen Träger des Falkenkopfes. Ein Vorbild für uns alle.« Er griff nach dem rothaarigen Lümmel und zerrte ihn, bis er vor Arrat stand. »Sieh genau hin, mein Sohn, so sieht ein Hauptmann aus. Ein Soldat, der sich vor nichts fürchtet. Du wirst doch nicht etwa schreien, Hauptmann? Enttäusche meinen Sohn nicht. Er hat noch nie einen Helden gesehen. Er hat lange gewartet, um einen Hauptmann zu sehen, der nicht schreit.« Gort lachte wieder, lachte, daß ihm die Tränen übers Gesicht liefen. Doch so plötzlich, wie es begonnen hatte, erstarb das Lachen. Er stieß den Jungen von sich und zischte: »Ein Hauptmann, der Gort einen *Mistkerl* nennt. Ich schwöre dir, bevor es Abend ist, wirst du mir die Füße lecken, Soldat. Bevor es Abend ist, wirst du mir deine Seele verkaufen, damit ich dir endlich den Todesstoß versetze. Bindet ihn los!«

Nervöse Hände griffen nach Arrats Armen und schnitten die Fesseln entzwei.

»Runter mit der Jacke!« Gort zitterte vor Ungeduld, seinen Haß endlich hinausschlagen zu können.

Einen winzigen Moment lang hatte Arrat die Hoffnung, daß die Banditen ihn vielleicht loslassen würden, während sie ihn auszogen. Entkommen würde er ihnen nicht, aber er nahm an, daß die Tortur leichter zu ertragen sein würde, wenn er vorher gekämpft hätte. Doch die Männer ließen ihm keine Chance. Sie hielten ihn zu viert, während sie ihm Jacke und Hemd vom Leib rissen.

Gort krallte die Hände zu Fäusten. Speichel tropfte über seine Lippen. Er holte aus. Nur – die Männer, die Arrat festhielten, machten einen Fehler. Sie umklammerten die Arme ihres Opfers, ohne auf die Beine zu achten. Schön, Fettwanst, dachte Arrat grimmig, den ersten Schlag steckst du ein. Er stemmte sich gegen seine Bewacher und trat mit beiden Füßen zu.

Der Dicke ging japsend zu Boden. Ein riesiger, grotesker Maikäfer, der mit den Beinen strampelte und sich heulend die Hände gegen den Bauch preßte. Die beiden Männer, die Arrat hielten, brachen ihm fast die Arme, als sie ihn zurückrissen. Massoch stürzte auf seinen Herrn zu, aber Gort schlug die Hand beiseite. Er wälzte sich auf den Bauch, kam auf die Füße und torkelte keuchend auf den Hauptmann zu. Aus seinem Blick war der letzte Funke Verstand gewichen.

Und in diesem Augenblick wurde Arrat klar, daß er sterben würde.

Er fühlte, wie sich jemand von hinten an seine Oberschenkel klammerte und atmete tief durch. Sein Blick fiel auf Sardeik. Das Blut schoß ihm in die Wangen, als er sah, wie der Mund des Skelden sich zu einem spöttischen Lächeln kräuselte. So also stand es um sie beide? Natürlich, warum auch nicht! Eine billige Rache für Mouwen. Kein hinderlicher Treueid mehr, denn es gab nichts mehr zu helfen. Arrat senkte die Lider, um seine Wut zu verbergen.

Da wurde sein Kopf hochgerissen.

Gorts Faust schoß vor, und mitten in Arrats Gesicht explodierte der erste Schlag. Er schnappte nach Luft. Blut strömte über seinen Mund. Er preßte die Zähne gegeneinander, daß es knirschte. Der nächste und auch der übernächste Schlag gingen in den Magen. Er krümmte sich, aber die drei Männer hielten ihn eisern fest.

Nicht schreien, beschwor er sich. Nur nicht schreien ...

Der Wabbelmann hatte Fäuste aus Eisen, und auch die Füße benutzte er mit. Unablässig prasselten seine Schläge und Tritte gegen Gesicht, Brust, Unterleib seines Opfers. Es war Gort gleichgültig, wohin er traf. Er schlug in wahnsinniger Wut und ohne auch nur Atem zu holen. Arrat schloß die Augen und setzte seine ganze Kraft darein, den Schrei zu unterdrücken, der ihm die Lungen blähte. Schmerz zog sich wie ein kreischendes Ungeheuer durch seinen ganzen Körper.

Irgendwann in all diesen Qualen meinte Arrat, die helle Stimme des Lharen zu hören. Dämlicher Bengel, das ... würde er denn nie kapieren?

Die Welt begann sich in einem wirbelnden Feuerkreis zu drehen. Arrat sackte in die Knie. Noch immer hieben die Fäuste auf ihn ein, aber seine Empfindungen wurden breiiger. Die brüllenden Stimmen entfernten sich, und allmählich verlor sich sein Bewußtsein in der heißersehnten Schwärze.

Er konnte nur wenige Augenblicke bewußtlos gewesen sein, denn er hing noch immer in den Armen der Männer, als er zu sich kam. Aber er fühlte keine Schläge mehr.

»Wasser, verdammt!« hörte er Gort brüllen.

Die Männer ließen ihn fallen und beeilten sich zu gehorchen. Arrat rührte sich nicht. Der Sand glühte auf seiner nackten Haut, ihm war sterbensschlecht.

Irgendwann drang Sardeiks tiefe, weiche Stimme durch die Nebel seiner Benommenheit. »Ich fürchte, du machst da gerade einen schweren Fehler, Gort«, hörte er ihn sagen.

Vielleicht war es das unverkennbar aufrichtige Bedauern, das den Dicken aufhorchen ließ. »Was für einen Fehler?«

Behutsam atmete Arrat gegen den Schmerz an, um zu verstehen, was Sardeik antwortete.

»Einen Fehler, der mich und dich Geld, sehr viel Geld, kosten könnte.«

»Geld? Wie meinst du das?« Gort versuchte, kalt und unbeteiligt zu wirken, aber seine Stimme flackerte vor Gier, als er fragte.

»Du hast doch den Lharen gesehen, den wir bei uns haben?«

»Ja doch! Klar! Und? Weiter?«

»Sicher hast du dich gefragt: Was hat ein Hauptmann des Städtebundes mit einem Lharen zu tun.«

»Hm, natürlich! Und? Was hat er mit ihm zu tun?«

»Ich sage nur ein einziges Wort: Gold!«

Mehr könntest du auch gar nicht sagen, blöder Sandfresser, dachte Arrat. Er hatte unwillkürlich den Kopf gedreht, und Gort, der es bemerkte, trat ihn mit Wucht in die Seite. Arrat krümmte sich zusammen, seine Muskeln verkrampften sich aus Furcht vor dem, was folgen würde. Aber Gorts Interesse war schon wieder abgelenkt.

»Gold also?« hörte Arrat ihn fragen.

Er versuchte, Sardeiks Antwort zu begreifen, doch der Tritt hatte ein neue Welle des Schmerzes ausgelöst. Es war ihm unmöglich, sich zu konzentrieren. Er vernahm Sardeiks einschmeichelnde Stimme und die quängelnde, ungläubige von Gort, die ihn immer wieder unterbrach, aber die Worte waren nur noch eine Kette sinnloser Geräusche.

Irgendwann hörte er Sardeik seinen Namen aussprechen. Gleich darauf packte ihn eine Hand an der Schulter und zerrte ihn auf den Rücken. Gorts Doppelkinn tauchte in seinem Gesichtsfeld auf.

»Ist das wahr, Keswick?« Die fetten Finger schlugen in sein Gesicht. »Stimmt das mit dem Gold und den Lharen, frag ich? Ist das wahr?« Die Rufe entfachten in Arrats Gehirn ein schmerzhaftes Echo. Er verzog das Gesicht. »Ist das wahr?« Wieder klatschten die Finger an seine Wangen. Als er nicht antwortete, ließ Gort enttäuscht von ihm ab.

»Aber wenn das stimmt, was du da sagst, was hat dann der Rhatt damit zu tun?« fragte er Sardeik.

»Der wird uns durch die alten Bergwerke von Worrat führen.«

»Was für Bergwerke sind denn das? Die kenn' ich ja gar nicht.«

Sardeik erklärte mit seiner sanften, werbenden Stimme, und Gort fragte weiter, mißtrauisch, hoffnungsvoll, gierig. Dann fiel Salvains Name, und Arrat horchte wieder auf.

»Hör mal, Gort. Ich versteh' ja, daß du nicht begeistert bist«, kam es mit einer wohldosierten Spur Ungeduld von dem Skelden. »Aber eines sage ich dir: Wenn du dem Lharen ein Haar krümmst, dann kannst du alles vergessen. Er gehört zu ihrem Königshaus, und wenn er nicht pünktlich und unbeschädigt nach Hause kommt, dann geht ein Tanz los, den keiner von uns überlebt. Ich schlag' mich mit Soldaten und allem anderen Gesindel herum. Aber mit den Lharenhexern leg' ich mich nicht an!«

Gort scharrte wütend mit dem Fuß im Sand. »Und?« schrie er. »Was machen wir dann? Dann gibt's doch nichts mehr. Alles vorbei. Kannste alles vergessen!«

Sardeik schüttelte den Kopf. »Irrtum, Gort. Nicht alles vorbei. Noch lange nicht. Denn dein guter, alter Freund Sardeik kennt einen Weg, es doch noch aus dem Hauptmann herauszuholen.«

»Aus dem? Unsinn. Dem kannst du glühende Kohlen unter die Füße halten oder ihm Salz zu lecken geben, bis er brüllt, der sagt dir nie ...«

»Gort, Gort!« unterbrach ihn Sardeik sanft. »So natürlich nicht. Aber es gibt doch noch anderes. Feineres.«

»Und das wäre?«

»Tja, versteh mich bitte nicht falsch, wenn ich das lieber für mich behalte. Man hängt ja irgendwie doch am Leben.«

Gort starrte ihn an. »Du bist sicher, daß er dir sagt, wo es ist?«

»Totsicher!«

»Gut, aber ich will dabeisein, wenn du's aus ihm rausholst. Und bild dir nicht ein, daß ich dich losbinde, bevor wir das Gold haben. Ich brauch' ja auch 'ne Sicherheit.«

»Völlig klar!«

»Und der da...«, Gort deutete mit einem bösen Blick auf Arrat, »Der kriegt erst noch einen Denkzettel! Los, holt die Pflöcke!«

Eilends schleppten seine Männer vier armlange Holzpflöcke herbei, die sie mit einer Axt in den Boden stampften. Dann packten sie Arrat, zerrten ihn zwischen die Pfähle und banden ihm die Hand- und Fußgelenke daran fest. Der Dicke kniete sich neben ihm nieder und schüttelte ihn an der Schulter. »Sieh mich an!«

Arrat behielt die Augen geschlossen. Er wunderte sich nicht, als das Zischen der Peitsche die Luft durchschnitt. Mit angehaltenem Atem wartete er auf den Schmerz. Doch der Schlag ging über sein Gesicht ins Leere.

»Hast du's gehört, Keswick? Jetzt noch nicht. Aber bald. Verstehst du? Was auch passiert, das ist dein Ende. Dein Fleisch an meiner Peitsche. Und ich werd's so machen, daß es Tage dauert, jeden Tag ein bißchen, bis du winselst und schreist.« Gort wartete einen Augenblick, aber als sein Gefangener sich nicht rührte, stand er auf, und im nächsten Moment konnte Arrat den Sand unter seinen Stiefeln knirschen hören.

Er hatte nicht die Kraft, seinem Peiniger nachzublicken. Der Schweiß, der ihm in Strömen über das Gesicht rann, brannte in seinen Augen. Seine Muskeln zitterten, und die Sonne tröpfelte flüssiges Blei auf seinen geschundenen Körper.

Gorts Weiber und Kinder drängten sich noch eine Weile um

ihn herum und stießen und zwickten ihn, aber als er nicht reagierte, wurde es ihnen langweilig, und irgendwann ließen sie ihn allein.

Nicht ganz allein, natürlich. Arrat hörte seine Kameraden miteinander flüstern und fühlte ihre Blicke auf seinem Körper, was sein Unbehagen, als es ihm bewußt wurde, noch verstärkte. Er zweifelte nicht daran, daß Sardeik jedes Zittern, jedes Verkrampfen seiner Muskeln genoß, und einen Moment lang verdrängte der Zorn darüber sogar die Schmerzen.

Aber es hielt nicht vor.

Die Hitze nahm ihm die Luft zum Atmen, seine Lungen glühten, die überstreckten Armmuskeln schmerzten, und obwohl er die Augen geschlossen hielt, brannte sich die grelle Sonne bis in die hintersten Winkel seines Gehirns.

Er versuchte, den Kopf zur Seite zu drehen. Oh, Himmel, dachte er verzweifelt. Wie lange hält man das aus? Wann verliert man den Verstand?

Sardeik, ging es ihm durch den Sinn, Sardeik würde darüber Bescheid wissen. Die Skelden ließen eidbrüchige Stammesgenossen gefesselt in die Wüste zurück. Natürlich, denn ein Skelde legte ja nicht Hand an den Bruder. So etwas überließen sie der Sonne und dem Sand. Verdammte Heuchler! Mistpack! Hatten sie Mouwen so sterben lassen? Gefesselt, allein in der Einsamkeit der Wüste? Er hatte sich vor dem Alleinsein immer so gefürchtet. Hatten sie ihn so krepieren lassen?

He, Sardeik, wie hast du deinen Bruder getötet?

Waren das wirklich Worte gewesen? Vielleicht, denn jemand antwortete ihm. Aber er konnte die Worte nicht verstehen. Die Hitze lag wie glühendes Blei in seinen Ohren und kreiste durch sein Hirn. Er konnte gar nichts verstehen. Und auch nicht mehr denken ...

Ruhig, Junge, ruhig. Sie lassen dich nicht sterben. Sie brauchen dich noch ...

Arrat versuchte, tiefer zu atmen, um seine Panik zu beherrschen. Mart. Er wollte an Mart denken. Und an sein Zuhause ...

Aber das Feuer war zu heiß. Millionen weißer Sonnen trudelten durch seinen Kopf und explodierten. Und aus jedem Fragment bildete sich eine neue Sonne, die ihre Hitze im Augenblick des Zerberstens in seinen Körper entlud. Sonnen, Sonnen und immer wieder Sonnen ...

Wie hatten sie Mouwen nur so sterben lassen können, diese Schweine?

Er hörte sich röcheln, zerrte an den Pflöcken und sehnte sich danach, aus dem Zentrum der Glut hinauskriechen zu können.

Über ihm dehnte sich die Sonne. Der Himmel begann sich zu färben. Ein endloses, tropfendes Rot ... eigentümlich ...

Arrat blinzelte.

Begannen sich dort aus der blutigen Oberfläche nicht Dinge zu formen? Finger, Ballen, Handgelenke? Zuckende, gekrümmte Klauen, die nach Halt suchten, einem Halt, den es doch nicht geben konnte ...

Verstört starrte er auf das Bild. Ahnungen wirbelten durch seinen Kopf, Erinnerungsfetzen, Fragmente eines Alptraums, den er längst vergessen geglaubt hatte.

Nein ...

Verzweifelt preßte er die Lider zusammen, versuchte, sich gegen die neue Qual zu sperren. Vergebens. Er sah die Hände ihre eigenen Leiber aus der roten Glut ziehen. Stück für Stück. Grinsende, lederhäutige, schlammtropfende Totenwesen, die nach Gerbsäure stanken und deren Haut sich über den Knochen faltete.

Sie begannen auf ihn zuzukriechen.

Nein! brüllte Arrat ...

Etwas krallte sich um seine Knie. Blutende, gebrochene Hände ohne Fingernägel. Er wand sich vor Entsetzen.

... du ... nein ...

Die nagellosen Finger bohrten sich in Arrats Fleisch. Sie versprühten flüssige Glut, die bis zu den Lungen spritzte und ihm den Atem raubte.

Irgendwo schrie man seinen Namen.

Nein... krächzte er... *nicht*... *Mouwen*...

Sein Körper war nicht mehr fähig, Flüssigkeit zu produzieren, und trotzdem glaubte er zu weinen.

Mouwen hing an seinen Beinen. Die gebrochenen Hände besaßen unglaubliche Kraft. Sie umklammerten seine Knie, während es überall zu blubbern und nach Moor zu stinken begann.

Arrat spürte die feuchte Kälte des Schlammes, der seine Füße berührte und die Schenkel hinaufkroch. Sein Verstand rieb sich an dem Grauen und begann zu knistern wie brennendes Holz. Hilf- und kraftlos versuchte er eine Abwehrbewegung. Aber Mouwen hielt ihn eisern im Griff.

...*Mouwen*... murmelte Arrat.

Das Moor ließ sich Zeit. Nach fünfzehn Jahren gab es keine Eile mehr...

X

Es war finster, als er zu sich kam. Benommen starrte er in die Dunkelheit. Völlige Schwärze umgab ihn, und einen entsetzlichen Augenblick lang dachte er, er wäre erblindet. Aber dann tasteten seine gefesselten Hände den Lehm, auf dem er lag, und er begriff, daß er sich in einer Hütte befinden mußte.

Eine Weile lag er da, ohne sich zu rühren.

Es fiel ihm schwer zu denken. Wie war er hierhergekommen? Wo waren die anderen?

Seine Handgelenke schmerzten. Die Lederriemen, mit denen sie ihn gebunden hatten, schnürten ihm das Blut ab. Vorsichtig versuchte er, sich vom Rücken auf die Seite zu drehen, um seine Arme zu entlasten. Aber als er die Beine anzog, um sich abzustützen, raste ein Schmerz durch seinen Körper, der sich wie eine Explosion bis in die Spitzen seiner Hände und Füße fortsetzte und jeden einzelnen Nerv zu zerfetzen drohte. Arrat biß sich die Lippen wund, um es zu ertragen.

Nach einer Weile ebbte der Schmerz ab, und als ihm wieder besser war, blickte er sich um. Er fand dunkelgraue Ritzen in der Schwärze und erinnerte sich, daß er in einer Hütte lag. Aber warum? Und wer hatte ihn hierhergeschafft?

Sein Gedächtnis weigerte sich zu funktionieren.

Er spürte, wie ihm vom Halse aufwärts heiß wurde, während gleichzeitig der Rest seines Körpers auszukühlen begann, so als würde ihm vom Kopf her die Wärme entzogen. Eine Zeitlang empfand er das als äußerst unangenehm, aber die Hitze bewirkte, daß seine Lider schwerer und seine Gedanken träge wurden, und allmählich rutschte die Hütte mit ihrem Schmutz und ihrer Dunkelheit in eine traumartige Unwirklichkeit.

Er bemerkte weder, wie sich die Tür öffnete, noch, wie seine Gefährten hereingestoßen und in eine Ecke gedrängt wurden. Erst Gorts verhaßte Stimme riß ihn aus dem Dämmerzustand.

»Was ist mit ihm?«

»Sieht noch ein bißchen benebelt aus, Gort, kriegen wir aber schnell aus ihm raus.«

»Hm!« Die Stimme gab Befehle, und Arrat glitt wieder ein Stück tiefer in die gnädige Empfindungslosigkeit.

Ein Schlag ins Gesicht riß ihn endgültig in die Wirklichkeit zurück. »Mistkerl, verdammter!« Der Dicke hatte sich über ihn gebeugt. Die blassen Quallenaugen musterten sein Gesicht und hoben sich dann in einen Winkel der Hütte. »Los, Sardeik! Du hast gesagt, du kriegst aus ihm raus, wo die Lharen mit dem Gold warten. Fang an. Ich will wissen, woran ich bin!«

»Jetzt?« Schritte waren zu hören, und der Skelde wurde sichtbar. Er runzelte die Stirn. »Du siehst doch, wie es um ihn steht.«

Gort war mit einem Satz auf den Füßen und faßte Sardeik bei der Jacke. »Wenn ich sage, du sollst ihn fragen, dann fragst du ihn, klar?« flüsterte er. »Du bist noch immer mein Gefangener. Fang also an! Jetzt!«

Sardeik zuckte die Achseln. Er machte sich los und kniete neben Arrat nieder. Einen Augenblick schwieg er. Dann schaute er zu Gort hoch. »Willst du es wirklich nicht aufschieben? Er steckt heute nicht mehr viel weg.«

»Jetzt!« Gorts Augen funkelten böse.

Sardeik zog ein zweites Mal die Schultern hoch und ließ sich mit gekreuzten Beinen neben dem Gefesselten auf dem Boden nieder.

Arrat verstand nicht, was die Männer von ihm wollten, begriff aber verschwommen, daß etwas geschehen sollte, zu dem er einen Beitrag leisten mußte. Er suchte den Blick des Skelden, doch Sardeiks Gesicht war ohne Bewegung. Der Chan glich einer riesigen Puppe, einem leblosen, grauen Schatten, auf dem die Fackeln Feuerspitzen tanzen ließen. Es war etwas Beklemmendes, etwas... Ungutes in der Ruhe, mit der Sardeik ihn betrachtete. Arrat spürte, wie sein Herz zu pochen begann.

Der Mann neben ihm mochte etwas von seinen Gefühlen erraten haben, denn in die grauen Augen trat ein eigenartiger Schimmer, und ohne daß sich die Spur der Lippen geändert hätte, schien Sardeik plötzlich zu lächeln. Als er endlich sprach, geschah es auf skeldisch, im Dialekt seiner Heimat.

»Wie sieht es aus, Keswick, kannst du mich verstehen?«

Was für eine Frage? Arrats Dorf lag nur wenige Stunden vor der Grenze. Jeder sprach dort etwas Skeldisch. Aber bevor Arrat antworten konnte, fuhr Gort dazwischen: »Was soll das, Mann? Hab' ich dir erlaubt, dein Kauderwelsch zu reden? Halt dich gefälligst ans Südländische!«

Sardeik blickte auf. Seine Augen wurden zu schmalen Schlitzen. »Gort«, sagte er mit gefährlicher Ruhe, »ich habe gesagt, ich mache es auf meine Weise. Wenn dir das nicht paßt, dann laß ich's eben. Aber wenn du willst, daß ich es aus ihm raushole, dann so, wie ich es für richtig halte!«

Gort zögerte. In seinem Gesicht kämpfte die Gier einen aussichtslosen Kampf mit seinem Stolz. »Also gut. Aber keine faulen Tricks! Goowie spricht deine Sprache wie seine eigene!«

Die Überraschung auf Goowies Gesicht hätte zum Lachen gereizt, wenn die Situation nicht so ernst gewesen wäre. Sardeik kümmerte sich nicht darum. Er konzentrierte sich wieder auf den Gefesselten.

»Hast du verstanden, Hauptmann? Unser Freund Gort will etwas sehen.« Seine weiche Stimme vibrierte vor Spott. »Falls du irgendwelche Vorlieben hast – Daumen ausrenken, Arme brechen, Fingerspitzen versengen – ich richte mich da ganz nach deinen Wünschen.«

O Himmel, was will er denn nur? Arrat starrte in die Augen, deren Kälte das Lächeln der Lippen zu einer Farce machte. Ihm war übel, das Atmen schmerzte ihn, und eigentlich wollte er es gar nicht wissen. Erschöpft drehte er den Kopf zur Seite.

»So wenig hilfsbereit?« Die Stimme übernahm die Kälte der Augen. »Laß mich überlegen. Was bevorzugt Arrat Keswick denn normalerweise? Hilf mir. Wie war das gleich bei Mouwen? Gebrochene Finger? Verbrannte Fußsohlen? Hab' ich das richtig in Erinnerung?«

Arrat fuhr herum. Fassungslos starrte er den Skelden an.

Der schüttelte langsam den Kopf. »Du hast recht, das wäre nicht das Richtige. Kinderkram. Aber das war Mouwen ja auch noch: ein Kind, nicht wahr?«

»Hör ...« Arrat mußte husten. Alles schmeckte nach Blut.

»Aufhören? Aber warum denn? Das sind doch ruhmvolle Erinnerungen. Du hast alles von Mouwen erfahren, was du wissen wolltest. Die Lage unserer Zeltdörfer. Unsere Nachschubstellen. Alles, was für dich interessant sein konnte. Es ist ein großartiger Feldzug geworden. Skeld war für Jahre am Boden. Und es war so einfach mit Mouwen. Ein Kind. Unfähig, Schmerzen zu ertragen.«

Ein Kind...

Arrat starrte in die eisgrauen Augen.

Das stimmte. Mouwen hatte ausgesehen wie ein kleines Kind in seinem Entsetzen. Und in kindlichem Entsetzen hatte er gebrüllt, als der Mann mit dem nackten Oberkörper sich über ihn gebeugt hatte, um sein schauerliches Handwerk zu verrichten. Er hatte die ganze Zeit über geschrien, sogar noch, als alles schon vorüber war und als...

»Ist dir nicht gut, Hauptmann?« Die Worte glitten wie auf Samt. »Du denkst doch nicht, daß ich dir Vorwürfe machen will? Es stimmt ja, Mouwen war bei den Kriegern. Kind oder nicht Kind. Und wer Ehrgeiz hat, darf sich nicht mit Skrupeln plagen. Er war ja auch schon beinahe erwachsen. Fünfzehn Jahre. Wußtest du das? Er war ziemlich groß für sein Alter. Nein, ich werfe dir durchaus nichts vor. Außer vielleicht ein ganz kleines bißchen deine letzte Bosheit, als du ihn zurück über die Grenze geschickt hast. Das war...«

»Sard...« Arrat wollte sich aufrichten, aber er brachte nicht einmal den Kopf hoch. Schweiß lief über seine eiskalten Wangen. Sardeiks Gesicht begann zu verschwimmen. Und auf einmal war es wieder da: das Loch mit dem vergitterten Fenster und dem Feuer in der Ecke, über dem der Rost mit den Werkzeugen hing. Es stank nach Schweiß und Angst, auf dem Boden kauerte Mouwen und klammerte sich an seine Beine. Seine blutigen Finger zerrten am Hosenleder. Er schrie und schrie und schrie und schrie...

»He, Mann...«

Arrat fuhr entsetzt zusammen, als sich eine Hand auf seinen Hals legte.

»Das Schweinchen wartet. Du solltest ihm einen Namen sagen. Sonst wird es ungemütlich.«

Sardeik... Er hatte recht gehabt. Mouwen war ein Kind gewesen. Nichts als ein Kind. Mit der hellen Stimme eines Kindes, die sich im Schreien überschlug...

»Ein Name, Arrat.« Der Griff glitt zu seinem Arm und wurde zu einem Schütteln. »Nun komm schon. Du hast nicht das Recht, dich von dem rosa Ferkel umbringen zu lassen. Deine Leute haben dir einen Auftrag gegeben. Also: Sag einen Namen. Irgend etwas. Ein paar Tagesmärsche von hier entfernt.«

Arrat bemühte sich, den Skelden anzusehen. »Dein Bruder...«, versuchte er zu sagen.

»Nicht jetzt.«

« Mouwen...«, er hustete, »Mouwen... «

»Hör auf, Arrat.« Sardeik drückte seine Schulter auf den Boden zurück. »Ein Name«, mahnte er. »Der Mistkerl will einen Namen hören!«

Arrat starrte ihn an.

»Einen Ort. Nicht zu dicht, so daß wir eine Chance haben. Nun mach schon.«

Arrat gehorchte. Er sagte irgend etwas, irgendeinen Namen. Und er schien es richtiggemacht haben, denn Sardeik lächelte und stand auf.

XI

»He, Leute, aufwachen! Es geht los!«

Arrat blinzelte in das Licht, das durch die geöffnete Tür in die Hütte drang, wunderte sich, einen Goldfinken trällern zu hören, und schloß wieder die Augen.

Die Stimme, die ihn geweckt hatte, schrie etwas. Es war ein rhythmisches, hallendes Auf- und Abschwellen von Silben, das aber nichts mehr zu bedeuten hatte. Arrat wußte, daß er im Sterben lag.

»Mann, hoch mit dir!« Der Mann, dem die Stimme gehörte, riß an seinen Armen, und für einen Moment verdrängte der Schmerz die Lethargie. Arrat hörte sich stöhnen.

»Massoch, du bringst ihn ja um! Hör auf! Hört doch endlich auf damit!«

»Er muß aber hoch. Gort hat eine Stinklaune heute morgen. Und wenn er ihn hier liegen sieht ... «

»Aber er kann doch gar nicht laufen. Sieh ihn dir doch an!«

Die Hände ließen Arrat los, und er sank ächzend auf den Boden zurück. Über ihm erschien Massochs kahlköpfige Visage.

»Verdammt, Lhare! Was stellst du dir denn vor, was ich machen soll? Es ist besser, er gibt sich Mühe. Wenn nämlich Gort gleich da ist ...« Massoch brach ab, als er sah, daß Arrat ihn unter halb geöffneten Lidern anblickte. Er räusperte sich. »He, Hauptmann, wie sieht es aus? Kannst du laufen?«

»Nein, das kann er nicht! Du siehst doch seine Wunden. Er wird sterben, wenn sich nicht bald jemand um ihn kümmert«, erregte sich Salvain.

»Daran kann ich auch nichts ändern. Gort will nicht warten. Also, was soll ich tun? Ich mein', es ist besser für ihn, wenn er es wenigstens versucht.«

»Er wird nicht einmal die Kraft haben, aufs Pferd zu kommen!«

»Braucht er auch nicht. Gort hat gesagt, er will, daß er läuft.«

»Laufen? Um Himmels willen, wie soll er das denn schaffen?« fragte der Lhare entsetzt.

»Weiß ich nicht. Ist auch nicht meine Sache. Gort hat hier was zu sagen und sonst keiner. Das ist eben so.«

»Dann mach mir doch wenigstens die Hände los. Nur für einen kurzen Augenblick. Ich verstehe etwas von Verletzungen. Laß mich sehen, ob ich etwas für ihn tun kann.« Der Lhare sah den Verfemten beschwörend an. »Bitte, Massoch. Nur einen kurzen Moment. Ich brauche nicht lange.«

Der Glatzkopf scharrte unbehaglich mit den Füßen.

»Eine Minute, nicht länger«, bettelte Salvain.

»Gort wird das aber nicht mögen. Du weißt, er hat was gegen den Hauptmann.«

»Er braucht es doch gar nicht zu wissen.« Salvains Stimme hatte etwas Einschmeichelndes und Betörendes, und Massoch fand es offensichtlich schwer, ihr zu widerstehen. »Nur eine Minute. Bitte!«

»Also ... na gut.« Der Glatzkopf gab sich einen Ruck. »Aber nicht länger. Und versuch keine krummen Sachen. Ich warne dich.«

Rasch löste er dem Lharen die Fesseln. Dann zog er sein Messer. Vorsichtshalber. Aber Salvain hatte nicht die Absicht, Schwierigkeiten zu machen. Er kniete neben Arrat nieder und strich über seine zerschlagene Haut. Tränen füllten die schönen, blauen Augen, als er sah, was Gort mit seinen Fäusten angerichtet hatte.

»Na los schon, du hast nicht ewig Zeit«, knurrte Sardeik aus irgendeiner Ecke.

Salvain blickte ohne Hoffnung zu ihm hoch. »Ich ... weiß nicht, ob ich etwas tun kann. Es ist schlimmer ... es sieht aus, als ob er innere Verletzungen hätte. Er ist ... «

»Papperlapapp«, schnitt Torrot ihm das Wort ab. »Du bist ein Lhare, und daß ihr heilen könnt, weiß jedes Kind. Hör auf, dich zu zieren, und fang an!«

Salvain glitt fahrig mit den Händen durch das Haar. »Ich ... kann nicht heilen. Nicht auf diese Art. Er blutet innerlich. Und ich bin ... nicht wirklich ein Lhare. In meinen Händen ist keine Kraft ... «

Arrat sanken die Lider herunter. Eine träge Gleichgültigkeit lullte ihn ein, und er wünschte, sie würden ihn endlich in Ruhe lassen.

Aber statt es zu tun, begann Salvain an der Schnalle seines Gürtels zu hantieren und knöpfte ihm die Hose auf. Arrat spürte die Lharenfinger über seine Haut streichen und dann oberhalb der Leisten gegen das Fleisch drücken. Es war eine sehr behutsame Berührung. Trotzdem ächzte er vor Schmerzen auf.

Er blinzelte. Undeutlich sah er Salvains nervöses Gesicht. Die Finger berührten seine Haut jetzt nur noch ganz sacht mit den Kuppen, aber sie weckten die lauernden Schmerzen zu neuer, abscheulicher Qual. Er versuchte zu protestieren, doch das Krächzen, das über seine Lippen kam, war so leise, daß er es nicht einmal selbst hören konnte.

»Also, wenn du ihm nicht helfen kannst, dann fessel ich dich wieder«, ließ sich Massochs ungeduldiger Baß vernehmen. »Glaub mir, Junge, es ist sowieso besser für ihn, wenn er stirbt. Gort hat was gegen Soldaten. Er kann noch froh sein, daß es so schnell gegangen ist.«

»Nein, warte«, bat Salvain, als Massoch sich zu ihm hinunterbückte. »Bitte, nur einen Augenblick... nur noch ein paar Sekunden.«

»Warum?«

»Bitte, Massoch!« Ohne seine Zustimmung abzuwarten, legte Salvain erneut die beiden Hände auf Arrats Unterleib, diesmal so, daß die Handflächen fast die ganze Körperbreite überspannten.

»Was...?« flüsterte Arrat. Seine Benommenheit verflog unter der energischen Berührung und wurde durch eine unbestimmte Furcht ersetzt.

Salvain antwortete nicht, obwohl Arrat meinte, diesmal laut genug gesprochen zu haben. Der Lhare hatte die Augen geschlossen. Über seiner Nasenwurzel stand eine steile Falte.

»Nein...« Von diesen Händen ging etwas Eigenartiges aus, etwas, das Arrat ängstigte. »Bitte... «

Der junge Mann reagierte nicht.

Und dann war es auf einmal, als würden sich seine Handflächen erhitzen, wie Metallschalen, die mit kochendem Wasser gefüllt werden. Es war kein Schmerz damit verbunden, obwohl die Hitze stark genug schien, die Haut zu verbrennen. Es linderte sogar. Trotzdem machte es Arrat angst. In einer hilflosen Bewegung versuchte er, sich zur Seite zu drehen. Salvain mußte das gespürt haben, denn der Druck seiner Hände wurde stärker und diente nun auch dem Zweck, ihn festzuhalten.

Arrat fühlte, wie die Hitze in hektischen Stößen in seinen Körper überzufließen begann. Nicht mehr als allgemeine Wärme, sondern als tastender, genau begrenzter Energiestrahl, der hierhin und dorthin huschte, als wäre er ein lebendiges, intelligentes Wesen.

Seine Angst und Verwirrung wuchsen. Er zog an den Fesseln.

Aber die Bewegung schien die Intensität der Wärmestrahlung nur noch schneller steigen zu lassen. Der Energiestrahl begann zu pulsieren und sich wie ein gefräßiger Wurm auf der Suche nach Nahrung zu krümmen und zu strecken. Seine Enden flackerten durch die Bauchhöhle, hierhin und dorthin, und zur Brust hinauf...

Und dann, ganz allmählich, begannen sie sich in Richtung der Nervenstränge längs der Wirbelsäule zu orientieren, die den Rumpf mit dem Gehirn verbanden.

Arrat stöhnte auf. In panischem Entsetzen versuchte er, sich von den Händen fortzuwälzen. Das war schlimmer als Sterben. Das war...

Er bäumte sich auf, als er den Strahl sein Rückenmark berühren fühlte. Sein Körper, sein Geist, alles wurde zu einer einzigen angstvollen Abwehrbewegung. Steif vor Grauen fühlte er, wie etwas Fremdes gegen sein Bewußtsein streifte, wie es nervös aufflackerte und dann – in unregelmäßigen, hektischen Schüben – in sein *Ich* einzusickern begann.

Alle Hemmung verließ ihn. Er stemmte sich hoch. Ekel, Haß und Angst überwältigten ihn. Gefühllos für die Schmerzen, die er sich selbst zufügte, krümmte und wehrte er sich. Er riß an den Handfesseln. Er wand sich und tobte und schlug mit den Beinen nach dem Lharen...

Und traf ihn auch.

Im nächsten Augenblick war es, als würde ein Messer in seinem Gehirn rotieren. Seine Gedanken zerstoben. Vor seinen Augen zerplatzte ein Feuerwerk flammendroter Sterne. Sein Bewußtsein schien auseinanderzufasern. Er heulte auf, sein Hinterkopf schlug gegen den Boden ...

Und dann war es auf einmal vorbei.

Es ging so schnell und übergangslos, daß Arrat es erst überhaupt nicht begriff. Fassungslos, mit rasendem Puls und hämmerndem Herzen starrte er auf Salvain.

Er war unfähig, sich zu rühren.

In seinem Schädel klopfte und stach es, als drehe sich ein Nagelwerk darinnen. Aber dieser Schmerz war nichts gegen das Grauen, das sein Herz aufwühlte. Was hatte der Lhare ihm angetan?

Salvain blickte auf seine ausgebreiteten Hände. Arrat sah, wie er schluckte und zum Sprechen ansetzte. Doch bevor er oder irgend jemand sonst ein Wort hinausbringen konnte, sprang Massoch plötzlich dazwischen.

»Verdammt, Gort kommt! Schluß mit dem Hexenspuk! Der bringt uns alle um!« Er zerrte Salvain auf die Beine und band ihm mit fliegenden Fingern die Fesseln. »Und du, Hauptmann, du mußt jetzt auch hoch, egal, ob's was geholfen hat oder nicht.«

Einen Augenblick lang verharrte der Glatzkopf vor dem Gefesselten, so als hätte er Scheu, ihn zu berühren. Aber die Stimmen vor der Tür, die sich schnell näherten, beflügelten seine Entschlußkraft. Er packte den Gefangenen unter den Achseln und zerrte ihn nach oben.

»Nun ...?« fragte er.

Arrat antwortete nicht.

Die Schmerzen waren verschwunden. Nicht alle, aber doch die in seinem Unterleib, die ihn am meisten gequält hatten. Ungläubig lauschte er in seinen Körper hinein.

»Wußt ich's doch! Habt zwar gewöhnlicherweise nichts als Schwätzen, Saufen und Fiedeln im Kopf, aber wenn es ums Kurieren von Krankheiten geht, dann kann man sich auf euch verlassen«, hörte er Torrot sagen. »Obwohl ich persönlich mehr von Kräutern und Säften halte ... «

Ein Schatten trat in den Türrahmen, und in der Hütte wurde es dunkel. »Was ist denn los hier? Massoch! Warum bist du noch nicht fertig?«

»Bin schon so weit, Gort!« beeilte sich der Glatzkopf zu antworten. Er drängte den Ratth in Richtung Tür.

»Und der Hauptmann? Ich seh', er ist wieder auf den Beinen. Zäher Hund, das!« Gort trat vor und schubste Arrat nachlässig mit einem Stock, den er in der Hand trug, gegen die Hüttenwand. »Na, wie sieht es aus? Wo warten die Lharen mit dem Gold auf dich? Kannst dir 'ne Menge Unannehmlichkeiten ersparen, wenn du den Mund aufmachst.«

Arrat antwortete nicht, aber Gort schien das auch nicht erwartet zu haben. »Los, Massoch. Treib sie raus«, befahl er. »Wir wollen diese Woche noch bis Borntal. Und bind sie zusammen. Immer zu dritt. Damit weder der Hauptmann noch unser ganz spezieller Freund Sardeik auf dumme Gedanken kommt.«

Der Wald lag hinter ihnen.

Arrat trottete neben Mekeele durch die kniehohen Wiesen. Es war ein mühsames Vorankommen. Die Hänge, die es hinauf und wieder hinunter ging, waren zwar nicht allzu steil, aber man hatte ihnen die Hände auf den Rücken gebunden und sie jeweils zu dritt mit Riemen aneinandergefesselt, so daß sie aus dem Gleichgewicht gerieten, sobald einer von ihnen ins Stolpern kam, und das geschah bei dem Tempo, das Gort vorgab, nicht eben selten. Der Dicke hatte fünfzehn Männer mitgenommen, von denen die meisten vor oder hinter den Gefangenen ritten, aber einige hatten sich an ihre Seiten gesetzt und hieben unbarmherzig mit ihren Reitstöcken auf die Gefesselten ein.

Arrat beachtete die Schläge nicht. Immer noch ungläubig konzentrierte er sich auf seinen Körper und wartete darauf, daß die Schmerzen wiederkehren würden. Er wußte schließlich, wie schwer ihn Gort und vielleicht auch schon vorher seine Männer verletzt hatten. Solche Wunden heilten nicht von einem Moment auf den anderen. Das war gegen die Natur. So etwas gab es einfach nicht und durfte es auch nicht geben. Das war Zauberei.

Und dann war da auch noch dieser grausame, unbegreifliche Schmerz in seinem Kopf gewesen ...

Immer wieder irrten seine Blicke zu dem Lharenprinzen. Was war das für ein Mann, der mit der Kraft seiner Hände Blutungen innerhalb des Körpers stillte und zerrissene Organe aneinanderheilte? Und was hatte er sonst noch getan, in jenen entsetzlichen Sekunden, in denen er den Geist des Menschen unterjocht hatte?

Torrot stolperte, und Arrat lief etwas langsamer, um ihm Gelegenheit zu geben, wieder auf die Füße zu kommen. Aber der Reiter an Torrots Seite wurde trotzdem aufmerksam, und wieder sauste der Stock durch die Luft und traf auf den armen, krummen Ratthrücken. Arrat hörte den Kleinen aufgebracht in sich hineinschimpfen. Sein schwarzes Gesichtchen war wutverzerrt, und er sah aus, als könne ihn jeden Moment der Schlag treffen. Dem Troll, der mit lässigen Schritten neben Salvain herturnte, wäre es ein leichtes gewesen, Torrot auf die Schultern zu nehmen. Aber vermutlich hätte man eher die vermaledeiten Disteln dazu bewegen können, sich in einen Moosteppich zu verwandeln ...

Das Gras wurde spärlicher und durch Geröll ersetzt. Es ging wieder aufwärts. Weiße Kalkbrocken, manche klein wie Augustäpfel, andere fast von Kalbesgröße, ragten aus dem Boden und zwangen die Aneinandergefesselten zu ungeduldig gewährten Ausweichmanövern. Glücklicherweise war diese Strecke bald überwunden, und dann marschierten sie mehrere Stunden lang auf einem verwilderten Weg, von dem Arrat annahm, daß er einmal Teil der Handelsstraße gewesen sein mußte.

Es war lange nicht mehr so heiß wie am Vortage. Am Himmel waren schmutziggelbe Wolken aufgetaucht, die sich in langen, zerfetzten Streifen am Horizont entlangzogen und sich vor die Sonne schoben, so daß das Plateau, das sie überquerten, aussah, als hätte man eine große, lichtschluckende Schüssel darübergestülpt. Mückenschwärme sirrten um die Köpfe der Wanderer, und in den Baumkronen krächzten angriffslustig ein paar Raben. Es war unerträglich schwül.

Arrat beobachtete die Wolkenberge, die sich an den Bergspitzen stauten, und hoffte von ganzem Herzen, daß das Gewitter endlich losbrechen und ihnen die dringend benötigte Ruhepause verschaffen würde. Denn er ahnte, daß die Verfemten nicht anhalten würden, bis der Regen ihnen das Weiterreiten unmöglich machte. Und Torrot stolperte bereits über die eigenen Füße.

»Warum nimmst du den Ratth nicht zu dir aufs Pferd?« fragte Arrat Massoch, der neben ihm ritt. »Ihr habt doch nichts davon, wenn er zusammenbricht.«

»Gort mag solche Weichheiten nicht«, bekam er mürrisch zur Antwort.

»Machst du eigentlich immer nur, was Gort möchte, oder hast du auch einen eigenen Willen?«

»Ach, halt doch die Klappe«, knurrte Massoch und trieb sein Pferd an, um von ihm fortzukommen.

»Das war ein vernünftiger Rat, wenn Euch etwas an meiner Meinung liegt.« Mekeele wartete, ob jemand ihr Geflüster mit der Peitsche unterbinden würde, aber als sich niemand rührte, fuhr sie leise fort: »Immerhin ist es erst ein paar Stunden her, daß Ihr von den Toten auferweckt worden seid, verehrter Hauptmann, und besonders gut seht Ihr immer noch nicht aus. Ihr würdet mir einen persönlichen Gefallen tun, wenn Ihr in nächster Zeit Sardeik das Reden überlaßt.«

»Angst?« fragte er.

»Ja«, gab sie schroff zurück und konzentrierte sich wieder auf den Weg.

Gegen Mittag erreichten sie einen Wald mit himmelhohen, dichtgewachsenen Tannen. Gort führte sie auf etwas, das nicht einmal der Gutwilligste mehr als Weg bezeichnen konnte, bis zu einer kleinen, steinigen, kreisrunden Lichtung, wo er ihnen anzuhalten gebot. Ihr Ruheplatz lag im Schatten alter Bäume und wurde zur rechten Seite durch einen Wasserfall begrenzt, der sich über gewaltige Felsbrocken hinweg in einen flachen, grünen Teich ergoß.

Begehrlich starrten sie auf das sprudelnde Naß, denn obwohl Massoch ihnen vor ihrem Aufbruch zu trinken gegeben hatte, klebten ihnen die Zungen am Gaumen. Aber erst einmal wurden sie zu einer Felsnische getrieben, die es den Verfemten ermöglichte, sie mit nur zwei Mann zu bewachen.

Torrot kauerte sich auf den Boden, lehnte die Wange an den Stein und schlief auf der Stelle ein. Die anderen beobachteten schweigend, wie die Verfemten in den flachen Teich kletterten und sich mit dem Wasser die Arme und die Gesichter abspritzten. Selbst Gort plantschte wie ein dicker, rosa Ball im Wasser, was Mekeele zu den trüben Worten veranlaßte: »Pfui Teufel, ich glaube, davon krieg' ich keinen Tropfen mehr runter.«

›Wenn sie uns überhaupt trinken lassen‹, wollte Arrat erwidern, aber da sah er, wie Gort aus dem Wasser stapfte und mit einigen herrischen Worten nach seiner Kleidung und seinen Waffen rief. Der Dicke stieg in die Hose, versammelte seine Leute um sich, und bald stellte sich heraus, daß er eine Jagd plante. Offenbar hatte man irgendwo oberhalb des Wasserfalls Spuren eines Wildschweinrudels gefunden.

»Vielleicht spießt ihn ja ein Eber auf die Hauer«, meinte Mekeele hoffnungsvoll.

Sardeik schnaufte verächtlich. »Nicht, wenn er den Troll mitnimmt, um seine kostbare Haut zu schützen. Und ich wette, daß er genau das tun wird.«

Er sollte recht behalten. Gort schnallte sich den Waffengürtel um und brüllte nach dem riesenhaften Lümmel, der sich am Rande der Lichtung die Läuse aus dem Fell knackte.

Kurz darauf verschwanden die Jäger zwischen den Tannen. Zurück blieben allerdings immer noch acht schwer bewaffnete und mißtrauische Männer. Zu viele, um einen Ausbruch zu riskieren, dachte Arrat resigniert.

Glücklicherweise hatte Massoch das Kommando über die Zurückgebliebenen. Er wartete einige Minuten ab, dann erlaubte er ihnen, zwischen den Steinen hervorzukommen und am Teich zu trinken.

»Verfluchter Bastard. Warum hilft er uns nicht *einmal* gründlich«, flüsterte Sardeik, als er sich neben Arrat in den Sand kniete. »Jedes Kind kann doch sehen, daß er das Schweinchen nicht ausstehen kann.«

Aber Massoch dachte nicht daran. Er zog sich zu seinen Kumpanen in den Schatten der Tannen zurück und machte mit einigen rohen Bemerkungen deutlich, daß seine Barmherzigkeit nun bis zum Äußersten ausgereizt sei.

Die Gefangenen tranken, so gut es mit den Fesseln ging, und als sie damit fertig waren und niemand Anstalten machte, sie wieder vom Wasser zu vertreiben, legten sie sich auf die warmen Steine und schlossen die Augen.

Arrat versuchte wach zu bleiben. Gelegenheiten zur Flucht kamen meist unverhofft, und er hatte nicht vor, eine von ihnen zu verpassen. Doch ihre Bewacher rührten sich nicht von der Stelle, und irgendwann mußte er doch eingenickt sein, denn er schrak zusammen, als ihn jemand in die Seite stieß.

Es waren Goowie und zwei seiner Kumpane, die sie traten und an ihnen herumzerrten. Arrat blickte sich nach Massoch um, und Goowie, der es bemerkte, begann zu lachen.

»Nee, mein Lieber, nach Massoch guckste vergeblich. Der is

los und sucht Gort. Mußt schon mit dem alten Goowie vorliebnehmen. Und bei mir gibt's so was nicht wie am Wasser liegen und faulenzen. Los, an die Bäume mit ihnen!«

Der letzte Befehl ging an seine Männer, es waren nur noch vier insgesamt, und Arrat überlegte, daß jetzt eine günstige Gelegenheit zum Entkommen sei. Aber Torrot schlief noch halb und brachte Mekeele zum Stolpern, und auch Salvain taumelte müde vor Sardeiks Füßen. Ehe sie sich's versahen, waren sie an die unteren, kahlen Stämme mehrerer Tannen gebunden, wobei Goowie sich hütete, die Stricke zu lösen, die sie miteinander verbanden.

»Jetzt kommen andere Seiten«, grinste er, als er fertig war. »Bei Massoch, da könnt ihr euch vielleicht was erlauben, aber nich bei mir. Goowie is aus anderm Holz.«

Torrot, der trotz der Herumzerrerei noch immer nicht ganz wach geworden war, gähnte schlaftrunken, und Goowie nahm das zum Anlaß, mit seinem dürren Zeigefinger auf ihn zu weisen und seine feixenden Kameraden zu fragen: »Na, wie findet ihr das? Dies Großmaul hier reißt noch immer die Schnauze auf. Sollen wir sie ihm stopfen?«

Jeder Satz und jede seiner Gesten, ja, sogar die Art, wie er die einzelnen Worte betonte, waren wie eine abstoßende Imitation seines Herrn. Arrat verzog angewidert das Gesicht.

»He!« fuhr Goowie ihn an. »Was gibt's denn da den Kopf zu schütteln? Glaubst wohl nicht, daß Goowie euch das Parieren beibringen kann, was? Denkst wohl, Goowie ist zu blöd dazu. Aber ich will dir mal was sagen, Schwarzer, Goowie ist mindestens genauso schlau wie Gort. Und was Gort kann, das kann ich schon lange! So ist das nämlich! Haste mich verstanden?« Er schlug Arrat ins Gesicht, als der nicht antwortete. »Haste verstanden? frag ich!«

Arrat lächelt dünn. »Daß du genauso schlau bist wie Gort, daran habe ich noch keinen Moment gezweifelt«, sagte er.

Der Dürre runzelte die Stirn. »Werd' nur nicht frech, ja!«

knurrte er in dem vagen Gefühl, womöglich verspottet zu werden. »Du weißt ja, wenn Goowie ärgerlich wird, macht er dich so klein, daß du dem Ratth da hinten die Kniescheiben polieren kannst!«

Damit schien die Aufführung beendet zu sein. Seine Kameraden, die die Angeberei müde wurden, begannen sich zu unterhalten, und Goowie schielte nach einem Plätzchen, um sich auszuruhen. Er fand auch eine Stelle, die ihm zusagte. Auf dem Weg dorthin versetzte er dem Ratth noch einen beiläufigen, abschließenden Tritt.

Was dann passierte, war so überflüssig, so jenseits aller Vernunft, daß Arrat es kaum begriff. Torrot reckte den grauen Kopf und brüllte los: »Du Wanze, du Mistkäfer, du widernatürliche menschliche Mißgeburt, wer zum Teufel erlaubt dir, mich zu treten?«

Goowie blieb stehen.

»Habt Ihr es gesehen, Mekeele?« Der Ratth platzte beinahe. »Dieses Schwein hat mich getreten! Muß ich mir das bieten lassen? Woher nimmt dieses mißgestaltete Schrumpfgehirn das Recht ... «

»Halt den Mund!« Mekeele blinzelte nervös zu Goowie hinüber, der mit offenem Mund dastand und die kümmerliche Revolution nicht fassen konnte.

»Warum soll ich den Mund halten? Weil diese mißlungene Nachahmung eines Menschen zufällig etwas größer geraten ist? Weil dieses Mäusegehirn ... «

»Torrot, du Idiot ... «

Einer der Männer, die durch Torrots Geschrei aufmerksam geworden waren, begann zu kichern. Das war zuviel für Goowie. Mit drei raschen Schritten war er bei seinem Pferd und zog die Peitsche aus der Satteltasche.

»Nein, nicht das!« Mekeele war den Tränen nahe.

Aber Goowie ließ sich nicht aufhalten. Schon war er wieder bei dem Ratth und holte aus.

»Goowie! Laß ihn in Ruhe!« brüllte der Lhare ihn an.

Noch während er sprach, klatschte die Peitsche über das zerfurchte Ratthgesicht. Die Haut platzte auf, und ein Blutschwall schoß über den grauen Bart.

»Hör auf! Du ... du Untier! Du sollst aufhören!« Die Stimme des Lharen überschlug sich.

»Ach!« Goowie hörte das Lachen seiner Kumpane. »Du willst es auch wissen, Prinzchen? Kannste gern haben!«

Es war nur ein Schritt zu dem Jungen. Aber der Schlag, zu dem er ansetzte, blieb aus, denn plötzlich krachte es in den Tannen seitlich des Teiches, und mit einem wahnsinnigen, ohrenbetäubenden Gebrüll galoppierte der Troll über die Lichtung.

Goowie war zu überrascht, um zu reagieren. Mit aufgerissenen Augen, die Peitsche immer noch erhoben, glotzte er auf das heranstürmende Monstrum. Er stand wie angewurzelt. Und rührte sich nicht einmal, als der Troll nach seinem Arm griff. Und da seine Kumpane ebenso stumm vor Überraschung waren wie er selbst, klang das Knacken seiner Knochen überlaut.

Der Schmerz brachte Goowie zur Besinnung. Er kreischte auf, griff mit der Linken nach der Peitsche, die neben seine Stiefel gefallen war, und schlug damit wieder und wieder und wieder in das schwammige Trollgesicht. Der dünne Mann mußte halb verrückt vor Schmerzen sein, denn anders war diese wahnwitzige Attacke auf den Muskelkoloß kaum zu erklären. Der erste Moment schien ihm sogar recht zu geben. Der Troll wich zurück und bedeckte das blutende Gesicht mit den Pranken, wobei er ängstlich jammernde Klagelaute ausstieß.

»Miststück, verdammtes!« heulte Goowie, während er ihm nachsetzte.

Auch seine Kumpane klaubten jetzt Stöcke auf und begannen mit lauten Flüchen auf das winselnde Muskelpaket einzudreschen.

Wieder war es der Lhare, der sich einmischte.

Er schrie ein paar Worte, die Arrat nicht verstand und von denen er annahm, daß sie der Lharensprache entstammten.

Der Troll horchte auf. Er zog die Hände von den Augen, beugte sich vor und versuchte, zwischen den prügelnden Männern hindurch zu dem gefesselten Jungen zu schielen. Das war ein Fehler, für den ihm auch prompt die Rechnung präsentiert wurde. Der nächste Hieb traf ihn über dem Auge, und diesmal mußte es wirklich weh getan haben, denn er kreischte auf und wankte auf die Beine.

Aber Goowie gab ihm keine Chance. Bevor er die schützenden Hände wieder heben konnte, zog er ihm abermals die Peitsche übers Gesicht. Und holte gleich wieder zum Schlag aus...

Doch diesmal hielt der Troll nicht still.

Mit einer Geschwindigkeit, die ihm niemand, am allerwenigstens wohl die Verfemten, zugetraut hätte, griff er nach dem singenden Leder und schlang es sich um die Faust. Ein kurzer Ruck, und Goowie war in Reichweite seiner Pranken.

Sekundenlang starrten die beiden ungleichen Gegner einander an. Dann hob der Troll die Linke und ließ sie sachte zwischen die Schulterblätter seines erschrockenen Peinigers fallen.

Goowie gab keinen Laut von sich, als er starb. Still wie ein Bündel Lumpen fiel er in sich zusammen.

Einen Moment lang starrten alle auf den Erschlagenen.

Dann drehte der Troll sich zu den anderen Männern um. Auf seinem Gesicht stand eine seltsame Mischung aus Überraschung und Genugtuung. Blitzschnell packte er die beiden Männer, die ihm am nächsten standen, riß sie hoch und stieß sie mit den Schädeln aneinander. Es gab ein leises, knirschendes Geräusch und dann ein Plumpsen, als er die Körper fallen ließ.

Der letzte Überlebende brachte es noch zu einem Fluchtversuch. Er schaffte es bis halb zum Teich, bevor der Troll ihn eingeholt hatte. Mühelos, als hätte er es mit einer Puppe zu tun, schwenkte ihn der Riese über seinen Kopf, wirbelte ihn ein paar Male herum und schleuderte ihn auf die Felsen seitlich des Wasserfalls.

Er schien beinahe enttäuscht, als er sich umblickte und feststellte, daß kein weiterer Gegner mehr vorhanden war. Unbeholfen wischte er sich mit dem Unterarm das Blut aus den Augen und kam zu den Bäumen zurück, an denen die Gefesselten standen.

»Du... du hast sie umgebracht«, ächzte Salvain. »Du hast...«

Der Troll grinste. Er hob die blutbespritzte Hand und strich dem Lharen damit zärtlich die Locken aus dem Gesicht.

»Sie sind tot«, sagte Salvain.

Sein Retter rülpste zustimmend. Er wanderte um den Stamm herum und befingerte mit ungeschickten Tatzen die Handgelenke des Jungen. Als er merkte, daß die Kunstfertigkeit seiner Finger für solch schwierige Manöver nicht ausreichte, bückte er sich nach Goowies Messer und feilte damit umständlich die Schüre durch.

Noch einmal strich er Salvain übers Haar, dann drückte er ihm das Messer in die Hand, schloß seine Finger darum, nuschelte etwas und stapfte davon.

»Wie wäre es zum Beispiel, wenn du uns mit dem Ding losschneiden würdest, statt dazustehen und zu gaffen«, knurrte Sardeik.

Mechanisch trat Salvain auf ihn zu. Aber als der Troll, der sich am Rande der Tannen noch einmal umdrehte, merkte, was da vor sich ging, war er mit wenigen Sätzen wieder neben ihm. Wilde Knurrlaute kamen aus seinem Mund, die er, als er Salvains verständnislosen, erschrockenen Blick bemerkte, zu ihrer aller Überraschung sogar in die menschliche Sprache übersetzte.

»Bös!« Mit aufgeregten Gesten deutete er auf die Gefesselten. »Mensch bös!«

»N . . .ein, nicht wirklich. Hör, Troll . . . «

Der Koloß schüttelte die Mähne und demonstrierte hübsch anschaulich mit seinen Pranken, was er von den Menschen hielt und wie man nach seinen neugewonnenen Erfahrungen am besten mit ihnen zurechtkam.

»Das geht nicht, Troll! Auf keinen Fall . . .« Salvain hielt die riesigen Hände fest. »Ich weiß. Sie sind unmanierlich und grob. Aber deshalb kann man sie doch nicht einfach . . . «

Der Troll wackelte mit dem Kopf. »Bös!«

»Ja, vielleicht auch das.« Man konnte sehen, wie sich die Gedanken im Kopf des Lharen überschlugen. »Wie heißt du, Troll?« fragte er. »Dein Name, meine ich. Wie ist dein Name?«

Der Dicke war auf den Themenwechsel nicht vorbereitet. Mit gefurchter Stirn bedachte er die Frage, mühte sich und fand schließlich die Antwort. »Owoo«, sagte er. »Ich Owoo!«

»Gut. Also, Owoo: ich verstehe, daß du die Menschen nicht magst, aber wir können sie trotzdem nicht hierlassen. Gort kommt bald wieder . . . «

Ein dumpfes Grollen ließ die Luft über ihnen erzittern, und einen Moment lang blickten sie alle hoch. Ohne daß sie es bemerkt hatten, war der Himmel schwarz geworden.

»Wenn Gort und die anderen zurückkommen – und das wird schon bald sein –, dann werden sie die Menschen umbringen. Das können wir nicht zulassen. Bitte, Owoo, laß mich die Männer losbinden. Bitte . . . «

Wieder einmal staunte Arrat über die Wirkung von Salvains Bettelei. Der Troll schnaufte zwar und gab sich mißtrauisch, aber er protestierte nicht länger, als Salvain ihm das Messer aus den Fingern zog und zu dem Hauptmann trat.

Ein Blitzstrahl erhellte das Lharengesicht und machte Arrat bewußt, wie finster es bereits geworden war und daß Gort jeden Moment zurückkehren mußte.

»Beeil dich«, flüsterte er. Es fielen schon die ersten Tropfen.

Owoo schnaubte weinerlich, als die Fesseln zu Boden fielen, aber da er keine Anstalten machte, über Arrat herzufallen, bückte sich dieser zu einem der Toten, zog ihm das Messer aus dem Gürtel und half Salvain, die Gefährten zu befreien.

»Nehmt euch Waffen und Decken und dann fort von hier!« befahl er.

Sie sammelten auf, was die Ermordeten an Nützlichem bei sich trugen – dabei war erfreulicherweise einiges von ihren eigenen Sachen –, dann verschwanden sie zwischen den schwarzen Tannen.

Anfangs kamen sie leidlich gut voran, doch bald wurde der Regen dichter, eine regelrechte Sintflut, und wusch innerhalb von Minuten das letzte Licht vom Himmel. Es wurde so dunkel, daß Arrat kaum noch die Schatten der Kameraden in der schwarzen Suppe ausmachen konnte. Blindlings tappten sie durch das Unterholz. Es war ein orientierungsloses, unentschlossenes Vorwärtstasten, und wäre nicht ihre Furcht vor Gort und seinen Männern gewesen, sie hätten sich vermutlich einfach irgendwo zwischen die Büsche gekauert und das Ende des Sturmes abgewartet.

Nach etlicher Zeit wurde der Wald lichter, aber dafür waren sie nun um so schärfer dem Wind ausgesetzt, der gnadenlos durch die Schneisen peitschte. Er verwandelte die Regentropfen in nadelscharfe Eiskristalle, die ihnen die Gesichter aufrissen und in die Augen stachen. Eine Zeitlang versuchte Arrat, sich durch die Kapuze seines Mantels zu schützen, aber schon bald klebte der rauhe Stoff ihm an der Haut und nahm ihm die Sicht, also schlug er sie wieder zurück.

Zweige und Blätter wirbelten durch die Luft, und sie mußten sich gegen den Wind stemmen, um nicht umgeblasen zu werden. Er spürte, wie jemand, Torrot oder Mekeele, ihn am Mantel faßte. Zu allem Überfluß waren sie auch noch auf schräges Gelände geraten und begannen, im nassen Gras auszurutschen.

»Wir müssen uns unterstellen!« brüllte Sardeik.

Aber wie? Sie konnten kaum zwei Schritt weit sehen. Wie sollten sie da eine Höhle finden? Und eine Höhle aus festem, solidem Stein war das einzige, das gegen dieses Spektakel Schutz bieten konnte.

Er zog sich den Mantel, der in den Windböen wie ein Segel wirkte, von den Schultern und stopfte ihn unter den Arm.

Plötzlich hörte er seinen Namen rufen.

In einer neuerlichen Blitzkaskade konnte er sehen, wie der Troll mit Salvain am Arm sich von ihnen abzusetzen begann und den glitschigen Abhang herunterrutschte.

Sardeik schrie etwas und deutete auf die beiden schwankenden Gestalten.

Arrat nickte. Er winkte seinen Gefährten und schlitterte den Hang hinab. Lhare und Troll waren kaum ein Dutzend Schritte vor ihm. Trotzdem hätte er sie fast verloren. Sie verschwanden hinter einem schwarzen Ding, das sich als Fels entpuppte, und als Arrat sich um die Rundung tastete, waren sie fort. Er starrte noch verdutzt in den strömenden Regen, als er sich am Arm gezogen fühlte. In einer Einbuchtung des Felsens, kaum einen halben Schritt neben ihm und trotzdem durch den Regen und einige wilde Sträucher vollständig verborgen, lag der Eingang einer Höhle, den er nur deshalb erkennen konnte, weil Salvains Hand, die ihn festhielt, zwischen den Blättern herausragte.

Arrat ergriff die Person, die ihm am nächsten war, und schob sie zwischen die Sträucher. Es war jetzt nicht der richtige Augenblick, darüber nachzudenken, was der Troll von ihrem Eindringen hielt. Torrot und Sardeik folgten, und zum Schluß auch Tarek. Dieser Sturm steigerte sich zum Orkan, und selbst wenn sich in der Höhle eine Riesenmeute von Trollen gegenseitig auf den Füßen herumtrampelte, waren sie auf ihren Schutz angewiesen. Mit einem letzten Blick auf das heulende Chaos folgte Arrat seinen Gefährten unter den Stein.

XII

In der Höhle war es stockdunkel. Arrat stolperte über ein paar Beine und fiel auf Felsgestein. Er rieb sich die Kniescheibe und kroch dann über ein Stiefelpaar hinweg, bis er ein freies Fleckchen fand. Die Finsternis um ihn herum war vollkommen. Er konnte nicht einmal die eigenen Hände erkennen.

Draußen prasselte der Regen auf das Steindach. Der Wind pfiff schrill durch die Bäume. Etwas Schweres krachte gegen den Höhleneingang und riß einen Teil der schützenden Sträucher beiseite, so daß der folgende Blitz einen grellen Schatten gegen das Eingangsloch warf. Einen Augenblick lang konnte Arrat die blassen Gesichter seiner Gefährten erkennen und die grauen, unregelmäßigen Konturen einer Höhlenwand. Dann war es wieder dunkel.

Erschöpft lehnte er sich gegen die Steinwand. Er streckte die Glieder, und plötzlich kamen die Müdigkeit und die Schmerzen, die er den ganzen Tag unterdrückt hatte, mit einem Schlag zurück. Seine Kopfwunde begann zu tuckern, die aufgescheuerten Handgelenke prickelten und brannten, und seine Rippen unterhalb der rechten Achselhöhle schmerzten, sobald er sich auch nur im geringsten zu bewegen versuchte. Aber das waren alles vertraute Schmerzen, die er kannte und einordnen konnte und die ihn deshalb nicht erschreckten.

Er fühlte, wie seine Muskeln sich entspannten, und legte sich bequemer. Ein kitzelndes Krabbeln über seinen Händen bewies, daß sie nicht die einzigen waren, die die Trockenheit der Höhle zu schätzen wußten, und er dachte, daß sie verlaust und verfloht sein würden, wenn sie wieder ins Freie kamen. Aber ihm war zu wohl, um sich daran zu stören.

Der Troll rumorte im hinteren Teil der Höhle, und Arrat hörte seine Gefährten miteinander wispern. Er überlegte, daß es sinnvoll wäre, Wachen einzuteilen und ein Feuer zu entzünden. Owoo hatte schließlich deutlich genug gezeigt, was er von den

Menschen hielt. Reihum, jeder eine Stunde, das wäre nicht zuviel verlangt. Er öffnete krampfhaft die Augen, gähnte gleichzeitig, knackte mit den Kiefern, um wieder munter zu werden, aber noch während er darüber nachdachte, wie die Wache am gerechtesten zu verteilen sei, schlief er ein.

Als er aufwachte, roch es nach brennendem Holz. Es knisterte, und über die Felswände huschten rote, flackernde Schatten. Jemand hatte seinen Mantel über ihn gebreitet, und ihm war mollig warm. Am liebsten hätte er die Augen wieder geschlossen und weitergeschlafen, aber er raffte sich auf. Seine Gefährten lagen zusammengekrümmt um das Feuer und schliefen. Nur Sardeik war wach. Der Chan saß mit gekreuzten Beinen etwas abseits von den anderen und beobachtete ihn.

»Ausgeschlafen?« fragte er, als er merkte, daß Arrat sich regte.

Statt einer Antwort blickte Arrat sich suchend nach dem Troll um. Sardeik deutete mit einem Kopfnicken in eine Ecke, die vom Schein des Feuers nicht mehr erreicht wurde.

»Schläft er?«

Sardeik nickte.

»Du hast die ganze Zeit gewacht?«

»Ja.«

»Danke.«

Der Skelde zuckte die Achseln. »Ich habe in den letzten Nächten besser geschlafen als du«, sagte er. Es klang versöhnlich, eine Geste des Entgegenkommens, und Arrat war der dauernden Auseinandersetzungen zu müde, um sich nicht darüber zu freuen.

Er kroch unter seinem Mantel hervor und über die Beine der Schlafenden hinweg zum Ausgang der Höhle. Ein eisiger Wind fuhr ihm ins Gesicht, als er den Kopf hinausstreckte, und er zog ihn hastig wieder zurück.

Sardeik war ihm gefolgt. »Das geht schon die ganze Nacht so«, meinte er. »Ich glaube auch nicht, daß es bald aufhören wird.«

»Wenigstens schafft es uns Gort vom Hals.«

Sie schwiegen, während sie dem Heulen, Brechen und Fiepen des Sturmes lauschten, und hingen ihren Gedanken nach. Alles hatte sich geändert. Sie konnten den Lharen kaum noch als Gefangenen mit sich führen, überlegte Arrat, und seine Gefühle darüber waren durchaus zwiespältig. Salvain hatte sich in die Ecke neben den Troll zurückgezogen, obwohl es dort entsetzlich stinken mußte. Galt das als Zeichen von Distanz?

»Denkst du, daß der Dicke uns in Ruhe lassen wird?« fragte Sardeik.

Arrat zuckte die Achseln. »Ich weiß nicht. Vielleicht um des Lharen willen.«

»Hm.« Der Chan schnaubte abschätzig. »Wenn es meine Entscheidung wäre, dann würden wir den Troll erledigen. Gleich hier und jetzt. Und seinen Freund, den Zauberer, ebenso.«

Es war deutlich, daß Sardeik nicht aus einer Laune heraus sprach. Er hatte die Nacht zum Nachdenken genutzt. Arrat griff in die Tasche seiner Jacke und holte das Lharenmesser heraus, mit dem Mart getötet worden war. Grübelnd drehte er es zwischen den Fingern. Sie wußten so wenig von dem Volk aus Aneirin. Und das wenige war so überaus schwierig zu beurteilen.

»Ich finde es jedenfalls merkwürdig«, brach es aus Sardeik heraus.

»Was?«

»Das mit dem Troll und dem Lharen. Ich komme darüber nicht hinweg. Als der Dicke den Kleinen zum ersten Mal gesehen hat – vorgestern, bei dem Überfall –, ich könnte schwören, er wollte ihm den Hals umdrehen, genauso wie Goowie, dem Schwein.«

Arrat nickte zögernd.

»Ich frage mich also: Warum hat er es nicht getan? Wahrscheinlich hast du das gar nicht mehr mitgekriegt. Der Dicke rannte los wie ein Verrückter, geradewegs auf den Lharen zu, die reine Mordlust in den Augen. Und dann, von einem Moment zum anderen, ohne daß es einen Grund dafür gibt, bleibt er plötzlich stehen, glotzt ihn an und schlägt im nächsten Augenblick den Kerlen, die den Jungen verprügeln wollen, fast die Schädel ein. Ich frage dich: Was soll das? Das geht doch nicht mit rechten Dingen zu.«

Arrat war unwohl zumute. Er schwieg.

Mit einer ungeduldigen Bewegung zog Sardeik sich den Mantel enger. »Warum wieselt der Dicke dauernd um den Lharen rum?«

»Vielleicht mag er ihn.«

»Unfug! Der ist doch viel zu blöd, um etwas anderes als sein Fressen zu mögen! Nein, Arrat, ich will dir sagen, wie es ist. Ich glaube, daß dein silberlockiger Freund dem Troll da unten am Hügel irgendwie ... na ja, ins Gehirn gespuckt hat. Unterbrich mich nicht – jeder weiß, daß die Lharen Zauberer sind.«

»Aber er ist kein Lhare. Zumindest kein richtiger.«

»Ach! Und wie nennst du das, was er heute morgen mit dir in der Hütte angestellt hat? Du warst so gut wie tot. Ein Blinder konnte das sehen. Und dann hat der kleine Affe dir ...« Sardeik unterbrach sich. Sein Blick wurde nachdenklich, dann lauernd. »Ja«, sagte er gedehnt, »was hat er eigentlich mit dir getan? Ich habe dich beobachtet. Das waren doch nicht bloß Schmerzen.«

Es lag Arrat auf der Zunge, ihm mit einem schnell dahingesagten »Unsinn!« den Mund zu stopfen, aber das wäre zu einfach gewesen und auch nicht fair. Er starrte auf das grünschimmernde Metall und wußte nicht, was er sagen sollte. Wie hätte man es auch beschreiben können: die Hitze dieser Hände und die fürchterliche Angst? Und was *war* überhaupt geschehen?

Sardeik beugte sich zu ihm vor. Seine Augen blickten fast wieder freundlich. »Laß uns offen reden, Mann. Es ist einfach nicht richtig, wie sich das mit dem Jungen entwickelt. Der Lhare wikkelt uns ein. Er tut so frei und gutmütig, aber man müßte blöd sein, um nicht zu merken, daß etwas mit ihm nicht stimmt. Der Junge weiß mehr, als er zugibt. Er verheimlicht uns etwas. Vielleicht hat Tarek ja recht, und wir sollten ihn als Geisel mitnehmen. Aber dann müssen wir ihn mit harter Hand anfassen. Am besten wäre er gefesselt und ständig bewacht. Und ich glaube, noch vor ein paar Tagen hättest du mir darin zugestimmt ... «

Ein Blitz, heller als die anderen, tauchte die Höhle für Augenblicke in grelles Licht, und gleich darauf wurde sie von einem Donnerschlag erschüttert, der sich an den Wänden brach und in einem vielfachen Echo zurückgeworfen wurde. Unwillkürlich zogen sie die Köpfe ein.

Ein paar Steine lösten sich und kollerten über den Boden, aber um die Schläfer aus ihrem Erschöpfungsschlaf zu wecken, hatte der Lärm immer noch nicht ausgereicht. Nur Salvain murmelte etwas, drehte sich dann aber auf die andere Seite und schlief weiter.

»Der Lhare ist ein Risiko«, nahm Sardeik den Faden wieder auf. »Und wir können uns kein Risiko mehr leisten. Denk an deinen verrückten Soldaten. Den hast du auch erst getötet, als es schon fast zu spät war. Mach jetzt denselben Fehler nicht noch einmal.«

»Der Junge ist aus ihrer Königsfamilie. Das macht ihn wertvoll genug, ein Risiko einzugehen.«

»Aber wieviel bist du für dieses Risiko bereit zu zahlen?«

Arrat trommelte mit den Fingern auf dem Knie. Das Gespräch war widerwärtig, aber er anerkannte seine Notwendigkeit und überlegte sich die Antwort gut. »Ich werde den Lharen töten«, sagte er langsam, »wenn wir beide entscheiden, daß es notwendig geworden ist.«

Sardeik musterte ihn, dann nickte er. »Das ist ein Wort. Und wenn es sein muß, werde ich dich daran erinnern. Und jetzt«, sagte er, während er seinen Mantel, Hemd und Hose auszog und in den hinteren Teil der Höhle warf, »werde ich rausgehen und zusehen, daß ich noch etwas zum Braten erwische, bevor dort alles unter Wasser steht.«

Das Feuer war niedergebrannt, und in der Höhle wurde es kühl. Arrat holte aus einem Steinloch neben dem Eingang ein paar trockene Scheite, legte sie auf das zerbröselnde Holz und blies in die Glut, um sie neu zu entfachen.

Der Troll schnarchte noch immer in seiner Ecke und ließ sich nicht stören, aber die anderen erwachten nach und nach. Mekeele war die erste, die unter ihrer Decke hervorkroch. Sie stand auf, marschierte von einem Ende der Höhle zum anderen und schlug dabei energisch mit den Armen, um sich zu wärmen.

»Großartig, wie Ihr das da mit dem Feuer macht, Arrat«, beglückwünschte sie ihn. »Nicht so eine qualmende Scheußlichkeit, wie sie die Soldaten gewöhnlich produzieren. Ich sage immer, am Feuerholzschichten erkennt man den Meister. In Kandulin, dort, wo schon fast die Schneegrenze ist, habe ich einmal einen Mann getroffen, der hat eine richtige Zeremonie daraus gemacht. Zerstoßene Birkenrinde als Zunder und dann, hübsch der Reihe nach ... Rede ich zuviel? Ihr könnt es ruhig sagen. Dieses Loch schlägt sich mir aufs Gemüt, also rede ich lieber, bevor ich trübsinnig werde.«

»Euer Trübsinn wäre möglicherweise leichter zu ertragen als Eure Geschwätzigkeit«, murrte der Ratth und verkroch sich tiefer unter seinem Mantel.

»Ach, Torrot!« Die Schmiedin starrte bekümmert auf die magere Gestalt. »Wie konnte ich vergessen. Ihr müßt Euch ja ganz abscheulich fühlen mit Eurer Verletzung. Kommt, laßt mich mal sehen.« Sie zog ihm den Mantel vom Kopf.

»Nichts da! Finger weg! Mir geht's schlecht genug, auch ohne daß Ihr an mir rumgrapscht.«

Mekeele strich ihm ungerührt die grauen Haarsträhnen aus dem Gesicht und beäugte die Wunde, die Goowies Peitsche auf der Wange hinterlassen hatte.

»Tse, tse«, murmelte sie. »Ihr könnt froh sein, daß der Grobian nicht das Auge erwischt hat. Trotzdem, mit so was ist nicht zu spaßen. Eine Narbe werdet Ihr sowieso behalten. Aber wenn Ihr nicht für den Rest Eures Lebens entstellt sein wollt ...«

»Entstellt?« Torrot fuhr so plötzlich hoch, daß er um ein Haar mit Mekeeles Kopf zusammengestoßen wäre. »Wieso entstellt? Was redet Ihr da?«

»Na, wenn sich das entzündet, dann sieht es hinterher grausig aus!« erklärte Mekeele, die schon in einer der zahllosen Taschen ihrer Jacke kramte. »Da ist es ja!« Sie zog eine kleine, grüne, verkorkte Flasche heraus. »Berdillium! Aus den Blättern des Zerbusstrauches. Brennt ein bißchen, hilft aber großartig. Übrigens, auch gegen Bauchkneifen, Lungenstechen, Zahnschmerzen und Kindbettfieber.«

Sie holte aus einer anderen Tasche ein Tuch hervor, schüttete ein paar Tropfen darauf, und bevor der Ratth noch etwas sagen konnte, betupfte sie damit die klaffende Wunde.

Einen Moment saß Torrot wie erstarrt, dann sprang er mit einem Satz in die Höhe, der einer Katze Ehre gemacht hätte, und hopste mit einem Mordsgebrüll durch die Höhle, daß selbst der Troll erwachte.

Mekeele schüttelte mißbilligend den Kopf. »Torrot, Ihr übertreibt!«

»Was? Feuer! Es brennt wie Feuer. Wo ist Wasser?« Noch während er es rief, fiel ihm ein, wo Wasser war, und er rannte vor die Höhle.

Mekeele zuckte die Schultern und wandte sich den anderen zu. »Tarek, Ihr seid in Ordnung, nicht wahr? Aber wie steht es mit Euch, Hauptmann?«

»Besten Dank. Es geht mir gut. Ich ...«

»Unsinn! Zum Fürchten seht Ihr aus. Und ich meine, Ihr solltet Eure Verletzungen nicht so auf die leichte Schulter nehmen.« Sie krabbelte über Tareks Beine hinweg. »Laßt Euch von Torrots Geschrei nicht beeindrucken. Ihr wißt ja, er neigt zum

Jammern. Wenn Ihr einmal kurz Euren Kopf zur Seite drehen würdet ... «

Sie strich ihm die Haare aus der Schläfe und gestattete sich ein vorwurfsvolles Zungenschnalzen. »Damit wollt Ihr herumlaufen? Sieh mal, Salvain, das kann man doch nicht so lassen!«

Der Lhare, der bisher schweigsam und in sich gekehrt an der Wand gehockt hatte, hob den Kopf und betrachtete die grüne Flasche, die Mekeele wieder hervorgekramt hatte und die sie jetzt kräftig schüttelte.

»Was ist das?«

»Berdillium! In Alkohol gelöst!« Sie reichte ihm ihre Wundermedizin.

Er roch daran. Sein Gesicht verzog sich zu einer ungläubigen Grimasse. *»Du* tust das auf offene Wunden?«

»Klar. Und glaub mir, es hilft, als wär's Zauberei!« Mekeele nahm ihre Kostbarkeit wieder an sich. »Na ja, im ersten Moment brennt es vielleicht wirklich ein bißchen. Aber gerade, wenn man so was hat wie unser Hauptmann ... «

»Das Zeug muß wahre Wunder wirken. Schütte ihm nur ordentlich drauf«, unterbrach Salvain die Frau, ohne zu lächeln, und wandte sich wieder ab.

Es war Arrat eine Genugtuung, daß er weder zuckte noch mit den Händen zitterte, als er nach überstandener Behandlung seine Haare neu im Nacken zusammenband. Aber während er sich mit den Schultern an die Felswand lehnte und wartete, daß der Schmerz abklang, fragte er sich besorgt, was plötzlich in den Lharen gefahren sein mochte.

Es wurde gerade warm und gemütlich, als Sardeik zurückkehrte. Wider Erwarten war er erfolgreich gewesen. Vier fette Hasen hingen über seiner Schulter. »In ihrer Höhle ersoffen!« erklärte er und begann, sich trockenzureiben.

Torrots verschwollenes Gesicht fing an zu strahlen. Ohne viele Worte zu verlieren, machte er sich daran, den Tieren das Fell über die Ohren zu ziehen. Es hatte sich schon zu Beginn der Reise gezeigt, daß Torrot ein ausgezeichneter Koch war, und als er jetzt begann, das Fleisch aufzuspießen und mit einigen Kräutern einzureiben, die sich zerdrückt in seiner Hosentasche wiederfanden, da breitete sich fast so etwas wie Wohlbehagen aus.

Mekeele begann zu erzählen, wie man in Gorrota zum Mittsommerfest die Hasen mit Mandeln und Äpfeln füllte und in einer Kirsch-Zuckermasse glasierte, und Sardeik gab damit an, daß sie in Kriegszeiten das Fleisch roh verschlangen, was bei Owoo ein beifälliges Nicken auslöste. Dann erfuhren sie, daß Torrot, wenn er nicht gerade mit seinen Waffengeschäften beschäftigt war, gewöhnlich in der Küche seiner komfortablen Höhle stand und für Nachbarn und Freunde die ausgefallensten Menüs zauberte.

Nur Arrat war nicht bei der Sache. Er antwortete auf Fragen, aber die meiste Zeit beobachtete er den Lharen, der noch immer unter seiner Jacke lag und ihnen den Rücken zukehrte. Er bildete sich nicht ein, über besondere Menschenkenntnis zu verfügen, aber man mußte blind sein, um zu übersehen, daß in dem Jungen etwas gärte.

Das Fleisch begann zu knuspern, und Torrot nahm sich einen nach innen gewölbten Stein, um darin das tropfende Fett aufzufangen. »So ein Braten braucht ständig Flüssigkeit«, erklärte er. »Sonst wird er trocken wie Hundemist.« Seine spitzen Ratthohren glühten vor Vergnügen, als er ihre begehrlichen Blicke sah. Mit einem Zwinkern sagte er zu dem Lharen: »Ich weiß, in Aneirin habt ihr auch nicht die schlechtesten Köche, aber selbst du, mein Sohn, wirst dir die Fingerchen schlecken ... «

Salvain drehte sich zu ihm herum. Er hob den Oberkörper, stützte sich auf den Ellbogen und sagte sehr laut und sehr unfreundlich: »Ich esse nicht das Fleisch meiner Mitgeschöpfe!«

Es dauerte mehrere Sekunden, bis Torrot begriff und auch

glaubte, was der junge Mann da gesagt hatte. Baff vor Überraschung starrte er ihn an. Dann fuhr er wie ein Irrwisch auf: »Mitgeschöpfe! Habt ihr das gehört? *Mitgeschöpfe* hat er gesagt.« Er stemmte die Fäuste in die Taille. »So, der junge Herr ißt also nicht das Fleisch seiner *Mitgeschöpfe*! Ich will dem Herrn mal was sagen: Meinetwegen kann er Wasser saufen und Stein fressen! *Mitgeschöpfe*! Bin ich ein Kannibale, weil ich einen Hasen brate, he? Macht mich das etwa zum Gnorremgolm?«

Salvain kehrte ihm brüsk den Rücken.

»Pfui, Torrot«, tönte Sardeiks spöttischer Baß aus der Ecke. »Versuch doch, ein bißchen Verständnis zu haben. Hast du denn vergessen, wie empfindsam unsere Lharenfreunde sind? Ihre Herzen sind butterweich, sie brächten es nicht einmal fertig, einen Wurm zu zertreten. Obwohl«, fügte er hinzu, und jetzt verspritzte seine Stimme Ironie, »sie sich gelegentlich über ihre Skrupel auch hinwegzusetzen scheinen, wie wir ja wissen. Besonders dann, wenn es gegen Frauen und Kinder geht!«

Salvain, der aufgestanden war, um zum Höhlenausgang zu gehen, blieb wie angewurzelt stehen. Sein Gesicht lief glutrot an.

»Ich glaube, du bringst da etwas durcheinander«, sagte er leise und sehr böse. »Wer von uns war es denn, der den Jungen im Tal mit dem Messer bedroht hat? Und wer hatte denn keine Scham, sich an wehrlosen Gefangenen zu vergreifen?« Er zögerte einen Moment, streifte Arrat mit einem Blick und fügte dann schnell und feindselig hinzu: »Sogar an solchen, denen er Treue und Kameradschaft schuldet!«

Sardeik war wie der Blitz auf den Füßen. »Verdammtes, kleines Miststück!« zischte er. Drei Schritte, und er war bei dem Jungen und hatte ihn am Kragen.

Aber nun wurde auch der Troll aufmerksam. Sein plattes Gesicht krauste sich. Er legte die Kiesel, die er die ganze Zeit zwischen den Fingern gedreht hatte, beiseite, beäugte die beiden Männer und begann unruhig, die Lippen zu fletschen.

»Sardeik«, sagte Arrat. »Setz dich.«

Der Chan fuhr herum. Aber er bemerkte den Wink seines Kameraden, der dem Troll galt, und es schien ihm aufzugehen, daß der Befehl ohne Vorwurf und zum Guten gemeint war. Mit einem Knurren kehrte er an seinen Platz zurück.

Er setzte sich, und sie sahen schweigend zu, wie der Troll seine Kiesel wieder aufsammelte.

Torrot nahm die provisorischen Spieße vom Feuer. »Wenn es hier jemanden gibt«, brummte er mürrisch, »dem es nichts ausmacht, das Fleisch seiner *Mitgeschöpfe* zu essen, dann kann der jetzt kommen!«

Es tröstete ihn nur wenig, daß sie alle kräftig zulangten.

»*Mitgeschöpfe*!« brummelte er, als er die Fleischreste einsammelte, um sie an sicherer Stelle zu verstauen. Und als er etwas später seine fettigen Hände in dem Wasser auswusch, das der Wind in den Höhleneingang gespült hatte, knurrte er noch einmal: »Quatschkram! *Mitgeschöpfe*! Alles Blödsinn das. Alles hirnverbrannter Lharenmist ...«

»Nun gebt doch schon Frieden, Rhatt!« Mekeele verlor die Geduld. »Der Junge mag kein Fleisch. Na und? Ist doch seine Sache. Dann hungert er eben. Und du, Salvain, solltest endlich aufhören, im Regen rumzustehen. Die Hasen sind perdu. Wenn du dir die Mühe machst, darüber nachzudenken, dann wirst du feststellen, daß es ihnen vermutlich auch herzlich gleichgültig war, ob sie von uns oder von den Würmern gefressen wurden!«

Salvain schwieg.

»Töten und getötet werden«, brummte Arrat im Bemühen, Mekeeles Friedensversuch zu unterstützen. »Das ist Naturgesetz ...«

Er wußte, daß er das Falsche gesagt hatte, noch bevor er mit dem Satz fertig war. Salvain drehte sich zu ihm herum. Seine Lharenaugen begannen zu glitzern – auf eine merkwürdige und außerordentlich unangenehme Art. »Hat dein Soldat das auch so gesehen?« fragte er sanft. »Ich meine damals, als du ihn umgebracht hast?«

Entgeistert starrte Arrat ihn an.

»Das hast du doch«, sagte Salvain. »Der Mann wurde dir lästig, und da hast ihn ...«

»Junge, es reicht!« Arrat merkte, daß seine Stimme zitterte. Er biß sich auf die Lippe.

»Warum? Kannst du keine Wahrheiten vertragen?«

Erbittert maßen sie einander mit Blicken. Dann stand der Hauptmann auf. Er bückte sich und kletterte über die Beine der anderen hinweg zum Höhlentor. Hinter ihm klapperten die Kiesel zu Boden. Der Troll gab ein schmatzendes Geräusch der Unruhe von sich.

Verflucht, verdammt, jetzt nur die Ruhe bewahren!

Arrat zwang sich, die Hände in den Taschen zu halten und Abstand zu dem Lharen zu wahren. *Nichts Böses, Troll, siehst du?*

Und ruhig zu sprechen.

»Komm bitte mit, Salvain.«

»Wohin?«

»Nach draußen. Ich habe mit dir zu reden!«

Salvain versuchte ihn einzuschätzen. Halb trotzig, halb unsicher zuckte er die Schultern und trat dann in den Sturm hinaus.

Ein eisiger Wind schoß ihnen ins Gesicht. Er wirbelte ihre Haare durcheinander und schnitt ihnen in die Haut. Arrat faßte den Lharen am Arm und zerrte ihn weiter bis hin zum Ende des Felsens, wo ein Gebüsch eine Illusion von Schutz bot. Er warf einen schnellen Blick über die Schulter. Der Troll war ihnen nicht gefolgt.

»So, Junge!« Er packte den Lharen mit den Fäusten, stieß ihn gegen den Fels und beugte sich über ihn. »Damit wir uns recht verstehen: Wenn ich könnte, wie ich wollte, dann würde ich dich jetzt und auf der Stelle durchprügeln, bis du nicht mehr weißt, wo dir die Knochen stehen.« Er preßte Salvain, der sich fortwenden wollte, brutal an den Stein zurück. »O nein, diesmal hörst du zu! Ist dir eigentlich klar, du... du schwachsinniger, kleiner Idiot... ist dir klar, was du da beinahe angerichtet hättest? Mit deinem blöden Gefasel... diesem albernen...«

»O bitte, worüber regst du dich auf?« Vergeblich suchte Salvain, von ihm loszukommen. »Ich bin doch ein Gefangener. Was erwartest du? Kooperation? Wenn es dir nicht paßt, was ich sage, dann nimm doch dein Messer und sorg für Ruhe. Nun komm schon. Ist doch nichts Neues. Das machst du...«

Arrat schlug ihm ins Gesicht.

Der Kopf des Jungen flog zur Seite und gegen den Fels. Tränen schossen ihm übers Gesicht und mischten sich mit dem Regen und einem Blutrinnsal neben seinem Mund. Mit dünnen Lippen und verkrampftem Kiefer stierte Salvain ihn an.

»Du...« Arrat brach ab. Ach, verflucht. Er merkte, daß er bis in die Fingerspitzen zitterte. »Was ist denn...«

»Du hättest auf Sardeik hören sollen«, flüsterte Salvain.

»Auf...? Was?«

Salvains Mundwinkel verzogen sich zu einem dünnen, ironischen Lächeln. Und da, endlich, begann Arrat, es zu begreifen.

Er richtete sich auf. Sein Mund war plötzlich trocken. Er trat von dem Jungen zurück und fuhr mit der Zunge über die Lippen.

»Du hast uns belauscht.«

»Entschuldige bitte. Ich hätte euch Bescheid geben sollen. Freunde, ich bin aufgewacht. Könnte ich hinausgehen, bis ihr euch entschieden habt, ob ihr mich umbringen wollt oder nicht?«

Arrat schüttelte den Kopf. So war das nicht gewesen. Jedenfalls nicht ganz so...

»Wo ist denn die Grenze? Ich meine, zwischen meinem Nutzen und dem Risiko?«

Es war sinnlos zu antworten. Arrat lehnte sich gegen den Fels und ließ sich das Wasser ins Gesicht strömen. Der Junge kochte vor Wut. Aber sie würden miteinander ausharren müssen. Wenigstens, bis das Unwetter vorüber war.

»Warum hast du ihn umgebracht?« fragte Salvain.

Teufel, wen?

»Ich meine deinen Soldaten. Warum hast du ihn umgebracht?«

Arrat starrte den nassen Burschen an seiner Seite an. Und dann wurde es ihm klar. Natürlich. Salvain hatte mit dem Rükken zu Kilian gestanden und auf die Verfemten gestarrt, als der Soldat auf ihn gezielt hatte. Er *konnte* ihn und seinen Bogen also gar nicht gesehen haben. Für Salvain hatte es nur eine Leiche am Ende eines Kampfes gegeben.

»Das geht dich nichts an«, erwiderte er schroff.

»Ach nein? Du ... zwingst mich, mit dir zu gehen. Deine ... Freunde zu ertragen. Deine ... Rohheit und ... und es geht mich nichts an?«

»Hör mal«, sagte Arrat. »Laß uns vernünftig sein. Ich will nur eins, nämlich daß wir die Zeit in der Höhle heil überstehen. Im Augenblick können wir nichts, als ... «

»Ach ...« Salvain begann wieder zu lächeln, auf diese bittere, unangenehme Art. »Jetzt beginne ich erst zu begreifen, wo dein Problem liegt. Der Troll, nicht wahr? Du hast Angst vor dem armen Owoo.«

»Junge ...!«

»Es war aber auch schrecklich, wie er Goowie umgebracht hat. Furchtbar, diese Kräfte. Und es regt ihn so auf, wenn man seinem Lharen etwas tun will.«

»Laß das. Du machst einen ... «

»Gegen die Menschen hat er sowieso etwas. Wahrscheinlich bräuchte es nur einen winzigen Anstoß. Und die Höhle ist eng. Man kann keine Schwerter benutzen. Du könntest nicht einmal ... «

Arrat packte den Lharen am Arm.

»Ja?« fragte Salvain.

»Tu's nicht.«

»Bitte, was denn?«

Arrat kämpfte gegen den Wunsch, ihm erneut in das Gesicht zu schlagen. Er krampfte seine Finger in den Arm des Jungen. »Ich bring' ihn um«, flüsterte er heiser. »Ein Wort von dir, ein falscher Blick – und der Dicke stirbt.«

Salvain wollte den Kopf schütteln, aber Arrat verstärkte nur den Druck seiner Finger. »Der Troll«, flüsterte er, »ist ein armer, blöder Brocken Fleisch. Wenn Goowies Leute nicht wie die Karnickel auseinandergelaufen wären, hätten sie ihn mühelos erledigen können. Und Sardeik und ich sind besser als diese Männer. Owoo hätte keine Chance gegen uns. Es wäre gut für ihn, wenn du das begreifst.«

War das klar genug?

Salvain starrte ihn an. Das Wasser lief dem Jungen in den Kragen seines Hemdes. Aber er schien nichts davon zu merken. Er lächelte auch nicht mehr. Seine Augen waren groß und klar und ausdruckslos. Schließlich machte er sich los und schlüpfte, ohne noch etwas zu sagen, zur Höhle zurück.

XIII

Das Unwetter steigerte sich weiter, bis es schließlich zu einer wahnsinnigen Raserei entartete. Alte Baumriesen, die schon seit Generationen in der Senke wurzelten, knickten unter seiner Wucht zu Boden, als wären es Grashalme. Das Regenwasser, das sich irgendwo am Ende der Senke gestaut hatte, bildete vor der Höhle einen strudelnder Wasserlauf, der von Stunde zu Stunde breiter wurde. Er hatte die Büsche, die den Höhleneingang geschützt hatten, fortgerissen, so daß die Blitze ihren grellen Spuk ungehindert gegen die Felswände werfen konnten.

Arrat lehnte mit der Schulter am Stein und starrte in den Höllentanz aus Wasser und wirbelndem Geäst.

Die Einsicht, daß er sich bei seinem »Gespräch« mit dem Lharen nicht besonders geschickt angestellt hatte, war ihm schon lange gekommen. Jeder Blick, den er dem Jungen heimlich zuwarf, bestätigte, daß seine Drohung gegen den Troll nicht nur ungeschickt, sondern ein ganz besonders dummer, folgenschwerer Fehler gewesen war.

Salvain hatte sich in den hintersten Winkel der Höhle verkrochen, so fern von den Menschen, wie die Enge des Höhlenloches es erlaubte, und er tat seit Stunden nichts anderes, als mit finsterer Miene auf seine Hände zu starren. Zweifellos überlegte er, wie er seinen ungeliebten Wächtern am besten entwischen könnte.

Das Vernünftigste, dachte Arrat mit einem Seufzer, wäre, sich bei dem Jungen zu entschuldigen und damit der leidigen Sache ein Ende zu machen.

Eine Insel aus Ästen, Blättern und ineinander verhakten Zweigen wurde gegen seine Stiefel getrieben, und er stieß sie lustlos in den Strom zurück.

Einen Moment wartete er noch. Dann drehte er sich um und kletterte mit gebücktem Kopf in den hinteren Teil der Höhle.

»Wieder trocken?« fragte er den Jungen.

Natürlich. Keine Antwort. Das einzige, was er mit seinen Worten erreichte, war, daß der Troll beschützend den Arm um den neuen Freund legte und den Menschen mit gerecktem Hals anglotzte.

Ist ja großartig, dachte Arrat. Er räumte ein paar Steine fort und quetschte sich auf das freie Plätzchen neben den Jungen.

»Also gut«, ging er geradewegs auf sein Ziel los. »Ich war im Unrecht. Ich hätte das über dich und den Dicken nicht sagen dürfen ...«

»Möglicherweise besteht das Problem gar nicht darin, daß du es *gesagt,* sondern daß du es *gemeint* hast«, schnitt Salvain ihm schroff das Wort ab.

Arrat stieß sich den Kopf, als er sich zu ihm umdrehte. »Quatsch, das ist Unsinn. Und das weißt du auch genau.« Er rieb sich den schmerzenden Schädel. »Was erwartest du? Du hast mich bis aufs Blut gereizt. Schön, vielleicht bin ich etwas heftig geworden ... «

»Wie bei deinem Soldaten, zum Beispiel?«

Arrat ließ die Hand sinken. Er lehnte sich gegen die Wand zurück, schloß die Augen und atmete tief durch. »Du redest über Dinge, von denen du nichts verstehst, Junge. Kilian war ein Soldat. Er kannte die Regeln, und er wußte, welche Strafe auf Ungehorsam steht.«

»Strafe?« Der Lhare ließ von seiner Pose der Unnahbarkeit. »Eine Strafe nennst du so etwas? Du hast den Mann *umgebracht*!«

»Richtig«, mischte sich Sardeik ins Gespräch. »Und damit hat er, so ganz nebenbei bemerkt, dein überflüssiges, kleines Leben gerettet.«

Arrat merkte, wie Salvain neben ihm steif wurde.

»Ich finde ja auch, daß es ein Fehler war«, plauderte der Chan weiter. »Meiner Meinung nach hätte man Kilian diesen kleinen Trost ruhig gönnen können. Aber da unser Hauptmann sich nun einmal darin verbissen hat, daß wir dich brauchen ... «

»Das lügst du. Ich kannte den Mann doch überhaupt nicht. Warum sollte mich jemand umbringen wollen, den ich noch nie im Leben gesehen habe?«

Sardeik grinste. Es war ihm ein Vergnügen, dem Prinzchen zu erklären, was Kilian an ihm auszusetzen gehabt hatte. Er mußte die Geschichte des Soldaten in Gorrota gehört haben, denn er kannte alle Details und zögerte nicht, sie in kräftigsten Farben auszumalen. Arrat ließ ihn gewähren. Es war an der Zeit, Salvain die Augen zu öffnen. Er war der gleichen Meinung wie der Chan: Der Lhare wußte mehr, als er ihnen zugegeben hatte. Und sie waren so verzweifelt auf Informationen angewiesen.

Salvain hörte sich Kilians Geschichte an, ohne zu unterbrechen. Dann schüttelte er den Kopf.

»Das ist schlimm, aber ... Ihr wißt überhaupt nichts. Ihr seid noch nie in Aneirin gewesen. Niemals würde man dort ... Mein Volk ist nicht grausam. Wir ... «

»Lharen böse«, unterbrach Owoo ihn.

Sie waren so überrascht, den Troll sprechen zu hören – und dazu noch derart Unglaubliches –, daß alle Köpfe herumfuhren. Owoo wand sich unbehaglich. Seine Glupschaugen wanderten zum Ausgang. Schon bereute er seine Geschwätzigkeit. Aber es gelang ihm nicht aufzustehen, denn Salvain hielt ihn am Arm fest.

»Was sagst du?«

Der Troll schnüffelte, fuhr sich mit der schwammigen Zunge über die Lippen, krächzte den Schleim aus seiner Lunge und wiederholte dann entschlossen: »Lharen böse.«

»Aber ... warum, Owoo? Mein Volk und dein Volk – wir sind Freunde ... «

Owoo nickte, schüttelte gleichzeitig den Kopf und drückte das kleine Kerlchen mit einem unglücklichen Seufzer an sich.

»Nein, Owoo, laß. Du mußt mir das erklären ... «

Der Troll schob die Unterlippe bis zur Nase. Was für ein Ansinnen! Aber sein Freund hing an seinem Mund und war so gar nicht abzulenken, also wollte er es wenigstens versuchen.

»Lharen ... Gweed-Eiln ...«, lallte er. Seine Stimme klang rostig, wie ein lange nicht benutztes Mahlwerk.

»Du meinst, etwas ist bei dem Fest in Geweed-Eileen passiert?«

Owoo nickte.

»Aber ... es sind schon seit Jahren keine Lharen mehr bei eurem Fest gewesen. Das weißt du doch, Owoo. Wegen der Oghools.«

Owoo nickte.

»Und trotzdem hast du dort Lharen gesehen?«

Der Troll hob seine fleischige Hand und bog bedachtsam den Daumen und den Zeigefinger hoch.

»Zwei Lharen waren dort?«

»Zwei!« bestätigte Owoo.

»Was haben sie getan?«

Statt zu antworten, senkte der Troll seinen mächtigen Kopf. Er fuhr mit seinem Handrücken übers Gesicht, aber er konnte nicht verhindern, daß ihm dicke, schwere Tränen aus den Murmelaugen rollten.

»Was haben sie getan, Owoo?«

»Singt!« schnaufte er. »Hawen singt!«

»Sie haben für euch gesungen? Die alten Lieder der Lharen und Trolle?«

Owoo schüttelte heftig den Kopf. »Bös!« stieß er hervor. »Bös! Bös!«

»Was meinst du damit? Es gibt keine bösen Lieder.«

»Bös Lied!« Owoo wischte Salvains Hand, die nach ihm greifen wollte, zur Seite. »Bös, bös Lied! All krank. Trowwe krank! Gallin krank! Ewelle krank! All krank!« Er hämmerte mit der Faust an seine Stirn. »Owoo Kopf weh. Groß Schmerz. Groß Wirr. All schlagen. Stein. Baum. Wumm. Etta kommt. Etta Hand...« Er griff sich an die Kehle und zeigte ihnen, was Etta mit ihrer Hand gemacht hatte. »Owoo Angst. Owoo nimmt Stein. Owoo schlägt...« Er brach in Schluchzen aus.

Salvain drehte sich auf die Knie, legte die Arme um die verwachsene Schulter und streichelte das filzige Haar. Obwohl das Feuer diese Ecke der Höhle nur spärlich beleuchtete, konnte Arrat sehen, daß sein Gesicht kreideweiß war. »Und das haben Lharen gemacht?«

Owoo nickte. Irgendwie brachte er es fertig, seinen mächtigen Schädel an der schmalen Jungenbrust zu verbergen. »All Blut«, hörten sie ihn in den Stoff nuscheln. »Viel Tod. Bös Lied. Immer bös. Lhare lacht...«

»Das kann nicht sein, Owoo.« Salvain sagte es, aber aus seiner Stimme war jede Überzeugung gewichen. Es war zu offensichtlich, daß der Troll die Wahrheit sprach.

Nun war das zwar alles sehr traurig, aber Arrat fand, daß es trotzdem einige Dinge gab, die geklärt werden mußten, bevor der Troll in seine Schweigsamkeit zurückfiel. »Kannst du die Lharen unterscheiden?« fragte er den Riesen. »Ich meine, ob du weißt, welche von ihnen euch das angetan haben. Kennst du ihre Namen?«

Owoo hob den Kopf und glotzte verwirrt. Wahrscheinlich war für ihn ein Lhare wie der andere, so wie für die Menschen ein Troll dem anderen glich. Hilfesuchend blickte er zu Salvain, und jetzt erst bemerkte er das niedergeschlagene Gesicht seines Freundes. Mit einem mitleidigen Schnaufer richtete er sich auf und zog ihn an sich. Aber Salvain nahm die freundliche Geste nicht an.

»Laß mich, Owoo. Ich muß nachdenken.« Er stand auf und blieb beim Feuer stehen. »Niemand wollte nach Geweed-Eileen gehen. Jedenfalls niemand aus Aneirin. Wir hatten noch darüber gesprochen. Averon wollte es nicht. Es waren erst kurz zuvor zwei Lharen im Grenzland getötet worden ...«

»Aber es ist trotzdem jemand gegangen, denn die Trolle sind tot«, unterbrach Sardeik ihn. Es klang wie eine Herausforderung, war wohl auch so gemeint, aber sie verpuffte, weil Salvain einfach nickte.

»Denkst du, daß euer König mehr davon weiß?« fragte Arrat.

»Nein. So etwas ... Ungeheuerliches hätte er nicht für sich behalten.«

»Würde er uns helfen, wenn er von diesen Verbrechen erführe?«

»Ja, natürlich. Sicher würde er das tun.«

» ... vorausgesetzt, er könnte es überhaupt!« Torrot – denn er war es, der Salvain unterbrochen hatte – hieb sich die Faust aufs Knie. Sein Kinn schoß nach vorn, und seine Augen funkelten.

»Die ganze Sache geht mich ja *eigentlich* nichts an, Männer, denn ich bin ein Kaufmann und unterwegs, um mit Averon ein Geschäft abzuwickeln. Aber in einem muß ich dem Jungen recht geben: Dieser Höllenspuk hat seinen Ursprung ganz sicher nicht in Aneirin!«

»Woher der plötzliche Meinungsumschwung?« fragte Arrat.

»Wieso Meinungsumschwung? Habe ich jemals behauptet, daß die Draaks, diese schwarze Pest, aus Aneirin stammen? So ein Blödsinn wäre mir gar nicht einfallen. Die silberhaarigen Taugenichtse dort mögen Lügenmäuler und Langfinger sein – denn Cashels Dolch haben sie gestohlen, auch wenn sie dagegenschwätzen, bis man nicht mehr weiß, wo einem der Kopf steht ... «

»Was für einen ...?«

»Krrpsch!« Mit einer ärgerlichen Handbewegung brachte Torrot Mekeele zum Schweigen. »Aber Mordbrennereien«, fuhr er fort, »das ist nicht ihre Art. Und schon gar nicht, wenn das Alte aus dem Mael Duin seine schmutzigen Finger dabei im Spiel hat!«

»Welches Alte? Und welches Mael Duin?« fragte Arrat.

»Ach, das weiß der Herr auch nicht? Noch nie etwas von Andraste gehört? Und dem Turm und den Ruinen von Mael Duin? Noch nie von Hormen gehört, dem schlitzäugigen Oghool, der sich einbildete, die Welt beherrschen zu können? Und von Cashels Bann ... Ich muß schon sagen, man hat sich ja wirklich gut informiert für diesen heiklen Auftrag.«

Arrat beugte sich vor, packte den grinsenden Wicht beim Kragen und zog ihn mit einem Ruck zu sich heran. »Und Ihr habt es nicht für nötig gehalten, Ratth, uns von diesen Dingen zu berichten, die doch offenbar nicht ganz ohne Bedeutung sind?«

Torrot zog den Kopf ein. »Aber ich hab's Euch doch gesagt«, protestierte er. »Gleich bei unserem ersten Gespräch. Ich bin ein Lhare, habe ich Euch gesagt. Ein Dunkellhare. Und daß ich alles über die Lharen weiß. Über die aus Fiddich und Blairgowrie, über die aus Aneirin und auch über die anderen. Aber Ihr wolltet ja nichts wissen.«

»Dieser kleine Mistkäfer«, knurrte Sardeik fassungslos.

Arrat brachte ihn mit einer Handbewegung zum Schweigen. »Was redet Ihr da von anderen, Torrot? Es gibt doch nur zwei Lharenvölker: die Dunkellharen und die Lharen aus Aneirin.«

»So? Tatsächlich? Dann fragt einmal Euren kleinen Freund, was er dazu meint. Fragt ihn zum Beispiel einmal nach Doulagh, dem alten Hexer aus Enniskillen ... «

»Doulagh ist kein Hexer«, protestierte Salvain.

»Ach, ist er nicht? Wie nennst du es dann, wenn jemand einen turmhohen Fels durch die Luft schweben läßt, um damit eine Wegspalte zu versperren. Und wenn er Hagel und Blitze aus einem wolkenlosen Himmel prasseln läßt. Und wenn er Drachensteindolche aus verschlossenen und mit doppelten Stahlriegeln versehenen Eichenkisten herauszaubert ... «

»Aber Torrot, das hat doch nichts mit Hexerei zu tun. Doulagh hat viele Studien getrieben. In seiner Jugend ist er weit gereist. Außerdem ist er ein kluger Mann.«

»Ach! So nennt man das jetzt bei euch ›Ein kluger Mann ... weit gereist!‹? Früher hatte Averon dafür auch andere Worte!«

»Nicht Averon. *Ich* sage das, Torrot.«

»Was! Du?« Torrot riß in gespielter Überraschung die Arme hoch. »Oh, da bitte ich ja tausendmal um Entschuldigung! Wenn der Herr Salvain dieser Meinung ist, das ändert natürlich alles. Wer könnte sich auch ein besseres Urteil über Doulagh erlauben als dieses frischgeschlüpfte Lharenküken. Über den Rand einer Eierschale hinweg hat man selbstverständlich einen viel besseren Überblick!«

»Laß das, Torrot. Ich weiß, wovon ich rede. Ich bin bei ihm gewesen. Ich habe eine ganze Zeit bei ihm gewohnt und kenne ihn.«

Für einen Moment verschlug es dem Ratth die Sprache. Dann japste er empört durch die Nase. »Was? *Du*, ausgerechnet du willst bei Doulagh gewesen sein?« Er schüttelte den Kopf. »Seht ihr?« hielt er den anderen vor. »Das ist es, was ich die ganze Zeit sage. Flunkerer sind sie! Aufschneider! Warum wohl sollte der mächtige Doulagh sich mit einem hergelaufenen kleinen Niemand wie diesem Jungen abgeben?«

»Vielleicht weil er das Zeichen der Lharenkönige unter der Schulter trägt«, sagte Arrat.

Dem Ratth blieb der Mund offen stehen. »Ihr meint ... Ihr glaubt tatsächlich ... Er trägt Cashels Zeichen?«

Mit einem Ausdruck neuen Respekts wandte er sich an Salvain. Seine Blicke wanderten zu der Stelle der Jacke, unter der er das Mal vermutete, und blieben darauf haften, als könnten sie den Stoff bei genügender Konzentration durchdringen.

Salvains Lippen wurden schmal. Mit einem ärgerlichen Ruck zog er die Jacke enger.

»Cashels Zeichen? Das Mal der Könige?« murmelte Torrot. »Aber Averon hatte keine Söhne. Nein, da bin ich sicher. Nur einen Stall voller Mädchen. Und du bist auch viel zu jung. Bist du sein Enkel? Sein Urenkel?«

Salvain schwieg.

»Na, ist mir auch egal.« Torrot zog beleidigt die Schultern hoch. »Meinetwegen kannst du einen Kobold oder einen Gnorremgolm zum Vater haben. Obwohl ich gern wüßte, warum Averon einen aus seiner Brut ohne Begleitschutz durch die Wälder streunen läßt.«

Arrat hätte das auch gern gewußt. Aber er kannte seinen schwierigen Gefangenen inzwischen gut genug, um zu wissen, wann er den Mund halten mußte.

»Woher kommen die Draaks?« fragte er, um dem Thema ein Ende zu machen.

»Das habe ich doch gesagt: aus dem Mael Duin«, gab Torrot sich überlegen. »Dort sind sie schon immer hergekommen, und sie können auch gar nicht woanders herkommen, weil es nämlich nirgends auf diesem Planeten einen anderen Ort gibt, an dem so verkommene Geschöpfe gezeugt werden könnten.«

»Stimmt das, Salvain?«

Der Lhare nickte.

»Und wie entstehen sie?«

Einen Moment kreuzten sich die Blicke des Jungen mit denen des Ratth. Es sah aus, als wolle Salvain etwas sagen. Aber dann schüttelte er nur den Kopf.

»So genau weiß das keiner. Und wer einen Funken Verstand im Kopf hat, will es auch gar nicht wissen«, erklärte Torrot an seiner Stelle. »Klar ist nur, daß die Lharen aus Aneirin die Verantwortung dafür tragen. Denn wenn es nach uns gegangen wäre, dann hätte man das Mael Duin nach Hormens Tod zerstört, und dann gäbe es heute keine Draaks und keinen Turm mehr, und wir alle könnten in Frieden leben. Macs hatte davor gewarnt.«

»Niemand hat das Recht, einem anderen das Leben zu nehmen«, widersprach Salvain.

»Schnickelschnackel. Rührseliges Gefasel. Frag doch einmal Sardeik oder die Mutter seiner Söhne, was sie davon halten.«

Es folgte ein unangenehmes Schweigen, das Torrot selbst beendete. »Erzähl ihnen von der Alten«, forderte er den Lharen auf. »Auch von Yrisyl und Gormen und wie alles entstanden ist, damit sie wissen, worum es geht. Die Menschen haben kein Gedächtnis für ihre Wurzeln.«

Salvain folgte seiner Aufforderung, wenn auch ohne große Begeisterung. »Es hat mit Jarl, dem Drachen, begonnen«, erklärte er. »Jedenfalls sagt man das. Es sind alles nur Legenden.«

»Erzähl es trotzdem.«

»Jarl hatte mit Tir-Belga, der Tochter des Menschenfürsten, Kinder gezeugt, heißt es. Drei Mädchen. Gormen, von der die Dunkel-Lharen stammen, Yrisyl, die Mutter der Lharen aus Aneirin, und Andraste.«

»Richtig. Und es hätte eine Menge Scherereien weniger gegeben, wenn er nach Gormen Schluß gemacht hätte«, warf Torrot ein.

»Jedenfalls haben die Töchter nach Jarls Tod, so wie er es befohlen hatte, Mael Duin verlassen.«

»Du mußt ihnen erklären, was das Mael Duin ist, wenn sie es verstehen sollen«, unterbrach Torrot den Erzähler. »Mael Duin, das ist nämlich der Name der alten Drachenburg. Es heißt, sie sei Stein für Stein aus schwarzem Glasmaryll erbaut worden. So etwas muß man sich einmal vorstellen. Eine Burg, groß genug, daß man ganz Fiddich darin hätte unterbringen können. Und heutzutage würden sie Euch bereits für einen Splitter des Glasmarylls ein Vermögen zahlen!«

»Gormen und Yrisyl haben sich jedenfalls in den Wäldern östlich der Burg angesiedelt, während Andraste fortgezogen ist. Aber irgendwann muß sie heimlich in die Burg zurückgekehrt sein. Ich weiß nicht mehr, wie das genau war. Jedenfalls heißt es in den Sagen, sie sei anders gewesen als ihre Schwestern. Sie liebte die Magie und hatte an den Geheimnissen gerührt, die Jarls Geschlecht ... «

»Junge, das interessiert doch keinen. Eine Hexe war sie, und damit hat sich's. Erzähl ihnen lieber, wie die Alte bei ihren Schwestern auftauchte und wie sie plötzlich über sie herrschen wollte. Über die eigenen Schwestern! Aber das ist ihr doch nicht gelungen.«

»Nein. Es gab einen furchtbaren Krieg ... «

»Einen Krieg, in dem die Hexe gelernt hat, was Lharenmut ist! Und in dem sie lernen mußte, daß Jarls Erbe auch in Gormen und Yrisyl schlummert. Leute, das muß ein Kampf gewesen sein! Mael Duin, der ganze Palast, stand in Flammen! Sechzig Tage und Nächte dauerte die Schlacht. Schwarze Magie stand gegen weiße Magie. Das Gute gegen das Böse. Ein Kampf der Giganten ... «

»Aber irgendwann waren Andrastes Kräfte erschöpft«, unterbrach Salvain den Rhatt. »Sie war gezwungen, in einem der Tortürme Zuflucht zu suchen.«

Torrot nickte befriedigt. »Und dort haben sie sie dann erwischt. Die Alte hatte Drachenfeuer gespieen. Weiß der Teufel, wie ihr das gelungen ist, denn damals hatte sie noch menschliche Gestalt. Aber die Lharen haben sich durch einen Schild aus weißer Magie, einen Bann, zu schützen gewußt. Urmächte sind da aufeinandergeprallt. Ihr müßt euch das einmal vorstellen: Die Luft dampfte, Bäume und Pflanzen verglühten in Bruchteilen von Sekunden, das Steinpflaster warf Blasen, und zum Schluß begann sogar das Glasmaryll sich zu verflüssigen. Glasmaryll! Wißt ihr, was das für Temperaturen gewesen sein müssen? Nicht einmal im Erdinneren findet ihr so etwas! Die Atmosphäre verdampfte! Und was entstand zum Schluß daraus?« Torrot machte eine dramatische Pause. »Drachenstein. Purer Drachenstein. Härter als alles, was ein Gehirn sich vorstellen kann. Glatter ... «

»Und das wollt Ihr von Averon haben?« fragte Arrat.

»Ja«, erwiderte Torrot schlicht.

»Warum? Wenn es so hart ist und wenn es dem Feuer widersteht, dann könnt Ihr es weder bearbeiten noch schmelzen. Ihr könnt es höchstens dazu benutzen, einem anderen den Schädel einzuschlagen.«

»Habe ich denn gesagt, daß man es nicht schmelzen kann? Vielleicht nicht durch Feuer ...« Torrot brach ab und biß sich auf die Zunge. Es war ihm anzusehen, wie leid ihm die Bemerkung tat. »Jedenfalls will ich es haben«, fügte er einsilbig hinzu.

»Und warum will Averon Euch nicht einen Teil dieses Schatzes abgeben?«

»Es gibt nichts zu teilen. Was in Mael Duin liegt, ist für die Ewigkeit mit der Erde zusammengeschmolzen. Nur ein einziges, Cashels Dolch, der im Fluge vom Feuer eingehüllt wurde, ist separat geblieben.«

»Und den will Averon für sich behalten?«

»Ach, Averon! Die Lharen von Aneirin verstehen nichts vom Wert der Klinge. Jahrtausendelang haben sie sie irgendwo verstauben lassen. Erst als Hormen kam und die Alte aus ihrem Gefängnis befreite ... «

»Wieso befreite? Und aus welchem Gefängnis?« fragte Mekeele.

»Habe ich das nicht gerade erklärt? Der Turm! Drachenstein ist magischer Stein. Und die Mauer des Turmes, sein Dach, sein Boden, Türe und Fenster, die gesamte äußere Haut des Turmes ist Drachenstein geworden. Andraste hatte sich selbst ihr Gefängnis geschaffen.«

»Und wie konnte Hormen sie befreien? War er ein mächtigerer Magier als sie selber?«

»Pfff«, machte Torrot abfällig. »Natürlich haben die Oghools Magie. Genau wie die Rettlteets und die Kobolde. Und sie bilden sich eine Menge darauf ein. Aber es ist ein Fliegenschiß gegen das, was Andraste kann. Nein, das einzige, was Hormen ihr voraushatte, war, daß er ihren Turm betreten und wieder verlassen konnte. Also hat sie ihn gelockt, so wie die Spinne die Fliege lockt. Und als sie ihn im Netz hatte, da hat sie ihn benutzt. Hat mit der Hilfe seines kräftigen, lebendigen Fleisches die Draaks geschaffen. Kleine, mißgestaltete Drachenbiester, die sie gegen Missala und die Grenzstädte schickte. Damals wurde eine Menge Aufhebens darum gemacht. Wahrscheinlich, weil die Menschen beteiligt waren. Menschen regen sich immer über alles auf. In Wirklichkeit waren die Draaks nichts anderes als etwas groß geratene Fledermäuse. Lästig, wenn sie in Horden auftauchen, aber durchaus nicht unbesiegbar. Natürlich sind es Andrastes Geschöpfe, und ein Teil ihrer Magie lebt in ihnen. Aber ein Draak stirbt außerhalb des Mael Duin schnell. Und wirklich unangenehm ist eigentlich auch nur das Drachenfeuer, das sie in der ersten Phase nach ihrer Erschaffung ausspeien können. Aber da Andraste sowieso immer nur sehr wenige von ihnen formen kann ... «

»Seit Hormens Tod hat es überhaupt keine Draaks mehr gegeben«, sagte Salvain und fügte nach einer kurzen Pause hinzu: »Bis jetzt.«

Torrot wurde es unbehaglich. »Na und?« brummte er. »Was für ein Schaden ist schon entstanden. Ein paar Siedlungen sind in Flammen aufgegangen, ein paar Leute gestorben. Ein Klecks gegen das, was unsere beiden Helden hier innerhalb eines einzigen Tages anrichten. Die Alte muckt ein bißchen auf, das ist alles.«

»Und die Lharen, die mit den Draaks waren?« wandte Arrat ein.

Torrot zuckte mürrisch die Achseln. »Was fragt Ihr mich danach? Wenn es nach meinem Volk gegangen wäre, dann gäbe es das Mael Duin heute nicht mehr. Wir haben für seine Zerstörung gestimmt, als es das erste Mal niedergerungen worden war, und wir haben ebenfalls für seinen Tod gestimmt, als Hormen gestorben war. Damals wäre es ein leichtes gewesen. Das Mael Duin war erschöpft. Und die besten Magier der Lharen hatten sich vor dem Turm gesammelt. Sie hätten nur hineinzugehen und ihm die Drachenklinge ins Leben zu stoßen brauchen. Aber in Aneirin plagt man sich ja ständig mit Skrupeln. Und als dann Schuscha sich erbot, über sie zu wachen ...«

»Wer zum Teufel ist das schon wieder?« fuhr Sardeik auf.

»Tja, mein Herr, das weiß leider keiner so genau«, entgegnete Torrot spitz. »Sicher ist nur, daß sein Nest in Aneirin gelegen hat. Und sicher ist außerdem, daß er selbst und alle seine Nachkommen – einschließlich Doulagh – einen bedenklichen Hang zur Zauberei haben. Und wenn ihr meine Meinung hören wollt: Wenn wir schon nach Lharen mit einem zweifelhaften Ruf suchen wollen, dann fangen wir am besten in Enniskillen an, in Doulaghs Burg, bei dem selbsternannten Wächter des Mael Duin.«

»Du bist ungerecht, Torrot. Doulagh hat niemals etwas Unehrenhaftes getan.«

»Vom Rande einer Eierschale aus betrachtet!«

»Averon vertraut ihm!«

»Woher willst du das wissen?«

»Sonst hätte er mich doch nicht zu ihm geschickt, wenn er auch nur den geringsten Zweifel gehabt hätte ... «

»Warum hat Averon dich überhaupt zu dem Zauberer gebracht?« wollte Arrat wissen.

»Weil ...«, Salvain unterbrach sich. Er zögerte. »Eigentlich weiß ich es nicht so genau«, gab er zu. »Das erste Mal war es, als meine Freunde in den Hain gingen.«

»In was für einen Hain?«

»Nebensächlich. Ein Schnickschnack«, brummelte Torrot.

»Ein Ort der Reinigung. Etwas, wohin jeder Lhare geht, wenn er erwachsen wird«, erklärte Salvain.

»Auch du?«

»Ich habe dir doch gesagt: Ich bin kein Lhare. Nein, mich hat Averon zu der Zeit nach Enniskillen gebracht. Ich dachte damals, er hätte es getan, um mich abzulenken, weil ... nun ja, meine Freunde waren alle verschwunden. Es war sehr langweilig. Und dann ... «

»Ja?«

»Dann hat er mich eben jeden Sommer zu Doulagh geschickt.«

»Und du hast ihn niemals nach dem Grund gefragt?«

»Nein.«

»Hat es dir in Enniskillen gefallen?«

»Nein.«

»Warum nicht?«

»Weil es dort ... Es ist kalt.«

»Hm. Und du bist trotzdem immer wieder gegangen?«

»Ich bin trotzdem wieder gegangen! Und zwar deshalb, weil Averon es befohlen hat und weil Averon nicht nur mein Großvater, sondern auch mein König ist. Reicht das?«

»He, Kleiner, kein Grund, beleidigt zu sein. Sag mir bitte nur noch eines: Traust du selber Doulagh? Ich meine: du ganz persönlich?«

»Ja, unbedingt!« erwiderte Salvain fest und ohne zu zögern.

»Dann«, sagte Arrat, »frage ich mich, ob es nicht das Vernünftigste wäre, nach Enniskillen zu gehen.«

Natürlich gab es Einwände. Besonders die beiden Skelden waren ablehnend. Der schüchterne Tarek sogar noch mehr als sein Bruder. Mit ungewohnter Energie beharrte er darauf, daß es wichtiger wäre, in Aneirin mit Averon zu sprechen. Arrat vermutete, daß sich hinter seinem Widerstand die abergläubische Furcht der Skelden vor Hexerei und Zauberern verbarg, denn Tareks Argumente kamen ihm gesucht und schlecht durchdacht vor.

»Es ist ja kein großer Umweg«, versuchte Salvain den jungen Mann zu beruhigen. Er nahm einen Kreidestein zur Hand und begann auf dem Felsboden zu zeichnen. Zuerst das Saucortgebirge mit seinen Bergketten und Hochplateaus, die er immer wieder verwischte, weil er sich über ihre Proportionen nicht klar werden konnte, dann, nördlich des Gebirges, ein Sumpfgebiet, das das Mael Duin umgab und das scheinbar auch Mael Duin genannt wurde, und an dessen südöstlichem Rande, direkt am Fuße der Asturischen Berge, die Burg Enniskillen.

»Etwa einen Tagesritt von der Burg entfernt befindet sich der Rabenfelsen.« Salvain markierte den nördlichsten Ausläufer des Saucorts mit einem dicken Punkt. »Jeder Weg nach Aneirin führt unweigerlich an diesem Felsen vorbei, es sei denn, man hätte das Gebirge von vornherein umgangen und den Küstenweg gewählt.«

»Das stimmt«, warf Mekeele ein. »Angeblich kann man auch über die Orkneyspitzen klettern, aber die sind eisbedeckt und wegen ihrer Lawinen gefürchtet. Und außerdem ein wahnsinniger Umweg.«

»Fast direkt hinter dem Rabenfelsen geht das Gebirge in die Ebenen von Aneirin über. Es ist das westlichste Gebiet unseres

Landes«, erklärte Salvain. »Von dort aus sind es vielleicht zwei oder drei Tagesritte bis in unsere Stadt. Wir würden also nur einen Tag verlieren, wenn wir über Enniskillen wandern. Und vielleicht könnten wir Averon bereits Nachrichten bringen.«

Tarek schüttelte unschlüssig den Kopf. Noch einmal ließ er sich den Weg zum Rabenfelsen und die Lage von Doulaghs Burg erklären. Dann wollte er wissen, wo das Oghoolland begann. Wieder und wieder fragte er dieselben Dinge. Seine Einwände bekamen etwas Kindlich-Trotziges, das wohl nicht nur Arrat merkwürdig berührte, denn Sardeik fuhr gereizt auf:

»Sei still, Bruder. Arrat hat recht. Die Zeit ist knapp! Wir können es uns nicht leisten, sie zu vergeuden!«

Als Tarek noch einmal zum Widerspruch ansetzte, riß dem Chan die Geduld. Mit ein paar schroffen Worten, die keiner von ihnen verstand, weil sie im Skeldendialekt dahingezischt wurden, die aber ganz offensichtlich nichts Schmeichelhaftes enthielten, brachte er den Jüngeren zum Verstummen. Und damit war die Sache entschieden.

XIV

Als sie am nächsten Morgen erwachten, war das Unwetter vorüber. Vor der Höhle hatte sich ein flacher See gebildet, in dem sich der klare, blaue Himmel spiegelte. Äste, Bäume, sogar Felsbrocken ragten aus dem Wasser. Es sah aus, als wäre ein Riese durch den Wald gestapft und hätte alles, was ihm zwischen die Finger geriet, einmal kräftig durcheinandergewirbelt.

Über den zerzausten Baumkronen prangte die Morgensonne. Sie spiegelte sich im Regenwasser, unbekümmert, als ginge sie das ganze Durcheinander nichts an und als hätte sie die Erde nie an das Unwetter verraten.

Es dauerte einen halben Tag, bis die Wanderer sich und ihre Kleider gewaschen hatten, Proviant erjagt, die Lederbeutel mit Wasser gefüllt und all die anderen Dinge erledigt hatten, die für ein zügiges Fortkommen notwendig waren. Und als sie dann aufbrechen wollten, gab es auch noch Schwierigkeiten mit dem Troll. Als Owoo sie nämlich ihre Habseligkeiten schultern sah, fischte er sich ein Stück Holz aus dem Wasser, schlug es am Fels trocken und machte sich daran, ihnen zu folgen. Sie redeten eine Weile auf ihn ein. Besonders Salvain versuchte ihn zu überzeugen, daß ihr Weg beschwerlich und lang sein würde. Aber Owoo, der sowieso nicht immer alles verstand, was die kleinen Leute sagten, entwickelte zu gewissen Zeiten eine regelrechte Taubheit. Geduldig ließ er ihn ausreden, dann klopfte er dem Jungen auf die Schulter und schob ihn vor sich durch das Wasser. Also ließen sie ihn mitgehen, wobei ihnen genaugenommen auch gar nichts anderes übrigblieb.

Sie marschierten zwölf Tage lang. Erst durch die Sommerwälder von Kaprun bis zur Nesselsandspitze hinauf, dort eine Weile über das alte Hochplateau, das bei den Lharen der Fuß der singenden Frau hieß, danach auf Serpentinen wieder abwärts, an den Bunrattybergen vorbei, durch die finsteren Cloondaraschluchten und die sich anschließenden endlos scheinenden Turkuttwälder. Sie schonten sich nicht, und besonders Torrot und Mekeele hatten gut zu tun, mit ihnen Schritt zu halten. Trotzdem klagte keiner. Nach den Schrecken der Gefangenschaft und der dunklen, kalten Zeit in Owoos Höhle kam es ihnen vor, als flimmere die Sonne heller durch das Blätterdach. Der Regen hatte Staub und Spinnweben von den Pflanzen gewaschen, so daß sie dunkelgrün aufglänzten, und zwischen den Steinen und Moosen schossen Zwergprimeln, Wolfsmilch und Gemsheide hervor. Es herrschte eine besondere Art von Heiterkeit, und Arrat mußte sich ermahnen, wachsam zu bleiben. Sie näherten sich dem unheimlichen Mael Duin, es war nicht die Zeit, etwas zu riskieren.

Auf Salvains Vorschlag hin mieden sie die bekannten Wege. Der Lhare führte sie durch verwilderte Täler und Klüfte, die seit Jahrzehnten kein Mensch mehr betreten hatte, und so gelangten sie ungestört bis zum Hettelkwald, dem letzten Baumgebiet vor Doulaghs Burg und vor den Sümpfen des Mael Duin.

Sie hatten gerade eine kleine Feuchtwiese hinter sich gebracht, als plötzlich Tarek, der ein Stück zurückgeblieben war, laut zu rufen begann. Er winkte mit den Armen und deutete einen Hang hinauf zu ein paar Rottannen, die die gegenüberliegende Grenze der Wiese markierten.

»Dort, wo der Baum liegt, da war etwas. Eine Gestalt«, erklärte er aufgeregt, als sie bei ihm angekommen waren.

Sie beschatteten die Augen mit den Händen und versuchten, in dem braungrünen Dickicht etwas zu erkennen.

»Vielleicht ein Hirsch?« fragte Mekeele zweifelnd.

Tarek schüttelte den Kopf. »Es muß ein Mensch gewesen sein. Er stand aufrecht da, und er hat zu uns herübergesehen.«

»Na ja, so ein Hirsch – gerade wenn man ihn nur einen Moment sieht ...«

»Tarek hat ausgezeichnete Augen!« unterbrach Sardeik die Schmiedin kühl.

»Es war auch wirklich ein Mensch. Ich bin ganz sicher. Am liebsten würde ich gehen und nachschauen.«

Arrat mußte an das Unbehagen denken, das ihn während der ersten Etappe ihrer Reise geplagt hatte, dieses Gefühl, ständig beobachtet zu werden. Nachdem sie Owoos Höhle verlassen hatten, war es nicht wiedergekehrt. Er hatte nicht ein einziges Mal mehr an ihren Verfolger, falls es ihn denn überhaupt gegeben hatte, gedacht. Aber jetzt erinnerte er sich wieder. Er suchte mit den Augen den Waldrand ab. Alles schien dort still und friedlich. Eine Wildkatze verharrte am Fuß einer Tanne und starrte neugierig zu ihnen herüber, und an einem der Stämme flitzte ein Eichhörnchen hinauf, das war alles, was er an sichtbarem Leben erkennen konnte.

»Wonach willst du suchen?« fragte er Tarek. »Wenn dort wirklich jemand gestanden hat, dann ist er jetzt auf alle Fälle verschwunden. Und ihm nachzuspüren könnte Tage dauern.«

Tage, die wir nicht zur Verfügung haben, ergänzte er in Gedanken. Gny-Kobe hatte ihm acht Wochen zugestanden. Die Hälfte davon war bereits verstrichen.

»Ich würde aber trotzdem gern nachsehen!« beharrte Tarek. Er bekam plötzlich einen eigensinnigen Zug um den Mund, etwas Verkniffenes, das Arrat auf irritierende Weise vertraut vorkam. Wo hatte er ...? Und dann erinnerte er sich, woher er diese schmalen Lippen mit den nach unten gebogenen Mundwinkeln kannte. Mouwen war eben nicht nur Sardeiks, sondern auch Tareks Bruder gewesen.

»Es würde uns zu lange aufhalten. Ich will heute noch zur Burg kommen«, knurrte er und merkte selbst, daß seine Stimme zu grob klang.

Die Kerbungen um Tareks Mundwinkel vertieften sich. Wenn er ein volleres Kinn hätte, dann könnte man ihn wirklich für Mouwen halten, ging es Arrat durch den Kopf. Er fühlte seine Nervosität und ärgerte sich über die unerwünschten Gefühle.

»Tarek kann allein nachsehen und dann hinterherkommen!« schlug Sardeik vor. »Er ist ein schneller Läufer. Er hat uns in einer Stunde wieder eingeholt.«

»Ja, wenn er den Weg findet und nicht vorher in eine Erdspalte plumpst«, murrte der Ratth. »Das fehlt uns gerade noch, daß wir hier tagelang durch die Büsche kriechen müssen.«

Die Stimmung war umgeschlagen. Alle merkten es, und alle fühlten sich unbehaglich.

»Ich könnte Tarek ja begleiten«, sagte Salvain. »Wenn dort wirklich jemand gewesen ist, dann würde ich sicherlich Spuren finden, und wenn nicht, dann hätten wir euch jedenfalls in Kürze wieder eingeholt.«

Tarek nickte eifrig, und ohne es begründen zu können, wußte Arrat, daß er eine Menge Ärger machen würde, wenn er jetzt seinen Willen nicht bekam. Genau wie Mouwen damals. Oder bildete er sich das nur ein? Tarek hatte ihm bisher niemals Schwierigkeiten bereitet. Er zuckte die Achseln. Warum sollte er den Skelden nicht gehen lassen? Salvain kannte sich im Wald gut aus, und die beiden würden noch vor dem Abend wieder bei ihm sein. Und wenn Salvain ihnen hätte davonlaufen wollen, dann wäre in den vergangenen Tagen reichlich dazu Gelegenheit gewesen. Außerdem war Tarek trotz seiner Jugend ein kräftiger Mann.

Also gab er die Erlaubnis, sah den beiden noch kurz nach und winkte dann zum Weitergehen. Er hatte eine vernünftige Entscheidung getroffen. Überflüssiger Ärger war vermieden worden, und vielleicht konnte Salvain tatsächlich irgendwelche Hinweise finden.

Trotz dieser guten Gründe war ihm beklommen zumute.

Und sonderbarerweise schien es Sardeik ähnlich zu gehen. Der Skelde schlenderte neben ihm her, machte ein finsteres Gesicht und trat mit dem Fuß nach Steinen und gebrochenen Ästen. Unvermittelt bliebe er stehen. »Verdammt, es gefällt mir nicht, daß der Lhare da allein mit Tarek herumstreift!«

»Wenn es dir nicht gefällt, warum bist du dann nicht früher damit rausgekommen?« fragte Arrat bissig. Aber Sardeik ging auf den Ton nicht ein.

»Dein Freund, der Lhare – er war mir ein bißchen *sehr* bereitwillig, mit Tarek zu gehen. Und deshalb sage ich: Es gefällt mir nicht! Ich weiß, du hast einen Narren an ihm gefressen. Aber wenn du ehrlich mit dir bist, dann mußt du zugeben, daß wir nichts über ihn wissen. Zum Beispiel hat er uns immer noch nicht gesagt, warum er sich allein in den Wäldern herumtreibt. Der Junge verbirgt etwas.«

»Himmel! Es war doch Tarek, der sich darum gerissen hat, nach Spuren zu suchen. Und Salvain wollte nichts, als ihm gefällig sein. Warum mußt du immer auf dem Jungen herumhakken?« beschwerte sich Mekeele.

Arrat war des Streites überdrüssig. Er deutete auf einen Zakkenfelsen, der wenige Meilen entfernt über die Baumkronen ragte. »Geht bis zu dem Stein dort hinten, da wartet ihr. Ich werde sehen, wo die beiden bleiben.«

Er beeilte sich, den Weg zurückzugehen, denn er hatte keine Lust, die Jungen zu verfehlen und womöglich den Rest des Tages hinter ihnen herzujagen. Außerdem, gestand er sich ein, war er noch immer beunruhigt. Nicht weil er Salvain mißtraut hätte. Der Lhare war schon etliche Male im Wald verschwunden, vermutlich um sich Beeren oder Wurzeln zu suchen, oder auch, weil sie ihm einfach auf die Nerven gingen. Aber er war immer nach kurzer Zeit wiederaufgetaucht. Nein, es war nichts als ein Gefühl, so als hätte er etwas übersehen, irgend etwas Wichtiges, das er eigentlich hätte erkennen müssen.

Er erreichte den Rand des Tannengehölzes und schob die Zweige auseinander. Der Boden unter ihm war trocken und bedeckt von braunen Nadeln, und es roch nach Staub. Einen Moment hielt er inne und horchte. Aber außer dem Piepsen der Sommervögel und dem Rascheln der Zweige im Wind war nichts zu hören. Er wunderte sich, wie weit Tarek mit dem Lharen bereits gekommen sein mußte. Zögernd trat er in den Schatten der Tannen. Und dann hörte er es. Ein halblauter Schrei. Ziemlich weit weg. Er brach auch sofort wieder ab.

Arrat stürzte durch die Büsche, immer hoffend, daß er die Richtung, aus der der Laut gekommen war, richtig eingeordnet hatte. Im Laufen riß er das Messer heraus. Mit dem freien Arm wehrte er die Zweige ab, wobei er sich bemühte, trotz seiner Eile möglichst wenig Lärm zu machen. Ab und zu blieb er stehen und lauschte. Aber er hörte nichts als die vertrauten Geräusche des Waldes. Und dann wäre er in seiner Hast beinahe einen Abhang hinabgeschossen, der hinter einem Pulk wilder Johannisbeersträucher verborgen lag.

Dort fand er sie.

Zuerst sah er nur Tareks Rücken, und einen Moment lang

dachte er, Salvain hätte die Gelegenheit doch zur Flucht genutzt. Aber dann erkannte er, halb verdeckt von dem Skelden, die reglose Gestalt des Lharen auf dem Sandboden.

»Was ist passiert?« Er glitt, sich an Sträuchern festhaltend, die Schräge hinab.

Tarek hob ihm das erschrockene Gesicht entgegen. »Es ... ich glaube, es war meine Schuld«, stammelte er. »Ich bin ausgerutscht und gegen ihn gestolpert, und da muß er gestürzt sein ... «

Arrat war am Fuß der Senke angekommen, und Tarek hielt ihm einen faustgroßen Stein entgegen. »Er muß hier mit dem Kopf draufgeschlagen sein. Es blutet ziemlich stark.«

Das war allerdings richtig. Unter Salvains Locken hatte sich eine Lache gebildet. Arrat kniete neben dem Lharen nieder, hob seinen Kopf an und befühlte die Wunde. Das Fleisch um und unter der Verletzung war geschwollen, aber er spürte keine Knochensplitter. Wahrscheinlich nur eine Platzwunde und eine Gehirnerschütterung.

Er nahm sein Halstuch, drehte es zu einem Knäuel und preßte es gegen die Wunde. »Hast du noch etwas von der Gestalt gesehen, Tarek?«

Der Skelde nickte. Umständlich erklärte er, wie er gleich nach Salvains Sturz einen braungekleideten, ziemlich großen Mann jenseits der Büsche gesehen hatte, der aber gleich darauf wieder verschwunden war.

»Egal. Wir werden ihm nicht weiter folgen. Es ist nicht gut, wenn wir auseinanderlaufen. Im Augenblick ist Doulagh wichtiger«, erklärte Arrat mit Nachdruck.

Tarek machte keinen Versuch mehr zu protestieren. Er deutete mit dem Kopf auf Salvain. »Ist es schlimm mit ihm?«

»Nein, ich glaube nicht. Sonst ... Na, siehst du, er fängt schon an, sich zu bewegen. He, mach die Augen auf!« Arrat schlug leicht gegen die blassen Wangen. »Aufwachen, Junge! Alles in Ordnung mit dir?«

Es dauerte ein Weilchen, bis der Erwachende reagierte. Er murmelte etwas in seiner Geburtssprache, tastete nach dem Kopf und verzog das Gesicht.

»Kopfschmerzen?« fragte Arrat.

»Meine Güte, ja«, kam es kläglich zur Antwort.

Tarek beugte sich vor. »Tut mir leid, ich bin gestolpert und gegen dich gefallen«, wiederholte er, was er vorher schon zu Arrat gesagt hatte. Er schaute so bekümmert, daß Salvain sich ein Lächeln abrang.

»Macht doch nichts. Ist ja nichts passiert.«

Arrat nahm das Tuch, wendete es und drückte es erneut gegen die Wunde. »Genau richtig«, bestätigte er energisch. »Du hast geblutet wie ein abgestochenes Schwein, aber das ist es auch schon. Beweg den Kopf. Tut es weh? Natürlich, hast ja auch eine dicke Beule. Daran ist aber noch niemand gestorben. Ab, auf die Füße. Schließlich kannst du hier nicht ewig rumliegen.«

Salvain stützte sich auf den Ellbogen und nahm ihm mit einer Grimasse das Tuch aus der Hand. »So ist's recht! Nur kein falsches Mitleid! Glaubst du, du könntest mir helfen, auf die Beine zu kommen? Dann will ich dir gern das Schauspiel des Helden bieten, der mit der Hand auf der Wunde von dannen wankt. Tarek, tu mir den Gefallen, und mach nicht so ein Gesicht! Mir geht es gut. Wirklich. Mir ist nur übel. Mir wird immer schlecht, wenn ich Blut sehe.«

Arrat grinste. Er packte Salvain unter der Achsel und zog ihn hoch. »Es wird dir schon bald bessergehen, mein Junge, keine Sorge«, sagte er sanft. »Wir bringen dich jetzt zu Mekeele, die zieht ihr Zauberfläschchen aus der Tasche ...«

»Oh ... nein! Nicht das! Das meinst du nicht im Ernst!« Der Lhare verzog sein Gesicht in komischem Entsetzen. »Du wirst doch nicht etwa rachsüchtig sein? Doch, du bist es! Ich seh's in deinen Augen. Was soll ich machen? Reicht es, wenn ich gestehe, daß ich ein Lump war? Oder soll ich vor dir auf die Knie sinken und um Gnade betteln? Alles, nur nicht Mekeeles Medizin. Und hör *bitte* auf zu lachen! Mein Kopf zerspringt! Zerr doch nicht so an mir herum. He, Vorsicht . . .!«

Salvain lachte und stolperte und hielt sich an Tarek fest, und einen Moment lang dachte Arrat: Ihm geht es wie mir, er hat das Gefühl, gerade noch einmal davongekommen zu sein. Und er nahm sich vor, noch einmal mit Salvain darüber zu sprechen, was er gesehen hatte, bevor er so unglücklich gestürzt war. Aber dann hatte er alle Mühe, ihn den Abhang hinaufzubekommen, und er vergaß die Sache wieder.

Erst zwei Stunden später, als sie die kleinen Gestalten ihrer Gefährten am Fuße des Felsens auftauchen sahen, fiel ihm die Frage wieder ein. Doch Salvain zuckte nur die Schultern, als er sie stellte.

»Nein, da war nichts Besonderes. Glaub ich jedenfalls nicht. Ich war in dem Moment aber auch mit mir und meinen Füßen beschäftigt. Der Hang war ziemlich steil . . . Na, du bist ja dagewesen. Tarek hatte gemeint, wir sollten noch bis zum Bach gehen und anschließend umkehren . . .« Nachdenklich blickte der Lhare auf den Skelden, der ein ganzes Stück vor ihnen lief und den Felsen schon fast erreicht hatte. »Warum bist du uns eigentlich gefolgt?« fragte er.

Der Themenwechsel war plötzlich, aber nicht überraschend. »Ich hatte mir überlegt«, brachte Arrat seine vorgedachte Erklärung, »daß es vielleicht doch nicht so eine gute Idee ist, euch beide allein laufen zu lassen. Ich meine, bei deinem Talent, in Schwierigkeiten zu geraten.«

»Ja, das ist wirklich komisch, nicht wahr?«

»Was?«

»Na, irgendwie . . . ich scheine im Moment von einem Problem ins nächste stolpern. Ein richtiger Pechvogel.« Salvain blieb stehen und bückte sich nach seinen Schuhen. »Weißt du, Arrat«, sagte er, »ich würde dich gern einmal etwas fragen. Aber du mußt versprechen, nicht zu lachen. Es ist . . . vielleicht sollte ich dich auch gar nicht damit belästigen.«

»Belästige mich.«

»Vor ein paar Wochen hätte ich wohl selbst noch darüber gelacht.«

»Nun sag schon.«

Salvain stand auf, streckte die Hände in die Taschen und begann weiterzugehen, langsamer, als wolle er die wartenden Gefährten nicht zu früh erreichen. »Glaubst du«, sagte er, »glaubst du eigentlich, daß es so etwas wie ... ich meine, hast du schon einmal davon gehört, daß jemand – verflucht wurde?« Er blickte den Mann an seiner Seite an, die Röte schoß ihm ins Gesicht. »Du hattest versprochen, nicht zu lachen ... «

»Ich lache nicht. Wer, glaubst du, ist verflucht worden?«

»Es ist wirklich zu dumm.« Salvain grinste schief. »Aber ... erinnerst du dich an den Rabenfelsen, von dem ich gesprochen hatte? Ich hatte ihn in Owoos Höhle auf den Plan gezeichnet. Es ist eine ziemlich unheimliche Gegend dort. Vielleicht weil er so dicht am Mael Duin liegt. Auf der ganzen Strecke von Enniskillen nach Aneirin kann man vom Sumpf Abstand halten. Nur am Rabenfelsen, da verengt sich der Weg auf ein paar Schrittbreit. Es war natürlich auch verrückt, gerade dort zu lagern. Aber der Himmel war schwarz, ein Gewitter wollte losbrechen, und hinter dem Felsen gibt es meilenweit nur Wiesen ... «

»Was ist passiert?«

»Du wirst denken, es ist Blödsinn und daß ich mir alles nur eingebildet habe.«

»Würde dich das umbringen? Komm schon. Raus damit.«

Salvain zögerte immer noch. »Ich habe bisher mit niemandem darüber gesprochen, so verdreht hört sich das alles an. Aber es schien so ... wirklich zu sein. Ich hatte mich in meinen Mantel gewickelt und war eingeschlafen, und irgendwann, mitten in der Nacht, weckte mich etwas. Vielleicht der Regen oder die Kälte. Auf jeden Fall war es – merkwürdig. Ich kann das gar nicht beschreiben. Als hielte sich etwas in der Nacht verborgen. Dabei war es stockdunkel. Ich konnte die Hand vor Augen nicht sehen. Aber ich hatte das ganz deutliche Gefühl, es wäre jemand in meiner Nähe. So dicht, daß ich nur die Hand auszustrecken brauchte, um es zu berühren.«

»Hast du es versucht?«

»Was? Ach, du meinst, die Hand auszustrecken? Nein.« Salvain grinste verlegen. »Eigentlich bin ich nicht so ängstlich. Aber als ich dort in der Dunkelheit lag – ich hatte nicht einmal den Mut, mich zu rühren. Und dann kam die Stimme.«

»Was?«

»Ja, ganz dicht an meinem Ohr. Im ersten Moment dachte ich, das muß ein Kobold sein. In dieser Gegend gibt es noch massenweise Kobolde. Aber es war keine Koboldstimme. Kobolde sprechen wie ... eingerostete Türangeln. Und was ich hörte, war sanft und irgendwie einschmeichelnd.«

»Was hat die Stimme gesagt?«

»Sie hat gesagt, daß ich kein Lhare bin.«

»Das stimmt doch.«

»Ja.«

»Und sonst?«

»Sie hat von dem Hain gesprochen.«

»Hain?« Arrat erinnerte sich dunkel. »Der Ort, der dir verboten ist?«

»Ja. Averon hat mir erklärt, daß jeder Mensch, der ihn betritt, sterben muß, weil ... es ist eben ein magischer Ort. Und ich bin nun einmal ein halber Mensch.«

»Wer war eigentlich dein Vater?«

»Keine Ahnung. Ein Jäger. Er hieß Osbrand und war oben in den Bergen von einem Bären angefallen worden. Meine Mutter hatte ihn gepflegt, nachdem die Grenzwächter ihn zu Averon gebracht hatten. Nach seiner Genesung ist Ewen mit ihm gegangen, heimlich natürlich, denn den Lharen ist es verboten, sich mit den Menschen zu mischen. Jedenfalls waren die beiden ein ganzes Jahr lang verschwunden. Und dann kam Ewen plötzlich wieder heim. Ohne Osbrand, nur mit mir. Sie ist gestorben, als ich noch in den Windeln lag. Deshalb habe ich sie auch nie nach ihm fragen können.«

»Was hat die Stimme weiter gesagt?« fragte Arrat.

»Sie hat gesagt, daß es an der Zeit für mich ist, nach ... na ja, meinen Wurzeln zu forschen – irgendwas in dieser Art. Ich hab das alles gar nicht richtig mitbekommen. Und dann wollte die Stimme wissen, warum man mich nach Enniskillen verbannt habe. Genau. Sie hat *verbannt* gesagt – obwohl das überhaupt nicht stimmte. Ich bin dort zu Besuch gewesen. Jeden Sommer zwei Wochen, dann war ich wieder zu Hause. Aber es hat mir dort nicht gefallen, und die Stimme schien das zu wissen. Sie sagte, daß niemand ein Lhare sein kann, der Menschenblut in sich trägt. Und daß das auch ein Glück wäre, weil die Lharen degeneriert sind. Sie ... hat noch eine ganze Menge über die Lharen gesagt. Häßliches, meine ich. Und ich habe gedacht, daß es vielleicht doch ein Kobold ist. Die mögen uns nämlich nicht leiden. Aber wie hätte ein Kobold so gut über mich Bescheid wissen können?«

»Was ist weiter passiert?«

»Na ja«, Salvain blickte seinen Gefährten mit einem unsicheren Lächeln an. »Ich hatte genug. Ich bin hoch und zu meinem Pferd gerannt und davongeritten, als wäre mir der Teufel im Nacken. Aber nach ein paar Schritten habe ich mich noch einmal umgedreht. Und dort stand etwas. Wirklich, Arrat. Das habe ich mir nicht eingebildet. Ein riesiger, schwarzer Schatten, größer, als ein Kobold es sein kann. Viel größer. Er hat mir etwas nachgerufen. Diesmal richtig laut. Regelrecht geschrien. Mein Pferd muß es auch gehört haben, es hat nämlich gescheut. Aber ich konnte die Worte nicht verstehen. Nur daß es etwas Schlimmes sein mußte. Ein Fluch. Ich bin sicher, daß es ein Fluch gewesen ist!«

»Hast du mit Averon darüber gesprochen?«

»Nein, das ging nicht. Averon hatte zu tun. Der Rat war einberufen worden, und ich habe ihn in den Wochen danach nur drei oder vier Male zu Gesicht bekommen, und da war er nie allein. Ich wollte ihm auch nicht lästig fallen. Er schien Sorgen zu haben. Natürlich hätte ich mit Brewen reden können ...«

»Wer ist Brewen?«

Die blauen Augen erwärmten sich, als Salvain von seinem Vetter Brewen zu sprechen begann. »Er ist alt, viel älter als ich. Wahrscheinlich fast so alt wie du«, bemerkte er mit einem boshaften Lächeln. »Aber er hat sich eine Menge um mich gekümmert. Er hat mir das Reiten und das Schwimmen beigebracht ...«

»Dann muß er wahrhaftig eine geduldige Natur haben. Warum hast du ihn nicht um Rat gefragt?«

»Ich wollte es, aber es war wie verhext. Bei meiner Ankunft war er verreist, und als er endlich heimkehrte – ja, da war es sowieso schon fast zu spät.« Bei diesen Worten grub sich ein tiefer Ernst in das freundliche, junge Gesicht. »Der Fluch, verstehst du? Er hatte zu wirken begonnen.«

Arrat blieb stehen, so überrascht war er. In Gedanken hatte er Salvains Geschichte bereits abgetan als halbgares Traumgewirr eines Kindes, das sich mitten in der Nacht in einem Gewitter wiederfindet.

»Wie meinst du das?« fragte er vorsichtig.

Sie waren ihren Kameraden bis auf wenige hundert Schritt nahe gekommen. Salvain warf den Wartenden einen Blick zu und setzte sich dann auf einen umgestürzten Eichenstamm, und Arrat machte es ihm nach.

»Es fing damit an, daß Cenden ertrank, Brewens kleiner Neffe. Ich war mit ihm und ein paar anderen Jungen zum Schwimmen gegangen, und ich hätte auf ihn aufpassen müssen. Ich habe auch auf ihn aufgepaßt. Aber es ist trotzdem passiert.« Salvains Augen waren auf den Boden geheftet. »Es gab dort ein Stelle mit gefährlichen Strudeln. Cenden kannte sie. Er wußte, daß es verboten war, dort ins Wasser zu gehen. Aber er ist trotzdem hineingesprungen. Er war ja auch erst fünf Jahre alt. Und ich hätte ihn niemals aus den Augen lassen dürfen. Ich habe ihn auch noch einen Augenblick vorher auf dem Felsen sitzen sehen, wo unsere Kleider lagen.«

»Und deshalb bist du fortgegangen?«

»Nein ... damals noch nicht. Aber ein paar Tage später stürzte Jarwaan, Brewens Onkel, von einer Klippe.«

»Was hat das mit dir zu tun?«

»Wenige Meter von der Stelle, wo er gestanden hatte – und es war eine sehr einsame Stelle –, lag ein Messer von mir.«

»Sie haben geglaubt, daß du ihn hinuntergestürzt hast?«

»Natürlich nicht!«

Salvain protestierte heftig. Zu heftig, als daß man es ihm einfach so abnehmen könnte, fand Arrat.

»Möglich, daß der eine oder andere es merkwürdig fand«, räumte der Junge nach einem Augenblick des ehrlichen Nachdenkens dann auch ein. »Aber nicht die, die mich kannten. Und Brewen schon gar nicht.«

»War er damals schon wieder heimgekehrt?«

»Nein. Er kam zwei Tage später. Averon war ihm mit einigen anderen Männern entgegengeritten. Ich habe in seinem Zimmer auf ihn gewartet, weil ich unbedingt mit ihm sprechen wollte. Aber er ging von den Ställen aus gleich in das Beratungshaus und kehrte erst im Morgengrauen zurück. Na ja, er war sehr müde. Sein Gesicht war ganz grau, und er ist sofort, nachdem er mich begrüßt hatte, zu Bett gegangen. Vielleicht steckte die Krankheit da auch schon in ihm. Ich dachte jedenfalls, ich sollte ihn erst einmal ausschlafen lassen. Aber als ich mittags zurückkam, waren schon die Ärzte da.«

»Was fehlte ihm?«

»Ich weiß nicht. Es war eine ... sehr merkwürdige Krankheit. Nichts, was ich kenne. Innerhalb von Tagen verfiel er fast zum Skelett, und das, obwohl die Heiler all ihre Künste an ihm versuchten.« Salvain holte Luft, und als er weitersprach, wählte er seine Worte sehr sorgfältig. »Man hatte im Vorraum des Krankenzimmers Männer der Lharengarde untergebracht, die den Auftrag hatten, niemanden hindurchzulassen«, erklärte er. »Aber Brewen hatte meine Stimme gehört und mich zu sich hineingerufen. Wir haben miteinander gesprochen – ich weiß gar nicht mehr, worüber. Mir war hundeelend zumute. Ich habe seine Hand gehalten, und es war mir ...« Er starrte auf die Knie, ohne den Satz zu beenden. »Kurze Zeit später ist Averon gekommen. Ich wollte ihn nach dieser ... dieser Krankheit fragen, aber bevor ich ein Wort hinausbringen konnte, bat er mich zu gehen, und es war etwas in seiner Stimme – na ja, manchmal spricht Averon so, daß man hinterher nicht mehr den Mut hat, irgend etwas zu fragen.«

Salvain verstummte, und Arrat mochte ihn nicht drängen. Sardeik und die anderen hatten sich ins Gras gelegt und genossen die Ruhepause. Es gab keinen Grund zur Eile.

»Nach diesem einen Mal haben sie mich nicht mehr zu ihm gelassen«, sagte Salvain. »Ich konnte auch Averon nicht sprechen, weil er die ganze Zeit bei Brewen im Zimmer wachte und dort sogar schlief. Es standen ständig Gardisten vor der Tür, damit niemand das Zimmer betrat. Es war das erste Mal, seit ich mich erinnern kann, daß in Aneirin irgend etwas bewacht wurde. Denskin selber, der Chef der Garde, hat die Männer kontrolliert. Einige der Heilkundigen gingen in den Hain, und ich nehme an, sie brachten Kräuter mit. Aber das weiß ich nicht. Es geschah alles ... heimlich. Dann kam Deek Durin. Sie ist eine alte Frau, die berühmteste Heilerin, die wir haben. Sie lehrt an der Krankenschule von Aneirin, und ich glaube, keiner weiß so viel über Krankheiten wie sie. Und sie hat Brewen das Leben gerettet. Aber es hat lange gedauert, und es war ein schwerer Kampf.«

»Und dann?« fragte Arrat.

»Brewen hat es also überlebt. Aber er war noch sehr schwach, und niemand durfte ihn besuchen. Oder sagen wir: Ich durfte ihn nicht besuchen. Man hat es mir nicht ausdrücklich verboten, aber wenn ich kam, war immer gerade irgend etwas los. Entweder er schlief, oder die Ärzte waren da, oder Averon hatte etwas mit ihm zu besprechen. Du weißt, was ich meine.«

Arrat schüttelte den Kopf. »Was hast du mit der Krankheit deines Vetters zu tun?«

»Hast du noch immer nicht verstanden? Wie war es denn, als wir uns getroffen haben? Keine zwölf Stunden, und Gort hat versucht, dich totzuschlagen. Meinetwegen, verstehst du?«

»Das ist doch Unsinn.«

»Und Owoo? Einen Tag hat es gedauert, bis sie auf ihn eingeprügelt haben. Ausgerechnet Owoo, auf den sonst nie jemand geachtet hat. Und Goowie ist auch tot, und die anderen ... «

»Mann, ist das etwa ein Unglück?«

»O ja! Und zwar eins, an dem ich die Schuld trage. Es ist der Fluch, verstehst du! Was ich berühre, das stirbt!« Salvain sprang auf. Seine Worte kamen jetzt mit überströmender, bitterer Heftigkeit. »Begreif doch, Arrat, Sardeik hatte recht, als er das in der Höhle zu dir gesagt hat. Mit mir *ist* etwas nicht in Ordnung. Es ist etwas Böses um mich. Das hat er gespürt, und du weißt es auch. Deshalb bist du doch Tarek und mir nachgegangen. Und wer weiß, was passiert wäre ... «

»Was redest du für Quatsch!«

»Nein. Es ist ... «

» ... ein ganz verfluchter Unsinn!« Arrat griff den Jungen am Arm und zog ihn wieder auf den Stamm. »Hör zu, ich weiß nichts von Flüchen«, sagte er. »Ich bin ein einfacher Mann, ein Soldat. Aber dafür habe ich von anderen Sachen Ahnung, von denen du nichts verstehst. Willst du mir zuhören?«

Er nahm Salvains Schweigen als Zustimmung.

»Dein Großvater, Averon – er ist doch König über alle Lharen, stimmt das?«

Salvain nickte stumm.

»Wer erbt sein Amt, wenn er stirbt?«

»Weiß ich nicht. Ich habe noch nie darüber nachgedacht.«

»Ist es erblich?«

»Ja. Immer auf den ältesten Sohn.«

»Und wenn kein Sohn da ist?«

»Dann auf den Sohn der ältesten Tochter.«

»Also auf dich?«

Der junge Mann starrte ihn an. »Bist du verrückt? Mein Vater war ein Mensch. Wie könnte jemand die Lharen regieren, der nicht einmal richtig zu ihrem Volk gehört?«

»Vielleicht gibt es Leute, die das anders sehen?«

Salvain schüttelte den Kopf. »Außerdem war meine Mutter nicht Averons älteste Tochter. Das ist Maneene, bei der ich aufgewachsen bin, Brewens Mutter.«

»Also ist Brewen gewissermaßen Thronanwärter?«

»Ja, das nehme ich an.«

»Und nach ihm?«

Die blauen Augen verengten sich. »Das weiß ich nicht. Er hat noch keine Kinder. Ich habe keine Ahnung, wie sie das geregelt haben. Was sollen diese Fragen, Arrat?«

»Nichts als dir erklären, daß du einmal darüber nachdenken solltest, ob dir wirklich alle Lharen in Aneirin so wohlgesonnen sind, wie du denkst. Für mich sieht es aus, als wolle man dich und deinen Vetter ...«

»Aber ... das stimmt doch nicht. Das ... ist ja völlig verrückt.«

»Komm, Träumerchen. Wo Macht zu verteilen ist, oder Reichtum, da gibt es auch Gier. Erzähl mir nicht, daß das bei dir zu Hause anders ist.«

»Aber Aneirin ...«

» ... ist der Hort von Anstand und Gerechtigkeit?«

»Ach ... nun hör schon auf!« Salvain sprang auf. »Was bildest du dir ein? Es sind nicht alle Leute wie ihr. Und wenn du einen einzigen Tag in Aneirin gelebt hättest ...«

»Willst du mich hinbringen?« fragte Arrat.

»Nein!«

»Weil du doch nicht ganz sicher bist?«

»Nein, sondern weil ich Angst habe, deine Boshaftigkeit könnte womöglich ansteckend sein. Wie Schnupfen oder ... «

Er war so außer sich, daß Arrat lachen mußte. »Komm, Kleiner, die Sanftmut deines Volkes ist Legende. Zieh die Krallen ein, oder ich muß denken, daß dein Lharenerbe sich auf die Farbe deiner Haare beschränkt ... «

Salvain kehrte ihm den Rücken und lief auf den Weg zurück. Er war schon ein Stück voraus, bis Arrat ihn einholte.

»Mußt du immer gleich beleidigt sein? Du hast doch meine Meinung hören wollen, oder?«

»Ja, und jetzt hast du sie mir gesagt.«

»Und sie gefällt dir nicht. In Ordnung. Warum fragst du dann nicht Doulagh um Rat. Wenn er wirklich der Magier ist, als den ihr ihn geschildert habt, dann müßte er doch kompetent sein, was Flüche angeht.«

»Doulagh?« Salvain zögerte. Die Idee schien ihm neu zu sein. Den Rest des Weges schwieg er und grübelte.

XV

Sie erreichten Enniskillen doch nicht mehr am selben Tag. Der letzte Hang, der gleich hinter dem Hettelkwald begann und steil vom Hochplateau in die Ebene hinunterführte, war von Kreuzdorn überwuchert, und sie mußten sich den Abstieg buchstäblich Meter für Meter mit den Messern freikämpfen. Zudem hatte sich in der Niederung Nebel gesammelt, ein merkwürdiger fahler Dunst, unter dem die Burg und ihre Umgebung wie unter einem Berg schmutziger Wolle begraben lag. Daran änderte sich auch nichts, als sie am Ende der Schräge angelangt waren. Die Burg blieb ein konturloser Schatten, eine Geisterfestung, von der sie nur gelegentlich, wenn der Wind die Nebelschwaden auseinandertrieb, einen fragmenthaften Blick erhaschen konnten.

Es war kalt geworden, und obwohl es nicht regnete, war die Luft mit Abermillionen winzigster Wasserpartikelchen gefüllt, die sich auf ihre Haut legten und ihre Kleider bis auf die Unterwäsche durchfeuchteten. Sie froren und waren müde, und als Salvain ihnen erklärte, daß es bis zur Burg noch ein Fußmarsch von mindestens zwei Stunden sei, beschlossen sie, die Nacht im Freien zu verbringen. Es war eine Entscheidung, die sie keinerlei Überwindung kostete, obwohl die Unkräuter, die für diese Nacht ihr Bett sein mußten, von Regen vollgesogen waren und der Wind eisige Böen über das Land spie. Aber das wenige, was sie von der Burg gesehen hatten, die finsteren, grauschwarzen Schindeldächer und die nebelverwobenen Türme, war ihnen nicht im geringsten einladend vorgekommen. Es kam ihnen vor wie eine feindliche Wehr, die mit ihren Zwingmauern zu ihnen hinüberdrohte.

Die sieben Wanderer schliefen schlecht, und als sie sich im Morgengrauen erhoben, waren ihre Körper steif und bis auf die Knochen durchfroren. Die Sonne hielt sich weiter hinter Wolkenbergen verborgen, der Nebel war noch dichter geworden, und von der Burg Enniskillen war nichts mehr zu sehen. Sie beschränkten das Frühstück auf einige Bissen kalten Fleisches, die sie sich in den Mund stopften, während sie ihre Sachen zusammenrafften. Dann brachen sie auf.

Kein Laut war zu hören, während sie im Gänsemarsch durch das nasse Gras stapften. Es war, als würde jedes Naturgeräusch sich bereits während der Entstehung in den Nebeldünsten fangen und von ihnen erstickt werden. Und wenn einer der Wanderer etwas sagte – was nur selten geschah –, dann klang es hohl und wie durch einen Tunnel gerufen.

Irgendwann manifestierte sich aus den Grauschwaden etwas Kompaktes, Massiges: die Burg.

Arrat blieb stehen. Er hob den Kopf und versuchte, Umfang und Stärke der Burg abzuschätzen. Aber alles, was er erkennen konnte, war ein Teil der Zwingmauer und weiter links ein Doppelturm, der ein schmales Zwischengebäude flankierte. Die Spitzen der beiden Türme steckten für Arrat unsichtbar im Nebel, aber das Schindeldach des Mittelbaus ragte unterhalb der Trübung. Es befand sich in schlechtem Zustand. Die Ziegel waren an vielen Stellen zerbrochen oder fehlten ganz, so daß das Dachlattengerippe bloßlag, und zum linken Turm hin war die Konstruktion völlig eingestürzt. Die Fenster im oberen Teil des Gebäudes waren schwarz. Ein Fensterladen klappte gemächlich im Rhythmus des Windes gegen den Stein.

»Das ist es?« vergewisserte Arrat sich bei Salvain. Er war enttäuscht. Die Nebelgaukeleien hatten ihm das Bild einer Festung gemalt, keiner freundlichen Festung, aber immerhin einer wehrhaften Anlage, der man Vertrauen schenken konnte. Doch was sich hier aus dem Dunst schälte, war eine von der Zeit vergessene Ruine. Ein Nichts, das man mit einem Trupp Soldaten in einem halben Tag einnehmen konnte. Und das sollte die Bastion gegen das Mael Duin sein?

Salvain stieß ihn an und lächelte. »Es ist nicht alles so, wie du es jetzt siehst. Doulagh lebt im hinteren Teil der Burg, und dort ist es ganz passabel. Um die Vorderseite hier kümmert er sich nicht. Diese Burg wurde von Menschen errichtet, damals, als sich herausstellte, daß das Mael Duin einen Wächter braucht. Ich glaube, es sollte so eine Art Beitrag zum Verteidigungsbündnis sein. Sie haben gebaut, wie sie ihre Burgen eben bauen, aber Schuscha brauchte natürlich keine Mauern und Wehrtürme, ebensowenig wie heute Doulagh. Die Wächter-Lharen benutzen die Burg, weil sie nun einmal da ist und weil sie sich wahrscheinlich daran gewöhnt haben, aber alles, was sie nicht bewohnen, lassen sie verfallen.«

Die beiden Männer waren während des Gesprächs an einem Fußpfad angelangt, der zur Burg hinaufzuführen schien. Sie warteten auf ihre Kameraden. Naßkalter Wind sprühte in ihre Gesichter.

»Ich denke, daß es besser ist, wenn ich mit Salvain erst einmal allein hinaufgehe«, meinte Arrat, als sich alle gesammelt hatten. »Doulagh weiß nichts von unserem Kommen.«

»Ach, nein?« Torrot wackelte grinsend mit dem Kopf. »Ich wette, nicht mal eine Laus könnte hierherkommen, ohne daß der Alte es mitkriegt. Habe ich recht, Junge?«

Salvain nickte vage.

Sie diskutierten einige Maßnahmen, für den Fall, daß Arrat und Salvain nicht wiederkehrten, dann verabschiedeten sie sich voneinander. Die Blicke der Zurückbleibenden waren besorgt, und auch Arrat fühlte sich nicht wohl. Seine Nerven waren angespannt, er beschloß, so vorsichtig wie möglich zu sein.

Der gewundene Weg, den Salvain ihn hinaufführte, hatte eine Pflasterung, aber die handtellergroßen Steine waren tief ins Erdreich gesunken und von glitschigem Unkraut überwuchert. Offenbar bekam Doulagh nicht oft Besuch. Merkwürdig eigentlich, denn wenn man sonst an Lharen dachte, dann dachte man gleichzeitig immer an Festlichkeiten in kerzengeschmückten Sälen.

Ein Windstoß fegte den Hang hinab und blies ihnen einen Wirbel nadelspitzer Wassertröpfchen ins Gesicht. Arrat zog sich die Kapuze über die Stirn. Die Kälte drängte seine Sorgen in den Hintergrund. Er begann zu glauben, daß ein warmes Feuer das einzig Erstrebenswerte auf Erden wäre – selbst wenn es in der Burg eines Magiers brannte.

Der Pfad, den sie genommen hatten, führte sie in einem breiten Bogen um die Burg herum und brachte sie schließlich vor ein spitzbogenförmiges Eichentor, an dem er endete.

Arrat trat einige Schritt zurück und blickte am Tor empor. Die gemauerten Seiten waren bis hin zum Keilstein von wilden Rosen überwuchert, aber die Blätter hatten eine ungesunde, gelbliche Farbe, und die Blütenköpfe hingen kraftlos an ihren Stengeln, obwohl die Zeit des Welkens noch fern lag.

Er stemmte sich gegen die nassen Holzbohlen, bis das Tor

quietschend nach innen wich. Augenblicke später standen sie in einem düsteren Vorhof inmitten grauer Schiefermauern, die weit über ihren Köpfen irgendwo im Nebel endeten.

Arrat fuhr mit der Hand über den verwitterten Stein und seine Fingerspitzen verfärbten sich vom Grünspan. Überall Verfall, dachte er. Ein Leichnam aus Steinen. Nirgendwo gab es ein Anzeichen, daß hier jemand lebte oder gar von ihrer Ankunft Notiz genommen hätte. Wenn Doulagh wirklich von ihrem Kommen wußte, dann war er nicht begierig darauf, seine Gäste zu begrüßen.

Ein schrilles Krächzen zog seinen Blick in die Höhe. Aus dem Dachfenster eines der beiden Doppeltürme schwang sich eine Aaskrähe in die Luft, um Augenblicke später hinter dem schwarzen Schindeldach zu verschwinden.

Salvain legte ihm die Hand auf den Arm. »Komm, beeilen wir uns. Mir ist kalt. Der Eingang liegt dort hinten in der Ecke.«

Arrat folgte dem Jungen um ein gemauertes Türmchen herum, eine enge, steinerne Treppe hinauf und über einen Holzgang bis zu einem hochgelegenen quadratischen Platz, der fast vollständig von verkrauteten Beeten und wildwuchernden Ranken belegt war, und an dessen Ende eine weitere Treppe zu einem der beiden Türme führte. Hier oben blies der Wind noch derber, denn die Nordseite war nur durch eine kniehohe Gartenmauer begrenzt, die keinerlei Schutzfunktion mehr hatte, da der Fels dahinter beinahe senkrecht in die Tiefe stürzte.

Salvain trat an die Mauer und deutete hinunter. »Dort drüben beginnt das Mael Duin.«

Arrat kniff die Augen zusammen, konnte aber nichts erkennen als den Nebel, der hier in ständiger Bewegung zu sein schien. Einen Moment bildete er sich ein, auf einem Leuchtturm zu stehen, gegen den die Meereswogen anschwemmten, denn er hatte die verrückte Vorstellung, daß sich der Nebel von allen Seiten kontinuierlich auf die Burg zubewegte. Unwillig schüttelte er den Kopf. »Laß uns reingehen, bevor wir festfrieren.«

Salvain nickte, kniete sich aber gleichzeitig hin und beugte sich vor, bis er mit dem Oberkörper halb über die Mauer hing und Arrat erschrocken nach seiner Jacke griff.

»Hier, fühl mal mit deiner Hand«, rief er.

Arrat hockte sich neben ihn, prüfte mißtrauisch die Stabilität der kleinen Mauer und langte dann mit dem Arm über die Steine. Salvain ergriff seine Hand und führte sie zu dem Fels, auf dem die Burg errichtete worden war. Jedenfalls dachte Arrat im ersten Moment, daß es der Fels sein müßte, aber dann begriff er, daß kein natürlicher Stein so glatt und eben und – ja, und so warm sein konnte wie das, was seine Handfläche berührte. Erschrocken zog er den Arm zurück.

»Es ist Lharenstein. Glasmaryll«, flüsterte Salvain, der ihn aufmerksam beobachtet hatte. »Doulagh sagt, daß der untere Teil der Burg noch aus der Zeit Jarls stammt. Das alles hier muß einmal zur Drachenfeste gehört haben. Einer der äußersten Vortürme, auf dessen Trümmern sie die neue Burg errichtet haben.«

Salvain machte ein Gesicht, als erwarte er eine bestimmte Reaktion von ihm, aber Arrat hatte keine Ahnung, welche. Er wußte nur, daß ihm mordsmäßig kalt war und daß er alles, was es in dieser morbiden Burg zu tun gab, so schnell wie möglich hinter sich bringen wollte, um ihr wieder den Rücken kehren zu können.

»Komm, laß uns verschwinden«, wiederholte er noch einmal mit Nachdruck.

Salvain stand auf. »Hier ist der Zugang zur Burg«, erklärte er, nachdem sie die Treppe erklommen hatten und auf dem hölzernen Plateau vor einer Turmtür standen.

Das große Bohlentor, das es zweifellos auch hier einmal gegeben hatte, war verschwunden und durch ein kleineres, lieblos zusammengezimmertes Türchen ersetzt worden. Die Lücken, die dabei entstanden waren, hatte man flüchtig vermauert. Die Tür hatte nicht einmal ein Schloß, sie war einfach angelehnt.

Doulagh mußte entweder sehr mächtig oder sehr vertrauensselig sein. Vielleicht auch beides?

Noch einmal trat Arrat zurück und hob den Kopf, um die Umgebung abzusuchen. Die geöffnete Tür mißfiel ihm, er mißtraute ihr, wie er der ganzen Wehranlage mißtraute. Aber die Burg lag still wie tot, und auch in der Umgebung rührte sich nichts. Unentschlossen fuhr er mit der Hand über den rostigen Türknopf. Aber hatte er denn eine Wahl? Sie waren mehr als zwölf Tage gelaufen, um Doulagh zu befragen. Er trat die Tür mit einem lauten Knall nach innen.

Moder- und Schimmelgeruch schlug ihm entgegen. Es war völlig finster in dem Raum hinter der Tür, und das spärliche Außenlicht, das durch die Öffnung fiel, reichte gerade, um einen schmalen, gemauerten Gang erahnen zu lassen. Wieder überkam Arrat ein ungutes Gefühl. Er strich sich über das Handgelenk und merkte, daß seine Haare aufrecht standen. Beklemmung ergriff ihn und gleichzeitig ärgerte er sich. Gereizt trat er über die steinerne Schwelle, aber da hielt Salvain ihn am Ärmel fest.

»Deine Waffen.«

Arrat runzelte die Stirn. »Was ist damit?«

»Du mußt sie hier draußen lassen. Lharen mögen keine Waffen.«

»Hör zu, Junge! Ich habe mich noch nie von meinen Waffen getrennt. Und ich wüßte nicht, warum ich gerade hier mit meinen Gewohnheiten brechen sollte. Versteh mich nicht falsch, du weißt, daß ich nichts Böses im Sinn habe, aber solange ich nicht sicher sein kann, was mich dort drinnen erwartet, bleiben Messer und Schwert, wo sie sind.«

»Warum?« begehrte Salvain auf. »Ich habe dir gesagt, daß man Doulagh vertrauen kann. Aber Doulagh weiß von *dir* durchaus nicht das gleiche. Er hält sowieso nicht viel von den Menschen, und wenn man ihn reizt, kann er verflixt unangenehm werden. Bitte, leg den Waffengürtel ab ... «

Arrat schüttelte den Kopf und trat ein zweites Mal durchs Tor. Er war nicht überrascht, daß Salvain ihm nicht folgte.

»Also, was ist los?«

Sein junger Begleiter hatte sich mit dem Rücken an die Mauer gelehnt und die Arme über der Brust verschränkt. »Bei den Lharen trägt man keine Waffen. Und wenn du durchaus mit deinen Mordwerkzeugen dort hineinwillst, dann mußt du ohne mich gehen.«

»Mordwerkzeuge!« Arrat schlug die Augen zum Himmel. »Hör mal, du Kind. Wir beide wissen bis jetzt nicht einmal, ob Doulagh überhaupt noch dort drinnen ist. Womöglich hat sich hier schon jemand ganz anders einquartiert. Was ist zum Beispiel, wenn dein Freund in Schwierigkeiten geraten ist und Hilfe braucht? Immerhin ist bis jetzt noch keine Seele zu unserer Begrüßung aufgetaucht.«

Das letzte Argument schien getroffen zu haben, denn Salvain kaute unentschlossen an seiner Unterlippe. »Also gut«, gab er nach. »Aber laß die Waffen wenigstens im Gürtel stecken. Glaub mir, es macht einen wahnsinnig schlechten Eindruck, wenn du Doulagh mit dem Schwert in der Hand gegenübertrittst. Es würde dich von vornherein ins Unrecht setzen.«

Arrat nickte, und nachdem sie sich so geeinigt hatten, betraten sie endgültig das Gewölbe.

Salvain fuhr mit der Hand über das Mauerwerk, fand eine Pechfackel, nahm einen rötlichen Steinstab aus seiner Tasche und entzündete sie daran. Nun erkannte Arrat, daß sie sich nicht in einem Gang, sondern in einem Treppenschacht befanden. Die Stufen waren gewendelt und führten zur linken Hand nach oben und rechts in die Tiefe.

»Es ist ein reiner Treppenturm«, erklärte Salvain. »Er mündet oben in einer Plattform und unten in einem Gang, der die Anlagen hier mit den Wohngebäuden verbindet. Hast du Angst vor Ratten? Nein? Dann nimm das Licht und geh voran. Ich verabscheue Ratten fast so sehr wie Kobolde.«

Arrat ließ den Fackelschein über die Wände wandern, während er die Stufen hinabstieg. Sie waren nicht nur feucht wie die Außenmauern, sie waren regelrecht naß. In kleinen, ermüdenden Tropfen rann Wasser über das rötliche Mauerwerk, fraß sich in die Wände oder sammelte sich in faulig riechenden Pfützen auf den Steinstufen.

Sie mußten ein gutes Stück abwärtssteigen, ehe sie den unterirdischen Gang erreichten, der zum Wohnhaus führte. Vor Jahrhunderten mußte es einmal ein prächtig ausgestatteter Flur gewesen sein. Ein buntes Fliesenmosaik am Boden, das jetzt allerdings aufgequollen und zerbrochen war, zeugte von der liebevollen Sorgfalt, mit der man hier gearbeitet hatte. Die Bogensäulen, die alle paar Meter die Decke abstützten, waren mit Stuckarbeiten verziert, und an den Wänden hingen von Grünspan überzogene Fackelhalter. Ein Jammer, dachte Arrat, wie Doulagh alles verkommen ließ.

Ein kleiner, schwarzer Schatten huschte quer durch den Gang, um hinter einer der Bogensäulen in einer Wandnische zu verschwinden.

»Ratten. Ich hab's gewußt.« Salvain hielt sich dichter an seinen Kameraden und drängte, daß sie vorwärtskamen.

Dieser Tunnel muß quer durch die ganze Burganlage führen, überlegte Arrat, nachdem sie mehrere Minuten gelaufen waren und noch immer keine Tür in Sicht war. Das gleichmäßige Tipp-Tapp der Wassertropfen und das gelegentliche Scharren der Ratten waren die einzigen Geräusche, die neben ihren Schritten zu hören waren, und einen Moment lang hatte er die beklemmende Vorstellung von einer ewigen Wanderung durch lichtlose Gänge. Kam es ihm nur so vor, oder wurde die Luft stickiger? Er fühlte nach seinem Messer und zog es aus der Scheide, wobei er es halb mit dem Ärmel seiner Jacke verdeckte.

Schweigend wanderten sie weiter, die Ohren gespitzt und die Augen angestrengt nach vorn gerichtet. Gelegentlich machte der Gang eine Biegung, meist nach rechts, und jedesmal gingen sie voller Hoffnung etwas schneller, doch es kam immer nur ein weiteres endloses Stück des finsteres Schlundes.

Schließlich faßte Salvain nach seinem Arm und blieb stehen. »Es hat keinen Zweck! Wir müßten schon längst bei der Halle sein.«

»Kann es sein, daß wir den falschen Eingang erwischt haben?«

Der Junge schüttelte den Kopf. Sein schmales Gesicht sah plötzlich müde aus.

»Dann müssen wir eben wieder zurückgehen.«

»Das würde nichts nützen. Die Tür in den Garten ist inzwischen genauso unerreichbar wie die Tür zur Halle.«

»Lharenzauber?« fragte Arrat.

»O nein!« Auf Salvains Gesicht lag ein eigenartiger Ausdruck. Eine Mischung aus Zorn, Enttäuschung und etwas, das Arrat nicht benennen konnte. »Dieser ... Blödsinn hat mit Lharenzauber nichts zu tun. Das ist Veränderungszauber. Koboldzauber. Und zwar von der gemeinsten und primitivsten Sorte!« Er hatte lauter gesprochen, als gäbe es außer Arrat noch jemanden, für den die Worte bestimmt waren.

»Und nun?«

»Nichts und nun! Egal, wie lange wir laufen, der Gang wird kein Ende nehmen. Jedenfalls für uns nicht. In Wirklichkeit befindet sich die Hallentür wahrscheinlich gleich da vorn, aber solange dieser verwünschte Zauber anhält, könnte sie ebensogut am Ende der Welt sein.«

»Es gibt nichts, was du dagegen machen kannst?«

Der Junge hob in einer hilflosen Gebärde die Hände.

»Na schön!« Arrat setzte sich auf den Fußboden und lehnte sich gegen die Wand. Es machte ihm nichts mehr aus, daß das Wasser durch seine Kleider sickerte. Er war sowieso bis auf die Knochen durchnäßt.

Sie schwiegen, während sie in Gedanken versuchten, ihre

Lage einzuschätzen. Was hatte das alles zu bedeuten? Wollte Doulagh sie hier umkommen lassen? Aber warum sollte er? Sie hatten ihn ja noch nicht einmal gesprochen. Oder war es nur ein Versuch, sie einzuschüchtern? Arrats Gedanken wanderten hin und her, verwickelten sich in die verschiedensten Möglichkeiten und irrten doch immer wieder zu dem Ausgangspunkt zurück, daß sie nämlich völlig hilflos waren. Um sie herum war alles still. Eine Todesstille, die sich wie ein Leichentuch von der Decke auf sie herabzusenken schien. Wer wollte ihnen das antun?

Plötzlich sah Arrat, daß Salvain den Kopf hob und lauschte. Die Miene des Lharen veränderte sich, die Erschöpfung wich einer Anspannung, in die sich Furcht mischte. Arrats Finger umkrampften den Messergriff. Er versuchte, mit den Augen die Finsternis, die außerhalb ihres Lichtkegels lag, zu durchdringen. Aber er konnte nichts erkennen, keine Bewegung, keinen Schatten, und er hörte auch nichts als das Platschen der Wassertropfen.

»Was ist los?«

Salvain schüttelte den Kopf und legte den Finger auf die Lippen. Wieder warteten sie. Und dann, irgendwann, ohne, daß Arrat den genauen Zeitpunkt hätte angeben können, spürte er es auch. Es war ein Gefühl, als ob in der Dunkelheit etwas auf sie zuschlich. Etwas Boshaftes, Tückisches, Gefährliches. Das Gefühl war so intensiv, daß ihm eine Gänsehaut über den Rükken krabbelte. Irgendwo dort in der Dunkelheit lauerte eine Gefahr, auch wenn er sie weder sehen noch greifen konnte, eine Gefahr, die so wirklich war wie das Wasser, das ihnen ins Gesicht tropfte.

Er sog vorsichtig die Luft ein und fühlte, wie sein Herz schneller schlug. Ein neuer Geruch hatte sich in den Modergestank gemischt. Etwas Fremdes. Aber doch wieder nicht ganz fremd. Etwas Bekanntes, das trotzdem fremd wirkte, weil es hier nicht hingehörte. Etwas Mörderisches. Seine Augen, die noch immer in die Finsternis starrten, schmerzten vor Anstrengung.

Beiläufig registrierte er, daß die Ratten verschwunden waren.

Bekannt, aber nicht gewöhnlich. Und gefährlich. Er hatte es beinahe, verlor es wieder, versuchte verzweifelt, sich zu konzentrieren, den Geruch aus der Erinnerung festzumachen, und dann, plötzlich, wußte er es.

»Baeldogs!«

»Aber es kann hier keine Baeldogs geben«, widersprach Salvain.

Und damit hatte er natürlich recht. Jeder wußte, daß ein Baeldog keine geschlossenen Räume betrat. Keine Höhlen, keine Häuser. Selbst die Hühner in ihren Holzverschlägen waren vor ihnen sicher. Und dennoch war der Gang voll von ihren ätzenden Körperausdünstungen. Jetzt, nachdem sein Bewußtsein den Geruch eingeordnet hatte, bestand für Arrat kein Zweifel mehr. Er hatte selbst schon zwei Baeldogs erlegt, damals in Keswick. Das erste Mal als vierzehnjähriger Bursche in der relativen Sicherheit einer großen Jagdgruppe, und das zweite Mal, als er auf dem Ritt von Missala nach Thyram gewesen war. Das riesige Tier hatte ihn vom Baum herab angesprungen, aber seinen Körper knapp verfehlt, weil Arrat sich rechtzeitig hatte vom Pferd fallen lassen. Es war ein mörderischer Kampf geworden, dem sein Tier erlegen war und den er selbst, obwohl er damals schon ein hervorragender Schwertfechter gewesen war, nur mit Mühe überstanden hatte.

»Es kommt von dort hinten«, flüsterte er und reichte Salvain die Fackel, während er sein Messer mit dem Schwert vertauschte. Dann warteten sie wieder. Sie atmeten kaum, und das monotone Platschen der Wassertropfen war überlaut.

Salvain sah sie zuerst. Er gab Arrat einen Stubs mit dem Ellbogen und deutete mit der Fackel den Gang hinauf. Die gelben Augen schimmerten im Dunkeln wie Irrlichter. Sie schienen das Licht des Feuers einzufangen und zu reflektieren. Arrat zählte vier Augenpaare, eine Tatsache, die so absurd war, daß er Schwierigkeiten hatte, sie zu akzeptieren.

»Baeldogs gehen niemals gemeinsam auf Jagd«, sprach Salvain aus, was er dachte.

Nein, und sie haben es auch nicht nötig, fügte Arrat mit einem bitteren, gedanklichen Lachen hinzu. Kein Lebewesen, nicht einmal die Silberbären waren ihnen gewachsen. Sogar die Trolle machten einen Bogen um die Tiere. Ihre Stärke hatte die Baeldogs furchtlos und eigenbrötlerisch gemacht. Sie taten sich nur zur Paarung zusammen, und wenn der Akt vollendet war, bissen die Weibchen die Männchen wieder fort. Selbst die Jungen wurden bereits Tage nach der Geburt von der Mutter verlassen. Arrat hatte noch von keinem einzigen Fall gehört, in dem sich Baeldogs zur Jagd gesammelt hätten. Er packte sein Schwert fester.

»Sie fürchten das Feuer. Stoß ihnen die Fackel zwischen die Augen«, sagte er, und einen kurzen Moment überlegte er, ob der Lhare etwas so Unappetitliches fertigbringen würde. Aber der Gedanke war gleich wieder fort.

Das erste Tier hatte den Lichtkegel der Fackel erreicht. Die Haare seines rötlich-glänzenden Fells waren gesträubt. Im offenen Maul, aus dem der Geifer tropfte, schimmerten die beiden gelben Fangzähne, die Krallen in den weichen Ballenpfoten zuckten. Arrat spürte, wie sein Blut kalt und sein Verstand klar wurde.

Die anderen halten sich noch zurück, dachte er. Sie lassen dem stärksten den Vortritt. Und es war wirklich ein gewaltiges Tier – sein Körper größer als der eines Kalbes und dabei von der Geschmeidigkeit der Raubkatzen und der brutalen Kraft der Wölfe, von denen es abstammte. Die mächtigen Muskeln schwammen unter der Haut. Bei anderer Gelegenheit hätte Arrat das Tier vielleicht bewundert. Jetzt war er nur an einem interessiert: Wann würde es springen?

Er müßte sich im letzten Moment, im Augenblick des Angriffs, zurückfallen lassen und von der Seite her den tödlichen Hieb führen, denn nur in dem kurzen Halsstück, in dem das

Rückgrat in die Schädelknochen mündete, war das Tier mit einem Streich tödlich zu treffen. Und er wußte, daß ihm kein zweiter bleiben würde, wenn er fehlte.

Salvain griff nach seinem Arm und wisperte etwas. Mit einem Fluch riß Arrat sich los und stieß ihn von sich. Das Tier kauerte in Sprungstellung.

»Hör doch!« flüsterte Salvain. »Sie sind nicht ...«

Arrat achtete nicht auf ihn. Das Baeldog spannte die Muskeln. Er umschloß den Schwertgriff mit beiden Händen und hob die Klinge.

Dann stieß das Tier sich ab.

Aber Arrat bekam das Schwert nicht hoch. Salvain hatte seinen Arm gepackt und umklammerte sein Handgelenk. Wie in Trance sah Arrat den schweren Körper auf sich zufliegen. Er wußte, daß er ihn nicht erwischen würde. Hilflos blickte er in die irisierenden Augen, hielt den Atem an und wartete auf den Schmerz der Zähne in seinem Fleisch ...

Nichts geschah.

Das Untier flog gegen seinen Oberkörper – und zerfloß in Nebel.

»Es sind Trugbilder, Arrat! Blendwerk! Laß dich nicht verrückt machen. Das ist Koboldzauber! Gemeiner, boshafter, einfältiger, nichtswürdiger Koboldzauber!«

Ein Lachen schrillte über ihren Köpfen auf – und verstummte so schnell, wie es gekommen war.

Es dauerte ein paar Augenblicke, bis Arrat verstand, was Salvains Worte und das Gelächter bedeuteten. Dann endlud sich seine Anspannung in einem lästerlichen Fluch. »Koboldzauber also!« Mit einem wütenden Ruck schob er sein Schwert in die Scheide zurück. Er begann die Abneigung des Lharen gegen Doulaghs Diener – denn der war es ja wohl, der sich diese Späße mit ihnen erlaubte – zu teilen.

Der Kobold konnte von dem unterhaltsamen Spiel gar nicht genug bekommen. Die Baeldogs, die am Rande des Lichtkegels gelauert hatten, waren zwar verschwunden, aber am Ende des Ganges schlichen schon wieder neue Traumgestalten heran. Arrat kreuzte erzürnt die Arme über der Brust. Was für eine Posse! Was für ein unglaublich lächerliches Schauspiel! Da merkte er, wie Salvain, der sich neben ihm die Schläfen rieb, mitten in der Bewegung innehielt.

»Was ist los?«

Der Lhare starrte ohne eine Bewegung auf die neuen Trugbilder. Seine Augen wurden groß. »Eins von ihnen lebt!« flüsterte er mit einer Stimme, die heiser war vor ungläubigem Entsetzen. Arrat fragte nicht, woher er sein Wissen hatte. Er zweifelte nicht einen Moment, daß Salvain recht hatte. Ein Stückchen Magie oder wenigstens ein Gefühl für Magie steckte auch in dem Halbling.

»Welches?«

Salvain schüttelte ratlos den Kopf, und Arrat biß sich auf die Lippen. Er zählte fünf Tiere. Die konnte er unmöglich alle gleichzeitig im Auge behalten. Eines von ihnen lebte. Eines, hatte Salvain gesagt. Aber welches?

»Konzentrier dich!«

»Ich glaube, das ganz rechte, aber ich bin nicht sicher.«

Also gut! dachte Arrat. Er drängte Salvain mit dem freien Arm hinter sich.

Und dann sah er es. Ein kurzes, wildes Aufflackern der Freude in den gelben Augen, das das Jagdfieber verriet.

Du also, meine Hübsche, dachte er grimmig. Und deine Mordlust wird dir das Genick brechen!

Das Tier sprang, und er erwischte es im Fluge, mit einem sauberen Streich, wie er nicht besser hätte geführt werden können, und als seine Klinge in das rötliche Fell fuhr und er den Widerstand des Fleisches fühlte, und als er das Blut am Schaft des Schwertes herabspritzen sah, spürte er eine tiefe, wilde Befriedigung. Aber er kam nicht dazu, sie auszukosten. Hinter ihm schrie Salvain in tiefster Panik auf.

Arrat fuhr herum. Er brauchte nicht mehr zu fragen, ob die Bestien, die jetzt aus dem entgegengesetzten Ende des Ganges heranstürmten, lebten oder nicht.

Ungezügelte Mordlust glitzerte in den gelben Augen. Sie stießen einander vor Gier, die Opfer als erste zu erreichen. Es waren sieben oder acht, aber das spielte im Grunde keine Rolle mehr. Selbst, wenn es Arrat gelänge, sie alle zu töten: er wußte, es würden ihnen andere folgen, immer neue, so wie es ihrem Peiniger gefiel. Und irgendwann würden seine Kräfte erlahmen und seine Aufmerksamkeit nachlassen. In hilflosem Zorn blickte er zur Decke, von wo das Lachen gekommen war. Dann hob er das Schwert. Es lagen noch etwa zwanzig Meter zwischen ihm und den Tieren.

»Bitte, komm!« flehte Salvain, aber Arrat schüttelte den Kopf. Niemand rannte einem Baeldog davon. Schon gar nicht in diesem dreimal verfluchten Gang. Trotzdem gelang es Salvain, ihn einige Schritt weit nach hinten zu zerren. Und dann, als das vorderste der Tiere schon die Krallen spreizte und den Rachen aufriß und ihm den stinkenden Atem ins Gesicht blies, glitt Arrat plötzlich aus. Der Boden unter ihm gab nach, alles schien zu schwanken, und er fiel ins Leere.

Es war ein glimpflicher Sturz. Schon nach ein, zwei Metern stieß Arrat mit der Schulter auf glatten Stein und rutschte dann einige Sekunden in der Schräge weiter, bis sein Sturz langsamer wurde und er schließlich ganz zum Liegen kam.

Durch den Nebel seiner Benommenheit erkannte er Salvains erschrockenes Gesicht.

Er stützte sich auf die Unterarme, während er gleichzeitig zu dem Loch in der Decke spähte, um zu sehen, ob eines der Baeldogs Lust auf eine Fortsetzung des Kampfes hatte. Aber kein spitzer Kopf, keine gelbglühenden Augen tauchten in der Öffnung auf. Nicht einmal ein Fauchen der Enttäuschung war zu hören. Der Spuk war verschwunden, genauso schnell, wie er gekommen war.

»Wir hätten uns den Hals brechen können«, sagte Salvain, in einem Ton solch verbitterter Fassungslosigkeit, daß Arrat lachen mußte.

»Richtig. Oder von Doulaghs Schoßhündchen verspeist werden!« spöttelte er.

»Nein, so weit hätte er es nicht getrieben.« Salvain sagte das, aber sehr überzeugt hörte er sich nicht an.

Arrat entdeckte in dem Rondell, das den Boden ihrer Zuflucht darstellte, sein Schwert und kroch darauf zu, um es sich zu holen. »Nur für den Fall, daß die Biester doch noch hinterherkommen wollen.«

»Nein, das werden sie nicht. Nicht hier in Schuschas Halle.«

»Du weißt, wo wir sind?«

»Ja.« Salvain verspürte keine Lust, sich näher über die Halle auszulassen, aber unter Arrats vorwurfsvollem Blick bequemte er sich zu einer Erklärung. »Sie ist während des Kampfes um Jarls Burg entstanden. Eine Höhlung aus Drachenstein, die sich in das Glasmaryll des Turmfundamentes gebrannt hat. Die Menschen haben darüber die Burg für Schuscha errichtet, und die Höhle bekam den Namen Schuschas Halle. Man sagt, es ist der einzige Ort der Welt, an dem weder schwarze noch weiße Magie wirken kann. Ein neutraler Raum, sozusagen. Und deshalb wird es hier auch keine Baeldogs geben. Wenigstens keine von der Art wie dort oben.«

»Na, das ist doch schon etwas.«

»Sicher. Tatsächlich kann uns hier überhaupt nichts passieren, außer daß wir verhungern oder verdursten oder uns an dem Stein die Köpfe einrennen«, sagte Salvain bitter.

Arrat mochte nicht streiten. Statt dessen widmete er sich der wenig hoffnungsträchtigen Beschäftigung, Boden, Decke und Wände ihres Kerkers nach einer Möglichkeit des Entkommens abzutasten. Er war kaum enttäuscht, als er nichts fand. Die Wände waren so glatt wie Glas und Schuschas Höhle so rund wie eine Schüssel. Ein perfektes Gefängnis. Er unternahm den Versuch, mit seinem Messer den Drachenstein zu ritzen, aber natürlich hatte er damit keinen Erfolg. Ohne Seil oder Leiter kämen sie hier nicht wieder hinaus.

Wer hatte sie in diese Falle gelockt? Salvain hatte zu Beginn von Koboldzauber gesprochen. Und er schien sich seiner Sache sicher gewesen zu sein. Konnte Doulaghs Diener so etwas ohne Wissen seines Herrn tun? Oder war er seinem Herrn womöglich abtrünnig geworden? Hatte das Mael Duin in der Burg einen Verbündeten gefunden?

Er ließ sich wieder neben dem Kameraden nieder. »Als die Baeldogs lebendig und gefährlich wurden, war das auch Koboldzauber?« fragte er.

»Nein.«

»Lharenzauber?«

Salvain hob mürrisch die Achseln.

»Vielleicht würde es helfen, wenn du einen Augenblick darüber nachdenkst?« fragte Arrat sanft.

»Es war Lharenzauber, aber von keiner guten Art.«

»Aha.« Arrat wandte sich wieder seinen Überlegungen zu.

Also hatte der dubiose Doulagh doch seine Hand im Spiel? Aber was bezweckte er damit? Und warum die Umständlichkeiten mit den Baeldogs? Das wirkte eher wie ein boshaftes Spiel als wie das Vorgehen eines in Ehren ergrauten Magiers. Warum hatte Doulagh sie nicht einfach ohne viel Federlesen gefangengenommen, wenn er ihnen mißtraute? Warum der Umweg über die Halle?

Vielleicht lag es daran, daß er die Augen geschlossen hatte: Plötzlich hörte Arrat – oder ahnte vielleicht auch nur – ein Geräusch an dem Loch in der Decke. Er schielte durch die Wimpern nach oben. Gerade noch rechtzeitig, um einen Schatten am Rande der Falltür verschwinden zu sehen. Man wollte sie also doch nicht einfach verfaulen lassen. Er wartete eine Zeitlang, aber nichts geschah. Recht so, dachte er. So würde ich es auch machen. Erst einmal zermürben. Wahrscheinlich beobachtete der Alte sie von irgendwoher.

»Wenn du auf mich gehört und dein Schwert draußen gelassen hättest, dann wärest du jetzt tot«, erklärte Salvain düster. Er hatte die Hände zu Fäusten geballt und die Lippen nach innen gezogen und sah aus wie einer, der sich das Unglück der ganzen Welt zum Vorwurf machen will.

Nein, dachte Arrat. Dieses Schauspiel wollen wir unserem Freund dort oben doch nicht bieten. Und wir werden auch keine undurchführbaren Pläne schmieden oder düsteren Zukunftsvisionen nachhängen oder sonst etwas tun, worüber der Bursche sich amüsieren kann.

»Hast du schon einmal Ho-Rasch-Kalu gespielt?« fragte er Salvain. »Nein? Dann wirst du es jetzt lernen.«

Er sammelte einige Fliesen auf, die sie bei ihrem Sturz mit sich gerissen hatten, und brach sie in sechzehn gleich große Teilchen. Er legte sie zu einem Karee und erklärte die Regeln. Das Spiel war nicht ganz einfach zu begreifen, aber Salvain hatte es bald heraus.

Der Lhare hatte eine Menge Phantasie und ein sicheres Gespür für Gefahren, und nachdem er seinen Ärger vergessen hatte, spielte er nicht schlecht. Allerdings brachte er es niemals fertig, eines seiner Steinchen zum Nutzen der Gesamtstrategie zu opfern. Er hing an jedem Teil, als wäre es ein Stück seines Herzens. Und nachdem Arrat das herausgefunden hatte, war es ein Kinderspiel, den Jungen auszutricksen.

»Was habe ich falsch gemacht?« fragte Salvain, als er das dritte Mal hintereinander verloren hatte und mit erhitztem Blick die Steine zusammenfegte.

»Zuwenig Konsequenz!« tönte es von der Decke herab. »Das alte Übel bei den Lharen aus Aneirin. Ein flinker Verstand und eine Menge frommer Wünsche, aber im entscheidenden Moment zögerlich und kleinkariert!«

»Doulagh!« Salvains Gesicht verdüsterte sich.

»Ganz richtig, Doulagh. Wen hattest du denn sonst erwartet, Salvain, Osbrands Sohn?«

Dieses ›Osbrands Sohn‹ wurde mit einer verächtlichen Abneigung hinterhergeschoben, die Arrat aufhorchen ließ. Auch Salvain schien es bemerkt zu haben, denn Arrat sah, wie ihm die Röte ins Gesicht kroch.

»Warum hältst du uns gefangen?« fragte er, um seinen jungen Freund daran zu hindern, etwas Unüberlegtes zu sagen.

»Warum seid ihr in meine Burg gekommen?«

»Wir sind in deine Burg gekommen, weil die Menschen von Draaks überfallen werden und weil es deine Sache gewesen wäre, das zu verhindern!« sprudelte es aus Salvain heraus. Arrat griff warnend nach seinem Arm.

»Schön!« hörten sie Doulaghs Stimme von oben. »Das erklärt, warum der Mensch gekommen ist. Aber was treibt dich hierher, Salvain? Seit wann streunst du mit denen aus dem Südland herum? Oder, um meine Frage zu präzisieren: Warum bist du nicht in Aneirin, wo du hingehörst?«

Das Rot in Salvains Gesicht vertiefte sich. Nur hatte sich in seinen Zorn jetzt eine gewisse Verlegenheit gemischt. »Das ist meine Sache.«

»So, deine Sache ist es, he? Einfach deine Sache? Ich muß mich wundern, Halbling. Kaum zwei Wochen bei den Menschen und schon alle guten Manieren verloren?«

Salvains Lippen wurden zu Strichen. Er antwortete nicht.

»Es ist also deine Sache«, näselte der Alte mit seiner piepsigen Kinderstimme. »Hast du aber auch um Erlaubnis gebeten, bevor du Aneirin verlassen hast, so wie es sich gehört? Darf man wenigstens das fragen? Nein? Darf man nicht? Hat der kleine Halbling schon so gründlich mit seinem Volk gebrochen, daß gar keine Frage mehr beantwortet wird?«

»Ich beantworte jede Frage, aber nicht dir, denn es geht dich nichts an«, erklärte Salvain steif.

»So, und wem antwortest du dann? Averon vielleicht?«

Die Frage schien nach keiner Antwort zu verlangen, und es kam auch keine. Doulagh schnalzte ärgerlich mit der Zunge und wandte seine Aufmerksamkeit wieder dem anderen Gefangenen zu.

»Und der Mensch ist also gekommen, um Rat von Doulagh zu erbitten.«

Am liebsten hätte auch Arrat geschwiegen, denn der Spott in der hohen Greisenstimme war kaum zu ertragen. Aber er meinte, kein Recht dazu zu haben, und so sagte er einfach: »Ja.«

»Rat will man haben. Das ist interessant, Mensch. Es ist nämlich eine gefährliche Zeit, um Rat zu suchen. Brewen schickte Boten nach Gorrota, weil er sich beraten wollte. Grisben und Allan-o-Viene. Du solltest dich an sie erinnern, Salvain, auch wenn du die Lharen verlassen hast. Tapfere Jungen waren es. Haben sich freiwillig gemeldet für die gute Sache. Aber Doulagh war mißtrauisch. Doulagh kennt die Menschen. Er hat den beiden seine kleinen, gefiederten Freunde nachgeschickt. Und was fanden sie, he? Was fanden sie in Gorrota? Zwei Tote, an einen Holzbalken gehängt, das war es, was sie fanden. Schlimme Zeiten für Beratungen!«

Doulagh beobachtete sie, schien sich an ihren betroffenen Gesichtern festsaugen zu wollen.

»Wer ... hat das getan?« fragte Arrat.

»Wer schon? Die Menschen natürlich. Würdevolle Männer in roten Roben und weißen Perücken haben den Befehl dazu gegeben. Furchtlose Helden, mutig genug, zwei waffenlose Jungen zum Galgen zerren zu lassen. Allerdings erst, nachdem sie sie vorher durch ihr Geschmeiß haben halbtot prügeln lassen. Man übertreibt die Tapferkeit nicht gern.«

Arrat stand auf. Ihm war schwach vor Enttäuschung und Zorn. Hatten sie in Gorrota den Verstand verloren? Wie hatten sie die Boten der Lharen töten können? Gny-Kobe hatte ihm acht Wochen zugesichert, und es war gerade erst die Hälfte davon verstrichen.

»Warum haben sie das getan?« fragte Salvain mit tonloser Stimme.

Arrat starrte auf den Kauernden hinab. »Das kann ich nicht sagen. Vielleicht aus Furcht oder aus Rache. Vielleicht wollte sich auch nur irgend jemand wichtig machen, oder es waren Intrigen im Gange. Es gibt tausend Möglichkeiten.«

»Allan war sanft und freundlich. Er hat in seinem Leben noch niemals jemandem ein Leid zugefügt.«

Darauf gab es nichts zu sagen, und Arrat schwieg.

Wenn sie die Boten aus Aneirin getötet hatten, überlegte er, dann bedeutete das Krieg. Und wenn sich Menschen und Lharen im Kampf gegenseitig aufrieben ... Nein, obwohl sein Gehirn langsam und träge arbeitete, begriff er seinen Irrtum. Die Lharen würden die Menschen nicht töten. Salvain war nur ein Halbling, und Arrat war überzeugt, daß er es niemals über sich bringen würde, eine Waffe in lebendes Fleisch zu stoßen. Er hatte nicht einmal damals, als Owoo sie aus den Fängen der Verfemten befreit hatte und seine Angst noch ganz frisch gewesen war, nach einer der Waffen gegriffen. Die Lharen würden sterben. Die Menschen würden sie niedergemetzelt haben, bevor auch nur einer von ihnen begriff, daß sie gegen die falschen Feinde kämpften. Und dann, wenn die Lharen tot waren? Wer wäre dann noch da, um gegen das Mael Duin anzutreten?

»Weiß Averon davon?« fragte Salvain.

»Averon!« Nachdenklich sah Doulagh auf seine beiden Gefangenen hinab. »Ich sollte euch dort unten lassen. Das wäre das Klügste. Verdorben und gestorben. Aber trotzdem – es gibt Irrtümer. Und diesmal könnte ein Irrtum verhängnisvoll sein.«

»Was wagst du denn, wenn du uns hinausläßt?« fragte Arrat. »Jemand, der lebende Baeldogs erschaffen kann, geht kein großes Risiko ein.«

»Die Baeldogs!« Doulagh lachte leise. »Haben sie euch gefallen? Warum hast du sie nicht verschwinden lassen, Salvain? Sie hätten deinen Menschen beinahe erwischt.«

»Du weißt genau, daß ich das nicht kann!« erwiderte Salvain schroff.

»So, er kann es nicht?« Doulagh verzog sein knittriges Gesicht. »Der dümmste Lhare kann es, ohne viel zu üben, aber Ewens Sohn kann es nicht? Wer will das glauben? Doulagh nicht, Salvain.«

Er erhob sich von seinen Knien, und kurz darauf hörten sie seine Schritte, die sich von dem Loch entfernten, und etwas später eine schlagende Tür. Aber schon nach wenigen Minuten war der Alte wieder zurück.

»Nun, willst du hinaus, Osbrands Sohn, der du keine Lharenkraft besitzt?« Er beugte sich wieder über die rechteckige Öffnung. »Du kannst hinaus, wenn es dein Wunsch ist. Du und auch dein Freund. Aber ich verlange Sicherheit, verstehst du? Doulagh ist nicht wie die Lharen aus Aneirin. Doulagh kennt das Böse. Bist du bereit, mir Sicherheit zu geben?«

»Was für Sicherheit?«

»Diese.«

Der Zauberer warf etwas durch das Loch, und schon polterte ein schwerer Gegenstand vor ihre Füße. Ungläubig starrte Arrat darauf hinab. Es waren Handschellen. Er hätte fast gelacht. Handschellen! Allerdings nicht aus Metall, sondern aus Stein. Als er genauer hinsah, merkte er, daß sie aus dem gleichen mattglänzenden, grünen Material gebogen waren, aus dem ihr Gefängnis bestand. Drachenstein. Hatte Torrot nicht gesagt, es existiere nur eine einzige Klinge, losgelöst von der Erdmasse?

Salvain bückte sich und hob die Fesseln auf. Es waren zwei steinerne Ringe, jeder mit einem fein gearbeiteten Schloß versehen. In der Mitte wurden sie von einer Kette aus erstaunlich zierlichen Steingliedern zusammengehalten.

»Du weißt so gut wie ich, daß ich keine magischen Kräfte habe«, sagte er.

»Hast du nicht, he? Wir wollen es gern glauben. Aber auch Glaube ist gefährlich in diesen Zeiten.« Plötzlich wurde Doulaghs Stimme hart. »Du wirst mit den Ringen um deine Handgelenke hochkommen, oder gar nicht.«

Schulterzuckend reichte Salvain die Schellen an Arrat weiter, damit er sie ihm anlege.

Arrat zögerte. »Überleg es dir. Es ist hier eine Menge Merkwürdiges passiert, und Doulagh legt zuviel Wert darauf.«

»Ist doch egal. Ich habe keine magischen Kräfte, und wenn ich sie hätte, dann wäre es trotzdem egal. Was ich tue oder nicht tue, spielt keine Rolle. Mach kein Aufheben davon.«

Widerstrebend legte Arrat die Fesseln um die schmalen Handgelenke, und obwohl es bei der Härte des Gesteins eigentlich unmöglich war, sah es so aus, als würden sie sich in Form und Größe exakt an die Haut anpassen. Es gab zweimal ein häßlich klackendes Geräusch, als die Schlösser einschnappten. Doulagh mußte es auch gehört haben, denn er nickte befriedigt und verschwand.

Minuten später tauchte ein schwarzer, behaarter Kopf über dem Loch auf, ein struppiger Affenschädel, an dem vor allen Dingen die riesigen, goldenen Ohrringe auffielen, die an den abstehenden Ohren baumelten.

»Lhare in Ketten?« grinste das Affengesicht. »Geschieht recht! Scheußliches, kleines Monstrum. Bringt Verdruß. Ärgerlichkeit. Mäkelt Essen. Spioniert Küche. Soll verschmort in Schellen, Lhare.«

Das Gesicht verschwand, und statt dessen erschien das Ende einer Leiter, die hinuntergelassen wurde, bis sie den Boden erreichte.

»Nun rauf. Fix, fix. Nix Zeit! Hupfs, schneller! Sonst kommt Poppeldoggel! Läßt Zweibein rennen, stimmt? Hopp, hopp!«

XVI

Sie saßen im oberen Saal der Burg und warteten. Sie warteten schon seit Stunden, seit das Affengesicht sie aus ihrem Gefängnis befreit und hierhergebracht hatte.

Der längliche Raum mit der niedrigen, schwarzroten Holzdecke war in ein ermüdendes Halbdunkel getaucht, das auf ihre Stimmung schlug. Die Fetzen Sonne, die während der Mittagszeit durch die glaslosen Fenster an der Längsseite des Raumes gedrungen waren, besaßen nicht einmal mehr die Kraft der Erinnerung.

Und zudem war es kalt.

Flüchtig erwog Arrat den Gedanken, den weißen Marmorkamin in Gang zu setzen, der die ganze Kopfseite des Saales einnahm und sicherlich ausreichte, selbst ein so großes Zimmer wie dieses zu heizen. Aber dann erinnerte er sich an den zerbrökkelnden Schornstein, den er beim Aufstieg gesehen hatte, und ließ es lieber bleiben.

Er hatte es sich auf einer der Fensterbänke bequem gemacht, die in den trapezförmigen Nischen der Außenmauern eingelassen waren, und starrte auf das Panorama des Moores.

In den Mittagsstunden hatte sich der Nebel ein wenig gelichtet und den Blick auf karges, spärlich bewachsenes Sumpfgelände freigegeben. Aber das war lange her. Inzwischen krochen die weißen Schwaden wieder über das Heidekraut, und man konnte nur noch an wenigen Stellen die Moorfichten und Latschenkiefern aus dem Nebel ragen sehen. Ihre unbelaubten, dürren Äste erinnerten an die Arme Ertrinkender.

Arrat wandte den Blick fort.

Sein junger Gefährte saß auf einem der Stühle, die den langen, vom Alter gefurchten Holztisch umstanden. Er hatte das Kinn auf die gefesselten Hände gestützt und starrte auf die staubige Tischplatte, als stünden dort die Antworten auf seine Fragen geschrieben.

Arrat hätte gern etwas Aufmunterndes zu ihm gesagt, aber ihm fiel nichts Rechtes ein, und so schwieg er und wartete, daß die Zeit verstrich.

Plötzlich horchte er auf. Er meinte, Stimmen zu hören. Eine Tür klappte, dann polterten Stiefel und Schuhe eine Holztreppe hinauf. Ein leiser Schrei war zu hören, als jemand stolperte, ein kurzer Fluch und gleich darauf die keifende Stimme des Kobolds, die aber jäh unterbrochen wurde.

»So, tattrig und tolpatschig ist man?« drang es undeutlich durch die Holzfüllung der Tür. »Ich werde dir einmal etwas sagen, du nichtsnutziger Bastard nichtsnutziger Kobolde! Wenn du hier nicht dein ganzes Gerümpel stehen hättest und wenn du hier gelegentlich aufwischen würdest, und wenn du außerdem eine anständige Flurbeleuchtung angebracht hättest, wie es sich gehört, dann würden arglose Gäste sich auch nicht den Hals brechen.«

Torrot, dachte Arrat mit einer Wärme, die ihn selbst überraschte.

Ein Schlüssel drehte sich im Schloß, die Tür wurde aufgestoßen, und ihre Gefährten drängten sich durch den engen Rahmen. Sie waren alle da, keiner fehlte. Selbst Owoo trottete mit staunenden Augen in den Saal.

»Ah, Hauptmann, da seit Ihr ja!« rief Torrot in einem Ton, der nichts Gutes verhieß. Er stapfte auf Arrat zu, die Hände in die Hüften gestemmt. Seine Hemdenzipfel hingen aus der verdreckten Hose, und von seiner Jacke war der oberste Knopf abgesprungen.

»Ihr wißt, Hauptmann Keswick«, fauchte der Kleine, »es ist nicht meine Art zu klagen. Ich habe geschwiegen, als man mich durch diese erbärmliche Wildnis hetzte, ich habe geschwiegen, als man mich im Dorf der Verfemten beleidigte und mißhandelte, ich habe sogar geschwiegen, als man mich aufs ungeheuerlichste des Kannibalismus bezichtigte. Aber das hier ist zuviel! Muß ich, Torrot, Nachfahre Jarls des Weißen, aus dem Geschlecht Gormens, mich von diesem schrumpfköpfigen Läuselümmel einen Flegel schimpfen lassen? Habe ich es nötig, mir von diesem schwanzlastigen Miniaturgorilla Vorträge über feines Benehmen anzuhören?«

Arrat sah, wie der Kobold einen Holzkrug vom Kaminsims griff, und verzog sich eilig aus der Schußlinie. Mit leiser Stimme begann er den Kameraden zu erklären, was sich zugetragen hatte. Er ging dabei nicht ins Detail und unterbrach die drei, als sie anfingen, zu spekulieren und Pläne zu erörtern, da er beinahe sicher war, daß Doulagh sie von irgendeiner Stelle der Burg aus beobachtete.

Irgendwann knallte die Tür ins Schloß, und Torrot gesellte sich zu ihnen, um sich von Mekeele wiederholen zu lassen, was sie von Arrat gehört hatte. Nach einer Viertelstunde kehrte der Kobold, immer noch vergrätzt, mit einer abgedeckten Messingschüssel zurück, die er ihnen auf den Tisch knallte. Sie enthielt ein farb- und geschmackloses Gemüse, das mit einer klumpigen Soße übergossen war und das sich selbst nach den armseligen Mahlzeiten der vergangenen Tage als nahezu ungenießbar erwies. Ihre Bitten, mit Doulagh sprechen zu dürfen, beantwortete er mit einem feindseligen Schnauben. Er steckte noch einige Fackeln in Eisenhalter, denn es begann zu dämmern, danach verschwand er wieder, und die Warterei nahm ihren Fortgang.

Bald war es völlig dunkel.

Mekeele packte gerade ihren Mantel aus, um sich schlafen zu legen, als sich die Tür von neuem öffnete. Das Affengesicht steckte seinen häßlichen Kopf herein, spuckte aus zum Zeichen, wie sehr er sie verabscheute, stülpte die Unterlippe nach vorn und schnauzte mit einem Blick auf Arrat:

»Er da, Mensch, mitkommen!«

»Wohin?« fragte Arrat vorsichtig. Er hatte vermutet, daß Doulagh mit Salvain sprechen wollte.

Der Kobold schnalzte bei diesem neuerlichen Anzeichen von Widersetzlichkeit erbost mit der Zunge, seine kleine Krallenhand fuhr in einem Zickzack durch die Luft, und vor Arrats Füßen schlängelte sich plötzlich eine Höllenotter.

»Laß das!« fuhr Salvain den Wicht an, aber Arrat, der die Beschränkungen des Koboldzaubers inzwischen begriffen hatte, zuckte nur die Schultern und stieg ungerührt über das Ringelwesen hinweg.

»Doulagh will mich sprechen?« fragte er.

Die Antwort des Kobolds bestand in einigen dahingespuckten Beschimpfungen, dann verschwand er durch die Tür, ohne sich darum zu kümmern, ob Arrat ihm folgte oder nicht.

Er brachte ihn über eine gewendelte Steintreppe, auf der sich Eimer, Leitern, Lappen, Farbtöpfe, Waschbretter und vielerlei mehr türmten, zu einem Korridor, und von da aus ging es weiter durch Zimmer und Gänge, Treppen und Flure, Schwingtüren und Drehtüren, bis Arrat schließlich stehenblieb. Von dieser Art Hokuspokus hatte er mehr als genug.

»Will nicht kommt? Widerspenstig?« zischte der Kobold.

Er fuhr erneut mit der Hand durch die Luft und zauberte eine Heerschar von Spinnen auf Arrats Jacke. Aber als der Mensch nur verdrossen die Arme über der Brust kreuzte, gab er auf. Aus einer der Wände wuchs plötzlich eine mit Eisenornamenten verzierte Tür, die der Kobold mit einem Schwung öffnete.

»Rein, Mensch abscheußliches!« zischte er, und Arrat trat ins Zimmer.

Doulagh saß hinter einem gewaltigen, eichenen Schreibtisch. Das Durcheinander der Bücher, Karten und Papiere, die darauf lagen, erinnerte Arrat an Gny-Kobe. Aber da hatte die Ähnlichkeit auch schon ein Ende. Doulaghs Arbeitszimmer war riesig. Drei der vier Wände waren von Regalen bedeckt, die bis zur Decke reichten. Tiefe Regale, jedes Brett fast wie ein Tisch. Eines von ihnen war mit angestaubten Büchern gefüllt, zwischen denen brüchige, vergilbte Pergamentrollen lagen. In den beiden anderen, größeren, standen unzählige gläserne, hölzerne, steinerne und kupferne Flaschen und Krüge in den seltsamsten

Formen. Runde Flaschen, die durch gläserne Leitungen miteinander verbunden waren und in denen es qualmte und sickerte. Schmale hohe Röhren, durch Korken verstopft, in denen sich rote, braune und schmutziggrüne Flüssigkeiten befanden. Auch Schalen mit Pulver und merkwürdig geformten Steinen gab es. Das alles war von unheimlicher Fremdartigkeit. Eine Hexenküche, wie man sie sich in schlechten Träumen vorstellt. Fremdartig und dabei doch so passend zu dem Bild des dubiosen, alten Magiers, daß Arrat es fast schon wieder komisch fand. Er fühlte, daß Doulagh ihn beobachtete.

»Machst du hier deine Experimente, die man in Blairgowrie so wenig schätzt?« fragte er.

Doulagh lehnte sich zurück und lächelte halb spöttisch, halb überlegen. »So, das ist es, was der Ratth dir erzählt hat? Unheimliche Versuche mit dem Bösen? Er ist ein Narr, dein kleiner Freund. Wie alle Ratths. Können nicht über den Rand ihres Geldbeutels hinaussehen. Und was ist mit dir? Hast du Angst?«

Arrat schwieg.

»Du hast also Angst. Gut so. Nur Dummköpfe fürchten sich nicht. Und Dummheit langweilt mich. Setz dich! Na los, setz dich schon!«

Er deutete auf einen wackligen Stuhl, auf dem ein Stapel Bücher lag. Eine Staubwolke flog auf, als Arrat sie von dem geflochtenen Sitz hob.

»Warum läßt du deinen Kobold hier nicht saubermachen«, entfuhr es ihm. Er war sich der Ungehörigkeit seiner Frage bewußt, aber der Alte lächelte nur.

»Niemand läßt einen Kobold an Zauberdinge heran. Nicht einmal den besten unter ihnen. Sie lieben das Zauberische zu sehr, verstehst du? Ihre Finger grapsen wie von selbst nach Geheimnissen. Sie sind wie die Oghools, voller Gier, aber sie haben den Verstand der Ratths. Eine unglückliche Kombination, die man niemals vergessen darf, wenn man nicht in Schwierigkeiten geraten will.« Er hob den knochigen Kopf und sagte mit besonderer Betonung: »So wie man auch das Mael Duin nicht vergessen darf.«

Einen Augenblick starrte er Arrat mit vorgerecktem Hals an, als wolle er ihm bis in die Seele sehen, dann machte er plötzlich eine ausladende Bewegung und deutete auf das riesige, schwarzes Glasfenster, das die ganze Außenwand des Zimmers einnahm.

»Siehst du das, Mensch? Hundertmal an jedem Tag schaue ich dort hinaus. Hundertmal am Tag fällt mein Blick auf das Mael Duin und das Alte, welches es belebt. Eine hundertfache tägliche Erinnerung, daß das Böse wartet. Und in diesen Wochen vielleicht gar eine tausendfache.«

»Was ist mit dem Mael Duin?«

Doulagh schüttelte den Kopf. Er beugte sich leicht zurück, zog eine Schublade heraus und begann zu kramen. Dabei förderte er nach und nach kleine Figuren heraus, zierlich gehauene Tiergestalten aus weißem und grauem Stein. Katzen, Vögel, Wildschweine, sogar einen Baeldog konnte Arrat entdecken.

»Das wird gehen«, murmelte Doulagh halb zu sich und halb zu seinem Gast. »Nicht wahr?« Er hob den Kopf. »Das wird doch gehen?«

»Was hast du vor?«

»Spielen, mein Freund!« Die Falten in dem alten Gesicht krümmten sich, als er lachte. »Ich will dein Spiel spielen. Es hat mir gefallen. Ein kluges Spiel. Und Doulagh wird ein besserer Gegner sein als der kleine Halbling. Du wirst Freude haben, Mensch. Komm, bau die Steine auf. Ich gebe dir den ersten Zug. Versuch, ob du gegen Doulagh gewinnen kannst.«

»Du willst spielen?«

Doulagh fegte mit einer ungeduldigen Bewegung einige Blätter beiseite und griff selbst nach den Figuren. »Natürlich! Ein wichtiges Spiel. Wer weiß, vielleicht spielen wir heute nacht um das Schicksal unserer beiden Völker. Gib dir Mühe, Mensch.

Und, vor allem, quäl mich nicht mit unnützen Fragen. Was du wissen sollst, wirst du erfahren, was du nicht wissen sollst, bleibt dir verborgen!«

Doulagh spielte gut. Nein, er spielte ausgezeichnet. Er hatte das Hirn eines Tüftlers, war schlau wie ein Fuchs und gerissen wie eine Ratte. Arrat vergaß das Mael Duin und seine Gefährten, die in der kalten Halle auf ihn warteten. Es kam nicht oft vor, daß er einen gleichwertigen Gegner hatte, und Doulagh, das merkte er schon nach kurzer Zeit, war ihm überlegen. Anfangs beging der Alte noch ein, zwei Ungeschicklichkeiten, aber bald hatte er begriffen, worauf es ankam, und von da an spielte er mit der gnadenlosen Präzision einer Maschine. Er schnaufte zornig, wenn es Arrat gelungen war, ihn zu überlisten, und lachte sein geckerndes Lachen, wenn er ihm einen Stein abnehmen konnte. Sonst war er still. Sein glitzernder Blick hing an den grauen und weißen Steinkörpern, als wäre er besessen. Das Spiel zog sich hin. Arrat ließ sich Zeit zu überlegen, und als er merkte, wie ungeduldig das den Alten machte, ließ er sich noch mehr Zeit. Aber auch die Ungeduld verleitete Doulagh zu keinem Fehler. Die Stunden versickerten, vor Doulaghs Arm sammelten sich die weißen Figuren.

»Du wirst verlieren, Mensch, merkst du es?« wisperte er und warf seinem Gegner unter den glanzlosen Greisenwimpern einen triumphierenden Blick zu, als er wieder eine von Arrats Figuren ergattert hatte.

»Es sieht so aus.«

»Gibst du auf?«

Arrat schüttelte den Kopf. Er hatte das Kinn auf die Hand gestützt und versuchte grübelnd, Doulaghs nächsten Zug zu erraten.

»Du bist besiegt!« beharrte der Magier.

»Erst, wenn du meinen weißen Steinbock hast!«

Doulagh kicherte. Dann wischte er plötzlich mit der Hand die Steine vom Tisch, daß sie in alle Richtungen bis unter die Regale kollerten.

»Du hast keine Chance mehr, Mensch. Aber ich habe nicht die Zeit, dir das zu beweisen. Wir haben beide keine Zeit mehr. Es gibt Dinge zu besprechen, die keinen Aufschub dulden. Warum ziehen die Menschen gegen Aneirin?«

Arrat zögerte, so überraschend kam ihm der Themenwechsel. Dann berichtete er kurz, was er von Gny-Kobe gehört hatte. Und auch, in ein paar Sätzen, was sie auf ihrer Reise erlebt und wie sie Salvain getroffen hatten. Das alles war für Doulagh vermutlich nichts Neues, und so meinte er, sich die Offenheit leisten zu können.

Der Magier erhob sich ächzend aus seinem Stuhl, als Arrat fertig war. »So ist das also gewesen. In den Bergen hast du Osbrands Sohn aufgelesen. Aber du hast mir noch nicht das Wichtigste erklärt...« Er unterbrach sich, während er Arrat mit einem prüfenden Blick fixierte. »Ich habe dich spielen sehen. Du bist schlau wie ein Kater. Und mißtrauisch. Warum, erkläre mir das bitte – es ist wichtig –, warum vertraust du Salvain?«

»Wer sagt dir, daß ich das tue?«

Doulagh lachte mit lautloser Heiterkeit, als er Arrats Unbehagen bemerkte. »Dir ist nicht wohl zumute mit deinem Vertrauen?« Er lachte wieder. »Da bist du nicht der einzige. Salvain versteht es, sich Freunde zu machen. Er hat viele Freunde. Überall. Es ist schwer, ihn nicht zu mögen, stimmt's? Sogar für mich, und ich bin Doulagh und mache mir nicht viel aus anderen Leuten. Ja, du vertraust ihm. Du vertraust ihm genauso, wie Averon und Brewen ihm vertraut haben. Aber vielleicht interessiert es dich, wenn ich dir sage, daß Averon sein Vertrauen mit dem Tode bezahlt hat? Vielleicht interessiert es dich zu wissen, daß die Lharen aus Aneirin, seine Brüder, ihre Jäger ausgeschickt haben, um ihn zu fangen oder zu töten! Vielleicht interessiert es dich zu hören, daß es ein kleines Wunder ist, daß ihr überhaupt bis hierher gekommen seid. Nun, warum bist du stumm, Mensch? Ich habe dich spielen erlebt. Du hast einen kritischen Kopf auf den Schultern. Was sagt dein Kopf dazu?«

Arrat nahm eine der Steinfiguren zur Hand, die Doulaghs Attacke entgangen war, und drehte sie zwischen den Fingern. »Es stimmt, ich weiß nicht viel von Salvain. Aber von dir weiß ich gar nichts.«

»So, immer noch loyal? Und du willst überhaupt nicht hören, warum sein Volk ihn jagt? Gar nicht neugierig? Ich hatte dich nach deinem Spiel anders eingeschätzt. Du enttäuscht mich, Mensch!«

»Warum also jagen sie ihn?«

»Hm!« Doulagh starrte auf ihn herab. »Komm her, Mensch!« sagte er dann. »Nun komm schon, komm! Hierher zum Fenster!«

Er packte Arrat beim Ärmel seiner Jacke, als es ihm nicht schnell genug ging, und zerrte ihn zu der schwarzen Scheibe. Dann verzog er ein wenig sein Gesicht, und im selben Moment erlosch das Feuer im Kamin und in den Lampen, so daß das Zimmer im Finstern lag.

»Sieh hinaus, Mensch. Dort hinten, aufs Moor!« hörte Arrat ihn flüstern. Es dauerte eine Weile, bis seine Augen sich an das Dunkel gewöhnt hatten. Aber nach und nach konnte er in dem matten Licht des Mondes die Nebel ausmachen. Als er sich vorbeugte, um genauer hinzusehen, entdeckte er kleine milchige Tropfen, die an der Außenseite der Scheibe kondensiert waren und wie eine klebrige Flüssigkeit am Glas hinunterrannen. Kompakt gewordener Nebel, fuhr es ihm durch den Kopf. Obwohl ihm das Absurde dieses Gedankens sofort bewußt wurde, zog er hastig die Nase zurück. Diese Tropfen hatten etwas – Lebendiges. So ähnlich – ja, so ähnlich wie der grüne Schleim bei den gerissenen Hirschen. Die Farbe hatte sich geändert, die Konsistenz war die gleiche geblieben. Materie gewordene Bösartigkeit. Hätte man ihn in diesem Augenblick aufgefordert, ins Freie zu gehen, er hätte sich geweigert.

Doulagh zupfte an seinem Ärmel. »Hörst du es, Mensch?« wisperte er. »Hörst du sie lachen?«

Arrat lauschte in die Finsternis, und nach einer Weile meinte er tatsächlich so etwas wie ein ton- und farbloses Gelächter zu hören, das von weit her zur Burg hinaufhallte, ein Geräusch, so unwirklich wie der Nebel und die weißen Tropfen, aber er spürte, wie ihm der Schweiß ausbrach und seine Nackenhaare sich sträubten.

»Das Mael Duin triumphiert, mein Freund. Und es hat allen Grund dazu. Denn *ES* ist mächtig geworden. Stark, stärker als je zuvor. Und mit jeder Nacht nehmen seine Kräfte zu. Du hast die Kinder des Mael Duin gesehen, die Draaks. Sie schwärmen über das Land, und ihre Flügel sind bereits größer als die Schwingen des Rok. Ihre Schatten verdüstern das Licht der Sonne, und ihr Atem verpestet die Luft bis hier hinauf zur Burg!«

»Wie konnte das geschehen?« fragte Arrat, unwillkürlich im gleichen Flüsterton.

»Richtig. Wie konnte das geschehen? Das fragt man sich in Aneirin, wo die Lharenfürsten Rat halten, und das frage ich mich hier in Enniskillen auch. Woher bekommt *ES* seine Macht, oder, um es anders auszudrücken: Wer löst Cashels Bann? Wer hat die Skrupellosigkeit, so etwas zu tun, und vor allen Dingen: Wer hat die Macht dazu?«

»Wenn die Lharen in der Lage sind, einen Bann zu sprechen, dann werden sie auch die Macht haben, ihn wieder zu lösen.«

Doulagh lachte leise. »O nein, Mensch, so einfach ist das nicht. Sicher, der Bann kommt von den Lharen. Aber als er gewoben wurde, da gab es nicht nur Cashel. Hunderte von Lharen hatten sich gesammelt. Starke, zaubermächtige Männer. Männer der alten Art, wie man sie heute nicht mehr findet. Doch obwohl es viele waren und obwohl das Mael Duin vom Kampf geschwächt und nahezu unfähig zur Magie war, ist es eine qualvolle und grausame Sache gewesen, die viele das Leben oder den Verstand gekostet hat. Weißt du, wie Lharen einen Bann errichten, Mensch?«

Er wartete nicht auf Arrats Antwort.

»Es sind ihre Gehirne, mein Freund. Sie haben anders strukturierte Hirne als die Menschen oder die Oghools. Wie soll ich es dir erklären? Sie haben die Fähigkeit, ihre Hirne miteinander zu verschmelzen. Es ist eine Art Fusion. Eine Vereinigung der Gedanken, Gefühle, Kräfte. Sie sind Metagnome. Sie können in fremde Gehirne eindringen. Darin besteht ihre Macht. Eine gewaltige, faszinierende, entsetzliche Macht. Eine Macht, die nur benutzt werden dürfte, wenn alle Beteiligten in ihren Zielen übereinstimmen. Dürfte, sagte ich, denn man kann die Vereinigung natürlich auch erzwingen. Dann ist es ein qualvoller, oft tödlicher Prozeß. Es gehört sehr viel magisches Gefühl dazu, Hirnströme gegen den Willen des Opfers zu lenken. Mehr als die meisten Lharen besitzen. Aber das Mael Duin hat diese Fähigkeit. O ja, *ES* hat sie bis zum Überfluß. *ES* ist ein Virtuose, wenn es darum geht, die feinen Strahlen seines Geistes in den Gehirnwindungen der Opfer zu steuern. *ES* weiß genau, an welchen Stellen es zupacken und welche Orte es meiden muß, um die Kreaturen nicht vorzeitig zu zerstören. Denn das ist nicht sein Ziel. Begreifst du? *ES* will verformen, verändern, unterwerfen. *ES* will *Macht.* Und von dieser Macht wird *ES* durch nichts getrennt als durch eine papierdünne Wand aus Drachenstein, errichtet durch Cashels Bann. Einmal ist es dem Mael Duin mit Hormens Hilfe gelungen, diesen Kerker zu verlassen. Wir haben unsere Maßnahmen getroffen, damit sich so etwas nicht wiederholen kann. Und dennoch und gegen jede Wahrscheinlichkeit ist es geschehen. Die Zeichen sind nicht zu verkennen. Und was noch schlimmer ist: Das Mael Duin unternimmt nicht einmal den Versuch, sie vor uns zu verbergen. *ES* will, daß wir begreifen. *ES* ist sich seiner selbst so sicher, daß es mit der neugewonnenen Macht protzt. Du hast das Lachen gehört. Das Mael Duin lacht über uns, Mensch. Über mich, Doulagh, den es kennt und fürchtet, und über alle anderen, die ihm trotzen wollen.«

»Warum habt ihr das Mael Duin nicht getötet, als es möglich war?«

Doulagh schüttelte heftig den Kopf. »Du hast immer noch nicht begriffen. Natürlich hätten wir das Mael Duin töten können. Hier!« Er hob ein unscheinbares Messerchen aus einer Schale, die auf seinem Schreibtisch lag. »Drachenstein. Wir besaßen eine Klinge aus Drachenstein, Cashels Dolch, mit dem wir die Magie des alten Körpers hätten zerstören und damit das Leben des Mael Duin beenden können. Aber, haben wir uns gefragt, wen würden wir dann als nächsten töten? Die Welt ist voller Schlechtigkeit. Wonach hätten wir geurteilt, wer leben darf und wer sterben muß? Wie weise wären unsere Urteile gewesen? Und wann wären wir mit ihnen das erste Mal ins Zwielicht geraten, in die Grauzone, in der man nicht mehr sicher sein kann, weil die eigenen Interessen so wichtig scheinen? Nein, das darf nicht der Weg sein ...«

»Der Bauer reißt den Boden auf, wenn er die Saat einbringen will. Man ist niemals völlig ohne Schuld!« widersprach Arrat.

Doulagh sah ihn scharf an. »Das sind Menschengedanken! Bleib mir damit vom Leibe ...«

»Warum protestierst du so heftig dagegen, wenn sie dir so abwegig sind?«

Der Alte sah aus, als wolle er aufbrausen, aber dann begann er plötzlich zu lächeln. »Ich hätte nicht mit dir spielen sollen, Mensch. Aber du hast recht. Ich habe mich mit der Möglichkeit befaßt, das Mael Duin zu vernichten. Nicht so leichtfertig wie du, aber ich habe es getan. Denn wenn das Merl Duin unsere Welt beherrscht – und *ES* wird sie beherrschen, wenn es aus seinem Kerker entkommen kann –, dann hätte nichts, was gut ist, eine Chance zu überleben. Ich sehe in den Nebel, Mensch, und ich stelle fest, daß ich nicht mehr weiß, ob richtig ist, wovon ich gestern noch überzeugt war. Vielleicht denke ich schon *SEINE* Gedanken ...« Doulaghs Worte waren zu einem Gemurmel geworden, das nicht mehr dem Menschen galt. Beunruhigt schritt er die Linie zwischen dem Schreibtisch und dem Fenster auf und ab. Arrat dachte schon, der Alte hätte ihn vergessen, als

Doulagh plötzlich stehenblieb. »Averon sträubte sich gegen den Versuch, das Mael Duin zu vernichten«, sagte er. »Aber Averon kannte auch nicht das Ausmaß der Gefahr. Er entschied sich, seine Lharen weiterhin in den Hain zu schicken, um sie vom Fluch ihrer Macht zu reinigen ...«

»Was ist das für ein Hain?«

Doulagh machte eine abwehrende Handbewegung. »Nichts, was du verstehen könntest. Nichts, was überhaupt irgend jemand begreift. Ein Vermächtnis der Alten. Ein Wald, der kein Wald ist, sondern manifestierte Magie. Die Quelle der Macht und gleichzeitig eine Todesfalle für jedes Gehirn, das sich nach ihr verzehrt. Ein Fluch für das Mael Duin – und für uns vielleicht der Untergang, wenn Brewen sich an Averons Weisung hält ...«

Doulagh brach ab. Schweigend wanderte er durch das Zimmer. Die Furchen in seiner Stirn glichen erstarrten Lavaströmen. »Das Mael Duin kann sich nicht allein befreit haben«, brummte er. »Aber wer hat ihm geholfen? Wer? Daran hängt es ...«

»Könnte sich ein Mensch mit ihm verbündet haben?« Arrat fragte nicht aufs Geratewohl. Er hatte eine Ahnung, die allerdings zu unbestimmt war, um sie zu formulieren. Eigentlich nichts als ein Gefühl.

Doulagh schien von der Bemerkung amüsiert zu sein. Arrat hörte sein trockenes, halbersticktes Lachen. »Kein Mensch. O nein. Eure Hirne sind ...« Er unterdrückte den wohl wenig schmeichelhaften Vergleich, der ihm auf der Zunge lag. »Hast du denn nicht begriffen, daß hier *Macht* im Spiele ist? Das Mael Duin lädt sich mit magischer Kraft auf. Der Himmel weiß, woher es die bekommt, aber ganz gewiß nicht von einem Menschen!« Der Alte blieb vor dem Fenster stehen und starrte in die Nacht. »Nicht von den Menschen und nach Averons Meinung – und in dieser Sache vertraue ich ihm, denn er kennt seine Leute – auch nicht von den Lharen. Warum fragst du nicht, was dann noch bleibt?«

»Die Ratths oder die Kobolde? Oder die Oghools und Trolle?«

Doulagh wischte seine Worte mit einer Handbewegung weg.

»Nein, ich habe die Draaks gesehen, die das Mael Duin erschaffen hat. Dort hat kein Oghool geholfen, obwohl einige von ihnen Magie besitzen, wie wir es ja bei Hormen gesehen haben. Auch die Kobolde und Ratths waren es nicht. Dort war Lharenkraft am Werke, Mensch. Ich habe Schönheit gesehen, Schönheit, die selbst die Häßlichkeit durchleuchtete, die von dem Alten ausströmt. Das Wesen, das sich mit dem Mael Duin zusammengetan hat, stammt aus Yrisyls Haus. Aber es ist stark. Stärker, als die Lharen sind. Es ist wie ein Mensch. Selbst in Aneirin, wo niemand es wahrhaben wollte, ist man zu diesem Schluß gekommen. Es muß ein Wesen sein, halb Lhare, halb Mensch. Verstehst du, worüber wir uns den Kopf zerbrechen? Halb Mensch, halb Lhare, da haben wir die Kraft und die Magie. Und um deiner nächsten Frage zuvorzukommen: Seit Hunderten von Jahren hat sich kein Lhare mehr mit jemandem aus dem Menschengeschlecht verbunden, bis auf Ewen, Salvains Mutter.« Der Alte brach ab, so als wären plötzlich Erinnerungen in ihm wach geworden. Und als er dann, nach einer ganzen Weile, weitersprach, klang seine Stimme bekümmert. »Sie ist zu mir gekommen, nachdem sie ihr Kind entbunden hatte. Es war eine Flucht gewesen. Das törichte Kind hatte das Wesen der Menschen zu spät erkannt. Und dazu war der, mit dem sie davongelaufen war, Osbrand, nicht einer der Besten gewesen. Aber zumindest hatte sie den Verstand, das Kind zu mir zu bringen. Und sie ließ mir die Wahl, es zu töten oder es am Leben zu lassen. Ich weiß, daß ich es hätte töten müssen, aber es ist etwas Besonderes um die Unschuld eines Kindes, und auch ich bin ein Lhare. Ich habe die Verantwortung an ihren Vater Averon weitergegeben. Und auch er konnte den Knaben nicht töten. Er hat ihn mit sich genommen und aufgezogen, und gelegentlich hat er ihn zu mir bringen lassen, damit ich ihn beobachte. Irgendwie, hofften wir, würde es schon gutgehen. Zwei alte, sentimentale Narren. Obwohl, du hast ihn ja kennengelernt. Hättest du ihm jemals Falschheit zugetraut?«

Plötzlich gingen die Lichter an, und Arrat schloß geblendet die Augen. Als er sie wieder öffnete, sah er Doulagh vor seinem Schreibtisch sitzen und auf die Platte starren. Der alte Mann hob den Kopf.

»Nun, Mensch, was sagst du? Soll ich ihn töten? Er hat jetzt keine Kraft. Gebunden durch den Stein aus Schuschas Halle. Es braucht nicht mehr als eine entschlossene Hand und ein scharfes Messer. Die Sache eines Augenblicks. Soll ich ihn töten?«

Arrat wandte sich ab. Das Fenster war jetzt wieder nicht mehr als eine schwarze Scheibe.

»Soll ich ihn töten?« drängte Doulagh.

»Spielt es eine Rolle, was ich meine?«

»Ja. Deshalb habe ich dich hierhergeholt. Ich habe gesehen, daß du einen kühlen, nüchternen Verstand hast. Aber ich habe auch gesehen, daß du ihn liebst, so wie wir ihn lieben. Und du warst in den letzten Wochen mit ihm beisammen. Vielleicht weißt du mehr über ihn und verstehst ihn besser, als wir es tun. Deshalb frage ich dich: Soll ich ihn töten?«

Arrat blieb vor einem der Regale stehen und starrte in das Licht eines leuchtenden rosa Steines. Salvain wickelt dich ein wie einen Säugling, hatte Sardeik ihm in der Höhle vorgeworfen. Der Junge ist nicht echt. Es stimmt etwas mit ihm nicht. Das hatte Sardeik gesagt. Aber da waren auch noch andere Dinge gewesen. Salvains Hände auf seinem Leib, als er in Gorts Hütte im Sterben gelegen hatte, Salvains Empörung, als Goowie auf den Ratth einschlagen wollte, sein Entsetzen, als Arrat ihm mit Owoos Tod gedroht hatte, sein Bemühen, Tarek über die Verlegenheit hinwegzuhelfen, als der ihn den Abhang hinuntergestoßen hatte. Wo war da die Skrupellosigkeit gewesen, von der Doulagh sprach? Konnte ein Mann sich so verstellen?

Arrat drehte sich zu dem Alten um. »Ich möchte, daß du alles, was du mir eben gesagt hast, noch einmal vor Salvain wiederholst«, sagte er. »Ich möchte hören, was der Junge selbst dazu meint.«

»Warum? Die Lharen sind bekannt als Geschichtenerzähler ...«

»Ich möchte seine Verteidigung hören!« beharrte Arrat. »Das bin ich ihm schuldig, und ich glaube, du bist es auch.«

Der Alte beäugte ihn mit einem durchdringenden Blick, und einen Augenblick lang fühlte Arrat einen leichten Kopfschmerz in den Schläfen, aber plötzlich begann Doulagh zu lächeln, und der Schmerz verging.

»Also gut, Mensch. Gehen wir hinunter zu unserem Freund. Dieses Mal spielen wir beide gegen einen gemeinsamen Gegner, und dann wird es sich zeigen, ob unsere vereinte Klugheit ausreicht, mit ihm fertig zu werden.«

Arrats Gefährten waren noch wach. Sie kauerten übernächtigt und frierend auf dem Boden oder gingen umher, um sich Wärme zu verschaffen. Doulagh blieb in der Tür stehen und musterte sie ohne Begeisterung.

»Zu viele Menschen«, brummelte er leise vor sich hin. Vor dem Kamin blieb er stehen. »Warum ist hier kein Feuer?«

»Wir hatten Sorge, ob Eure Schornsteine den Strapazen eines Feuers gewachsen sind«, bemerkte Mekeele spitz.

Doulagh warf ihr einen verdrossenen Blick zu, dann hob er mit einer lässigen Bewegung den Arm, und schon schlugen Flammen im Kamin hoch. Wenn er die Überraschung und den neuen Respekt in den Augen seiner Gäste bemerkte, dann ließ er es sich jedenfalls nicht anmerken. Langsam schlurfte er zu einem Sessel und ließ sich in das verschlissene Polster sinken. Und wenn seine klaren, flinken Augen nicht gewesen wären, die sie immerfort beobachteten, dann hätte man ihn für irgendeinen beliebigen, müden Greis halten können.

»Zu viele Menschen!« brummte er noch einmal.

Im nächsten Augenblick flog die Tür auf, und der Kobold sauste herein, an den Menschen vorbei, quer durch den Saal, bis er bei dem Alten stand. Er schnatterte erregt etwas in der Koboldsprache, das, wenn überhaupt, nur Salvain verstehen konnte. Als Doulagh nicht antwortete, zog er ein kleines Stahlmesser aus dem Gürtel und stellte sich in eindeutiger Haltung neben seinen Meister, wobei er seine Blicke wie Dolche schleuderte.

Der Alte gebot ihm Ruhe und richtete seine Aufmerksamkeit auf Salvain.

»Jetzt zu dir, Osbrands Sohn«, knurrte er. »Du bist in mein Haus gekommen. Ich weiß nicht, warum du es getan hast, und ich vermute, daß es mir nicht gefallen würde, wenn ich es wüßte. Aber nun bist du hier, und da du hier bist, wirst du mir meine Fragen beantworten.«

Salvain rührte sich nicht. Er malte mit entnervender Langsamkeit konzentrische Kreise in den Staub der Tischplatte und tat, als ging ihn alles nichts an. Die Miene des Alten wurde hart.

»Komm her zu mir!« befahl er in barschem Ton.

Als Salvain noch immer nicht reagierte, stampfte er zornig mit dem Fuß auf. »Es ist genug, Junge! Vielleicht meinst du, daß du mir nicht zu antworten brauchst, weil du dich von den Lharen losgesagt hast, aber hier sind auch noch die Menschen, mit denen du dich zusammengetan hast. Und wenn du dich schon auf ihre Seite geschlagen hast, so denke ich, daß du wenigstens ihnen Offenheit schuldest!«

Salvain blickte auf. »Ich habe mich *nicht* von den Lharen losgesagt, und ich habe mich auch mit niemandem zusammengetan! Und wenn es irgend jemanden gibt, dem ich Rechenschaft schuldig bin, dann sind es die Männer von Aneirin!«

»Ach, tatsächlich? Nun, man wird sich freuen, es dort zu hören!« gab Doulagh trocken zurück. »Schließlich streifen seit mehr als drei Wochen Hunderte von Lharen durch die Berge und Wälder, um dich gerade darum zu bitten.«

Befriedigt registrierte der Alte die Bestürzung auf Salvains Gesicht, die die Gleichgültigkeit daraus vertrieb.

»Wieso? Aber ich ... sie wissen doch, warum ich fortgegangen bin ... «

»Ach, tun sie das? Dann sei doch so gut, und erkläre es mir auch noch einmal. *Ich* weiß es nämlich nicht, und ich bin überaus begierig, es zu erfahren.«

»Ich bin gegangen, weil ...« Salvain hielt inne. Er stand auf und stützte sich auf die Tischplatte. »Doulagh, warum suchen sie mich?«

»Sie suchen dich, um das von dir zu fordern, was du ihnen so bereitwillig geben willst: Rechenschaft. Sie wollen dich vor das Gericht des Rates laden.«

»Aber warum denn?«

»Tja, warum. Du hast recht, es ist eigentlich überflüssig, denn das Urteil, das sie über dich fällen werden, steht bereits fest.«

»Warum? Ich will wissen, warum!«

Doulagh beobachtete den jungen Mann mit schlau gespitzten Lippen, antwortete aber nichts.

Salvains Blicke irrten zu Arrat, der sich in den Schatten des Fensters zurückgezogen hatte. Furcht stand in seinen Augen, und Arrat kam sich treulos und schäbig vor, als er den Kopf senkte. Aber Doulagh war ein Mann, der zu überzeugen verstand, und seine Verdächtigungen hatten Hand und Fuß gehabt.

»Sie werden dich in den Hain schicken, Salvain«, kam wieder Doulaghs näselnde Stimme vom Kamin. »Das ist es, was sie mit dir vorhaben. So lautet ihr Urteil.«

Salvain starrte ihn an. »Nein. Das ... ist unmöglich. Du weißt doch, was Averon gesagt hat. Er würde niemals wollen ... «

»Vielleicht. Aber Averon ist tot«, gab Doulagh zurück. Und mit brutaler Offenheit fügte er hinzu: »Gestorben an einem Messer, das man ihm ins Herz gestoßen hat.«

Salvains Augen weiteten sich, und Arrat war von Herzen erleichtert über das Entsetzen, das er darin las.

»Man hat ihn in seinem Schlafzimmer ermordet. An dem Tag, an dem du aus Aneirin verschwunden bist. Und da du ja so gar nichts darüber weißt, sollte ich vielleicht noch hinzufügen, daß an diesem Tag sein Haus voller Lharen war, weil das Fest der Flüsse und Seen vorbereitet wurde. Kein Fremder konnte ungesehen durch die Räume gehen, und die Fenster, die zu dem Schlafzimmer führten, waren alle von innen verschlossen. Nein, niemand hat etwas Auffälliges bemerkt. Das einzig Sonderbare an jenem Tag war, daß Salvain, Osbrands Sohn und Averons Enkel, davongelaufen ist. Einfach so. Ohne ein Wort der Erklärung. Man hat sich natürlich gefragt, warum er fortgegangen ist, und man hat sich auch gefragt, wen Averon ohne Arg in sein Schlafzimmer hineinläßt. Und nachdem man das alles gründlich bedacht hat, entschloß man sich, den Enkel Averons suchen zu lassen.«

Salvains Gesicht hatte alle Farbe verloren. Er sagte nichts mehr, und auch die anderen schwiegen, während sie versuchten, die Anschuldigungen des alten Mannes zu begreifen. Ratlos und verlegen schauten sie auf den Jungen, mit dem sie so lange gereist waren, nur um die Blicke sofort wieder abzuwenden. Schließlich war es Sardeik, der das Schweigen brach.

»Gut, Zauberer, wir haben gehört, was du gesagt hast«, erklärte er mit seiner tiefen, vernünftigen Stimme. »Nur kann leider keiner von uns prüfen, ob es wahr ist.« Der Chan erhob sich von der Bank, auf der er saß, und reckte sich zu seiner vollen Größe auf. »Man kann eine Menge behaupten, wenn man es nicht beweisen muß. Und von dem, was du hier behauptet hast, Zauberer, ist nichts, kein einziges Wort belegt!«

»Jawohl! Genauso ist es!« fügte Mekeele mit Nachdruck hinzu.

Doulagh schwieg einen Moment, dann nickte er. Er streckte dem Kobold seine Hand hin, und der Wicht zog aus einem Beutel, den er um seinen Hals trug, eine durchsichtige, kleine Kugel. Doulagh betrachtete sie einen Moment, dann warf er sie in die Luft. Noch im Fluge fing sie an, sich zu verändern. Ihre Ränder begannen zu flimmern, sie wuchs, dehnte sich aus, und während die Konturen sich verwischten, wurde die Mitte der Kugel dunkler, bis sich dort einige Schatten manifestierten, die dann sehr schnell zu menschlichen, oder besser lharischen Gestalten wurden. Es waren fünf weißgekleidete Männer. Vier von ihnen saßen auf einer Art Tribüne in einem Halbkreis, während der fünfte, ein noch junger Mann, in ihrer Mitte stand. Er war großgewachsen und hatte den schmalen, feinen Kopf und das silbrig-glänzende Haar der Lharen. Sein Gesicht war gütig und doch voller Würde und Autorität. Und ohne daß es ihm jemand erklärt hatte, wußte Arrat, daß es Brewen sein mußte.

Jetzt sah er auch die Anzeichen der gerade überstandenen Krankheit. Die spitzen Knochen, die durch das dünne, weiße Gewand stachen, die Augen, die viel zu tief in den Höhlen lagen, und er sah auch, daß Brewens Hand, mit der er ein Papier hielt, zitterte. Die Stimme des Königs klang angestrengt, als er anfing zu sprechen.

»Ich, Brewen, Herr und Diener der Lharen, erkläre im Einverständnis und Auftrag des Rates von Aneirin, daß Salvain, der Sohn Ewens und Osbrands, des Menschen, nach Aneirin befohlen wird, um in den Hain zu gehen.« Brewen machte eine Pause und starrte auf das Papier, als hätte er den Faden verloren und müßte nachschauen, wie es weitergehen sollte. Dann las er offensichtlich wörtlich aus dem Schriftstück weiter: »Sollte er sich weigern zu kommen, so ist es der Beschluß des Rates, daß er getötet werde. Das ist unser Wille, und so soll es geschehen.« Er hob den Kopf. Einen Moment schwieg er. Dann wiederholte er mit Nachdruck und als bräuchten die Worte eine Bekräftigung: »Das ist mein Wille.«

Die Gestalten verschwammen, sobald Brewen das letzte Wort ausgesprochen hatte, und an ihrer Stelle erschien die Figur eines stilisierten Drachens in einem blauen Kreis, die wohl etwas wie ein Siegel darstellen sollte. Die Kugel schmolz auf den Drachen hin zusammen und fiel mit einem leisen Klappern auf die Steinfliesen.

Die Menschen im Saal folgten ihr mit den Augen, als sie neben den Kamin rollte, und sahen dann Doulagh zu, der sich umständlich nach ihr bückte, sie aufhob und in seine Tasche steckte.

»So sieht es also aus, Salvain«, sagte er, nachdem er sich wieder gesetzt hatte.

Salvain, der noch immer auf die Stelle starrte, wo das Licht in der Luft gehangen hatte, wendete ihm langsam das Gesicht zu.

»Ich werde gehen, sobald es Tag wird«, sagte er.

»Sie werden dich töten. Hast du das verstanden? Sie nennen es ›in den Hain gehen‹, aber in Wirklichkeit bedeutet es, daß sie dich töten werden.«

»Ich werde gehen«, wiederholte Salvain.

»Weißt du, warum sie es wollen?« Doulagh sah jetzt nicht mehr ärgerlich aus. Seine Stimme klang fast weich.

Salvain schüttelte den Kopf.

»Es ist wegen des Mael Duin. Das Alte, Böse rüttelt an den Stäben seines Kerkers, und es gibt jemanden, der den Schlüssel in der Hand hält, um ihm aufzuschließen.«

Doulagh wartete, aber Salvain starrte an ihm vorbei in die Flammen, die im Kamin loderten. Es war offensichtlich, daß er gar nicht zugehört hatte. Doulagh seufzte.

»Salvain!« sagte er, und als der Lhare noch immer nicht reagierte, wiederholte er seinen Namen noch einmal lauter. »Hast du verstanden, was ich sage, Junge? Es gibt nicht viele, die die Macht haben, dem Mael Duin zu helfen. Aber einer, von dem wir wissen, daß er es könnte, bist du. Begreifst du, was das bedeutet?«

»Ich bin kein Lhare. Ich habe keine Macht.« Es klang wie ein auswendig gelernter Vers, der seine Bedeutung verloren hatte.

»Vielleicht hast du sie, vielleicht hast du sie nicht. Aber wenn du sie hast, und wenn du es warst, der in das Mael Duin gegangen ist, um ihm zu helfen, dann hast du Erinnerungen, Gedanken daran in deinem Kopf.«

»Ich werde nach Aneirin gehen.«

»In Aneirin wirst du sterben. Du hast gehört, was Brewen gesagt hat. Es ist ein Beschluß des Rates, und sie werden ihn nicht ändern. Auch Brewen nicht. Er kann es gar nicht. Das solltest du wissen.«

Wieder wartete Doulagh vergebens auf eine Antwort.

»Salvain, höre mir bitte zu. Hör genau zu, was ich dir jetzt sage. Du weißt, daß die Lharen die Macht haben, ihre Gedanken auszutauschen. Davon werden sie dir erzählt haben. Und sie werden dir auch gesagt haben, daß ich, Doulagh, diese Fähigkeit in besonderem Maße besitze. Wenn du den Mut hättest, wenn du mir vertrauen würdest, dann könnte ich dir vielleicht helfen. Laß mich sehen, welche Erinnerungen du an die letzten Monate hast. Laß mich in dein Gedächtnis eindringen, damit ich weiß – damit wir alle wissen –, was wir von dir zu halten haben.«

Er wartete, um sicherzugehen, daß der Lharenprinz seine Worte verstanden hatte.

»Das ist verboten«, sagte Salvain.

»Natürlich ist es verboten. Und mit gutem Grund, denn es ist gefährlich. Aber manchmal muß man gefährliche Wege gehen, um sein Ziel zu erreichen. Es gibt Zeiten, da reichen Gesetze nicht mehr aus.«

»Ich habe dir gesagt, daß ich nach Aneirin gehen werde. Und wenn ich im Hain gewesen bin, dann spielt es keine Rolle mehr, was ich getan oder nicht getan habe.«

»Nein, für dich nicht, du kleiner Kindskopf«, sagte Doulagh schon wieder eine Spur ungeduldiger. »Aber wenn *du* es nicht bist, der dem Mael Duin hilft, und wenn du trotzdem im Hain stirbst, was ist dann? Dann gibt es jemanden, der deine Macht besitzt, und wir werden es nicht wissen. Wir werden uns in

Sicherheit wiegen und wertvolle Zeit verlieren. Und wenn es wirklich so jemanden gibt, jemanden mit deiner Macht – vielleicht würden wir dich brauchen ...«

Salvain preßte seine Handballen gegen die Stirn. »Dann komm doch mit nach Aneirin und bitte Brewen um Erlaubnis. Wenn es wirklich so ist, wie du sagst, dann wird er damit einverstanden sein.«

»Brewen, Brewen«, knurrte Doulagh böse. »Hast du nicht einen eigenen Kopf zum Denken mitbekommen? Wir haben nicht alle Zeit der Welt. Und bevor Brewen einen Entschluß trifft, wird er den Rat einberufen, man wird tagelang diskutieren, und bevor man sich geeinigt hat, wird die Welt über uns zusammenstürzen!«

»Ja, aber Brewen vertraue ich!«

»Und mir nicht? Willst du das sagen?« Als Salvain schwieg, knurrte Doulagh: »Nun ja. Das ist wenigstens ein Argument.«

»Was ist an ein bißchen Gedankenlesen so schlimm?« mischte sich Sardeik ein. »Wenn du wirklich nichts zu verbergen hast, Salvain, dann ist doch auch nichts dabei. Hinterher kannst du immer noch zu deinen Leuten gehen, wenn du es unbedingt willst.«

»Hm«, knurrte Doulagh, der wohl zu wissen schien, daß das so einfach nicht war. »Sieh es einmal so, Junge. Wir beide brauchen jetzt ein bißchen Vertrauen. Ich weiß, es ist schwierig zu vertrauen, wenn alles, was gestern noch richtig war, plötzlich seinen Wert verloren zu haben scheint. Aber für uns beide und für dein Volk ist es vielleicht eine letzte Chance. Ich werde dir jetzt die Fesseln abnehmen, damit sie mich nicht behindern. Du kannst mir glauben, ich tue das auch nicht gerade gern. Nimm es als Zeichen *meines* Vertrauens.«

Hilfesuchend blickte Salvain zu Arrat und dann zu den anderen.

»Vielleicht solltest du es erst einmal überschlafen«, schlug Mekeele vor.

»Bring's hinter dich, dann hat wenigstens das Mißtrauen ein Ende«, empfahl Sardeik.

Torrot nickte. »Und wir sind ja schließlich auch noch da«, meinte er. Dieser überaus vage Trost schien die Entscheidung zu bringen. Salvain nickte, und nachdem er sich einmal entschlossen hatte, trat er ohne Zögern vor Doulagh hin.

»Was soll ich tun?«

Doulagh zog aus seiner Tasche einen steinernen Miniaturschlüssel und öffnete die Fesseln. Sie fielen klirrend zu Boden, und unwillkürlich hielten sie alle, einschließlich Doulagh, den Atem an.

»Nun, es sieht ja so aus, als wäre nichts Schlimmes passiert«, meinte Salvain mit einem gezwungenen Lächeln. »Wie soll es jetzt weitergehen?«

Doulagh räusperte sich. »Komm, knie dich vor mir nieder. Ich bekomme einen steifen Hals, wenn ich zu dir hochschauen muß.«

Salvain gehorchte, und Doulagh nahm seine Hände zwischen die faltigen Greisenfinger. »Hast du Angst?«

Salvain schüttelte den Kopf.

»Du mußt versuchen, dich zu entspannen, verstehst du? Du darfst nicht dagegen ankämpfen, sonst ist es gefährlich. Und wenn ich gefährlich sage, dann meine ich auch gefährlich«, fügte er mit Nachdruck hinzu.

Salvain senkte den Kopf, und Doulagh schloß die Augen.

Zuerst geschah gar nichts.

»Entspannen, sagte ich«, knurrte Doulagh. Dann wurde es ruhig um die beiden Gestalten, und auch kein anderer in der Halle wagte es mehr, sich zu rühren.

Nach und nach nahm Doulaghs Gesicht einen Ausdruck gespannter Konzentration an. Was mit Salvain geschah, konnten sie nicht erkennen, denn sein Gesicht war durch die herabhängenden Haare verborgen, aber sie sahen, wie seine Schulterblätter sich spannten und sein Rücken steif wurde. Es war totenstill, selbst das Feuer knackte nicht mehr. Sie warteten, ohne zu begreifen, was da geschah, oder zu ahnen, was passieren könnte, aber alle im Gefühl einer unbestimmten Gefahr. Die Zeit schien in eine andere Dimension zu rutschen, in der es kein Vorwärtsschreiten mehr gab. Stumm, fast ohne zu atmen, starrten sie auf die beiden Lharen. Sie hörten Salvain leise aufseufzen, und Mekeele warf Arrat einen besorgten Blick zu, den sie aber gleich wieder auf die kauernden Gestalten lenkte. Auch der Troll hatte das Seufzen gehört. Er kam aus seiner Ecke gekrochen und fingerte nach Mekeeles Ärmel.

Sie sahen, wie Salvain unruhig wurde und sich leicht bewegte, und wie die Miene des Alten verschlossener und härter wurde. Doulagh beugte sich etwas nach vorn. Die Adern seiner mageren Hand traten heraus, als er fester zupackte. Weiter zerrannen die Minuten, und noch immer sagte niemand ein Wort.

Dann begann Salvain zu stöhnen. Arrat trat unwillkürlich einen Schritt auf die beiden Männer zu, aber sofort hob der Kobold sein Messer und trieb ihn mit einer drohenden Gebärde zurück.

Das Stöhnen wurde lauter und ging in ein Schluchzen über. Salvains Kopf fiel nach vorn auf Doulaghs Knie. Er begann, sich zu winden, aber Doulagh hielt ihn mit eiserner Kraft fest.

»Verdammt, was tut der Alte?« hauchte Mekeele entgeistert. Der Kobold, der ihre Worte vernommen hatte und eine Drohung darin sah, richtete sein Messer auf den Hals des Lharenprinzen. Sein schwarzes Gesichtchen war von einem bestürzenden Ernst erfüllt.

Salvains Stöhnen ging in ein Schreien über. Irgendwelche Worte in der Lharensprache, die sie nicht verstanden. Er warf den Kopf in den Nacken, und als seine Haare zurückfielen, sahen sie, daß sein Gesicht zu einer Grimasse verzerrt war. Er hatte die Augen geöffnet, ohne etwas zu sehen, und in ihnen spiegelte sich ein Alptraum aus Schmerz, Entsetzen und panischer Angst. Er mußte sich die Lippen blutig gebissen haben, denn ein dünner Blutstrom floß über sein Kinn. Arrat wollte auf ihn zuspringen, aber da schoß das Messer des Kobolds dem Knienden direkt an die Kehle, und Arrat trat in hilflosem Schrecken zurück, voller Angst, Salvain könnte sich an der scharfen Klinge verletzen.

Aber in diesem Moment, in dem Doulaghs Wächter durch die Attacke des Hauptmanns abgelenkt war und nicht auf die anderen achtete, raffte sich plötzlich der Troll auf und stürzte mit einem Schrei der Wut und der Furcht an Mekeele vorbei auf den Magier zu, und das geschah so schnell, daß selbst der Kobold nicht in der Lage war, es zu verhindern. Owoo griff nach dem faltigen Hals, ehe der Kleine ihn überhaupt wahrnahm. Doch da schien Doulagh selbst die Gefahr zu spüren. Er öffnete die Augen, und im selben Moment flog der Troll, wie von einer unsichtbaren Hand geschleudert, quer durch den Raum, prallte gegen die Steinwand und sackte besinnungslos zu Boden.

Doulagh hatte Salvains Hände nicht losgelassen, aber als seine Aufmerksamkeit auf den Troll gerichtet war, schienen die unheimlichen Kräfte, mit denen er den Jungen beherrschte, geteilt zu sein. Salvain blickte hoch, und im nächsten Moment schrie Doulagh auf. Er ließ die Hände fahren und faßte sich mit einer Grimasse des Schmerzes an den Kopf.

Salvain stürzte zu Boden, kam aber gleich auf die Füße und wich bis an den Tisch zurück. Schwer atmend lehnte er sich gegen die Holzplatte, seine Hände, die die Kante umklammerten, waren weiß. Der Kobold wollte sich auf ihn stürzen, aber Doulagh erwischte den Kleinen beim Rockzipfel und hielt ihn fest.

»So«, sagte der Alte mit einem Lachen, das in krassem Gegensatz zu seinem blassen Gesicht stand. »Du hast also keine Macht, Ewens Sohn ...«

Salvain wischte sich mit dem Handballen den Schweiß und die Tränen aus dem Gesicht. Seine Stimme klang fast so schrill wie die des Zauberers, als er ihm entgegenwarf: »Weißt du es jetzt, Doulagh? Du hast doch gesagt, du willst herausfinden, ob ich Averon getötet habe und ob ich im Mael Duin gewesen bin. Nun? Bin ich Averons Mörder? Die Menschen warten. Die ganze Aufregung muß sich doch wenigstens gelohnt haben. Aber du weißt es nicht. Und du hast gewußt, daß du es nicht herausfinden würdest. Es kam dir auch gar nicht darauf an. Du wolltest etwas ganz anderes von mir ...«

»Mein Junge, du tust mir unrecht.« Doulagh zog sich von seinem Stuhl hoch. »Komm her, Salvain. Komm her, mein Kind. Laß mich deine Schmerzen lindern ...«

Salvain wich vor ihm zurück und preßte sich noch dichter gegen den Tisch.

»Ich wollte dir nicht weh tun«, sagte Doulagh sanft. »Es tut mir leid. Ich dachte nicht, daß es so schwer sein würde. Aber du weißt, selbst wenn ich es gewußt hätte, hätte ich es dir nicht ersparen können.«

»Nein, das ... ist nicht wahr. Ich hasse alles, was du mir gezeigt hast. Ich will davon nichts wissen! Ich hasse es, Doulagh!«

Dem Jungen liefen die Tränen über das Gesicht, und bevor Doulagh etwas erwidern oder reagieren konnte, drehte er sich um und rannte hinaus. Der Kobold hob die Hand, als wolle er ihn daran hindern, aber der Magier schüttelte den Kopf.

»Laß ihn laufen. Es war ein bißchen viel für das Kind. Lassen wir ihm Zeit. Aber«, fügte er hinzu, »es wäre vielleicht gut, wenn jemand hinter ihm herginge und aufpaßte, daß er keine Dummheiten macht.«

Arrat nickte Sardeik zu, und der Skelde verließ die Halle, allerdings nicht, ohne dem Alten einen finsteren Blick zuzuwerfen.

»Du hättest ihn beinahe umgebracht!« zürnte Arrat, als sich die Tür geschlossen hatte.

»Ja, das stimmt«, gab Doulagh zu. »Und zwar in dem Moment, als euer Troll mir an die Kehle wollte. Ich hatte mir schon gedacht, daß ihr mir Schwierigkeiten machen würdet.«

Er schlurfte zur Tür.

»Halt, Zauberer. Ich möchte wissen, was dort eben passiert ist!« Arrat wußte, was er sagte, war in Sinn und Ton eine gefährliche Unverschämtheit, aber ihm kochte das Blut.

»Was geschehen ist, Mensch?« Doulagh zog die Augenbrauen hoch. »Ja, hast du das denn nicht verstanden? Ich habe ihm die *Macht* gezeigt, die er besitzt. Das ist geschehen. Ich habe ihm gezeigt, wie faszinierend sie ist und wie er sie anwenden muß. Und«, fuhr er mit einem ironischen Lächeln fort und tippte sich an die Schläfe, »er scheint es ja auch begriffen zu haben.«

»Warum solltest du ihm so eine Waffe in die Hand gegeben haben, wenn du nicht einmal weißt, ob er mit dem Mael Duin im Pakt steht?«

»Ja!« Doulagh ließ die Türklinke fahren und lehnte sich an die Wand. Arrat sah, daß die Hand, mit der er sich abstützte, zitterte. »Das ist tatsächlich der schwache Punkt. Es ist ein Wagnis. Andererseits, muß man nicht ein wenig Vertrauen haben in diesen schlimmen Zeiten?«

»Mach dich nicht lustig!«

Doulagh seufzte. »Also gut. Ich will versuchen, es dir zu erklären, damit du Frieden gibst. Bist du ein guter Kämpfer? Ich meine, mit diesen angespitzten Metalldingern, die ihr immer mit euch herumschleppt? Ja, schon gut. Ich erinnere mich, was du mit den Baeldogs gemacht hast. Wenn du also jemandem begegnen würdest, Mensch, der genausogut kämpft wie du, der es aber vor dir verbergen möchte, der aus irgendeinem Grund als Meister Ungeschickt dastehen möchte, würdest du den Schwindel merken, wenn du mit ihm kämpfst?«

»Ich weiß nicht. Ja doch, ich glaube.«

»Siehst du!« Doulagh nickte befriedigt, als wäre damit alles geklärt. »Wer auch immer mit dem Mael Duin im Bunde steht, er hat Macht, ungeheure Macht. Und er hat sie bereits angewandt. Er ist ein Könner. Aber unser gemeinsamer junger Freund – nun, du hast es ja selbst gesehen. Ein kleines, strampelndes Lämmchen. Ich habe ihm ein Messer in die Hand gegeben, um es einmal mit deinen Bildern zu erklären, und er hat es dazu benutzt, sich selbst ins Fleisch zu schneiden. Nicht *nur* sich selbst«, gab der Alte zu, »aber doch hauptsächlich. Er war wie ein dummes, verschrecktes Kind. Und nun frage ich dich: Kann ein Mann mit dem Bösen verschmelzen und dabei ein Kind bleiben, he? Nein, daran glaube ich nicht. Und jetzt laß mich damit in Ruhe. Ich muß mich ausruhen. Nicht nur dein Freund hat heute nacht gelitten.«

Er schlurfte davon, aber an der Tür drehte er sich noch einmal zu Arrat um.

»Er darf nicht nach Aneirin gehen, verstehst du? Niemandem ist damit gedient, wenn er stirbt. Aber das wird man dort kaum begreifen. Brewen würde ihn in den Hain schicken. Er würde ihn dort sterben lassen. Und das muß auf jeden Fall verhindert werden.«

Doulagh ging hinaus und hatte die Tür schon fast hinter sich ins Schloß gezogen, da öffnete er sie noch einmal.

»Und Salvain wird kämpfen müssen. Egal, ob es ihm gefällt oder nicht. Vielleicht kannst du ihm das auch erklären, Mensch. Denn, wie es scheint...«, der Alte grinste, »habe ich im Moment nicht sein geneigtes Ohr.«

XVII

Nachdem der Kobold den ungeliebten Gästen ihre Schlafkammern gewiesen hatte – staubige, fensterlose Räume, deren Mobiliar sich auf jeweils zwei hölzerne, mit Strohkissen ausgestopfte Bettgestelle beschränkte –, führte er Arrat über einige Treppen und einen verbauten Innenhof zum westlichen Wohnturm. Er öffnete eine Brettertür, schob mit dem Fuß einen Holzkeil darunter und deutete die Wendeltreppe hinauf.

»Wird sein verkrunschen, Halbeling das!« quiekte er mit seiner gehässigen Koboldstimme. »Furt springt! Tür verrammschelt! Flegeling! Hört piesackt und droschen! Lockt Wirsch in Turm. Sperrt Wirsch in Licht. Klotzgrobian! Zwickeln un zwackeln! Nägeln un kniffen ... «

Arrat schob den Kobold aus dem Türrahmen, nahm ihm die Öllampe ab und stieg die Holzstufen hinauf.

Der Turm war höher, als er angenommen hatte. Er passierte fünf Sockelgeschoße, an deren jedes sich ein leerer, nach Staub und Schimmel riechender Raum anschloß, bis er endlich die Turmtür vor sich auftauchen sah. Sardeik kam ihm von den obersten Treppenstufen aus entgegen.

»Er steht da, guckt Löcher in die Luft und redet kein Wort«, brummte der Skelde. Er quetschte sich an Arrat vorbei und tastete sich am Geländer entlang die Treppe hinunter. Kurz vor der ersten Biegung blieb er noch einmal stehen. »Willst du wissen, was ich denke?«

Arrat nickte.

»Ich denke, wir sollten versuchen, nach Aneirin zu gelangen und unser Heer aufzuhalten und die Sache mit diesem Mael Duin, was auch immer das sein mag, den Lharen überlassen. Sollen die sich darum kümmern. Wir beide verstehen nichts von Zaubereien. Das ist meine Meinung. Und der Teufel weiß, ich habe schon jetzt das Gefühl, daß sie falsch ist.«

Arrat grinste. Er hob die Hand zum Gruß und erklomm die letzten Stufen. Auf der Schwelle zur Turmplattform blieb er stehen. Sein Blick flog über die Mauerzinnen, die sich als schwarze Zacken gegen die Nacht abhoben. Undeutlich erkannte er etwas Massives jenseits der Brüstung, eine Brücke, die die beiden Flachdächer des Doppelturmes miteinander zu verbinden schien. Offensichtlich waren die beiden Turmspitzen einmal als zusätzliches Wehrgeschoß geplant gewesen. Aber inzwischen waren die Mauern zerbröckelt, und das Dach befand sich in demselben jämmerlichen Zustand des Verfalls wie der Rest der Burg.

Arrat tastete sich mit Hilfe seiner Lampe zu dem Lharen, der reglos wie ein gefrorener Schatten an einer Mauerbrüstung lehnte und in die Tiefe starrte. Er wollte etwas sagen, aber bereits nach dem ersten Wort unterbrach Salvain ihn.

»Laß mich allein«, stieß er so unfreundlich hervor wie nie.

Arrat trat neben ihn und stützte sich mit den Unterarmen auf die Mauer. Der Mond hatte sich aus dem Nebel hinausgearbeitet und schwebte als strahlend goldene Sichel am blauschwarzen Himmel. Aber unterhalb der Sichel sah es übel aus. Der Nebel schien sich wie ein kompakter Ring um die Burg herum verdichtet zu haben. Ein bläßlicher Dunst voller gestaltlosen Lebens, der sich aufgemacht hatte, die Veste zu belagern. Die Schwaden wurden vom Wind die Mauern emporgetrieben, als suchten sie nach Schwachstellen, um in die feindliche Festung eindringen zu können. Aber es war, als wäre Enniskillen von einer unsichtbaren Haut umgeben, einer Art Rüstung, an der die Nebeltröpfchen abprallten und hinunterrannen. Doulagh schien seine Behausung tatsächlich auf eine Weise zu schützen, die wirksamer war als Wälle und bewaffnete Soldaten. Oder, fragte Arrat sich mit einem Anflug des alten Mißtrauens, hatte er vielleicht doch ein Abkommen mit dem Mael Duin geschlossen? Schließlich wußten sie nur aus seinem Mund, daß Averon tot sein sollte. Und war eine Zauberkugel in der Hand eines Zauberers überhaupt ein Beweismittel? Er hätte gern Salvain über diese Sache ausgefragt, aber ein Blick in das zerquälte Gesicht des Jungen überzeugte ihn, daß jetzt nicht der richtige Zeitpunkt dafür war.

»Es tut mir leid, daß dein Großvater gestorben ist«, sagte er. »Und auch das mit den beiden jungen Männern, deinen Freunden, die sie in Gorrota getötet haben.«

Seine Worte brachten keine Reaktion, außer, daß der Lhare sich noch tiefer in sich selbst verkroch.

Arrat seufzte. »Ich weiß, daß es schlimm für dich ist, Salvain. Aber es ist Krieg. Und im Krieg geschehen solche Dinge nun einmal ...« Er merkte selbst, wie platt die Worte klangen, die ein

Trost sein sollten. Seine Finger begannen einen unruhigen Tanz auf dem Stein. »Der Krieg...«, versuchte er ehrlicher zu sein, »... ist wie etwas Lebendiges. Ein böser Geist, der seine eigenen Gesetze erläßt, wenn man ihn gerufen hat. Und dann ist es plötzlich, als gäbe es kein Gut und Böse mehr... Ich meine Anstand oder Mitleid oder solche Dinge. Es scheint nur noch – Nützlichkeiten zu geben. Vorteile, die sich in erstrittenem Territorium oder in den Zahlen der gefallenen Gegner messen lassen. Es ist, als wäre jeder Mensch zu einem Teilchen in einem Spiel geworden...«

Arrat stockte und verstummte. Was, zum Teufel, wollte er mit seinem Gerede eigentlich erreichen? Salvain beobachtete ihn, und er fühlte sich unbehaglich. »Jedenfalls ist dies kein Krieg, den die Menschen gewollt haben«, schloß er schroff. »Und auch nicht die Rhatts. Oder die Lharen.«

Die letzten Worten rissen Salvain aus seiner Passivität. »Aber wer will ihn dann?« brach es aus ihm heraus. »Ich meine... irgendwo muß dieser ganze Wahnsinn doch herkommen. Das... das ist doch gar nicht möglich. Wer denkt sich denn so etwas aus? Dieses ganze sinnlose Töten...«

»Nein, nicht sinnlos. Das zumindest nicht.« Arrat lachte bitter. »Hinter diesen Überfällen und Morden steckt ein System, dafür verwette ich meinen Hals.« Er hielt inne, überlegte kurz und fügte hinzu: »Allerdings bezweifele ich, daß sie es uns in Aneirin erklären könnten, wenn wir dorthin gehen würden.«

Salvains Gesicht verschloß sich wie der Helm eines herunterklappenden Visiers. Brüsk drehte er dem Menschen den Rücken zu.

»O verdammt, nun sei doch nicht so empfindlich!« Arrat stieß ihm vorwurfsvoll den Ellbogen in die Seite. »Es ist überhaupt nicht meine Absicht, dich zu irgend etwas zu drängen oder zu überreden.«

»O nein, natürlich nicht! Das wäre ja auch völlig gegen deine Art...«

»Mann! Ich habe nicht einmal selbst eine Vorstellung davon, wie es weitergehen soll.«

»Hat Doulagh es dir nicht erklärt? ›Sieh zu, daß der kleine Dummkopf hier in Enniskillen bleibt. Er darf auf keinen Fall nach Aneirin gehen!‹« äffte der Lhare in verletzender Weise die Stimme des Magiers nach.

»Hör mal. Der alte Mann hat dir weh getan. Das weiß ich. Aber es ist nicht seine Absicht gewesen, und er hat sich dafür entschuldigt. Was zum Teufel nimmst du ihm eigentlich so übel?«

»Ach, *das* hat er euch nicht erzählt? Natürlich nicht. Was für eine Frage! Wann würde ein Doulagh schon etwas erklären?«

»Dann sag du's mir doch.«

Einen Moment starrten sie einander in die aufgebrachten Gesichter. Dann löste Salvain sich von der Mauer. Er ging ein paar Schritte hin und her, um sich zu beruhigen. Aber als er weitersprach, zitterte seine Stimme nur noch heftiger.

»Doulagh hat versucht ... er ... er wollte in meine Gedanken eindringen. Er ... wollte wissen, was ich denke ... «

»Das hatte er doch angekündigt.«

»Ja. Und bei allem, was mir heilig ist, Arrat, ich habe versucht, ihm dabei zu helfen. Ich habe es wirklich versucht! Aber es ging nicht. Es ist ...« Der junge Mann hob verzweifelt die Schultern. »Es ist, als wenn man in ein Feuer faßt. Einmal kann man das machen. Vielleicht auch zwei- oder dreimal. Aber irgendwann ... Es tat so weh ...« Salvain biß sich auf die Lippen und drehte sein Gesicht, so daß es im Schatten lag. »Ich habe es nicht mehr aushalten können.«

»Und dann?«

»Dann hat Doulagh es mit Gewalt versucht. Ich werfe ihm das nicht vor, Arrat. Ich habe gewußt oder wenigstens geahnt, worauf ich mich einlasse. Irgendwie hätte ich es auch ertragen. Aber plötzlich ...« Wieder stockte die Rede. Der Junge schlang die Hände um die Arme. »Doulagh hat sich zurückgezogen. Von einem Moment zum anderen. Ich dachte, er hätte es aufgegeben. Ich dachte... Ich bin nicht mutig. Ich war einfach nur froh, daß es vorüber war. Und dann merkte ich, daß es von neuem losging. Nur, dieses Mal war es – anders herum. Doulagh zwang mich – nein, das stimmt nicht, es war kein Zwang, er *lockte* mich – ihm zu folgen. In seine eigene Welt. Dorthin, wo der Ursprung *seiner* Magie liegt, die Quelle *seiner* Kraft. Er hat mir Dinge gezeigt...« Salvain ballte die Faust und preßte sie gegen den Mund.

»Was für Dinge?«

»Es... es war – *Macht.*« Der Lhare spie das Wort aus, als wäre es etwas Unanständiges. Und als er den Kopf hob, um den Menschen anzusehen, war er eindeutig überrascht, dort kein Echo seiner Emotionen zu finden. *»Macht,* Arrat! Begreifst du denn nicht?« Fassungslos schüttelte er den Kopf. »Du mußt doch wissen, was *Macht* ist.«

Arrat kam sich vor wie ein Idiot. Seine Gedanken schwammen vor Müdigkeit. Träge wälzte er das Wort in seinem Gehirn. Er begriff nicht, worauf Salvain hinauswollte.

»Aber... du hast es doch selbst erlebt. Bei Gort! Weißt du nicht mehr, wie es war, als er dich mit seiner Peitsche schlagen wollte? Wie er gelacht hat? Und... und welchen Genuß es ihm verschafft hat, dich zu quälen? *Macht,* Arrat. Die Macht, ein anderes Wesen vor sich im Staub zu sehen. Die Macht, es um sein Leben betteln zu hören. Es zu einer Kreatur herabzuwürdigen...«

»Diese Art von Macht hat Doulagh dir geboten?« fragte Arrat ungläubig.

Salvain lachte schrill. »Natürlich nicht. Aber diese... diese Höllensaat – sie steckt doch in jeder Art von Macht...«

»Und das ist es, was du ihm vorwirfst?«

»Nein. Nein! Ich werfe ihm vor, daß es mir Freude gemacht hat.«

Fassungslos und unfähig, etwas zu erwidern, blickte Arrat in das aufgeregte, blasse Gesicht.

»Jawohl«, sprudelte es aus dem Lharen heraus. »Es hat mir Freude gemacht. Ich schäme mich dafür, ich verachte, ich hasse mich dafür, aber es hat mir Freude gemacht.«

»Oh, Junge ... «

»Ich wollte es nicht. Glaub mir, Arrat. Ich werde es auch nie wieder zulassen. Aber einmal ist es doch geschehen, und nun ... ich fühle mich so ... so unglaublich schmutzig. Und Doulagh hat gewußt, daß es so kommen würde. Er hat es gewußt, und er hat es trotzdem getan.«

Salvain stützte die Ellbogen auf die Mauerbrüstung und verbarg seine Gesicht in den Händen. Arrat sah, daß er weinte.

Verdammt, was treiben wir hier oben? Worüber reden wir eigentlich, dachte er benommen. Das sind doch ... »Komm, Salvain, laß uns nach unten gehen«, bat er. »Ich bin hundemüde. Ich kann nicht mehr denken.«

»Arrat ... «

»Ja?«

»Wünscht du dir Macht, Arrat?«

»Lieber Himmel. Ich weiß nicht. Ja, vielleicht. Es ist alles einfacher, wenn man Macht hat. Und effektiver. Und bequemer ... «

»Bequemer?«

»Natürlich. Man muß nicht ständig herumdiskutieren und erklären.«

Salvain richtete sich auf. »Du wünscht dir Macht, weil du ... zu faul bist, dich mit anderen abzustimmen?«

»Meine Güte ... «

»Aus Faulheit? Einfach nur aus Faulheit?« Salvain begann zu lachen, so als hätte er etwas unglaublich Komisches gehört. Er stolperte und fiel mit dem Rücken gegen die Mauer, die an dieser Stelle viel zu niedrig war, und hätte beinahe das Gleichgewicht verloren.

Arrat griff ihn am Arm und zog ihn von der Brüstung weg. Es reichte ihm. Energisch bugsierte er den Freund zur Treppe, ohne ihm länger zuzuhören oder zu widersprechen. Sein Gehirn war wie aufgeweicht. Er wollte nur noch schlafen. Und genau das würde er jetzt auch tun. Und morgen war ein neuer Tag.

Die Öllampe war kurz vor dem Verglimmen, als sie den Flur mit den Schlafkammern erreichten. Im ihrem erlöschenden Licht stellte er fest, daß es nur noch ein einziges freies Bett gab, nämlich in der Kammer, in der Sardeik schnarchte. Hastig verfrachtete er Salvain dort hinein. Dann wankte er zu einer gemauerten Bank in einer Nische, wickelte sich in seinen Mantel und war innerhalb weniger Sekunden eingeschlafen.

Er hätte später nicht einmal sagen können, was ihn geweckt hatte. Ob es ein Schrei gewesen war oder bereits das Getrappel der Füße auf dem Steinboden oder das Klappen der Türen. Aber als er sich blinzelnd aufreckte, sah er am Ende des Ganges, dort wo sich Doulaghs Arbeitszimmer befand, einen Lichtschein. Während sein Bewußtsein noch mit dem Schlaf kämpfte, taumelte sein Körper bereits auf die Füße. Ohne Genaueres zu wissen, spürte er, daß etwas geschehen sein mußte. Und zwar nichts Gutes.

Irgendwo hörte er jemanden schreien. Es dauerte einige Sekunden, bis er begriff, daß die Stimme aus dem Arbeitszimmer kommen mußte. Vielleicht weil sie Tarek gehörte, und weil er wußte, daß der Skelde dort nichts zu suchen hatte.

Er stürzte den Gang hinunter, prallte mit Sardeik zusammen und rannte gemeinsam mit ihm weiter auf das helle Viereck der Tür zu.

»Sardeik!« hörten sie wieder Tareks Stimme. Als sie die Tür zu Doulaghs Zimmer aufstießen, sahen sie den jungen Skelden am Boden knien. Neben ihm, mit dem Gesicht auf dem Teppich, lag die zierliche Gestalt des Magiers.

»Doulagh!« stotterte der junge Mann. »Er... er ist tot. Jemand hat ihn erstochen!«

Arrat drängte Tarek zur Seite. Er bückte sich neben den Zauberer und zog ihn über die Schulter auf die Seite. Es war sofort klar, daß dem alten Mann nicht mehr zu helfen war. Seine Augen waren geöffnet und starrten ihnen mit einem Blick grenzenloser Überraschung entgegen. In seinem Rücken, unterhalb der Rippen, in der Lunge, wie Arrat schätzte, steckte ein Messer. Er packte den geriffelten Griff und zog es mit einem Ruck hinaus. Irritiert starrte er erst auf die Klinge, dann auf die damit geschlagene Wunde. Nirgends war auch nur ein Tropfen Blut zu sehen. Er merkte, wie Sardeik neben ihm das Zeichen gegen Hexerei schlug.

»Es ist das Metall«, sagte er rauh. »Cashels Dolch. Er ist aus Drachenstein geschliffen, diesem merkwürdigen Material, von dem Torrot gesprochen hat.«

»Mich interessiert nicht, woraus er besteht, ich will wissen, wer die Waffe geführt hat«, schnauzte Sardeik überheftig.

Sie blickten einander an, hatten beide denselben Verdacht und fuhren beide gleichzeitig herum, als sie Torrots Stimme in ihrem Rücken vernahmen.

»Cashels ... Drachenstein ...«, kiekserte es, unpassend wie das Gemeckere einer Ziege, aus dem schwarzen Gesicht. Torrot schoß auf sie zu. Seine Kugelaugen funkelten. Sie gierten nach dem Metall in Arrats Hand, als gäbe es weder den toten Magier noch die Männer, die ihn umknieten. Wie unter Zwang streckten sich seine Hände nach dem Messer aus.

Obwohl der Zwerg Arrat in diesem Augenblick von Herzen zuwider war, mußte er ihm im geheimen Abbitte leisten. Wenn Torrot den alten Mann ermordet hätte, dann hätte er das Messer unter keinen Umständen in der Wunde stecken lassen. Sein Verlangen danach war eine Besessenheit. Und seine Augen zogen sich vor Haß zusammen, als der Mensch die begehrte Klinge in seiner Tasche verschwinden ließ.

Arrat lag eine giftige Bemerkung auf der Zunge. Aber da merkte er, wie sich etwas in der Ratthmiene veränderte. Die Brauen schossen in die Höhe, die Pupillen weiteten sich und hefteten sich auf einen Punkt in ihren Rücken. Ein unverständlicher Laut gurgelte aus Torrots Kehle, während er versuchte, mit den Fingern auf etwas zu deuten.

Arrat fuhr herum.

Es dauerte einen Moment, bis seine Augen sich an das Dunkel hinter Doulaghs Schreibtisch gewöhnt hatte. Aber dann sah er es auch. Ein riesiger, geflügelter Schatten, der von jenseits der Scheibe auf das Zimmer zuglitt. Ein finsterer Schemen, der sich selbst gegen den Nachthimmel noch durch seine völlige Lichtlosigkeit abhob. Wie eine überdimensionale Fledermaus segelte er auf die Fensterfront zu, noch immer nicht mehr als ein Schatten, aber mit einer furchteinflößenden Zielsicherheit.

»Raus!«

Arrat sprang auf die Füße, riß Torrot mit sich und stürzte hinter den beiden Skelden durch die Tür. Er besaß noch die Geistesgegenwart, sie hinter sich ins Schloß zu ziehen. Gleich darauf hörten sie das Splittern der großen Scheibe. Gehetzt blickte er sich um. Sein Herz verkrampfte sich vor Furcht. Der Flur glänzte in seiner ganzen Länge in einem unnatürlich grünen Licht. Einem Licht, das, so unwahrscheinlich es auch klingen mochte, aus den Mauerfugen zu sickern schien. In Form eines nebulösen Dampfes zwängte es sich durch den Mörtel, schwebte auf den Boden zu und hinterließ überall dort, wo es ihn berührte, häßliche kleine Löcher.

Finger bohrten sich in Arrats Fleisch. Salvain war neben ihm aufgetaucht und wies den Gang hinunter. Die Tür zum Hof, ein solides Eichenbohlentor, bog sich wie unter einer gewaltigen Kraft nach innen, und Arrat bekam die alptraumhafte Vorstellung von einem Dämon aus grünem Nebel, der sich dort gegen das Holz stemmte.

Er deutete in die Richtung, die der Tür entgegengesetzt war, und sie begannen zu rennen.

Es war, als hätte Doulaghs Tod ein Inferno ausgelöst. Wie auch immer der Zauber geartet gewesen sein mochte, mit dem er Enniskillen vor dem Mael Duin geschützt hatte – mit seinem

Tod war er erloschen, und der Sumpf oder das, was ihn belebte, hatte keinen Augenblick gezögert.

Als sie die Treppe hinunterhasteten, wären sie fast über Mekeele gestolpert, die ihnen mit wachsbleichem Gesicht entgegenkam.

»Es ist überall!« brach sie hervor, verstummte und hielt ihnen die Hände entgegen, deren Fingerkuppen blutig und wie verätzt waren. »Ich habe drangefaßt. Es brennt wie Säure. Und es ist intelligent. Es ist drauf aus, uns zu erwischen.«

»Nach unten zum Saal!« befahl Arrat in einer Eingebung. »Wir versuchen, von dort aus Cashels Halle zu erreichen. Wo sind Owoo und der Kobold?«

»Der Kleine liegt eine Treppe tiefer mit eingeschlagenem Schädel. Und der Troll...« Mekeele wies mit einem verzweifelten Kopfschütteln hinter sich und eilte dann die Treppe hinunter, an deren Ende Owoo wie ein Fleischpfropf zwischen Geländer und Wand steckte und vor sich hinwinselte. Mekeele trat ihn ins Kreuz und packte seinen Ochsenarm. »Nun komm doch schon, du blöder Einfaltspinsel!« fauchte sie, während sie mit der freien Hand an einem Teppich zerrte, den Owoo sich übers Gesicht geworfen hatte.

Irgendwo über sich hörten sie das Bersten und Splittern von Holz und dann ein unheilvolles Zischen. Etwas Gewaltiges knallte wie ein Rammbock gegen die Decke. Owoos Geheul verstärkte sich, und in seiner Panik trat er den Ratth gegen das Geländer, worauf sich das Gebrüll verdoppelte.

»Laßt doch den Idioten sitzen!« Sardeik versuchte, sich zwischen den Kameraden hindurchzudrängen, und Arrat, der ihm dabei im Wege stand, wurde an die Wand gedrückt. Er fühlte etwas Hartes. Unwillkürlich glitt seine Hand in die Tasche seiner Jacke, und er hielt Cashels Dolch in der Hand. Das Leuchten des grünen Metalls schien sich verstärkt zu haben. Ihm war sogar – aber das konnte er nicht mit Sicherheit sagen –, als würde der Klingenkern leise vibrieren.

Egal! Er beugte sich vor und stieß Owoo die Messerspitze nachdrücklich in den breiten Hintern. Mit einem Schreckensruf kam der Troll auf die Füße, grapschte nach Salvains Hand und riß den Lharen mit sich die letzten Treppenstufen hinunter.

Einmal in Bewegung, war der verschreckte Koloß nicht mehr zu halten. Sie hatten Mühe, ihm zu folgen.

Das Knallen ihrer Stiefel und ihre gelegentlichen Zurufe hallten in den steinernen Fluren und mischten sich mit dem Bersten der Festungsmauern zu einem beträchtlichen Lärm. Aber er war noch nicht laut genug, um die merkwürdigen Geräusche zu überdecken, die den Flüchtenden beharrlich durch die Verwinklungen der Burg folgten: ein eigentümliches, fast asthmatisches Röcheln, untermalt von einem ruckartigen Schleifen und Streichen, als würde sich etwas Riesiges an den Wänden entlangzwängen. Manchmal wurde es leiser, so als hätte die Kreatur des Mael Duin Mühe, ihnen durch die engen Gänge und die niedrigen Türen zu folgen, aber nie verstummte es ganz. Trotzdem zögerte Arrat, als sie die Saaltür erreichten und er die Hand nach dem eisernen Drehknopf ausstreckte. Er zauderte aus einer Empfindung heraus, die so tief in seinem Unterbewußtsein vergraben lag, daß er sie nicht deuten konnte. Es war ein so diffuses Gefühl, daß er regelrecht erleichtert war, als Salvain ihn mit einem Laut der Warnung am Handgelenk packte und daran hinderte, die Bewegung zu Ende zu führen. Der Lhare hatte den Atem angehalten. Sein Gesichtsausdruck war konzentriert, so als lausche er auf etwas.

»*ES* ... etwas davon ... ist dort drinnen«, flüsterte er.

Keiner fragte ihn, was *ES* oder *etwas davon* sei. Benommen starrten sie auf die Türritzen, aus denen sich plötzlich feinster Rauch zu kräuseln begann, der einen intensiven Geruch nach Schafsbleiche ausströmte. Das Röcheln in ihrem Rücken war wieder lauter geworden, aber Arrat wußte, daß er niemals die Willenskraft aufbringen würde, diese Tür zu öffnen. Und gleichzeitig wußte er mit beklemmender Sicherheit, daß sie an dieser Stelle sterben würden, wenn er es unterließ. Sein Geist war wie gelähmt. Schwach vor Ratlosigkeit blickte er die Gefährten an.

Es war, als hätte sein eigenes Zaudern bei dem Lharen etwas ausgelöst. Das sanfte Gesicht spannte sich zu einer Grimasse der Entschlossenheit.

»Wir können über den oberen Hof gehen! Es gibt dort eine Steintür!« Ohne sich mit weiteren Erklärungen aufzuhalten, drängte Salvain an Mekeele vorbei und winkte seine Gefährten zu einem Vorhang, hinter dem sich ein unscheinbarer Seitengang verbarg. Wenige Schritte führten sie wiederum zu einem Vorhang, der sie in eine Art Abstellkammer einließ. Es handelte sich um ein schlauchartiges, finsteres Gelaß, voller übereinandergetürmtem Gerümpel, dessen Luft so mit Staub angereichert war, daß es ihnen beinahe den Atem nahm. Die Nebelwölkchen, die ihnen auch hier vereinzelt zwischen Stuhlbeinen, Truhen und aufgeplatzten Strohsäcken entgegenquollen, waren ihre einzige Lichtquelle. Stolpernd und fluchend tasteten sie sich ihren Weg durch die ineinanderverkeilten Möbelstücke.

Und dann sah es plötzlich so aus, als wäre ihre Flucht zu Ende. Sie waren an eine Mauer gelangt, ein massives Stück Schieferstein, das das Ende des Raumes darzustellen schien. Arrat sah, wie Sardeik eine Grimasse schnitt und halblaut etwas zu Salvain sagte. Der Lhare kümmerte sich nicht darum. Er strich mit seinen Fingern über die Mauerfugen, biß sich auf die Lippen, als seine Fingerspitzen mit dem Nebel in Berührung kamen, tastete weiter und hielt aufatmend inne, als er eine Stelle erreichte, die sich nach Arrats Dafürhalten in nichts vom Rest der Wand unterschied, aber gegen die er sich sofort mit dem ganzen Gewicht seines Körpers stemmte. Er setzte zu etwas an, das wohl eine Erklärung werden sollte, als es plötzlich in ihrem Rücken erst zu rieseln, und dann, mit bestürzender Schnelligkeit, zu brechen und zu bersten begann. Einen Moment lang hielten sie in jeder Bewegung inne und starrten über die Schultern auf die Mauer hinter dem alten Gerümpel, die so massiv ausgesehen hatte und die jetzt plötzlich auseinandergedrückt wurde, als wäre sie aus Papier. Dann warfen sie sich wie ein Mann gegen Salvains steinerne Tür.

Arrat meinte, ein leises Quietschen zu hören oder wenigstens etwas, das man für ein Quietschen halten konnte, wenn man darauf hoffte. Er spürte, wie sich unter seinen Fingern ein Riß in der Mauer bildete.

»Es wird!« keuchte er.

Auf sein Kommando warfen sie sich erneut gegen den Stein. Ein handbreiter Spalt zeigte sich, während die verrosteten Scharniere der Geheimtür dem Druck ihrer Körper nachgaben. Noch einmal setzten sie all ihre Kräfte ein.

Und dann splitterte und barst und krachte es plötzlich überall. Die gesamte Mauer zu ihrer Linken und dazu ein Teil der Dekkenkonstruktion brachen in einem gigantischen Sturz über den alten Möbeln zusammen. Im selben Moment wurde es gleißend hell. Sie hörten ein singendes Zischen, schmerzhaft hoch, gleich darauf ging der größte Teil der Möbel in Flammen auf. Es war kein langsames Entzünden und Sichvorwärtsfressen, sondern ein sekundenschnelles Aufflammen, das die Luft um sie herum zum Kochen brachte.

Hinter Arrat gab es ein tierisches Aufbrüllen. Im nächsten Moment knallte ihm etwas gegen die Kniescheiben, und er ging mit einem Schmerzenslaut zu Boden. Ein Schatten wölbte sich über ihm. Owoos Augen, die aus den Höhlen zu platzen schienen, tauchten über seinem Gesicht auf. Dann wurde Arrat von einem so heftigen Schmerz in den Magen getroffen, daß es ihm die Luft raubte. Das Knie des Trolls bohrte sich in seine Weichteile, der fette Wabbelkörper wälzte sich über ihn hinweg, etwas knallte, und das nächste, was er bewußt wahrnahm, war, wie ihn jemand durch die herausgebrochene Öffnung aus der Flammenhölle zerrte.

Er versuchte, seine Benommenheit abzuschütteln. Über ihm glänzte der Sternenhimmel.

Sie mußten sich wieder im Freien befinden, auf einem der kleinen Innenhöfe. Aber das Licht der Sterne war gebrochen, so als würde man sie durch ein geschliffenes Glas betrachten. Im ersten Moment schob Arrat das auf seine Augen, bis ihn etwas Heißes an der Wange streifte und er merkte, daß der gesamte Hof bis weit über die Mauern von einem hauchzarten Netz pulsierenden, tropfenden Nebels überspannt war.

Eine Falle – es ist vorbei! war sein erster und einziger Gedanke.

Wie hypnotisiert starrte er auf das dünngasige Gespinst, das sich mit gemächlicher Beharrlichkeit auf die zusammengekauerte Gruppe herabzusenken schien. Es wirkte so zerbrechlich, als könne man es mit einem einzigen Blasen auseinanderreißen, aber Arrat ahnte, daß sie eher die meterdicken Mauern von Enniskillen einrennen als ein Loch in dieses hauchdünne Netz über ihren Häuptern reißen würden. Verzweifelt irrten seine Blicke zurück in den Flammenschlund hinter der ausgebrochenen Tür.

Dann hörte er das Lachen.

Das Lachen des Mael Duin.

Sein Kopf ruckte in die Höhe, und er stierte fassungslos auf das Netz, das jetzt vielleicht zwei Meter über ihren Gesichtern schwebte. Sein Verstand weigerte sich, es zu glauben, aber seine Augen gaben ihm immer wieder dasselbe Bild: Das dünne, grünliche Gewebe waberte in demselben unregelmäßigen Rhythmus wie das Sumpfgelächter. Krampfhafte, kleine Lachbewegungen, bei denen sich jedesmal winzige Perlen aus den Fasern lösten, die sich bei der Berührung mit leisem Zischen in ihre Haut brannten.

Das DING über ihren Köpfe lebte! Und mit einer Wut, die angesichts ihrer Situation nur noch lächerlich war, erkannte Arrat, daß es von ihrer Angst wußte und sie wie eine Köstlichkeit in sich hineinsog. Daß es ihn und die anderen zappeln ließ, um seinen Genuß zu verlängern. Er tastete nach dem Messer in seiner Tasche, was bei dem DING eine neue Welle der Heiterkeit hervorrief.

Dann schlug eine Flammenwelle aus der Öffnung, durch die seine Freunde ihn gerettet hatten, und einen Moment lang, in dem er sich von der Hitze fortwälzte, verdrängte der Verbrennungsschmerz jedes andere Gefühl.

Als er wieder Herr seiner Sinne wurde, merkte er, daß sich etwas verändert hatte. Zuerst konnte er es gar nicht einordnen. Es war wie ein Aufhorchen, eine Art milder Überraschung, die mit Sicherheit nicht sein eigenes Gefühl war und die er doch intensiver empfand als alles, was er selber verspürte.

Es mußte von dem Netz ausgehen.

Der Überraschung folgte Unglauben. Und dann – Haß. Und Schmerz. Wahnsinniger Schmerz. Und Wut...

Das Netz begann zu vibrieren.

Es wurde wie ein gepeinigter Körper, der sich unter Qualen wand.

Arrat spürte, wie es versuchte, sich umzuformen, seine Gestalt in eine aggressivere Form des Angriffs zusammenzufügen. Die hauchfeine Masse riß auseinander und konzentrierte sich zu kleinen, pfeilförmigen, nachtschwarzen Gebilden, die um eine tödliche Form rangen. Aber es blieb bei dem Versuch. Etwas anderes, Stärkeres, trieb sie wieder auseinander. Ein Wille, der sich erbarmungslos in jede beginnende Aneinanderballung schlug und sie zerfetzte, bevor sie funktionsfähig wurde.

Arrat hätte erleichtert sein sollen, aber er war es nicht. Steif vor Entsetzen empfand er das Ringen der fremden Mächte wie einen eigenen körperlichen Schmerz. Es fauchte und kreischte in seinem Schädel, als würde dieser Kampf direkt in seinem Gehirn ausgetragen.

Man konnte es fast als Wunder bezeichnen, daß er in diesem Wirbel der Gefühle überhaupt registrierte, daß sich da plötzlich eine vom Nebel freie Spur auftat zwischen dem Platz, an dem sie kauerten, und der gegenüberliegenden Tür. Und daß er darauf reagierte. Er sprang hoch, duckte sich unter einer Tropfenansammlung hinweg, die unkontrolliert durch die Luft kegelte, und trat und schlug auf die Gefährten ein, die genau wie er selbst zuvor in den Himmel starrten. Sardeik begriff und half ihm, und gemeinsam brachten sie es fertig, die anderen, und sogar den heulenden Troll, durch den unverhofften Fluchtweg zur Tür zu scheuchen. Und dann, als sie das Holz beiseite getreten und sich in den dunklen Gang dahinter gerettet hatten und einander erleichtert anlächelten, merkten sie, daß Salvain fehlte.

Arrat stürzte zur Tür.

Der Lhare stand hoch aufgerichtet auf einem umgestürzten Blumenkübel am Rande des Hofes und beobachtete den geisterhaften Kampf der Nebelfetzen. Seine Haare glänzten wie grünes Glas, seine Lippen waren zu einem abwesenden Lächeln geöffnet. Die Spitzen seiner Finger zeigten in Richtung der flackernden Nebelfetzen.

Irgendwie mußte er Arrats Blick gespürt haben, denn seine Haltung veränderte, sein Körper versteifte sich. Er drehte sich um, die Hände sanken herab, er starrte den Menschen an. Das Lächeln wich, an seine Stelle trat – etwas Undefinierbares. Eines der taumelnden Nebeldinger stürzte sich auf ihn und bohrte sich in seine Schläfe.

Und dann überschlugen sich die Ereignisse. Der Kübel geriet ins Kippen. Salvain sprang und fiel auf die Pflastersteine, und im nächsten Augenblick wurde es dunkel. Jedenfalls war das Arrats erster Eindruck. Es war, als hätte man Mond und Sterne einfach ausgeblasen.

Er hörte Salvain aufschreien.

Bestürzt starrte er zum Firmament, das jetzt so absolut schwarz war, als gäbe es auf der ganzen Welt keinen Lichtfunken mehr. Etwas Kühles, wie ein Eishauch, strich über seine Wangen. Und dann begriff er, daß der Himmel über ihm *lebte*. Und daß es gar kein Himmel mehr war, sondern etwas Riesiges,

Atmendes. Etwas mit Schwingen, die groß genug waren, das gesamte Rondell des Innenhofes zu überschatten.

»Salvain!« brüllte Arrat. Es war zu dunkel, als daß er etwas von dem Jungen hätte entdecken können. Das Wesen, das schwarze Monstrum, begann auf sie herabzuschweben.

Fluchend riß Arrat Cashels Messer aus der Tasche. Die Klinge phosphoreszierte und erleuchtete einen meterweiten Kreis und den Eingang der Tür. Er hörte Sardeik protestieren.

Das schattenhafte Ding hob sich ein Stück und kam schräg über dem Burghof zum Stehen, als müsse es überlegen.

»Salvain, komm hierher«, brüllte Arrat.

Und dann flammte plötzlich mitten in der schwimmenden, stummen Schwärze ein scharlachrotes Oval auf, aus dem Sekundenbruchteile später ein armdicker Strahl hervorschoß, der die Rosenrabatten und den Ziehbrunnen im hinteren Teil des Burggartens aufstrahlen und verglühen ließ.

Arrat sah Salvain auf sich zutaumeln. Er rannte ihm entgegen, wohl wissend, daß das Ungeheuer sie mit dem nächsten Angriff vernichten würde.

Die Luft geriet ins Wirbeln. Das Schwarze veränderte seine Konturen. Es begann sich zu blähen, bis es fast den gesamten Himmel bedeckte. Sein Körper pumpte Energie, und Arrat wußte, daß der nächste Feuerstoß bevorstand.

Cashels Dolch lag warm in seiner Hand.

Himmel, wo ist das Ding verwundbar? fragte er sich verzweifelt. Wie sollte er sich angesichts dieser sich ständig ändernden Gestaltlosigkeit für ein Ziel entscheiden?

»Dort bei der Brücke, wo es am schwärzesten ist«, flüsterte Salvain, als hätte er seine Gedanken gehört.

Es blieb keine Zeit zum Abwägen. Das Monstrum plusterte sich zum Vernichtungsschlag. Das glutrote Oval tat sich auf.

Arrat schleuderte die magische Waffe – und er hoffte mit jeder Faser seines Herzens, daß es tatsächlich eine magische Waffe sei – in das schwarze Zentrum des Ungeheuers.

Er hatte nicht wirklich erwartet, daß es helfen würde.

Deshalb war er rein fassungslos, als er die Kreatur des Mael Duin in einem ungeschickten Zacken aufwirbeln und dann gegen die Verbindungsbrücke der beiden Wohntürme krachen sah. Verblüfft starrte er auf das taumelnde Ungeheuer. Im nächsten Moment krümmte sein Gehirn sich unter dem Impuls eines unerträglichen Schmerzes. Blitze flammten vor seinen Augen auf, vereinigten sich zu einer Feuerspirale und führten dort, wo seine Empfindungen saßen, einen wahren Veitstanz auf. Er verlor das Gleichgewicht und schlug mit dem Kinn gegen die Kante einer Beeteinfassung.

Noch einmal waren es seine Freunde, die ihn retteten. Erst schleppte Salvain ihn über die Pflasterung, dann packte auch Sardeik an. Der Boden wurde glühend heiß, die Luft stank nach Verbranntem. Torrots schwarzes Gesicht tauchte auf. Sie schleiften ihn über die steinerne Türschwelle, stürzten gemeinsam zwei Stufen hinab und blieben auf einem Treppenabsatz liegen.

Dann wurde alles finster.

Im ersten Moment dachte Arrat, jemand hätte die Tür zu ihrem Gang zugeschlagen, bis ihm einfiel, daß er dann ein Krachen hätte hören müssen. Entgeistert blickte er die Stufen hinauf. Gerade noch rechtzeitig, um den Aufprall des Schwarzen mitzuerleben. Er sah nichts. Er spürte nur eine gewaltige Erschütterung, die den Stützbalken oberhalb der Tür aus der Verankerung riß, so daß die Steine, die davon gehalten wurden, prasselnd hinunterstürzten. Einen Moment lang meinte er, durch den Staub etwas Rotes zu sehen, schimmernd und böse, das sich in maßlosem Haß durch die Steinbarriere zu brennen suchte. Gleich darauf gab es ein weiteres Krachen. Die Steine, die den Boden ihrer Zuflucht bildeten, begannen zu bröckeln, Arrat merkte, wie er zu rutschen anfing, und seine Freunde mit ihm, wie sich zu ihren Füßen eine trichterförmige Öffnung auftat, wie es grün aufleuchtete. Dann fiel er, und im Fallen fühlte er das BÖSE sterben.

XVIII

»Wir gehen nach Aneirin«, sagte Arrat.

Niemand protestierte gegen den Befehl, obwohl er seinen Gefährten ansehen konnte, wie wenig ihnen der Gedanke behagte. Doulaghs Warnung saß ihnen noch zu frisch im Gedächtnis.

»Es gibt keine vernünftige Alternative, jetzt, wo der Magier tot ist«, bekräftigte Arrat.

Sie saßen einen Pfeilschuß von der Burg entfernt im Gras und beobachteten die rauchenden Trümmer. Cashels Halle hatte sie vor dem Schlimmsten bewahrt, aber von der Veste selbst war nur noch ein Haufen glühendheißer, rauchender Gesteinsbrocken übriggeblieben. Es war, als hätte sich die Wut von Jahrtausenden in einer einzigen, gewaltigen Explosion Luft geschaffen. Bis zum Berghang hin fanden sich Mauerfragmente. Und was nicht in Trümmern lag, war von dem Feuer zerschmolzen worden, das das Mael Duin auf seinen sterbenden Erzfeind geschleudert hatte.

Sie selber hatten in dem gedämpften, grünen Licht der magischen Halle das Ende der Zerstörung abgewartet. Wie in einem Traum, an dem sie selber nur als Zuschauer teilnahmen, hatten sie das Donnern und Brechen und Krachen über sich erlebt. Der Drachenstein schien immun gegen alles zu sein, was das Mael Duin an Zerstörung aufzubieten hatte. Selbst als das Feuer den Schiefer, auf dem die Burg errichtet worden war, zum Kochen brachte, war die Temperatur in der Halle nur um Zehntelgrade angestiegen.

Mit dem Morgendämmern war es dann vorüber gewesen. Aber es hatte einen ganzen Tag und die folgende Nacht gedauert, bis sie es wagen konnten, mit ihren Stiefeln auf die glühenden Steine zu treten.

Arrat erhob sich. Er war müde. Sie alle waren müde, und keiner von ihnen war ohne Abschürfungen und Brandwunden davongekommen. Aber es hatte keinen Sinn, länger zu warten. Sie waren zu aufgewühlt, um schlafen zu können, und außerdem konnte niemand sagen, wie lange die Ruhe im Mael Duin anhalten würde.

Wieder war es Salvain, der sie führte. Schon nach wenigen Meilen verließ er den natürlichen Weg, der längs des Mael Duin in Richtung Osten führte, und bog nach Süden ab. Seinen Begleitern war es nur recht. Keiner von ihnen konnte auf die graugelbe, von kahlen Baumgerippen bestandene Öde sehen, ohne daß sein Herz schneller schlug und seine Seele sich fürchtete. Das Mael Duin regte sich nicht, aber es kam ihnen vor wie der Schlaf einer satten Bestie.

Den ganzen Tag über wanderten sie durch sonnenbeschienene Täler und über blumentreibende Hügelkuppen. Erst zum Nachmittag hin wurde die Vegetation wieder karger. Anstelle von Königskerze, Salbei und Wiesenklee wuchsen Bleichwurz und Sumpfbärlapp, das Wasser der Bäche färbte sich braun, Krüppelkiefern ersetzten die lebensstrotzenden Laubbäume. Niemand brauchte ihnen zu sagen, daß sie sich wieder dem gefürchteten Moor näherten. Auch den Grund für die neue Route mußte der Lhare nicht erklären: Sie hatten den nördlichsten Ausläufer des Saucortgebirges erreicht, einen gewaltigen Steilhang, der sich ihnen wie ein Damm entgegenstellte und ihnen den Weg entlang des Moores aufzwang.

»Dort hinten, der schwarze Stein...« Salvain deutete auf einen dunkel verfärbten Felszacken, der wie eine gigantische Nase aus dem Gebirgszug herausragte und sich mit seiner Spitze über das Moor zu beugen schien. »Das ist der Rabenfelsen. Der Boden darunter ist schon etwas sumpfig, aber es gibt keine andere Möglichkeit, nach Aneirin zu kommen.«

Arrat warf einen prüfenden Blick zum Himmel. Noch eine gute Stunde bis zur Dämmerung, schätzte er. Zeit genug, den Felsen zu umgehen.

»Weiter«, befahl er.

Ihm war nicht wohl zumute. Seine Blicke schweiften unablässig über das Moor. Rauh brüllte er den Ratth an, sich zu beeilen, als der ein wenig zurückblieb. Es kam ihm in den Sinn, daß es an diesem Rabenfelsen gewesen sein mußte, wo Salvain die merkwürdigen Stimmen gehört zu haben meinte. Er beobachtete ihn heimlich und fand seine Vermutung bestätigt. Der junge Lhare ging zögerlich, und seine Miene war beklommen. Immer wieder blieb er stehen, um zu lauschen.

Dann brach die Dämmerung ein. Sie kam früher als erwartet. Innerhalb weniger Minuten färbte der Himmel sich glühendrot. Der Rabenfelsen, der zu einem gewaltigen, schimmernden Steinbogen geworden war, verschwamm mit der Nacht. In seiner Schwärze, nur eine Schattierung finsterer als die einbrechende Dunkelheit, glich er auf unheimliche Weise der flügelschlagenden Draak von Enniskillen.

Sorgsam suchte Arrat den blutenden Horizont nach Bewegungen ab. Der Boden unter seinen Füßen wurde weicher, und unter seinen Stiefelsohlen quoll mit jedem Schritt Wasser hervor. Der Lhare hatte ihnen nicht die Wahrheit gesagt, wurde ihm plötzlich klar. Ihr Weg führte sie nicht mehr am Rande des Mael Duin entlang. Sie hatten die Grenze zum Moor bereits überschritten.

»Es schläft«, flüsterte Salvain beruhigend.

»Warum hast du nicht gesagt, daß wir hindurch müssen?« gab Arrat genauso leise, aber zornig zurück.

»Was hätte das genutzt? Dies ist der einzige Weg. Und es ist nicht einmal eine halbe Meile.«

Arrat knurrte gereizt, gab aber keine Antwort. Er schritt schneller aus. Sie kamen in den Schattenbereich des Rabenfelsens. Der Boden wurde wieder fester, dann steinig, und ihre Schritte sicherer. Dafür nahm ihnen jetzt die gewölbte Kuppel über den Häuptern sämtliches Licht.

»Schneller!« Arrats Stimme hallte dumpf vom Felsen wieder. Wassertropfen platschten auf sein Gesicht, und es wurde kalt.

Unbewußt zog er den Mantel enger. Seine Hand glitt in die Tasche, wo er sein Messer wußte.

Er spürte, wie seine Kameraden sich dichter anschlossen. Es war jetzt so dunkel, daß sie die Hände ausstrecken mußten, um nicht gegen ein Hindernis zu rennen. Der Boden hob sich etwas, wurde holperig. Dann erschien, vielleicht zwanzig Schritt vor ihnen, ein grauer Lichtfleck, der rasch größer wurde. Arrat konnte belaubte Baumwipfel erkennen, die sich scharf wie Tuschezeichnungen gegen den Abendhimmel abhoben. Einen Moment blieb er stehen und blickte zurück. Sollten sie dem Mael Duin tatsächlich entkommen sein?

Das Dröhnen schnellfließenden Wassers schlug ihm entgegen, als er aus dem Schallschutz des Tunnels trat. Er kniff die Augen zusammen und entdeckte vielleicht hundert Schritt vor sich einen breiten, grau sich dahinwälzenden Flußlauf.

»Der Dornaq!« rief Salvain. Er zeigte auf das Hügelland, das sich undeutlich hinter dem Fluß abzeichnete. »Dort unten beginnt unser Land. Der Fluß ist die Grenze zum Mael Duin und weiter nördlich zum Orkley. Die Brücke, da hinten, siehst du sie? Das ist der südlichste Punkt unseres Landes. Von hier aus kann man in zwei Tagen in Aneirin sein.« In seiner Stimme zitterte ein kindliches Heimweh, das er vergeblich zu verbergen trachtete.

»Dann also weiter. Nicht mehr bis zu dir nach Hause, aber wenigstens noch über den Fluß!«

Arrat lächelte über Salvains Verlegenheit, aber seine Gedanken schweiften bereits wieder ab. Es war an der Zeit, erleichtert zu sein, fand er. Das Mael Duin lag hinter ihnen. Aber er war es nicht, und das machte ihn besorgt.

Ungeduldig strebte er auf die Brücke zu. Fast hätte er erwartet, daß sie eingestürzt sei, oder sonstwie unpassierbar, aber sie schwang sich in einem stabilen Bogen über durchaus vertrauenswürdige Stützen zum östlichen Ufer. Arrat trat zur Seite. Mit pochendem Herzen wartete er, bis Mekeele und Torrot und danach Sardeik auf die Holzbohlen getreten waren.

»Beeil dich, Owoo!« machte er dem Troll Beine. Jetzt fehlten nur noch Tarek und Salvain. Die beiden waren in dem schwarzen Oval des Steinbogens stehengeblieben, und Tarek schien dem Lharen etwas an seinem Unterarm zu zeigen, vielleicht eine der Verletzungen aus Enniskillen, die ihn plagten. Verärgert wollte Arrat ihnen etwas zurufen. Er hatte schon den Mund geöffnet, aber dann tat er es doch nicht. Eine Erinnerung blitzte durch seinen Kopf. Ein Hauch des Erkennens, der mit Tarek und Salvain zu tun hatte. Der ihn warnte ...

Und dann überstürzten sich die Ereignisse.

Die Männer mußten sich im Schatten des Rabenfelsen verborgen gehalten haben. Kleine, in schwarzes Leder gekleidete Gestalten mit metallen schimmernden, eckigen Helmen, an deren Spitzen sich Wildschweinhauer bogen.

Oghools.

Er konnte sie in der Dunkelheit nicht zählen, aber er schätzte, daß es wenigstens dreißig Mann waren. In der Ecke des Rabenfelsens, hinter der sie gelauert hatten, mußte es eine riesige Einbuchtung im Felsen geben, sonst hätten sie seiner Aufmerksamkeit niemals entgehen können.

Sie waren beritten. Flink wie zornige Hornissen galoppierten sie aus der Finsternis hervor, als würden sie vom Stein ausgespien.

Arrat sah, wie Salvain und Tarek herumfuhren. Aber die beiden hatten keine Chance. Die Reiter bildeten einen blitzschnellen Kreis um sie, in dem sie untergingen. Augenblicke später, als die Menschen zu rennen begannen, tauchte der weiße Schopf des Lharen zwischen den behornten Helmen seiner Bedränger wieder auf. Einer von ihnen, ein breitschultriger, muskulöser Kerl, hatte Salvain vor sich aufs Pferd gerissen und hielt seinen Oberkörper gegen die Vorhand des Tieres gepreßt.

Arrat erwartete, daß die Oghools sich nun, da sie mit den beiden Nachzüglern fertig waren, den übrigen Gegnern zuwenden würden. Ihr Trupp war stark genug, um selbst den Troll erledigen zu können. Aber statt dessen wendeten sie die Pferde und peitschten sie am Rand des Mael Duin in Richtung Norden voran.

Da endlich begriff Arrat.

Dies hier war kein zufälliger Überfall. Es ging auch gar nicht um die Menschen. Die Oghools hatten auf Salvain gewartet, auf den Lharenprinzen aus Aneirin. Er verstand weder, wie das möglich war, noch was der Grund dafür sein konnte. Aber eine andere Deutung gab es nicht.

Arrat blieb stehen und griff nach dem Messer, seiner einzigen Waffe. Der Oghool, der Salvain vor sich aufs Pferd geworfen hatte, bot ein gutes Ziel gegen den leuchtendroten Horizont. Einer der Kleinwüchsigen schien die Gefahr zu bemerken, denn er stieß einen schrillen Warnruf aus. Aber er kam zu spät. Das Messer segelte in einem sauberen Ellipsenbogen über eine Buschinsel und bohrte sich in das schwarze Leder. Der Oghool bäumte sich auf, warf die Arme in die Luft und sackte dann, ohne einen Laut von sich gegeben zu haben, von seinem Pferd, wobei er Salvain mit sich riß.

Ein Wutschrei brandete auf. Zwei, drei der hockenden Gestalten rissen ihre Schwerter hoch und wendeten ihre Pferde gegen Arrat. Aber ein scharf gebrüllter Befehl aus den Reihen der Zurückgebliebenen ließ sie innehalten. Die Männer zögerten. Worte und Widerworte flogen hin und her. Arrat verstand den Sinn nicht, aber es war ihm auch gleich. Er sah, wie Salvain die Verwirrung nutzte, um auf die Beine zu kommen und sich zwischen zwei Pferden hindurchzuschlängeln, und beeilte sich, ihm beizustehen.

Im Laufen packte er sich einen Stock. Eine lächerliche Waffe, aber jedenfalls besser als die bloßen Hände. Dicht hinter sich hörte er Sardeik und den Troll rennen. Und etwas weiter zurück brüllte die Schmiedin wilde Anfeuerungsrufe. Wenn es ihnen gelänge, die Oghools abzulenken und ... ja, und was eigentlich? Salvain ein paar Momente Freiheit zu verschaffen, so lange bis die Oghools seine Gefährten zusammengestochen hatten, um sich dann in aller Ruhe ihrem auserkorenen Opfer widmen zu können?

Arrat war jetzt bis auf wenige Schritte an das Pferde- und Oghoolknäuel herangekommen. Er sah, wie es Salvain ein weiteres Mal gelang, sich den zupackenden Händen zu entwinden. Flink wie ein Kobold wischte der Lhare unter den Pferdeleibern hindurch. Er blickte sich um – und versuchte die Flucht genau in die falsche Richtung.

Vermutlich hatte er den Fluß im Auge gehabt, in der Hoffnung, schwimmend zu entkommen. Aber die Entfernung war viel zu groß. Zwei der Oghools setzten ihm nach und hatten ihn schon auf halbem Wege eingeholt. Der vordere holte mit der Keule aus und ließ sie im Vorbeireiten dem Lharen auf den Kopf sausen. Der Hieb schien schlecht geführt. Salvain taumelte, fiel aber nicht. Mit unsicheren Bewegungen versuchte er, den Pferden der Ledermänner auszuweichen. Noch einmal holte der Oghool aus.

Und dann war plötzlich der Troll da.

Arrat hatte gar nicht bemerkt, wie Owoo die Richtung geändert hatte. Und er hätte niemals angenommen, daß irgend jemand, nicht einmal der Troll, schnell genug sein könnte, mit den Pferden der Oghools Schritt zu halten. Aber irgendwie hatte der Koloß es geschafft, Salvain zu erreichen. Mit einem wilden, verzweifelten *RRaaaahhhhhiiii* warf er sich gegen des Pferd des Keulengnoms. Er zerrte den Mann zu sich herunter und ließ ihn einen Moment später mit verrenktem Genick zu Boden fallen.

Auch den zweiten Oghool ereilte sein Schicksal. Aber dann hatten die restlichen Reiter den rasenden Troll erreicht. Sie waren so versessen, ihn zu erledigen, daß sie einander schubsten und zur Seite drängten und mehr behinderten als halfen. Doch einige ihrer Hiebe mußten getroffen haben, denn aus Owoos Wutgeschrei wurden wimmernde Schmerzenslaute.

Nun endlich war auch Arrat bei den Streitenden angelangt. Es gelang ihm, einem der Oghools das Schwert zu entwinden, bevor die anderen auf ihn aufmerksam wurden. Der Griff war zu klein und die Klinge lächerlich kurz im Verhältnis zu seinem Arm. Aber sein Grimm ersetzte die Unzulänglichkeit der Waffe. Mit gutgezielten, wirkungsvollen Stößen holte er die nächsten Reiter vom Pferd. Aus den Augenwinkeln sah er, daß Sardeik einen der Oghools gepackt hatte und ihn wie einen Drehbalken über seinen Kopf kreisen ließ. Und noch immer wütete der Troll in der Mitte des Knäuels. Dann kamen plötzlich Steine geflogen. Mekeele und Torrot versuchten ihnen beizustehen. Und das zusätzliche Bombardement, mehr lästig als gefährlich, zeigte Wirkung.

Die Oghools wurden unsicher.

Eine Handvoll versuchte die Flucht.

Wieder gab es einen gebrüllten Befehl. Arrat verstand zwar nicht die Worte, dafür um so besser ihre Bedeutung. *Dek Alfen – den Lharen* hatte der Oghoolchef gerufen. Seine Männer gehorchten. Sie ließen von den menschlichen Feinden ab und konzentrierten sich wieder auf Salvain. Tatsächlich gelang es einem von ihnen, den jungen Mann am Arm zu sich heraufzuzerren. Owoo begriff die Absicht und brach dem Tier des Entführers mit einem wuchtigen Fußtritt den Vorderlauf. In diesem kurzen Moment hatte er sich nicht gedeckt – und sofort bekam er die Quittung. Ein gewaltiger Keulenhieb, der jedem Menschen den Schädel zerschmettert hätte, traf ihn über dem Ohr. Owoo ging in die Knie, war aber noch nicht geschlagen. Es gelang ihm, Salvain an seine Brust zu ziehen und schützend die Arme um den hellen Schopf zu legen. Dann traf ihn ein zweiter Schlag. Und ein dritter. Der Troll mußte begriffen haben, daß es vorbei war. Er wölbte seinen gewaltigen Leib über den bedrohten Freund und bedeckte den Kopf mit den Händen. Prasselnd gingen die Schläge auf ihn nieder. Ein großes, klumpiges Ziel, das niemand verfehlen konnte.

Arrat stach eine der brüllenden Gestalten vom Pferd. Tränen der Wut verschleierten seinen Blick. Er hieb auf alles ein, was sich bewegte. In jeder seiner Fäuste rotierte ein Schwert. Owoo heulte, und seine Sterbensschreie waren der Schlachtgesang, der Arrat weitertrieb. Es ging ihm nun ums Töten. Sein Herz brannte vor Kummer, und das gelbe Oghoolblut war die Flüssigkeit, die er brauchte, um den Schmerz zu löschen. Er hieb und drosch und sprang und stach...

Bis es vorbei war.

Schwer atmend, mit einem Blutschleier vor den Augen, sah Arrat die verbliebenen Oghools in die Dunkelheit davonsprengen. Er taumelte und stürzte in die Knie. Leichen bedeckten das Gras. Irgendwo seitlich humpelte eine krumme Gestalt zum Mael Duin.

Sie hatten – wider alle Hoffnung und Erwartung – gesiegt.

Der Troll war der einzige Tote, den sie zu beklagen hatten.

Sie begruben ihn nach Art der Trolle, indem sie Steine über ihm aufhäuften. Das war alles, womit sie ihm sein Opfer danken konnten.

Danach untersuchten sie die Leichen der Oghools und warfen sie, nachdem sie ihre Uniformen begutachtet hatten, in den Dornaq.

»Die Männer haben hier auf uns gewartet«, sagte Arrat, nachdem sie sich auf die andere Seite der Brücke zurückgezogen hatten, und sich im Schein des Feuers ein paar wilde Äpfel brieten.

Sardeik knurrte zustimmend. »Wüßte für mein Leben gern, welches Interesse sie an unserem Jungen haben könnten.«

»Immerhin ist Salvain ein Lharenprinz«, gab Mekeele zu bedenken. »Wer weiß, was für Flausen hinter diesen gelben Stirnen wachsen. Vielleicht wollten sie ein Lösegeld für ihn erpressen.«

»Aber woher wußten sie, daß er hierherkommen würde? Sie konnten das nicht wissen. Niemand konnte das wissen.«

Als hätte jemand ein Kommando gegeben, wanderten ihre Blicke in die Richtung, in der sie das Mael Duin wußten. Ihre Gedanken standen in ihren Gesichtern wie mit Kohle geschrieben.

»Unsinn. So etwas gibt es nicht. Die Oghools gehören nicht dem Mael Duin. Das waren Männer wie wir. Selbst wenn das Mael Duin unsere Absichten erraten hätte, was ich für unwahrscheinlich halte, es hätte niemals ...« Arrat brach ab. Er merkte selbst, daß er Unsinn redete. Sie wußten nichts, fast nichts, über das unheimliche Leben auf der anderen Seite des Flusses. Das Mael Duin konnte Lebewesen, die Draaks schaffen. Es konnte eine Burg verbrennen. Vielleicht hatte es auch Möglichkeiten, mit den Oghools in Verbindung zu treten, wenn es das wollte. Oder waren die Oghools vielleicht gar keine Oghools gewesen?

»Wüßte gern, wohin die kleinen Mistkerle sich davongemacht haben«, knurrte Sardeik.

»Wohin schon? Nach Hormediel.« Torrot zwirbelte seinen Bart. Er hatte, wenn man seinen Worten glauben durfte, mindestens ein Dutzend der feindlichen Reiter mit seiner Steinschleuder vom Pferd geholt und war entsprechend aufgekratzt. »Hormens alte Burg. Ist der einzige Oghoolstützpunkt an der Grenze zum Lharenland. Immer wenn es mit den gelben Nichtsnutzen Schwierigkeiten gab, kam der Ärger aus Hormediel, stimmt's, Salvain? Sie haben eine Garnisonsstadt unterhalb der Burg errichtet. Und die Burschen waren doch in Uniformen der Grenztruppen gekleidet. Sie kamen bestimmt aus Hormediel.«

»Vielleicht sollte man ihnen folgen«, schlug Tarek vor. Der Skelde hatte erstaunlicherweise nicht einen einzigen Kratzer in dem Getümmel empfangen, und wahrscheinlich war er deshalb unternehmungslustiger als die anderen. Ohne große Begeisterung wandten sie ihm ihre Köpfe zu. »Ich meine, wenn die Oghools vielleicht mit dem... dem Mael Duin Verbindung haben... Vielleicht kriegt man in Hormendiel etwas darüber heraus«, versuchte Tarek seinen Vorschlag zu verteidigen.

»Aber vielleicht wäre es auch nicht ganz unwichtig, den Lharen Bescheid zu geben, daß ein Menschenheer gegen sie im Anmarsch ist«, widersprach Mekeele gemütlich.

»Sie kamen wirklich aus Hormediel.« Es war das erste Mal, daß Salvain sprach, seit sie ihn unter dem toten Leib des Trolls hervorgezogen hatten. Sein Gesicht war grau – vom Schock, wie Arrat vermutete, und er klapperte beim Sprechen mit den Zähnen. »Ich habe sie reden hören. Als sie mich auf dem Pferd hatten. Sie wollten mit mir nach Hormediel... «

»Wo liegt das genau?« wollte Sardeik wissen.

Salvain schien froh, sich beschäftigen zu können. Er griff einen Stock und zeichnete etwas Dreieckiges in den Sand. »Wenn das hier das Mael Duin ist, und dort der Rabenfelsen...«, er deutete mit dem Stock auf den unteren Zipfel seiner Zeichnung und führte ihn dann weiter bis zur benachbarten Ecke, »... dann liegt hier Hormediel. Am Fuße der Asturischen Berge. Westlich von Aneirin, nördlich des Mael Duin. Es liegt an der Bergkuppe, auf der Hormen seine Burg errichtet hat, damals, als er sich entschlossen hatte, mit dem Mael Duin gemeinsame Sache zu machen. Die Burg selber steht inzwischen leer, aber Hormediel existiert noch. Früher war es eine wichtige Garnisonsstadt. Heute ist es nur noch ein vergessener, kleiner Stützpunkt... «

»Nimmt man in Aneirin an«, spöttelte Arrat.

Sardeik schüttelte den Kopf. »Hat keinen Zweck, dort hinzugehen. Würden es uns nicht auf die Nase binden, wenn sie irgend etwas Unsauberes im Sinn haben.«

»Ich will wissen, warum sie Owoo getötet haben.« Salvain zog sich mit einer fahrigen Bewegung die Jacke enger. Seine sonst so sanften Augen schimmerten wie geborstenes Eis.

Sardeik nahm den Grashalm, auf dem er kaute, aus dem Mund. »Sie haben ihn getötet, weil er ihnen im Wege stand, als sie dich entführen wollten«, erklärte er knapp.

»Dann will ich wissen, warum sie das vorhatten. Ich meine, ich bin . . .« Helle Verzweiflung durchbrach seine Beherrschung. »Ich bin ein Niemand. Ein Nichts. Und ich will endlich wissen, was an mir so wichtig ist, daß man töten muß, um es zu bekommen. Averon ist erstochen worden. Doulagh ist tot. Allan. Und nun Owoo. Aber warum? Was ist denn nur los mit mir?« Er brach ab und vergrub das Gesicht in den Armen.

»Vielleicht wirst du das ja in Hormediel erfahren«, flüsterte Tarek.

Ja, und vielleicht wirst du noch ein Weilchen länger leben, wenn du jetzt nicht nach Aneirin gehst, überlegte Arrat.

Sardeik spuckte seinen Halm ins Feuer. »Wir sind dem Mael Duin nicht gewachsen«, sagte er. »Ich meine, wir sollten nach Aneirin marschieren und diesen . . . diesen Zauberkram mitsamt den Oghools den Lharen überlassen.«

»Ähh«, machte Torrot abfällig. »Die Oghools sind nicht zauberischer als ein Haufen aufgeblasener Ziegendärme. Und dazu die jämmerlichsten Feiglinge, die man sich denken kann. Genügt, sie ein bißchen zu schütteln, dann fällt alles aus ihnen heraus, was man wissen will.«

»Was meinst du, Arrat?« fragte Sardeik.

Es gab einen Moment des Zögerns. »Ich würde gern nach Hormediel gehen.«

»Und wer wird dann die Lharen vor unseren Heeren warnen?«

»Wir könnten uns teilen.«

Sardeik studierte das Gesicht seines Gegenübers, und Arrat hatte das unbehagliche Gefühl, daß der Skelde ihm bis auf den Grund seiner Seele blicken konnte.

»Mit ›teilen‹ meinst du, daß der Junge mit dir gemeinsam nach Hormediel geht, richtig?«

»Zum Beispiel.«

Der Chan lehnte sich zurück. Noch immer beobachtete er Arrat. Dann rollte ein polterndes, leises Lachen aus seiner Brust.

»Also gut, mein Freund. Ich halte es für eine miserable Idee, aber ich werde sie dir sicherlich nicht ausreden können. Gehen wir also nach Hormediel.«

»Nicht *wir*, Sardeik. Jemand muß die Lharen warnen.«

»Das könnte ich tun. Mit Mekeele und Torrot«, schlug Tarek eifrig vor.

Zu eifrig, dachte Arrat. War aber sofort wieder abgelenkt.

»Wie finden wir den Weg?« wollte Mekeele wissen.

Und dann beschäftigten sie sich die nächste halbe Stunde damit, Karten in den Sand zu zeichnen und Merkmale festzuhalten, an Hand derer man nach Aneirin finden konnte.

Salvain erklärte mit einer finsteren Entschlossenheit, die Arrat ungut erschien, aber es war nicht die Zeit, darüber zu debattieren.

Doulagh war dagegen gewesen, daß Salvain nach Aneirin ging. Und der Abstecher nach Hormediel würde ihnen zumindest Zeit verschaffen. Aber ... Zeit wofür? überlegte Arrat sich. Natürlich wußte er keine Antwort darauf. Er wußte nur, daß in Aneirin auf Salvain der Tod wartete. Und vielleicht fanden sie ja in Hormediel tatsächlich etwas. Irgend etwas ...

»Genug geredet!« erklärte er laut. Er stand auf, löschte mit dem Fuß die Zeichnungen und verteilte die Wache. Wenig später schliefen sie.

XIX

Den ganzen folgenden Tag bekamen die drei Männer nichts von den Oghools zu sehen. Wenige Meilen flußaufwärts, an einer Furt, hatten sie Pferdespuren gefunden, dort, wo die geflohenen Oghools über den Dornaq gesetzt hatten, um der beklemmenden Atmosphäre des Mael Duin zu entkommen, wie Arrat vermutete.

Mit äußerster Vorsicht waren sie den Spuren gefolgt, immer gegenwärtig, plötzlich in eine Falle zu laufen. Denn sie glaubten nicht, daß die Oghools ihre kostbare Beute so ohne weiteres verloren geben würden.

Aber die sechseckigen Hufe der Oghoolpferde hielten sich beharrlich in Richtung Norden, nach Hormediel.

Es war eine stille Jagd, denn die drei Verfolger waren in ihre eigenen Gedanken versponnen und mochten nicht mehr als das Nötigste sprechen.

Woher wußten die Oghools von unserem Kommen? fragte Arrat sich während des schweigsamen Marsches. Immer wieder schweiften seine Augen über die strudelnde Oberfläche des Dornaq zu dem rätselhaften Sumpf. War das Mael Duin zur Kommunikation mit intelligenten Wesen wie den Oghools fähig? Arrat wußte es nicht, und Salvain, den er danach fragte, gab ihm verschwommene, vieldeutige Antworten, mit denen er nichts anfangen konnte und die, wie er vermutete, nur die Ratlosigkeit des Lharen widerspiegelten.

Er versuchte, das Rätsel mit Hilfe der Logik anzugehen. Die Oghools hatten sie am Rabenfelsen erwartet. Das war die Tatsache, auf die er seine Überlegungen gründete. War es möglich, daß ihr kleiner Trupp schon in Gorrota verraten worden war? Man hatte Mart ermordet, um die Karten zu stehlen und ihr Zusammentreffen mit den Lharen zu vereiteln. War das Überfallkommando am Rabenfelsen ein zweiter Versuch zum selben Zweck gewesen? Dunkel erinnerte er sich seines Gefühls, ständig verfolgt zu werden, das ihn während der ersten Wochen ihres Rittes so sehr irritiert hatte. Aber die Oghools hatten nicht auf die Menschen, sondern auf Salvain gewartet. Und Arrats Zusammentreffen mit dem jungen Lharenprinzen war ein Zufall gewesen, den niemand hatte voraussehen können. Hätte Salvain das Tal einen halben Tag früher oder später erreicht, dann wäre er sonstwo gelandet, aber ganz sicher nicht beim Rabenfelsen.

Trotzdem hatte jemand gewußt, daß Salvain am Rabenfelsen auftauchen würde. Das war der Fakt, auf dem er aufbauen mußte.

Arrat versuchte, die Zeit zu rekonstruieren, nachdem sie den Lharen getroffen hatten.

In der Nacht seiner Gefangennahme hatten sie sich entschlossen, Salvain mit nach Aneirin zu nehmen. Damit war der Junge auf dem Weg zum Felsen gewesen. Dann war Gort gekommen, und nach ihrer Flucht hatten sie sich für eine Richtungsänderung entschieden, für Enniskillen. Hatte es Versuche gegeben, diesen Weg zu stören? Eine Ahnung tauchte auf, aber sie war zu absurd, um sich damit ernsthaft zu beschäftigen.

In Enniskillen hatten sie Doulagh getroffen, und Doulagh hatte ihnen von Aneirin abgeraten. Pech für den, der die Oghools zum Felsen bestellt hatte. Und dann war Doulagh gestorben.

Zufall?

Die Sache bekam eine neue, interessante Dimension.

Wie, wenn Doulaghs Tod gar nichts mit dem Mael Duin zu tun gehabt hatte? Wenn das Mael Duin womöglich nur davon profitiert hatte?

Nein, das war zu phantastisch.

Trotzdem versuchte Arrat noch einmal, sich die Schreckensnacht von Enniskillen zu vergegenwärtigen. Doulagh war ermordet worden.

Erstochen.

Erstochen von wem?

Und wieder schlich sich diese abstruse, kleine Idee, dieser schwarze Argwohn in seine Überlegungen.

Es war zu vage, um darüber zu sprechen. Außerdem warf die Theorie fast so viele neue Fragen auf, wie sie alte löste. Und nicht zuletzt – gab er vor sich zu – würde sie Probleme schaffen, Schwierigkeiten ganz besonderer Art, wie er sie haßte. Trotzdem konnte er nicht davon lassen. Dinge kamen ihm in den

Sinn, Nebensächlichkeiten, die er vorher gar nicht beachtet hatte und die plötzlich ein ganz anderes Gewicht bekamen. Teilchen für Teilchen setzten sie sich zu einem Puzzle zusammen, das die Ereignisse der vergangenen vier Wochen in einem ganz neuen Licht zeigte.

Aber warum?

Das war die Frage, an der alles hing und die er nicht beantworten konnte.

Sie wanderten, bis es dunkel wurde, und verbrachten den Abend unter dem Blätterdach einer tiefgrünen Zwillingseibe. Die Luft war süß vom Duft der Sommerblumen. Grillen zirpten in den Büschen, und nicht weit von ihnen, aus dem Laub einer Mehlbeere, erklang das melancholische Lied einer Nachtigall. Die Nacht war mild, zu schön zum Schlafen.

»Erinnerst du dich noch daran, wie du mit Tarek den Mann verfolgt hast, den er gesehen zu haben glaubte?« fragte Arrat den Lharen, der mit offenen Augen neben ihm lag.

Er hatte leise gesprochen, und die Antwort wurde genauso geflüstert: »Ja, warum?«

»Hattet ihr noch irgendeine Spur von ihm gefunden?«

»Nein. Keine Spur und auch sonst nichts. Ehrlich gesagt, ich glaube, Tarek hat sich das alles nur eingebildet und war nachher zu stolz, um es zuzugeben. Wenn dort jemand gewesen wäre, dann hätte ich auch etwas gefunden. Warum fragst du das?«

»Ich kann nicht schlafen. Muß an den Blumen liegen. So viel Süße macht schwere Träume.«

»Aneirin macht niemandem schwere Träume. Schwere Träume kommen von dort drüben.« Der Schatten von Salvains Hand deutete zum Flußufer hinab.

Arrat fragte nicht, was er damit meinte, und Salvain ging nicht näher darauf ein. Sie horchten auf Sardeiks regelmäßige Atemzüge, beobachteten den silbern gesprenkelten Abendhimmel, und bald darauf waren sie eingeschlafen.

Der nächste Morgen war klar mit einem lichtblauen Horizont

und einer intensiven, weißen Sonne, die auf einen heißen Tag vorbereitete.

Sie sammelten einige Früchte, Sardeik holte einen Fasan vom Himmel, dann machten sie sich wieder auf den Weg.

Der Tag verlief so ereignislos wie der vorangegangene. Von den Oghools entdeckten sie nicht mehr als gelegentlich einige Spuren, wenn die Reiter am sandigen Flußufer haltgemacht hatten, um ihre Pferde zu tränken. Ihr Abstand zu den Verfolgern war größer geworden, aber das machte Arrat keine Sorgen. Schließlich kannten sie den Weg.

Abends erneuerte Salvain die Verbände, die er ihnen in Enniskillen angelegt hatte. Dann brieten sie den Fasan, und anschließend, als es immer noch nicht dunkel werden wollte, badeten sie im Dornaq und wuschen ihre Kleider aus. Während ihre Sachen an einem Ast im Wind zum Trocknen hingen, versuchte der Wüstenmann Sardeik sich – zum ersten Mal in seinem Leben – im Fischen. Es war eine Idylle, zu vollkommen, um keine Beklommenheit auszulösen.

»Was hat Tarek dir gezeigt, gerade bevor die Oghools uns überfallen haben?« fragte Arrat den Lharen, während sie Sardeiks ungeschickten Planschereien zusahen.

»Er hatte sich in Enniskillen eine Brandwunde am Handgelenk geholt und dachte, sie hätte sich vielleicht entzündet. Ich konnte aber in der Dunkelheit nicht viel erkennen. Und so schlimm kann es auch nicht gewesen sein, denn er ist später nicht mehr darauf zurückgekommen.« Salvain blies vorsichtig eine Wespe von seinem Handgelenk und blickte ihr nach, als sie davonsirrte. »Weißt du, Arrat«, sagte er, »daß mir deine Fragen über Tarek nicht gefallen?«

Arrat drehte sich vom Rücken auf den Bauch, legte den Kopf auf die Arme und schwieg. Aber diesmal wurde der Lhare konkret.

»Du magst Tarek nicht«, sagte er. »Und nun, wo du anfängst, Zusammenhänge zu suchen, da wirst du ungerecht mit ihm.«

»Ach, Unsinn.«

Arrat schloß die Augen. Er schlief schlecht in dieser Nacht, obwohl die Luft wie eine Seidendecke und das Gras weich und duftig war.

Am nächsten Tag, vormittags, gerade als es begann, heiß zu werden, entdeckten sie die Oghools.

Es geschah so unvermittelt, daß es sie beinahe ins Verderben gerissen hätte. Sie wanderten einen der zahllosen Hügel hinauf, unterhielten sich dabei und hatten gerade noch Zeit, sich zu Boden fallen zu lassen, als die schwarzen Gestalten kaum fünfzig Schritt voraus in einer Senke auftauchten. So eilig wie möglich krochen sie den Weg zurück, den sie gekommen waren, denn was sie in den wenigen Augenblicken vor ihrem Rückzug gesehen hatten, war kein vorwärtsstrebender Trupp, sondern ein stehendes Lager gewesen. Notdürftig verbargen sie sich hinter einigen Büschen, bevor sie ihre Lage berieten.

»Mindestens achtzig Mann«, brachte Sardeik das Problem auf den Punkt.

Arrat nickte. »Unsere Oghools müssen auf eine Patrouille gestoßen sein. Vielleicht auch auf die Männer, die sie am Rabenfelsen ablösen sollten.« Er hob vorsichtig den Kopf und suchte die Umgebung ab. »Auf jeden Fall müssen wir schleunigst von hier verschwinden. Wenn das Lager stehenbleibt, dann ist es nur eine Frage der Zeit, bis sie uns hier entdecken.«

»Was schlägst du vor?« fragte Sardeik. »Nach vorn verbietet sich von selbst. Wenn wir zurückgehen, erwischt uns der erste Gnom, der zufällig auf die Hügelkuppe klettert, und dort rechts gibt's auf Meilen keine Deckung.«

»Damit hast du dir die Frage beantwortet.«

Die drei Männer blickten zum Mael Duin hinüber, das schweigsam wie ein grauer Staubteppich hinter dem blauen Band des Dornaq lag. Oder doch nicht mehr so schweigsam? Arrat hielt den Atem an und horchte, als wäre es möglich, so eine Antwort zu erlauschen.

»Vielleicht...«, sagte Salvain, »vielleicht ist es doch besser, wenn wir hierbleiben?« Er hatte den Satz als Frage formuliert, oder eher noch als Bitte, und traf damit Sardeiks sarkastische Ader.

»Weißt du, mein Junge, was die Oghools mit Leuten anstellen, die ihre Kameraden abgemurkst haben? Sie haben da die amüsantesten Prozeduren. Man könnte sie beinahe als Erfinder der feinsinnigen Folter betrachten. Zum Beispiel drehen sie ihren Gefangenen mit Vorliebe...«

»Es reicht!« Arrat brachte es fertig, scharf zu sprechen, ohne die Stimme zu heben. Mit einem finsteren Blick, den Sardeik mit einem mutwilligen Grinsen erwiderte, winkte er den beiden, ihm zu folgen.

Ungesehen langten sie am Fuße des Hügels an und krochen von dort auf dem Bauch weiter durch ein glücklicherweise sehr hochstehendes Luzernenfeld, das bis zum Ufer des Dornaq hinunterreichte.

Die Überquerung des Flusses bildete ein unerwartetes Hindernis. Sardeik hielt das Schwimmen an der Oberfläche für zu gefährlich und das Tauchen über die lange Distanz gegen die Strömung für unmöglich. Glücklicherweise entdeckten sie ein Stück flußaufwärts eine Art Blätterinsel, die sich am Ufer in ein paar Kreuzdornen gefangen hatte und von der sie annahmen, daß sie als Schwimmhilfe und Sichtschutz geeignet sein könnte. Mit schlangenartigen Bewegungen krochen sie, halb im Wasser liegend, das Ufer entlang. Hohes Gras und gelegentliche Büsche dienten ihnen als Schutz, aber nach Arrats Dafürhalten grenzte es an ein Wunder, daß sie nicht entdeckt wurden.

Bei den Kreuzdornen angekommen, krabbelten sie die wenigen Schritte das Ufer hinauf und streckten hinter dem Blätterschild erleichtert die verspannten Glieder.

Der Himmel war blau, die Sonne wärmte, und in den Kronen der benachbarten Bäume zwitscherten die Singvögel. Arrat blinzelte die hohen Grashalme an, die träge im Wind nickten.

Ohne die Oghools wäre es hier zum Schwärmen schön gewesen. Aneirin war tatsächlich ein Paradies.

Nur...

Er spürte, wie sein Herzschlag sich verlangsamte.

Nur... schien irgend etwas plötzlich anders geworden zu sein.

Er schloß die Augen, lag da und versuchte, es zu begreifen.

Irgend etwas war nicht mehr wie vorher.

Seine Nasenflügel blähten sich. Ein merkwürdiger Geruch hing in der Luft. Lag hier irgendwo ein Aas?

»Es ist herübergekommen.«

Arrat blinzelte in das weißgerahmte Gesicht des Lharen. »Was ist gekommen?«

»Hier, sieh doch!«

Salvain deutete auf das Springkraut, das zwischen ihnen wuchs, und Arrat stützte sich auf den Ellbogen, um es zu betrachten. Die zarten, gelben Blütenköpfchen waren von Schleimfäden überzogen, schillernde, klebrige Bänder, die sich in die Blätteradern hineinzubohren und sie auszusaugen schienen. Unterhalb der Blüten war alles welk und grau. Salvain ließ sich auf die Knie nieder, bog die Blumenleichname zur Seite und preßte die Hand gegen den Uferboden. Braune Brühe quoll zwischen den Dreiekken seiner Finger hervor.

»Es ist herübergekommen!« wiederholte er fassungslos. Verwirrt und mit allen Anzeichen des Ekels tauchte er die Hand in das Flußwasser und wischte sie heftig und lange an seiner Jacke trocken. Hätte Arrat ihn nicht am Ellbogen erwischt, dann wäre er womöglich auch noch aus dem Schutz der Kreuzdornbüsche gesprungen.

»Teufel noch einmal! Wovon redest du?«

»Das Mael Duin, es ist hierhergekommen.«

»Unsinn! Ein Moor kann keinen Fluß überqueren«, herrschte Arrat ihn an.

Wortlos blickten sie erst aufeinander und dann auf die Eindrücke ihrer Körper, in denen sich kleine, faulig riechende Pfützen gebildet hatten.

»Das Mael Duin hat den Dornaq überquert!« beharrte Salvain, als könne er durch das Wiederholen der Worte das Unbegreifliche begreifbarer machen.

»Ja, und wenn du weiter so herumkrähst, werden wir bald auch noch die Oghools am Halse haben. Und dann gibt es hier mehr als nur Blumenmatsch«, zischte Sardeik ihm ins Ohr.

»Aber ... der Dornaq ist die Grenze. Wenn das Mael Duin den Dornaq überqueren kann, wenn es nach Aneirin kommen kann ... begreift doch ...«

»Ich begreife, daß du uns drei in Teufels Küche bringst, wenn du nicht mit deinem Geschrei aufhörst«, regte Sardeik sich auf. Er zerrte den Jüngeren mit Gewalt zu sich auf den Boden zurück.

»Aber wir müssen es den Oghools sagen. Wir müssen es jedem sagen.« Salvain bemühte sich trotz seiner Hektik zu flüstern. »Sie werden verstehen, was das bedeutet.«

»Sie sind Soldaten, und sie werden verstehen, daß sie mit unserer Gefangennahme ihren Auftrag erfüllt haben, und alles andere wird sie den Teufel scheren«, unterbrach Arrat ihn böse.

»Aber seht ihr denn nicht ...«

»Ich sehe, daß die Blumen hier zu faulen beginnen und daß der Boden nach Moor stinkt. Ich tue auch nicht so, als würde mich das nicht beunruhigen. Aber Himmel noch mal, ich weiß nicht einmal genau, was es bedeutet!«

»Es bedeutet, daß das Mael Duin erwacht ist. Daß es sich auszubreiten beginnt ...«

»Das Mael Duin! Das Mael Duin! Was, zur Hölle, *ist* das Mael Duin?«

Salvain starrte die aufgebrachten Menschen an. »Ich weiß es nicht. Es ... ist böse.«

»Damit sagst du nichts Neues. Weiter!«

»Es ist intelligent.«

»Ein Moor kann nicht intelligent sein!« wütete Arrat gegen das, was er nicht wahrhaben wollte.

»Aber das Mael Duin ist kein Moor.«

»Es ist kein ...? Aber was ...?«

Arrat packte den Lharen bei den Schultern und drückte sie zusammen, daß ihm die Hände schmerzten.

»Worüber sprechen wir denn dann die ganze Zeit? Wir reden doch über das dort drüben. Über das Moor. Warum ist das Moor jetzt auf einmal nicht mehr das Mael Duin?« Er schüttelte Salvain. »Ich habe doch mit eigenen Augen gesehen, was seine Nebel tun. Und diese Draaks. Diese ganze verdammte ...«

»Du tust mir weh.«

Arrat ließ den Jungen los. Er mußte ihm wirklich weh getan haben, Salvains Augen schwammen in Tränen.

»Ich weiß nicht mehr als du. Nicht viel mehr. Es soll einen Turm geben, irgendwo im Moor ... da soll etwas gefangen sein. Ich ... mehr kann ich dir auch nicht sagen ...«

»Du brauchst keine Angst vor mir zu haben.«

»Nein ...«

»Wirklich nicht.«

»Ich weiß. Bitte, laßt uns fortgehen. Das hier ...« Der Lhare blickte auf die trübe Brühe, die durch das Gras quoll. »Es ist ein Teil des Mael Duin, weil es ... vom Geist des Mael Duin berührt wurde. Es *ist* das Mael Duin ...«

Mit diesen Worten, die gar nichts oder vielleicht auch alles bedeuten mochten, wartete er auf Antwort.

»Heute nacht«, sagte Arrat. »Wenn es so dunkel ist, daß wir ungesehen von hier fortkommen können.«

Sie hockten in ihrem selbstgewählten Gefängnis wie in einem Käfig aus Düsternis, obwohl die Sonnenstrahlen Lichter in die Luft warfen und ein Panorama der Heiterkeit erzeugten.

Die Oghools schwärmten über die ganze Umgebung. Sie

lachten und lärmten und stritten, sie badeten im Dornaq – Arrat begriff nicht, warum sie die drei verborgenen Gestalten am Ufer nicht entdeckten. Aber es war, als ginge von den Kreuzdornbüschen etwas aus, das jeden instinktiv die Richtung wechseln ließ, wenn er ihm zu nahe kam.

Jetzt, wo sie die Ruhe hatten zu beobachten, entdeckten die drei Männer auch an anderen Uferstellen Zeichen der Fäulnis. Meist waren es nur einzelne Blumen, manchmal sogar nur Blütenblätter, an denen die unheimlichen Schleimfäden saugten. Es war ein so langsamer Vorgang, daß er fast wie Stillstand erschien. Und doch – der Dornaq, die Schutzbarriere zwischen dem Reich des Lichts und dem Reich der Finsternis – war gefallen. Und der Flecken Erde, auf dem sie lagen, war wie ein Vorposten des Bösen in der bis jetzt noch gesunden Welt.

»Warum, bei allen Höllengeistern, ziehen diese gelbgesichtigen Plattnasen nicht weiter?« endlud sich Sardeiks Nervosität in einem Fluch.

Es begann bereits zu dämmern, aber noch waren viel zu viele Oghools unterwegs, um an Aufbruch zu denken.

»Weil sie auf uns warten«, sagte Arrat.

»Unsinn. Warum sollten sie auf uns warten? Sie können doch gar nicht wissen, daß wir hier langkommen werden. Wer ist schon so idiotisch, die Leute zu verfolgen, denen er mit knapper Not entkommen ist.«

Sie warten auf uns, weil sie wissen, daß es einen Spion unter uns gibt. Einen, der uns nach Hormediel dirigieren wird, dachte Arrat. Einen Moment lang befürchtete er, die Worte sogar laut ausgesprochen zu haben, aber von Sardeik kam keine Reaktion.

Hundert, vielleicht hundertfünfzig Schritt von ihnen entfernt hatten sich ein paar Oghools zum Armdrücken zusammengefunden. Johlend umkreisten die lederhäutigen Männer die beiden Wettkämpfer und kommentierten ihre Anstrengungen. An Schlaf schien keiner von ihnen zu denken. Und es war immer noch zu hell.

Arrat rutschte ein bißchen tiefer zum Wasser. Er mußte eine verkrümmte Haltung einnehmen, um für die Oghools unsichtbar zu bleiben, aber die Verspannungen waren immer noch besser zu ertragen als der Ekel vor dem bräunlichen Sickerwasser, das der Boden ausschwitzte. Ein Blick über die Schulter zeigte ihm, daß Salvain der Kopf zur Seite gerutscht war.

Gesunder Schlaf, Vorrecht der Jungen, dachte er. Diesmal mußte er tatsächlich laut gedacht haben, denn Sardeik rutschte an seine Seite und flüsterte:

»Oder der Dummköpfe – ganz wie man's nimmt.« Der Chan zog sich die Stiefel aus und streckte seine mächtigen Waden in das perlende Wasser. »Wie hast du das eigentlich gemeint vorhin: Die Oghools warten hier auf uns?«

Arrat gab eine ausweichende Antwort, aber der Skelde ließ sie ihm nicht durchgehen. »Komm, Mann, ich kenne dich, du bist nicht einer, der redet, was ihm in den Sinn kommt. Wenn du sagst, die Kerle haben auf uns gewartet, dann hast du dir auch etwas dabei gedacht.«

Arrat zögerte. Zögerte, bis er merkte, daß sein Zögern allein schon ein Fehler war, der Mißtrauen erregte. »Es ist nichts. Ein paar Gedanken, die mir durch den Kopf gegangen sind ... «

»Was für Gedanken?«

Das Spiel der Oghools in ihrem Rücken wurde zu einem Streit. Himmel, warum verschwanden die Burschen nicht endlich? Gab es hier denn keine Offiziere, die für Ordnung sorgten?

»Was für einen Gedanken, Arrat?«

»Ich habe mir überlegt – nur so als eine Art Logikspiel –, warum Doulagh sterben mußte.«

»Weil er dem Dings – du weißt schon – im Wege war.«

»Möglich.«

»Und woran hast du noch gedacht?«

»Daran, warum die Oghools uns gerade am Rabenfelsen erwartet haben. Und warum sie zum Beispiel jetzt wieder hier auf uns warten.«

»Wer sagt, daß die Kerle unseretwegen hier sind? Das kann doch tausend Gründe ...«

»Wahrscheinlich. Da siehst du, wie es um meine Gedanken im Moment bestellt ist.«

Sardeik ging auf den selbstironischen Ton nicht ein.

Er lehnte sich zurück und spielte mit den Zehen im Wasser, während er versuchte, aus Arrats Worten und seinem Widerstreben schlau zu werden. Arrat verdammte sich selbst, sich dem Gespräch nicht energischer widersetzt zu haben.

»Lange kann das da draußen nicht mehr dauern«, machte er einen weiteren Versuch, abzulenken. »Die Burschen schlagen sich schon die Nasen blutig ...«

»Du denkst, daß Doulagh umgebracht wurde, weil er Salvain den Weg zum Rabenfelsen ausreden wollte?«

»Es wäre eine Möglichkeit.«

»Aber das würde bedeuten ... wenn Doulagh nicht von dem Mael Duin umgebracht wurde ...« Sardeik dachte mit beunruhigender Konsequenz weiter. »Das würde bedeuten: ein Verräter in Enniskillen. Meinst du etwa, einer von uns ... ?«

Arrat zuckte ergeben die Schultern.

»Aber wer ... ?« Noch immer arbeitete es unter dem kahlen Schädel. Die struppigen Augenbrauen bildeten senkrechte Zakken. »Dem Ratth trau ich es zu. Der ist ehrgeizig. Aber er würde es niemals fertiggebracht haben, diesen merkwürdigen Dolch stecken zu lassen.«

Richtig, mein Freund, richtig, dachte Arrat.

»Und Mekeele ... Unsinn. Zu so einem Stoß von unten herauf braucht man Kraft und Erfahrung. Owoo hätte ihm das Genick gebrochen. Und Salvain – der hat die Schlafkammer nicht mehr verlassen, nachdem du ihn bei mir abgeliefert hast.«

»Und damit ist meine Theorie hinfällig. Möglicherweise war ein Fremder in Enniskillen, jemand, von dem wir nichts wissen.« Arrat hatte das Gesicht abgewandt, um die Heuchelei zu verbergen, aber entweder hatte ihn seine Stimme verraten, oder Sardeik war bereits zu mißtrauisch.

Ein Schweigen hing zwischen ihnen, das jedes Geräusch – die Rufe der Oghools, das Platschen des Wassers an den Ufersteinen, das Trällern der Vögel – überlaut machte. Es hatte etwas von der Stille vor einer Explosion.

Arrat neigte den Kopf. Ihm war hundeelend. Er hätte alles gegeben, um die vorangegangenen Minuten rückgängig zu machen. Mit starren Augen blickte er auf sein schwarzes Spiegelbild im Wasser.

Und dann erschien plötzlich, wie ein übergroßer Schatten, Sardeiks Kugelschädel neben seinem eigenen Bild auf der Wasseroberfläche. Arrat fühlte einen harten Griff im Nacken, dann wurde er zurückgerissen und gegen die schlammige Erde gedrückt. Sardeiks Knie bohrte sich in seine Brust.

»Du eiskalter ... mieser ... Schweinehund ...«

Die Worte kamen so nachdrücklich, daß Arrat meinte, jeder bis hin zum Oghoollager müßte sie gehört haben. Aber das Hintergrundgemurmel veränderte sich in keiner Nuance.

Sardeik beugte sich über ihn, bis sein Gesicht nur noch aus einem Paar schillernder Augen bestand. Mit der Linken umklammerte er Arrats Hals und drückte ihn gleichzeitig damit zu Boden.

»Warum ... warum ... haßt du uns so?«

Bei jedem einzelnen der Worte verstärkte er den Druck auf Arrats Luftröhre. Selbst wenn Arrat gewollt hätte, hätte er nicht antworten können. Er fühlte die Kraft des Daumens gegen seinen Kehlkopf und geriet in Panik. Vergebens versuchte er, mit den Füßen festen Grund zu bekommen, um sich abzustützen.

»Ich habe ... dir ... vertraut ...« Sardeiks Gesicht war zu einer Grimasse der Enttäuschung verzerrt.

Es gelang Arrat, die Hand unter die eisernen Finger an seinem Hals zu schieben, und die Todesangst gab ihm die Kraft, sie beiseite zu drücken.

»Nein, Sardeik«, keuchte er. »Es ist nicht, wie du ...«

Schon hatten die Finger wieder nachgefaßt. Ein traurig-groteskes Lächeln entstellte die herben Züge des Skelden.

»Mouwen und Tarek ...«, flüsterte er. »Heute ist ... ihr Tag ...«

Der Schlamm, in dem sie sich gewälzt hatten, hatte Sardeiks Hand mit einer grauen Kruste überzogen. Jetzt legte er die Krustenhand auf Arrats Gesicht. Er versuchte, sein Opfer damit zum Wasser zu zerren. Arrat spürte, wie das Zentnergewicht von seiner Brust glitt. Nun wäre der Augenblick gekommen, sich zu wehren. Sein Gehirn gab die entsprechenden Signale mit verzweifelter Dringlichkeit an seine Muskeln weiter. Aber Arrat konnte nicht reagieren. Dieser feuchte Schlamm auf seinem Gesicht erzeugte einen Ekel und eine Angst in ihm, die ihn unfähig auch nur zu der geringsten Bewegung machten. Er spürte das Wasser am Hinterkopf und sehnte sich nach seiner reinigenden Berührung, obwohl er wußte, daß sie ihm den Tod bringen würde.

Sardeiks Finger verschoben sich. Durch die Schlitze konnte Arrat wieder das Gesicht des Skelden erkennen.

»Mouwens Tag ...«, formten die wulstigen Lippen.

Aber es war nicht mehr die tiefe Stimme des Chans, die diese Worte sprach.

»Mouwens Tag ...«, schien es plötzlich von überall zu wispern und zu kichern mit einem Organ, das so fremd und doch so vertraut war wie ein Alptraum am hellichten Tage.

Das Wasser schob sich über Arrats Ohren und schwappte über seine Wangenknochen. Er zuckte entsetzt, und wie ein Echo auf seine Bewegung gurgelte ein Welle grenzenloser Erheiterung durch sein Hirn.

Dann gab es einen Ruck. Wasser floß Arrat in die Nase und in den zum Schrei geöffneten Mund. Sein Kopf wurde hinuntergedrückt. Durch die Spalten der Finger, die ihn in den Tod preßten, konnte er immer noch Sardeiks Gesicht erkennen. Aber die

Züge hatten sich verändert. Waren zerflossen und zerflossen noch immer zu ... etwas ...

Ja? formte der Mund, der Sardeiks Mund sein sollte, ohne ihm noch im geringsten ähnlich zu sehen ...

... zu etwas ...

Ja?

Ein taumelnder, schwarzer Fledermausreigen tanzte über den fremden Lippen ...

Arrat hörte Salvains Flüstern und ein Klatschen, das mit einem brennenden Schmerz auf seinen Wangen einherging, und entschied, als es so gar nicht aufhören wollte, daß er noch am Leben sein müsse. Er öffnete die verklebten Lider und versuchte sich aufzurichten. Im selben Moment überkam ihn ein fürchterlicher Würgreiz, und er erbrach Wagenladungen – wie er meinte – galligen Wassers.

»Ja, Junge, gut so, komm, nun mach schon ...«, hörte er Sardeiks Stimme, die jetzt wirklich wieder die Stimme des Chan gewesen wäre, wenn sie nicht so lächerlich flehend geklungen hätte.

»Hör auf, ihn zu schütteln, oder willst du ihn gleich noch einmal umbringen!« zischte der Lhare. Arrat spürte einen zweiten Arm um seine Schultern, und dann wurde ihm ein Finger in den Hals geschoben, worauf die Würgerei von neuem losging. Eine endlose, unbarmherzige Quälerei, bis seine Helfer entschieden, daß es genug sei, und von ihm abließen.

»Meinst du, daß wir ihn zusammen von hier forttragen können?« wisperte Salvain über seinen Kopf hinweg.

»Ja, natürlich. Wenn es sein muß, dann schlepp ich ihn auch allein!«

»Den Teufel wirst du tun.« Arrat stieß die zudringlichen Hände beiseite und rappelte sich hoch.

Es war dunkler, als er es in Erinnerung hatte. Die Oghools, die sich vor ihrem Versteck aufgehalten hatten, krakeelten immer noch, aber einige von ihnen schlenderten bereits in Richtung des Lagers.

»Warten wir ...«, er räusperte sich, um seine Stimme klarer zu bekommen, »warten wir noch die paar Minuten, bis sie alle fort sind. Dann bin ich auch wieder in Ordnung.«

Sie starrten ihn an mit der peinlichen Besorgtheit zweier Kinderschwestern. Arrat drehte sich mit einem Stöhnen ab und schöpfte sich mit der Hand das Flußwasser ins Gesicht.

Es ging ihm nicht gut. Auch später nicht, als sich die Oghools endlich zum Abrücken bequemten. Er mußte sich auf die Schultern seiner Kameraden stützen und sich von ihnen tragen lassen, und der Weg fort vom Oghoollager wurde eine umständliche, nervenaufreibende Tortur. Sie schafften es bis zu einem Felsen, der weit genug vom Lager entfernt schien, um Schutz vor Neugierigen zu bieten.

Dort ließen sie ihn ins Gras sinken.

Arrat schloß die Augen, unwillens, sich noch einmal zu rühren. Er war so erschöpft, daß er dachte, er müsse auf der Stelle einschlafen. Aber dann war es nicht mehr als ein Dösen, was sein aufgeputschter Körper zustande brachte. Unruhig wälzte er sich von einer Seite zur anderen, aber die Gedanken schwirrten durch seinen Kopf wie lästige, kleine Fliegen, und schließlich gab er es auf.

»Du kannst schlafen. Ich halte Wache«, sagte Sardeik, als Arrat zu ihm trat.

»Ich bin nicht müde.« Arrat spürte, wie der Skelde ihn unter den Augenwimpern hervor heimlich musterte, und fand die Situation schwierig.

»Du brauchst dir keine Sorgen zu machen«, brummte Sardeik, »daß ich dir noch einmal etwas antun könnte. Was auch immer mich vorhin gepackt hatte – es ist vorbei.«

Arrat wußte darauf nichts zu antworten, und der Chan fügte mit herber Verlegenheit hinzu: »Natürlich nur, wenn du damit einverstanden bist. Ich weiß, was ein gebrochener Eid bedeutet.«

»Nun rede doch keinen Unsinn. Wir beide wissen, daß es das Mael Duin war. Sprechen wir nicht mehr darüber.«

Sardeik nickte, schüttelte aber gleich darauf den Kopf. »Nein«, sagte er düster. »Vorbei ist es nicht. Und es wird auch niemals vorbei sein, weil Mouwen zwischen uns steht. Vielleicht war es am Schluß das Mael Duin. Aber am Anfang, als ich dich am Hals gepackt habe ... «

»Es ist niemals nur das Mael Duin.«

Sie hatten beide angenommen, der Lhare würde schlafen, und blickten gleichermaßen überrascht und verlegen auf den ungebetenen Zuhörer.

Salvain tat, als würde er ihre Befangenheit nicht bemerken, vielleicht war es auch wirklich so. Er versuchte, an Sardeik vorbei zum Oghoollager zu spähen.

Der Chan machte ihm Platz. »Ich habe mich jedenfalls im Griff, solange ich von dem Ding fern bin«, brachte er rauh hervor. »Und ich werde dafür sorgen, daß ich nicht mehr damit in Berührung komme.«

»Wer war Mouwen?« fragte Salvain. Er blickte noch immer zu dem Lager.

Sardeik kehrte dem Lharen ruppig die Schulter, und Arrat war geneigt, dasselbe zu tun. Aber irgendwie spürte er, daß Salvain die Frage nicht aus Neugier gestellte hatte.

»Mouwen war Sardeiks Bruder«, sagte er. Und fügte brüsk hinzu: »Ich habe ihn umgebracht.«

»Warum?«

Warum! Arrat lachte kurz und bitter. »Das würdest du nicht begreifen, und wenn ich es dir ... «

»Aber vielleicht würde ich es begreifen.« Sardeik gab seine Schroffheit auf. Er wollte etwas sagen und zögerte. Sein Gesicht spiegelte einen inneren Kampf. »Du ... du bist anders, als ich mir dich vorgestellt hatte. Ich hatte immer gedacht, du hättest es für den silbernen Falken getan. Aus Ehrgeiz. Aber nun – ich bin nicht mehr sicher. Und ich würde es wirklich gern wissen.«

Arrat konnte nicht antworten.

»Du bist jünger, als ich vermutet hatte«, sprach Sardeik selbstquälerisch weiter. »Es ist sechzehn Jahre her, und du kannst nicht älter als dreißig sein. Mouwen hatte uns erzählt, du hättest einen Trupp geführt. Aber ...«

»Ich bin ein Bauer. Der Sohn eines Bauern. Sie haben mich geschnappt, als ich dabei war, unsere Schafe ins Tal zu treiben.«

»Ein Bauerjunge also. Aber Mouwen hatte zwanzig Mann dabei. Wie war es möglich ...«

»Sie kannten das Moor nicht. Sie wollten, daß ich sie durchs Moor nach Grune führe. Wahrscheinlich konnten sie sich nicht vorstellen, wie es in einem Bauern aussieht, dem man die Schafe weggeschlachtet hat ...«

Arrat drehte Sardeik den Rücken zu. Seine Hände spielten mit dem Steinklee, der aus den Felsspalten wuchs. Er spürte, daß die beiden Männer hinter ihm warteten, sträubte sich dagegen und brachte es dann doch nicht fertig zu schweigen.

»Es gibt da eine Stelle im Keswicker Moor«, murmelte er. »Sie nannten es bei uns das Haderloch. Früher hatte ein Bohlenweg darüber geführt, aber der Boden war tückisch, und nachdem einmal ein Bauer mit seinem Karren dort eingesunken war, hatte man einen neuen Weg um das Loch herumgebaut. Aber die Bohlen waren noch da, und ich wußte, an welchen Stellen sie trugen und wo nicht ...«

Seine Finger zerrieben die gelben Kleeblüten. Ein milder Honigduft stieg von ihnen auf.

»Meine Hände waren auf den Rücken gebunden, aber ich durfte frei laufen. Und das machte es möglich. Als wir an das Loch kamen, bin ich losgerannt. Ich hatte mir ausgerechnet, daß sie nicht auf mich schießen würden, weil sie mich ja brauchten, um aus dem Sumpf wieder hinauszufinden. Und ich hatte recht. Sie folgten mir, und als sie merkten, daß der Boden nicht trug, war es bereits zu spät.«

»Sie sind dir *alle* nachgelaufen?« wunderte sich Sardeik.

»Ja. Mouwen hatte es ihnen befohlen. Mouwen hatte eine wahnsinnige Angst vor dem Moor. Der Gedanke, ich könnte entfliehen, muß ihn halb verrückt gemacht haben.«

»Und du hast die Männer von Anfang an mit der Absicht dorthin gelockt, sie ... untergehen zu lassen?« fragte Salvain.

Wäre es Arrat nicht so erbärmlich zumute gewesen, er hätte über seine ungläubige Miene gelacht. »Du weißt ja nicht, wovon ein Junge bei uns träumt. In meiner Phantasie hatte ich schon ganze Heere auf diese Weise in den Untergang geführt. Arrat aus Keswick, der listige Retter des Vaterlandes!« Sein Lachen war eine Mischung aus Zynismus und Schmerz. »Ich habe es großartig gefunden, wirklich ... «

Bis zu dem Moment, als die Männer einzusinken begannen, wollte er sagen. Die Blüten fielen aus seinen Händen. Er steckte die Fäuste in die Taschen, um seine Unruhe zu verbergen.

Wieder tauchten die Einzelheiten auf, die sich so unbarmherzig in sein Gedächtnis eingebrannt hatten. Die vergeblichen Schwimmversuche, der Wahnsinn in den Augen der Männer, als sie ihr Schicksal begriffen, die Hände, die aus dem Schlamm ragten und noch zuckten und sich verkrampften, als die Köpfe schon lange untergegangen waren ...

Sardeik räusperte sich. »Und Mouwen?«

»Mouwen stand am Rande des Bohlenweges. Er ist vor Angst beinahe gestorben. Wir müssen ein wunderbares Paar gewesen sein. Zwei Jungen, die um die Wette heulten. Und keiner von uns hat sich getraut, einen Schritt zu tun. Zwei Tage haben wir so verbracht ... «

Oder drei oder nur einen? Merkwürdig. Daran konnte er sich nicht mehr erinnern. Haften geblieben war nur jenes schreckliche Gefühl des Ausgeliefertseins. Diese Angst, dasselbe Schicksal wie Mouwens Männer erleiden zu müssen. Denn genau das hatte Mouwen ihm in dieser Zeit immer und immer wieder angedroht. Aber natürlich hatte er es nicht ernst gemeint. Als

Arrat schließlich auf den Weg zurückgekrochen war, halb verdurstet und den Kopf vernebelt von Angstphantasien, da hatte Mouwen sich damit begnügt, ihn durchzuprügeln.

»Er war wirklich noch ein Kind«, sagte Arrat. »Er hatte Angst vor dem Moor und Angst vor der Einsamkeit und Angst vor der Strafe, wenn er ohne seine Männer nach Hause käme. Und nichts davon konnte er für sich behalten. Er hat sich bei mir ausgeweint. Er hatte Angst, daß man ihn zu den Frauen zurückschicken könnte oder daß man ihm sein Pferd wegnehmen würde ... Kinderängste. Ich wußte, daß er ein Kind war ... «

Arrat blickte zu den Wachfeuern der Oghools. Sie tanzten dort und machten mit schrillen Saiteninstrumenten Musik.

»Wie hast du es fertiggebracht, daß Mouwen mit dir nach Thyram gegangen ist?«

Er lachte bitter. »Mouwen war so durcheinander – er hätte die Sonne nicht einmal gesehen, wenn man sie ihm direkt vor die Nase gehalten hätte. Er wäre überallhin mit mir gegangen, solange er nur denken konnte, daß es aus dem Moor hinausging.«

»Er hat uns erzählt, du hättest ihn im Moor verschont, um in Thyram Informationen aus ihm herauszupressen.«

»Ich weiß nicht, warum ich ihn in die Stadt gebracht habe. Ich wußte, oder habe wenigstens geahnt, was sie dort mit ihm anstellen würden. Vielleicht habe ich es getan, weil ich dachte, es wäre seine Schuld – der Tod der Männer und das alles. Ich weiß nicht. Es ist einfach geschehen ... «

Sardeik brummte etwas.

»Sie haben uns auf einem der Felder vor Thyram aufgegriffen und in die Stadt gebracht. Ich mußte neben dem Wachhaus warten, während sie ihn verhörten. Es hat die ganze Nacht gedauert. Eines der Fenster ging zum Hof hinaus. Ich konnte ihn schreien hören ...« Arrat hustete. Sein Mund war trocken, und sein Hals tat ihm weh. »Als es Morgen wurde, haben sie mich zu ihm in den Keller gebracht. Wahrscheinlich dachten sie, sie würden mir damit einen Gefallen tun ... «

»Warum haben sie Mouwen nicht umgebracht?«

Im Oghoollager brandete Gelächter auf. Die Soldaten schienen niemals schlafen zu gehen. Eine Flöte fiepte über dem Gejohle der Männer.

»Es war ein Abkommen«, sagte Arrat. »Sabbat, der Stadtkommandant, bildete sich ein, in dem kleinen Mörder, der ihm den Skelden gebracht hatte, ein neues Talent für seine Truppen gefunden zu haben. Ich habe mich von ihm anwerben lassen. Im Tausch für Mouwens Leben. Du hast also recht gehabt, Sardeik, es war eine Art Bezahlung gewesen ... Auch wenn ich damals nicht geahnt habe, in welch geringer Münze.«

So, nun war alles gesagt. Sardeik fragte nicht mehr, und auch der junge Mann, der das alles zweifellos nicht begriff, blieb still. Arrat zog sich die Jacke eng und blickte in die Nacht hinaus. Er fühlte sich wie ausgepumpt. Jetzt hätte er im Stehen schlafen können.

»Ich habe Mouwen getötet, als er zurückgekommen ist«, erklärte Sardeik. »Er war ein Chan, und er hatte uns verraten. Wir konnten das nicht dulden.«

»Ja, natürlich«, sagte Arrat.

XX

Das Lager zog auch am nächsten Tag nicht weiter, aber gegen Mittag erschien in einer Staubwolke eine Handvoll Reiter, und die hektische Betriebsamkeit, zu der sie die herumlungernden Soldaten veranlaßten, verriet, daß es sich um Männer von Rang handeln mußte.

Zwei von ihnen verschwanden im Zelt des Truppführers, blieben vielleicht eine Stunde lang dort und riefen dann mit allen Anzeichen der Eile wieder nach ihren Pferden. Gleich nach ihrer Verabschiedung begannen die Soldaten mit dem Abbruch des Lagers.

Als die Zelte auf die Packpferde verladen und die Kochfeuer ausgetreten worden waren, teilte sich der Trupp. Die eine, kleinere Hälfte verschwand auf Pferden in Richtung Süden, die andere formierte sich in Marschordnung und machte sich zu Fuß auf den Weg.

Ihre Richtung war klar: Hormediel.

Der Tag wurde unerträglich heiß, trotzdem marschierten die Oghools unerbittlich voran.

Es war ein Hundemarsch, aber erst am Nachmittag, als sie die ersten Waldhänge zu Füßen der Asturischen Berge erreichten, verlangsamten sie den Schritt. Der Grund wurde bald klar: Inmitten eines hochwachsenden Buchenwaldes stießen sie wieder auf den Dornaq, und dort, auf einem hohen, abgeflachten Schieferfelsen, dessen Ostseite steil in den Fluß hinabstürzte, fand sich die Burg von Hormediel.

Die drei Männer überließen den Trupp, dem sie nachgeschlichen waren, sich selbst und erkletterten längs eines Gebirgsbaches einen steinigen Berg, der Hormediel direkt gegenüberlag. Im Schutz des Unterholzes versuchten sie sich ein Bild von der Burg und dem darunterliegenden Dorf zu machen.

Hormediel lag in einer Flußbiegung. Die dazugehörige Siedlung hatte sich unterhalb des Knicks an das Ufer des schnellfließenden Stromes angeschmiegt und bildete eine erste Barriere gegen jeden, der die Burg erobern wollte.

»Strategisch perfekt«, faßte Sardeik seinen Eindruck zusammen.

Arrat nickte. Hormediel war nicht nur zum Fluß hin durch seine Lage geschützt, auch die Nord- und die Westseite mit ihren nackten, senkrecht aufsteigenden Felswänden waren praktisch uneinnahmbar. Zugänglich war allein die Südseite, und zwar über einen steilen, geschlängelten Pfad, den allenfalls ein Pferd, aber niemals ein Wagen mit Rammbock und Katapult und anderen Sturmutensilien benutzen konnte, zumal der Weg an vier Stellen zusätzlich durch vorgelagerte Wehrtore gesichert worden war.

»Was wohnen nur für Leute in dem Dorf«, murmelte Salvain. »Grau, grau, alles ist grau, als gäbe es keine anderen Farben. Und überhaupt nichts Blühendes. Man möchte denken, daß sie jeder Blume, die es wagt, sich durch die Bodenritzen zu zwängen, sofort den Kopf abreißen. Warum haben sie nicht wenigstens Gemüsebeete oder ein paar Obstbäume?«

»Weil sie sich von rohem Fleisch ernähren. Das ist nämlich gut für die Männlichkeit«, frozzelte Sardeik.

Der Lhare verdrehte die Augen und widmete sich der weiteren Betrachtung der Burg.

Wenn ihm das Dorf schon traurig vorgekommen war, dann mußte das, was er jetzt sah, ihn zutiefst deprimieren. Die Außenmauern der Burg waren von der Zeit geschwärzt und durchlöchert, als wären sie von Lepra zernagt. An der Flußseite hatte sich infolge von Erosionen ein Teil der Zwingmauer gelöst und war mitsamt dem Fels in den Fluß gestürzt. Auch einer der Flankierungstürme war abgerutscht und hing in lebensmüder Stellung über dem Abgrund. Aber beim genaueren Hinsehen entdeckte Arrat, daß die Mauerlöcher an strategisch wichtigen Stellen mit hellem Kalksandstein ausgebessert worden waren. Und auch der Wehrgang über der Schildmauer mit seinem glänzenden Schieferdach war zweifellos neueren Datums.

»Seht ihr das Blitzen?« fragte Sardeik. »Rechts von der Wehrmauer, neben dem kleinen Schießerker. Da müssen Soldaten patrouillieren.«

Arrat beschattete die Augen mit den Händen und nickte. Der Skelde hatte recht. »Da hinten bei dem Bergfried ist auch etwas«, sagte er. »Und dort, wo die Mauer abgesackt ist. Sieht so aus, als würde man die Burg reparieren und neu befestigen. Was ist das für eine Fahne auf der Turmspitze?«

Salvain, der die schärfsten Augen hatte, blinzelte gegen die Sonne. »Sieht aus wie etwas Goldenes. Wartet, bis der Wind es auseinanderbläst, dann kann ich vielleicht erkennen, was es ... Moment mal ...« Er pfiff durch die Zähne und griff nach Arrats Arm. »Das gibt es doch nicht. Es ist ein Kreis!«

»Das Wappen Aneirins?«

»Nein.« Salvain schüttelte entschieden den Kopf. »Aneirin hat einen blauen Kreis. Der dort ist gelb. Aber es ist sehr ähnlich. Wer mag dort oben wohnen? Meint ihr, daß es etwas Gutes zu bedeuten hat?«

»Ich würde mein letztes Hemd verwetten, daß nicht.« Arrat lächelte grimmig. »Jedenfalls wissen wir jetzt, daß wir hier richtig sind.«

»Schnappen wir uns doch eine von den Gelbfratzen und kitzeln aus ihr raus, was los ist«, schlug Sardeik vor.

»Kann es sein, daß du in letzter Zeit zuviel rohes Fleisch gegessen hast?« erkundigte sich Salvain, ohne zu lächeln.

»Hör mal!« Sardeik war verärgert. »Das da unten sind unsere Feinde. Und du kannst mit ihnen nicht fertig werden, indem du ihnen übers Haar streichelst und sagst, sie sollen brave Jungen sein.«

»Ach. Und das gibt uns das Recht ... «

»Ich werde hinuntergehen und sehen, ob ich etwas in Erfahrung bringen kann«, machte Arrat dem Streit ein Ende.

»Aber warum? Was hoffst du denn dort zu sehen?« wollte Salvain wissen.

»Ob es außer den Oghools noch andere Leute im Dorf gibt, welchen Rang ihre höchsten Offiziere haben, wie viele Soldaten im Dorf untergebracht sind, wie sie bewaffnet sind, ob sie aufs Warten oder auf einen baldigen Abmarsch eingerichtet sind. Ob sie größeres Kriegsgerät mit sich führen, vielleicht kann ich auch das eine oder andere Wort aufschnappen ... «

»Und du bildest dir ein, ich ärgere mich in der Zwischenzeit mit dem kleinen Kotzbrocken herum?« Sardeik stand auf, schnappte sich seinen Mantel und warf ihn sich um den Körper. »Ich kann das da unten so gut erledigen wie du.«

Arrat war anderer Meinung. Er bezweifelte, daß Sardeik die Oghoolsprache verstand – was er selbst, wenn auch nur holperig, zustande brachte. Er hielt auch nicht viel von Sardeiks Fähigkeiten, sich im Wald unsichtbar zu machen. Aber er merkte, daß der Chan wütend war und wollte ihn nicht noch zusätzlich verärgern. Der Schorf, der über die Wunden der vergangenen Nacht gewachsen war, war noch zu dünn, um daran zu kratzen.

Sie beobachteten, wie Sardeik sich umständlich die Schräge hinunterhangelte, sahen ihn im Unterholz verschwinden und warteten.

Ihr Posten bot einen guten Ausblick auf die schmale Straße, die erst zum Dorf und dann zwischen den Häusern den Berg hinauf zur Burg führte. Sie konnten die Soldaten sehen, die mit irgendwelchen Aufträgen unterwegs waren, die einheimischen Oghools, die mit blutiger Beute über den Schultern von der Jagd kamen, die Oghoolfrauen, die an einer seichten Uferstelle schwatzend ihre schwarzen Kessel füllten …

»Sie mögen einander nicht«, sagte Salvain.

»Wer?«

»Die Leute aus dem Dorf und die Soldaten.«

Wie zur Bestätigung seiner Worte gab es plötzlich Unruhe auf dem Dorfweg. Ein Soldat hatte mit dem Fuß einen Wasserkessel quer über den Weg getreten und grölte vor Vergnügen, als das blecherne Gefäß über das Geröll der Uferböschung hinweg zum Fluß hinunterschepperte.

Bis in ihr Versteck hörten die beiden Männer den wütenden Protest der Besitzerin des Kessels. Schimpfworte flogen hin und her. Der Soldat stieß der Frau lässig die Faust vor die Brust.

»Flegel«, kommentierte Salvain.

Einer der Jäger schien dieselbe Ansicht zu hegen. Er ließ das Bündel Hasen sinken, das er hatte heimtragen wollen, und trat zu den beiden Streitenden. Arrat konnte nicht verstehen, was er sagte, aber der Soldat fuhr wütend herum. Es entwickelte sich ein gestenreiches Streitgespräch. Ein paar Soldaten, die vor einer Schenke herumgelungert hatten, wurden aufmerksam und schlenderten heran. Einer von ihnen sagte etwas, das von seinen Kumpanen mit grölendem Gelächter aufgenommen wurde. Der Jäger drohte ihnen mit der Faust.

Und dann blitzten plötzlich Waffen auf.

Man konnte in dem Getümmel, das nun folgte, keine Einzelheiten erkennen, aber aus dem Wutgebrüll der Frau wurden schrille Schmerzlaute, die kurz darauf abrupt verstummten. Die Soldaten traten auseinander und lümmelten sich wieder auf ihren Platz vor der Schenke. Auf dem Weg blieben die leblosen, verkrümmten Körper ihrer Opfer, unter denen sich dunkle Lachen bildeten.

»Du hast recht. Sie mögen einander tatsächlich nicht«, stellte Arrat fest und schob Salvains Hand beiseite, die irgendwann in seinem Ärmel gelandet war.

Es schien noch offen, ob sich unter den Dorfbewohnern Mut genug zum Protest fand. Einige Männer versammelten sich hinter der Mauer einer Schmiede und steckten, unbeobachtet von den Soldaten, die Köpfe zusammen.

Aber da geschah etwas, womit keiner von ihnen, und am allerwenigsten die beiden unsichtbaren Beobachter, gerechnet hatte.

In einer Staubwolke lösten sich aus dem schwarzen Tor des Waldes ein paar Reiter und galoppierten den Dorfweg hinauf. Um Einzelheiten ausmachen zu können, waren sie noch zu weit entfernt, besonders, da die Sicht durch den aufgewirbelten Sand behindert wurde. Aber es reichte, um Arrat erkennen zu lassen, daß es sich um einen schwarzberockten Oghoolsoldaten und um eine zweite, wesentlich größere Person handelte, die in die weiten, fließenden Gewänder der Wüstenreiter von Skeld gekleidet war.

Arrat fühlte keinen Triumph.

Auch keinen Zorn.

Mit den Augen suchte er die Stelle ab, an der Sardeik sich seiner Meinung nach verborgen halten müßte, vorausgesetzt, er war überhaupt schon beim Dorf angekommen. Aber nichts regte sich. Vielleicht hatten sie Glück gehabt, und Sardeik hatte im Wald die Orientierung verloren.

Die Soldaten vor der Schenke hatten sich erhoben und versperrten den Reitern den Weg. Jetzt, wo die beiden anhielten und die Staubwolke sich auflöste, konnte man Tareks Glatze sehen, und wenn das nicht gereicht hätte, um ihn zu identifizieren, dann hätte man ihn jedenfalls an den typisch fahrigen Gesten erkannt, mit denen er sich den Soldaten verständlich zu machen suchte.

Die Tür der Schenke öffnete sich, und aus dem Rahmen trat ein Mann in Uniform, einer, der offensichtlich Autorität genoß, denn die Soldaten, die Tarek und seinen Begleiter umstanden, traten bereitwillig beiseite. Es wurden Worte gewechselt, der Oghool, der mit Tarek gekommen war, flocht gestenreiche Kommentare ein, schließlich bedeutete der Offizier Tarek abzusteigen und ihm zu folgen.

Sie kamen vielleicht zehn Schritte weit.

Dann gab es nicht weit von ihnen, am Waldrand, ein sekundenlanges Aufblitzen, das vielleicht nur von Arrat wahrgenommen wurde, weil er es erwartet hatte, und Tarek knickte in die Knie.

Es war ein stilles, schnelles Sterben.

Arrat zog den entsetzten Lharen zu sich heran.

»Wir haben nicht viel Zeit«, sagte er und überlegte, wie er die vielen Dinge, die er erklären mußte, am kürzesten zusammenfassen könnte. »Du mußt fort!« begann er mit dem Wichtigsten.

Salvain nickte und schüttelte gleichzeitig den Kopf. »Sie werden Sardeik verfolgen!« sagte er und deutete auf die Straße, wo die Soldaten jetzt tatsächlich alle in Richtung des Waldes davonstürmten, ohne sich um den Leichnam im Sand weiter zu kümmern.

»Richtig. Und wenn sie ihn erwischt haben, dann werden sie wissen, daß auch du hier bist. Denn **du** bist es, den sie in Wirklichkeit haben wollen. Sie wollten immer nur dich. Sie wollten dich, als sie Tarek bestachen, dich zu entführen ...«

»Entführen? Himmel, wovon redest du?«

»In dem Wald vor Enniskillen«, erklärte Arrat ungeduldig. »Tarek hatte keinen Fremden gesehen. Er wollte dich zum Rabenfelsen zu den Oghools verschleppen. Ich würde mein Leben dafür verwetten, daß er deinem Sturz mit einem Stein auf den Kopf nachgeholfen hat.«

»Das kannst du nicht wissen!«

»Die Oghools hatten es auch nur auf dich abgesehen, als sie uns beim Rabenfelsen aufgelauert haben«, fuhr Arrat fort, ohne den Zwischenruf zu beachten. »Sie hatten nicht einmal den Versuch gemacht, uns andere anzugreifen. Ich weiß den Grund nicht, Salvain, aber sie wollen dich mit allen Mitteln in ihre Gewalt bekommen. Und allein aus diesem Grund, nur weil sie es wollen, werde ich versuchen, es zu verhindern. Ich möchte, daß du nach Aneirin aufbrichst. Jetzt sofort. Auf der Stelle.«

Arrat war atemlos, so schnell hatte er die Worte herausgesprudelt. Nun wartete er auf Antwort.

»Aber was wird mit Sardeik? Wir können ihn doch nicht im Stich lassen.«

»*Ich* werde mich um Sardeik kümmern. Und es wird mir leichter werden, wenn ich dabei nicht auf dich aufpassen muß«, erklärte Arrat unumwunden.

»Aber ...«

»Verflucht, geht es in deinen Kinderkopf nicht herein? Es ist egal, was mit Sardeik passiert. Oder mit mir. **Dich** wollen sie benutzen. Und deshalb mußt **du** fort von hier! Hast du es nun kapiert?«

»Ja.«

Er gab viel zu schnell nach. Arrat packte den jungen Mann bei den Schultern. »Du mußt tun, was ich dir sage, Salvain. Dieses eine Mal mußt du gehorchen. Das Spiel, das hier gespielt wird, hat seine eigenen schmutzigen Regeln. Und davon verstehst du nichts.«

»Wo treffen wir uns wieder?«

»In Aneirin, sobald ich hier mit Sardeik wegkomme.«

»In Ordnung.«

Arrat faßte den Lharen scharf ins Auge, aber die sanften, blauen Augen hielten seinem Blick stand.

»Gut.« Er nickte, drehte sich um und begann über die Baumwurzeln und zwischen das Gestrüpp hindurch den Abstieg ins Tal. Als er sich noch einmal umdrehte, sah er, daß Salvain verschwunden war.

Die Dämmerung kam mit der Plötzlichkeit, wie sie für diese Gegend charakteristisch war. Von einem Moment zum anderen wurde der Wald zu einem Schattengespinst, in dem es keinerlei scharfgezeichnete Konturen mehr gab, nur verschwommene hellere und dunklere Flächen, die sich gelegentlich, bei einem Windstoß, gegeneinander verschoben und die für den flüchtigen Beobachter alles oder nichts darstellen konnten.

Arrat sah das als ihre Chance. Salvain würde sich mit der Sicherheit des Naturkindes auch durch den Abendwald bewegen können und zweifellos weit fort sein, bevor die Oghools die Suche nach ihm aufnahmen. Und wenn Sardeiks Vorsprung groß genug gewesen war, dann würde es dem Skelden vielleicht gelingen, ein Versteck für die halbe Stunde bis zum Einbruch der Nacht zu finden.

Arrat blieb stehen und horchte auf das gedämpfte Geschrei aus dem Tal. Soweit er es unterscheiden konnte, kamen die Stimmen auf ihn zu. Sardeik schien also den vertrauten Weg zurück zu flüchten. Vorsichtig, immer auf Deckung achtend, schlängelte Arrat sich durch das widerborstige Gewirr von Zweigen, Dornen und Luftwurzeln bergabwärts. Er mußte in die Nähe des Flusses gekommen sein, denn das Rauschen des Wassers legte sich wie Bienengesumm über die Waldgeräusche.

Arrat wußte, daß er Sardeik nicht würde helfen können, wenn die Oghools ihn schon am Wickel hatten. Aber immerhin bestand die Möglichkeit, daß der Chan den Vorsprung vor seinen Verfolgern hatte halten können. Und dann galt es, ihn zu finden, bevor er sich im Wald hoffnungslos verirrte.

Immer näher pirschte Arrat sich an die rufenden Stimmen heran. Als er in seiner Nähe Zweige brechen hörte, verbarg er sich hinter einem Weißdornbusch. Mit überspannten Sinnen lauschte er auf die bald ungeduldigen, bald drohenden Rufe der Oghools, die jetzt schnell lauter wurden.

Der Wald um ihn herum hatte sich in ein Schattenkabinett verwandelt. Vielleicht zehn Schritt weit konnte man noch bizarre Formen von grauer und schwarzer Farbe unterscheiden, dahinter verschwamm alles zu einem Brei aus Finsternis. Doch dann gab es plötzlich einen hellen Fleck in der Dunkelheit: der Chan stürzte durch die Büsche.

Einen Moment blickte Sardeik sich um, versuchte sich zu orientieren, dann rannte er weiter. Es gab keine Gelegenheit für Arrat, sich bemerkbar zu machen. Die Oghools waren dem Skelden zu dicht auf den Fersen. Die ersten Verfolger zwängten sich bereits durch die Büsche, bevor die Zweige hinter Sardeik zusammenschlugen. Es sah schlecht aus. Die hellen Kleider machten es dem Chan schwer, sich zu verbergen. Reglos hokkend beobachtete Arrat die Fortsetzung der Jagd.

Die Oghools machten sich nicht die geringste Mühe, leise zu sein. Sie fühlten sich wie die sprichwörtlichen hundert Hunde, die des Bären Tod sind, und sie wußten, daß es nur noch eine Frage der Zeit sein würde, bis sie ihr Wild zur Strecke gebracht hätten. Verzweifelt sann Arrat auf einen Ausweg, aber der einzige, der ihm einfiel, war selbstmörderisch und nicht einmal besonders erfolgversprechend. Trotzdem entschied Arrat, es zu versuchen.

Als der letzte Oghool im Gebüsch verschwunden war, trat er auf den freien Platz und stieß den lauten Schlachtruf der Skelden aus – das einzige Brüllgeräusch, das ihm auf die Schnelle in den Sinn kam.

Der Erfolg war bemerkenswert. Das Brechen der Zweige verstummte, man lauschte, dann setzte sich zumindest ein Teil des Verfolgungstrupps in Arrats Richtung wieder in Bewegung.

Arrat gratulierte sich zu dem Teilerfolg. Er hatte Sardeik seine Chance gegeben, jetzt mußte der Kampfgefährte zusehen, daß er etwas daraus machte.

Arrat war so auf die Geschehnisse vor sich konzentriert, daß er das Geräusch in seinem Rücken beinahe nicht wahrgenommen hätte. Er kreiselte herum, aber während er sich noch drehte, schlug etwas Hartes gegen seine Beine. Er stürzte, versuchte etwas zu erkennen und riß reflexartig die Arme hoch, als er einen Schatten auf sich zufliegen sah. In dem Sekundenbruchteil, in dem das Ding einen Bogen beschrieb, wurde ihm klar, daß er verloren war, und er empfing den Schlag mit der bitteren Erkenntnis, daß es nicht hätte sein müssen.

XXI

Seine erste Empfindung, als er wieder zu sich kam, war Dankbarkeit. Er lebte. Die zweite war Furcht. Denn es war kalt und dunkel und still um ihn herum. Er blinzelte und versuchte, irgendwo in der Schwärze Konturen auszumachen. Er horchte auf leise Schritte oder Stöhnen oder Rufen oder wenigstens auf das Tropfen von Wasser oder ein Scharren am Fußboden. Doch es gab nichts. Einfach nichts. Er flüsterte ein paar Worte, um sich zu überzeugen, daß er von dem Schlag nicht taub geworden war, aber seine Stimme und sein Gehör funktionierten tadellos.

Vorsichtig schob er sich erst auf die Knie und dann auf die Füße. An seinem linken Fußgelenk zog etwas, und er ertastete eine grobgliedrige Kette, deren Endring sein Gelenk umschloß. Als er ihr folgte, kam er zu einem Eisenring, der in eine Mauer eingelassen worden war. Er strich mit den Händen über die rauhen Steine. Es waren mehrere Fuß breite unregelmäßig geformte Quader, die von einer krümeligen Mörtelschicht zusammengehalten wurden. In verschiedenen Höhen und Abständen ertastete er rostrauhe Metallringe, an denen teilweise Ketten hingen. Offensichtlich war seine Zelle für mehrere Gefangene ausgelegt worden.

Nach wenigen Schritten kam er an eine zweite Wand, an deren Ende sich eine metallene Tür mit einem verriegelten Holzfenster befand. Danach fühlte er nur noch naturbelassenen Stein. Sie mußten das Verlies direkt in den Fels geschlagen haben. Seine Handfläche glitt über den schmierigen Wasserfilm, der wie eine zweite Haut über dem Gemäuer klebte, und einen Moment lang hatte er das entsetzliche Gefühl, unter Tonnen von Stein lebendig begraben worden zu sein.

Er unterdrückte die Regung.

Sie hatten ihm die Kleider gelassen, die Kette an seinem Fuß erlaubte eine gewisse Bewegungsfreiheit, die Schmerzen in seinem Kopf waren erträglich. Noch hatte er keinen Grund, sich zu beklagen.

Eine Weile ging er hin und her, um sich zu wärmen, immer begleitet von dem Scharren der Kette an seinem Fußgelenk, aber das Laufen half nicht gegen die Kälte, und das Eisen drückte in sein Fleisch. Also rollte er sich wieder auf dem Steinboden zusammen und schloß die Augen. Irgendwann würde jemand kommen. Bis dahin gab es nichts zu tun.

Er nickte kurz ein, doch die ungewohnte Stille ließ keinen Schlaf mehr zu. Immer wieder schreckte er hoch und horchte in die Dunkelheit, und schließlich gab er es auf.

Was mochte mit Sardeik geschehen sein? überlegte er. Ob es

ihm gelungen war zu entkommen? Kaum. Vermutlich schmorte er in einem ähnlichen Verlies, falls er nicht bereits tot war. Und Salvain? Hatte er sich wirklich nach Aneirin aufgemacht? Er war zu folgsam gewesen beim Abschied.

Arrat hauchte in die Hände, um sie zu wärmen.

Was mochten seine Kerkermeister vorhaben? Immerhin hatten sie ihn noch nicht umgebracht. Aber vielleicht kam das noch? Vielleicht wollten sie ihn nur vorher noch verhören.

Sie, sie, sie ... dachte er gereizt und zog die Knie an.

Wer waren *sie* überhaupt? Und was für Pläne hatten sie mit Salvain? Er erdachte verschiedene Möglichkeiten, eine so unglaubhaft wie die andere, versuchte eine Theorie zu finden, zu der alles, was er wußte, paßte, aber immer stimmte es an irgendeiner Stelle nicht mehr. Das Blut hämmerte in seinem Kopf, und er legte sich wieder hin.

Vielleicht kamen sie ja auch gar nicht mehr. Er hatte schon von Gefangenen gehört, die einfach vergessen worden waren. Nein, wies er sich selbst zurecht. Sie würden von ihm wissen wollen, was aus Salvain geworden war. Einfach deshalb mußten sie kommen.

Irgendwann schlief er doch ein, und als er das nächste Mal erwachte, da war es von dem dumpfen Schlagen einer Tür. Er lauschte und hörte Schritte. Es mußten wenigstens zwei Personen sein, denn er unterschied das Knallen von Stiefeln und ein eigenartiges Schlurfen wie von Pantoffeln. Ein Schlüssel wurde in seine Tür gesteckt, zweimal umgedreht, und dann mußte er die Augen schließen, weil das Licht einer Fackel ihm die Pupillen zu versengen drohte. Er fühlte sich am Handgelenk gepackt, etwas Kaltes schloß sich darum, er war mit der Hand an die Mauer gekettet.

»Bist du fertig, Maskkot?« näselte eine weinerliche Stimme in der holprigen Sprache der Oghools. Blinzelnd erkannte Arrat ein fettes Pfannkuchengesicht, das mit einem Korb in der Hand im Türrahmen wartete.

Der Mann, der Arrat angekettet hatte, spuckte ein strammes »Jawohl, Orhangasy!« heraus.

»Also dann ... Vierundzwanzig.«

Orhangasy setzte seinen Korb ab, zog aus der Tasche seiner viel zu engen Uniform eine Liste hervor, und begann, sie zu studieren.

»Ah, hier ist es ja schon: Vierundzwanzig: Einzelaufbewahrung. Ab zweiten Tag Suppe.« Er hob die Augen. »Du hast ganz schön Glück, Vierundzwanzig. Gleich am zweiten Tag Suppe, das gibt es nicht oft.« Er wartete einen Augenblick, vielleicht darauf, daß Arrat sich bedankte. Dann bückte er sich zu seinem Korb und holte eine hochwandige, verbeulte Schale heraus, die er ein paar Schritte entfernt von seinem Häftling auf den Boden setzte.

»Wer hält mich hier gefangen?« fragte Arrat.

Der Fette machte ein ächzendes Geräusch und verdrehte die Augen. »Immer muß man es ihnen von neuem erklären. Jedesmal dasselbe. Tag für Tag, bei jedem Neuzugang. Es ekelt mich an. Maskott, sag ihm die Regel.«

»Ein Gefangener darf nur sprechen, wenn er gefragt wird!« kam es folgsam aus dem Mund des Soldaten.

»Richtig. Und das ist eine sehr vernünftige Regel. Die Leute würden von morgens bis abends nur mäkeln und klagen, wenn man sie reden ließe, wie sie wollen. Und wer soll das aushalten, frage ich dich!«

Arrat trat einen Schritt auf ihn zu, so weit, wie die Fessel an seiner Hand es erlaubte.

»Ich will nichts weiter als wissen, wer mich hier festhält!«

Der Dicke seufzte. »Komm, Maskott, laß uns gehen. Es bekommt mir nicht, wenn ich mich aufrege. Ich kriege Herzstechen davon. Erst neulich hat Virdantsche zu mir gesagt ... «

»Verdammt, ich will wissen, wer ihr seid, ihr stinkenden, gelben Ratten!«

Der Dicke ließ die Hand vom Türgriff sinken. Deprimiert

blickte er seinen Gefangenen an. »Habe ich es dir nicht schon vorhin gesagt, Maskott? Er ist einer von denen, die Schwierigkeiten machen. Wir werden nur Ärger haben, die ganze Zeit. Ich habe das schon gesehen, als sie ihn gebracht haben ... «

Zitternd vor Wut versetzte Arrat der Suppenschale einen Tritt, daß sie an die Wand flog und ihren trüben Inhalt in alle Richtungen verspritzte.

Der Dicke setzte mit einem müden Seufzer seinen Korb wieder ab. »Auch das habe ich vorausgesehen. Wie oft habe ich schon gesagt, sie sollen sich das Essen für die ersten Tage sparen. Es ist immer die gleiche Schweinerei.« Er bückte sich ächzend über seinen strammen Bauch und hob die Schale auf. »Tu mir bitte den Gefallen, Maskott, und erkläre ihm die Regel.«

»Jawohl! Wer Essen vergeudet, bekommt für den nächsten Tag die Ration gestrichen und ... «

»Nein, nein, nicht die! Ich meine das mit dem Reden. Wo es heißt ... «

»Jawohl!« fiel ihm sein Helfer ins Wort. »Wer ohne Erlaubnis redet, bekommt für den nächsten Tag die Ration gestrichen. Wiederholt sich das Vergehen ... «

»Hör auf! Niemand hat gesagt, daß du das ganze Regelbuch aufsagen sollst. Er wird es noch früh genug lernen.«

Der Dicke nahm seinen Korb und schlurfte, gefolgt von dem Soldaten, aus der Zelle. Die Tür fiel ins Schloß, der Schlüssel drehte sich, Arrat war wieder allein.

In hilfloser Wut stieß er mit der Faust gegen die steinerne Wand. Er wußte, er hatte sich wie ein Idiot benommen, und diese Erkenntnis trug nicht dazu bei, seinen Zorn zu lindern.

Also gut, sagte er sich. Sie hatten ihn in ein Gefängnis gesteckt. Aber es gab hier eine Ordnung – eine Ordnung, die etwas mit Essen zu tun hatte. Und das hieß, daß sie ihn – wenigstens fürs erste – nicht umbringen wollten. Damit mußte er sich zufriedengeben.

Er entschied sich zu schlafen, um die Zeit schneller verstreichen zu lassen. Doch der Eisenring um sein Handgelenk war so hoch angebracht, daß er sich nicht mehr auf dem Boden ausstrecken konnte. So döste er halb knieend, halb sitzend vor sich hin, während die Stunden in der Dunkelheit versickerten. Der Hunger, der ihn anfangs am meisten geplagt hatte, verging, aber dafür trocknete sein Mund aus, seine Lippen platzten auf, und seine Kehle wurde rauh wie Sandpapier.

Irgendwann schlief er doch ein, aber nachdem er einige Zeit in der Fessel gehangen hatte, war die Haut an seinem Handgelenk aufgerieben und blutete, näßte und juckte. Von da an ließen ihn die Schmerzen nicht mehr zur Ruhe kommen, obwohl ihm übel war vor Müdigkeit.

Er wartete auf wunden Knien, Stunde um Stunde, und ertappte sich bei dem Wunsch, den Kopf gegen den Fels zu schlagen.

Als er nach einer Zeitspanne, die ihm wie eine Ewigkeit vorkam, endlich wieder ihre Schritte vor seiner Kerkertür hörte, da wußte er, daß er so nicht weiterleben konnte. Mit steifen Beinen rappelte er sich hoch und lehnte sich gegen die Wand.

Wieder kam zuerst der Soldat herein, der seine Fessel überprüfte. Draußen zeterte Orhangasy.

»Nun komm schon und halte mir die Türe auf, du Schwachkopf! Willst du, daß ich hier zusammenbreche? Ich hasse diese unteren Verliese! Treppen, Treppen, Treppen, nichts als Treppen. Bin ich ein Karnickel, daß ich hier immerzu hinauf- und hinunterspringen könnte? Wahrscheinlich machen sie das mit Absicht. Sie wollen mich an meinem Herzstechen krepieren lassen! ›Kümmere dich ja persönlich um ihn. Keiner soll von ihm wissen!‹« äffte er eine hohe Stimme nach. »Oh, Tuschenk, du blödes, tückisches Schwein. Erst läßt er den Burschen durch die vollbesetzte Wachstube schleppen, und dann soll keiner von ihm wissen! Bei der wächsernen Göttin von Sanope, mit was für Idioten muß ich arbeiten! Maskott, steh nicht so rum und gaffe, sondern halte mir das Licht, damit ich die Liste überprüfen kann. So, Vierundzwanzig also. Hm. Ration für gestern und vorgestern gestrichen. Hör zu, Junge, heute steht dir dein Essen wieder zu, und du sollst es auch bekommen, denn hier herrschen Ordnung und Gerechtigkeit. Aber wenn du wieder vorhaben solltest, deine Schüssel an die Wand zu werfen, dann sag es mir lieber gleich. Ich verabscheue diese Ferkeleien, und es gibt genügend Leute, die dankbar sind für ein kleines Extra. Nun, was ist? Hast du deine Sprache verloren?«

»Es tut mir leid«, flüsterte Arrat.

»Was sagst du?«

»Es tut mir leid.«

»Es tut ihm leid!« Der Dicke begann zu strahlen. »Das höre ich gern! Hast du es mitgekriegt, Maskott? Es tut ihm leid. Ich habe gleich gewußt, daß er ein vernünftiger Kerl ist. Was hat es auch für einen Sinn, aufsässig zu sein.« Er setzte dem Gefesselten eine Schüssel in Reichweite seiner Hände. »Du wirst schon sehen, hier geht alles seinen geordneten Gang, Vierundzwanzig, und wenn du dich an die Regeln hältst, dann wirst du dich bald wunderbar eingelebt haben.«

Er lächelte ihm noch einmal aufmunternd zu, dann ließen sie ihn wieder allein.

Am nächsten Tag lösten sie die Handfessel und brachten ihm eine Decke.

»Jeder hat Anspruch auf eine Decke, solange er sich an die Regeln hält. Man ist ja schließlich kein Untier!«

»Was geschieht mit mir?«

Tadelnd zog der Dicke die Augenbrauen hoch. »Du sollst mich um Erlaubnis fragen, wenn du etwas sagen willst. Eigentlich müßte ich jetzt wieder ... na, Schwamm drüber. Ich bin ein gutmütiger Mann, solange man mich nicht reizt. Außerdem mag ich die Menschen. Wirklich. Ich hatte mal einen hier, kein schlechter Kerl übrigens, der kannte ein großartiges Spiel. ›Schnapp vor sieben‹ heißt es. Man braucht nur sieben Würfel und einen Becher. Leider ist er schon nach kurzer Zeit eingegangen, und seitdem habe ich niemanden mehr gefunden, der es mit mir spielen kann.« Er warf ihm aus seinen dunklen Augen einen verschmitzten Blick zu. »Du spielst vermutlich nicht gern?«

»Doch.«

Tagsdrauf, eine ganze Zeit nach der Essensausgabe, schleppte sein Wächter einen Hocker, ein Tischchen und einen Satz Würfel an.

Von da an spielten sie zusammen. Zuerst immer nur kurz, aber bald über Stunden und schließlich bis tief in die Nacht hinein. Zumindest behauptete Orhangasy das, wenn er sich über seinen Mangel an Schlaf beklagte. Arrat selbst hatte längst jedes Zeitgefühl verloren.

Anfangs stand der Soldat hinter Arrat, während sie spielten. Aber irgendwann brachte der Dicke eine Flasche sauren Rotwein mit, und von da an wartete der Soldat draußen vor der Tür.

»Man muß es sich im Leben einrichten, so gut es geht«, philosophierte Orhangasy. »Nimm zum Beispiel einmal mich. Denkst du, es gefällt mir, was ich hier machen muß? Ewig treppauf, treppab, dabei das ständige Gejammere der Gefangenen. Und keiner, der einem die Plackerei dankt. Ich höre sie hinter meinem Rücken tuscheln. Sie hassen mich, diese Schweine. Alle hassen sie mich! Und warum? Rackere ich mich nicht von früh bis spät für sie ab? Hier, mein Freund, nimm einen Schluck aus der Flasche.«

Arrat schüttelte den Kopf. Allein der Gedanke an den sauren Schnaps verursachte ihm Magenkrämpfe.

Sein Kerkermeister nickte verstehend und bediente sich stattdessen selbst.

»Weißt du, daß nicht einmal die Wächter mich mögen?« fragte er, während er die Flasche auf den Steinboden stellte und die Würfel in den Becher wischte. »Sie bespitzeln mich, ich weiß das genau. Einer von ihnen, Tuschenk, von der Hofwache, hat sogar versucht, mich bei Spinnenfinger anzuschwärzen – möge seine Seele dafür in der Hölle schmoren!«

»Bei Spinnenfinger?«

»Ja, und alles nur, weil er zu feige und zu faul zum Arbeiten ist. Soll ich etwa selbst die Gefangenen zur Hinrichtung führen, he? Für die Hinrichtungen auf öffentlichen Plätzen sind die Hofwächter zuständig. Der Marktplatz gehört zu ihrem Gebiet. Das ist genau geregelt. Natürlich ist es nicht angenehm. Zweimal haben sie dort schon einen umgebracht. Aber ist das etwa meine Schuld? Warum jammern sie *mir* die Ohren voll? Ich bin eingestellt, um hier unten für Ordnung zu sorgen. Das tue ich, und damit hat es sich. Und wenn sie es ungerecht finden, dann sollen sie sich gefälligst bei unserem Herrn beschweren.«

»Warum tun sie es nicht?«

Der Dicke blinzelte ihn pfiffig an. »Nun ja, der Herr hat ein heftiges Temperament, verstehst du? Er wird nicht gern belästigt. Besonders nicht mit so lächerlichen Lappalien. Der letzte Bursche, der bei ihm vorstellig geworden ist ... «

»Ja?«

»Nun, dem ist es nicht besonders gut bekommen. Hier oben, verstehst du?« Der Dicke deutete auf seine Stirn.

»Er ist getötet worden?«

»Aber nein!« Orhangasy kicherte. »Unser Herr ist gnädig mit uns. Er tötet nicht. Er macht das ganz anders. Er ... «

Urplötzlich fiel ein Schatten auf das Gesicht des Wärters. Orhangasy fuhr mit der Hand zum Mund, als wolle er die so leichtfertig entschlüpften Worte zurückpressen. Seine Blicke flogen ängstlich zur Tür.

»Wie komme ich eigentlich dazu, mit dir über den Herrn zu reden?« krächzte er. »Willst du mich ins Unglück stürzen? Verflucht sollst du sein, mich hier zum Schwatzen zu verführen! Verdammt und verflucht!« Er stemmte sich vom Hocker hoch und ließ die Würfel in die Tasche gleiten. »Morgen bekommst du deine Ration gestrichen, verstanden, Vierundzwanzig? Ich werde dich lehren, mir Scherereien zu machen!« Er schnappte sich die Flasche vom Boden. »Der Rotwein ist's!« brummelte er, während er zur Tür stolperte. »Dieser verfluchte Rotwein bringt mich noch an den Strick.«

Für die nächsten Tage war es aus mit dem Spiel. Orhangasy war schlecht gelaunt, wenn er das Essen brachte. Manchmal schickte er sogar Maskott allein, was, wie Arrat argwöhnte, einen Verstoß gegen die berühmten Regeln darstellte. Aber der Oghool war zu sehr Spieler, um es lange ohne die Würfel auszuhalten.

Am Ende ließ er sich von Maskott doch wieder Tisch, Stuhl und Würfelbecher hinuntertragen und sagte zu Arrat: »Wenn du mir versprichst, daß du dich besser beträgst, dann darfst du wieder mit mir spielen. Aber sprich nie wieder von unserem Herrn, verstanden? Wenn es jemand anderen gäbe, der mit mir würfeln könnte, dann würde ich gar nicht mehr zu dir kommen. Aber wen habe ich denn? Kann ich etwa mit meinen Untergebenen spielen? Ich hätte sie bald wie die Schmeißfliegen um mich herumsirren. Man kennt das doch. Nur nicht zulassen, daß sie sich anbiedern. Respekt müssen sie haben. Und Furcht. Sonst tanzen sie einem auf der Nase herum! Das hat man ja bei den Lharen gesehen.«

»Willst du rot oder schwarz?« fragte Arrat.

»Rot.«

Arrat verteilte die Würfel und wartete auf Orhangasys ersten Zug.

»Ich wußte gar nicht, daß es hier auch Lharen gibt«, sagte er so beiläufig wie möglich. Lharen waren offensichtlich als Gesprächsthema nicht so verboten wie der »Herr«.

»Sie haben die Burschen vergangene Woche draußen am Gribben bei einem Häuflein Aufständischen ergriffen«, erklärte der Oghool. »Und natürlich haben sie sie gleich zu mir heruntergeschafft. Und das ist mal wieder typisch für Tuschenk! Hat ihn einen Dreck interessiert, was ich für Ärger kriege, dieses Schwein. Hauptsache, er ist die Kerle los.«

»Was war denn so besonders an ihnen?«

Orhangasy blickte auf und warf Arrat einen argwöhnischen Blick zu.

»Zwei Sechsen. Du hast einen Zug gut«, meinte Arrat.

Eine Weile spielten sie schweigend. Aber die Geschichte war zu aufregend, um sie nicht zu erzählen. Nach einem weiteren kräftigen Schluck sagte Orhangasy:

»Jedenfalls, als Yxlan morgens das Essen in ihre Zelle brachte, da schlägt ihm plötzlich eine Flammenwand entgegen! Es muß den armen Burschen sofort umgebracht haben. Die beiden sind durchs Feuer, noch bevor jemand ganz kapiert hatte, was los war. Bis zur Poterne haben sie's geschafft.«

»Ein Feuer haben sie gemacht?«

»Sag' ich doch! Jedenfalls, dort, bei der Poterne, haben wir sie dann mit unseren Pfeilen erwischt.« Orhangasy schlürfte genüßlich seinen Wein.

»Ihr habt sie getötet?«

»Na, getötet nicht direkt. Obwohl es fast ein Wunder ist, denn die Jungs da oben zielen gut. Aber es heißt ja auch nicht umsonst, die Lharen hätten sieben Leben. Ich habe jedenfalls gesehen, wie sie die beiden an der Mauer entlang hoch in den Bergfried geschleppt haben, und da haben sie noch gezuckt. Kurz darauf sind dann sechs Mann von mir abkommandiert worden. Es heißt, Spinnenfinger kümmert sich jetzt persönlich um die zwei.«

»Spinnenfinger?«

»Ja, und das ist auch gut so, denn schließlich gehörte er mal zu ihnen und weiß, wie man sie zur Raison bringen kann. Das habe ich auch zu meinem Oheim gesagt, als ich letztes Wochenende in Gallboch war ... «

Es gab noch eine Menge anderes, worüber Orhangasy mit seinem Oheim geredet hatte, und etliches davon war so betrüblich, daß der Oghool Trost aus seiner Flasche brauchte, während er es sich vom Herzen redete. Der Oheim hatte sich mit schwarzer

Magie eingelassen, wodurch er einer Cousine, die er nicht leiden konnte, angeblich einen Hautausschlag angehext hatte. »Aber sie hat's verdient«, nuschelte der Wächter, schon nicht mehr ganz nüchtern. »War doch schließlich schuld, daß die Sache mit Tribb und Soffeke auseinanderging, diese Hexe.«

Saufend und seufzend weihte Orhangasy seinen Gefangenen in die traurige Familienaffäre ein, die fast mit einem Zerwürfnis geendet hätte und an der, im Gegensatz zu Großtante Geffekes Meinung, nur Mussra Schuld hatte. Und vielleicht auch ein bißchen Lammesy, dieser Idiot. Aber am meisten doch Mussra.

»Un deshalb isscht es ein Schweinerei, dasch man dem Oheim dasch mit dem Auschlag so ankreidet. Hadde doch recht, der Alte ...«, klagte der Kerkermeister. Sein Mitgefühl trieb ihm die Tränen in die Augen und ließ ihn sogar die Würfel vergessen. »Ein Schweiner war dasch ... ein Schweinerei, sag isch ... «

Orhangasy rülpste, und vor Empörung rutschte ihm die Flasche aus der Hand. Unsicher angelte er ihr nach, aber seine Glieder führten inzwischen ein Eigenleben, und bevor er ihnen Gehorsam aufzwingen konnte, war das Glasgefäß schon über die Tischkante gerollt und zersprungen.

»Ssssiehst du«, schnüffelte Orhangasy, »ssso ist das mit mir. Alle sinn gegen mich. Intiri ... Intri ... gönnen mir nich den Wein, die Saubolde, die ...« Er legte den Kopf auf den Tisch und brach in Tränen aus.

Voll wie eine Haubitze, dachte Arrat. Ein vager Plan nahm in seinem Kopf Gestalt an. »Laß dir doch eine neue Flasche bringen«, riet er.

Orhangasy stutzte, dann hellte sein Gesicht sich auf. »Natülisch. Isch brauche ein Neue! Weischt du, Vierunddschw ..., dasch du ein Freund bischt? Mein eindschiger Freund! Nieman hätte schonscht an meine Flasche dacht.« Seine Augen füllten sich wieder mit Tränen. »Nieman hätte daran dacht«, betonte er gerührt. »Nieman. Nischt ein Einziger. Aber du, mein Freund, du schagst: hole dir ein Neue ... «

Er hickste und schneuzte sich mit dem Ärmel die Nase.

»Maschkott«, brüllte er dann, und als der Soldat den Kopf durch die Tür steckte: »Hol mir ein neue Flasch Wein. Mein Freund hat geschagt, isch brauche mehr Wein. Und rescht hat er! Nu wirdsch bald, Kerrr?« Er schleuderte den Würfelbecher, und der Wächter verschwand. Arrat hörte die beiden Türen hinter ihm zuklappen.

»Ein Mann wie isch braucht ein Freund, dem er vertraun kann. Unn wenn esch ein Hund von ein Mensch isss«, lallte der Kerkermeister, während er sich unsicher von seinem Hocker erhob und auf Arrat zustolperte, um ihn zu umarmen. »Isch brauch ... «

Arrat schlang ihm den Arm um den fetten Hals, und der Satz erstickte in einem Röcheln.

Er hatte nur diesen einen Arm frei, denn mit der linken Hand war er wieder an den Fels gekettet. Doch er hätte niemals gedacht, daß ihm das Schwierigkeiten bereiten würde. Natürlich war er geschwächt durch die Zeit des Hungerns und der Kälte und der Schmerzen. Er hatte gewußt, daß es ein Kraftakt werden würde. Aber der Oghool war schließlich stockbetrunken und seine Muskeln wie Pudding. Woher nahm er also die Kraft, sich so energisch zu wehren? Er trat, drehte sich, zappelte und wand sich schließlich aus seinem Arm, so daß Arrat erneut zupacken mußte.

Ich bin schwach wie ein Kind, dachte der Gefangene verzweifelt.

Seine Finger waren wie Wachs, und seine Arme gaben unter jedem Ruck des Opfers nach. Die Todesangst schien Orhangasy Riesenkräfte zu verleihen. Arrat wußte, daß er diesen Kampf nicht lange durchhalten würde. Mit einer Anstrengung, bei der er das Letzte aus sich herausholte, zog er Orhangasy zu sich heran und preßte seinen Arm gegen die fleischige Kehle. Orhangasy krallte in Todesangst die Finger in Arrats Arm, aber er schien trotz seiner Trunkenheit zu spüren, wie vergeblich das war, denn plötzlich ließ er los, fummelte statt dessen an seinem Gürtel herum, und ehe Arrat begriff, was er vorhatte, schepperte etwas über den Fußboden.

Es dauerte ein paar Sekunden, bis Arrat die Bedeutung des Geräusches erfaßte. Dann hätte er schreien mögen. Orhangasy hatte sein Schlüsselbund fortgeworfen. Das Bund, an dem die Schlüssel für seine Handfesseln hingen, für seine Fußfesseln, die Schlüssel für die Kerkertüren ... Es war vorbei. Er hatte verloren. Ohne Schlüssel würde er niemals hinauskommen, egal ob sein Kerkermeister tot oder lebendig war.

Seine Arme gaben nach, und er sackte kraftlos vor Enttäuschung gegen die Mauer zurück. Schweratmend rollte Orhangasy sich aus seiner Reichweite. So warteten sie auf die Rückkehr des Soldaten.

»Mach ihn fertig«, krächzte Orhangasy, als Maskott mit der Flasche in der Hand zurückkam.

Maskott starrte einen Moment verwirrt auf seinen wachsbleichen Herrn und den Gefangenen, dann nickte er und löste eine der Eisenketten von der Wand.

Er führte seinen Befehl mit der Gewissenhaftigkeit aus, die ihn kennzeichnete, schlug und drosch, was die Arme hergaben, und hielt nicht eher inne, bis sein Opfer sich nicht mehr rührte. Vorsorglich kettete er ihm noch die freien Gliedmaßen an die Wand, dann half er seinem stöhnenden Herrn auf die Füße.

Es war dunkel und still in der Zelle, als Arrat wieder zu sich kam.

Er wußte nicht, wie lange er schon an der Wand hing, und er konnte auch die Zeit, die folgte, nicht einordnen. Vielleicht waren es zwei Tage oder drei oder eine Woche. Er kam sich vor wie in einem endlosen Ozean aus Dunkelheit, Durst und Schmerzen, und er fühlte, daß er dabei war, den Verstand zu verlieren.

Sein Körper war eine einzige Wunde. Das Fieber schüttelte

ihn, jede Bewegung, jeder Husten, ja, selbst das Atmen war eine Qual. Er sehnte die Zeiten der Ohnmacht herbei, und es graute ihm vor dem Erwachen. Wenn er etwas dachte, dann daran, wann es endlich zu Ende wäre.

Schließlich, irgendwann, als er schon nicht mehr daran glaubte, kehrten sie zu ihm zurück.

Vergrämt sah Orhangasy zu, wie seine Leute dem Gefangenen die Fesseln lösten und ihn auf die Beine zerrten. »Was bist du doch für ein blödes Schwein!« knurrte er. »Du hast es gut gehabt, besser als die meisten hier, und ich habe sehr gern mit dir gespielt.« Er wartete, bis seine Leute Arrats Hände mit Stricken aneinandergebunden hatten. »Natürlich kann ich dir so etwas nicht durchgehen lassen. Das würde sich ausbreiten, wie ein Lauffeuer. Außerdem habe ich meine Regeln. Maskott, sag ihm, welche Strafe auf einen Angriff gegen die Wachleute steht.«

Maskott sagte es ihm.

Dann ging es hinaus.

Arrat stolperte zwischen den Soldaten, die ihn mit ihren muskulösen Armen aufrecht hielten, eine Steintreppe hinauf. Sie schleppten ihn durch einen höhlenartigen, finsteren Tunnel, dann kam wieder eine Treppe, und schließlich stieß der Mann, der voranging, eine schwere, eisenbeschlagene Tür auf.

Im selben Moment brach ein ungeheurer, wahnsinniger Lärm los.

Es war ein Kreischen und Zischen, ein Schluchzen und Heulen, so widermenschlich, daß Arrat sich in seinem fieberverwirrten Hirn einen Augenblick lang einbildete, man hätte ihn direkt in die Hölle gestoßen. Fassungslos vor Entsetzen richtete er sich auf.

»Vorwärts! Los, Mann!«

Einer der Soldaten schlug ihm die Faust in den Rücken, und Arrat taumelte weiter. Undeutlich erkannte er eine lange Folge verrosteter Eisenstäbe, hinter denen nackte Gestalten sprangen und tobten, als hätten sie ein Feuerblech unter den Fußsohlen.

Greinende Bitten um Barmherzigkeit mischten sich mit wütendem Gekreische zu einem ohrenbetäubenden Spektakel.

Orhangasy legte sich den Ärmel vor die Nase und winkte seine Männer ungeduldig zum Schnellergehen.

Endlich tauchte das Ende des Ganges mit einer neuen Tür auf, die dem Inferno ein Ende machte.

Es ging ein paar Stufen hinauf, und auf der obersten brach Arrat zusammen. Seine Stirn schlug gegen die Stäbe des metallenen Geländers.

»Was ist denn mit dir los, Vierundzwanzig? Hat dir das eben etwa nicht gefallen?« hörte er Orhangasys hämische Stimme direkt hinter seinem Ohr. »Wenn du deine Strafe bekommen hast, und wenn du sie überlebst, Vierundzwanzig, dann wird das dort drinnen deine Familie sein, verstehst du?«

Wieder zogen sie ihn hoch.

Vor ihnen lag ein breiter Flur, der bereits über der Erde liegen mußte, denn an seinen Seiten befanden sich kleine Scharten, die Licht und Luft einließen. Die Oghools schleppten Arrat dort entlang und noch ein paar weitere mühselige Treppen <hinauf, bis sie zu einem kahlen Zimmerchen gelangten, wo Orhangasy ihnen zu warten befahl, während er im Nebenraum verschwand.

Die Oghools stießen Arrat von sich und beachteten ihn nicht weiter. Einer von ihnen zog ein Kartenspiel heraus, und bald waren sie nur noch mit sich selbst beschäftigt.

Arrat war dankbar, daß sie ihn in Ruhe ließen. Zitternd vor Schwäche und Fieber sackte er gegen die Wand, schmiegte die Wange an die rissige Mauer und blinzelte durch das kleine, vergitterte Fenster nach draußen.

Es war Mittagszeit. Die Sonne stand hoch über den eisbedeckten Gipfeln der Asturischen Berge. Nicht mehr die sengende Hochsommersonne, sondern das warme, leuchtende Herbstlicht. Wie lange mochte er dort unten in dem Kerker vergraben gewesen sein? Die Wälder begannen bereits, sich in den Spitzen zu verfärben, und die Luft roch schwer nach Ernte und Abschied. Ein Krähenschwarm folgte dem silbrig glänzenden Dornaq nach Süden. In ein paar Tagen würden sie Keswick erreichen. Dort würden sie kurze Zeit rasten und die letzten Körner von den abgeernteten Feldern picken, bevor sie die Reise über das Ostmeer nach Doornklings antraten.

Arrat sah, wie sie höherstießen und einen schwarzglänzenden Keil bildeten, und sein Herz wurde schwer vor Sehnsucht.

»He, los, ihr faulen Hunde!« Orhangasy erschien im Türrahmen. »Wir haben nicht ewig Zeit!«

Einer der Oghools raffte das Kartenspiel zusammen, ein anderer versetzte Arrat einen Stoß, packte ihn an der Jacke und trieb ihn in den Raum, in dem Orhangasy wartete.

Hier gab es keine Fenster mehr. Die einzige Öffnung nach draußen bestand in einem Luftschlitz unterhalb der Decke. Aber in einer Esse der Tür gegenüber flackerte ein Feuer, das den Raum mit züngelndem, rotem Licht erfüllte.

Neben der Esse wartete – aufrecht, mit gekreuzten Armen – ein Mann. Schweiß rann über seinen nackten, muskelbepackten Oberkörper, und auch die stämmigen Beine glänzten feucht. Er war groß, viel zu groß für einen Oghool, er war ein Mensch. Ein Mann wie ein Bulle. Seine Nacktheit war nur durch einen Lendenschurz bedeckt. Um ihn herum lagen die Werkzeuge seines Standes. Eisenpflöcke, Zangen, Nägel mit übergroßen Knöpfen, Lederriemen …

Mit einer knappen Bewegung des Kopfes winkte der Henker den Soldaten zu gehen. Orhangasy begutachtete respektvoll die glänzenden Muskelpakete und nickte.

»Ich hole ihn in drei Stunden wieder ab. Dann mußt du fertig sein. Aber denke dran, der Herr will ihn vielleicht noch sprechen, wenn er kommt!«

Die Tür klappte hinter den Soldaten ins Schloß, und der Mann trat herzu. Grob packte er den Gefangenen am Arm und stieß ihn auf eine im Boden eingelassene Eisenplatte. Dort zerschnitt er ihm die Fesseln, zerrte ihm die Jacke herunter, und wieder schlossen sich Ketten um Arrats Hand- und Fußgelenke. Nur waren sie diesmal in die Decke und den Boden eingelassen.

Der nackte Mann wandte sich ab und suchte aus einem Korb seine Werkzeuge zusammen. Er arbeitete ruhig und bedachtsam, wie jemand, der sein Handwerk versteht. Und völlig stumm. Wahrscheinlich hatten sie ihm irgendwann die Zunge herausgeschnitten. Niemand liebte schwatzhafte Folterknechte. Etwas kam auf den Rost. Eine Zange, ein an der Spitze gebogenes Messerchen.

Arrat spürte, wie seine Beine nachzugeben begannen. Ich werde es nicht ertragen, dachte er. Ich habe keine Kraft mehr dazu ...

Der Henker schürte das Feuer, und eine Hitzewelle durchströmte den Raum. Arrat spürte, wie der Schweiß ihm den Nakken herunter und in die Achselhöhlen strömte. Die Hitze machte ihn schwindelig. Wie ein schwebendes, in sich zerfließendes Monstrum sah er den bulligen Mann am Feuer hantieren und dann auf sich zukommen. Gleich darauf spürte er die Fingerspitzen des Henkers, die ihm prüfend über die Armmuskeln strichen. Ihm wurde schlecht vor Ekel und Furcht.

Die Finger ließen von ihm ab, und Arrat sah den Stummen, jetzt wieder ganz klar, vor die Esse treten. Der Mann beugte sich über das Feuer und spuckte auf das Metall. Zischend zerstoben die Tropfen, worauf er mit einem befriedigenden Nicken einen Lappen von einem Nagel an der Wand nahm und damit das Messer vom Rost hob.

Wieder trat er auf Arrat zu, und zum ersten Mal kam etwas wie Leben in die schweigsame Gestalt. Ein schauerlich glückliches Grinsen zerteilte seine Lippen, ein Lächeln, das ihm das Aussehen eines beschenkten Kindes gab.

Arrat wich zurück. Er flüchtete, soweit die Fesseln es zuließen. Das Grinsen des Mannes verstärkte sich. Der Henker hob das Messer und packte mit der freien Hand gemächlich Arrats Ellbogen. Ein schmatzendes Geräusch kam aus seinem Mund, als er sich den Arm zurechtbog, mit dem Daumen die Spalte zwischen den Knöchelchen ertastete und gleichzeitig versuchte, sie in Richtung der rotglühenden Messerspitze zu biegen.

Arrat wandte das Gesicht zur Seite und schloß die Augen. Seine Muskeln versteiften sich. Die Gedanken in seinem Kopf standen still. In ihm existierte nichts mehr als eine grauenhafte Angst. All seine Sinne konzentrierten sich auf das glühende Stück Metall, das über seinem Ellbogen dampfte. Er war so völlig fixiert auf die erwartete Qual, daß er das ruckartige Kopfheben des Henkers gar nicht wahrnahm, und auch nicht das Stiefelknallen und die aufgeregten Stimmen jenseits der Tür.

Erst als eine gackernde Stimme direkt neben seinem Ohr immer wieder rief: »Was ist denn, Gusche? Was hat er? Was hat er denn?« löste sich sein gepeinigter Geist aus der Verkrampfung.

Er hob das Kinn, registrierte, wie sich das Gackern neben ihm in Laute der Erleichterung verwandelte, und sah, ungläubig und nicht mehr fähig zu irgendeinem Gefühl, wie das Messer auf die Esse zurückwanderte.

Die Nägel, die die Eisenschellen um seine Gelenke zusammenhielten, wurden herausgezogen, der Henker gab ihm einen derben Stoß, und irgendwelche Hände schossen auf ihn zu, um ihn am Fallen zu hindern.

»Schneller! Wir haben keine Zeit!« drängte die Hühnerstimme.

Wieder wurde Arrat vorwärts gestoßen, aber diesmal hatte man es eiliger.

Sie schleppten ihn durch den Vorraum, der jetzt leer war, und den Gang herunter, dann eine Treppe hinauf, eine andere hinab, immer wieder neue, erschöpfende Treppen und Gänge, bis sie plötzlich im sonnenüberfluteten Burghof standen.

Arrat legte den Kopf in den Nacken und ließ die saubere, frische Luft in seine Lungen strömen. Für einen Moment klärten sich seine Gedanken. Er erblickte Mägde, die an einem Trog weiße Laken wuschen und neugierig zu ihm herüberstarrten, eine Katze, die sich gleichmütig auf einer Steinbank räkelte, einen kleinen, eingezäunten Gemüsegarten, aus dem es nach Rosmarin und Salbei roch.

»Weiter! Weiter doch!« zeterte die Stimme, die er jetzt einem weißhaarigen, alten Mann mit einem Mäusegesicht zuordnen konnte.

Sie zogen ihn an den Oghoolweibern vorbei zum Bergfried. Das Mausegesicht schepperte mit einem Schlüsselbund. Es öffnete die Tür, und wieder schlug dumpffeuchte Luft über Arrat zusammen.

Man brachte ihn eine breitgewendelte Treppe hinauf. Und plötzlich spürte er nicht mehr Stein, sondern hochflorigen, weichen Teppich unter seinen nackten Füßen.

Arrat zog den Kopf nach oben.

Was sollte das?

In dem Nebel, der um ihn wogte, meinte er, bemalte, blaßrosa Wände und goldglitzernde Fackelhalter zu erkennen.

Er stolperte, rutschte dem Soldaten zu seiner Linken aus den Händen und prallte auf den Ellbogen. Erst jetzt bemerkte er, daß er nicht mehr gefesselt war.

»He, kannst du noch laufen?« fragte die Mäusestimme unangenehm dicht vor seinem Gesicht.

Arrat stemmte sich in die Höhe.

»Reiß dich zusammen. Es ist nicht mehr weit. Wir sind gleich da.«

Aber wo? Himmel, wo? dachte Arrat verstört. Eine neue Angst hatte ihn gepackt. Eine Angst, deren Ursprung so tief in seinem Inneren verborgen lag, daß er sie selber nicht begriff. Und doch war sie, auf einer anderen Ebene, nicht weniger real und schrecklich als die Angst vor dem Stummen in der Folterkammer.

»Wohin gehen wir?« fragte er, aber die Männer, die ihn mit sich zerrten, hatten es zu eilig, um auf sein Krächzen zu hören.

Und plötzlich, ohne daß er bemerkt hätte, wie es geschehen war, standen sie vor einer Tür.

Es war keine Tür wie die anderen. Sie war größer, prächtiger, die letzte Tür in der Spitze dieses Turmes: Sie nahm fast die gesamte Breite des Ganges ein. Vier Oghools, alle bis zum Hals bewaffnet, bewachten sie.

Der Griff der Männer, die Arrat gebracht hatten, wurde fester, er war jetzt deutlich wieder mehr Kontrolle als Hilfe, aber Arrat bemerkte es kaum. Er stand nur da und starrte auf die Tür.

Überdeutlich nahm er die kunstvollen Intarsienarbeiten im Türblatt wahr, das mit feinstem Blattgold überzogene Schloß, die sorgfältig polierten Beschläge, in die das Wappen des Burgherrn eingeätzt war. Sein Herz begann zu rasen.

›Unser Herr tötet nicht. Er macht das ganz anders‹, meinte er Orhangasys Stimme zu hören.

Das Mäausegesicht hatte den Arm gehoben und pochte erst vorsichtig, dann energischer gegen die Tür.

»Warum sagt der Herr nichts?« fragte er nervös die Wachen.

Ohne auf ihre Antwort zu warten, pochte der Mann noch ein weiteres Mal und drückte dann kurzerhand die Klinke nieder. Vorsichtig lugte er durch den Spalt, winkte Arrat näherzukommen, griff ihn ärgerlich beim Arm, als er zögerte, und schob ihn schließlich vor sich durch die halbgeöffnete Tür.

Der kleine, runde Raum war warm und lichtdurchflutet. Arrat blinzelte gegen die Helligkeit. Undeutlich erkannte er einen Schatten an einer der riesenhaften Fensteröffnungen. Eine schlanke Gestalt mit hellglänzenden Lockenhaaren, die ihm dem Rücken zuwandte.

Sein Begleiter verharrte einen Moment. Dann hüstelte er, und als die Gestalt sich immer noch nicht rührte, sagte er: »Ich habe ihn Euch gebracht, Herr, so wie Ihr es gewünscht habt.«

Jetzt endlich drehte der Mann am Fenster sich um.

Nein... dachte Arrat.

Er tastete blind nach einem Halt.

Nein... dachte er. *Es ist nicht wahr... Er... Nein... Es ist unmöglich*...

Aber noch bevor sich die Gestalt aus dem gleißenden Sonnenlicht löste, noch bevor sie ihm das sanfte Gesicht zuwandte und noch bevor er die vertraute Stimme hörte, wußte Arrat, daß er es doch war.

Er wich gegen den Türrahmen zurück. Ihm war, als hätte er plötzlich einen Propfen in der Luftröhre, an dem er vorbeiatmen müßte. Die Luft wurde ihm knapp, das Zimmer mit seinen goldbestickten Wandteppichen und den bemalten Tapeten begann zu trudeln. Er spürte, wie seine Beine einknickten...

Sein Sturz wurde aufgefangen.

Hände griffen nach ihm, und sein Gesicht wurde in weichen, nach Sauberkeit duftenden Stoff gezogen. Wohlbehütet glitt er zu Boden. Sanfte, eindringliche Worte wurden ihm zugeflüstert. Finger strichen über sein Gesicht und durch sein Haar...

Er wünschte sich zu sterben.

XXII

Verwirrt starrte Arrat auf die Greife und Drachen, die ihn mit aufgerissenen Mäulern und aus boshaften Äuglein angafften. Irgendwo in seinem Schwertarm antwortete ein Nerv auf die Bedrohung, aber die Muskeln, die er in Bewegung setzen sollte, waren wie Blei, und da hörte das Zucken wieder auf.

Arrat schloß die Augen. Ihm war behaglich warm, er hätte gern weitergeschlafen. Aber in einem Eckchen seines Gehirns hatte sich ein kleiner, boshafter Gedanke eingenistet, ein Irrwisch, der plapperte und geckerte und mit gierigen Fingerchen an der Schläfrigkeit zerrte, unter der alles so angenehm gleichgültig war.

Arrat kuschelte sich tiefer in die Wärme. Er versuchte, den Gedanken zu ignorieren. Aber als er sich bewegte, wurde seine Wange von etwas Weichem, Glattem gestreift, das einen intensiven Duft von Lavendel ausströmte, und der kleine Störenfried in seinem Kopf kreischte auf vor Vergnügen und randalierte noch schlimmer als zuvor und brachte es zuwege, daß Arrat die widerstrebenden Augenlider erneut öffnete.

Die Drachen und Greife schwebten wie zuvor über seinem Haupt, aber ihre Leiber waren jetzt zu Holz erstarrt, und von ihren Feuernüstern blätterte die Farbe.

Seine Blicke schweiften weiter, die Streben hinab, die das unheimliche Szenario trugen, blieben einen Moment an einigen gewaschenen und gebügelten Kleidern hängen und landeten schließlich bei einer Hand, die weißlich dürr und verkrampft auf einer mit Maiglöckchen bestickten Decke lag, und von der er schließlich begriff, daß es seine eigene sein mußte. Die Gelenke und die beiden kleinen Finger der Hand waren dick mit Bandagen umwickelt, der Daumen blutunterlaufen, und während er sie anstarrte, kehrten allmählich die Erinnerungen zurück.

Sein Mund wurde trocken, und seine Zunge bekam einen scharfen Geschmack.

Arrat drehte den Hals. Das Zimmer schien auf den ersten Blick leer. Aber als er an den Streben oberhalb seines Kopfes vorbeispähte, sah er Salvain auf einem der Fenstersimse sitzen.

»Warum gehorchen sie dir?« fragte Arrat. Seine Stimme klang heiser, als hätte er eine schlimme Erkältung.

Er sah, wie Salvain den Kopf hob. Der Lhare wollte sich von der Fensterbank schwingen, aber als ihm der Sinn der Worte aufging, hielt er inne, und das Lächeln verschwand aus seinem Gesicht. Er trat zu einem Tischchen neben der Tür, kippte aus einer Glaskaraffe eine klare, mit Kräutern versetzte Flüssigkeit in einen Becher und trug sie zum Bett hinüber.

»Trink das.«

Arrat rührte sich nicht, und als der Lhare ihm den Kopf stützte und ihm den Becherrand an die Lippen setzte, drehte er verbittert das Gesicht zur Seite.

»O bitte, was soll das denn? Du bist halb verdurstet. Du **mußt** etwas trinken.«

Arrat tastete nach dem Becher und stieß ihn fort. »Warum gehorchen sie dir?«

»Das ist eine lange Geschichte, und du wirst das Ende nicht erleben, wenn du nicht endlich etwas trinkst!«

Mit energischem Griff drehte Salvain ihm den Kopf zurecht und schüttete ihm das Zeug in den Mund. Arrat war zu erschöpft, um sich dagegen zu wehren. Er war auch zu erschöpft, um zu verhindern, daß Salvain ihm noch einen weiteren Becher Brühe einflößte und daß er ihm anschließend wie einem Kind das Gesicht und den Hals mit einem feuchten Tuch sauberwischte. Er hätte heulen können vor Elend und vor Wut.

Aber die Flüssigkeit hatte seinen ausgedörrten Mund befeuchtet und den Schorf hinuntergespült, so daß er wieder deutlicher sprechen konnte. »Was hast du mit ihnen zu tun?«

»Ich weiß nicht.«

»Warum sitzt du nicht in einem ihrer Verliese?«

»Ich weiß es nicht.«

»Warum gehorchen sie dir?«

»Arrat, ich wünschte, ich könnte dir das sagen, aber ich ... «

»Du weißt es nicht! Oh, verdammt, du machst mich krank mit deinem ›Ich weiß nicht‹!« Arrat drehte sich und stützte sich auf den Ellbogen, eine Ungeschicklichkeit, auf die sein Körper sofort mit heftigen Schmerzen reagierte. »Wie bist du hierher gekommen? Wenigstens das wirst du doch wissen!« brüllte er.

»Ich will es dir ja auch erklären. Aber nicht, solange du herumtobst und deine Verbände zum Rutschen bringst und ... Ach ...« Salvain schien zu finden, daß sich das Aufregen nicht lohne, und begann unsanft, Kissen hinter den Rücken des Kranken zu stopfen. »Ich wußte, daß du die Sache mit Sardeik nicht hinkriegen würdest«, sagte er dabei heftig, im Rhythmus seiner Bewegungen. »Die Oghools sind nicht so wie ihr. Sie kommen aus den Höhlen. Sie haben Luchsaugen und schleichen wie die Füchse. Es war vorauszusehen, daß sie dich erwischen würden. Ich dachte, ich könnte es verhindern ...«

»Aber ich hatte dir befohlen ...«

»Ja, und ich habe es nicht getan. Zum Glück, denn so ist wenigstens Sardeik entkommen!«

»Aber dafür haben sie **dich** geschnappt, du neunmalgescheiter ...«

»Sie hatten Magie.«

»Sie hatten ... was hatten sie?«

»Magie! Keine starke. Aber doch genug, um mich aufzuspüren.«

»Mit Magie?«

»Warum nicht!« kam die Antwort mit einem Unterton von Trotz.

»Die Oghools haben Magie?«

»Nicht die Oghools. Es war Lharenmagie. Ich ... ich nehme an, daß sie von Jorg kam.«

»Wer ist Jorg?«

»Der Mann, der dich hierhergebracht hat. Er müßte dir aufgefallen sein. Er hat die hellen Haare und die langen Finger der Lharen.«

»Er sieht wie eine Ratte aus.«

»Jedenfalls denke ich, daß er es war, der mich gefunden hat. Sie waren über mir, bevor ich sie richtig bemerkt hatte, und haben mir einen Schlag auf den Kopf versetzt. Und als ich wieder zu mir kam, war ich in diesem Raum.«

»Was sagt Jorg, warum er dich gefangenhält?«

»Er hält mich nicht gefangen. Er behauptet, es sei seine Aufgabe, mich zu beschützen.«

»Wovor zu beschützen?«

»Das will er nicht sagen.«

»Warum hast du nicht versucht, zu entkommen?«

»Es sind doch überall Wachen!«

»Ach, ich nehme an, du redest von den kleinen Lanzenschleppern vor deiner Tür? Natürlich, das sind ja auch ganz andere Gegner als das kümmerliche Nebelnetz, das du in Enniskillen zerstört hast. Endlich begreife ich, wie arg du hier in der Klemme sitzt, Lharenprinz.« Der Hohn war plump, aber er wirkte. Salvains Gesicht lief dunkelrot an. »Was für ein Glück, daß es dir trotz all dieser Schwierigkeiten gelungen ist, mich noch rechtzeitig aus der Folterkammer zu holen«, stichelte Arrat weiter.

»Nein, so war das nicht. Aber Jorg hatte ...«

»Er hatte etwas dagegen? Und da mußtest du so lange bitten und betteln, bis er dir endlich nachgegeben hat? Oh, Salvain. Für wie dumm hältst du mich? Dein guter Jorg hat gezittert wie ein Pudding aus lauter Furcht, er könne irgend etwas tun, was dich verärgert.«

Arrat war sich nicht sicher, ob das stimmte. Seine Erinnerungen an die wenigen Minuten mit dem Rattenelb waren vage. Aber an der Art, wie Salvain an ihm vorbei auf die hintere Bettstrebe starrte, merkte er, daß er ins Schwarze getroffen hatte. »Ich wüßte nur eines gerne, Salvain, mein ›Freund‹«, führte er den Gedanken mit sammetweicher Stimme zu Ende. »Warum erst jetzt, wenn es doch so einfach war?«

»Arrat! Ich habe nicht gewußt, daß sie dich gefangenhielten! Ich schwöre es dir! Jorg hatte mir gesagt, daß du entkommen bist ...«

»Natürlich. Und dann hat dir zufällig gerade heute ein Vögelchen geflüstert, daß das eine Lüge war.« Arrat schob die Maiglöckchendecke beiseite und versuchte sich aufzusetzen. Er glaubte dem Lharen kein einziges Wort und empfand seine eigene körperliche Hilflosigkeit als kränkend und unpassend.

»Bitte, Arrat! Du hast Fieber. Und mehrere Rippen gebrochen. Du kannst jetzt nicht aufstehen ...« Salvain drückte ihn in die Kissen zurück. »Ich hatte einen Zettel bekommen. Im Brot versteckt. Daß sie dich gefangenhielten und Vorbereitungen für eine ... Mißhandlung träfen.«

»Von wem war der Zettel?«

»Ich weiß es nicht.«

»In welcher Sprache war er geschrieben?«

»In eurer.«

»Wo ist er?«

»Ich habe ihn verbrannt. Ich wollte den Absender nicht in Schwierigkeiten bringen.«

»Verbrannt.« Arrat lachte tonlos. Ein Rest Vernunft ermahnte ihn, wenigstens so zu tun, als glaube er Salvain. Schließlich waren Orhangasys Kerker und die Folterkammer nur wenige Minuten entfernt. Aber er wußte, daß er den Lharen damit nicht würde täuschen können. Außerdem, gestand er sich in einer Anwandlung von Trotz ein, wollte er es auch gar nicht.

»Bitte, Arrat.« Salvain faßte seine Arme. »Auch wenn du jetzt wütend bist. Du mußt versuchen, ruhig zu liegen. Die Rippen sind nicht stabilisiert. Sie könnten die Lunge verletzen und ...«

»Du bist doch ein Hexer. Warum heilst du mich nicht, wenn es so schlimm ist? Das hast du doch schon einmal gemacht, bei Gort. Heute könntest du vielleicht zu Ende bringen, was du damals geplant hattest«, spottete Arrat.

Er war sich nicht sicher, was er Salvain damit vorwerfen und wessen er ihn eigentlich beschuldigen wollte. Ein weiterer Schuß ins Dunkle. Aber diesmal mußte er noch gründlicher getroffen haben, denn der Lhare erhob sich vom Bettrand, trat einige Schritte zurück und ließ es mit steinerner Miene geschehen, daß Arrat sich aufrichtete und nach den Kleidern auf seinem Bettrand angelte.

»Was willst du machen, vorausgesetzt, du schaffst es überhaupt, bis zur Tür zu kommen?«

Arrat gab keine Antwort. Er öffnete, so gut es mit Daumen und Zeigefinger ging, die Hosenknöpfe. Es war seine eigene Hose. An etlichen Stellen geflickt und mit neuen Gürtelschlaufen versehen, aber immerhin sein Eigentum. Mit zusammengebissenen Zähnen versuchte er, sie über die nackten Beine zu streifen, ohne den Oberkörper dabei zu bewegen.

»Du willst immer alles mit Gewalt«, warf Salvain ihm vor.

Arrat bekam das Lederzeug über die Füße und die Knie, aber nach dieser Anstrengung wußte er, daß er am Ende war. Das Zimmer hatte bedrohliche Ähnlichkeit mit einem Schiffsdeck im Sturm bekommen, und der einzige feste Punkt in diesem Wogen bestand aus den Streben des hölzernen Baldachins. Es blieb ihm nichts übrig, als sich dort festzuhalten und sich wieder auf die Seite gleiten zu lassen.

Salvain beugte sich über ihn und zog ihm die Hose über die Hüften. »Du glaubst mir nichts von allem, was ich gesagt habe.« Seine Stimme klang rauh. »Und vielleicht hast du sogar recht damit. Averon ist ermordet worden. Cendon und Jarwaan sind tot. Doulagh liegt unter den Trümmern seiner Burg begraben. Und Brewen läßt mich suchen, weil er meint, daß ich dafür die Verantwortung trage.«

Arrat schrie auf, als Salvain ihn ungeschickt an der Seite berührte.

»Brewen ist ein kluger Mann«, sagte Salvain, ohne darauf zu reagieren. »Und außerdem ist er mein Freund. Er kennt mich so gut, wie ein Mann einen anderen überhaupt kennen kann. Er wird sich seine Entscheidung überlegt und Gründe dafür gehabt haben.« Salvain griff nach dem Hemd. »Versuch, ob du den Arm heben kannst.«

Es war eine Tortur, das Hemd über den Oberkörper mit den dicken Bandagen zu ziehen, obwohl es aus einem extrem weichen und elastischen Material genäht worden war.

»Jorg hat tatsächlich Angst vor mir«, fuhr Salvain mit größter Sachlichkeit fort. »Es hat eine Weile gedauert, bis ich dahintergekommen bin. Aber wenn ich wirklich wütend bin, dann tut er alles, was ich verlange. Außer mich hier hinauszulassen, natürlich. Er hat mir sogar Verbandsmaterial und Salben gebracht, als ich darauf bestanden habe. Und selbstverständlich muß man sich überlegen, was der Grund für diese Willfährigkeit sein könnte.«

Der Lhare begann damit, die mattschimmernden Perlmuttknöpfe an den Manschetten und der Knopfleiste des Hemdes zuzuknöpfen.

»Jorg ist übrigens nicht der einzige«, fuhr er fort. »Alle hier haben Angst vor mir. Sogar die Soldaten, die dort draußen Wache halten.« Er hob den Kopf, so daß sein Gesicht unter den weißgoldenen Locken hervorschaute. »Ich glaube, sie würfeln jedesmal, wer von ihnen mir das Essen hereinbringen muß«, scherzte er ohne jede Heiterkeit.

»Warum haben sie Angst vor dir?«

»Ich weiß nicht. Aber es wird seinen Grund haben. Sie benehmen sich«, überlegte Salvain laut, »als wäre jedes unfreundliche Wort von mir der Beginn einer Katastrophe. Als hätten sie schon böse Erfahrungen gemacht. Mit mir, meine ich.«

Er schüttelte die Decke auf und trat dann einen Schritt zurück, wie um sein Werk zu begutachten.

»Ich verstehe nicht, worauf du hinauswillst.«

»Ich habe mir überlegt...« Salvain blickte ihn an. Er wählte seine Worte jetzt mit umständlichster, peinlichster Sorgfalt. »... daß die Oghools von Hormediel mich zu kennen scheinen. Und daraus schließe ich, daß ich irgendwann schon einmal hier gewesen sein muß.«

»Das müßtest du doch wissen.«

»Ich weiß es aber *nicht.* Genausowenig wie ich mich daran erinnern kann, was mit Averon geschehen ist. Oder mit Doulagh. Oder mit den anderen. Es scheint... nun ja, es scheint da eine Diskrepanz zu geben zwischen dem, was ich getan habe, und dem, woran ich mich erinnern kann.«

Arrat starrte den jungen Mann an.

»Ich meine, es sieht doch so aus, als müßte ich ... « Salvain stockte. Seine Stimmlage hob sich um eine Nuance, »... so eine Art Doppelwesen sein. Also, ich meine, daß es neben der Seite, die ich an mir kenne, vielleicht noch eine andere, eine dunkle Seite gibt. Daß ich manchmal Dinge tue, an die ich mich nachher nicht erinnern kann. Oder nicht erinnern will. Daß ich ... «

»Es könnte auch sein, daß du hysterisch bist«, schnitt Arrat ihm das Wort ab. Er hatte den Kopf gehoben, und das nahm ihm sein Körper gleich wieder übel. Er biß sich auf die Lippen.

Was sollte dieser ganze Unsinn? Verlor Salvain den Realitätssinn? Begann er durchzudrehen? Oder war das nur eine andere, subtilere Art, dem mißtrauischen Gegner Sand in die Augen zu streuen? Aber zu welchem Zweck? Zu welchem Zweck denn nur?

Arrat legte sich in eine etwas weniger schmerzhafte Lage und versuchte, sich an das zu erinnern, was er selber miterlebt hatte. Doulaghs Tod zum Beispiel. War es möglich, daß Salvain in das Zimmer des Magiers gehuscht war und ihn umgebracht hatte und nach dem Mord wieder in seine Kammer zurück geschlüpft war? Unbemerkt von Sardeik, der neben ihm gelegen hatte, und unbemerkt von Arrat, der auf dem Flur geschlafen hatte? Arrat gestand sich ein, daß es so gewesen sein könnte. Schwerer fiel es ihm zu glauben, daß der zimperliche Salvain dem alten Mann oder sonst jemandem ein Messer ins lebende Fleisch gestoßen haben könnte.

Ein Messer. Etwas muckte auf, als er an das Messer dachte. Eine jener winzigen Gehirnzellen, die unermüdlich jedes Wort, jedes Bild und jeden Klang für einen eventuellen späteren Gebrauch speichern. Er schloß die Augen und folgte der Eingebung. Was war das für ein Messer, an das sein Unterbewußtsein sich erinnerte? Es war nicht sein eigenes gewesen, sondern ...

Er sah das Messer vor sich im Sand. Neben dem Messer war ein Abhang ...

Und dann hatte er es.

Salvains Messer an den Klippen, an denen Brewens Onkel gestorben war. Der alte Mann war hinabgestürzt worden, und ganz in der Nähe, nur ein paar Schritte entfernt, hatte Salvains Messer gelegen. Wie hatte er es empfunden, als Salvain davon erzählt hatte? Ein Fingerzeig für die Begriffsstutzigen, so hatte er gedacht. Wie war das Messer an die Klippen gekommen? Es war etwas Merkwürdiges um dieses Messer. Etwas Falsches. Ein Mann wird ermordet, und daneben liegt ein Messer. Das klang nach den Geschichten der Bänkelsänger. Ein Stück vom Mantel des Bösewichts verfängt sich im Strauch. Die Hexe verliert ihren Ring. So funktionierte das in den Liedern und Märchen. Aber in Wirklichkeit? Wenn der alte Mann erstochen worden wäre, dann hätte das Messer einen Sinn gehabt. In Panik fortgeworfen oder beim Kampf verlorengegangen oder so etwas. Aber wenn man jemanden einen Abhang hinunterstürzt, dann braucht man zwei freie Hände. Da steckt das Messer in der Scheide. Nein, dieses Messer, das da im Sand oder im Gras an der Klippe gelegen hatte, war ausgesprochen verdächtig.

Und wie war das mit Brewen gewesen? Wer heilen kann, kann auch krank machen, hatte Salvain gesagt. Aber er war nicht der einzige zwielichtige Lhare in der Geschichte. Irgendwo in dieser Burg gab es noch einen zweiten Lharen. Einen Mann, der log. Einen Mann, der sich nichts daraus machte, Unschuldige foltern zu lassen. Einen Mann, dem die Oghools gehorchten. Einen Mann, dem durchaus zuzutrauen war, daß er den König der Lharen und seinen Enkel beseitigte, wenn es in seine Pläne paßte.

Ja, irgend etwas ging hier vor. Aber nichts Mysteriöses. Ein Kind wurde in einen Fluß gestoßen, ein Mann eine Klippe hinuntergestürzt, ein Messer von einem Ort zu einem anderen getragen. Das war keine Kette von Zufällen. Die Sache hatte

System. Da war geplant und dann gehandelt worden. Und was war die Folge gewesen? Hätten sie Salvain zum König ausgerufen, wenn Brewen gestorben wäre? Nein. Die Lharen hatten ihn übel im Verdacht. Und wenn nun genau das beabsichtigt worden war? Wer hatte ein Interesse daran, daß Salvain sich mit den Lharen überwarf? Wer hatte Tarek bestochen, ihn nach Hormediel zu bringen? Wer hielt ihn jetzt hier gefangen? Und worauf wartete man?

Arrat war, als hätte er ein Bild vor Augen, das immer wieder verschwamm, sobald er versuchte, es im Ganzen zu erfassen. Ein Puzzle, an dem das entscheidende Teil fehlte. Aber es gab dieses Teil. Ein Teil, das alles erklären würde. Die Haut kribbelte ihm, so stark war das Gefühl, daß er alles begreifen würde, wenn nur dieses eine Teil noch da wäre.

»Salvain?«

»Ja?« Der Lhare, der mit hängenden Schultern zum Fenster hinausstarrte, drehte sich zu ihm herum.

»Versuch es noch mal.«

»Was?«

»Die Zauberei aus Gorts Hütte. Ich meine das im Ernst. Ich brauche deine Hilfe ...«

»Das ist keine Zauberei gewesen. Arrat, das war ... magische Kunst. Heilkunst. Und ich bin ein Stümper darin. Das mußt du doch gemerkt haben. Ich hätte dich beinahe umgebracht. Oder Schlimmeres. Willst du den Rest deines Lebens als sabbernde Kreatur verbringen?«

»Nichts ist ohne Risiko.«

»Aber dies hier ist zu groß. Es gibt in ganz Aneirin vielleicht drei oder vier Lharen, die auf diese Art heilen können. Und sie haben ein Leben gebraucht, um es zu lernen. Und ich bin nicht einmal ein Lhare. Es war schon damals in Gorts Hütte ein Wahnsinn gewesen ...«

»Wir haben nicht die Zeit zu warten, bis dir jemand dein Handwerk beigebracht hat. Du hast es einmal hingekriegt, als

Massoch dir im Nacken saß, warum sollte es jetzt, wo wir alle Zeit und Ruhe der Welt haben, nicht funktionieren?«

Der Mann am Fenster starrte ihn an. »Du mußt verrückt sein. Irgendwas hier in deinem Kopf stimmt nicht mehr. Vor ein paar Minuten wolltest du mich am liebsten umbringen, und nun ... «

»Ich habe es mir eben anders überlegt.«

»Anders überlegt! Himmel, Arrat! Ich wünschte, ich könnte nur ein einziges, ein **einziges** Mal etwas von dem begreifen, was passiert ... «

Arrat ließ sich mit einer Grimasse in die Kissen sinken. »Ich habe nachgedacht, Salvain. Irgend jemand hat Tarek bestochen, mit was auch immer, daß er dich den Oghools ausliefert. Und ich möchte gern wissen, welche Hand es war, die das Geld ausgezahlt hat. Und welche Hand diese Burg instand gesetzt hat. Und wer der Mann ist, den sie hier den ›Herrn‹ nennen.«

»*Mich* nennen sie ›Herr‹.«

»Schlag dir den Unfug aus dem Kopf. Das ist Blödsinn.«

»Aber ...«, wollte Salvain ihn unterbrechen.

»Nein, quäl mich jetzt nicht mit Fragen. Ich kann sie dir nicht beantworten. Nur eines ist sicher: Die Leute hier warten zwar, aber nicht darauf, daß du dich in ein Monstrum verwandelst, oder was immer sonst du dir einbildest. Sie warten auf einen Mann, der kommen soll. Auf ihren Herrn.«

Arrat wünschte sich, er wäre dessen nur halb so sicher, wie er tat. Aber nachdem er sich nun einmal entschlossen hatte, zu glauben, daß Salvain war, was er zu sein vorgab, verdrängte er seine Zweifel.

»Geht es leichter mit der Heilerei, wenn ich mich aufsetze?« fragte er.

»Es geht niemals leichter. Es ist ein Wahnsinn.«

»Dann bleibe ich liegen. Mir tut sowieso alles weh.«

»Wenn Brewen davon hört ... «

» ... kann er dir auch nicht mehr androhen als bisher. Mach schon, du Hasenfuß.«

Arrat schloß die Augen. Er hörte Salvain seufzen und spürte dann die Finger, die die Hemdknöpfe öffneten und vorsichtig die Verbände lockerten. Einen Moment betastete der Lhare seine malträtierten Rippen. Dann begann es.

Obwohl Arrat sich vorgenommen hatte, alle Furcht rigoros zu unterdrücken, sog er heftig die Luft ein. Es war genau wie in Gorts Hütte. Die Haut unter Salvains Händen erwärmte sich. Hitze breitete sich aus. Der Schmerz ließ nach.

»Ich hielte es für ratsam, daß du gelegentlich einmal atmest«, hauchte Salvain ihm ins Ohr.

Arrat lächelte verkrampft. Er versuchte, sich zu entspannen, aber er konnte trotzdem nicht verhindern, daß seine Muskeln sich nervös zusammenzogen, als er die Wärme sich bündeln fühlte. Unruhig tastete er nach der Matratze und hielt sich daran fest. Seine Erinnerung hatte nicht getrogen. Es war ein denkender, intelligenter Energiestrahl, der sich von den heißen Händen aus den Weg durch seinen Körper bahnte.

»Bleib ruhig«, murmelte Salvain.

Seine unheimlichen Hände verschoben sich um ein geringes, und der Strahl bekam eine neue Richtung. Er fächerte sich, wurde breiter, zog sich wieder zusammen.

»Du mußt loslassen«, flüsterte Salvain.

Arrat hatte nicht die leiseste Ahnung, was da von ihm verlangt wurde. Das einzige, was er festhielt, war die Matratze, und er hatte nicht die geringste Absicht, diesen Halt aufzugeben. Er unterstrich seinen Willen mit einem nachdrücklich gefühlten Protest. Die Antwort darauf kam prompt und bestand aus einem heißen, schmerzhaften Stich, als hätte sich eine glühende Nadel in seine Schläfe gebohrt.

»Ja, ja... ist ja schon gut...« Salvains Hände hatten zu schwitzen begonnen. Sie klebten an der Haut, als der Lhare beruhigend über sein Fleisch strich. »Du mußt dich fallenlassen, Arrat. Versuch zu schlafen.«

Schlafen? Mit einer Nadel im Gehirn? Alles, was Arrat

zustande brachte, war eine Art Resignation. Aber seine gefühlsmäßige Passivität zeigte Wirkung. Der Strahl bewegte sich sicherer und schien sich jetzt einer steuernden Kontrolle zu beugen. Systematisch und nun ungestört begann er Arrats Körper von der linken zur rechten Hälfte abzutasten. Es war, als könne er jede Unregelmäßigkeit in dem geschundenen Fleisch und der Knochensubstanz ausloten. Jeder Schmerz, jedes Unbehagen wurde von ihm erkannt und mit Hilfe der geheimnisvollen Hitze fortgeschmolzen. Irgendwann begriff Arrat, daß der Energiestrahl seine Schmerzinformationen aus seinem eigenen Empfinden bezog. Er stellte sich darauf ein und bemühte sich, den Schmerz möglichst intensiv zu erleben. Nun, da er aktiv an dem Heilungsprozeß mitwirken konnte, fiel es ihm leichter, das Fremde zu ertragen. Er meinte, Salvain über dieses Gefühl lächeln zu spüren, aber das bildete er sich vielleicht auch nur ein.

Und dann erlosch die Energieflamme.

Es geschah, wie wenn man eine Kerze ausbläst. Sachte und endgültig.

Arrat sammelte Mut. Er öffnete die Augen und bewegte vorsichtig die Schultern.

»Es hat gewirkt.«

Salvain lächelte. »Ich weiß.«

»Angeber. Du weißt überhaupt nichts.« Arrat richtete sich auf und schwang die Beine über die Bettkante. Versuchsweise drehte er den Oberkörper in jede Richtung. »Aber es hat wirklich funktioniert. Da hast es richtig gemacht.«

»Komm, gib mir deine Hände.«

Der Lhare löste die Binden an Arrats Handgelenken und den blauverfärbten Fingern, legte behutsam die Finger um die nässenden Wunden, und diesmal beobachtete Arrat fasziniert und ohne Furcht, wie die Stellen mit Hilfe jener unbegreiflichen Magie austrockneten und verschorften, und wie der Schorf sich gleich darauf in helle, neue Haut umwandelte.

Es ist der natürliche Heilungsprozeß, nur daß er in Sekundenschnelle abläuft, dachte er.

Als Salvain seine Hände wegziehen wollte, hielt er sie impulsiv fest.

»Ich vertraue dir«, sagte er. Er wollte noch hinzufügen, daß es nicht wegen der Heilung an sich geschähe, sondern wegen der Art, in der sie vonstatten gegangen war. Diese Behutsamkeit und Fürsorglichkeit – das war ganz einfach *GUT* gewesen. Plötzlich meinte Arrat den alten Doulagh zu begreifen. Der Magier hatte recht gehabt. In dieser merkwürdigen Verschmelzung der Geister war keine Verstellung möglich. Was Salvain von sich in den Heilungsprozeß eingebracht hatte, war gut gewesen, und zwar *GUT* nach seiner ganz eigenen, persönlichen, unverfälschten Art.

Aber das alles sagte Arrat natürlich nicht.

»Ich vertraue dir«, bekräftigte er nur noch einmal. Und dann merkte er, daß er sich auch diesen Satz hätte sparen können, weil Salvain direkt vor seinem Bett auf den Knien eingeschlafen war.

XXIII

»Es kommen Leute den Weg hinaufgeritten«, sagte Salvain.

Arrat schaute über seine Schulter auf den Pfad, der in der Abenddämmerung schon mit den Bäumen zu verschmelzen begann.

Soldaten.

Sie trugen die typischen schwarzglänzenden Lederuniformen des Oghoolmilitärs und waren mit Kurzschwertern, Streitäxten und Speeren bewaffnet. Dann sah er zwei Reiter etwa zehn Schritt hinter den Soldaten um ein Felseck biegen, und die Oghools interessierten ihn nicht mehr.

Viel war von den beiden Männern nicht zu erkennen, denn ihre Köpfe waren unter Goldhelmen verborgen und ihre Körper von fließenden, blauschwarzen Mantelumhängen bedeckt. Aber sie saßen höher zu Pferde als ihre Eskorte. Es mußten Menschen sein. Oder Lharen.

»Meinst du, daß einer der beiden der Herr ist, von dem sie gesprochen haben?« wisperte Salvain.

»Möglich.«

Die Reiter passierten das letzte Vortor und verschwanden hinter einem bewachsenen Felsvorsprung. Am Haupttor mußte man von ihrem Kommen bereits Meldung erhalten haben, denn Befehle wurden gebrüllt, die Zugbrücke rasselte herunter, und zwei Männer kurbelten das schwarzeiserne Fallgatter hoch. Da wurden die Neuankömmlinge wieder sichtbar, und im selben Moment schmetterten Trompetenklänge von der Wehrplatte des Flankierungsturmes. Schrille, überblasene Mißtöne. Der wackere Versuch eines unmusikalischen Volkes zu einem Willkommensgebläse.

»Ja, ich denke, es ist ihr Herr«, sagte Arrat. »Und er scheint es prächtig und aufwendig zu lieben.«

Salvain verzog das Gesicht. »Wenn er es prächtig lieben würde, dann würde er ihnen die Trompeten fortnehmen und sie einschmelzen lassen. Und nun sieh dir *das* wieder an, was machen denn die Soldaten dort im Tor?«

»Sie nehmen Ehrenformation an. So etwas gehört sich, wenn die Herrschaft anreist. Wollten sie es richtig zünftig gestalten, dann müßten dort auch noch Blumen verstreut werden, und kleine Jungen und Mädchen würden die Fahnen des Hauses schwenken.«

Salvain warf ihm einen mißtrauischen Blick zu. Aber er kam nicht mehr dazu, seinen Unglauben kundzutun, denn draußen auf dem Gang wurden Schritte laut. Es gab ein paar kurze Befehle – eindeutig Jorgs Fistelstimme –, dann wurde die Tür aufgerissen, und der Lhare platzte mit einer Handvoll Wächtern ins Zimmer. Er schien es eilig zu haben, denn er nahm sich nicht einmal die Zeit zu grüßen. Er deutete nur mit dem Kopf auf Arrat und wartete, die Türklinke in der Hand, daß die Oghools den Menschen packen würden.

Aber so einfach wollte Arrat es ihm doch nicht machen. Er stellte sich mit dem Rücken zur Wand und nahm Kampfstellung ein, und Salvain demonstrierte seinen Willen zur Mithilfe, indem er neben ihn trat. Das war nicht vorgesehen, und die Soldaten blickten sich fragend nach dem alten Lharen um.

Jorg rang die knöchernen Hände.

»Bitte, Herr, macht keine Umstände. Wir wollen den Menschen nur für kurze Zeit in einem Nebenraum unterbringen. Ihr braucht euch keine Gedanken zu machen. Er wird zu euch zurückgebracht werden, sobald ...« Der Alte räusperte sich, als wäre ihm etwas in den Hals gekommen. »Bitte, Herr, es könnte Schwierigkeiten geben. Es ist zu seinem und Eurem Besten, wenn er erst einmal mit den Wachen geht.«

Salvain schüttelte den Kopf, und Jorg warf einen gehetzten Blick zur Tür.

»Begreift doch«, flehte er, »unser Herr liebt keine Menschen. Es könnte Eurem Freund schaden, wann man ihn hier vorfindet. Es könnte ihm übel ergehen ...«

»Du meinst, es könnte *dir* übel ergehen«, vermutete Salvain.

Jorg öffnete die Tür und horchte in den Treppenaufgang. Was er hörte, beflügelte seine Entschlußkraft. »Wenn Ihr ihn nicht freiwillig gehen laßt, Herr, dann muß ich ...«

Schritte und Stimmen wurden laut. Die Schnurrbarthaare über Jorgs spitzem Kinn begannen zu zittern. Mehr denn je sah er aus wie eine Ratte in der Falle.

»Bitte, Herr«, rang er jetzt bei Arrat um Verständnis. »Kommt, solange es noch möglich ist ...«

Einen Moment überlegte Arrat ernsthaft, ob es nicht tatsächlich ratsamer wäre, Jorg zu folgen. Die Angst des alten Mannes war echt und grenzte an Panik. Aber die Entscheidung lag nicht mehr bei ihm. Wer auch immer die Treppen hinaufkam, er war bereits zu nahe, als daß man noch ungesehen das Turmzimmer hätte verlassen können.

Dann wurde die Tür aufgerissen, und ein Mann trat ins Zimmer, und Jorg geriet in Vergessenheit.

Alles an diesem Mann war imposant: Seine große, muskelstrotzende Statur, die wallenden, rotblonden Haare, die Kraft und Eleganz seiner Bewegungen, die lässige Autorität, mit der er die Oghools beiseite scheuchte ... Und am beeindruckendsten war das Lächeln, das die tiefblauen Augen zum Strahlen brachte und vor Herzlichkeit überschwappte.

Man hätte ihn mögen können, wäre da nicht die Narbe auf seiner Wange gewesen, dieser fünfzackige, weißliche Spinnenbeinabdruck. Denn an dieser Narbe erkannte Arrat ihn wieder: Es war der Mann aus Gorrota, der Fremde, mit dem Saram Bouguri heimlich im Kräutergarten der Veste von Gorrota geredet hatte, kurz nachdem Mart getötet und die Landkarten gestohlen worden waren.

Arrats Gedanken überschlugen sich.

Was tat dieser Mann in Hormediel? Wie war er hierhergekommen?

Er erinnerte sich an die Unruhe, mit der er sich in den ersten Tagen ihrer Reise herumgeschlagen hatte, dieses Gefühl, ständig beobachtet zu werden. War der Narbige ihnen von Gorrota aus gefolgt? Aber sie waren scharf geritten. Wie hätte er ihnen auf den Fersen bleiben können?

Tarek fiel ihm ein. Tarek mußte den Mann über die Tagesrouten informiert haben.

Natürlich. Der Narbige mußte den jungen Skelden in Gorrota getroffen, erkannt und angeworben – oder erpreßt – haben. Damit erklärte sich auch, warum Tarek den Befehl seines Bruders mißachtet und sich der Reisegruppe in den Weg gestellt hatte. Aber mit welchem Auftrag? Nur als Spion? Oder auch als möglicher Saboteur? Waren die Oghools am Rabenfelsen vielleicht ursprünglich gar nicht für Salvain, sondern für die Unterhändler aus Gorrota bestimmt gewesen?

Tausend Ideen und keine Zeit, sie zu durchdenken.

Der Fremde trat auf die kleine Gesellschaft zu. Er hob die Arme. Ein amüsiertes Lächeln fächerte Mund und Augenwinkel in zahllose kleine Fältchen.

»Teufel noch mal, das sieht hier aber gefährlich aus! Was hast du vor, Jorg? Willst du etwa deine kleinen Giftzwerge auf diesen armen Kerl hier hetzen?«

»Es ist einer von den Menschen, die den jungen Herrn begleitet haben. Der Herr hatte sich seine Gesellschaft gewünscht, und ich wußte nicht... Ich wollte ihn gerade fortschaffen lassen«, rechtfertigte sich der Lhare, ohne überhaupt angegriffen worden zu sein.

Ein volltöniges Lachen unterbrach sein Gestammel. »Aber Jorg, was redest du denn da für einen Unfug zusammen. Natürlich möchte Salvain nicht den ganzen Tag allein hier herumsitzen. Und natürlich möchte er seine Freunde bei sich haben. Nun ruf schon deine Leute weg! Himmel, was für ein Aufheben! Ihr müßt schon entschuldigen, mein Lieber...« Diesmal galt das Lächeln des Mannes ausschließlich Arrat. »Der gute, alte Jorg ist immer etwas übereifrig. Obwohl...«, das Lächeln wurde noch eine Spur breiter, »... ich muß Euch gestehen, es wäre mir tatsächlich lieb, wenn ich Salvain einen Augenblick lang für mich allein haben könnte.«

In der Aufforderung schwang eine Andeutung, der Hauch einer Drohung mit, die Arrat zugedacht war.

»Nein!« sagte Salvain.

Der Narbige drehte sich zu dem Lharenprinzen um. Sein Lächeln wich einem gedankenvollen, nicht unfreundlichen Ernst. Mit gewichtigen Schritten trat er auf ihn zu, legte ihm die Hände auf die Schultern und betrachtete ihn schweigend wohl eine gute Minute lang.

»Mein Junge, du bist ja ganz verstört. Blaß und mager. Was mußt du in den letzten Wochen alles mitgemacht haben ...« Er schüttelte mitleidig den Kopf und zog den Lharen an seine Brust, um ihn zu umarmen.

Salvain, zu wohlerzogen, sich dagegen zu wehren, ließ es mit steifen Schultern geschehen. Doch der Mann schien sein Unbehagen zu spüren, denn er ließ ihn bald wieder los.

»Aber ich rede und rede. Und dabei weißt du überhaupt nicht, wer ich bin. Und wie solltest du auch!« Das Lächeln kehrte auf die Lippen zurück. »Averon war ja immer der Meinung, es wäre besser, wenn du mich nicht kennenlernst. Und ich habe das natürlich respektiert, wenn mir auch manchesmal das Herz geblutet hat. Aber es war Ewens Wunsch, daß du bei deinem Großvater aufwächst, und wie hätte ich ihr zuwiderhandeln können. Weißt du ...«, Rührung dämpfte die Stimme, »... deine Mutter war eine wunderbare Frau. Ich habe sie angebetet. Ich habe ihr gegeben, was ich konnte. Aber sie war eine Lharin. Und schließlich zog es sie doch zu ihrem Volk zurück. Wie hätte ich sie zurückhalten können? Es hätte ihr das Herz gebrochen. Verstehst du, Salvain? Das Herz gebrochen ...«

»Du bist Osbrand?« Die Worte kamen mit eigenartiger Färbung. Sie hingen wie ein Mißklang im Raum.

Der Ältere räusperte sich. »Ja, mein Sohn, das stimmt. Ich bin Osbrand. Ich bin dein Vater.«

»Wer hat Averon getötet?«

»Ach, Averon.« Osbrand seufzte und nahm endlich die Hände von den Schultern seines Sohnes. »Das ist eine böse Sache. Eine sehr böse Sache. Ich will keine Ausflüchte suchen. Du hast ein Recht auf eine Antwort. Aber ich bitte dich, sie mir bis heute abend zu erlassen. Und wenn du sie dann erfährst ... ja, dann bleibt mir nichts, als auf deine Barmherzigkeit zu hoffen.«

Die Pause, die diesen samtenen Worten folgte, hatte etwas Peinliches, einfach dadurch, daß Salvain sich weigerte, in irgendeiner Weise auf sie zu reagieren.

Osbrand machte ihr ein Ende, indem er den jungen Mann an eines der Fenster schob. »Sieh hinaus, mein Sohn. Dort über das Dorf nach Süden. Kannst du den Dunst am Horizont erkennen?« Er nahm Salvains Schweigen als Zustimmung. »Das ist das Mael Duin.« Mit freundlicher Gewalt drehte er seinen Sohn zu sich herum. »Dort, Salvain, dort hinten sitzt dein Feind. Ich weiß, wie schwer das jetzt für dich zu glauben ist. Du hast schmerzliche Erfahrungen gemacht und suchst jemanden, dem du sie anlasten kannst. Aber du hast die falsche Person im Auge. Willst du mir nicht wenigstens eine Chance geben?«

Salvain rührte sich nicht, und sein Vater war zu klug, ihn zu drängen. »Also gut«, gab er nach. »Ich werde heute abend ein Essen geben. Ich erwarte dich dazu – und natürlich auch deinen Freund. Und dann, mein Sohn, wirst du alle Antworten bekommen, auf die du wartest.«

Der Weg den Bergfried hinunter war wesentlich kürzer, als Arrat ihn in Erinnerung hatte. Der Hof der Waschfrauen stand leer. In einer Ecke lehnte einsam ihr Holztrog. Die Oghools führten Arrat und Salvain an den hohen, unverputzten Mauern der Wirtschaftsgebäude vorbei zu einer überdachten Holztreppe, die zu einem Wehrgang hinauf und dann wieder hinab in einen anderen, wesentlich größeren Innenhof führte.

Hier ging es prächtiger zu. Ein Vierundzwanzigertrupp Soldaten patrouillierte in voller Bewaffnung über den gepflasterten Platz und bildete mit den schwarzglänzenden Rüstungen und federgeschmückten Helmen sicherlich nicht zufällig eine beeindruckende Kulisse für die dahinterstehende Palas, das Haupthaus der Burg.

Es war zweistöckig, so breit wie die gesamte westliche Außenmauer, und über den Fenstern mit üppigen Gipsornamenten dekoriert. Zu bunt und zu protzig, fand Arrat, gestand sich aber ein, voreingenommen zu sein.

Der Chef ihrer Wachtruppe, ein altes Rauhbein, schien

Arrats Interesse verdächtig oder zumindest lästig zu finden. Knurrend wies er auf die breitgeschwungene Haupttreppe. Man konnte ihm ansehen, wie gern er seiner Anweisung mit einem Stoß Nachdruck verliehen hätte, aber seine Befehle oder auch die Scheu vor Salvain schienen dergleichen für den Augenblick zu verbieten.

Das Untergeschoß des Wohnhauses entpuppte sich als ein Labyrinth aus Diensträumen, Kammern und weißgetünchten Gängen, in denen sich – unter der Aufsicht einiger bewaffneter Soldaten – das Dienstpersonal zu schaffen machte. Wäschekörbe wurden geschleppt, Blechschüsseln mit Obst, Gemüse und blutigen Fleischstücken. Dazwischen waren Frauen mit Strohbesen und Wassereimern unterwegs. Die Oghools, Soldaten wie Dörfler, verdrückten sich allerdings hinter die Türen, sobald sie die seltsame Prozession erblickten, und wer das Pech hatte, ihr nicht ausweichen zu können, tat sein möglichstes, um mit den Wänden zu verschmelzen.

Salvain zupfte Arrat am Ärmel und warf ihm einen bedeutungsvollen Blick zu.

Irgendwann endete der Weg an einer trutzigen Tür. Der Chefgnom öffnete sie und winkte seine Begleiter eine Steintreppe hinauf, die man in die Außenmauer der Burg eingebaut hatte. Arrat schätzte die Wände rechts und links der Treppe auf jeweils gute zwei Meter. Wenn man die Stufenbreite dazunahm, kam man für die Verteidigungsmauern von Hormediel auf die solide Dicke von sechs Metern. Uneinnehmbar, wenn man zusätzlich den schroffen Fels bedachte, der jenseits der Mauer in die Tiefe stürzte.

Sie hatten das Treppenende erreicht, und ihr wortkarger Führer wies den breiten, mit roten Knüpfteppichen ausgelegten Flur hinunter, der sich anschloß. Er löste eine der Fackeln aus der Wandhalterung und leuchtete ihnen den Weg, denn die winzigen, seitlichen Schartenfenster ließen so spät am Tage kaum noch Licht herein. Vor einer messingbeschlagenen Zinnentür machte die kleine Gesellschaft halt. Die Augen des Chefgnoms wanderten argwöhnisch über Knöpfe, Kragen und Stiefel seiner Dienstbefohlenen. Als er nichts zu beanstanden fand, drängte er sich an Salvain vorbei.

»Wenn Ihr erlaubt, Herr ...« Er ergriff den eisernen Türklopfer und schlug ihn dreimal gegen das Holz.

Nichts rührte sich.

Der Gnom horchte, wartete, wippte mit den Stiefeln ... und atmete erleichtert durch, als sich die Tür von selber öffnete.

»Salvain, mein Junge!« Osbrands Herzlichkeit schwemmte das Unbehagen aus der Luft. »Nur herein hier. Es ist nicht ganz so prächtig wie in Aneirin, aber ich denke, für unser kleines Essen wird es hinreichen.«

Es hätte auch für ein Galadiner am Hofe eines Fürsten gelangt. Der Raum war groß genug, um dem gesamten Stadtadel von Gorrota Platz zu bieten. Buntgewebte Fußbodenläufer und feinstrukturierte Ornamentmalereien an den Wänden gaben ihm Wärme, zahllose Kerzen in Kronen- und Wandleuchtern Glanz. Das gelbe Licht spiegelte sich in mannshohen, bunten Bleiglasfenstern. Es brachte das Holz der Palisanderschränke zum Leuchten und erwärmte das Weiß des Mamorkamins, der die Längsseite des Raumes einnahm. Eine Pracht, würdig eines Fürsten.

»Ich habe mir erlaubt, eine Tischordnung festzulegen.«

Osbrand versuchte sich vergeblich in Bescheidenheit, während er seine Gäste zu dem Tisch mit dem funkelnden Kristallaufsatz und dem goldberandeten Geschirr führte. Seine Tischordnung verbannte Arrat ans Ende der Tafel, während er selbst Salvain direkt gegenübersaß. Zwischen den beiden Menschen und am anderen Tischende, Arrat genau gegenüber, befanden sich noch jeweils ein Zusatzgedeck.

Eines für Jorg und eines für den zweiten Reiter, mutmaßte Arrat, und es sollte sich zeigen, daß er zumindest zur Hälfte recht hatte. Eine Tapetentür glitt auf, und der greise Lhare schlüpfte hinein. Jorg, ganz offensichtlich außer Fassung, trat zu Osbrands Stuhl und flüsterte seinem Herrn etwas ins Ohr, worauf der Mensch ungehalten den Kopf schüttelte.

»Egal, egal!« Salvains Vater konnte nicht flüstern. »Es spielt keine Rolle. Wir werden ohne ihn anfangen. Hauptsache, man kümmert sich darum. Nein, Jorg, du bleibst hier! Ich möchte, daß du dich zu dem Hauptmann setzt.«

Nicht glücklich mit dieser Anweisung, aber unfähig zum Widerspruch, huschte der Lhare um den Tisch herum und nahm an Arrats Seite Platz. Unter seinem linken Auge prankte ein dicker, blutunterlaufener Fleck, der am Nachmittag noch nicht dort gewesen war. Dem alten Mann, dachte Arrat mit einem ironischen Lächeln, schien es doch nicht gelungen zu sein, seine Pflichten zur Zufriedenheit seines Herren auszuführen.

Auf einen Wink Osbrands öffnete sich eine Tür am entgegengesetzten Ende des Saales, und zwei dickbäuchige Oghools schleppten dampfende Schüsseln herein, die ihnen an der Tür immer neu zugereicht wurden.

Osbrand hatte an nichts gespart. Pasteten, Kümmelbrot, Salate, kleine pikant gewürzte Kuchen ... In der Küche mußte für dieses Mahl den ganzen Tag gearbeitet worden sein. Fleisch allerdings fehlte unter den Köstlichkeiten. Der Herr von Hormediel schien Rücksicht auf die Eßgewohnheiten seines empfindlichen Lharensohnes nehmen zu wollen.

Aber Salvain war ein undankbarer Gast. Er berührte die Speisen kaum, und so zurückhaltend wie mit dem Essen war er auch mit dem Reden. Er konzentrierte sich auf die Betrachtung seines Tellerrandes, und mehr als ein gelegentliches Ja oder Nein war ihm mit aller Schmeichelei nicht zu entlocken.

Noch immer wurden Speisen hereingetragen, die aber nur Jorg noch in verstohlener Gier in sich hineinstopfte. Osbrand hatte seinen Teller beiseitegeschoben, starrte auf einen Rotkohlfleck im Tischläufer und wartete.

Klappern, das Klirren von zerbrechendem Geschirr und aufbrandendes Geschrei weckten ihn aus der Grübelei. Der Lärm fand im Flur statt und zerschlug die gepflegte Ruhe des Speisesaales. Aber Osbrand schien erleichtert. Er winkte dem Chefgnom, der mit seinen Männern längs der Fenster Aufstellung genommen hatte, und flüsterte ihm einen Befehl in die Ohren, worauf der Mann zur Tür marschierte.

Arrat lehnte sich auf seinem Stuhl zurück und beobachtete. Er kam sich vor, als wäre er Darsteller und Zuschauer zugleich in einem Spiel, von dessen Ablauf er keine Ahnung hatte. Aber er war aufs höchste interessiert.

Der Geräuschpegel hob sich, als der Wachgnom die Tür öffnete. Man konnte jetzt ein Jammern und beschwichtigende Stimmen unterscheiden, und dazwischen, leise aber eindringlicher als all die anderen Laute, eine akzentuiert zornige Stimme.

Das Öffnen der Tür wirkte auf die Leute im Flur wie ein Signal. Die Geräusche erstarben, einen Moment lang war es still. Dann gab es plötzlich ein sirrendes Zischen, und gleich darauf einen Schmerzschrei. Eine kleine, schwarze Gestalt fegte an dem Wachgnom vorbei in den Saal, witterte wie ein gehetzter Hase und flüchtete sich wimmernd in eine Einbuchtung neben dem Kamin. Blut sickerte zwischen den Fingern hindurch, die der Gejagte vor das gelbe Gesicht gepreßt hatte.

Sein Verfolger ließ nicht auf sich warten. Ein Mann, aufrecht, strahlend schön wie ein Rachegott, füllte den Türrahmen. Sein flinker Blick huschte über die Speisegesellschaft. Er hob grüßend den Kopf, wartete aber keinen Gegengruß ab. Und vermutlich hätte er auch keinen bekommen, denn die Männer am Tisch – zumindest Arrat und Salvain – saßen wie versteinert.

Es ist nicht möglich. Das träumst du! war der Gedanke, der sich mit der Beharrlichkeit eines Kreisels in Arrats Kopf drehte und jede andere Überlegung ausschloß.

Er stierte auf die graziöse Gestalt in den weichen glänzenden

Lharenkleidern, auf das perfekt geformte Gesicht, auf die feingliedrige Hand, die anmutig die silberweißen Locken aus der Stirn strich – und hatte das Bedürfnis, sich die Augen zu reiben.

Vielleicht starrte Arrat zu intensiv, denn die Aufmerksamkeit des Mannes ließ für einen Moment von dem Flüchtling ab und widmete sich den Menschen am Tisch. Etwas wie Stolz glomm auf, als er fragte:

»Ich sehe genauso aus wie mein Bruder, nicht wahr?«

Arrats Blicke glitten zu Salvain.

Sein junger Freund schien nicht so geschockt wie er selbst. Vielleicht, weil er sich seines eigenes Aussehens weniger bewußt war. Salvain registrierte Ähnlichkeit, aber keine Identität.

Und doch war die fremde Gestalt mit seiner so identisch, als wäre hier zweimal aus einer Form gegossen worden. Die gerade Nase, der sanfte Schwung der Lippen, die hohe Stirn, sogar der widerspenstige Haarwirbel an der Schläfe waren kopiert.

Der Fremde verlor das Interesse an den stummen Gaffern und konzentrierte sich wieder auf sein Opfer. Und jetzt, als er sich in Bewegung setzte, lauernd, schleichend, kindisch, gefährlich, verschwand die Ähnlichkeit mit seinem sitzenden Spiegelbild. Niemals hätte Salvain sich in dieser Art bewegt, stellte Arrat fest, so befriedigt, als hätte er damit einen Beweis geführt.

Das Aufwimmern des Gnoms in der Ecke war das erste Geräusch nach den Worten des Mannes mit der Gerte. Der Kleine lugte verschreckt zwischen den Fingern hindurch. Aber sein Peiniger schien ihn noch einmal verschonen zu wollen. Einige Armlängen von dem Hockenden entfernt blieb er stehen. Er sagte nichts, er lächelte sogar.

Und dann, unfaßbar, weil es durch nichts begründet war, schoben sich die dünnen Ärmchen des Oghools mit den Handflächen nach unten über den Teppich. Er streckte seinen Körper aus, kroch mit absurden, ruckhaften Bewegungen wie ein riesenhafter Wurm auf seinen Peiniger zu. Seine Augen quollen vor Entsetzen aus den Höhlen, Speichel sabberte über das unrasierte Kinn, aber er robbte weiter über den roten Flausch, als hingen seine Gelenke an den Fäden eines unsichtbaren Marionettenspielers.

Der Fremde lächelte immer noch.

Als das angstvolle Gesicht seine Schuhe berührte, trat er zu. Einmal, zweimal...

Und dann überstürzten sich die Ereignisse.

Osbrand sprang von seinem Sitz auf, stolperte über Jorg, der gerade dasselbe tun wollte, und prallte gegen Arrat – und kam doch zu spät.

Salvain hatte sich auf den Fremden gestürzt, ihn mit einem zornigen Ausruf zur Seite gestoßen und sich über den mißhandelten Mann gebeugt. Entsetzt versuchte er mit dem Ärmel das Blut aus dem gelben Gesicht zu wischen, murmelte Worte der Beruhigung, die niemandem etwas nutzten, und fing sich erst wieder, als er die Hand seines Ebenbildes auf dem Kopf fühlte.

»Ich mag es nicht, wenn du mich störst«, stellte sein Bruder fest.

Salvain brachte kein Wort heraus.

»Gib ihn mir wieder. Er war ungezogen zu seinem Fürsten. Er braucht Strafe.«

Der Oghool wimmerte auf. Er war wieder so weit er selbst, daß er auf den Knien kriechen konnte, zitterte dabei aber so heftig, daß er keine andere Fluchtbewegung fertigbrachte.

»Du bist mein Bruder. Du kannst ihn auch strafen, wenn du willst«, bot der Fremde an.

Salvain erhob sich und zog den Kleinen auf die Füße. »Geh, Mann«, flüsterte er ihm zu. »Geh nach draußen.«

Die blauen Augen seines Bruders blitzten feindlich. »Ich habe gesagt, er kriegt Strafe!«

Salvain schob den Oghool in Richtung Tür.

Natürlich ging es nicht gut. Es konnte nicht gutgehen.

Aber das, was dann geschah, war so fremd, lag so jenseits seines Erfahrungsbereiches, daß Arrat es sich in seinen schrillsten Phantasien nicht hätte ausdenken können.

Salvain schrie auf. Er fuhr herum, faßte sich an die Schläfen und starrte den Bruder an.

Im nächsten Augenblick gab es etwas wie einen Krampf. Ein Aufeinanderprallen und Sichineinanderkrallen gegensätzlicher Willen, das die Atmosphäre des Raumes erschütterte, so gründlich wie ein geistiges Erdbeben. Nicht nur er, jeder der Anwesenden schien es zu spüren, denn Osbrand erstarrte in der Vorwärtsbewegung, Jorgs Augen wurden groß, und der Oghool jaulte auf vor Entsetzen.

Es dauerte nur wenige Sekunden. Dann schüttelte Salvain sich und ließ die Hände sinken. »Es hat keinen Sinn. Du wirst keinen Erfolg damit haben«, stellte er fest.

Vielleicht war es Einsicht, vielleicht war sein unheimlicher Gegner auch nur mit den Kräften am Ende: Der Druck ebbte ab, es gab etwas wie ein Nachzittern, das Ringen war vorüber.

»Geh hinaus«, befahl Salvain dem mißhandelten Oghool, und diesmal gehorchte der Kleine wie der Blitz.

Sein Bruder verzog das Gesicht zu einem Schmollen. »Das war nicht fair von dir. Er gehörte mir. Du hattest kein Recht, ihn wegzuschicken«, beklagte er sich. »Vater, du mußt ihm sagen, daß er so etwas nicht machen darf! Du mußt ...«

»Setz dich, Aisske!« fuhr Osbrand ihn an.

»Aber es war mein Oghool. Ich hatte ihn mir ausgesucht ...«

»Verdammt, gib Ruhe!« Osbrand versuchte, seine Gereiztheit hinter einem Lächeln zu verbergen. »Siehst du jetzt, was ich meine, Salvain? Er kann nichts dafür. Er ist eine geistige Mißbildung. Ein Fehlwurf der Natur. Ein Monstrum ...«

Hatte er sich eingebildet, sein schauerlicher Sohn würde die Worte nicht begreifen?

»Ich bin kein Monstrum!« protestierte Aisske. »Ich bin genau wie Salvain. Besser als er. Ich wurde zuerst geboren. Ich habe Magie. Ich bin der Fürst ... «

»Ein Idiot bist du!« Osbrand drückte seinen Sohn auf einen der Stühle und konzentrierte sich wieder auf den Bruder. »Ich habe getan, was ich konnte, Salvain. Ich habe ihn gehegt und mit Liebe umgeben, aber es war umsonst. Sein Geist ging immer merkwürdigere Irrwege. Zum Schluß hat er sich davongestohlen und in seinem Wahnsinn sogar den kleinen Jungen ertränkt und den Alten von der Klippe gestoßen ... «

»Alle Lharen bringe ich um«, meldete sich Aisske zu Wort. »Sie sind böse, sie wollen ihrem Fürsten nicht dienen.«

»Er hat auch Averon auf dem Gewissen«, unterbrach Osbrand das Geplärr. »Und beinahe Brewen ... «

Die Sache lief nicht in seinem Sinne. Salvains Gesicht war eine einzige Maske der Ablehnung. Osbrand verstummte.

»Es ist eine Anomalie des Gehirns«, bemühte Jorg sich seinem Herrn zur Hilfe zu kommen. »So etwas gibt es häufig bei Halblingen. Eine Unverträglichkeit der Erbmasse, die Störungen in der Entwicklung des Ungeborenen verursacht ... «

»Es war *mein* Gnom. Ich wollte ihn tanzen lassen. Der Bruder hatte kein Recht, ihn mir wegzunehmen«, maulte Aisske.

Salvain kehrte Jorg und Osbrand den Rücken und hockte sich vor den Stuhl seines Bruders. Er nahm seine Hände in die eigenen. »Aisske, du hast dem kleinen Mann weh getan! Du hast ihm Schmerzen zugefügt.«

»Ja«, nickte Aisske.

»Aber das durftest du nicht. Niemand hat das Recht, einem anderen weh zu tun.«

»Es war *mein* Gnom.«

»Nein, Aisske. Kein Wesen kann einem anderen gehören.«

»Ich bin der Fürst. Mir gehört alles«, stellte Aisske klar. Lauernd fügte er hinzu: »Du gehörst mir auch, Bruder ... «

»Laß das, Aisske«, fuhr Osbrand dazwischen.

»Aber er gehört mir!«

»Verdammt, du sollst ... «

»Wirst du mir dienen?« fragte Aisske, ohne sich um Osbrands Gebrüll zu kümmern.

Salvain schüttelte den Kopf.

»Dann werde ich dich zwingen.«

»Nein, Aisske ... «

»Du denkst, ich kann das nicht. Du denkst, du bist stärker als ich«, argwöhnte sein Bruder.

Osbrand deutete auf die Tür. »Bring den Jungen raus!« befahl er Jorg.

Der Rattenmann beeilte sich, wenn auch ohne große Begeisterung, dem Befehl nachzukommen. Er packte Aisske am Ärmel. Der wehrte sich.

»Du willst der Fürst werden, Bruder.« Seine schönen Lharenzüge verfremdeten sich, bekamen etwas Gemeines. »Du tust freundlich, aber du verstellst dich ... «

»Nein, ... «

»Du willst ... «

Osbrands Hand fuhr durch die Luft und klatschte in das Jungengesicht. »Raus mit ihm!« befahl der Alte.

»Du willst der Fürst sein!« heulte Aisske, während Jorg ihn hinter sich herzerrte. »Aber bald ist die Hochzeit. Und wenn die Hochzeit war, dann mußt du mir gehorchen. Dann müssen alle gehorchen. Dann werde ich den Oghool tanzen lassen. Und die Lharen. Alle werde ich tanzen lassen! Dich auch. Alle!«

Mit einem Knall fiel die Tür ins Schloß. Das Gebrüll ebbte ab.

Osbrand atmete tief durch. »Da siehst du, wie er ist. Es wird von Tag zu Tag schlimmer mit ihm. Man darf ihn gar nicht mehr aus den Augen lassen. Er ist dabei, den Verstand zu verlieren.«

Salvain zog sich an die Wand zurück. »Warum haßt mein Bruder die Lharen?«

»Was weiß ich? Es ist eine Manie von ihm. Er ist wahnsinnig.«

»Warum hast du ihn dann nach Aneirin gehen lassen?«

Osbrand beherrschte sich. Kein Gesichtsmuskel entglitt seiner Kontrolle. Aber Arrat hätte schwören mögen, daß er mit seinem jüngeren Sohn am liebsten genauso umgesprungen wäre wie mit dem älteren. »Aneirin ist nicht mehr das Problem«, erklärte er schroff. »Das Problem ist das Mael Duin.«

Salvain horchte auf, ohne allerdings zu antworten. Doch sein Interesse war dem Alten nicht entgangen.

»Das Mael Duin ist aus seiner Inaktivität erwacht«, begann Osbrand mir neuer Energie zu erklären. »Etwas ist dort in Bewegung gekommen und rüstet sich zum Kampf. Sicher wird Doulagh dir das auch gesagt haben, mein Sohn.«

»Was weißt du von Doulagh?«

»Aber Salvain, ich habe ein ganzes Jahr bei den Lharen gelebt. Ich weiß alles über sie. Und du bist mein Sohn. Natürlich habe ich versucht, dich zu schützen. Und Doulagh ist ein gefährlicher Mann, der sich schnell über Skrupel hinwegsetzt ...«

»Hast du Doulagh getötet?«

Osbrand hob in einer dramatischen Geste die Hände. »Salvain, Kind! Sehe ich aus wie ein Mörder? Ich wußte bis vor ein paar Tagen nicht einmal, daß der alte Mann tot ist!« Er trat zu seinem Sohn und faßte ihn beschwörend an den Armen. »Vergiß die Toten! Es geht um die Lebenden. Ich glaube, du hast das Ausmaß der Gefahr überhaupt noch nicht begriffen. Die Menschen, die Lharen, die Ratths – alles intelligente Leben ist in Gefahr, wenn sich die Dinge weiterentwickeln wie bisher. Es muß etwas unternommen werden. Etwas, das nur du tun kannst!«

Salvains Miene war die reine Ablehnung. Aber Osbrand gab nicht auf.

»Das Mael Duin wird sich erheben. Es wird Fleisch werden! Begreifst du, was das bedeutet, Salvain?« Zum ersten Mal in dem Gespräch spürte Arrat etwas wie echte Erregung bei dem Narbigen. »Es bedeutet, daß der Geist des Mael Duin körperlich werden wird. Daß er in der Lage sein wird, sein Gefängnis zu verlassen. Und wir werden Magie brauchen, um ihn dann zu vernichten. Keine Lharenmagie, o nein, Halblingsmagie. Deine Magie. Den Zusammenfluß menschlicher Kraft mit Lahrenzauber. Du bist mächtig. Doulagh hat es gewußt, Averon hat es gewußt. Aber die alten Narren waren zu ängstlich, dich ausbilden zu lassen. Sie haben dich statt dessen dumm und hilflos gehalten. Ich hatte gehofft, daß Aisske es an deiner Stelle tun könnte. Aber Aisske ist verrückt. Er hat keine Kontrolle mehr. Weder über sich selbst noch über seine Kräfte. *Du* wirst es tun müssen. *Du* wirst uns alle retten müssen ... «

»Nein ... «

»Was soll das bedeuten: Nein?«

»Es stimmt nicht. Selbst wenn ich es wollte: Ich könnte so etwas nicht tun. Das Mael Duin ist nicht sterblich.«

»Doch. Jorg hat es gesagt. Wenn man es aus seinem Turm hinauslocken kann, wenn man es in einen verletzlichen Mantel aus Fleisch hüllen kann, dann ist es möglich.«

»Wenn Jorg das behauptet, dann hat er entweder gelogen oder es nicht besser gewußt.«

»Aber eure Lieder und Sagen erzählen auch davon.«

Dies schien ein Argument zu sein, das traf, denn Salvain nahm sich die Zeit, darüber nachzudenken. »Die Lieder sind voller Symbole. Man kann sie in viele Richtungen ausdeuten.« Es kam zweifelnd, er suchte Arrats Blick und wollte noch mehr dazu sagen, aber plötzlich gab es wieder Unruhe auf dem Flur. Ihre Blicke flogen zur Tür.

Sie wurde aufgestoßen, noch bevor Osbrand oder irgend jemand Zeit hatte zu reagieren. Zuerst erschien Jorg – rückwärts, mit ausgebreiteten Armen und erhobenen Händen und einem Wasserfall von flehenden Lharenworten. Dann kam Aisske, stieß ihn zur Seite und winkte gleichzeitig durch das schwarze Rechteck der Türrahmens. Zwei Oghoolsoldaten schleppten sich heran. Allerdings nicht mit Schwert oder Keule, sondern mit einer Last bepackt.

Zuerst sah es aus, als zögen sie einen Sack zwischen sich, aber dann erblickte Arrat die weißen, langen Haare in den Stoffalten, und als einer der Oghools den Schopf hochzog, erkannte Arrat, daß es ein Lhare sein mußte. Der erste Lhare – bis auf Jorg –, den er zu Gesicht bekam.

Der Mann war tot.

Und es mußte ein schauerlicher Tod gewesen sein. Die eingebissenen Lippen, die unnatürlich geweiteten Augen – alles trug den Abdruck der Qualen, unter denen er gestorben sein mußte.

Und zwar erst vor wenigen Minuten, wie Arrat alamiert registrierte, denn unter seiner Nase klebte noch frisches Blut. Er sah aus den Augenwinkeln, wie Salvain vorstürzen wollte, griff nach seinem Handgelenk und zog ihn zu sich heran. Das hier wurde gefährlich. Man brauchte nicht erst Osbrands Gesicht zu sehen, um es zu begreifen.

»Ich konnte es nicht verhindern«, wimmerte Jorg in Osbrands Richtung. »Er war wie von Sinnen.« Niemand nahm Notiz von ihm. Denn jetzt trat Aisske zu Salvain.

»Ich habe ihn tanzen lassen «, wisperte er mit der Schadenfreude eines Kindes, das seinen Spielkameraden übers Ohr gehauen hat. Er wartete – auf ein Zeichen des Ärgers vielleicht, oder des Respektes. Als er nichts als Fassungslosigkeit zu sehen bekam, beugte er sich vor und sagte lauernd zu seinem Bruder: »Ich habe noch einen. Willst du ihn auch sehen?«

Auf seinen Wink ließen die Oghools den Toten fallen und liefen vor die Tür. Aisske kreuzte die Arme vor der Brust und sonnte sich, unempfindlich für das allgemeine Entsetzen, in der Aufmerksamkeit.

»Mit dem, der jetzt kommt, kann man noch etwas anfangen«, versicherte er.

Arrat umklammerte Salvains Handgelenk.

Zwei Dinge nahm sein nüchternes Hirn auf, während sie warteten: Daß Jorg die Tränen übers Rattengesicht liefen und daß

Osbrand den Eskapaden seines Ältesten offenbar eine positive Seite abzugewinnen begann. Ein Lächeln, so winzig, daß es gerade eine Unregelmäßigkeit in die blasse Narbe kerbte, verriet den alten Fuchs. Beides galt es im Auge zu behalten.

Dann kehrten die Oghools zurück. Der Mann, den sie zwischen sich schleppten, war eigentlich noch ein Knabe. Jünger als Salvain, schätzte Arrat.

Er lebte. Zumindest ging er auf zwei Beinen. Als die Oghools ihn losließen, blieb er mit hängendem Kopf stehen.

»Ein bißchen hab ich ihn auch schon tanzen lassen«, grinste Aisske.

Salvain befreite sich gewaltsam aus Arrats Griff. Mit blassem Gesicht ging er auf den Lharenjungen zu. Er nahm den zerzausten, verschwitzten Kopf in die Hände und hob ihn an.

»Godwin?«

Der Lhare reagierte nicht. Würde nie mehr reagieren, wie Arrat begriff, als er in die leeren Augen blickte. Kein Flackern gab es dort, kein Zusammenziehen der Pupillen. Sie hatten einen Toten vor sich in einem lebenden Körper.

Salvain nahm den steifen Jungen mit den hängenden Gliedern in die Arme, als könne er ihm mit seiner eigenen Wärme neues Leben geben, und vergrub das Gesicht in dem wirren Haar.

»Er ist noch nicht kaputt. Wenn ich will, kann ich ihn bewegen«, meinte Aisske versichern zu müssen.

»Schweig still! Hast du nicht schon genug Unheil angerichtet!« Osbrand trat zu Salvain, hob die Hände, als wolle er ihn umfassen, ließ es dann aber doch sein und murmelte statt dessen: »Überlaß ihn Jorg. Er wird sich um den Jungen kümmern. Vielleicht läßt sich noch etwas machen ...«

Er kam nicht dazu, weiterzusprechen. Mit einer Bewegung, so blitzschnell, daß nicht einmal Arrat sie bewußt wahrnahm, griff Salvain seinem Vater in den Gürtel, riß das Messer heraus, das der Alte dort trug, und stieß es dem Lharenjungen in die Brust.

Er hatte gut getroffen. Godwin sackte augenblicks und ohne einen Laut in sich zusammen.

Behutsam ließ Salvain den leblosen Körper zu Boden gleiten. Mit einem Gesicht, fast so weiß wie das des Toten, kniete er nieder und strich Godwin die Haare aus der Stirn. Er beugte sich über ihn, küßte ihn und drückte ihm die Augenlider zu. Dann stand er auf.

Ohne sich noch einmal umzusehen oder sich um jemanden zu kümmern, verließ er den Raum.

Arrat wollte ihm folgen, aber er kam nicht so leicht davon. Ein Wink Osbrands, und die Wächter hatten ihn umstellt.

»Wir haben noch miteinander zu reden«, war Osbrand so höflich, die ungastliche Geste zu erklären. »Aisske, du verschwindest in dein Zimmer.«

»Salvain hat es mir schon wieder kaputtgemacht«, beschwerte sich der junge Irre. Aber der Protest kam nicht vom Herzen. Etwas hatte ihm die Laune verdorben. Er stieß mit dem Fuß nach dem Toten, brummelte in sich hinein und trollte sich.

Osbrand wartete, bis die Tür sich hinter ihm und seinen beiden Oghools geschlossen hatte.

»So, die Kinder sind fort. Es ist an der Zeit, vernünftig zu reden, Keswick.« Er lehnte sich gegen die Tischkante und kreuzte die Arme. »Ihr werdet mir helfen.«

»Was macht Euch da so sicher?«

»Meine Kenntnis Eures Charakters. Ihr und ich, wir beide haben dasselbe Ziel: Macht. Und ich bin gewillt, sie Euch zu verschaffen.«

Arrat schüttelte langsam den Kopf. »Ihr lockt mit dem falschen Köder, Osbrand.«

»Oh, nein. Ich habe mit dem jungen Bouguri gesprochen. Niemand kennt einen Hauptmann besser als seine Offiziere. Ihr giert nach der höchsten militärischen Macht im Bund, nach Gny-Kobes Posten. Aber auf legalem Weg werdet Ihr ihn niemals bekommen. Das wißt Ihr so gut wie ich. Ein Bauer aus den

Bergen!« Osbrand lachte abfällig. »Wenn Ihr General werden wollt, dann werdet Ihr mich brauchen. Und ich werde Euch helfen. Ich werde Euch zum General nicht nur des Städtebundes machen, sondern aller südlichen Länder.«

»Zu welchem Preis?«

»Ihr habt Einfluß auf meinen Jungen. Redet ihm zu, mir zu helfen.«

»Wobei?«

»Habe ich das nicht erklärt? Habt Ihr es nicht mit eigenen Augen gesehen? Salvain hat Macht. Oh, Ihr begreift es nicht! Wißt Ihr nicht von Cashel? Von Gaffel? Von Edwinsmoon und Gallahan. Von Alorborn. Lauter Halblinge. Nicht die einzigen natürlich, es gab bestimmt noch ein paar Dutzend mehr. Aber sie waren die, die an ihrer Veranlagung nicht krepierten. Die sie ausbauten. Die sie nutzten. Es ist die Macht der Unterwerfung, versteht Ihr? Die Macht, sich fremden Willen gefügig zu machen. Eine Wahnsinnsmacht! Oh, man muß es natürlich schlau anfangen. Aber dann kann man alles erreichen. Denkt an Saram Bouguri. Ein paar Minuten mit Aisske, und er war bereit, alles, buchstäblich alles für mich zu tun. Er ist Euch nach Gorrota gefolgt, er hat mich über die Sitzungen des Rates informiert. Er hat die Pläne gestohlen, um Euch aufzuhalten. Er war sogar bereit, Euch zu töten, aber das schien mir damals zuviel Aufsehen zu erregen. Dafür habe ich mir lieber Tarek genommen, den jungen Narren aus Skeld.«

»Aiskke hatte Tarek ... «

»Aber nein, das war überhaupt nicht nötig. Der kleine Skelde war ehrgeizig. Achtzehn Jahre im Schatten des älteren Bruders. Habt Ihr nicht gemerkt, wie sehr er Sardeik gehaßt hat? Er wollte oberster Chan werden.«

Arrat war betroffen, und das mußte sich in seinem Gesicht gespiegelt haben, denn Osbrand lachte. »Ihr seid ein Idiot, Keswick. Es war doch so offensichtlich.«

»Ist es auch Tarek gewesen, der Doulagh getötet hat?«

»Selbstverständlich. Was blieb ihm auch anderes übrig? Der alte Hexer wollte Salvain nicht nach Aneirin gehen lassen. Und am Rabenfelsen warteten schließlich meine Männer. Der Skelde wußte, was ich von ihm erwartete.«

»Was ist mit der Frau und dem Ratth, die mit Tarek gegangen sind?«

»Was soll schon mit ihnen sein?« Osbrand fuhr sich mit der Hand über die Kehle und grinste.

Aber diesmal log er. Arrat meinte, es aus dem Ärger schließen zu können, der für einen winzigen Moment die stahlblauen Augen verdunkelte. Er klammerte sich daran, denn es half ihm, ruhig zu bleiben. Und er wollte weiterfragen.

»Warum hat Aisske den Jungen aus Aneirin ertränkt?«

»Weil es nötig war, Zwietracht zu säen«, erläuterte Osbrand mit der Selbstgefälligkeit des eitlen Strategen. »Das Kind und der alte Mann: Ich hatte gedacht, das würde ausreichen. Die Lharen haben Salvain nie getraut, haben doch nur darauf gewartet, daß etwas passiert. Aber als es so weit war, konnten sie sich wieder zu nichts entschließen.«

»Und deshalb Brewens Krankheit und Averons Tod?« vermutete Arrat.

Osbrand nickte.

»Und wenn sie Salvain getötet hätten?«

Der Alte grinste. »Ihr kennt die Hexer nicht, mein Lieber. Das Schlimmste, was sie dem Jungen angetan hätten, wäre gewesen, ihn in den Hain zu schicken. Und dagegen hatte ich Vorsorge getroffen.«

»Aber warum das Ganze?«

Osbrand war verwundert. »Die Lharen müssen sterben. Das ist doch das Fundament meines Planes. Denn die Lharen sind die einzigen, die für Salvain eine Bedrohung darstellen. Die einzigen, die genügend Macht aufbringen könnten, ihn zu vernichten. Was meint Ihr, warum unsere Heere gegen Aneirin ziehen? Die Lharen und ihr verfluchter Hain sind der wunde Punkt in meinem Plan, und sie müssen ausradiert werden. Und Salvain sollte sie genügend hassen, um es zu akzeptieren.«

»Das würde er niemals tun.«

»Ja, er ist sentimental bis zum Kotzen. Außerdem hat der Junge andere Schwachstellen. Eine davon seid Ihr, mein Freund.« Osbrand lächelte unangenehm. »Und die andere ist seine Schwäche, sich um Leute zu kümmern, die ihn nichts angehen. Wißt Ihr, wie es laufen wird?«

Arrat wartete.

»Sobald ich Nachricht habe, daß Aneirin von euren Heeren zerstört worden ist, werde ich Aisske zum Mael Duin bringen. Ich habe es Euch gesagt, das Mael Duin braucht Fleisch, um seinen Turm zu verlassen. Nicht irgendwelches Fleisch. Magisches Fleisch. Stabiles Fleisch. Halblingsfleisch. Und wenn das geschehen ist, Keswick, dann wird ein Sturm über das Land gehen, ein Sterben, ein Grauen, eine Apokalypse. Ich werde warten, Keswick. Hier in Hormediel. Ich werde warten, bis sie auf dem Bauch zu mir gekrochen kommen und um Hilfe winseln. Die Füße werden sie mir lecken. Anflehen werden sie mich, sie von dem Fluch zu erretten und ihr Herrscher zu sein.« Osbrands Augen waren in eine glückselige Zukunft gerichtet. »Und dann, Keswick«, schnurrte er, »wenn es mir gefällt, wenn ich geneigt bin zu gewähren, dann werde ich meinen zweiten Sohn nehmen und das Mael Duin vernichten. Und er wird es tun. Wenn nicht für mich, dann für das greinende Pack, das zu meinen Füßen flennt.«

»Ist Euch nie der Gedanke gekommen, Salvain könnte seine Kräfte gegen Euch einsetzen?«

»Salvain?« Osbrand lachte verächtlich. »Ich habe Aisske. Der Junge ist vielleicht ein bißchen verrückt, aber jedenfalls nicht zimperlich. Und viel erfahrener als sein Bruder. Aisske wird Salvain in Zucht halten, wenn es sein muß. So lange, bis ich ihn ins Mael Duin schicke und er sein Fleisch gibt.«

»Das also ist die Hochzeit, von der er sprach.« Arrat schüttelte den Kopf. »Euer eigener Sohn! Ihr seid ein Schwein, Osbrand!«

Der Narbige hatte seine Männer gut im Training. Sie hatten Arrat im Klammergriff, noch bevor Osbrand die drei Schritte getan hatte, um ihm für die Beleidigung die Hand ins Gesicht zu klatschen. »Das für Eure Unverschämtheit!«

Auf seinen Wink ließen die Oghoolsoldaten Arrat wieder los.

»Salvain wird mir gehorchen, so oder so.« Osbrand hatte sich beruhigt, war wieder ganz auf der Höhe. »Aber ich möchte, daß es im Guten geht. Daß er mir zu Willen ist. Und dafür werdet Ihr sorgen.«

Das Narbengesicht wartete keine Erwiderung ab. Er nickte einem der Soldaten zu, und der Mann zog einen Vorhang zur Seite, hinter dem sich eine kleine Tür verbarg.

»Da Ihr gerade so bequem steht, werde ich Euch nicht bitten, mir durch diese Tür zu folgen. Es reicht, wenn Ihr wißt, daß sie direkt in ein besonders reizvolles Zimmerchen dieser Burg führt. Tuschenk!«

Der Chefsoldat schob einen Riegel beiseite, der vom Prunksaal her die Tür verschloß, und zog sie nach innen auf. Es gab kein Quietschen, scheinbar wurde der Durchgang oft benutzt.

»Komm herein!« befahl Osbrand, und ein riesenhafter Kerl, der dort gewartet haben mußte, bückte sich unter dem Querbalken der Tür hindurch.

Arrat erkannte ihn sofort. Diese Visage würde er wahrscheinlich in seinem ganzen Leben nicht vergessen können. Wieder und wieder hatte er sie in den Fieberträumen der vergangenen Tage und Nächte auf sich zukommen sehen.

Es war der Henker.

Mit einem Grinsen, das deutlich zeigte, daß auch der Folterknecht nicht vergessen hatte, nickte der Mann ihm zu.

Osbrand zog seinen Mundwinkel zu einem spöttischen

Lächeln herab. »Ich fürchte, Keswick, Gusche war nicht besonders erfreut darüber, wie Ihr Euch das letzte Mal von ihm verabschiedet habt. Er mag keine unfertigen Arbeiten, da ist er so empfindlich wie jeder Meister. Wußtet Ihr, daß Gusche sein Material bis zu dreißig Tage am Leben halten kann, obwohl er es unablässig bearbeitet? Ich weiß nicht, ob Ihr Euch in diesen Dingen auskennt, aber so etwas wird unter seinesgleichen als Spitzenarbeit gewürdigt. Gusche meint allerdings, daß er seinen Rekord noch brechen könnte, wenn sich der Einsatz lohnt.«

Der Henker grinste breit und knetete die massigen Hände.

»Wie lange, denkt Ihr, wird mein weichherziger Sohn zuschauen können, wenn Gusche sich um Euch kümmert?«

Arrat antwortete nicht. Die Erinnerung an die Folterkammer war noch zu frisch. Er hatte Angst. Es war sinnlos, das zu leugnen.

Und Gusche, mit seinem besonderen Gespür für Furcht, merkte es sofort. Er fletschte die breite Unterlippe vor und sah seinen Herrn bittend an.

Osbrand lächelte begütigend.

»Ihr werdet jetzt zu Salvain in den Turm gehen, Keswick. Ich weiß, daß Ihr Einfluß auf den Jungen habt. Findet einen Weg, ihn zum Gehorsam zu bewegen. Macht ihn mir gefügig. Andernfalls ...« Er deutete auf Gusche, der mit blöder Enttäuschung auf seinen Herrn starrte, als hätte man ihm einen versprochenen Leckerbissen aus den Händen gerissen.

Arrat senkte den Blick und starrte auf seine Fingernägel.

»Ich komme, sobald es Tag wird, Keswick. Und ich bin nicht einmal sicher, ob ich mir wünsche, daß Ihr dann schon erfolgreich wart. Ihr seid mir widerlich, Mann.«

Eine Galgenfrist für eine Nacht also. Arrat erhob sich. Aber bevor er das Zimmer verließ, drehte er sich noch einmal um.

»Was werdet Ihr tun, wenn Salvain mit dem Mael Duin nicht fertig wird?«

Osbrand war ehrlich verblüfft. »Dann gehen wir eben alle zum Teufel. Habt Ihr etwas anderes erwartet?«

XXIV

Salvain saß vor dem Tisch, den Kopf in den Armen geborgen, und weinte. Er tat es lautlos. Man konnte nur an den zuckenden Schultern erkennen, daß er überhaupt weinte, aber es geschah mit einer solch verzweifelten Heftigkeit, daß es Arrat bestürzte.

Er trat hinter ihn und legte ihm die Hand auf die Schulter. »Geschehen ist geschehen. Da kann man nichts mehr machen, Junge ...«

Natürlich bewirkten die Worte nichts. Arrat verfluchte seine Unbeholfenheit. Nachdem er eine Weile neben dem Weinenden gestanden hatte, ging er zum Fenster, setzte sich mit dem Rükken gegen den Rahmen auf den Sims und tröstete sich mit dem Gedanken, daß Salvain sich zweifellos irgendwann von selbst beruhigen würde.

Draußen war es kalt, und die frische Luft tat ihm gut. Der Himmel blitzte von Tausenden von Sternen, die in den Lichtern des Dorfes unten am Fluß ihr wärmeres Echo fanden. Es ging etwas Tröstliches von den kleinen, gelben Fensterchen aus, fand Arrat, so als brächten sie die Botschaft, daß das Leben in Wirklichkeit friedlich und beschaulich war, und Osbrand und sein unheimlicher Sohn nicht mehr als ein böser Traum.

Aber mit dem Ende der Nacht würde der böse Traum nachdrückliche Wirklichkeit werden, daran gab es nichts zu rütteln, und deshalb war es an der Zeit, sich Gedanken zu machen. Kluge Gedanken, klüger als die besessenen Hirne, die ihnen Gewalt antun wollten, und klüger als die massive Penetranz der Burgmauern, die ihnen den Weg in die Freiheit verstellten. Nur,

Arrat fiel nichts ein. Er bröselte den Mörtel aus den Mauerfugen und dachte an Gusche und an Osbrand und das Mael Duin und wieder – viel zu häufig – an Gusche und war unfähig, etwas Gescheites aus sich herauszupressen.

Seine Blicke schweiften zu den kleinen Häusern, deren Konturen nur durch die Fensterchen noch zu erahnen waren. Ob Sardeik in einem jener Zimmerchen saß und zu ihnen hinaufblickte? Arrat nahm an, daß der Brief, der ihn beim ersten Mal vor Gusche gerettet hatte, von Sardeik geschrieben worden war. Wer sonst würde die Sprache der Menschen benutzen? Nicht die Oghools, und gewiß nicht die Lharen, falls es dort unten überhaupt welche gab.

Eines der gelben Lichterchen erlosch. Es ging auf Mitternacht zu. Arrat stand auf, holte sich eine Decke vom Bett, wikkelte sie um die Schultern und nahm seinen alten Platz wieder ein.

Die Stimmung in dem Dorf war gegen die Burg. Wie viele Männer und Frauen mochten dort unten leben, die den Mut besaßen, sich gegen Osbrand aufzulehnen? Ob sie ihnen helfen würden, wenn sie wüßten, wer Salvain war und was Osbrand mit ihm plante? Die Burg war eine gut durchorganisierte Festung. Vielleicht gab es aber trotzdem Möglichkeiten, in sie einzudringen. Das Brot mußte von jemandem in Salvains Zimmer geschafft worden sein, der mit den Aufsässigen sympathisierte.

Nutzlos. Nutzlos. Nutzlos.

Sie hatten keinerlei Verbindung zum Dorf. Die Häuser hätten ebensogut am Ende der Welt stehen können.

Ein zweites und ein drittes der gelben Rechtecke lösten sich auf. Dort unten wußte man nichts von Osbrands Plänen. Und wenn man es wußte, dann war es den Leuten vermutlich egal.

Man könnte natürlich versuchen, die Wachen vor der Tür zu überwältigen, überlegte Arrat. Ein tollkühner Plan, denn Osbrand hatte sicher Arrats Verzweiflung einkalkuliert und die Wache verstärkt.

Aber noch immer besser, als wie ein Schaf auf den Schlächter zu warten.

Arrat blickte über den Deckenzipfel in den schwarzen Abgrund jenseits des Fensters. Die Bäume, die Sträucher, der Teil des Weges, der dort unten lag, alles war von der absoluten Finsternis der Nacht verschluckt worden. Es mußte an dieser Stelle wenigstens zweihundert Fuß in die Tiefe gehen.

Das wäre natürlich auch eine Möglichkeit, überlegte er kühl. Und nicht die unvernünftigste.

Aber noch war es nicht soweit. Sie hatten ihre Gesundheit, sie waren zu zweit, und sie hatten sogar einen Verbündeten außerhalb der Burg. Sardeik.

Der Gedanke, daß der Chan womöglich dort unten saß und gerade in diesem Moment zu ihm hinaufstarrte, war zum Verrücktwerden.

Wieder erloschen einige der Lichter. Es war jetzt nur noch eine Handvoll Häuser beleuchtet.

Sardeik wußte, daß Aisske angekommen war. Jeder mußte es wissen, seine Ankunft war ein Spektakel für die ganze Ortschaft gewesen. Also war es nicht unwahrscheinlich, daß Sardeiks Augen tatsächlich auf den Lichtern der Burg ruhten. Arrats Blick schweifte zu der Öllampe, die von einem Haken an der Wand aus ihr trübes Licht verdampfte. Er stand auf, nahm sie vorsichtig herunter und ging damit zum Fenster zurück. Ein vager Gedanke formte sich in seinem Hirn.

Er nahm die flache Hand und hielt sie vor das Licht, so daß es nach außen hin abgedunkelt war. Von dort unten müßte man das erkennen können. Hell und dunkel, das waren die einzigen Signale, die er in das Dorf am Fuß des Berges senden konnte.

Die Skelden waren Meister der Signalgebung. Sie benutzten natürlich kein Licht. Sie nahmen Trommeln. In Kriegszeiten konnte man das beunruhigende Tom-Tom-Tom nächtelang hören. Sie hatten ein ausgeklügeltes System von Signalen, das gelegentlich gewechselt wurde und schwer zu enträtseln war.

Einmal hatte Arrat es geschafft. Es war mehr ein Gedankentraining als eine vernünftige Beschäftigung gewesen, denn der Code war bereits wieder geändert worden. Aber er konnte sich noch an etliche Signale erinnern. Das Zeichen für *Gefahr* beispielsweise war ein dreimaliger kurzer Schlag, gefolgt von zwei langen Schlängen gewesen.

Er riß ein Stück von der Decke ab, knüllte es zu einem Wust zusammen und bedeckte damit die Lampe.

Kurz-Kurz-Kurz-Lang-Lang.

Auch Sardeiks Name war ein Trommelzeichen gewesen, mit dem damals die meisten Botschaften aus dem Hauptlager beendet wurden. Sie hatten allerdings Trommeln in verschiedener Tonhöhe benutzt, was er natürlich nicht nachahmen konnte. Er versuchte sein Glück trotzdem.

Kurz-Lang-Kurz-Lang-Kurz.

Stimmte das?

Er wartete ein Weilchen, dann wiederholte er das Zeichen.

Da machte sein Herz einen Sprung. Das Licht in einem der Fenster begann zu flackern. Es erlöschte kurz, leuchtete wieder auf. Erlöschte nochmals . . .

O Sardeik, du verdammter Hund! Erleichterung, Triumph und neue Energie duchfluteten ihn.

Das Signal unten war erloschen. Arrat nahm erneut seine Lampe zur Hand.

Kurz-Kurz-Kurz-Lang-Lang. Nochmals das Zeichen für Gefahr.

Die Antwort folgte prompt.

Aber er konnte sie nicht entziffern. Dieser seltsame Rhythmus sagte ihm nichts. Was mochte Sardeik von ihm wissen wollen?

Er sendete das Fragesignal.

Neue Lichtzeichen kamen, die ihm aber auch nicht weiterhalfen. Irgendwo meinte er, ein Kürzel zu sehen, das seinen eigenen Namen darstellen konnte. Aber er war sich nicht sicher. Seine

Erinnerungen waren zu lückenhaft. Also sandte er noch einmal das Zeichen für *Gefahr.*

»Was machst du da?«

Arrat legte Salvain, der neben ihn getreten war, warnend die Hand auf den Mund.

Sardeik schickte ein weiteres Zeichen. Ein langes Zeichen, das gar kein Ende zu nehmen schien. Was zum Teufel dachte der Chan sich eigentlich? Daß er ihr ganzes verdammtes Codesystem parat hatte? Noch immer sendete er. Eine endlose Flut von unverständlichen Signalen.

»Wer ist das dort mit dem Licht?«

»Sardeik. Aber ich verstehe ihn nicht ...«

Arrat schwieg und versuchte, die Lichtsignale zu Fragmenten zusammenzufassen, um wenigstens einen Teil ihres Sinnes herauszubekommen. Irgend etwas mußte die Signalfolge doch bedeuten!

»Es ist ein Lied ...«, sagte Salvain.

»Ein was?«

»Ja, der Anfang eines Liedes. Ein altes Lharenlied. Es hat einen sehr eigenen Rhythmus. Siehst du, da fängt es noch einmal von vorn an.« Salvain summte eine Melodie, die tatsächlich irgendwie zu den aufblitzenden Lichtern zu passen schien.

»Es sind also Lharen bei Sardeik. Ausgezeichnet. Wie ist der Text des Liedes? Schnell, Salvain!«

»*Wann, Liebste, wirst du wieder bei mir weilen ...*«

»*Wann ...*? Wann! Natürlich! Das ergibt Sinn. Kennst du ein Lied, das mit ›*heute nacht*‹ anfängt?«

»*Heute nacht*? Meine Güte ...«

»Oder so etwas ähnliches. ›*Jetzt*‹ *oder* ›*Sofort*‹. Irgend etwas in dieser Richtung. Schnell, Salvain, wir haben keine Zeit.«

Das Licht unten erlosch. Wahrscheinlich beratschlagte man auch in dem Häuschen.

»Ich hab's. Paß auf!« Salvain pfiff eine Melodie.

»Noch mal. Ich kann mir das so schnell nicht merken!«

Salvain verdrehte die Augen, nahm ihm die Lampe aus der Hand und begann, selbst zu blinken. Er war kaum fertig, als von unten die Antwort kam.

»Was sagen sie?«

Salvain winkte Arrat zu schweigen. Konzentriert starrte er an ihm vorbei auf das blinkende Licht in der Stadt. Seine Finger trommelten den Rhythmus auf der Fensterbank. Wieder und wieder dasselbe Klack-Klack, das nach dem dritten oder vierten Mal etwas Aggressives bekam. »Verflixt, es liegt mir auf der Zunge. Ich habe es tausendmal gehört, aber ich komm' nicht drauf.«

Arrat nahm ihm die Lampe aus der Hand und sendete noch einmal das Fragezeichen.

Wieder blinkte die Antwort hoch, aber bereits nach den ersten beiden Lichtblitzen brach sie ab, so abrupt, daß man nicht musikalisch sein mußte, um zu begreifen, daß die Sender unten gestört worden waren. Arrat pustete das Licht ihrer Öllampe aus.

Sie warteten noch einige Zeit, aber in dem Dorf rührte sich nichts mehr, außer daß auch die letzten Lampen erloschen.

Es gab allerdings auch keine Lichter, die sich vom Dorf zur Burg hinaufbewegten, und das gab Arrat Hoffnung. Vielleicht hatte nur ein Nachbar die Männer unten gestört. Irgendein harmloser, aber unzuverlässiger Besucher ...

»Hat Osbrand dir gedroht?« fragte Salvain.

Es war zu dunkel, um seine Gesichtszüge erkennen zu können, aber seine Stimme klang nach Angst.

Arrat rutschte von der Fensterbank. »Männer wie Osbrand drohen immer«, sagte er und streckte sich auf dem Boden zum Schlafen aus. Es half ihnen nichts, darüber zu sprechen. Sie konnten nur noch warten und hoffen, daß Sardeik sich etwas einfallen ließ.

Es war noch finster, als sie ihn aus dem Schlaf rissen.

Die Gesichter der Oghools, die an seinen Kleidern zerrten,

waren verwaschene gelbe Flecken im Schein einiger Fackeln. Sie beugten sich über ihn, rasselten mit Ketten und bogen seine Handgelenke zurück. Die Schlösser der Eisenfesseln, mit denen sie Arrat banden, waren schon eingerastet, bevor er noch ganz bei sich war.

»Der Vater ist böse mit dir«, tönte Aisskes Stimme aus einer dunklen Ecke nahe des Bettes.

Arrat versuchte, seine Benommenheit abzuschütteln. Warum waren sie jetzt schon gekommen? Es dämmerte noch nicht einmal. Etwas zog an seinen Armen, und er merkte, daß zwei der Oghools die Enden seiner Handketten an ihren Gürteln einklinkten.

»Der Vater sagt, du willst selbst gern zur Hochzeit mit der Blume gehen«, beschwerte sich Aisske.

Salvain mußte auch geschlafen haben. Sein Haar war verwuselt und sein Gesicht so zerdrückt wie seine Kleider. »Nein, Aisske, bestimmt nicht«, murmelte er.

»Das darfst du auch nicht. *Mir* hat die Blume die Hochzeit versprochen. *Ich* werde der Fürst sein. Wirst du mir dienen, wenn ich Fürst geworden bin?«

»Bitte, Herr, laßt Euren Bruder jetzt in Ruhe.« Jorgs spitzes Gesicht beugte sich in den Lichtkegel der Ölleuchte. »Ihr wißt, daß Euer Vater auf uns wartet.«

Aisske ließ sich nicht stören. »Der Vater sagt, ich muß mich hüten vor dir. Er sagt, du willst mir vielleicht weh tun«, verkündete er. »Wirst du mir weh tun?«

Salvain brachte nur ein Kopfschütteln zustande.

»Hört nicht auf den Jungen«, empfahl Jorg ihm. »Er redet nur so daher. Euer Vater möchte Euch sprechen. Euch und Euren menschlichen Freund ... «

»Einmal hast du mir aber weh getan«, beharrte Aisske.

»Herr, bitte!« Jorg wurde streng. »Ihr wißt genau, wie ärgerlich Euer Vater wird, wenn er warten muß.«

Aisske kümmerte sich nicht um den alten Mann. Er trat zu

Salvain, der auf der Bettkante saß und an seinen Knöpfen nestelte, und beugte sich dicht vor sein Gesicht.

»Bruder«, flüsterte er. »Der Vater hat gesagt, ich darf die GROSSE KRAFT benutzen, wenn du mir weh tust. Das wird dich schmerzen.«

Salvain ließ die Hände sinken.

»Aber ich werde es nicht tun. Ich werde auch deinen Menschen nicht tanzen lassen. Ich werde Euch helfen und gut zu Euch sein.« Aisske blinzelte schlau. »Aber ...«, zischelte er, »dann mußt du auch etwas für mich tun.« Seine Nase rückte noch einige Millimeter dichter an das Gesicht des Bruders heran. »Bitte, tu mir das, was du dem kleinen Lharen getan hast«, hauchte er.

Es dauerte, bis Salvain begriff. Er wich vor ihm zurück. Seine Hand krampfte sich um das Bettzeug. »Gern, Bruder«, wisperte er zurück, halb am Lachen und halb am Weinen. »Du mußt mir dazu aber ein Messer geben ...«

»Nein, nicht das«, nahm Aisske ihn ernst. »Was du danach getan hast ...« Seine Stimme schwankte vor Sehnsucht, und dieses eine Mal, und das auch nur für einen Augenblick, tat er Arrat wirklich leid.

»Herr, was redet Ihr denn da!« Jorgs laute, nörgelnde Stimme reduzierte den unheimlichen Zauber des Augenblicks auf eine lästige Verzögerung. »Euer Vater wartet. Ihr wißt, Aisske, was er mit Euch tut, wenn Ihr nicht gehorcht ...«

Offenbar nichts Angenehmes, denn Aisske wurde düster und zog sich, wenn auch widerwillig, gegen den Tisch zurück. Mit mürrischer Miene lehnte er sich gegen die Kante und wartete, daß Salvain an ihm vorüberging. »Ich werde dir aber trotzdem weh tun! Und deinem Menschen auch!« brummte er ihm nach.

Diesmal führte man sie über keine offenen Plätze. Die beiden Gefangenen und ihre Wächter zogen durch ein endloses Nacheinander muffiger Treppen und Gänge, von denen manche mit einem Extraschlüssel erst entriegelt werden mußten, bevor man sie betreten konnte. Obwohl es keine Orientierung nach außen gab, meinte Arrat, daß man sie in Richtung des Haupttores dirigierte. Und das Ziel ihres nächtlichen Marsches schien ihm darin recht zu geben. Denn der kahle, kleine Raum, in dem ihr Gang endete, enthielt keine Fenster, sondern nur eine Batterie Schießscharten und darunter die für Verteidigungstürme charakteristische Öffnung einer Pechnase. Das ganze Mobiliar bestand aus einer mit Eisenplatten ausgelegten, rotglühenden Feuerstelle, über der an einem Anker eine Art überdimensionaler Kessel hing. Der ganze Raum stank nach verbranntem Holz und Pech.

Sie mußten sich über einem der Außentore befinden. Und was noch wichtiger war, man bereitete sich hier ganz offensichtlich auf einen Angriff vor. Als er lauschte, meinte Arrat sogar, draußen etwas wie Rufe und ein dumpfes Poltern zu hören.

»Macht Euch keine Hoffnungen, Keswick. Die Dorfratten da unten könnten nicht einmal ein Mauseloch erobern. Sie sind bereits so gut wie tot.« Osbrand bückte sich mit einem verächtlichen Lachen unter den niedrigen Türbalken und blieb direkt vor Arrat stehen. »Aber selbst, wenn dort draußen die vereinigten Armeen der Südländer stünden . . .«, er tippte seinem Gefangenen mit dem Finger auf die Brust, ». . . für Euch kämen sie auf jeden Fall zu spät! Habt Ihr mit dem Jungen gesprochen?«

Die Antwort auf diese Frage erübrigte sich. Ihre Standpunkte waren klar. Vielleicht hätte es noch ein Feilschen, ein Zeitschinden geben können, wenn die Burg nicht angegriffen würde. Aber nun stand Osbrand unter Druck. Und die Dinge würden um so schneller ihren Lauf nehmen. Sardeik – vorausgesetzt, er war es überhaupt, der für den Aufstand der Dörfler verantwortlich war – Sardeik hatte wie ein Idiot gehandelt.

Osbrand wandte sich an seinen Sohn.

»Du weißt, was ich von dir will, Salvain! Wirst du dich an meine Seite stellen?« Auch diese Frage wurde nur gestellt, um der Form zu genügen, und Osbrand wartete kaum das Kopfschütteln ab, bevor er fortfuhr: »Also gut. Es ist deine Entscheidung. Aisske!«

Salvains Bruder, der mit einem entrückten Lächeln einen Eisenstab durch das siedende Pech zog, drehte sich zu seinem Vater um.

»Salvain ist ungehorsam. Du weißt, was du zu tun hast, wenn er die Kraft gebrauchen will.«

»Ich werde ihn tanzen lassen«, erklärte Aisske bereitwillig.

»Du läßt ihn in Ruhe, solange er sich nicht muckst. Bringt den kleinen Idioten hier herüber!«

Der »kleine Idiot« war Salvain, und die Oghools zerrten ihn gehorsamst neben den Pechkessel.

Osbrand grinste, als er sah, wie sorgfältig sein Sohn jeden Blick in die blubbernde, dampfende schwarze Masse vermied. »Du brauchst nicht hinzuschauen, mein Junge. Dein Freund Keswick wird dir in ein paar Minuten ausführlich erklären können, was dort schwimmt. Los, her mit dem Kerl.«

Arrat versuchte keinen Widerstand. Es befanden sich ein gutes Dutzend Oghools im Raum, zwei davon unverbrüchlich an ihn gekettet. Jedes Sichsträuben war witzlos.

Osbrands Kreaturen stießen ihn so, daß er Salvain direkt gegenüberstand. Nur der Kessel trennte sie voneinander. Sein junger Freund starrte atemlos vor Aufregung und Angst zu ihm hinüber. Arrat versuchte ein aufmunterndes Lächeln.

»Ihr grinst?« Osbrand, der neben ihn getreten war, packte ihm in die langen, schwarzen Haare und bog ihm bewußt langsam den Kopf in den Nacken. »Man stirbt nicht daran, wenn einem die Fresse verbrüht wird, Keswick«, höhnte er. »Aber es könnte sein, daß du gerade jetzt das letzte Gesicht deines Lebens siehst. Präge es dir gut ein.«

Arrat hätte sich wehren können, wenn nicht die Oghools wie Bleikletten an seinen Armen und Beinen gehangen und ihn am Boden festgenagelt hätten. So hatte er nur die Rückenmuskeln, um sich gegen Osbrands Hand zu stemmen. Ein Schwall heißer Luft schwappte ihm ins Gesicht, als sein Gesicht gegen das schwarze Rondell des Pechkessels gedrückt wurde. Er schloß die Augen. Osbrand hatte Kraft wie ein Ochse. Arrat versuchte, sich seitwärts zu drehen, rutschte ab und streifte mit dem Handgelenk gegen den glühenden Kesselrand. Der Gnom, der das Pech hatte, an ihn gekettet zu sein, brüllte auf und warf sich nach hinten. Dadurch geriet Arrat vollends aus dem Gleichgewicht. Er stemmte sich mit dem Oberschenkel gegen den Kesselrand. Nur Osbrands Faust in seinen Haaren bewahrte ihn davor, kopfüber in den Pechbottich zu stürzen.

Der Raum hallte von Fluchen und Schmerzgeschrei.

»Nein, bitte!« übertönte Salvains Stimme das Durcheinander der Achtung- und Vorsichtrufe.

Irgendwie brachte er es fertig, den Männern, die ihn bewachten, zu entschlüpfen. Mit der Kraft der Verzweiflung warf er sich gegen Arrat, drängte ihn vom Kessel fort und biß und schlug gegen Osbrands Hand.

Der Alte ließ so abrupt los, daß sie beide, Arrat und Salvain, nach hinten fielen und mitsamt den Gnomen gegen die Wand stürzten. Schwer atmend, die Lider über den brennenden, tränenden Augen geschlossen, ließ Arrat das Gelächter des Narbigen über sich ergehen. Er begriff, daß sie sich in einem Spiel befanden. Einem bitterbösen Spiel, das Osbrand sich für sie ausgedacht hatte und dessen erster Teil nun der Planung entsprechend zu Ende gegangen war.

»Wie sieht es aus, mein Sohn, hast du deine Meinung vielleicht doch geändert?« säuselte Osbrand.

Arrat war unfähig sich einzumischen. Er spürte Salvain mit dem Kopf nicken und wartete auf den nächsten Akt der schaurigen Komödie.

»Du wirst verstehen, Salvain«, kam es honigsüß, »daß ich deine Folgsamkeit nicht als Sinneswandel nehmen kann. Du wirst mir einen Beweis liefern müssen.«

»Ich kann ihn tanzen lassen«, erbot Aisske sich hilfreich.

Der Vater beachtete ihn nicht. Er klatschte in die Hände. Stiefel polterten auf der Treppe, die Tür quietschte. Die Akteure der nächsten Szene mußten schon vor der Tür gewartet haben. Arrat war nicht überrascht, als er den Kopf hob und einen Oghool in Fesseln erblickte.

»Tu es!« forderte Osbrand.

»Was?« Salvain saß eingekeilt zwischen Arrat und einem Soldaten und blickte erschrocken von seinem Vater auf den bänglichen Gefangenen.

»Stell dich nicht blöd. Du weißt, was ich meine. Mach ihn fertig. Bring ihm das Hirn zum Platzen. Ich will einen Beweis!«

Mitleidig betrachtete Arrat seinen verstörten Freund, für den jeder Schlag unerwartet und damit doppelt schmerzhaft war.

»Fang an«, raunte Osbrand. »Er ist nur ein Oghool. Er hat Lharen umgebracht ...«

»Nein!« heulte der Gefangene, der langsam begriff, worauf das alles hinauslief. »Herr, niemals ...« Eine klatschende Ohrfeige brachte ihn zum Schweigen.

»Tu es!« zischelte Osbrand. »Er ist nichts als ein verlaustes Oghoolschwein.«

Salvain schüttelte den Kopf und verbarg das Gesicht zwischen den Armen.

»Da siehst du, er will es gar nicht. Warum darf ich ihn dann nicht tanzen lassen. Es ist ungerecht!« quengelte Aisske.

Osbrand streifte ihn mit einem finsteren Blick und ging vor seinem jüngeren Sohn in die Hocke. »Gut, Salvain. Du hast deine Chance gehabt. Den Rest der Nacht wirst du mit deinem Freund in anderer, lehrreicherer Obhut verbringen. Du brauchst nicht zu versuchen, nach mir zu rufen. Es würde zwecklos sein. Ich habe zu tun. Aber sobald es dämmert, komme ich und hole mir deinen Gehorsam.« Er stand auf. »Jorg!«

»Ja, Herr?« Der alte Lhare rappelte sich hoch.

»Bring die beiden zu Gusche. Sorg dafür, daß er unverzüglich anfängt. Ich will ...« Osbrand hielt inne und lächelte auf Arrat herab. »Ich will, daß das Vieh brüllt, wenn ich nachher komme.«

XXV

Gusche stand in der hintersten Ecke seines schauerlichen Arbeitsraumes und wartete.

Entweder aus morbider Neigung oder weil Osbrand es ihm geboten hatte, trug der Henker jetzt eine metallene Maske über dem Kopf, die in einer Art schwarzeiserner Halskrause endete. Nagelgespickte Lederbänder überkreuzten seinen nackten Oberkörper, und Nagelmanschetten zierten die Hand- und Fußgelenke. In seinen Händen wippte eine mit Knochenstückchen durchflochtene Peitsche, die das grausige Bild vervollständigte.

Es war darauf ausgerichtet, Angst zu erzeugen, und genau das erreichte es auch, trotz seiner kindlichen Theatralik.

Salvain wirbelte herum und faßte den Greis, der sie führte, an der Seidenbluse. »O Himmel, Jorg, bitte. Das darfst du nicht zulassen. Er ... er hat doch überhaupt nichts getan ... «

»Ich hatte Euch gewarnt, Herr.« Der Lhare schüttelte bekümmert den Kopf. »Euer Vater ist ein ungeduldiger Mann. Er liebt es nicht, wenn etwas nicht nach seinem Willen geht. Ich rate Euch, schickt Euch drein. Und wenn er nachher zu uns kommt, und Ihr seid ein wenig anstelliger ... «

»Der Vater schlägt, wenn man nicht gehorcht«, steuerte Aisske aus seinen eigenen Erfahrungen bei.

Salvain starrte ihn an. »Aber ... aber *du* bist der Fürst!« Sein reger Geist sah eine Möglichkeit. »Es sollte hier alles gehen, wie du es willst. Wenn *du* uns helfen willst ... «

Jorg schüttelte den Kopf und winkte dem Henker.

»Bitte, Aisske«, schrie Salvain verzweifelt. »Wenn du es ihm verbietest, wird er ihn in Frieden lassen.«

»Du hast dich geekelt, mich anzufassen.«

»Ich...? Oh... o nein...«

»Den Lharen hast du angefaßt, dabei war er schmutzig im Gesicht. Und mich wolltest du nicht anfassen, obwohl ich sehr schön und der Fürst bin!« Aisske faßte nach der Hand des Bruders, betrachtete sie gedankenverloren und führte sie sich gegen die Wange. »Ich hatte es mir gewünscht...«, murmelte er.

»Es... tut mir leid. Ich wußte nicht, daß es für dich so wichtig war...«

Aisske setzte sein Schmollgesicht auf. »Du wolltest nicht, weil du dich vor mir geekelt hast. Und jetzt – jetzt will ich nicht mehr! Ich bin der Fürst.«

Gusche verlor die Geduld mit den Brüdern. Grob packte er Salvain am Arm, zerrte ihn quer durch den Raum und schubste ihn auf eine Bank, die im äußersten Winkel der Kammer gerade neben der Esse stand. Salvain wollte sofort wieder hoch, aber der Henker umklammerte seine Oberarme, preßte ihn gegen das Holz zurück und hielt ihn dort so lange fest, bis der Junge, mit Tränen in den Augen, aufhörte sich zu wehren. Ein Oghoolsoldat wurde herangewinkt, ihn zu bewachen.

Dann machte Gusche sich an sein eigentliches Opfer, an Arrat.

Er griff nach einer Metallzange und begann damit, die Ketten durchzukneifen, die den Gefangenen mit seinen Begleitern verbanden.

Arrat hatte gehofft, daß es so kommen würde. Für diesen winzigen Augenblick, nachdem er die Oghools losgeworden war und bevor Gusche ihn an die Boden- und Deckenketten gefesselt haben würde, hatte er sich eine letzte, kleine Chance ausgerechnet.

Gusche ließ sich Zeit. Umständlich klemmte er die Kettenringe in seine Zange. Für einen Mann seiner Körperkraft tat er sich erstaunlich schwer, sie durchzubrechen.

Es kostete Arrats ganze Selbstbeherrschung, nicht einfach dreinzuschlagen, als die erste Kette fiel, sondern sich im Gegenteil apathisch und gebrochen zu geben.

Gusche prüfte sein schauriges Instrumentarium an der Wand, suchte sich einen Meißel und einen Hammer heraus und begann in einer umständlichen, zeitaufwendigen Prozedur, das Halteglied der zweiten Kette zu weiten.

Arrat begann zu argwöhnen, daß diese Gründlichkeit bereits Teil der Folter sein könnte, die Gusche ihm zugedacht hatte. Daß der Henker vielleicht genau wußte, worauf sein Opfer spekulierte. Gewaltsam kämpfte er seine Erregung nieder.

Und dann tat Gusche ihm einen Gefallen. Er kehrte ihm den Rücken, als er mit dem Hammer ausholte, um den Eisenring auseinanderzusprengen.

Der Knall des Eisens auf den Holzbock kam zeitgleich mit dem Tritt, den Arrat dem Henker versetzte.

Jeder normale Mensch wäre von der Wucht des Stoßes quer durch den Raum geschleudert worden, aber Gusche stolperte kaum. Er fing sich und warf sich über seinen Gefangenen. Und was er ihm dann in der Enge zwischen den Holz- und Eisengestellen bot, das war kein Zweikampf mehr, sondern ein plumpes, brutales Niedermachen. Es war von Anfang an klar, daß Arrat seinem schwergewichtigen Gegner nicht gewachsen sein würde. Der Hüne warf sich auf ihn und drückte ihn einfach mit der Masse seines Körpers gegen die Erde. Dagegen halfen keine Tricks.

Mit einem Kopfschütteln scheuchte Gusche die Oghools, die ihm verspätet beistehen wollten, zur Seite. Seine grauen Augen funkelten durch die Sehschlitze des Helmes, als er sich zu Arrat niederbeugte.

Und dann raunte er, beinahe unhörbar, weil der Schall seiner Worte von der Maske verschluckt wurde: »Hör doch endlich auf zu zappeln, du Idiot.«

Arrat reagierte nicht.

Fassungslos, mit schmerzenden Schultern, starrte er auf die gestanzten Löcher und die klaren Augen, die daraus schauten und von denen er plötzlich mit Gewißheit meinte sagen zu können, daß sie nicht zu dem Henker gehörten.

Der Druck auf seine Arme ließ nach. Der Henker – Gusche oder nicht Gusche? – stand auf und zog ihn mit sich hoch. Grob – oder nur scheinbar grob? – drängte er Arrat auf die Eisenplatte.

Er langte nach den herabhängenden Ringen.

War es Gusche gewesen, der eben gesprochen hatte, oder nicht?

Arrat war so weit, daß er an allem zu zweifeln begann. Die Ketten, das Feuer in der Esse, der Rost, das war real. Hatte er sich nicht alles andere nur eingebildet? Er merkte, wie seine Selbstbeherrschung zu bröckeln begann.

Der Mann mit der Henkersmaske quetschte ihm das Handgelenk durch die schmale Ringöffnung.

Es war Sardeik. Es mußte Sardeik sein. Der Henker hatte gesprochen. Und zwar mit Sardeiks Stimme.

Sardeik – wenn es denn Sardeik war – drehte an der Schraube, die den Ring schloß. Sobald er damit fertig sein würde, wäre Arrat ihm unwiderruflich ausgeliefert.

Aber warum sollte Sardeik ihn wehrlos machen wollen? Und wie sollte Sardeik Gusches Platz eingenommen haben können?

Arrat bemühte sich verzweifelt, vernünftig zu denken. Er brachte es nicht mehr fertig. Er war in Panik wie ein Tier.

Unbeherrscht stieß er nach dem Henker und riß an seinem Handgelenk. Im nächsten Moment flog die Eisenfessel mitsamt der Verankerung aus der Decke. Das hätte nicht sein dürfen. Die Fesseln waren dazu geschaffen worden, sich sträubende Leiber zu halten. Wenn sie trotzdem derart leicht nachgaben, mußte an ihnen manipuliert worden sein.

Dann war der Mann mit der Maske also doch Sardeik?

Der Henker griff hinter sich. Eine Axt wirbelte durch die Luft – und fuhr eine Handbreit neben Arrat ins Holz. Arrat schnappte sie am Griff, zog sie heraus und wog sie in der Hand.

Wie auf einem Bild sah er vor sich die Oghools mit den aufgesperrten Mäulern, dahinter Jorg, der irritiert auf den Henker starrte, und an der Tür Aisske, den Irren, mit seinem einfältigen Grinsen.

Die gelben Soldaten rissen ihre Schwerter heraus ...

In diesem Moment gab es in Arrats Kopf einen Riß.

Es war wie eine Störung. Eine Art Klicken im Gehirn, bei dem spürbar etwas aushakte.

Er registrierte, daß die Gestalten der Oghools sich auf ihn zubewegten und größer wurden. Er sah auch ihre aufgerissenen Münder und die wütenden Gesichter, aber er hörte keinerlei Geräusch mehr. Er war wie taub. Am Körper und am Geist. Es war ihm unmöglich, irgendwelche Fakten zu erkennen und einzuordnen. Der vernunftgemäß arbeitende Teil seines Gehirns schien blockiert durch eine grellrote Barriere aus Angst und Hilflosigkeit und Auflehnung und Haß.

Ohne zu denken, hob er die Axt und hieb sie in die stumme Masse der gelben Leiber und Köpfe. Eine mechanische, instinktgeleitete Schlachterei. Wahnwitzig, unwirklich wie eine Pantomime, schmerzvoll, berauschend und zugleich ungeheuer erleichternd. Ein selbstvergessenes, höllisches Ritual.

Bis es plötzlich keinen Angreifer mehr gab.

Und die Axt ins Leere sprang ...

Es kam so plötzlich, daß Arrat von seinem eigenen Schwung nach vorn gerissen wurde und sicherlich gestürzt wäre, wenn der Henker ihn nicht aufgefangen hätte. Die stumpfe Seite der Schneide federte gegen sein Wadenbein. Der Schmerz pfiff ihm von dort durch die Oberschenkel bis in den Kopf, und die Stille zerplatzte wie eine Seifenblase.

»Mann, ja, Junge, ja doch, es ist vorbei...«, hörte er Sardeik, der ihm die Waffe aus der Hand zu winden versuchte, auf sich einreden. »Sie haben dich fertiggemacht – du hast sie fertiggemacht – und nun ist es gut. Reiß dich zusammen!«

Arrat ließ die Axt fallen.

Gusches Raum glich einer Schlachtküche. Der Boden schwamm in Blut. Zerhacktes, totes Fleisch, gesplitterte Knochen, alles lag grotesk verrenkt im Raum verstreut. Nichts mehr, das lebte.

Er merkte, wie ihm die Knie weich wurden.

»He, verdammt!« Blitzschnell packte der Chan nach, als er ihn zusammensacken sah. »Arrat, Mann! Wenn dir schlecht ist, dann kotz dich aus, aber schnell!«

Die groben Worte halfen. »Wo ist Salvain?«

»Schon draußen.«

Arrat machte sich von Sardeik los und stützte sich gegen die Streckbank. Ihm war sterbensübel, und er atmete ein paar Male tief ein und aus, um das drohende Erbrechen zu verhindern.

Da klangen im Vorraum plötzlich Stimmen auf. Eine Schrecksekunde lang standen sie beide still und horchten, bis sich Sardeiks Miene entspannte.

»Na endlich«, murmelte er, zog den Kameraden mit sich und stieß die Tür auf.

Im ersten Augenblick dachte Arrat, der Skelde wäre verrückt geworden, als er ihn mit offenen Armen auf die Oghools zugehen sah, die dort um Salvain standen und auf ihn einredeten. Dann bewegte sich einer der gelben Soldaten – und plötzlich war es kein Oghool mehr, sondern ein Mann mit dem silberweißen Haarschopf der Lharen. Er drehte sich um, lächelte Arrat an – und noch im Lächeln wurden seine helle Haut wieder runzelig-gelb und seine Augen schwarz. Eine fließende Verwandlung, leicht und undramatisch und zutiefst erschreckend. Arrat fragte sich ernsthaft, ob er anfing, den Verstand zu verlieren.

Eine der Gestalten kam auf ihn zu. Ein Alptraumgeschöpf

mit einem schiefen Mund, halb lächelnd, halb drohend-mißgelaunt, so als würde man zwei Bilder aus durchsichtigem Pergament übereinanderlegen.

»Bist du verletzt?« fragte das Monstrum mit der angenehmen, singenden Stimme der Lharen.

Arrat blickte an sich herab. Seine Kleidung war blutgetränkt, kaum noch ein sauberes Fleckchen. Er brachte es nicht fertig zu antworten.

Der Lhare schob ihn zur Seite und trat auf die Türschwelle zur Folterkammer. Er stand direkt neben dem Menschen, so daß Arrat jede Muskelbewegung in dem feinen Gesicht erkennen konnte. Aber der Mann hatte seine Züge unter Kontrolle. Kein Entsetzen, kein Ekel, keine Verachtung. Er nahm das grausige Bild in sich auf und zog, scheinbar ungerührt, die Tür wieder zu.

»Ist etwas von dem Blut . . .«, seine Hand deutete auf Arrats besudelte Kleidung, ». . . auch von dir?«

Arrat schüttelte den Kopf.

»Dann werden wir jetzt versuchen, zum Burggarten zu kommen. Sardeik, setz dir wieder die Maske auf! Du gehst noch einmal als Henker mit.«

»Jorg und Aisske sind entkommen.« Es war das erste Mal, daß Arrat sprach, und seine Stimme war ihm selber fremd.

Der Mann, der die Lharen führte, musterte ihn. »Ein Grund mehr, uns zu beeilen!« erwiderte er kühl.

»Komm schon, Arrat, Denskin hat recht. Wir haben gar keine andere Wahl!« Sardeik fingerte nervös an dem Verschluß der Maske.

Arrat kehrte den Männern den Rücken und stieß die Tür zum Folterraum wieder auf.

»Halt, wo willst du hin?« klang die sanfte Lharenstimme jetzt plötzlich sehr unsanft.

»Ich hole mir eine Waffe.«

»Du brauchst keine. Du gehst als Gefangener mit uns. Eine Waffe würde dich nur verdächtig machen.«

»Darüber entscheide ich selbst.«

Denskin war flink wie alle Lharen. Sein Griff, mit dem er Arrat am Arm packte, verriet überraschende Kraft. »Du entscheidest wieder für dich«, sagte er leise und akzentuiert, »wenn wir hier herausgekommen sind. Bis dahin wirst du dich meinen Anweisungen fügen. Und ich sage, daß du keine Waffe bekommst.«

Die Lharen, die er führte, lauter junge Kerle, halbe Kinder noch, traten bei den scharfen Worten näher. Ihre freundlichen Jungengesichter blickten schockiert und verlegen.

O Hölle! Arrat merkte, wie sein Magen ihm wieder zu schaffen machte. Dieser Streit war verrückt. Sie verloren kostbare Sekunden. Außerdem würde es ein leichtes sein, sich eine Waffe von einem der Gnome zu besorgen, wenn es zum Kampf kommen sollte. Sein Verhalten war albern. Er fühlte sich hilflos und wütend zugleich.

Da löste Salvain sich aus der Gruppe. Er nahm einem der jungen Männer, die ihm so ähnlich sahen, das Messer aus dem Gürtel und drückte es Arrat wortlos, ohne Vorwurf, in die Hand.

Arrat mied Denskins Blick, als er die Waffe unter das Hemd schob. Er wollte keine neuerliche Provokation, und er war erleichtert, als Denskin, aus welchen Gründen auch immer, schwieg.

Arrat sah in den Lharen jetzt nur noch selten Oghoolgestalten. Ihre jungen Gesichter blickten freundlich und gelassen, als sie, mit Arrat und Salvain in der Mitte, in den Burghof hinunterstiegen. Auf die Oghools mußten sie allerdings anders wirken, denn man machte ihnen hastig den Weg frei, sobald man sie kommen sah.

»Haben sie dir gesagt, wie sie uns hier herausbekommen wollen?« wisperte Arrat in Salvains Ohr. Der schüttelte den Kopf.

Wieder ging es über den Platz mit dem Waschbottich und dem Küchengarten. Der Morgen dämmerte, und über den Kräutern und den Pflastersteinen lag ein feiner, weißer Nebel.

Salvain berührte Arrat am Arm. »Bitte, nimm es ihm nicht übel. Er meint es nicht so. Er ist ein Lhare und das in der Kammer ...«

Arrat lächelte spöttisch. Wenigstens versuchte er das, aber seine Gesichtszüge waren steif und schwer zu dirigieren.

Sie kletterten über eine Treppe wieder ins Burginnere, und dann noch einige weitere Treppen hinauf in eines der Obergeschosse, und hier änderte sich plötzlich die Stimmung.

Zuerst war es nur ein Oghool, der stehenblieb und ihnen einen langen, verdutzten Blick nachwarf. Dann kamen sie an einem Mädchen mit einem Holzbündel vorbei, und die Kleine quiekte auf, ließ die Scheite fallen und rannte erschreckt davon. An der nächsten Ecke ließ Denskin halten und formierte seine Gruppe neu. Drei seiner Jungen wurden in die Mitte zu Arrat und Salvain geschickt und von den Körpern der anderen abgeschirmt. Auf ihren angestrengten Gesichtern stand der Schweiß, und einer von ihnen hielt sich an seinem Kameraden fest, um nicht über die eigenen Füße zu stolpern.

»Wie lange könnt Ihr die Illusion noch aufrechterhalten, Denskin?« fragte Arrat.

»So lange, wie es nötig sein wird!«

»Und das wird noch drei Treppen hinauf und zwei Gänge entlang sein, wenn die Oghools aus dem Dorf uns richtig informiert haben«, fügte Sardeik besänftigend hinzu.

Zwei Soldaten kamen ihnen entgegengeeilt und verhinderten einen neuerlichen Disput.

Sie befanden sich nun in einem Teil der Burg, den Arrat noch nicht kannte und der ziemlich abseits gelegen sein mußte, denn sie trafen kaum noch auf Oghools. Durch die Schießscharten konnte man ein gedämpftes Brüllen und leisen Geschützdonner hören, so daß Arrat vermutete, daß sie sich auf der dem Dorf zugewandten Seite befinden mußten.

»Hier hinein!« Denskin öffnete eine Tür und ließ seinen Trupp an sich vorüberziehen.

Der Raum war kahl und klein und offensichtlich unbewohnt. Durch ein handbreites Fenster konnte man hinaus in den trüben Morgen sehen. Ein Zipfel des Dorfes war zu erkennen und außerdem das breite, grauglitzernde Band des Dornaq, der direkt unter ihnen an der Burg vorbeiströmte.

Einer der jungen Lharen zerrte auf Denskins Befehl einen Riegel aus einer in die Wand eingelassenen Tür zurück.

»Was wird das?« fragte Arrat.

»Du lernst hier gleich den Luxus von Hormediel kennen.« Sardeik grinste und deutete auf den Erker, der hinter der geöffneten Tür zum Vorschein kam. Er war von einem gemauerten Sitz ausgefüllt, auf dem ein Brett mit drei kreisrunden Löchern lag. »Der Abort-Erker. Direkter Weg in die Freiheit. Nicht sehr elegant, aber dafür um so origineller.« Der Chan half den Lharen, das Holz loszubrechen.

»Das sind wenigstens vierzig Meter hinab!«

»Vierzig Meter ist eine unproblematische Distanz, wenn man senkrecht eintaucht!« Denskin winkte einen seiner Jungen, einen schlanken Burschen mit seidenweichen Mädchenlocken und *mutwilligen* Augen, zu sich. »Malte, du bitte zuerst.«

Der Junge warf die Oghoolwaffen und den ledernen Oghoolumhang ab und zwängte sich durch das Loch. Sekunden später konnten sie durch die Fensterschlitze beobachten, wie sein gestraffter Leib steil in die Fluten eintauchte. Es gab ein allgemeines erleichtertes Aufatmen, als sein blonder Schopf kurz darauf die Fluten teilte. Malte hatte bewiesen, daß es möglich war.

Ein zweiter Junge verschwand durch das Loch und erledigte seine Sache nicht weniger bravourös. Denskin blickte fragend zu Arrat.

Der schüttelte den Kopf. »Nein, geht Ihr zuerst.«

Der Lhare widersprach nicht. Mann für Mann verschwand durch die Holzlöcher, zuletzt Salvain.

»Ich mache den Schluß«, wehrte Arrat ab, als Denskin ihm

erneut zuwinkte, und Sardeik nickte bekräftigend. Forschend ließ der Lhare seinen Blick zwischen den beiden Menschen hin- und herwandern. Dann zuckte er die Achseln – was gingen ihn die beiden Schlächter schließlich an, nicht wahr? – und sprang.

»So, Sardeik, jetzt du!«

Der Chan ließ sich mit einem breiten Lächeln auf dem staubigen Fußboden nieder. »Arrat, mein Freund, solltest du etwa wasserscheu sein?«

»Bitte, tu mir den Gefallen und spring.«

»Du hinterhältiger, alter Sturrkopf! Allmählich fang ich an zu glauben, daß du gar nicht vorhast, durch dieses Loch zu kriechen.«

Arrat gab die Verstellung auf. »Stimmt.«

»Und warum?«

»Weil es Blödsinn wäre, von hier fortzugehen, ohne den Versuch gemacht zu haben, Osbrand und seinen irren Sohn zu töten.«

Sardeik brach in ein tiefes, behagliches Lachen aus. »Jetzt erkenne ich dich wieder, Freund. In Ordnung. Wenn wir uns halbwegs geschickt anstellen ...«

»Nicht wir. Ich. Du wirst dort unten gebraucht werden.«

»Ach was! Salvain hat jetzt seine Lharenfreunde.«

»Aber ...«

»Außerdem, Arrat, habe ich noch einen zweiten vortrefflichen Grund hierzubleiben.« Sardeik machte eine eindrucksvolle Pause und grinste. »Ich kann nämlich nicht schwimmen.«

Es war zwecklos, die Erleichterung zu leugnen.

Sardeik zog einen in Leder eingefärbten Grundriß der Burg aus seinem Handgelenkschutz, und sie einigten sich, daß der sicherste und gleichzeitig der erfolgversprechendste Ort in der Burg für ihr Vorhaben Osbrands Schlafkammer sei.

Deutlich konnten sie Kampfeslärm hören, als sie durch die dämmerige Burg schlichen, und mehrmals mußten sie sich hinter Säulen und in Nischen verstecken, als Oghools ihre Wege kreuzten. Aber das Gros der Soldaten schien sich an der Frontseite der Burg zur Verteidigung gesammelt zu haben, und so kamen sie schnell vorwärts.

Sardeik hatte die Karte in der Hand und bestimmte den Weg. Die Vorstellungen, die die Dorfleute über diesen Teil der Burg gehabt hatten, konnten nicht allzu genau gewesen sein, denn sie mußten ein paar Male zurücklaufen und sich neu orientieren. Aber schließlich wurden die Gänge belebter, sie erreichten den Küchentrakt und von dort, wie auf der Karte beschrieben, einen Treppenturm, der zu Osbrands Wohnräumen führte.

Es gab keinerlei Zweifel, daß sie den richtigen Turm erwischt hatten. Am Ende der Treppe protzte ihnen wieder Osbrands Luxus entgegen. Gehämmertes Gold rankte sich in Bögen und Ornamenten auf den blaßblauen Wänden des Ganges, der die Zimmer miteinander verband. Der Boden war ein kunstvoll angelegtes Mosaik aus hellen und dunklen Hölzern ...

»Zum Kotzen, wenn man weiß, wie es zusammengerafft wurde«, bemerkte Sardeik.

»Von den Oghools?«

»Ja. Jeder Zoll, auf dem du stehst, klebt von Blut. Wenn das da draußen wirklich der Beginn einer Revolution ist – und ich nehme es an, auch wenn die Dorfleute nicht damit herausrücken wollten –, dann gnade Osbrand, wenn er ihnen lebend in die Hände fällt!«

Sie blieben vor einer Tür stehen, die ihnen besonders prächtig vorkam, schauten einander an, nickten nachdrücklich und öffneten sie.

Das Geräusch, das ihnen entgegenwehte, war ... unmenschlich.

Ein anderes Wort wollte Arrat nicht einfallen.

Es war wie ein Kreischen, aber nicht ganz. Zu leise und zu melodisch. Oder ein Weinen. Aber auch das nicht ganz. Obwohl es eindeutig einen Stich Verzweiflung hatte. Nur lag zuviel Gleichmäßigkeit darin für ein Schluchzen. Es war eher wie ... ja, fast wie ein Lied, in dem sich immer dieselbe Sequenz wiederholte ... das Lied eines Irrsinnigen ...

Arrat sah, wie Sardeik das Schutzzeichen gegen Magie schlug.

Das Geräusch kam aus dem Raum, der ihrer eigenen Tür gegenüberlag, und Arrat machte sich auf Zehenspitzen daran, es zu ergründen.

Aber offenbar immer noch nicht leise genug. Denn als er vorsichtig durch den Türspalt spähte, blickte der Mann, der das Geheul von sich gab und auf einem runden Schafwollteppich vor einem bodenlangen Fenster kauerte, bereits auf.

Sein schauriger Gesang brach mitten im Ton ab. Er reckte Arrat den Hals entgegen, betrachtete ihn einen Moment lang, blinzelte ... und setzte dann wieder mit dem Singen ein, so als hätte er entschieden, daß ihr Kommen für ihn ohne Bedeutung sei.

Es war Jorg. Sein Oberkörper war über eine leblose Gestalt gekrümmt, die er wie eine Mutter in den Armen hielt und hin- und herschaukelte.

Arrat ließ sich vor dem Alten in die Hocke. »Jorg, hörst du mich?«

Der Lhare reagierte nicht, und Arrat begann vorsichtig, die dürren Hände von dem Körper zu lösen, den sie umschlangen. Eigentlich übertriebene Vorsicht, denn das rotblonde Lockenhaar, das über Jorgs Ellbeuge quoll, verriet genug. Aber Arrat wollte sicher sein.

»Osbrand?« fragte Sardeik, der ihm gefolgt war.

Arrat strich das Haar von der Wange. Die fünfklauige Narbe hob sich rötlich gegen die bleichen Wangen ab. Er nickte.

»Er hat aus dem Ohr geblutet. Und auch aus der Nase. Woran, zum Teufel, ist der Kerl gestorben? Hat er noch irgendwo eine Wunde?«

Der alte Lhare schob Arrats Hand beiseite und begann wieder, den Körper zu wiegen und dabei zu summen und zu stöhnen.

»Wer hat das getan, Jorg? Wer hat Osbrand getötet?«

Der Alte ließ sich nicht stören.

»Jorg. Dein Herr ist tot. Du machst ihn so nicht wieder lebendig. Woran ist er gestorben?«

Nichts.

»War es Aisske?«

Das Geheule ging in ein Wimmern über.

»Aisske! Hat Aisske das getan?« hakte Arrat nach.

Der Alte begann nach ihm zu schlagen.

»Warum hat er Osbrand getötet?« Arrat fing die flattrigen Hände ein und hielt sie fest. »Warum?«

»Böses Kind«, wimmerte Jorg.

»Hat Aisske seine KRAFT gebraucht?«

»Böses Kind ... «

Arrats Blick fiel auf eine Reitgerte, die vor dem Kachelkamin lag. »Hat Osbrand Aisske geschlagen?«

Jorg ließ den schlaffen Körper los und preßte sich die Hände auf die Ohren. Sein Oberkörper schwankte wie ein Halm im Wind.

»Aisske hat seinen Vater tanzen lassen, weil er ihn geschlagen hatte?«

»Ach, komm, laß den Alten. Aus dem kriegst du nichts heraus«, meinte Sardeik.

Arrat wollte sich erheben, aber plötzlich irritierte ihn etwas an dem schlaffen Körper auf Jorgs Schoß. Zögernd beugte er sich nach vorn, streckte die Hand aus, um, nur für alle Fälle, noch einmal das Augenlid anzuheben ... und hätte sich fast zu Tode erschreckt, als plötzlich Finger zwischen den zerdrückten Falten hervorschossen und sich um sein Gelenk schlossen.

In einem Impuls von Schreck und Ekel wollte er seine Hand zurückziehen, aber die Finger des Beinahe-Toten besaßen eine erstaunliche Kraft. Arrat sah, wie die geschwollenen Lider sich über die Augäpfel schoben. Das graue Gesicht bewegte sich zu ihm hin.

»Komm! Komm näher!« krächzte es aus verzerrten Lippen.

Widerstrebend beugte Arrat sich vor.

»Aisske...«, Osbrand versuchte ein Kichern, das aber sofort in ein qualvolles Husten überging. Ein Schwall rosa schaumigen Blutes schoß ihm aus dem Mund. »Aisske... zur Hochzeit...«, brachte er dennoch unter ungeheurer Anstrengung hervor. Bösartiger Triumph verzerrte sein Gesicht zur Fratze. Er fuhr mit der Zunge über die blutverklebten Zähne und zischelte: »Du... stirbst... alle...«

»Wann ist Aisske fort? Wann? Rede!« Ohne auf das Jammern des Lharen zu hören, packte Arrat den Sterbenden an den Schultern und schüttelte ihn. Wieder kam ein Blutschwall. Mit dem tropfenden Blut am Kinn, immer noch grinsend, die Augen hell vor Genugtuung, versetzte Osbrand ihm den letzten Schlag, indem er starb.

Jorg stieß einen kreischenden Klagelaut aus. Seine dünnen Finger krallten sich im Lockenhaar seines Meisters fest, er küßte das blutig-klebrige Gesicht, er heulte und wimmerte und jaulte...

Sardeik stieß Arrat mit der Fußspitze an und fuhr sich fragend mit der Handkante über die Kehle.

Aber Arrat schüttelte den Kopf. In Gusches Keller war bereits genug Blut geflossen.

Genug für den Rest meines Lebens, dachte er.

»Und du bist sicher, daß von einer Hochzeit die Rede war?« fragte Denskin, der Lharenführer, zum dritten Mal.

»Wenn ich nicht sicher wäre, hätte ich es dir nicht so erzählt!«

Das alte Oghoolweib, krumm und fast taub, Besitzerin des Hauses, in dem sie sich aufhielten, lächelte Arrat begütigend zu und stellte ihm einen weiteren Becher ihres selbstgebrauten Fusels hin.

»Es ist wichtig, daß du dich an jedes Wort erinnerst ...«

»Da gibt es nichts Großartiges zu erinnern«, mischte Sardeik sich ins Gespräch. »Arrat hat es dir doch erklärt. Es war nur eine Sache von ein paar Augenblicken, dann war der Alte abge ...« Sein Blick fiel auf Salvain, der etwas abseits saß und sie beobachtete, und er ließ den Satz in einem Hüsteln enden.

Arrat griff nach dem Krug.

Es gibt keinen Grund sich aufzuregen, sagte er sich. Denskin fragte, was jeder an seiner Stelle gefragt hätte. Und es war schließlich nicht die Schuld des Lharen, daß Arrats Augen vor Müdigkeit stachen, daß seine Handgelenke brannten und daß seine Hüfte von dem Hieb schmerzte, den er sich kurz vor Verlassen der Burg noch eingefangen hatte. Eigentlich mußte er Denskin sogar dankbar sein, fiel ihm ein. Wenn der Lharenmann nicht mit seinen Leuten am Burgausgang gewartet und die Oghools dazu gebracht hätte, von ihm und Sardeik abzulassen, hätte es noch viel schlimmer enden können.

»Und Jorg ist tot?« drängte Denskin weiter.

»Du hast doch selbst gesagt, daß die Rebellen die ganze Burg eingenommen haben. Wenn du auch nur eine Ahnung davon hättest, wie Jorg dort drinnen gehaust hat, dann würdest du ...«

»Ich habe eine Ahnung! Meinst du, ich wüßte nicht, wie Godwin und Gent gelitten haben?« Denskins Gleichmut bekam Risse. »Aber das hilft uns jetzt nicht weiter. Was wir brauchen, ist ...«

»Gewißheit! Natürlich. Vielleicht hättet ihr ein bißchen auf eure Gewißheit pochen sollen, als ihr über Salvain den Stab gebrochen habt! Denn dann hätten wir diesen ganzen Schlamassel jetzt nicht!« fauchte Arrat.

Er stand auf und stellte sich zum Fenster.

Die Burg von Hormediel war zu einem gigantischen Flammenmeer geworden, der die Luft zum Flimmern brachte. Bis in ihr Häuschen am untersten Ende des Dorfes strahlte die Hitze.

Und überall tanzten, sangen und kreischten die Oghools, die das Ende ihrer Knechtschaft feierten.

»Salvain muß noch heute nach Aneirin aufbrechen«, entschied Denskin.

»Nein!« Arrat fuhr herum. »Was zum Teufel soll er noch dort? Osbrand ist tot ...«

»Und Aisske lebt! Salvain braucht Schutz!«

»Den Schutz eures Haines?«

»Ich glaube, darüber steht dir ...«

»Und ob mir darüber ein Urteil zusteht. Doulagh hat mich über euren Hain aufgeklärt. Es würde ihn umbringen.«

»Du vergißt, daß Salvain unser Freund ist.«

»Wie könnte ich. Ihr habt es ja schließlich oft genug bewiesen!«

»Er ist unser Freund, und wir werden ... ach!« Denskin brach ab und kehrte ihm verärgert den Rücken zu.

»Drink een Pütschen Bablischkorn!« nuschelte die alte Gnomin und schob dem Lharenchef die Zinnkanne zu.

Alle waren erleichtert, als die Tür sich öffnete und ein rundlicher Oghool in staubigen Kleidern eintrat, der mit Ächzen und Gestöhn die Stiefel am Türpfosten sauberklopfte und mit seinem Rumoren das peinliche Schweigen überbrückte.

»Es stimmt«, sagte der Mann. »Man hat den Hexer südlich des Arnekon gesehen. Zu Pferde. Er ist auf dem Weg zum Mael Duin.«

»Allein?« fragte Arrat.

»Einer wie der braucht doch keine Armee! Nee, Freund, der ist völlig allein. Macht sich auch keine Gedanken, ob man ihn sieht oder nicht. Reitet wie ein Geist über die Straßen. Oder wie ein Dämon, sag' ich lieber. Der kümmert sich um nichts mehr.«

»Das ist schlimm.« Denskin stützte das Kinn auf die Hand.

»Was zum Teufel soll daran so schlimm sein?« wollte Sardeik wissen. »Soll der Bengel doch ins Moor gehen und sich umbringen lassen. Hat schließlich genug Unheil angerichtet!«

»Du verstehst überhaupt nichts!« Denskins Stimme war dunkel vor Müdigkeit und vor Ärger. »Aisske wird nicht als Eindringling ins Mael Duin gehen. Er kommt als Gast. Als willkommener Gast. Und ich möchte beinahe wetten: als geladener Gast!«

»Unsinn!«

»Brewen wird auf jeden Fall Nachricht brauchen«, meldete sich einer der Lharen, der silbergelockte Malte, zu Wort.

Wieder wunderte Arrat sich, was für Kinder Denskin sich zur Begleitung ausgesucht hatte. Der Junge schien gerade aus dem Stimmbruch zu sein. Und noch mehr wunderte er sich, wie ernsthaft Denskin auf Maltes Vorschlag einging. Vermutlich mußte man ein Lhare sein, um von Denskin für voll genommen zu werden. Die beiden sprachen über die Möglichkeiten, nach Aneirin zu gelangen und wie die Posten der Menschen umgangen werden könnten.

»Wer leitet die Verteidigung Aneirins, jetzt, wo du nicht dort bist, Denskin?« unterbrach Salvain die beiden.

Es war das erste Mal, daß er sich zu Wort meldete, und das verschaffte ihm die nötige Aufmerksamkeit.

»Gwenwellin. Und Brewen selbst natürlich. Warum fragst du?«

»Haben die Menschenheere schon den Killaer erreicht?«

»Erreicht ja, aber nicht überschritten. Wir haben das Eisplateau oberhalb des Rivenskin geschmolzen und in den Fluß geleitet. Er ist jetzt auf Wochen unpassierbar. Sie müssen erst zur Ballfurth. Das sind etliche Tage.«

Denskin sagte das so, als wäre es das Natürlichste der Welt, ein Eisplateau zu schmelzen, und vielleicht war es das auch für die Lharen, denn Salvain nickte, ohne sich zu wundern.

»Und dann?« fragte er.

»Wir haben zwischen der Furth und den Wäldern noch ein paar Überraschungen für sie vorbereitet.«

»Wann werden sie vor Aneirin stehen?«

»Ich weiß nicht. Es kommt auf ihre Geschicklichkeit an. Und auf ihren Mut. Eine Woche, vielleicht zwei ...«

»Und dann?«

Denskin senkte den Kopf. »Wir werden den Hain natürlich verteidigen. Es gibt auch Stimmen, die meinen, wir sollten ihn verbrennen, aber das ist noch nicht entschieden.«

»Was ist der Hain? Welche Bedeutung hat er?« unterbrach Arrat die beiden.

»Das geht dich nichts an. Außerdem würdest du es nicht begreifen, selbst wenn ich es dir erklärte, was ich nicht vorhabe.«

Arrat senkte den Blick, um seine Gefühle zu verbergen. Es war nicht der schroffe Ton, der ihn verletzte. Es war der Vorwurf, der sich dahinter verbarg. Denskin, dem Lharen, war es zuwider, mit der menschlichen Bestie, dem Oghoolschlächter, zu verkehren. So einfach war das.

»Ich würde auch gern wissen, was der Hain bedeutet.« Salvains Blick war losgelöst von den Kontrahenten in irgendeine gedankliche Ferne gerichtet.

Denskin beäugte ihn mißtrauisch, als argwöhne er eine geheime Kumpanei zwischen ihm und dem Menschen. »Du solltest darüber Bescheid wissen.«

»Aber ich bin nie im Hain gewesen.«

Denskin nagte an der Unterlippe. »Der Hain«, gab er widerwillig von sich, »ist ein Teil des Mael Duin.«

Salvain schien überrascht, aber nicht sehr. »Er gehört also dazu«, murmelte er.

»Nicht so, wie du denkst. Er ist ... der weiße Schatten des Mael Duin. Der Teil, der herübergerettet werden konnte, als die Macht des Mael Duin sich dem Bösen verschrieb.«

»Aber auch der Hain hat Macht.« Salvain sprach unsicher, als sähe er ein Bild vor sich, dessen Konturen noch zu verschwommen waren, um es zu benennen.

»Eine segnende Macht. Lharenmacht. Und nur in den Lharen verläßt sie den Hain.«

»Aber wenn die Menschen ihn erobern? Wenn sie ihn betreten?«

»Dann wird der Hain sie töten.« Es war zuviel wütender Nachdruck in der Behauptung, um sie glaubhaft wirken zu lassen. Denskin merkte es selbst. »Wir nehmen an, daß es so sein wird. Es gibt Überlieferungen darüber. Auch Doulagh war dieser Ansicht ...«

»Und trotzdem denkt ihr daran, den Hain zu verbrennen«, spöttelte Arrat.

Denskin war von dem Thema zu gefangen, um sich aufzuregen. »Wenn der Hain aufhört zu existieren, wenn er zerstört wird, dann verlieren wir damit die Kraftquelle, mit der wir das Mael Duin in Schach halten können. Bis jetzt ist *ES* in seinem Turm gefangen.«

»Das stimmt nicht. Das Mael Duin war in Doulaghs Burg. Ich habe es mit eigenen Augen gesehen.« Dankbar griff Sardeik den einen Punkt auf, den er zu verstehen glaubte. »Es sah aus wie eine Riesenfledermaus. Wir alle haben es gesehen. Arrat hat es mit diesem Messer aus Drachenstein angegriffen.«

Denskin unterbrach ihn mit einer ungeduldigen Bewegung. »Ihr mögt mit einer Kreatur des Mael Duin gekämpft haben. Es schafft sich Leiber aus allem, was es in den Turm locken kann und belebt sie mit seinem Geist. Aber das ist nichts. Flüchtige Erscheinungen, die mit dem Aufgang des Lichts ihre Kraft verlieren. Das Mael Duin selbst ist im Turm gefangen. Es ist körperlos. Und ohne einen Körper ist es ihm unmöglich, die Barriere aus Drachenstein zu überwinden und seinen Turm zu verlassen.«

Denskin brach ab. Er hatte mehr gesagt, als in seiner Absicht gelegen hatte, und er bereute es. »Geh nach Aneirin, Salvain«, bat er.

»Aber Aisske ist auf dem Weg zum Mael Duin ...«

»Das wird dem Bösen nichts nützen. Aisske ist schwach. Sein Körper ist schwach und sein Geist ebenfalls. Er wird sterben, wenn das Mael Duin versucht, ihn zu übernehmen. Und selbst wenn sein Körper es übersteht – solange wir den Hain haben, können wir damit fertig werden.«

»Das sind Brewens Hoffnungen?«

»Brewens und auch Doulaghs, als er noch lebte. Obwohl wir damals natürlich meinten, es mit dir zu tun zu haben.«

»Brewen irrt sich.« Salvain stand auf. »Außerdem wird das Mael Duin erst kommen, wenn der Hain von den Menschen zerstört worden ist.«

»Komm mit mir nach Aneirin. Salvain, bitte.«

»Warum beharrst du so darauf? Was sollte Salvain euch dort nutzen?« fragte Arrat. Er hatte nur einen Bruchteil dessen verstanden, was Denskin erklärt hatte. Und was er begriffen zu haben meinte, war ihm so fremd wie ein Märchen. Aber Salvain und der Hain – das zog sich durch all ihre Schwierigkeiten wie ein roter Faden.

Salvain hinderte den Lharen an der Antwort. »Ich möchte mit dir nach Aneirin gehen, Denskin. Wirklich. Ich... bin müde und ganz krank vor Angst. Ich würde alles geben, wenn ich jetzt nach Hause könnte. Aber ich kann nicht. Ich muß Aisske nachreiten. Brewen irrt sich. Und auch Doulagh irrte sich. Wenn Aisske das Mael Duin erreicht...« Salvain zuckte die Schultern. Hilflos, erschöpft, und trotzdem entschlossen.

»Und wenn das Mael Duin euch beide erwischt. Aisske *und* dich?«

»Das wird es nicht. Ich werde dafür sorgen.«

»Wie willst du wissen, wofür du noch sorgen kannst, wenn du erst dort bist. Geh mit Malte nach Hause. Ich selbst werde deinen Bruder verfolgen«, sagte Denskin.

»Und wenn du ihn einholst?« Salvain streifte ihn mit einem traurigen Lächeln. »Er mag keine Lharen.«

»Und dich liebt er auch nicht gerade«, bemerkte Arrat. »Vor allen Dingen nicht, wenn er befürchten muß, daß du ihm die Hochzeit mit seiner Blume verderben willst.«

»Ja, aber ich könnte ... «

»Ich will dir nichts ausreden. Ich glaube sogar, daß du recht hast. Aber wenn du gehst, dann werde ich dich auf jeden Fall begleiten.«

Salvain versuchte zu protestieren und Gründe zu finden. Und erstaunlicherweise war es ausgerechnet Denskin, der Arrat schließlich unterstützte.

»Laß den Menschen mit dir mitgehen, wenn er unbedingt möchte«, erklärte er knapp. »Der Weg ins Herz des Mael Duin ist nicht ungefährlich. Auch Leute wie er könnten dort nützlich sein. Und ich selbst werde als dritter mit euch reiten ... «

»Denskin ... «

» ... weil ich nämlich von Brewen einen besonderen Auftrag erhalten habe«, schnitt der Lhare ihm das Wort ab. »Wenn zu befürchten steht, daß du dem Mael Duin in die Hände gerätst, Salvain ...« Er machte eine Pause. Seine Miene drückte aus, wie bitterernst es ihm war, und er wollte, daß jeder das begriff. »... dann werde ich dich nämlich töten.«

XXVI

Weniger als eine Stunde später verließen die drei Männer mit Proviant, Decken, Waffen und Pferden versehen das Dorf der Oghools.

Eine Zeitlang hielten sie sich an den Dornaq, der sich durch die Schluchten grub und über mächtige Steilhänge talwärts rauschte. Dann überquerten sie den Fluß an einer Furt und bogen westlich in die Duinwälder ab, und von da an wurde es still um sie herum.

Es geschah plötzlich, so als hätten sie eine unsichtbare Grenze passiert. Das Tschilpen der Vögel in den Baumkronen verstummte, ebenso das Rascheln und Knacken und Jagen im

Unterholz, selbst die Stechmückenschwärme, unvermeidliche Plage jedes Spätsommerwaldes, lösten sich auf. Es war, als hätte jemand das Leben aus dem Wald herausgesogen und einen leeren Kokon zurückgelassen.

Die Männer schwiegen über diese Beobachtung, wie sie überhaupt wenig redeten. Sie trieben ihre Tiere voran, ritten, solange es ging, und machten nur dann eine Pause, wenn ihre Pferde sich zitternd vor Überanstrengung weigerten weiterzugehen.

Gelegentlich fand Denskin Huftritte im sandigen Waldboden, weniger als eine Stunde alt, wie er ihnen versicherte, aber es gelang ihnen nicht, Aisske einzuholen.

Sie verschliefen die Nacht in aufgehäufelten Laubbetten und kletterten in die Sättel, sobald der Morgen graute.

An diesem Tag wollte es weder warm noch hell werden. Es war, als hätte jemand eine graue Glocke über den Wald gestülpt, die das Licht und die Wärme aus den Sonnenstrahlen hinausfilterte. Die Stämme der Buchen ragten wie schwarze Pfähle in einen düster-verwirrten Blätterhimmel. Bingelkraut und Günsel hatten sich mit den Waldgräsern zu einem Schattenmeer verwoben, durch das sie wateten, ohne den Boden erkennen zu können.

Zu dieser Düsternis gesellte sich bald der Hunger, denn die getrockneten Früchten, die die Oghools ihnen mitgegeben hatten, waren längst verzehrt. Abends, als sie sich zur Rast niedergelassen hatten, suchte Salvain ein paar Brombeeren für sie zusammen, aber die Früchte schmeckten bitter, und sie spieen sie angeekelt wieder aus.

»Es ist das Mael Duin. Hier verdirbt alles«, sagte Denskin, als sie sich nebeneinander in das mürbe Laub gruben, um etwas Wärme und Ruhe zu finden. Arrat hätte gern mehr darüber gewußt, aber ihm fehlte die Energie, Fragen zu formulieren, so wie ihn überhaupt alles anstrengte, was über die lebensnotwendigen Verrichtungen hinausging.

Er schlief schlecht und träumte von Mouwen und Nebeln und Riesenfaltern.

Am Nachmittag des dritten Tages erreichten sie die SCHWARZEN MAUERN. Denskin hatte sie auf dieses Etappenziel vorbereitet. Angeblich waren die Mauern Teil jener sagenhaften alten Stadt, zu der der Turm gehört haben sollte, in dem ES hauste. Der Lhare hatte so nachdrücklich davon gesprochen, daß sich in Arrats Kopf die Vorstellung von gewaltigen, steil in den Himmel aufsteigenden Wänden gebildet hatte. Nun blickte er enttäuscht auf die kaum kniehohen, bröckligen Mauerreste, die sich rechts und links von ihnen am Rande einer trostlosen Heidegegend entlangzogen.

Denskin lächelte, als er seine Enttäuschung bemerkte. »Was hattest du erwartet? Das fault hier seit Jahrtausenden. Ursprünglich muß es einmal riesenhaft gewesen sein. Millionen von Intelligenzen sollen hier im Schutz der Drachen gelebt haben. Das war zu der Zeit, als die Growllins aus dem Norden die Länder überschwemmten. Ja, schüttele nur den Kopf. Ihr Menschen habt eine Menge vergessen. Aber wenn du den Turm siehst, wirst du mir glauben, daß hier nicht einfach Lharen oder Oghools gehaust haben.«

»Dann ist er in der Nähe?« fragte Arrat, nicht nur aus Interesse, sondern auch, weil ihn das Geräusch von Denskins Stimme wärmte.

»Wie man es nimmt. Dies hier ist Drachenland, magisches Land, da kommt es vor, daß sich Zeit und Raum gegeneinander verschieben. Als ich das letzte Mal hier gewesen bin, und das ist vielleicht achtzehn Monate her, da war es ein knapper Tagesritt bis zum Turm.«

Arrat war zu müde, um sich zu wundern. »Du bist schon einmal dort gewesen?«

»Ja. Zusammen mit Doulagh. Und ich wünschte mir«, fügte Denskin inbrünstig hinzu, »er wäre auch jetzt dabei.«

»Laßt uns weiterreiten!« drängte Salvain.

Aber der Lharenhauptmann schüttelte den Kopf. »Von nun an wird es gefährlich. Das Mael Duin schützt sein Eigentum.

Wir können es uns nicht leisten, müde und bei Dunkelheit hindurchzureiten.«

»Aber Aisske reitet doch auch!«

»Er hat auch einen besseren Führer«, entgegnete Denskin trocken.

»Aber ...«

»Schluß! Wir reiten beim Morgendämmern! Dabei bleibt es!«

Salvain fügte sich, aber Arrat hörte ihn die ganze Nacht neben sich rumoren, und am nächsten Morgen war das Gesicht seines Freundes rot und heiß wie im Fieber. Ungeduldig wehrte er alle Fragen nach seinem Befinden ab, und wartete, daß sie ihm in die Sättel folgten.

Die Pferde flogen dahin, als spürten sie die Eile ihrer Herren. Es gab keine Rast mehr, nur ein gelegentliches langsameres Reiten, um neue Kräfte zu sammeln. Salvain hielt die Spitze. Obwohl er diesen Flecken Erde noch nie gesehen hatte, lenkte er sein Tier mit einer Sicherheit, die Arrat erstaunte und die ihn, als er darüber nachdachte, erschreckte.

»Richtig, das Mael Duin zeigt ihm den Weg«, flüsterte Denskin, als er ihn darauf ansprach.

»Du meinst, ES weiß, daß wir kommen? ES *will,* daß wir kommen?«

»Wie würdest du sonst erklären, daß er sich nie in der Richtung irrt?«

»Tut er es wirklich nicht?«

»Nein, nie.«

Trotz ihrer Eile nahm Denskin sich die Zeit, Arrat die wenigen Merkmale zu zeigen, an Hand derer man aus dem Heidegelände, das immer mehr versumpfte, hinausfinden konnte.

»Im Osten liegt Aneirin!« erklärte er. »Das ist das Wichtigste, was du dir merken mußt. Es sind, wenn man sich beeilt, nur drei Tagesritte. Aber niemals direkt ostwärts reiten. Zwischen dem Turm und Aneirin liegt ein kegelförmiger, unpassierbarer

Sumpf, der sich bis zum Dornaq zieht. Du mußt versuchen, einen Winkel von etwa zehn Grad ... weißt du, was ein Winkel ist?«

»Wir bohren in der Nase und fressen mit den Händen, aber was ein Winkel ist, hat sich auch bis zu uns herumgesprochen.«

Denskin lachte leise. »Dann also: Einen Winkel von zehn Grad nördlich mußt du halten.«

»Warum sagst du mir das alles?«

Der Lhare zuckte die Achseln und schwieg.

Gegen Mittag erreichten sie ein Gebiet, von dem Denskin behauptete, es wäre das Zentrum des Mael Duin.

Er verscheuchte Salvain von der Spitze ihres Zuges. Sein intelligentes Gesicht war angespannt. Witternd wie ein Tier bahnte er ihnen den Weg durch das verdorrte Gras am Rande der schwarzen Wasserblänken entlang, immer wieder horchend und schauend. Aber obwohl er sich konzentrierte und nach eigenen Angaben genau über den Weg Bescheid wußte, hielt er alle paar Minuten inne und blickte sich ratlos um.

Die Sonne hing wie eine knochenweiße Scheibe über ihnen am bleigrauen Himmel. Grau, dachte Arrat, grau ist die Farbe des Mael Duin. Das dürre Gras, das aus dem wäßrigen Boden stak, war grau, graue Kieferngerippe ragten in graue Nebelschwaden, graues Wasser schwappte unter den Hufen ihrer Pferde hervor. Selbst die Haare der beiden Lharen hatten sich grau getrübt.

Arrat klopfte seinem Pferd, das unruhig schnaubte, den Hals.

»Wartet. Laßt uns einen Augenblick rasten!« rief er nach vorn.

Aber Salvain schüttelte den Kopf. »Es ist nicht mehr weit!«

Und ausnahmsweise war Denskin seiner Meinung.

Ein feiner Sprühregen setzte ein, dünnflüssig, klebrig auf der

Haut und mit einem merkwürdig schalen Fäulnisgeruch. Arrat hatte das unangenehme Gefühl, ein riesiges, krankes Etwas würde ihm seinen Speichel ins Gesicht blasen, und er ertappte sich dabei, daß er alle Augenblicke mit dem Ärmel darüberfuhr, so intensiv war sein Ekel vor dem Wasser des Mael Duin.

Er fand sich selbst hysterisch und versuchte, darüber zu lachen, aber ihm wollte kein Laut über die Lippen kommen.

Und dann scheute sein Pferd.

Es kam völlig überraschend. Das Tier stieg in die Höhe, als wäre es von einem Pfeil getroffen worden, prallte wie vor einem unsichtbaren Hindernis zurück, tänzelte, schnaubte und bockte, und im nächsten Moment flog Arrat ins Schilf.

Es war sein Glück, daß er am Rande des Sumpfloches aufschlug, das sich neben ihrer Spur entlangzog. Hastig wälzte er sich von dem Wasser fort. Einen Moment lang, und er war nicht einmal sicher, ob er sich das nicht nur einbildete, sah es so aus, als kröche die schwarze Brühe ihm nach, in Rinnsalen, die wie lange, dünne Finger wirkten.

Dann war Denskin bei ihm und die Vision verblaßte.

»Tut mir leid!« Arrat stand auf. Sein linker Fuß schmerzte, aber er konnte laufen.

»Es war meine Schuld. Ich hätte daran denken müssen, daß du nicht die Fähigkeit hast, das Tier zu beruhigen.« Diesmal klang es nicht von oben herab, sondern ehrlich bedauernd.

Denskin bot ihm die Schulter, und Arrat humpelte mit seiner Hilfe zu dem Pferd, das zitternd neben seinem Artgenossen stehengeblieben war und sie beobachtete.

»Na ja, zum Reiten brauchst du den Fuß sowieso nicht.« Der Lharenhauptmann half ihm aufzusteigen und reichte ihm die Zügel.

Und erst in diesem Moment merkte Arrat, daß Salvain verschwunden war.

Seine ganze Anspannung entlud sich in einem hemmungslosen Fluch. Er schlug Denskin auf die Schulter und deutete auf den verlassenen Weg. Der Lhare erblaßte. Mit wenigen Riesensätzen war er bei seinem Pferd und schwang sich in den Sattel. »Es gibt nur die eine Richtung, in die er geritten sein kann!«

Mit fliegenden Haaren stürmte er voran, und es blieb Arrat nichts, als ihm zu folgen.

Der Ritt, der jetzt folgte, war das Gespenstischste, was Arrat jemals erlebt hatte. Vielleicht deshalb, weil ihm jeglicher Bezug zur Zeit verlorenging. Es hätten Stunden sein können, die er hinter Denskin herjagte, oder auch Minuten oder eine Ewigkeit.

Der weiche Boden verschluckte den Huftritt ihrer Pferde, so daß es eine völlig lautlose Szene war. Arrat mußte sich dicht über den Hals des Pferdes beugen, um nicht von einem der tiefhängenden Äste getroffen zu werden, die sich wie Greifarme zu ihm herabbogen, und so nahm er seine Umgebung nur noch als vorbeiflitzende, grotesk geformte Schatten war.

Tausenderlei Gedanken gingen ihm durch den Kopf, während er dort im Sattel hing. Und alle endeten sie in demselben Schluß:

Es war ein Fehler gewesen, in den Sumpf zu reiten. Sie hatten keine Chance gegen das Mael Duin. Sie hatten nie eine gehabt. Sie waren von Anfang an manipuliert worden.

Keine Chance! Keine Chance! schwabberte ihm das Echo seiner Gedanken aus dem wäßrigen Boden entgegen.

Sein Kopf pochte. Er schüttelte sich, um die fruchtlosen Ängste loszuwerden. Irgendwie mußte er sich bei dem Sturz wohl doch verletzt haben, denn die Bewegung jagte ihm einen heftigen Schmerz durch seine Schläfe.

»Lauf!« wisperte er in die gespitzten Pferdeohren. »Lauf, Kleines! Lauf, was du kannst!«

Das Tier versuchte zu gehorchen, und das graue Panorama flog noch schneller an ihnen vorüber.

Der lästige Schmerz ließ nicht nach. Im Gegenteil, er breitete sich über die Ohren zum Hinterkopf aus. Arrat preßte die Schläfe gegen den Pferdehals und rieb sie am Fell.

Keine Chance! Keine Chance! wippte der Pferdekopf im Rhythmus der Beine.

Plötzlich kam es ihm so vor, als gäbe es ein Lachen in den beiden Wörtern. Ein hämisches, blubberndes Lachen, so grausam vertraut, daß sein Herz einen Satz machte und er sich erschreckt in die Pferdemähne krallte.

Ruhig, Junge, ruhig bleiben! mahnte er sich selbst.

Er versuchte zu erkennen, wo Denskin war. Aber vor ihm schwamm alles in einem graugrünen, gespenstigen Nebel. Ihm wurde schwindlig. Wieder dröhnte das Lachen auf. Das Mael Duin lachte sich halb tot über den Menschen, der sich eingebildet hatte, es überlisten zu können. Genauso, schoß es Arrat durch den Kopf, wie es schon einmal gelacht hatte, damals, als es ihn durch Sardeik ertränken wollte.

Er ließ die Zügel fahren und preßte die Handflächen gegen die Schläfen. Ein Restchen Verstand warnte ihn vor dem unkontrollierten Galopp des Tieres, drängte ihn, erneut nach den Lederriemen zu greifen. Aber hatte das überhaupt einen Sinn? Das Pferd bekam doch seine Befehle längst ...

Nein, das stimmte nicht! So durfte es nicht sein! Er weigerte sich einfach, es zu glauben!

Sie flogen über den Boden, in die Richtung, die dem verstörten Tier gefiel. Die Bäume wichen zurück, der Weg, nein, kein Weg mehr, eine glatte, schwarzschimmernde Straße – wie zum Teufel kam eine Straße in den Sumpf? – wurde breiter. Rechts und links tauchten Gebäude auf. Schwarzzerlöcherte, himmelstrebende Ruinen. Verbrannt, zerschmolzen, eingerissen. Die Hufe klapperten auf dem Stein der Straße. Von Denskin war nichts zu sehen.

Dann beendete eine Mauer den Weg, ein gigantisches Ungetüm, das den Horizont verdeckte und sich rechts und links bis in die Ewigkeit erstreckte. Arrats Pferd stieg auf die Hinterhufe und änderte die Richtung. Es sprengte an dem glänzenden Stein entlang und auf ein Tor zu, einen kuppelförmigen Riß in dem grobquadrigen Monument. Wie ein Magnet schien der Mauerschlund das Tier anzuziehen und schließlich aufzusaugen.

Finsternis umfing sie. Das Trappeln der Hufe bekam ein hundertfaches Echo. Sie ritten durch einen Tunnel. Dann wurde das Ende der Dunkelheit durch ein graues Oval erhellt – und der nächste Augenblick spie sie wieder ins Freie.

Arrat riß den Kopf hoch.

Etwas Monströses wuchs vor ihm in den Himmel. Ein titanischer Steinkoloß. Kreisrund und so schwarz, daß er sich selbst gegen die Mauern und Gebäude im Hintergrund durch seine völlige Lichtlosigkeit abhob.

Der Turm.

Instinktiv suchte Arrat Halt. Er griff in die Mähne des Pferdes, und diese Bewegung sollte ihm das Leben retten.

Für den Bruchteil einer Sekunde reagierte das Tier wieder auf seinen Reiter. Es spitzte die Ohren, stolperte – und katapultierte Arrat mit einem erschreckten Scheuen über den langgestreckten Hals hinaus in die Luft.

Die nächste Sekunde erlebte Arrat, als hätte man sie in Scheiben zerschnitten, von denen jede ihm ein neues Bild präsentierte. Er sah den Turm auf sich zufliegen, dann, als er sich krümmte, den Boden, danach die Mauer, die wehende Mähne des Pferdes, wieder den Turm – zuletzt kam ihm das Schwarz des Steinbodens entgegen.

Der Aufprall raubte ihm die Besinnung, allerdings nicht für lange. Er hörte das Wiehern seines Pferdes, schob die Finger zwischen die Fugen der Steine und stützte sich auf.

Vor seinen Augen erhob sich der Turm. Nicht rund, wie er gedacht hatte, sondern sechseckig.

Sein Pferd sprengte auf den Graben zu, der das Gebäude umgab. Sein Leib zuckte in den groteskesten Verrenkungen wie eine schlechtgeführte Marionette.

Das Tier mußte den Graben gesehen haben, denn in seinen Bewegungen wurde der Versuch einer Seitwärtsdrehung erkennbar, aber es war, als würde es von unsichtbaren Händen in seiner Bahn gehalten. Ohne das Tempo zu drosseln, rannte es weiter, schoß über den Grabenrand hinaus und tauchte mit schlagenden Beinen in die schwarze Brühe ein.

Arrat hätte weinen mögen vor Zorn und Trauer. Einen Moment lang reduzierten sich all seine Empfindungen auf das Sterben des Pferdes in dem Turmgraben. Es war so sinnlos. So überflüssig. So absichtlich und ausschließlich boshaft.

Dann fiel ihm ein, welche Macht diesen Tod verursacht hatte und in welcher Gefahr er selber schwebte, und er riß sich zusammen.

Sein Blick irrte über den Platz, auf dem er lag. Reste von Gebäuden, eingebunden in die gewaltige Außenmauer, umrundeten ihn wie Riesen. Lauter Ruinen, genau wie draußen. Verbrannt, zusammengestürzt, zerschmolzen, immer noch bedrohlich groß, aber winzig im Vergleich zu dem Turm, der in ihrem Zenit stand.

Denskin hatte recht gehabt. Wer auch immer hier gehaust haben mochte, er mußte größer und mächtiger gewesen sein als alles, was Arrat kannte. Selbst in dem kleinen Seitenbau, der ihm am nächsten lag und der möglicherweise einmal als Wachhäuschen gedient haben mochte, hätte man bequem eine halbe Burg unterbringen können. Das Eingangstor hatte die Ausmaße eines Bürgerhauses.

Und dennoch ist es vergangen, dachte Arrat. Alles zerstört ... bis auf den Turm.

Wieder starrte er zu dem sechseckigen, schimmernden Gebäude. Es war so absolut schwarz, daß es alles Licht der Umgebung in sich aufzusaugen und in Dunkelheit umzuwandeln schien. Eine Aura der Finsternis ging von ihm aus. Das Mael Duin – der schwarze Turm. Plötzlich meinte Arrat, den Haß zu riechen und als Kribbeln auf der Haut zu spüren, der von diesem monströsen Steinkoloß ausging, und er mußte den Blick abwenden.

Da, in diesem Moment, sah er die Brücke.

Sie war viel zu winzig, gemessen an den gewaltigen Ausmaßen des Turmes, unbestreitbar später zugefügt, und deshalb hatte er sie übersehen, obwohl sie die einzige Verbindung zwischen dem Platz und dem Turm darstellte. Aber jetzt bewegte sich dort etwas, und das hatte seine Aufmerksamkeit erregt.

Er stützte sich auf die Knie.

Die Gestalt auf der Brücke war auf die Entfernung nur so groß wie eine Puppe. Trotzdem meinte er, jede Einzelheit an ihr zu erkennen. Das zarte Profil mit der etwas aufwärts gerichteten Nasenspitze, die seidig glänzenden Locken, der anmutige Gang, die Lharenkleider ...

»Nein ...«, flüsterte er. Dann brüllte er es: »Nein, Salvain! Komm zurück! Salvain!«

Es war, als gäbe es zwei Welten. Seine eigene, in der er sich heiser brüllte und versuchte, auf die Füße zu kommen, und die andere, unüberbrückbar davon getrennt, in der sich die Gestalt bewegte.

»Nein!« schrie er. Aber es war, als stünde ein schallschluckender Puffer zwischen ihm und dem Lharen. Oder hörte Salvain ihn vielleicht doch? Wurde sein Schritt nicht langsamer? Schleppender? Wollte die Gestalt sich nicht doch umwenden?

»Salvain, bitte!« flüsterte er.

Und dann kehrte der Lhare ihm tatsächlich das Gesicht zu. Eine in grauenhafter Angst verzogene Fratze. Das rote Oval des Mundes öffnete sich zum Schreien, die Handflächen drehten sich nach oben, als griffen sie um Hilfe ... Aber die Füße gingen weiter. Es war, als gäbe es dort zwei Personen in einem Körper, die eine, der es vor dem Turm graute, und die andere, die sich unbeirrbar dorthin weiterschleppte.

Die Gestalt griff nach dem Eisengeländer der Brücke und

geriet ins Torkeln. Ihre Hände umklammerten die schwarzen Streben, während die Füße weiterliefen. Es war ein groteskes Bild. Wie ein Schmetterling auf einer Leimrute zappelte die Figur an den Eisenstangen, bis die Finger abrutschten und sie weiterkriechen mußte.

Arrat war unfähig sich zu rühren.

Meter um Meter sah er den Lharen voranrobben, eine qualvolle, nicht enden wollende Prozedur. Der Junge erreichte die Steintreppen, versuchte, sich im Boden festzukrallen ... und kroch dennoch immer weiter ...

Weiter und weiter ...

Bis er das Tor erreichte und von der Finsternis des Turmes berührt und verschluckt wurde.

XXVII

Eine Hand rüttelte an seiner Schulter.

»Er ist in den Turm gegangen«, sagte Arrat.

»Ja, ich habe es gesehen. Bist du verletzt?«

Arrat antwortete nicht. Er hob auch nicht den Kopf. Es war vorüber. Er hatte versagt. Er hatte Salvain dem Mael Duin preisgegeben.

»Du blutest. Laß mich deinen Kopf sehen«, sagte Denskin.

Arrat rührte sich nicht.

»Faß ihn unterm Arm und hilf mir, ihn auf die Seite zu drehen. Vorsichtig, etwas stimmt nicht mit seinem Bein.«

Arrat nahm Denskins Worte auf, sie folgten ihrem rätselhaften Weg über das Trommelfell und die Nervenbahnen in sein Gehirn. Dort brachten sie etwas zum Flackern.

»Die Hüfte ist ausgerenkt. Versuche, ihn über die Schulter zu rollen.« Denskin sprach zu jemandem. Er sprach zu einer zweiten Person. Denskin war nicht allein. »Sei vorsichtig, wenn du ihn bewegst. Ich habe nicht gesehen, wie er aufgeschlagen ist. Er kann Verletzungen im Wirbelbereich haben.«

Arrat zog seinen Arm unter der Brust hervor und stützte sich hoch.

Der Lharenhauptmann runzelte über ihm die Stirn. »Lieg still! Hab ich nicht gerade gesagt, daß du dich verletzt hast? Faß ihn über die Brust unter die Achsel, Salvain, und zieh ihn so zu dir heran, daß er auf die Seite zu liegen kommt ...«

Eine Hand schob sich gehorsam unter Arrats Arm. Arrat legte den Kopf in den Nacken.

Es war Salvain. Sein Haar war verstrubbelt, sein Gesicht von Zweigen zerkratzt, und seine Ohren glühten vor Nervosität. Aber es war Salvain.

Behutsam hob der Junge seinen Oberkörper an, und jetzt endlich spürte auch Arrat die Verletzung. Ein schauderhaftes Ziehen vom linken Knie über die Leiste zum Unterbauch. Er biß sich auf die Lippen. Denskin grinste kurz und packte zu. Es gab ein Knirschen, dann einen kräftigen Ruck – und im nächsten Moment war der Schmerz vorüber.

Arrat schob Salvains Hände beiseite. Er ließ sich wieder auf den Bauch rollen und vergrub den Kopf in den Armen.

Aisske also, nicht Salvain, war in den Turm gegangen. Warum hatte er nicht gleich daran gedacht? Die Hochzeit mit der Blume. Ihm war schwach vor Erleichterung. Er war sicher gewesen, so sicher, daß das Mael Duin es auf den stärkeren der beiden Brüder abgesehen hatte ...

Er hörte Denskin etwas sagen und Salvain murmelnd in der Lharensprache Antwort geben, dann beugte sich sein Freund über ihn und begann, ihm vorsichtig die Seite zu massieren.

Arrat preßte das Gesicht gegen den Arm. Die Sache mit der Hüfte hatte weh getan. Nicht sehr, aber doch genügend, um als Entschuldigung zu dienen für das Wasser, das ihm den Jackenärmel naß machte.

»Ist Aisske tot?« fragte Arrat.

Der Schock war abgeklungen. Sie hatten sich an den Rand der Mauer zurückgezogen, während um sie herum mit bestürzender Schnelligkeit etwas wie eine Nacht hereinbrach. Keine wirkliche Nacht mit Dunkelheit und goldfunkelnden Sternen, eher ein Kränkeln, ein Absterben des Lichts, das eine diffus graue Atmosphäre schuf. Die schwarzen Ruinenmauern umgaben sie wie eine nach oben geöffnete Kathedrale, und Arrats Worte brachen sich an ihrem Stein, als würden sie dort in Tausende kleinster Kristalle zerspringen.

»Ich weiß es nicht.« Denskin blickte zum Turm, dann zu Salvain und zuckte die Achseln.

»Auf jeden Fall ist Aisske dort drinnen. Wir haben das Spiel verloren, und wir sollten zusehen, daß wir von hier verschwinden«, meinte Arrat.

Der Lharenhauptmann schüttelte den Kopf. »Das geht nicht.«

»Warum? Nichts hält uns hier. Das Mael Duin ist still. Dort sind die Pferde. Wir müssen versuchen, nach Aneirin zu kommen.«

Salvain antwortete an Denskins Stelle. »Das Mael Duin wird uns nicht ziehen lassen.« Die Worte klangen zerstreut, so als wäre er mit den Gedanken woanders.

Arrat stieß ihn an. »Das ist Unfug, was du da sagst!«

»Nein.« Salvain raffte sich zu einer Erklärung auf. »Versteh doch, das Mael Duin weiß von mir. Es wußte, daß ich kommen würde. Und es wußte auch von Doulagh. Und Osbrand. Und von Hormediel und Aisske. Das Mael Duin wurde über jedes Detail informiert. Es hat uns alle betrogen ...« Sein Flüstern wurde zum Murmeln und verstummte.

Denskin beugte sich zu Arrat. »Der Junge hat recht. Wir sind in eine Falle gelaufen. Aisskes Körper ist schwach und sein Geist verwirrt. Er war für das Mael Duin brauchbar, solange es nichts Besseres gab.«

»Brauchbar wofür?«

Der Lhare tat, als hätte er den Einwurf nicht gehört. »Möglicherweise war Aisske von Beginn an nur als Köder geplant gewesen ... «

»Aber das Ding dort in dem Turm rührt sich nicht mehr. Vielleicht hat es sich geirrt. Vielleicht war Aisske ihm doch überlegen. Vielleicht haben sie sich gegenseitig umgebracht ... «

»Nein!« sagte Denskin in einem Ton, der jeden Widerspruch ausschloß.

»Ja, was, zum Teufel, willst du dann noch hier? Abwarten, bis dieses ... dieses Monstrum sich an Salvain heranmacht?«

Denskin strich sich die langen, silbernen Haare aus der Stirn. Ihm war sichtlich unbehaglich zumute. »Das Mael Duin *muß* Salvain in seine Gewalt bekommen. Das wirst du doch inzwischen begriffen haben, Arrat. Und wenn *ES* körperlich werden sollte, in Salvains perfektem Körper, mit seinem leider so perfekten Geist ...« Er mied Arrats bestürzten Blick. »Wir hatten abgemacht, was wir in einem Fall wie diesem zu tun haben.«

»Aber Denskin ... «

»Nichts könnte dem Mael Duin mehr widerstehen, wenn es mit kraftvoller Lharenmacht verschmilzt. Nicht der Hain, Arrat, nicht die Lharen von Aneirin, nicht einmal die Magie der ganzen Welt. Alles wäre verloren. Kein Jahr, und unsere Erde hätte sich in ein gewaltiges Mael Duin verwandelt, wäre Teil dieser Finsternis hier ... «

Denskin stand auf, trat hinter Salvain und fuhr ihm mit der Hand durchs Haar, und jetzt sprach er nicht mehr zu Arrat, sondern zu dem Halbling. »Du verstehst doch, mein Junge, was das bedeuten würde? Das Elend? Den Schmerz?«

Arrat sah die grüne Klinge in seiner Hand aufschimmern, eine von den Klingen, die Mart getötet hatten.

»Denskin!« Er sprang auf. »Du gibst ihn zu schnell verloren. Wir wissen doch gar nicht, was dort drinnen passiert ist. Wir wissen nicht einmal, was genau dort haust. Wir sehen nichts als einen Haufen alter Steine ... «

Ausflüchte.

Arrat wußte es, Denskin wußte es, und Salvain, den sie aus seiner Grübelei aufgeschreckt hatten und der zu ihnen hochstarrte, wußte es auch. Sein junges Gesicht rötete sich, als sein Blick auf das Messer fiel. Wortlos knöpfte er die obersten Knöpfe seines Hemdes auf und lockerte den Kragen.

»Wir haben noch ein Chance …«

Arrat verfluchte sich und Denskin. Er wußte, daß Salvain Angst hatte. Er sah es an der schmalen Linie der Lippen, der dunklen Färbung der Iris, der Fahrigkeit, mit der der Junge die Haare zurückstrich.

»Gut, wenn es sein soll, dann werde ich es selber tun.« Arrat streckte die Hand aus. »Bitte, Denskin. Es ist das einzige Handwerk, das ich je erlernt habe. Ich mache es in einem Augenblick …«

Denskin traute ihm nicht. Er zögerte.

Und dann war es zu spät.

Das Mael Duin brach über sie herein, mit der Macht eines tödlichen Schlages. Eine donnernde Explosion, von der sie nicht wußten, ob sie innerhalb oder außerhalb ihrer Körper stattfand. Eine gigantische Stichflamme, die die graue Substanz ihrer Hirne aufbrodeln ließ und, deutlich für sie spürbar, Teile davon lahmlegte.

Arrat sah Denskin niederstürzen und Salvain sich am Boden krümmen, und die sonderbare Position, in der er diese Bilder aufnahm, bewies ihm, daß auch er selbst sich auf dem Stein wälzte. Aber er war unfähig, Genaueres festzustellen. Die Verbindung zwischen seinem Bewußtsein und seinem Körper war so vollständig unterbrochen, als hätte man sie mit dem Messer zerschnitten.

»O Himmel, nein!« schrie er. (Oder glaubte er zu schreien.) Der schwarze Turm tanzte vor seinen Augen.

Dann begann das Wimmern.

Es war ein Geräusch, aber keines, das durch die Ohren aufgenommen wurde. Es entstand unmittelbar in seinem eigenen Gehirn, deutlicher und eindringlicher als alles, was er je auf natürlichem Wege gehört hätte.

Und er wußte, obwohl er es gar nicht wissen konnte, daß das Geräusch aus dem Turm kam.

Irgend etwas kroch sich dort in der Ecke eines nachtschwarzen Raumes zusammen. Ein winselndes, sabberndes Geschöpf, das kleine, quiekende Töne der Angst hervorbrachte, während es versuchte, in sich selbst zusammenzuschrumpfen und den Blicken zu entrinnen, die es vom anderen Ende des Raumes her beäugten.

Ein panisches, langgezogenes »Hiiii...« kam aus seinem Mund, als jenes Etwas, von dem es beobachtet wurde, sich zu regen begann, und es schürfte sich die Haut blutig bei dem Versuch, sich in die Poren des Steines zu pressen.

Langsam, ein fließender Schatten, bewegte sich das Etwas auf das Bündel zu: substanzloses, pures Grauen.

Kaum eine Handbreit entfernt, stoppte die Bewegung. Der Schatten – und Arrat begriff, daß dieser Schatten das Herz des Mael Duin war und auch, daß er wollte, daß Arrat von dieser Tatsache Kenntnis nahm – senkte sich zur Ruhe.

Regungslos verharrte er, beobachtete, stierte.

Er labte sich an dem winselnden Stück Fleisch zu seinen Füßen. Zog Genuß aus dem Greinen und Reiben und Schnüffeln und Sabbern. Und wartete, geduldig und ohne jede Hast, dem Zeitpunkt entgegen, an dem sich das Entsetzen seines Opfers erschöpfen und die zitternden Muskeln erschlaffen würden.

Als es soweit war, als das Stück Leben in seinem Grauen erstarrte, formte sich ein Lächeln inmitten der Schwärze.

Der Schatten bewegte sich, und über dem Lächeln begann es zu dampfen. Nüstern bildeten sich, gewölbte, schuppige Höhlungen, runde Löcher, aus denen bunte Blütenköpfchen trieben.

Plötzlich erfüllte der Duft von Jasmin und Akeleien, von Lerchensporn und Kronwicke die Luft.

... komm ... lockte der würzige Geruch das Bündel Angst. *... sieh mich an ... die Blume ...*

Nei ... Nnneiiii ...

Ein behaglich-wohliges Lachen gurgelte durch den Schuppenhals, als *ES* das wimmernde Widerstreben seines Opfers vernahm.

... Bräutigam ...

Die Schatten der Blütenköpfchen bewegten sich auf den verkrampften Körper zu. Sie schaukelten und wippten über dem silbernen Haar wie ein grotesker Blumenkranz. Dann verblaßten sie plötzlich, wurden schwarz, senkten sich herab und griffen wie Spinnenfinger durch die Schädeldecke in das verstörte Hirn.

Das Bündel heulte auf.

... sieh mich an ... blubberte das Mael Duin. Die Spinnenfinger strichen über die pulsierenden Hirnnerven ... *sieh mich an ...*

Nnnein, wimmerte das Bündel. Es schlug die Hände vor die zusammengekniffenen Lider. Seine Fingernägel bohrten sich gegen die Augäpfel.

Der Schatten gurrte vor Behagen. Vorsichtig kratzte er an dem zuckenden Hirn. Einen winzigen, kleinen Schmerz.

... ich bin es ... die Blume ... Sieh mich an ... säuselte ES.

Neiinnn ...

... sieh mich an ...

Neiiinnn ...

Das Bündel krümmte sich unter den zupackenden Fingern.

... sieh mich an ... Bräutigam ...

Neiiiin, neiiiin ... heulte das Opfer. Es fiepte vor Grauen. Blut tropfte zwischen den Fingern. Die Schmerzen steigerten sich ...

... sieh mich an!

Steigerten sich ins Unerträgliche.

Gerieten außer Kontrolle.

Entarteten zu einem Wirbel beschreibungsloser Pein...

ES weinte vor Entzücken. Das Hirn, das süße, gequälte Hirn, begann zu kochen, sich im Rhythmus der Qualen aufzublähen.

...sieh mich an... Kleines... Jämmerliches... sieh mich an...

Im letzten, im allerletzten Moment gewann *ES* die Kontrolle wieder. Fluchtartig zog es sich zurück. Erschrocken über seine Unvorsichtigkeit streichelte es den rasenden, berstenden Körper, linderte den Schmerz, betäubte die gemarterten Nerven.

...ruhig, mein Bräutigam, ruhig...

Friede wurde wie Wasser in das brennende Hirn gespült.

...ruhig... ruhig...

Zärtlichkeit. Fürsorge. Trost.

...ruhig...

Die Zeit stand still.

ES war nicht böse. Nicht wirklich. *ES* hatte die Kontrolle über sich verloren. *ES* hatte so lange entbehren müssen, nicht wahr? *ES* hatte gelitten an der Entbehrung. Und in seinem Leid und in seiner Ungeduld war *ES* dann ein Fehler unterlaufen.

Nur ein kleiner, dummer Fehler.

Ein verzeihbarer Fehler.

Ein Fehler.

Das Opferhirn, fähig, wieder zu denken, nahm den Impuls bereitwillig auf.

Ein Fehler.

ES hatte einen Fehler gemacht. Und wer Fehler macht, ist der nicht besiegbar?

...ja... gurrte *ES...ja... mein Kluges...*

Das Hirn fühlte Hoffnung.

ES konnte sich mitteilen. Also mußte *ES* Substanz besitzen. Angreifbare Substanz. Vernichtbare Substanz.

... so ist es ...

Der Eifer gab dem geschundenen Körper die Kraft, sich aufzusetzen. Zitternde Finger wischten weiße, verklebte Haare aus der Stirn.

Vorsichtig, ganz vorsichtig, um sich nur ja nicht erwischen zu lassen, erprobte das Opfer seine KRAFT. Sandte einen zaghaften Strahl in die Schwärze, die ihm gegenüberhockte.

Hatte *ES* nicht gezuckt? War da nicht Reaktion gewesen?

Nein, stöhnte Arrat.

... ja ... säuselte *ES*.

Ein stärkerer Strahl wurde versucht. Gab es da nicht Bewegung in der Finsternis? Flucht?

... ja ...

Ich bin der Fürst! jubelte das Opfer auf. Ich habe die Kraft!

... ja ... Schönes ...!

Ich werde dich tanzen lassen!

Das Opfer schlug zu. Mit aller vernichtenden, zerstörerischen Gewalt, deren es fähig war, brach es in den Kern der Schwärze ein.

Und traf.

Und traf noch einmal.

Ich bin der Fürst! jauchzte das Opfer und schlug seinen Haß und seine Angst und seinen erlittenen Schmerz in die Empfindungen seines Gegenübers.

Ich habe die Kraft!

Wie einen Speer bohrte es seine Magie in den Feind. Es taumelte auf die Knie, johlte und kreischte und tanzte in seiner Ecke aus feuchtem Stein.

Es tobte so laut, daß es den Ton nicht begriff, der sich in seinen Jubel mischte. Vielleicht nicht einmal hörte.

Ein Kieksen, wie ein unterdrücktes Lachen.

Ich bin der Fürst! brüllte das Opfer. Der Fürst! Der Fürst!

Ein Hauch von Finsternis traf sein Herz.

Ich lasse dich tanzen ...

Noch mehr Finsternis. Pfeile des Schreckens, in die Form von Gelächter gehüllt.

Das Opfer erstarrte. Fuhr zurück. Begriff nicht.

Ich bin der Fürst...

...ja... Kleines... Bräutigam...

Ich... ich hasse dich! weinte das Opfer.

Das Lachen schwoll an, überschwemmte die gekrümmte Gestalt. Überschwemmte das Verlies, den Turm, den schwarzen Platz – das ganze Mael Duin bebte vor Gelächter.

Und dann schlug *ES* zurück. Eine tiefe, qualvolle, schwarze Furche in das von ihm genarrte Hirn.

Die Liebkosung, die folgte, was der reine Hohn. Ein Lichtbogen des Triumphes begleitete sie. Ein neuer Schmerz löste sie ab.

Und wieder Linderung.

Und wieder Schmerz.

Schneller, immer schneller. Ein grausamer, nicht enden wollender Reigen...

Und irgendwann begann sich der Körper des Opfers zu verändern unter den quälenden, streichelnden Einflüssen. Entformte sich. Die Schreie des Opfers wurden lautlos, als hätten sich die Stimmbänder aufgelöst. Das Zucken seines Körpers unbestimmter.

Dennoch, die Qual hörte nicht auf.

Und plötzlich begriff Arrat, daß sie niemals aufhören würde. Daß sie gar nicht aufhören konnte. Daß sie Teil jenes Wesens sein würde, das sich Mael Duin nannte, solange es existierte.

Und daß das Wesen sie genoß.

»Das Mael Duin schläft«, sagte Denskin.

Arrat konnte sich nicht erinnern, wann es zu Ende gewesen war. Er konnte sich überhaupt nicht mehr an die nächste Vergangenheit erinnern. Sein Kopf war leer wie eine aufgeblasene Schweinsblase. Er erhob sich auf die Knie und kroch zu Salvain, der zusammengerollt auf der Erde lag.

Zitternd zog er ihn in die Arme. Er fühlte, wie der Junge die Hand in die Falten seiner Jacke grub und wußte so, daß er bei Bewußtsein war. Aber Salvain schlug weder die Augen auf, noch machte er den Versuch zu sprechen.

Denskin ging vor ihnen in die Hocke. »Es ist der Schock!«

Arrat nickte und tastete nach seinem Messer. Es war kein Problem mehr. Nicht nach dem, was Aisske widerfahren war. Nach Salvain würde er Denskin töten, dann sich selbst. Die Lharen hatten recht gehabt. Sie waren dem Mael Duin nicht gewachsen. Der Tod war eine Barmherzigkeit.

»Nein«, sagte Denskin.

Arrat schaute verwundert auf in die kühlen Augen.

»Du hattest recht, und ich hatte unrecht. Es wäre der falsche Weg.« Mit einer ruppigen Bewegung nahm Denskin ihm das Messer aus der Hand. »Sieh mich nicht so an. Ich habe nicht den Verstand verloren. Ich habe ihn im Gegenteil gerade noch rechtzeitig wiedergefunden. Überlege. Was will das Mael Duin haben?«

»Uns.«

»Ja, aber nicht in erster Linie. Was will es wirklich?«

»Salvain.«

»Ich wußte, daß du das sagen würdest, aber es ist ein Irrtum.«

»Hör auf, in Rätseln zu sprechen!«

»Schon gut. Du sagst, das Mael Duin will Salvain haben, aber das stimmt nicht ganz. *ES* will die Lharenmacht, die vor seinem Turm wartet. Arrat, das Mael Duin ist schlau, aber nicht allwissend. *ES* weiß, daß Aisskes einen Bruder hat, einen Halbling, dessen Magie so stark ist, daß Aisske vor ihm fliehen mußte, und der mutig genug war, ihm bis hierher zum Turm zu folgen. Mehr weiß *ES* nicht. *ES* kennt weder Salvains Gedanken noch die Muster seiner Gefühle. *ES* kennt ihn überhaupt nicht.«

»Aber *ES* kann in Gehirnen lesen. In meinem hat es herumgewühlt ...«

»Verzeihung, aber du bist auch kein Lhare«, fegte Denskin den Einwand mit einem ironischen Lächeln beiseite.

»Worauf willst du hinaus, Mann? Mach es kurz. Ich will so etwas nicht noch einmal erleben.«

»Wenn du auch nur ein Quentchen Magie in dir hättest«, kam es jetzt eindeutig herablassend, »dann wüßtest du, daß das Mael Duin im Augenblick schläft. *ES* ist erschöpft. Fertig von der gewaltigen Anstrengung, sich Aisskes Körper einzuverleiben. Es wird dauern, bis das Mael Duin zu seinem Bewußtsein zurückgefunden hat.«

»Du meinst ... wir könnten es schaffen?«

»Nein. Dazu würde die Zeit nicht ausreichen.«

»Was also ... «

»Es sei denn, wir würden dem Mael Duin einen Grund geben, die Verfolgung aufzuschieben.«

»Ich verstehe dich nicht.« Das stimmte nicht ganz. Arrat hatte eine Ahnung, worauf der Lhare hinauswollte. Aber sie war – unvorstellbar. Grauenhaft.

Denskin lächelte sein eigentümliches Lächeln. »Das Mael Duin sucht einen Lharen mit Magie. Und genau das soll es bekommen. Nicht den Lharen, den es meint, und auch nicht die Magie, auf die es hofft, aber doch immerhin einen Lharen.«

»Denskin! Selbst wenn du es tun wolltest – und das ist mehr, als irgend jemand verlangen könnte –, das Mael Duin wird es merken!«

»Natürlich. Aber *wann*? Alles ist jetzt eine Zeitfrage geworden, Arrat. Die nächsten ein, zwei Tage wird *ES* verschlafen ... «

»Woher willst du das wissen?«

»Frag nicht nach Dingen, für die dein Kopf zu klein ist! Und wenn *ES* erwacht, dann wird *ES* mich finden ... «

»Hör auf! Das ist der helle Wahnsinn. Zwei Tage reichen niemals aus!«

»Ich werde euch mehr als zwei Tage verschaffen.« Denskins

Augen funkelten unheilvoll. »Ich bin nicht wie Aisske, Arrat. Ich bin kein Küken, das auf die Hand hüpft und wartet, bis es zerrissen wird. Mindestens vier Tage, das verspreche ich dir!«

»Und dann?«

»Du fragst schon wieder Dinge, die über dein Verständnis gehen. Bring Salvain nach Aneirin. Sorge dafür, daß er sicher zu Brewen kommt. Alles andere ist nicht mehr deine Sache.«

Denskin pfiff die Pferde herbei, die dicht aneinandergedrängt unter dem Tortunnel standen und verstört ihre Nasen aneinander rieben. Er winkte ungeduldig.

Arrat zögerte.

Er bezweifelte, daß der Lharenhauptmann die Fähigkeiten besaß, die er sich erhoffte. Aber war es nicht immerhin eine Chance? Oder wenigstens der Hauch einer Chance? Und hatten sie damit nicht eine Verpflichtung?

Denskin trat zu Salvain und zog ihn auf die Füße. Der Junge war schwer, weil er kaum mithalf. Arrat faßte ihn unter. Gemeinsam zerrten sie Salvain auf eines der Pferde und drückten ihm die Zügel in die Hand, die er automatisch ergriff.

Arrat zögerte, gleichfalls aufzusitzen. »Es ist ein elender Abschied.«

»Es ist ein elender Krieg«, erwiderte Denskin.

»Willst du nicht doch mitkommen?«

»Nein.«

Arrat nickte, trat zu ihm und umarmte den Lharen. Dann stieg er auf sein Pferd, griff nach Salvains Zügeln und ritt, ohne sich noch einmal umzusehen, in den Tunnel hinein.

XXVIII

Bereits nach einer Stunde hatten sie sich hoffnungslos verirrt. Selbstkritisch ging Arrat mit sich zu Rate und fand, daß es nicht an ihm allein gelegen haben konnte. Was Denskin ihm über den Weg erzählt hatte, war noch frisch in seinem Gedächtnis. Sie hatten den abgestorbenen Wald passiert, vor dem er gestürzt war, und etliche Meilen weiter hätten sie auf einen Tümpelkomplex stoßen müssen. Die Tümpel blieben aus. Es war, als hätte sich das Moor aufs rätselhafteste verändert. Arrat fand es selbst verrückt, aber er hatte tatsächlich das Gefühl, als sei alles um ihn herum plötzlich in Bewegung geraten. Als würden sich die Sträucher und die Schlammlöcher gegeneinander verschieben, sobald er auch nur für einen Moment nicht hinsah. Andererseits: Was war schon verrückt oder gar unmöglich im Mael Duin?

Er hielt einen Moment, um seine Nerven zu beruhigen und sich genau zurechtzulegen, was er über den Weg *wußte.* War es besser, noch einmal umzukehren? Irgendwie war er sicher, daß es ihm nichts nützen würde. Denn, und das war vielleicht das Beunruhigendste an der ganzen Sache, der Weg veränderte sich nicht planlos, sondern kontinuierlich zum Schlechteren. Der Boden wurde weicher, die Nebel dichter, der Modergeruch stikkiger.

»Was ist los?« fragte Salvain.

Arrat blickte überrascht und erfreut zu ihm hinüber. Es war das erste Wort, das der Junge seit ihrem Aufbruch sprach.

»Ich fürchte, wir haben uns verirrt.«

»Wo ist Denskin?«

Arrat überging die Frage. »Irgend etwas stimmt hier nicht, Salvain. Es ist ... ich weiß auch nicht – als würde das Moor sich bewegen, als würde es sich in sich selbst verschieben. Na, jedenfalls finde ich den Weg nicht mehr.«

»Und wo ist Denskin?«

Arrat seufzte. »Denskin hat sich eine Hoffnung ausgerechnet. Er meint, wir könnten es nach Aneirin schaffen ... «

»Er ist am Turm geblieben?«

»Ich weiß, Salvain, es ist entsetzlich ... «

»Er will das Mael Duin herausfordern?«

»Ja, das hat er vor.«

»Es ist unmöglich. Niemand kann sich dem Mael Duin widersetzen.« Das war alles, was Salvain zu bemerken hatte. Kein Wort des Mitgefühls. Kein Wort des Respekts oder Dankes für den tapferen Lharenmann.

Denskins Schimmel schnaubte unruhig. Mit einem barschen Ruck brachte Arrat ihn zur Raison. »Na schön! Dann ist es eben unmöglich. Wir werden trotzdem weiterreiten!« erklärte er schroff. »Weißt du eine Möglichkeit, wie wir hier hinauskommen können?«

»Wohin willst du gehen? Das Mael Duin ist überall. Was spielt es für eine Rolle, ob es uns hier oder in Aneirin zerstört?«

»Was es ...?« Arrat starrte fassungslos in die blanken Augen, die seinen eigenen so gleichgültig begegneten, als diskutierten sie das Wetter. »Verdammt, was soll plötzlich dieses Gejaule? Willst du etwa nach all dem, was wir erlebt haben, aufgeben?«

Salvain zuckte die Achseln und tätschelte den Hals seines Pferdes. »Es ist sowieso zu spät. Es war bereits zu spät, als wir das Mael Duin erreichten. Vielleicht sogar schon in Hormediel.«

Arrat hörte die Worte, ihre abgrundtiefe Resignation, und plötzlich überkam ihn eine fürchterliche Wut. Vielleicht war es auch gar keine Wut, sondern nur seine Angst, die sich als Wut zu maskieren suchte. Oder das Übermaß an durchlittenem Schrekken.

Er hob die Hand, und er schlug sie dem Lharen mit aller Kraft ins Gesicht.

Langsam, als würden die Sekunden von unsichtbarer Hand

auseinandergezogen, sah er seinen Freund die Augen aufreißen und ihn dann, mit halb geöffnetem Mund, zur Seite wegkippen. Den Aufschlag konnte er nicht hören, weil der Boden das Geräusch verschluckte, aber der Schmerzensschrei hallte über das Moor.

»Oh, verflucht, verflucht!« murmelte Arrat verzweifelt. Er sprang ins Gras, lief um die Pferde herum und drückte Salvain an sich. »Tut mir leid, Junge. Ich wollte dir nicht weh tun. Ich...« Er konnte nicht weitersprechen.

Salvain hatte die Hände vor das Gesicht geschlagen, und Arrat spürte durch den Stoff des Hemdes das stürmische Pochen seines Herzens. Er hätte sich selber ohrfeigen können. Welcher Dämon trieb ihn nur...

Der Wind pfiff und wimmerte durch das kahle Geäst und blies ihm die feuchten Kleider gegen die Haut. Dort, wo seine Knie den Boden eindrückten, quoll eisigkaltes Wasser hervor. Ihm war so kalt und einsam und elend zumute, daß er hätte weinen mögen.

Er spürte, wie Salvain in seinen Armen zu zittern begann und versuchte, ihn mit seinem Körper zu wärmen.

Da siehst du es, Denskin, mußte er denken, wie wunderbar man sich auf mich verlassen kann.

Wasser spülte um seine Knöchel. Der Grund, auf dem sie hockten, war gefährlich.

»Komm, Salvain.« Er bemühte sich, das Rauhe seiner Stimme zu glätten. »Laß uns weiterreiten. Es wird alles gut werden. Ich bringe dich nach Aneirin. Zu deinen Freunden...«

Sinnloses, verlogenes Gebrabbel. Er mochte sich selber nicht zuhören, und Salvain reagierte auch nicht.

Arrat löste sich von dem verkrampften Körper und ließ sich in die schwammige Erde sinken.

Über seinem Kopf trieben Nebelschwaden wie zerflossene, graue Vögel. Karikaturen des Lebens inmitten des Todes. Der Horizont jenseits der Wolken hatte sich im Dunst aufgelöst.

Gab es überhaupt noch eine Welt hinter den Nebeln? Irgendwo einen Ort, an dem man atmete und fühlte und lebte?

»Sag mir, daß wir alles getan haben, was in unserer Macht steht, Salvain«, murmelte er. »Dann schließe ich die Augen und stehe nicht wieder auf.«

Hinter einem der blattlosen Baumgerippe flatterte ein schwarzer Vogel auf, eine falkenartige Silhouette, die orientierungslos wie eine Motte der Mondscheibe entgegentaumelte. Es gab also doch noch etwas Lebendiges in diesem Zentrum des Vergessens. Arrat beobachtete, wie der Vogel mit ruckartigen Bewegungen etwas wie eine Flugbewegung zustande zu bringen versuchte.

Salvain berührte ihn am Arm. »Das Mael Duin schläft«, sagte er mit einer Stimme, die hohl klang, wie durch eine Metallröhre gesprochen.

»Warum kann der Vogel nicht fliegen?«

»Weil das Mael Duin schläft«, wiederholte Salvain geduldig. »Und weil er ein Teil des Mael Duin geworden ist.«

Schweigend beobachteten sie die fruchtlosen Versuche des gefiederten Tieres, zum Licht zu gelangen, bis es irgendwann mit dem Flügel in eine der schwarzen Wasserblänken geriet und versank.

Salvain setzte sich auf die Knie und rüttelte Arrat an der Schulter. »Wir sind auf dem falschen Weg.«

»Gibt es denn einen richtigen?« Arrats Oberschenkel schmerzten, als er sich bewegte. Sie waren fast taub von der Kälte.

»Wir müssen dort nach Osten hinüber.«

Er folgte Salvains Finger mit den Augen und zuckte die Achseln. Eine Richtung war so gut wie die andere. Er glaubte nicht mehr daran, daß sie das Mael Duin verlassen würden. Der merkwürdige Wille, der es lenkte, hatte seine Maßnahmen getroffen.

Dennoch stand er auf und folgte dem Freund zu den Pferden.

Stumm ritt er hinter ihm durch Wasser, Gestank und Nebel. Eine Zeitlang versuchte er, sich mit Hilfe des Mondes zu orientieren, aber dann bemerkte er, wie Buschinseln aus dem Nichts auftauchten und verschwanden, wie schwarze Straßen sich in graugrünen Moder verwandelten, und umgekehrt aus glitzernden Wasserlöchern fester Stein wurde, und wie die Himmelslichter gegen ihre natürliche Richtung wanderten – und da gab er es auf.

Schweigend, frierend, müde vor sich hindämmernd, überließ er es seinem Pferd, dem Lharen zu folgen. Er wich den Ästen aus, die ihm in Augenhöhe entgegenkamen, und paßte seinen Körper dem schaukelnden Gang des Tieres an. Das war alles, was er noch an Kraft und Konzentration aufbringen konnte. Irgendwann kam es ihm vor, als würde der Tritt seines Pferdes härter, und etwas später glaubte er, schwarzes Gemäuer zu sehen. Dann schlief er.

Es war heller Morgen, als er erwachte.

Tatsächlich sowohl hell als auch Morgen.

Sein Herz begann vor Aufregung zu klopfen. Ächzend stützte er sich auf den Ellbogen. Er hatte keine Ahnung, wo er sich befand, aber es war auf keinen Fall mehr das Mael Duin. Die Ebene vor ihm war karg, verblühendes Heidekraut, so weit das Auge reichte. Aber der graugrüne Schleier, der wie eine Krankheit über dem Moor gelegen hatte, war verschwunden, und die Luft war rein und der Himmel weit.

Sie waren dem Mael Duin entronnen.

Er entdeckte Salvain nur wenige Schritte entfernt schlafend. Die Pferde zupften neben ihm an den Heideblättern.

Sie waren tatsächlich entronnen.

Die Erleichterung vertrieb Arrats Müdigkeit. Er sprang auf die Füße und rüttelte seinen Freund wach. Sie waren entkommen. Sie hatten keine Zeit mehr zum Ausruhen.

Das schlechte Gewissen zwickte ihn, als Salvain ihm ein graues, müdes Gesicht entgegenhob. »Bist du in Ordnung?« fragte er.

Der Lhare nickte mechanisch und ließ den Kopf wieder auf die Arme sinken.

Arrat bezwang seine Ungeduld. Er machte sich daran, ein Feuer aufzuschichten, um anschließend nach Beeren und Pilzen zu suchen. Das Mahl, das er in der Asche schmorte, war kärglich und reichte nicht einmal für den gröbsten Hunger, aber Arrat hatte keine Ahnung, wie lange sie für den Ritt durch das Mael Duin gebraucht und wie lange sie anschließend geschlafen hatten. Vier Tage hatte Denskin ihm versprochen, nicht mehr.

»Wie weit ist es von hier bis zu dir nach Hause?« fragte er Salvain.

Der Junge rieb sich den Schlaf aus den Augen. »Aneirin liegt dort hinten.« Er deutete mit der Hand auf eine hellschimmernden Bergkette, die sich unter dem Mittagshimmel entlangzog. Auf die Entfernung war die Höhe schwer zu schätzen.

»Schwierig, darüberzukommen?«

»Nein, gar nicht. Von hier sieht es steil aus, aber in Wirklichkeit sind es blumenbedeckte Hügel, die in sanften Hängen ineinander übergehen. Es ist . . . sehr schön dort.«

Salvains Stimme schwankte vor Heimweh und Sehnsucht, und Arrat blickte verlegen zur Seite.

Was ist, wenn sie dort inzwischen alles in Schutt und Asche gelegt haben? ging es ihm durch den Sinn. Denskin hatte von einem riesigen Menschenheer gesprochen, das gegen Aneirin zog.

Energisch fegte er den Gedanken von sich. Sie waren dem Mael Duin entkommen. Jetzt galt es, die Lharenstadt zu erreichen. Er zertrat das Feuer und scheuchte Salvain auf das Pferd. Minuten später waren sie unterwegs.

Salvain hatte recht. Das Land der Lharen war schön. Ein übermütiger Traum aus Hügeln und duftenden Wiesen und dunkelgrün getupften Wäldchen. Die Bäume bogen sich unter der Last von Äpfeln, Pflaumen, Kirschen und Aprikosen, die hier so üppig wucherten, als gäbe es einen unsichtbaren Gärtner. Zwischen den Blättern zwitscherte es, pfeilschnell schossen die Mauersegler durch das Geäst. Die Sonne funkelte an einem makellos blauen Himmel...

Wenn das Maèl Duin die Wohnstatt des Todes war, dann mußte man das Aneirin als Heimat des Lebens bezeichnen.

Verstohlen beobachtete Arrat seinen jungen Freund, während sie nebeneinander die Hügel erklommen. Salvains Züge waren angespannt und die Freude, mit der er in den ersten Stunden das Panorama seines Zuhauses in sich aufgenommen hatte, daraus verschwunden.

»Etwas nicht in Ordnung?«

»Bitte? Nein. Nur Kopfschmerzen.« Salvain lächelte, als wäre ihm das Eingeständnis peinlich, aber im nächsten Moment hatte er seinen Begleiter schon wieder vergessen.

Arrat schirmte die Augen mit der Hand und versuchte, den Sonnenstand zu schätzen. Nicht mehr lange, und es würde dunkel werden. Wenige hundert Meter vor ihnen schmiegte sich eine Bauminsel an eine Hügelkuppe. Ein geeigneter Platz für die Nachtruhe?

Einige wandernde schwarze Punkte, die sich über die Hügelkuppe schoben, enthoben ihn der Entscheidung. Hart riß er sein Pferd am Zügel und griff nach Salvains Arm. Es mußten Berittene sein, der Geschwindigkeit nach zu urteilen, in der sich die Punkte bewegten. Ein schneller Blick überzeugte ihn, daß es keine Möglichkeiten für sie beide gab, sich zu verbergen. Zwischen ihnen und den Reitern auf dem Hügel wuchs nichts als Blumen und Gras.

»Wer mag das sein?« Salvain zwinkerte, um schärfer zu sehen.

Die schwarzen Punkte blitzen auf und reflektierten die Sonnenstrahlen. Metallene Helme. Soldaten also. Nur: Soldaten welcher Art? Oghools? Menschen? Oder trugen die Lharen im

Kriegsfall Rüstungen? Nein, zumindest keine schwarzen, entschied Arrat für sich. Schwarz war die Farbe der Finsternis.

»Sie werden hier herüberkommen«, meinte Salvain und fügte nach einem Moment des Überlegens hinzu: »Es sind keine Lharen. Und auch keine Oghools. Ich denke, es werden Menschen sein.«

Er hatte recht. Es waren Bundessoldaten. Arrat kniff die Augen zusammen, um die Farbe ihrer Ärmelstreifen erkennen zu können. Er war sich nicht sicher, aber er meinte, das Violett der Männer von Kisqarge zu erkennen.

Die Reiter, etwa ein Dutzend Mann, waren auf sie aufmerksam geworden. Ihr Befehlshaber gab einen scharfen Befehl, der vom Wind bis zu den beiden Wartenden hinübergetragen wurde, der Trupp änderte die Richtung, und die Männer preschten den Hügel hinab.

»Es sind tatsächlich Menschen«, stellte Salvain fest. Er warf Arrat einen schrägen Blick zu. »Freunde oder Feinde?«

Arrat zuckte die Achseln. »Wenn sie dir mit dem Schwert eins überziehen wollen, dann nimm an, daß es Feinde sind und wehr dich deiner Haut.«

»Wunderbar. Ich meine, wie unkompliziert ihr miteinander umgeht.«

Arrat blieb ihm die Antwort auf die spitze Bemerkung schuldig. Die Männer waren herangekommen. Kisqarger, ganz wie er vermutet hatte. Eine Patrouille unter der Führung eines Leutnants. Auf einen Wink ihres Herrn teilten sie sich und bildeten einen Ring um Arrat und den Lharen. Sie hielten Abstand, aber die Art, wie sie die Hände auf die Schwertgriffe legten, sprach eine deutliche Sprache.

Kühl erwiderte Arrat den abschätzenden Blick des Leutnants. Es war noch ein junger Dachs, erstaunlich jung für einen derart verantwortungsvollen Posten. Er mußte entweder sehr tüchtig oder protegiert sein. Wahrscheinlich das letztere, vermutete Arrat in ungerechter Abneigung.

Der Mann lenkte sein Pferd an Arrats Seite, bis er direkt neben ihm stand. Seine Blicke klebten an Arrats Halstuch, dem letzten Relikt seiner Hauptmannsuniform, wie Arrat bewußt wurde. Denn seine Hose war derart geflickt und verdreckt, daß man sie für alles mögliche halten konnte, und Jacke, Hemd und Mantel waren den Ereignissen in Hormediel zum Opfer gefallen.

»Ihr seid Arrat von Keswick?«

Es war eher eine Feststellung als eine Frage. Merkwürdig, wenn man bedachte, daß sie sich Hunderte von Meilen von zu Hause entfernt befanden. Und merkwürdig auch der Ton, in dem sie gestellt wurde. Selbstzufrieden. Und gefährlich herablassend.

»*Hauptmann* Arrat von Keswick«, korrigierte Arrat den Offizier kühl.

Aus den Augenwinkeln sah er, wie der Kreis um sie herum enger wurde. Einer der Männer an Salvains Seite fingerte an seinem Kurzspeer. Er versuchte, es unauffällig zu tun, aber die Zielstrebigkeit, mit der er den Arm in Kampfhaltung zu bringen suchte, strafte seinen verträumten Gesichtsausdruck Lügen.

»*Hauptmann* Keswick also!« Der Leutnant bemühte sich um einen ironischen Ton. »Ich muß Euch bitten, Hauptmann, zur Kenntnis zu nehmen, daß ich den Befehl habe, Euch zu arretieren.«

Der Mann mit dem Kurzspeer stach zu. Er hatte direkt auf Salvains Nacken gezielt, ein todsicherer Stoß, und sein plattes Gesicht krauste sich verdattert, als die blanke Spitze ins Leere fuhr. Arrat, der den Speerschaft ergriffen und zur Seite gestoßen hatte, machte eine kraftvolle Drehung mit dem Oberarm – und im nächsten Moment segelte das Plattgesicht aus dem Sattel.

Einen Lidschlag lang erwog Arrat, die einsetzende Verwirrung zur Flucht zu nutzen. Aber zwei der Soldaten trugen Armbrüste. Dagegen hatten sie keine Chance.

Betont lässig warf er dem Speerträger die Waffe hinterher und wandte sich wieder an den Chef der Truppe.

»So, Herr Leutnant. Er hat also den Befehl, einen Hauptmann seiner Armee zu arretieren und sich außerdem, wie es scheint, als Totschläger zu betätigen. Darf man fragen, von wem Er solche Anweisungen anzunehmen bereit war?«

»Hauptmann Karkach befehligt unseren Herresabschnitt«, erklärte der Leutenant steif. »Und ich muß Euch darauf hinweisen, daß jeder Widerstand zwecklos ist.«

»Wer sagt, daß ich Widerstand leisten will? Ich habe es nicht gern, wenn in meinem Rücken mit Waffen herumgefuchtelt wird. Das ist alles.«

»Wir haben unsere Befehle ... «

»Was für Befehle?«

»Unter den Lharen keine Gefangenen zu machen.« Der Leutnant kämpfte um seine Autorität. »Dieser Befehl gilt für alle Einheiten, Hauptmann Keswick. Er kommt direkt von Gny-Kobe. Und Ihr habt nicht das Recht ... «

»Junger Mann!« Arrat legte alle Arroganz in seine Stimme, deren er fähig war. »Ich wüßte nicht, warum ich diese Angelegenheit ausgerechnet mit Euch diskutieren sollte. Tut mir den Gefallen, macht dieser Posse ein Ende und führt mich zu Eurem Hauptmann, bevor ich die Geduld verliere.«

»Der Lhare ... «

Arrat schätzte den Abstand zur Hügelkuppe. Die Lharenpferde waren flinker als die Gäule aus Kisqarge. Vielleicht hatten sie doch ein Chance.

»... ich möchte Euer Wort, daß er nicht zu zaubern beginnt.«

Arrat war ehrlich verblüfft. Der Gedanke, daß sein Freund ihnen mit Hilfe seiner Magie aus der Klemme helfen könnte, war ihm überhaupt noch nicht gekommen.

Salvain begegnete seinem grübelnden Blick mit Abneigung. »Ich werde nichts dergleichen tun«, erklärte er schroff.

»Das reicht mir nicht.« Der Leutnant fühlte Oberwasser. »Ich muß auf dem Wort des Hauptmanns bestehen.«

»Mann, seid nicht albern! Ihr könnt es haben, wenn Ihr Wert darauf legt. Aber selbst wenn sie Euch erst gestern zu den Truppen geholt hätten, solltet Ihr wissen, wieviel das Wort eines Soldaten wert ist. Affentheater!«

Mit einem bösen, ungeduldigen Lachen setzte Arrat sein Pferd in Bewegung.

Das Mael Duin würde erwachen. Und Aneirin, die Stadt der Lharen, war in ungreifbare Ferne gerückt, nur weil ein übereifriger Leutnant zum falschen Zeitpunkt an der falschen Stelle gewesen war. Osbrand, wenn es denn irgendwo noch etwas von ihm gab, mußte sich totlachen.

Eine halbe Stunde später hatten sie das Militärlager erreicht – ein Zeltdorf am Rande eines Nadelwaldes – und wurden zum Kommandantenzelt geführt.

Hauptmann Karkach befand sich in einer Besprechung mit seinen Offizieren und war sichtlich nicht erbaut über die Störung. Während der Leutnant Bericht erstattete, versuchte Arrat, sich an den Kisqargen zu erinnern. Er kannte das eckige Gesicht mit dem Walroßbart aus einigen Sitzungen in Gorrota, aber er stellte fest, daß er kaum etwas über den Mann wußte. Karkach war eine schweigsame Natur.

»Hauptmann Keswick also!« Karkach trat aus dem Kreis seiner Offiziere. Seine Gesichtszüge waren durch den Halbschatten des Zeltes verwischt, aber die Stimme klang streng. »Leutnant Denieue hat Euch gesagt, daß Ihr unter Arrest steht?«

»Ich wäre Euch dankbar, wenn Ihr mir das erklären könntet.«

Karkach kam ihm näher. Sein Schnurrbart bog sich parallel zu den Stirnrunzeln zu einer Kurve des Unwillens. »Nicht nötig, daß Ihr hier Theater macht. Wissen alles über Euch!« erklärte er schroff und bündig.

»Dann seid Ihr mir gegenüber im Vorteil. Ich lebte bis vor einer halben Stunde in der – wie es scheint – Illusion, ein respektierter Hauptmann unseres gemeinsamen Heeres zu sein.«

Karkach spuckte verächtlich aus. »Hatte immer gedacht, Ihr wißt, wann Ihr ein Spiel verloren habt. Scheine Euch überhaupt in vielem falsch eingeschätzt zu haben.«

»Wo ist Gny-Kobe?«

»Werdet ihn früher sehen, als Euch lieb ist. Fürchte nur, es wird Euch nicht gefallen, was er Euch zu sagen hat. Hielt immer große Stücke auf Euch. Wollte lange nicht glauben, daß Ihr ein Verräter seid.«

»Wen soll ich verraten haben? Und warum?«

»Pah!« schnaufte Karkach verächtlich. »Habt offensichtlich noch nicht mitbekommen, daß diesem jungen Skelden, der mit Euch war, die Flucht zu uns geglückt ist. Hat uns über alles informiert: Über Euren Pakt mit Sardeik, über Eure Desertion zu den Lharen ... Hat Euch kein Schlupfloch gelassen zu entwischen!«

»Ihr verurteilt einen Hauptmann auf die Aussage eines Skelden hin?«

»Kein Grund, es nicht zu tun, wenn die Fakten die Aussage bestätigen.«

»Tarek war ein Verräter.«

»Keswick!« Karkach schlug die Hand auf den improvisierten Brettertisch, der ihm als Ablage für seine Landkarten diente. »Euer Komplize Sardeik, dieser Hund von einem Skelden, ist in Aneirin und paktiert offen mit den Lharen. Hat es mit Hilfe seiner Phantastereien und, Keswick, mit Hilfe *Eures* Namens sogar zu einer Massendesertion unter Euren Berittenen gebracht! Und nun greife ich auch Euch in Begleitung eines Lharen auf, und Ihr habt die Unverschämtheit zu behaupten, das habe alles miteinander nichts zu tun! Für welchen Esel haltet Ihr mich? Ich rechne mit Fakten! Und die Aussagen des jungen Skelden und der Verrat Eurer Offiziere und Euer Auftauchen hier, das *sind* Fakten! Phh! Wart Euch nicht einmal zu gut, Eure Uniform abzulegen und gegen diesen Flitter einzutauschen ...« Sein strenger Soldatenblick hing an der unverschämt weichen, seidigen Lharenbluse wie an einem ekligen Insekt.

Erregt wandte er sich ab und wanderte einige Schritte durch das Zelt.

»Will offen zu Euch sein. Habe Euch immer geschätzt, Keswick. Habt einen klugen Kopf und wart Euch nie zu gut fürs Grobe. War mir eine große Enttäuschung, von Eurer Desertion zu hören. Gebe auch gar nicht vor, Eure Motive zu verstehen, aber Fakt ist, daß Eure Männer sich in Aneirin verschanzt haben und den Lharen Waffenhilfe leisten. Was uns das kosten wird, brauche ich Euch nicht zu sagen.«

»Vielleicht solltet Ihr Euch fragen, was es uns kosten würde, wenn sie es nicht täten.«

»Still!« schnitt Karkach ihm das Wort ab. »Steht mir zum Halse, dieses Schauspiel! Werdet Euch in wenigen Tagen vor Gny-Kobe zu verantworten haben.«

»Das wird zu spät sein.«

»Bis dahin werdet Ihr Eurem Stand entsprechend in einem Zelt unter Arrest stehen. Die Wachen haben Auftrag, Euch beim geringsten Fluchtversuch zu töten ... «

»Karkach, Ihr begeht einen Fehler ... «

»Wäre mir lieber gewesen, ich hätte Euer Ehrenwort als Offizier verlangen können, daß Ihr Euch Gny-Kobe zur Verfügung haltet, aber so, wie es jetzt aussieht ... «

»Was geschieht mit dem Lharen, der bei mir ist?«

Karkach starrte auf Salvain, als hätte er ihn jetzt erst bemerkt. »Haben unsere Anweisungen. Keine Gefangenen.«

»Aber ... «

»Persönliche Order von Gny-Kobe!«

Arrat biß sich auf die Lippen. Es ging alles zu schnell. Viel zu schnell. »Karkach, laßt mit Euch reden. Es ist wichtig. Der Junge ist nicht irgendein Lhare ... «

»Das spielt keine Rolle!«

»Er ist ...« Tausend Gedanken rasten durch Arrats Kopf. Wie

erklärte man das Mael Duin? Wie erklärte man das Böse? Wie erklärte man einem Mann wie Karkach überhaupt etwas? »Er ... er ist ein Mitglied ihrer Königsfamilie. Ein Enkel Averons. Ein Cousin ihres jetzigen Königs.« War das nicht ein Argument? »Nehmt ihn als Geisel, Karkach! Die Lharen werden Euch alles für ihn geben. Möglicherweise sogar ihre Stadt!«

Karkach beäugte seinen jungen Gefangenen mit gerunzelten Brauen, und Arrat tat es ihm unwillkürlich nach.

Salvain war noch immer schön, trotz Hormediel und trotz der Tage im Mael Duin. Sein silbernes Haar – wie um alles in der Welt hatte er es nur so sauber halten können? – schimmerte. Seine Züge waren ruhig und gelassen und die Augen, mit denen er dem abschätzenden Blick des alten Soldaten begegnete, mild und sanft und so blau, daß es den Sommerhimmel beschämen mußte. Er sah so prinzlich aus, wie es unter diesen Umständen nur möglich war – und geradezu beklemmend unschuldig.

Schönheit und Unschuld schienen ein Argument zu sein. Karkach seufzte. »Woher soll ich wissen, daß Ihr mich nicht belügt?«

»Er trägt das Zeichen der Lharenkönige unter der Schulter.«

Der Hauptmann nickte und einer seiner Männer trat vor und riß mit einem kräftigen Ruck Salvains Bluse auseinander. Perlmuttglänzende Knöpfe sprangen durch die Luft und kullerten in die Ecken. Der Mann fuhr mit seiner klobigen Hand über Salvains abgemagerte Brust.

»Ja, da ist was, Hauptmann. Scheint eintätowiert zu sein oder so was. Sieht aus wie eine Kugel.«

»Hm. So eine Tätowierung kann alles mögliche bedeuten.«

»Hauptmann!« Einer der Offiziere, ein junger Mann, der Karkach so ähnlich sah, daß er sein Sohn hätte sein können, schien eine Idee zu haben. Er flüsterte dem Alten etwas ins Ohr.

Karkach nickte erleichtert. »Ja, das wäre eine Möglichkeit. Holt den Jungen. Oder nein, gehen wir besser zu ihm hinüber.«

Ohne sich näher zu erklären, winkte er seinen Männern, ihm mit den Gefangenen zu folgen.

Draußen war es düster geworden. Am Himmel blähten sich schwarze Wolken, und die Sonne hatte sich verkrochen. Ein scharfer Wind fuhr durch die Zeltstraßen.

Salvain blieb stehen und hob die Nase. »Es ist die falsche Zeit für ein Gewitter«, sagte er. »Vorhin war der Himmel noch ganz klar.«

Arrat gab ihm einen Stubs.

»Und sieh mal: Die Wolken werden von Osten getrieben.«

»Keine Unterhaltungen!« befahl Karkach, und Salvain verstummte.

Das Lager war klein. Vielleicht dreißig Zelte. Der Kisqarge schien seine Truppen gesplittert zu haben, um das Land überwachen zu können. Soldaten streunten zwischen den Zeltplanen umher und warfen ihnen neugierige Blicke nach. Augenblicke später standen sie vor einem pechschwarzen, doppelmannshohen Zelt, dessen Außenplanen von blutroten Pentagrammen bedeckt waren. Mit einer Mischung aus Abneigung und Respekt blieb Karkach stehen. Er räusperte sich.

»Sitep!«

Geräuschlos wie von Geisterhand glitt die Eingangsplane auseinander, so als habe man dort drinnen nur auf den Anruf gewartet. Ein Ratth schritt durch die Öffnung. Größer als Torrot, älter als Torrot, unangenehmer als Torrot. Sein schwarzes Seidenwams war mit Spitzen, Metallplättchen, gelochten Steinen und allem verziert, was irgendwie wertvoll war. Allein die von Goldfäden durchzogenen Pantöffelchen mußten ein Vermögen gekostet haben. Behende glitt sein Krämerblick über die

Schar der Wartenden. An Salvain saugte er sich fest. Seine Schrumpelmiene verdüsterte sich.

»Gesagt hab' ich's, Hauptmann Karkach, zieht ihnen über den Schädel eins, bevor Ihr sie bringt zu mir. Sie sind *bosche.*«

Karkach schmeckte der Vorwurf so wenig wie der Ratth selbst. »Ich will den Jungen sehen, den Euch meine Leute gestern gebracht haben!« befahl er barsch.

Sitep tat, als hätte er nicht gehört. Mißtrauisch, aufmerksam umkreiste er Salvain. »Kein Lhare ist er. Hat kein reines Blut.« Seine gebogene Nase schnupperte, als müsse sie den Augen bei der Wahrheitsfindung helfen. »Nein«, zischelte er. »Kein Lhare ist er nicht. Aber Macht hat er.«

»Tut Euch nicht groß! Jeder kann sehen, daß er ein Lhare ist. Sogar aus ihrer Königsfamilie, wenn es stimmt, was behauptet wird.«

Der Ratthfinger schoß in die Höhe. »Ein Cashelskind! Krrrraw! Sitep wußte es. Sitep fühlt Macht! Viel Macht!«

»Zwecklos, wenn Ihr versucht, den Preis in die Höhe zu treiben, Ratth. Wir haben einen Vertrag. Tausend Desnits für jeden Lharen. Und damit seid Ihr verdammt gut bedient. Frage mich sogar manchmal, ob Ihr und Euresgleichen diese Gerüchte von den Lharenzaubereien nicht überhaupt erst in die Welt gesetzt habt ...«

»Häääätzzz!« Siteps Arm fuchtelte einen ungeduldigen Zakken in die Luft. »Keine Ahnung hat er! Nichts weiß er!«

Das hätte er nicht sagen dürfen. Karkach war Soldat. »Hör mit dem Geflenne auf, und hole den Jungen hinaus! Und das sofort!«

Der Ratth starrte den Hauptmann an. Sein Zungenlappen fuhr über die schmalen Lippen. »Den Jungen ...« Ihm wurde es mulmig. »Nicht einfach das ... müßte den Bann lockern ... ist gefährlich. Das kostet zusätzlich.«

»Hol ihn raus! Der Junge wird freiwillig reden!«

»Tse, tse.« Sitep strich um Salvain herum. Sein dürrer Finger fuhr um ihn herum, als wolle er ihn berühren, aber eine merkwürdige Scheu schien ihn zurückzuhalten. »Möglich, Ihr macht Fehler. Hat Macht, der Bastard.«

Karkach langte es. Er stieß den Zauberer zur Seite, betrat das Zelt und winkte den anderen, ihm zu folgen.

Siteps Behausung war von innen wesentlich größer, als Arrat vermutet hatte. Verwirrend groß. Die Wände glitzerten schwarzgrau wie nasser Fels und schienen sich in der Ferne zu verlieren, so daß man den Eindruck bekam, man könne vom Zelt aus in eine andere, fremde Welt vordringen.

Arrat hatte keinen Respekt mehr vor Zaubereien. Neugierig faßte er nach und wunderte sich kaum festzustellen, daß er einer Illusion aufgesessen war. Die Leinenplanen des Zeltes waren mit einer silbrig-glänzenden Farbe bestrichen, in der sich die Wände gegenseitig abspiegelten.

Sein Blick flog über die Kisten und Taschen, die den Boden bedeckten und aus denen allerlei Krimskram quoll. Er bemerkte einen Kleiderberg inmitten der Taschen, wollte schon darüber hinwegsehen – und hielt irritiert inne. In den Kleidern steckte jemand. Eine zusammengekrümmte Gestalt, die jetzt langsam, als wäre es eine mühevolle Arbeit, den Kopf hob. Arrat vergaß die Silberwände und die Männer, die sich darin spiegelten.

»Gütiger Himmel, Malte!«

Denskins junger Lhare war übel zugerichtet. Sie mußten ihn bei der Gefangennahme zusammengeschlagen haben. Seine Kleidung war zerrissen, das Gesicht – ebenso wie der nackte linke Arm – blutverkrustet. Die freundlichen Porzellanaugen hatten einen grünlichblauen Rand bekommen und waren fast zugeschwollen. Irgendwie brachte er es aber trotzdem fertig, Arrat mit einem von ihnen zuzublinzeln.

»Halt!« brüllte Karkach.

Arrat blieb stocksteif stehen, bis er begriff, daß der Befehl gar nicht ihm gegolten hatte. Er war für Salvain bestimmt. Sein Freund, umringt von Soldaten, hieb in blasser, stummer Wut auf die Bewacher ein, um sich einen Weg zu Malte freizuboxen.

Jeder im Zelt hatte Karkachs Befehl gehört, trotzdem zögerten seine Männer, Salvain anzupacken. Angst und Ratlosigkeit standen in ihren Gesichtern geschrieben, und einige versuchten, gegen die Zeltwände zurückzuweichen. Was für Geschichten mußten hier über die Lharen kursieren! Einer der Soldaten, ein traniger Bursche, der nicht schnell genug auswich, bekam Salvains Faust zu spüren und ächzte erschreckt auf. Reflexartig fuhr seine Hand zum Gürtel.

Zwei lange Schritte brachten Arrat zwischen ihn und den rasenden Jungen. Er packte Salvain bei den Schultern und schüttelte ihn. »Laß den Unsinn! Verd . . .!« Aufgebracht drückte er ihm die Schulterblätter zusammen.

Sein Freund war wie von Sinnen. »Ihr seid schlimmer . . . als Tiere . . .«, schrie und schluchzte er. »Laß mich zu Malte . . . laß mich los . . . «

»Was, zum Teufel, sollte es ihm nutzen, wenn du dich umbringen läßt!« Arrat sprach absichtlich laut. Hinter ihm schrammte Stahl an Stahl. Er umklammerte Salvains Oberarme.

»Ist mir egal . . .« Salvain verschluckte sich fast vor Wut. »Laß mich los . . .« Wenn er gekonnt hätte, hätte er Arrat in die Hand gebissen.

»Eschkomta ningh wesingella tusin . . . «

Die Lharenlaute kamen leise, aber ihr melodischer, weicher Singsang klang in dem Brummen der Soldaten so exotisch, daß alle Köpfe zu dem gefesselten Jungen herumfuhren. Auch Salvain hielt inne.

»Tsenigaenta willae«, sagte Malte. »Geseoolinges ta Brewens zu dinvessin ellenbegora.«

Salvain wollte etwas antworten, aber Arrat hielt ihm den Mund zu. »Hast du es nicht begriffen?« zischte er. »Sie warten nur auf einen Grund, dich umzubringen.«

»Suseli . . .«, versuchte Malte weiterzusprechen.

»Laßt sie nicht reden!« Siteps Nase wippte tausendfach in der Spiegelung der Wände, und sein Gekreische schien ein ebenso nachhaltiges Echo darin zu finden. »Sind gefährlich!« heulte er. »Schlagt sie tot!«

Karkachs Stimme übertönte die des Ratths. »Schluß mit diesem Theater!« donnerte er. »Keswick, sorgt dafür, daß Euer Mann kein Unheil anrichtet! Sonst ist er dran!« Er fuhr zu Malte herum. »Und von dir, Lhare – von dir will ich jetzt wissen, ob dein Freund hier ein Prinz von euch ist!«

Maltes flinke Augen huschten von Salvain zu Arrat.

»He, keine Absprachen. Raus damit! Hat der Bursche etwas mit eurem Königshaus zu tun oder nicht?«

Malte versuchte sich zu rühren, aber er brachte nicht mehr als eine winzige Bewegung zustande, und die bereitete ihm offensichtlich Schmerzen. Es sah aus, als säße er in einem viel zu engen Käfig aus unsichtbaren Gitterstäben.

»Ja, er gehört dazu.« Der Junge lächelte ein winziges, verschmitztes Lächeln. Als er weitersprach, folgten die Worte verwirrend schnell und übermütig wie ein Abzählreim. »Er ist Ewens Sohn, geboren aus Averons Blut, und Cashels Erbe. Ein Sänger von Wasser, Feuer und Wind, Gedankenschöpfer, Heiler, ein Kind des Haines von Geburt . . . «

»Nein«, murmelte Salvain. »Das stimmt nicht . . . «

»Ein Former gesponnener Wünsche.« Die Worte kamen nachdrücklicher. »Ein Teil der Kraft . . . «

»Nein, wirklich nicht . . . «

»Ein Träger der Gedanken . . .?«

»Nein.«

Malte hielt inne. Es war, als horche er. Dann entspannten sich seine Züge. »Schade, Salvain. Es wäre schön gewesen, wenn es gestimmt hätte.« Sein Lächeln war herzlich und ohne Enttäuschung und in keiner Weise einzuschätzen.

»Schlagt sie tot«, krächzte Sitep.

Arrat spürte, wie Salvain nach seiner Hand tastete. Die schmalen Finger glitten zum Handgelenk und umfaßten es. Und in diesem Moment, dem Moment der Berührung, veränderte sich etwas.

Es war wie – ein Hauch.

Ein passenderes Wort fiel Arrat nicht ein.

Der Hauch einer Idee, die plötzlich durch seinen Kopf geisterte, als wäre sie ein Wesen aus unsichtbarer Materie. Und die so fremd war, daß er sie unmöglich selbst erdacht haben konnte. Ein wahnwitziger Plan wurde da in sein Hirn befördert. Schritt für Schritt wurden Möglichkeiten erdacht, stritten Hoffnungen mit Befürchtungen – und alles das völlig ohne sein Zutun und in einer Art des Denkens, die seiner eigenen so fremd war wie die Rückseite des Mondes.

Es mußte Salvains Plan sein oder Maltes.

Arrat spürte Siteps mißtrauische Knopfaugen und senkte den Kopf. Er wußte nicht, was ihn mehr entsetzte: Die Waghalsigkeit dieses verrückten Vorhabens oder die Tatsache, daß man es ihm ohne sein Wollen und Wissen wie eine Laus in den Kopf gesetzt hatte.

Und dann geschah alles auf einmal.

Sitep kreischte auf. Er spannte sich wie eine kleine, schwarze Ratte und setzte zum Sprung auf Salvain an. Der Lhare rutschte unter Arrats Arm hindurch, um ihm auszuweichen, und während Arrat sich noch mühte, unter dem Aufprall des Ratthkörpers das Gleichgewicht zu halten, hechtete sein Freund mit einem geschmeidigen Satz auf Malte zu. Die beiden jungen Männer fielen übereinander, und ein Geräusch wie das Reißen von Stoff surrte durchs Zelt. Weißglühende Funken sprühten über ihren Leibern auf. Also tatsächlich irgendeine Ratthteufelei, schoß es Arrat durch den Kopf. Es roch nach verbranntem Fleisch, und Arrat spürte einen Schmerz. Keinen eigenen, sondern fremden Schmerz, eine Erfahrung, die mehr verwirrend als unangenehm war. Im nächsten Augenblick riß die Empfindung ab wie ein Faden.

Arrat hatte das Gefühl – nein, ihm wurde das Gefühl einsuggeriert –, daß jetzt *seine* Zeit zum Handeln gekommen sei.

Das Zelt war eng, vom Eingang her drängten Männer nach, es war kein Problem, ein völliges Durcheinander zu stiften. Arrat drehte sich um die Achse, packte Sitep und schleuderte den Ratth in die Menge der erschrockenen Soldaten.

»Schlagt sie tot! Schlagt sie tot!« kreischte der Zauberer.

Vielleicht hätten sie es getan, wenn nicht im selben Moment eine rot-weiße Stichflamme zur Zeltkuppel emporgeschossen wäre, ein Feuer, als wäre ein ganzer Sack Schwarzpulver explodiert. Funken irrlichterten durchs Zelt, grelle Lichtgirlanden wanden sich wie Blitze um die Köpfe der brüllenden Männer, die spiegelnde Zeltwand loderte rot, als stünde sie in Flammen. Selbst Arrat, der den »Plan« der Lharen buchstäblich im Kopf hatte, wurde von Entsetzen gepackt.

Da riß ihn jemand – Salvain – zur Hinterwand des Zeltes, ein Messer blitzte auf, die Zeltplane klaffte auseinander – im nächsten Moment standen sie im Freien.

Mindestens ein halbes Hundert Soldaten umringte das Zelt – lauter gaffende, erschrockene Männer, die das Schlimmste befürchteten. Es war dunkel geworden. Über dem Lager grollte es aus einem bläulich-schwarzen zerblasenen Himmel, als hätte die Natur sich vorgenommen, einen stimmungsvollen Hintergrund für das kommende Unheil zu liefern.

Malte blieb stehen. Die Schmerzen hielten ihn krumm, aber sein Jungengesicht sprühte vor Vergnügen. Mit einem Jubellaut hob er die Arme – und glitzernde gold-rot-weiß-blaue Sterne schossen aus seinen Fingerspitzen. Ein gigantischer Sprühregen bunten Feuers, der die Luft vernebelte und dessen Helligkeit die Augen tränen ließ.

»Dorthin!« Salvain deutete auf die provisorische Pferdekoppel hinter dem Lager. Die Lharenpferde standen unbeweglich wie weiße Schatten mit gespitzten Ohren, als lauschten sie auf etwas, während ihre erdgebundeneren Artgenossen vor Panik in die Höhe stiegen und in alle Richtungen ausbrachen. Arrat packte den humpelnden Malte, warf ihn sich über die Schulter und lief mit seiner Last auf die Koppel zu. Der Lharenjunge krallte sich vor Schmerz in seine Jacke, trotzdem riß er immer wieder eine der Hände los, um einen neuerlichen Funkenregen durch die Luft segeln zu lassen.

Arrat warf ihn auf einen der Pferderücken und schwang sich auf das Nachbarpferd. In das Gebrüll und Gefluche der Soldaten mischten sich Befehle. Es wurde Zeit, daß sie verschwanden. Er sah sich nach Salvain um.

Sein junger Freund stand mit dem Rücken zu ihm bei dem dritten Pferd. Der Wind zauste in seinen Haaren. Allem Anschein nach wollte er das Tier besteigen, aber etwas stimmte nicht mit seinen Bewegungen. Sie waren langsam und fahrig und – irgendwie schief.

Arrat lenkte sein Pferd zu ihm, griff ihm unter die Achsel und hievte ihn auf den Pferderücken. Ein Pfeil streifte sein Ohr. Mit einem anfeuernden Schrei hieb er Salvains Tier die Hand auf die Hinterkuppe.

Was dann folgte, war die reinste Tollheit.

Pfeile surrten um ihre Körper, Steine flogen an ihren Köpfen vorbei. Malte, der ihnen einige hundert Schritt voraus war, versuchte sie durch einen Feuerregen zu schützen, den er auf ihre Verfolger herabregnen ließ. Das verschaffte ihnen etwas Luft. Aber bald begriffen die Soldaten, daß das Lharenfeuer nicht brannte. Es waren kleine, kalte Sterne, die auf der Haut verloschen, ohne einen Schmerz zu hinterlassen. Und mit der eingleisigen Stupidität ihrer Soldatenhirne hörten sie auf, sich zu fürchten oder zu wundern. Brüllend, von ihren Offizieren angefeuert, donnerten sie hinter den Fliehenden die Hügel hinauf.

Es ist aussichtslos, sagte Arrat sich. Ihre Verfolger scherten auseinander, um sie in die Klammer zu nehmen. Vor ihnen lag der Rand des Nadelwaldes, ein dunkelgrünes, fast schwarzes Dickicht. Er bezweifelte, daß es ihnen Schutz gewähren würde.

Sie würden ihre Pferde zurücklassen müssen, um in das Pflanzengewirr eindringen zu können. Aber die Pferde waren ihre einzige Möglichkeit, schnell genug – was auch immer das bedeuten mochte –, nach Aneirin zu gelangen.

»Nach Süden, den Bergen zu!« brüllte er in Maltes Richtung.

Seine Stimme ging im Pfeifen des Windes unter. Oder doch nicht? Malte drehte sich im Sattel und wies heftig zum Waldrand.

Arrat warf einen Blick nach oben. Das Unwetter mußte jeden Moment losbrechen. Der Himmelsausschnitt direkt über ihnen war mittlerweile so schwarz, als hätte man ihn mit Pech bestrichen. Hatte Malte doch recht? Besser ohne Pferde in Freiheit als mit ihnen gefangen. Er hätte sich gern mit Salvain abgesprochen, aber sein Freund hockte blicklos starrend auf dem Pferderücken, als ginge die rasante Jagd ihn überhaupt nichts an. Der Schock? Oder etwa eine Verletzung? Egal. Salvain hielt sich auf dem Pferd, alles andere würde sich später regeln.

Der Waldrand rückte näher. Ein Blick über die Schulter zeigte Arrat, daß ihre Verfolger etwas zurückgefallen waren. Malte hatte mittlerweile die Bäume erreicht. Er rief etwas, sein Pferd stoppte und stieg senkrecht in die Höhe. Die weißen Kleider des Lharen hoben sich grell wie Bergschnee gegen die Finsternis des Waldes ab.

Das Geschrei in ihrem Rücken wurde wieder lauter.

»Verschwinde!« brüllte Arrat, aber Malte rührte sich nicht. Unbeweglich wartete er, bis sie ihn erreicht hatten.

»Was, verdammt, ist los?« Die Ungeduld ließ Arrat beinahe platzen. Ihre ersten Verfolger hatten sich bereits auf hundert Schritt genähert.

»Der Wald ist nicht geheuer«, sagte Malte.

Es war eine so klägliche und gleichzeitig unpassende Bemerkung, daß Arrat ihn stumm anstarrte.

»Etwas ist damit nicht in Ordnung. Es geschehen seltsame Dinge dort drinnen«, verteidigte sich Malte. »Frag Salvain.«

»Warum hast du uns dann hierher gebracht?«

»Auf jedem anderen Weg hätten sie uns doch erwischt.«

»Sehr richtig. Und sie werden es noch, wenn wir nicht schnellstens von hier verschwinden.«

»Es ist das Mael Duin.« Ein Blitz erhellte Salvains Gesicht. Es wirkte plötzlich überwach und – ja, und fast krank vor Angst.

Arrat wollte etwas sagen, irgend etwas, das die Spannung löste. Er brachte es nicht fertig. Scheu beäugte er die Fichtenzweige, die sich in einem gemeinsamen Rhythmus im Winde zu biegen schienen. Sie kamen ihm plötzlich so vertraut vor, wie böse alte Bekannte, die ihm zunickten. Er meinte sogar, einen bestimmten Geruch wahrzunehmen.

»Der Wald ist ein Teil des Mael Duin geworden«, wiederholte Salvain, als hätte er seine Gedanken gelesen.

Arrat warf einen Blick über die Schulter. Die Soldaten hatten sie fast erreicht.

»Wenn sie uns erwischen, werden sie als erstes Malte totschlagen.«

Das war nicht nur so dahingesagt. Arrat wußte, daß es stimmte. Er konnte es aus den aggressiven Bewegungen der heranfliegenden Reiter herausdeuten.

Maltes Augen irrten zu den Büschen. Der Lhare war tapfer, aber er war auch noch jung. Zu jung, um sich vorm Sterben nicht zu fürchten.

Schließlich war es Salvain, der die Entscheidung traf.

Er rutschte vom Pferderücken und trat vor die dunkle Wand. Langsam, als liefe er mit offenen Augen in ein Verhängnis, aber ohne zu zögern oder sich noch einmal umzudrehen, bog er die Zweige auseinander.

XXIX

Die ersten Verfolger waren vielleicht noch zehn Schritt entfernt und sprangen bereits von den Pferden, als Arrat sich in den Wald schlug. Sie hätten ihn erwischen müssen. Es trennte sie nicht mehr als eine dünne Mauer aus Nadelgeäst von den Fliehenden. Er sah sie gestikulieren und hörte ihre Streiterei.

Dann richtete er den Blick wieder nach vorn und meinte, das Unverständliche zu begreifen: Salvain und Malte waren seinen Blicken entschwunden. Er wußte, daß sie sich direkt vor ihm befanden. Er hörte sie atmen, und er hörte das Rascheln der Zweige an ihrer Kleidung. Trotzdem konnte er nichts von den beiden sehen. Es war, als hätte sich die Finsternis des Waldes wie eine zweite Haut um ihre Körper gelegt.

»Salvain!« Er streckte den Arm in die Schwärze und hielt Stoff in der Hand. Und dann, als sie fast mit den Köpfen zusammenstießen, konnte er endlich auch wieder eine Silhouette erkennen. »Faß Malte an! Wir dürfen einander nicht verlieren.«

Nur an der Bewegung des Stoffes merkte er, daß der Lhare ihm gehorchte.

Sie waren stehengeblieben. Arrat konnte die Soldaten vor dem Dickicht auf- und niederrennen sehen. Ihre Flüche hatten einen neuen Unterton bekommen.

»Sie haben Angst vor dem Wald«, hörte er Malte irgendwo links von sich wispern, aber er bezweifelte, daß das die Wahrheit war. Zumindest nicht die ganze.

Er beobachtete die Soldaten durch ein engmaschiges Netz aus Nadeln, Dornen und ineinanderverschlungenen Zweigen. Und dieses Netz spann sich an einer Stelle, die er selbst erst wenige Augenblicke zuvor durchschritten hatte, ohne sich auch nur zu kratzen. Arrat machte eine Bewegung nach vorn. Es war, wie er vermutet hatte. Die Dornen wichen vor ihm auseinander, als würden sie von zuvorkommender Hand beiseitegebogen.

»Der Wald lebt!« erklärte er mit Nachdruck.

»Nicht der Wald. Der Wald ist toter als alles Tote. Es ist das Mael Duin, das lebt.« Salvains Stimme klang nüchtern. Und wieder war es die Endgültigkeit seiner Feststellung, die Arrat betroffen machte.

»Aber du hast gesagt, solange das Mael Duin schläft, ist es...« Arrat suchte vergeblich nach einer Bezeichnung für das Unbenennbare. »Du hast gesagt, alles, was zum Mael Duin gehört, lebt durch das Mael Duin. Es ... es kann nicht mehr von sich aus handeln ... Teufel noch mal, ich habe es doch selbst gesehen, als wir aus dem Mael Duin hinausritten. Nichts hat sich gerührt dort. Und dies hier, das ... «

Er sprach das Wort nicht aus. Die Erkenntnis traf ihn wie ein Hammerschlag.

»Und dies hier lebt«, führte Salvain seinen Satz zu Ende. Arrat spürte die Hand des Freundes sanft über seine Schulter streichen. »Der Schlaf des Mael Duin ist vorüber, Arrat. Die Jagd hat begonnen.«

Fast ohne zu atmen, wartete Arrat, daß etwas geschah. Aber er spürte nichts als das Flimmern der Angst, die sich wie eine tödliche Krankheit in sein Herz stahl. Salvain hatte recht. Diese verfluchte Ansammlung von Holz, Blättern, Nadeln und Erde war Bestandteil jenes gigantischen Leibes, der sich als Mael Duin bezeichnete. Man roch es, und man konnte es fühlen wie ein Wehen auf der Haut. Und wenn er sich nicht so dagegen gesperrt hätte, dann wäre es ihm beim ersten Schritt in den Wald aufgefallen.

»Ich glaube, es ist nicht nötig, daß wir noch weitergehen«, meldete sich Malte schüchtern zu Wort.

»Da hast du ganz sicher recht!« Arrat lachte bitter. Sie waren in eine Falle getappt. Wieder einmal! Und dabei hatten die beiden Lharen ihn gewarnt. »Versuchen wir, umzukehren!«

Er zog sein Messer, die Lharenwaffe, die Salvain ihm in Hormediel gegeben hatte, und schlug sie in das dunkle Geflecht.

Noch nie in seinem Leben hatte er etwas schneller und gründlicher bereut.

Es war, als hätte er in ein Wespennest gestochen. Die Zweige, die mit der Klinge in Berührung kamen, schnellten vor. Unsichtbare Dornen kratzen über seinen Handrücken, sie sprangen sein Handgelenk an und bohrten sich durch das weiche Lharenhemd in die Haut. Daumendicke Stachelzweige bogen und wickelten sich in Sekundenschnelle wie boshafte Schlangenwesen um seine Arme.

Er ächzte auf.

Es war, als ginge ein Impuls durch den gesamten Wald.

Kleine, steinharte Früchte prasselten aus der Dunkelheit auf ihn herab. Die Büsche krochen – er hätte es schwören können, obwohl er nichts sah – sie krochen ihn von allen Seiten an. Überall raschelte und wisperte es plötzlich.

Dann ratschte etwas über das Vorderblatt seines Stiefels. Etwas Seilartiges, Kräftiges. Er fühlte, wie es sich um sein Fußgelenk schlang und sich darum zusammenzog. Entsetzt beugte er sich vor. Im selben Moment stieß er mit der Stirn gegen etwas Baumelndes, eine Art Stachelliane, die blitzschnell vorschoß und sich in seine Stirnhaut verkrallte.

Er konnte nicht anders. Er brüllte auf.

Dann stürzte er.

Der Wald – wie konnte so etwas möglich sein? – war zu einem kriechenden, kratzenden, schlürfenden Monstrum geworden; zu einem riesenhaften Wurm, der sich um seinen Leib schlängelte. Zu einem Ungeheuer, das tausend und abertausend winzige Nadeln in seinen Körper schlug, um sich ...

... *jaaa ...?* wisperte es aus der Finsternis.

... um ... um sich ...

... du hast recht ... Liebling ...

Ein Strom begann aus Arrats Körper zu fließen. Ein Strom aus Blut, Sekret und Muskelmasse, die sich verflüssigte. Durch die Nadeladern bahnte er sich seinen Weg in den Wald. Ein winziger, pulsierender, tausendfacher Strom, angesogen durch … durch das …

Arrat begann zu brüllen und um sich zu treten.

Die Stachelliane auf seiner Stirn reagierte sofort. Sie kroch auf das Auge zu. Wie von Sinnen schlug er danach.

… *Liebling* … gurrte es … *böser, nichtsnutziger Liebling* …

Daumendicke Dornenranken streiften sich um Arrats Handgelenke und hefteten ihn an den Boden.

Die Liane zog sich zusammen und streckte sich wie eine Raupe. Ihre Dornen fanden den Weg durch die Härchen seiner Augenbraue und strebten nach der dünnen Haut, die seinen Augapfel bedeckte.

Ein surrendes, wohliges Raunen begleitete den Angriff.

Arrat rührte sich nicht mehr. Er war wie hypnotisiert vor Grauen. Sein ganzes Empfinden konzentrierte sich auf das Pieken der Stacheln und bereitete sich auf den Moment vor, in dem das Mael Duin sich in sein Augenlicht bohren würde.

Er dachte an Aisske, an sein endloses Nicht-Sterben-Können …

Irgend etwas begann zu schreien …

Und dann waren plötzlich Hände da. Warme, gutmeinende Hände aus Fleisch, die nach ihm tasteten, die nach der Ranke griffen und versuchten, sie ihm vom Auge fortzuzerren.

Arrat bewegte sich noch immer nicht. Der Schmerz seiner reißenden Haut war wie etwas Fremdes, das von seinem Gehirn zwar erfaßt, aber nicht mehr verarbeitet wurde. Sein Körper war angespannt wie eine Feder.

Dornen erklommen seinen Leib wie eine Armee beißwütiger Ameisen; Blut floß über seine Wimpern in die Augenwinkel; in seinem Kopf wogte das Lachen des Mael Duin wie ein Ozean aus Häme und Spott.

Er wußte, daß die Hände nicht fähig sein würden, das Wüten der Dornen aufzuhalten. Er wußte, er *hoffte,* daß er sterben würde.

Er starrte dem Grauen ins nackte Antlitz.

Und dann – von einem Moment zum anderen, ohne daß es eine erkennbare Ursache dafür gegeben hätte, ohne Kampf oder Aufbegehren – war es auf einmal vorbei.

Es war, als wäre der Wald von einem Zauberstab berührt worden. Bewegungen und Geräusche – alles schien zu gefrieren. Selbst die Luft stand still...

Arrat wartete.

Auf ein Wiedereinsetzen des Gelächters, oder darauf, daß sich die Drohung des Mael Duin doch noch erfüllen und er geblendet werden würde.

Aber nichts geschah...

Einen Moment lang erwog er, ob er vielleicht gestorben sein könnte. Aber er fühlte noch immer seine Körperlichkeit, wenn auch in nichts anderem mehr als in Schmerzen.

Eine Hand fuhr über seinen Hals, und machte sich behutsam an einem Gestachel zu schaffen, das sich in seinem Kinn verheddert hatte.

»Bewege dich nicht«, hörte er Salvain murmeln, als er den Kopf zu drehen versuchte. Etwas ziepte. Die Rankendornen wurden aus der Haut abgezogen.

Arrat öffnete die Augen. Über ihm war es hell. So hell wenigstens, wie man es vernünftigerweise von einer Vollmondnacht im Oktober erwarten konnte. Die Zweige einer uralten Tanne baumelten schlaff neben seinem Kopf.

Malte beugte sich über ihn und lächelte entnervt. »Das sind Hunderte von Nadeln, die in seiner Haut stecken«, hörte Arrat ihn sagen.

»Und jede einzelne von ihnen muß heraus«, antwortete Salvain scharf.

Der Wald war so still, als wäre er aus Gips gegossen. Ein grauflusiges Wolkengespinst schob sich über die obere Mondhälfte und gab dem Himmelsgestirn das Aussehen eines zersprungenen Tellers.

»Achte auf die Widerhaken«, mahnte Salvain. »Wir müssen alles entfernen, was Teil des Mael Duin ist.«

Er drückte Arrats Kopf zur Seite und machte sich an seinem Ohr zu schaffen. Etwas war in die Ohrmuschel eingedrungen.

Arrat sog die Luft ein, als Salvain es mit spitzen Fingern daraus entfernte.

»Versuche, ob du sie hinausdrehen kannst«, hörte er den Freund murmeln. »Und wenn es gar nicht anders geht ... sieh mal, dort drüben liegt sein Messer.«

Malte schnaufte unglücklich und nahm es auf.

Es ging an etlichen Stellen nicht anders. Besonders an den Handgelenken, wo die Dornen sich tief ins Fleisch gefressen hatten, mußte Malte schneiden.

Arrat stöhnte und keuchte und fluchte, während die beiden Lharen an ihm herumhantierten. Die Quälerei schien sich über Ewigkeiten zu strecken. Sie mußten ihn ausziehen, und Salvain bestand darauf, seinen Körper Fleckchen für Fleckchen im grauen Licht des Mondes abzusuchen. Erst als der letzte Stachel entfernt worden war, hielt er inne.

»Wir müssen fort, aber wir werden dich nicht tragen können«, sagte er.

Arrat stemmte sich auf die Knie. Ihm war übel und jämmerlich kalt. Er angelte mit den wunden Fingern nach seiner Kleidung. Das Lharenhemd war verdorben. Der linke Ärmel, dort wo die Dornen sich hineingerankt hatten, war total zerfetzt, und der Rest des Hemdes sah kaum besser aus. Aber seine gute alte Lederhose hatte gehalten. Er hob sie gegen das Licht und begann, die Dornen herauszuzupfen.

»Warum hat es aufgehört?« fragte er.

»Das war Denskin.« Salvain nahm ihm die Hose aus der Hand und tastete den Stoff mit den Fingerspitzen ab.

»Heißt das, sein Kampf hat begonnen?«

»Es ist kein Kampf. Er hat keine Chance. Er wird sterben.«

»Aber Denskin ist klug«, mischte sich Malte ein. »Er versteht unglaublich viel von Magie. Doulagh selbst hat ihm das beigebracht. Er ist sogar ein paarmal mit ihm beim Turm gewesen ...« Der Junge brach ab, als er ihre abweisenden Mienen bemerkte. Seine Lippen begannen zu zittern, als wolle er in Tränen ausbrechen. Und vielleicht hätte er es auch getan, wenn er noch ein oder zwei Jahre jünger gewesen wäre. Aber nun war er ein Mann, und so schluckte er nur.

Der Weg aus dem Wald hinaus war mühsam. Sie schnitten das Stachelgestrüpp Zweig für Zweig auseinander, und als sie endlich das offene Gelände erreichten, schwankten sie vor Erschöpfung.

»Ich glaube, dort hinten war ein Bach. Wir werden deine Wunden auswaschen«, ordnete Salvain an.

Arrat fühlte sich zu elend, um zu widersprechen. Er schwitzte und fror gleichzeitig und hatte Mühe, das Klappern seiner Zähne zu unterdrücken. Widerspruchslos ließ er es zu, daß die beiden jungen Männer ihre Schultern unter seine Arme schoben und ihn über den Hügel schleppten.

Wieder zogen sie ihn aus, und Salvain machte sich daran, jeden einzelnen Kratzer auszuspülen und abzutupfen und mit dem Saft eines Krautes, das Malte ihm brachte, einzureichen. Aber Arrat bekam von der Prozedur kaum noch etwas mit. Er schlief, lange bevor die beiden fertig waren.

Der Morgen war trüb.

Irgendwann in der Nacht mußten sie aufgestanden und ein Stück weitergewandert sein, denn die Gegend hatte sich verändert, und es war weit und breit nichts mehr vom Soldatenlager zu sehen.

Arrat zuckte die Achseln. Er kroch mitsamt seiner Hose in den eisigkalten Bach, an dem sie lagerten, und legte sich der Länge nach auf die glattpolierten Kiesel, um das Blut und die klebrigen Reste des Lharenkrautes abzuspülen und um die Müdigkeit zu vertreiben. Er fühlte sich schlapp, als hätte er eine ganze Nacht lang Steine geschleppt, aber die Hitze war aus seinem Körper gewichen und der Schmerz in der gezausten Haut erträglich geworden. Er würde mit Salvain und Malte weitergehen können.

Weitergehen? Wohin denn? Zu den Lharen, die es nicht einmal fertigbrachten, Salvain *vor den Menschen* zu schützen? höhnte sein Kleinmut. Er verscheuchte den Gedanken. Jetzt war nur eines wichtig: Wie lange würde Denskin das Mael Duin aufhalten können?

»Du wirst dich erkälten«, stellte Salvain fest.

Arrat drehte den Kopf. Er hatte den Lharen nicht kommen hören. Sein Freund lehnte schlaff an einer Sommerlinde und lächelte müde.

»Komm hierher ins Wasser«, lud er ihn ein. »Das macht klare Gedanken.«

Aber Salvain hockte sich statt dessen ins Gras und zog fröstelnd die Knie an.

Arrat spülte sich das Wasser ins Gesicht. »Wie lange wird Denskin das Mael Duin aufhalten können?« fragte er.

»Denskin stirbt.«

Wieder bestürzte Arrat die Endgültigkeit seiner Worte. Woher nahm Salvain sein Wissen? Sie waren mehrere Tagesritte vom Turm entfernt. So etwas war ... unnatürlich. Unheimlich. Arrat zauderte. Dann fragte er ihn danach.

»Woher wußtest du heute nacht, was das Mael Duin dir antun wollte?« hielt Salvain ihm schroff entgegen. Er wirkte verletzt und verärgert, vielleicht war es auch einfach nur die Müdigkeit.

Arrat stieg die Böschung hinauf und begann sich mit ein paar Grasbüscheln trockenzureiben. »Ich versuche doch nur, es zu begreifen«, erklärte er gereizt. »Wie können wir entscheiden, was wir tun wollen, wenn wir weder *unsere* Möglichkeiten noch die des Mael Duin einschätzen können? Denskin muß eine Chance gesehen haben. Eine Chance, für die er immerhin bereit war, sein Leben zu opfern. Und ich denke, wir haben nicht das Recht, diese Chance durch unseren ... unseren Kleinmut zu vertun.«

»Denskin hat sich geirrt. Und inzwischen weiß er das auch.«

»So! Tut er das? Aber ich, ich weiß es nicht! Ich weiß überhaupt nichts. Und offenbar gibt es auch niemanden, der bereit oder fähig ist, es mir zu erklären. Ich stolpere von einem Unglück ins nächste, werde von lebenden Dornen zerfressen, habe ... lauter Mist im Kopf, und ich weiß nicht einmal, was mir geschieht. Oder was mir als nächstes blüht. Verdammt, ich will doch nur verstehen. Ich will doch nur wissen, was es *ist,* dieses ... dieses dreimal verfluchte Mael Duin!«

Salvain zog sich, unbeeindruckt von seinem Ärger, die Sandalen aus und ließ die Füße im Wasser baumeln. »Ich weiß nicht, was es ist«, erklärte er ruhig. »Und ich glaube auch nicht, daß es irgend jemand anders wirklich weiß – oder wissen möchte.«

Arrat ließ sich neben ihm ins Gras plumpsen. »Du hast kein Recht, so zu denken! Denskin, Doulagh, Sardeik, alle haben sie an dich geglaubt und für dich geopfert. Das verpflichtet dich, meine ich. Und zwar zum Kämpfen!«

»Aber gegen was denn?«

»Gegen was! Du machst mich wahnsinnig, Mann! Willst du es denn nicht begreifen? Das Mael Duin redet und denkt. Es lebt! Und alles, was lebt, kann auch getötet werden!«

Arrat stockte. Die letzten Worte waren nicht von ihm selbst gekommen. Sekundenlang überlegte er, wo man sie gesprochen hatte. Dann fiel es ihm ein. Sie waren der Köder gewesen. Der Köder, mit dem das Mael Duin Aisske gefoppt hatte. Er sah Salvains ironisches Lächeln.

»Und wenn es trotzdem stimmt?« schnappte er hitzig. »Wenn es eine doppelte Lüge war? Wenn das Mael Duin doch sterblich ist?«

»Wie kann etwas sterblich sein, was Geist ist?«

»Das weiß ich so wenig wie du! Und eben weil wir es beide nicht wissen, haben wir kein Recht, es uns bequem zu machen!«

Sein lautstarkes Argumentieren hatte Malte geweckt. Der junge Lhare schaute erschrocken von einem zum anderen und warf dann einen besorgten Blick zu den Hügeln in ihrem Rükken.

»Schau, Salvain«, fuhr Arrat etwas leiser fort. »Das Mael Duin hat mich in der vergangenen Nacht töten wollen. Aber ich lebe. Ist das nicht ein Beweis für die Begrenztheit seiner Macht?«

Salvain schüttelte die silbernen Locken. »Es ist Denskin gelungen, das Mael Duin zu stören. Vielleicht für einen Tag. Vielleicht für drei oder vier. Aber vernichten kann es niemand. Du versuchst, einen Berg, der über dir zusammenstürzt, mit den Händen aufzufangen.«

»Genau das hat Cashel auch getan. Ich fange an, ihn dafür zu lieben. Er hatte Mumm. Er hat's versucht. Und er hat's geschafft!«

Zum ersten Mal gab es einen Riß in der Mauer der Resignation. Salvains Füße hörten auf zu plätschern. »Aber – Cashel war ein Magier.«

»Das bist du auch.«

»Nein, Arrat. Nicht so. Cashel war ... der mächtigste Zauberer, den das Aneirin je hervorgebracht hat. Er hat das ewige Eis des Daniskillen zum Schmelzen gebracht und die Winterblüte des Eisenkrautes geschaffen. Und er hat den Hain geformt. Er ... er war selber Magie. Er konnte allein durch die Kraft seines Willens den Gang der Jahreszeiten aufhalten ... «

»Ja, aber wenn er nicht gerade mit diesen Dingen beschäftigt war, dann hat er zweifellos genauso gegessen und geschlafen und gepinkelt wie jeder andere Mann auch. Salvain – Cashel war ein Sterblicher. Ich habe ihn nicht gekannt, aber ich schwöre dir, er hatte die Hosen genauso voll wie du und ich. Nur, Cashel hat sich nicht unterkriegen lassen. Er hat gekämpft. Und er hat bewiesen, daß es einen Weg gibt. Was hat er getan? Es muß doch irgendwelche Berichte bei euch geben. Über jeden Pieps macht ihr ein Lied oder eine Geschichte. Was sagen eure Lieder über Cashel und wie er das Mael Duin besiegt hat?«

»Es ... gibt keine Lieder über das Mael Duin.«

»Warum?«

Salvain blieb still. Malte antwortete an seiner Stelle. »Es ist nicht gut, sich mit dem Bösen zu beschäftigen, sagt man bei uns.«

»Es ist nicht gut!« ächzte Arrat. »Ihr ... Wißt ihr eigentlich, was ihr seid? Ein Volk von Träumern seid ihr! Wolkentänzer! Es ist nicht gut, sich mit dem Bösen zu beschäftigen! Meint ihr, irgend jemand schert sich einen Deut um eure noblen Ideale? Meint ihr, das Mael Duin wird sich darum scheren?«

»Hör auf herumzuschreien.« Salvain fischte nach seinen Sandalen. »Es ist unsere Art zu denken. Niemand erwartet von dir, daß du sie gutheißt.« Er streifte das Schuhwerk über die Füße. »Vielleicht weiß Brewen mehr von Cashel.«

»Wir werden Brewen nicht rechtzeitig erreichen.«

»Dann werden wir sterben. Wir werden sowieso sterben.«

»Du sollst nicht so reden! Es ist das Mael Duin, das dir diese Würmer ins Hirn setzt!«

»Wir werden sterben!« Zum ersten Mal wurde auch Salvain laut. Seine grauen Wangen hatten eine Röte angenommen, die sie noch kränker wirken ließ. »Wenn es irgend etwas gäbe, Arrat, und wenn es auch nur ein Grashalm wäre, ich würde mich daran festhalten und kämpfen. Aber es gibt keinen Halm. Meine ›Macht‹ reichte nicht einmal aus, dir heute nacht im Wald beizustehen. Ich habe es versucht. Ich ... « Seine Worte überschlugen sich vor Hilflosigkeit und Verzweiflung. »Ich habe doch gewußt, was mit dir geschah. Und ich habe alles, alles an Kraft aufgeboten, was in mir war, um dieses ... fürchterliche Geschehen zu unterbrechen. Aber es ist, als würde ...

als würde sich das Mael Duin an meinen Energien vollsaugen. Als wäre gerade meine Magie das Band, an dem *ES* mich zu sich hinunterzieht. Ich bin ... in den Strudel seiner Seele gestürzt. Und je mehr ich gekämpft habe, desto schneller bin ich gesunken. Es war ... der Beginn meiner Vernichtung. Und hätte es Denskin nicht gegeben, es wäre bereits alles vorüber. Das Böse ist ... zu stark ... «

Malte zog Salvain an sich und nahm ihn in die Arme. Seine Kinderaugen waren groß vor Angst und Mitgefühl. Aber Salvain war noch nicht fertig. Er schob Malte beiseite. »Ich würde es tun. Alles würde ich tun – wenn es nur helfen könnte. Aber ich weiß nicht, wie. Cashel hat mir nichts gelassen als sein Zeichen.«

Ihre Augen wanderten zu der Tätowierung, die durch das zerrissene Hemd lugte. Cashels Zeichen. Der Kreis.

Arrat schob den Stoff beiseite und fuhr mit den Fingerspitzen die blaugefärbten Linien nach. Die Tätowierung war ein Wunderwerk der Illusion. Man meinte, nach einem Ball zu greifen, und berührte doch die flache Haut.

»Wie haben sie das hingekriegt? Ich meine, die Leute, die es tätowiert haben?«

Salvain ließ sich zurücksinken. Die Erregung verebbte. »Keine Ahnung«, sagte er müde. »Ich weiß nur noch, daß es scheußlich weh getan hat. Averon sagte, es sei eine Art Symbol. Cashels Vermächtnis. Er hat versucht, es mir zu erklären, aber ich habe nicht viel davon verstanden. Nur, daß es ein Symbol ist.«

Ein Symbol.

Arrat verschluckte die Bemerkung, die ihm auf der Zunge lag. Die Lharen hatten getan, was sie für richtig hielten. Nur, egal, wie man es drehte und wendete, ein Symbol, in eine Schulter tätowiert, das war herzlich wenig, wenn man in Schwierigkeiten steckte wie sie.

»Wir werden weitergehen«, sagte er. »Eine andere Möglichkeit haben wir nicht. Wie lange brauchen wir zu Fuß bis nach Aneirin?«

»Zwei, vielleicht drei Tage«, erwiderte Malte. Er seufzte. »Wenn man gesund ist.«

Gesund. Arrat schlug sich an die Stirn. »Ihr seid doch Lharen. Heiler. Warum plagen wir uns überhaupt mit unseren Wunden?«

Wieder hielt Salvain sich still, und wieder war es Malte, der für ihn antwortete. »Das Heilen auf die Art, wie du es meinst, ist sehr schwierig. Und auch gefährlich. Man braucht dazu eine lange Ausbildung, und nur wenige haben die Genehmigung von Deek Durin bekommen, diese Kunst auszuüben.«

Arrat blickte auf Salvain. Der zuckte die Schultern. »Malte hat recht. Es ist zu gefährlich. Und im Augenblick gefährlicher als je zuvor, denn das Mael Duin sucht nach uns, und nichts ist leichter aufzuspüren als Magie. Malte schafft den Weg auch so.«

Arrat war davon nicht so überzeugt. Malte hatte ordentlich etwas abgekriegt. Sein Gesicht schillerte gelbgrün, und er bewegte den linken Arm mit einer Vorsicht, die Böses befürchten ließ. Der Marsch zur Lharenstadt würde ihn bis an die Grenze seiner Möglichkeiten fordern. Und doch, wurde Arrat in diesem Augenblick klar, besaß Malte noch ein vielfaches von Salvains Kraft. Was auch immer Salvain in dem Wald widerfahren sein mochte – es hatte an den Wurzeln seiner Lebensenergie genagt.

»Schaffst du es, dich allein nach Aneirin durchzuschlagen, Malte?«

»Wie meinst du das?«

»Wie müssen Zeit sparen. Laufe uns voran. Erzähl deinen Leuten, was geschehen ist. Bitte sie, uns Männer mit Pferden entgegenzusenden. Meinst du, daß du das fertigbringen kannst?«

»*Mich* werden sie nicht noch einmal erwischen.« Malte lachte.

Er war offensichtlich froh, daß er etwas tun konnte. »Ich werde durch die Glounthaunewälder laufen. Das ist kaum weiter als über die Ebene. Haltet euch an den Lauf des Llandudno, damit wir euch nicht verfehlen, wenn wir euch entgegenreiten. Aber paßt auf. Sie haben überall ihre Suchtrupps. Und die meisten von uns, die sie erwischen ...« Er brach ab, seine Augen verdüsterten sich. Er stand auf und wandte sich mit einer schroffen Bewegung zum Bach hinunter.

XXX

Arrat maß die Lichtung mit den Augen. Es war ein Oval von tausend mal dreitausend Schritt, schätzte er. Wieder einmal, wie schon so oft in den vergangenen Tagen, wog er die Risiken gegeneinander ab. Bundessoldaten durchstreiften die Wälder um Aneirin wie Kakerlaken. Die Flüchtlinge hatten den Sichtschutz der Bäume bitter nötig. Aber wenn sie die Lichtung umgingen, würde sie das wenigstens eine zusätzliche Stunde kosten.

Er hörte Laub raschelte. Salvain hatte sich neben ihm ins Gras sinken lassen und die Augen zugemacht.

Beklommen blickte Arrat auf den Freund hinab. Salvains Lippen waren rissig, seine Haut so durchsichtig wie Pergament, und sein Atem ging flach und unregelmäßig, als litte er Schmerzen. Er brauchte Hilfe und Ruhe und Pflege. Aber das alles würde er, wenn überhaupt, erst in Aneirin bekommen.

Betont munter stupste er ihn mit dem Fuß an. »Nun komm schon, Junge. Mach jetzt nicht schlapp. Wir sind beinahe zu Hause.«

Salvain verzog das Gesicht und bedeckte es mit den Händen. »Einen Augenblick nur noch.«

Widerwillig gab Arrat nach und streckte sich neben ihm aus.

Aneirin, die Stadt der Lharen, war inzwischen so nah. Wenn das, was Salvain sagte, stimmte, dann mußte sie hinter einem der nächsten Hügel auftauchen. Aber es war, als läge ein Fluch auf jedem ihrer Schritte. Zuerst hatten sie sich fast einen ganzen Tag in einer Höhle versteckt halten müssen, weil Soldaten aufgetaucht waren und unmittelbar neben ihnen kampiert hatten. Dann waren sie in ein Unwetter geraten, und gerade als der Himmel sich wieder zu lichten begann, hatte Salvain seinen ersten »Anfall« bekommen.

Es war wie ein plötzlicher Krampf gewesen, der ihn geschüttelt und zu Boden geworfen hatte. Das Phänomen hatte nur wenige Minuten gedauert, aber Salvain in einem Zustand tiefster körperlicher und geistiger Erschöpfung zurückgelassen.

»Denskin ist tot«, war sein einziger Kommentar, als er wieder bei sich war. Sein Gesicht war wie Stein gewesen, und er hatte sich geweigert, noch ein Wort darüber zu verlieren.

Sie waren weitergelaufen. Natürlich. Aber es war ein armseliges Vorwärtskommen gewesen. Alle halbe Stunde hatten sie Rast einlegen müssen, und obwohl Salvain sich bis an die Grenzen seiner Kräfte strapazierte, hatten sie am Abend kaum mehr als drei Meilen zurückgelegt.

In der Nacht kam der zweite Anfall. Milder als der erste. Kaum mehr als ein Schütteln, das Salvain mit dem Kopf in den Armen für sich selbst durchlitt. Aber es ließ, wie die Flut den Schlamm, die Furcht in ihnen zurück. Das Mael Duin hatte sie daran erinnert, daß nichts vergessen war.

Salvain stieß ihn an. »Ob sie Malte gefangen haben?« Sie hatten die Frage schon ein dutzend Mal diskutiert.

»Wenn *wir* durchgekommen sind, dann hat Malte es schon lange geschafft«, gab Arrat geduldig die immer gleiche Antwort. »Los, auf die Füße mit dir, du Faulpelz. Ich fange an zu glauben, daß dein Aneirin ein erbärmlicher Entenpfuhl ist, den du dich schämst, mir zu zeigen.«

»Aneirin ist die schönste Stadt der Welt...«

»Von allen die du kennst«, spöttelte Arrat. Er half dem Freund auf.

»O nein, wirklich!« Salvain stolperte und griff nach ihm. Seine Hand war heiß, als hätte er Fieber. »Weißt du, in Aneirin hat fast jedes Haus einen Garten«, erklärte er mit leuchtenden Augen, als wäre es furchtbar wichtig. »An den Wänden hängen Blumentöpfe mit Efeu und Begonien, und Rosen und Wicken ranken an Spalieren hoch. Aneirin riecht bis spät in den Herbst wie eine Blumenwiese. Neben Averons Haus haben sie einen Park angelegt mit Hecken, die wie Meereswellen gestutzt sind, und mit Ornamentbeeten und Springbrunnen und künstlichen Teichen. Dort gibt es ein Gewächshaus, in dem der alte Gnelloe exotische Pflanzen zieht. Er hat einen Kaktus, so groß wie ein Pferd, der jeden Monat andersfarbige Blüten treibt. Außerdem haben sie einen geheizten Garten, in dem fremdländische Vögel leben. Sie kommen von jenseits des Meeres und überwintern bei uns.«

»Ich sagte ja, es ist ein Enten ...«

Arrat brach ab. Blitzschnell ließ er sich fallen und zog den Gefährten neben sich.

Eine Handvoll Berittener brach durch die Bäume und preschte über die Lichtung. Sie trugen unterschiedliche Uniformen. Einer von ihnen die der Nordtruppen, wie Arrat mit Wehmut bemerkte. Nur wenige Schritt von ihnen entfernt lenkten die Soldaten ihre Pferde wieder in den Wald. Mit angehaltenem Atem lauschten die beiden Männer den leiser werdenden Stimmen. Sie sind inzwischen so häufig wie Flöhe und genauso lästig, dachte Arrat. Aneirin mußte belagert sein. Das würde auch erklären, warum Malte ihnen keine Hilfe gebracht hatte.

Schweigend schob er Salvain den Arm unter die Achsel und zog ihn hoch. Sie würden den Umweg gehen. Es dunkelte früh. Wenn nichts mehr half, würden sie sich nach einem Versteck umschauen und in der Nacht versuchen, nach Aneirin durchzubrechen, nahm er sich vor.

Aber dann kam alles ganz anders.

Es begann mit einem jämmerlichen Geplärre, das von irgendwo jenseits der braungrünen Wand aus Bäumen und Büschen zu ihnen herüberdrang, als sie gerade einen Brombeerhang hinaufklettern wollten.

Die beiden Männer warfen sich einen schweigenden Blick zu. Dies war der Augenblick, vor dem Arrat sich am meisten gefürchtet hatte. »Komm weiter, Salvain«, bat er rauh.

»Aber ... da schreit jemand.«

Das Gejammere steigerte sich zu einem Gebrüll, als wolle es den Worten des Lharen Nachdruck verleihen.

»Wenn wir uns um den Mann kümmern, dann kann uns das die Zeit kosten, die wir brauchen, um die Stadt zu erreichen.« Und außerdem dein verflixt kostbares Leben, fügte Arrat in Gedanken hinzu.

»Sie quälen dort jemanden ... «

Ihr Dialog hatte eine beklemmende Zwangsläufigkeit. Sie maßen einander mit Blicken und waren sich so fremd wie lange nicht mehr.

»Wenn wir nicht rechtzeitig nach Aneirin kommen, wird der Mann, der dort jammert, einen noch grausameren Tod sterben. Denk an das Mael Duin, Junge.«

Ein gräßlicher Aufschrei hallte durch den Wald, dem ein Johlen und Gelächter folgte.

Salvain, eben noch zu müde, allein einen Schritt zu tun, schlüpfte an Arrat vorbei und lief in Richtung der Stimmen den Hang entlang. Fluchend versuchte Arrat ihn einzuholen. Er hätte den Mann, der da schrie und bettelte, mit eigener Hand erwürgen mögen. Hatten sie nicht auch so schon genügend Schwierigkeiten am Hals?

Salvain bog um ein paar Büsche und blieb so abrupt stehen, daß Arrat in ihn hineinlief.

Sie blickten geradewegs in eine Gruppe Soldaten, die vor einem Baum herumgrölten und sich damit amüsierten, einer heulenden, kleinen Figur, die sie an einen Ast gehängt hatten, mit Weidenruten die nackten Fußsohlen zu kitzeln.

Weder Salvain noch Arrat gab einen Mucks von sich. Sie standen reglos, teils aus Vorsicht, teils aus Überraschung, denn der Mann, der dort litt, war ihnen keineswegs unbekannt. Sie waren so still, daß die Soldaten sie eigentlich gar nicht hätten bemerken dürfen. Die Männer standen mit den Rücken zu ihnen und machten einen Lärm wie eine Horde Affen.

Dennoch begann das rohe Gelächter Stück für Stück abzusterben.

Es war, als ginge ein Unsichtbarer zwischen den Männern umher und flüstere ihnen Warnungen ins Ohr. Sie standen und lauschten und drehten sich dann – zögernd und widerstrebend – zu den Neuankömmlingen um.

Fünf Mann, registrierte Arrat mechanisch. Wüste Flegel, Schlägergesichter, wie man sie in den Truppen zuhauf antraf. Und natürlich waren sie, im Gegensatz zu ihm und Salvain, bewaffnet.

Er hielt den Atem an. Was nun folgen würde – folgen mußte – schien ihm unvermeidlich. Die Männer hatten ihre Befehle: Lharen waren umzubringen. Zweifellos waren sie auch in der richtigen Stimmung dazu. Die Sache war klar und jeder Schritt vorausbestimmt, so wie es sich schon tausendmal unter ähnlichen Umständen ereignet hatte.

Aber – die Soldaten rührten sich nicht.

Mit törichten Gesichtern standen sie unter den Bäumen und glotzten. Es war so still geworden, daß das Rauschen des Windes im Laub wie ein kleines Gewitter klang. Auch der Mann im Baum hatte aufgehört zu schreien und starrte zu ihnen hinab.

Es war, als hätte jemand einen Bann über den Flecken Wald geworfen, auf dem sie standen. Eine besondere Art von Hexerei, die die Glieder und Sinne und den Willen lähmte. Und die sie bis ins Herz erschreckte.

Arrat empfand es wie ein vertrautes, verhaßtes Grauen.

Eine Macht sammelte sich zur Vernichtung.

Genau wie in dem Wald.

Nur – unglaublich, so etwas zu behaupten, aber er wußte, daß es stimmte –, dieses Mal ging die Zerstörung nicht von dem Mael Duin aus.

Langsam drehte er den Kopf zu dem Mann an seiner Seite.

Salvain stand hoch aufgerichtet, blaß wie der Tod, still wie ein Monument. Aber in seinen blauen Lharenaugen flimmerte und flirrte es, als zuckten Irrlichterchen unter der Netzhaut.

Die fünf Männer, das begriff Arrat plötzlich, standen unmittelbar vor ihrem Tod. Und er fühlte aus einer ihm selber verborgenen Quelle der Inspiration, daß sich im Augenblick ihres Sterbens eine Katastrophe ereignen würde.

Ihm brach der Schweiß aus.

Behutsam legte er die Hand auf Salvains Arm. »Verschwindet«, sagte er leise zu den Soldaten.

Die Männer rührten sich nicht. Mit Augen, in denen der Irrsinn flackerte, stierten sie auf den Silberhaarigen.

Arrat spürte, wie Salvain zu zittern begann.

»Verschwindet!« wiederhole er noch einmal, jetzt kräftig und mit Nachdruck. Und diesmal kam Bewegung in die Schar. Wortlos, einander stoßend und drängelnd wie eine Rotte verschreckter Schweine, drehten sie sich um, rannten davon und schlugen sich in die Büsche.

Arrat zog die Hand zurück. Er versuchte, erleichtert zu sein, aber er konnte es nicht. Seine Nerven waren so überreizt, daß ihm körperlich schlecht war. Er brachte es nicht fertig, den Kameraden anzusehen. Was war da eben gewesen, und was nicht? Fing er an, sich Dinge einzubilden?

»He, ihr da unten, könnte man sich vielleicht dazu bequemen, mir endlich die Stricke durchzuschneiden und mich hinunterzulassen«, nörgelte es aus dem Baum.

Arrat gab das Grübeln auf. »Nun überschlagt Euch nicht gleich vor Dankbarkeit, Torrot«, knurrte er, erleichtert, sich mit handfesteren Problemen herumschlagen zu dürfen. Er kletterte auf den Baum, schnitt den Ratth los, und Salvain half ihm, den Kleinen wohlbehalten herunterzulassen.

Torrot rieb sich die Fußsohlen. »Hätte nicht gedacht, Euch noch einmal zu sehen, Hauptmann. Und den kleinen Hitzkopf schon gar nicht. In Aneirin glauben sie, daß man euch irgendwo aufgehängt hat.«

»Ist Malte nicht angekommen?« fragte Salvain besorgt.

»Malte? Ist das der Knirps, den ihr vor euch hergeschickt habt? O ja. Angekommen ist er. Hat aber keinem was genützt. Konnte nämlich die Stadt nicht wieder verlassen. Genausowenig wie irgend jemand anders. Aneirin ist von allen Seiten umstellt. Nicht einmal eine Maus könnte da mehr unbeobachtet entschlüpfen.«

»Aber Ihr habt es trotzdem geschafft?« fragte Arrat.

Die runzlige Warzenhaut färbte sich violett. »Ich bin kein Lhare, das ist etwas anderes.«

»Was habt Ihr ihnen denn geboten?«

»Psrrr. Versucht nicht, mich zu beleidigen. Ich bin keiner, der seine Freunde verkauft! Habe mich für eine Säckelchen Gold an den Wachen vorbeigezwängt. Die haben dort nichts gegen Ratths. Sind etliche aus meiner Sippe höchstpersona im Bundesheer. Habe ihnen klargemacht, daß mich das Ganze nichts angeht. Ist nicht mein Krieg. Tut mir leid, was sie dort mit deiner Stadt vorhaben, Salvain, aber ob ich nun mit den Lharen brenne oder nicht, für die ist das doch einerlei, nicht wahr?«

»Wo ist Sardeik?« fragte Arrat.

»Versucht etwas wie eine Verteidigung. Hat sich mit einer Handvoll Deserteuren in der Stadt verschanzt. Wird aber keinen Erfolg haben, auch wenn er ein schlauer Hund ist. Sie werden ihn einfach ausräuchern. Wenn er klug gewesen wäre, dann hätte er sich mir angeschlossen.«

»Eure Art von Klugheit ist nicht jedermanns Sache.«

Torrot errötete. »Was zum Teufel bildet ihr Euch ein! Sardeik macht sich da unten zum Narren, und alle wissen das. Sogar die Lharen weigern sich, ihm zu helfen.«

»Wann soll die Stadt angegriffen werden?«

»Was weiß ich? Morgen. Oder übermorgen. Oder schon heute nacht. Die Heeresleitung hat nicht geruht, mich über ihre Pläne in Kenntnis zu setzen.«

»Ihr werdet uns in die Stadt lotsen, Torrot.«

Dem Ratth klappte die Kinnlade herunter. »Was werde ich? Habt Ihr den Verstand verloren? Ich preise mich glücklich, mit heiler Haut dort hinausgekommen zu sein.«

»Ihr ... «

»Laß ihn in Ruhe, Arrat. Er hat recht.« Salvain setzte sich neben den Ratth und hakte sich bei ihm ein. »Es stimmt ja, Torrot«, sagte er in vertraulichem Ton. »Aneirin geht dich wirklich nichts an. Außerdem hast du schon mehr für uns getan, als irgend jemand erwarten konnte.«

Torrot brummte verlegen.

»Dies ist mein Krieg und der Krieg meines Volkes. Das ist die Tatsache. Und es wäre ein Unrecht, dich da mit hineinziehen zu wollen. Sicher werde ich auch ohne dich einen Weg finden, in die Stadt zu kommen.«

»Meine Güte, Junge ...«, Torrot zog sein Schnupftuch und schniefte ausgiebig hinein. »Es ist ja nicht so, daß ich dir nicht helfen *wollte.* Nur: Dort unten ist alles so verflucht hoffnungslos. Wenn du einen Rat von einem alten Mann annehmen willst: Komm mit mir, bevor der Sturm losbricht.«

»Das würde ich gern, Torrot, aber ich habe jemandem versprochen, einem Freund, daß ich zu Brewen gehen werde.«

Salvain sprach nicht weiter. Er wartete einfach und lächelte sein sanftes Lächeln, und Arrat hütete sich, das Schweigen zu unterbrechen. Torrot war kein schlechter Kerl. Vielleicht ein bißchen feige, aber er trug das Herz am richtigen Fleck.

»Ich halte es für einen Fehler, Junge«, druckste der Ratth herum. »Natürlich, wenn dir so viel daran liegt: Ich wüßte schon, wo man euch hineinlassen würde. Der Mann, der mir das Tor in die eine Richtung geöffnet hat, der würde es sicherlich für ein weiteres Säckelchen Gold auch in die andere öffnen. Wäre nicht einmal gegen seinen Befehl. Er soll die Lharen am Ausrücken hindern. Vom Hineinkommen hat niemand was gesagt ... «

»Wo ist das denn, Torrot?«

Aneirin lag unter ihnen im Tal.

Seine weißen Mauern strahlten das warme Nachmittagslicht der Herbstsonne wider, die Dächer funkelten in grünem Kupfer. Salvains vielbeschworene Blumen leuchteten dazwischen wie feuchte Farbkleckse. Die Stadt war so nahe, daß man die Lharen in den Straßen gehen sehen konnte. Wie fingernagelgroße Püppchen liefen sie durch die Tore und Gäßchen. Ihre weißen Haare fingen die Sonnenstrahlen ein.

»Ist das Runde dort euer Park?« fragte Arrat und deutete auf eine tiefgrüne, dicht mit Bäumen bewachsene Fläche am Rande der Stadt, die aussah wie eine riesige Kuppel aus Laub.

»Nein. Das ist der Hain. Der Park ist weiter in der Mitte, neben dem Palast.«

Der »Palast« war als solcher nicht auszumachen. Averon mußte ein bescheidenes Haus geführt haben. Aber den Park konnte Arrat finden. Ein geometrisches Durcheinander von Blumen, Gras und blauflimmernden Wasserflächen. Am Rande stand ein gläsernes Gebäude, das das Sonnenlicht reflektierte.

»Ich wußte nicht, daß es so viele sein würden«, sagte Salvain.

Widerstrebend löste Arrat den Blick von der weißen Stadt und konzentrierte sich auf die schwarzwimmelnde Menschenmasse, die sie in einem gewaltigen Kreise umlagerte wie die Ameisen das Aas.

»Fünfzehn-, eher sogar zwanzigtausend Mann. Sie sind verrückt geworden«, murmelte er.

Torrot zupfte ihn an der Jacke. »Dahinten, an der Südseite, das ist Sardeik mit seinen Männern.«

»Wie hoch sind die Stadtmauern?« wollte Arrat wissen.

»Zum Drüberspucken. Nicht mal zwei Meter. Sardeik hat sie mit Glasscherben bestreuen lassen. Außerdem hat er einen Verteidigungswall um den Palast errichtet. Dorthin sollen sich alle zurückziehen, wenn der Angriff kommt.

»Das ist hoffnungslos.«

»Was meint Ihr, warum ich mich davongemacht habe! Alles dort unten ist hoffnungslos. Die Lharen haben es besser begriffen als Sardeik. Sie lassen ihn machen, was er will, aber sie helfen ihm nicht. Sie regeln ihre Angelegenheiten.«

»Was für Angelegenheiten?«

»Warum fragt Ihr mich? Wer hält es denn schon für nötig, einen Ratth zu informieren?«

»Das Heer wird die Stadt im ersten Anlauf überrennen.«

Torrot knurrte etwas.

»Was machen denn die Männer in den grünen Kleidern dort drüben?« Salvain beugte sich vor. Wie hypnotisiert blickte er auf ein paar Dutzend Soldaten, die sich einer weitgeschwungenen Sandsteinbrücke jenseits des Stadttores näherten. »Es sieht aus, als wollten sie in die Stadt hinein.«

»Unsinn. Das dort unten ist ein Feldzug. Sie werden gehen, wenn sie ihren Befehl dazu erhalten.«

»Vielleicht haben sie ihn schon.«

»Es ist sinnlos, mit fünfzig Mann einen Einfall zu machen. Das geht man anders an.«

Offenbar glaubten die Lharen, die vom Tor aus die Armee beobachteten, das auch. Unbekümmert unterhielten sie sich miteinander.

»Laßt uns weitergehen«, drängte Salvain.

»Warte.« Arrat legte die Hand über die Augen, um besser sehen zu können. Die Männer auf der Brücke formierten sich. Einige von ihnen zogen die Schwerter blank. »Unsinn«, murmelte er zu sich selbst. »Das werden sie nicht machen. Dazu haben sie im Leben keinen Befehl bekommen.«

Einer von Sardeiks Leuten war neben die Lharen getreten und wies sie auf die Bewaffneten hin. Gleich darauf sah man ihn gestikulieren und nach seinen Kameraden rufen.

»Das gibt es nicht. Sie haben nicht einmal einen Offizier dabei. Warum sollten sie auf eigene Faust das Tor stürmen wollen? Sie riskierten ihr Leben. Außerdem brächte es sie vor das Feldgericht.«

»Laßt uns hinuntergehen«, drängte Salvain.

Arrat schob seine Hand fort. Einer der Soldaten auf der Brükke beschrieb mit dem Schwert Kreise in der Luft. Sein Gesicht war eine Lachfratze. Spielerisch wie ein Tänzer bewegte er sich auf die Brückenmitte zu.

»Er ist verrückt. Gleich schießen sie ihn ab.«

Arrat hatte noch nicht zu Ende gesprochen, da sirrte schon ein Pfeil von der Mauer. Der Mann sackte zusammen. Sein Schwert scharrte über die Brücke und kippte in den darunterliegenden Graben.

Zwei der Lharen beugten sich über den Mauerrand. Einer von ihnen sprach ein paar Worte zu dem Todesschützen und kehrte ihm dann mit einer heftigen Bewegung den Rücken.

»Arme Schweine, deine Jungs«, kommentierte Torrot düster. »Ernten von keiner Seite Dank. Haben nur die Hoffnung auf einen schnellen Tod.«

»Warum sind sie übergelaufen?«

Der Ratth warf ihm einen schnellen Blick zu. »Sardeik hat verbreiten lassen, Ihr steht auf der Seite der Lharen, wußtet Ihr das nicht?«

»Kommt«, bat Salvain.

Arrat stand endlich auf. Sie befanden sich auf einer Felsnase westlich der Stadt. Wenn Torrots Angaben stimmten, dann konnten sie in einer halben Stunde unten bei den Toren sein. Kurz vor Einbruch der Dämmerung. Eine günstige Zeit.

In diesem Moment stieß einer der Männer auf der Brücke einen Schrei aus.

Keinen Wutschrei, nein – irgendein abartiges, monströses Geräusch, das bis zu ihrem Beobachtungsplatz auf dem Hügel drang. Arrat fuhr herum. Der Schrei war wie ein Signal gewesen. Alles auf der Brücke und auch dahinter geriet plötzlich in Bewegung.

»Sie greifen an!« Fassungslos starrte er auf die rennenden Gestalten.

Hinter dem Verteidigungswall – wenn man die Mauer überhaupt so bezeichnen wollte – kam Leben auf. Männer sprangen aus Haustüren, fragten, griffen nach ihren Waffen. Sie hatten sich noch nicht gesammelt, da waren die Angreifer schon am Tor angelangt. Arrat meinte, das Holz splittern zu hören, als sie sich mit ihren Körpern dagegenwarfen.

Aber Sardeik hatte seine Leute vorbereitet.

Aus dem Fenster des Zimmerchens, das sich über das Tor spannte, wurde ein Kessel geschoben. Im nächsten Augenblick stürzte schillerndes Pech auf die drängenden Gestalten. Schmerzgebrüll dröhnte auf.

»Sie verbrennen sie«, flüsterte Salvain betroffen.

Einer der angreifenden Soldaten, ein kleiner, drahtiger Kerl, schwang sich auf die Mauer. Doch Sardeiks Männer paßten auf. Eine Lanze fuhr ihm in den Hals. Blut tropfte aus der Wunde, als die kostbare Waffe zurückgezogen wurde.

Arrat fühlte, wie Salvains Hände sich in seine Haut krallten.

Der sterbende Soldat knallte auf den Mamorstein. Hellrote Spritzer – wie war es überhaupt möglich, daß er all diese Details auf solche Entfernung erkennen konnte? – benetzten das makellose Weiß.

Ein zweiter und ein dritter Kopf schoben sich über den Mauersims. Dann ein vierter und weitere. Augenblicke später gelang den ersten Angreifern der Sprung auf die Wallstraße. Die Lharen stoben auseinander. Einer von ihnen, ein älterer Mann mit wehendem Bart, stolperte und stürzte. Sofort war man über ihm. Ein Schwert sauste durch die Luft. Der Stahl bohrte sich durch den Bart in seine Brust. Im nächsten Moment rannte sein Mörder schon weiter.

Der schwarze Ameisenhaufen war in Bewegung geraten. Plötzlich schien man von allen Seiten gleichzeitig auf die Stadt einzudringen. Es war konfus, unorganisiert. Warum wurden diese Horden nicht befehligt?

In einer der grüngestrichenen Haustüren erschien ein Kind. Warum kann ich auf diese Entfernung ein Kind erkennen? fragte sich Arrat verstört. Es war ein Mädchen. Er sah ihre nackten Füße, und wie sie sich verschlafen die Augen rieb und mit dem Zeh die Wade kratzte. Sie tastete nach dem Geländer der Treppe.

Geh weg, Kleine. Verschwinde! Ins Haus zurück! flehte Arrat still.

Natürlich hörte das Mädchen ihn nicht. Seine Füße trippelten die Steintreppen hinunter, direkt unter die vorwärtsstürzenden Soldaten. Einer der Männer wäre fast über sie gestolpert. Fluchend griff er nach dem Kind.

Arrat riß Salvain an sich und preßte sein Gesicht gegen die Brust.

Durch die silbernen Haare sah er den Soldaten das Kind an den Armen packen. Viel zu erschrocken, um zu schreien, blickte die Kleine zu dem Fremden hoch.

Und dann, von einem Moment zum anderen, kam plötzlich alles zum Stillstand.

Das Bild – blaue, verschreckte Kinderaugen, ein dreckig grinsendes Männergesicht – schien zu Eis zu gefrieren. Nichts rührte sich mehr. Selbst der Blutstropfen, der dem Mann über die Stirn gelaufen war, klebte wie ein Muttermal neben dem Augenwinkel fest. Es war, als hätte man ein lebendes Gemälde geschaffen. Einen erstarrten Alptraum, den sie eigentlich gar nicht hätten sehen dürfen, weil sie sich etliche hundert Meter vom Ort des Geschehens entfernt befanden.

Arrat hörte auf zu atmen.

Sein Geist duckte sich zusammen.

Still vor Grauen wartete er.

Das Gelächter kam sacht wie Wellen, die gegen das Ufer spülen.

... Prinzchen ... kleines ... sieh doch ... wisperte *ES.*

Arrat preßte Salvains Kopf gegen seine Kleider, als könne er dadurch etwas verhindern. Aber natürlich war das nicht möglich.

Das Eis begann zu schmelzen, das Bild wieder zu leben. Für ihn und auch für Salvain.

Der Soldat schwang den Mädchenkörper mit einem viehischen Lachen in die Höhe. Jetzt schrie das Kind doch. Seine Arme ruderten wild durch die Luft.

... sieh hin ... gurgelte *Es.*

Das Schwert sirrte durch die Luft und trennte mit einem einzigen wuchtigen Hieb den weißen Lockenkopf vom Rumpf.

... Liebling ... Armes ... sieh ... das Blut ...

Ein roter Fluß entströmte dem fallenden Leib. Der Kinderkopf rollte in ein Asternbeet und färbte die Erde dunkel.

... Ja ... weine ... weine ...

Hinter Arrats Rücken löste sich ein Stein und kollerte und sprang mit unregelmäßigem Klacken den Fels hinunter. Ein wirklicher Stein.

Arrat ließ Salvain los und drehte sich um.

Er wußte nicht, was er zu sehen erwartet hatte. Einen Dämon mit pechfarbener Haut und Kohlenglutaugen vielleicht. Oder etwas Neblig-Verwehtes. Irgendeine verkörperte Schrecklichkeit. Fleischgewordenes Grauen.

Aber er sah nichts als einen Mann.

Einen Lharen.

Denskin.

Die Gedanken schossen durch seinen Kopf wie irregeleitete Blitze. Konnte es wirklich Denskin sein? War Denskin entkommen? Er spürte, wie Salvain sich neben ihm aufrichtete. Der Mann – Denskin? – begann zu lächeln.

Willkommen ... zischelte er, ohne daß sich die blühend roten Lippen bewegt hätten.

Zuvorkommend, hastlos deutete seine Linke auf einen Spitzfelsen, vielleicht zwanzig Schritt entfernt. Dort saß das Ungeheuer, das Arrat sich vorgestellt hatte. Ein schwarz geschuppter Hornflügler mit geschlitzten Mandelaugen, rotglühend wie zwei konzentrierte Feuer. Stahlschimmernde Klauenhände krallten sich in den Stein, um dem monströsen Ungetüm Halt zu geben. Arrat begriff die Erscheinung als das, was sie war: eine Verspottung.

Er wußte, daß sie verloren waren. Der Hügel, auf dem sie standen, färbte sich grau unter der Macht zerstörerischer Magie. Das Mael Duin hatte sie gestellt.

Arrat schwitzte vor Angst. Als er dann handelte, geschah es aus reinem Instinkt. Sein Körper reagierte, wie man es ihm ein Leben lang antrainiert hatte. Er sprang in mehreren Riesensätzen auf Denskins Scheinbild zu. Alarmglocken schrillten in seinem Hirn, als er bemerkte, daß die Lharengestalt ihm nicht auswich, sondern ihm entgegenlächelte. Die Warnung kam zu spät. Arrat fiel gegen den harrenden Körper – hinein in eine fleischlose Manifestation aus Schmerz und gallenbitterer Kälte.

Es war wie ein wirbelnder Schlund, der ihn ansog und aufsaugte und auseinanderriß. Eine körperliche und seelische Vernichtung.

Und daß er nicht starb, war nicht sein Verdienst.

ES selber spie ihn wieder ins Leben hinaus.

Arrat kreiselte durch die Luft, meterweit, flog gegen einen Felsblock und blieb – halb besinnungslos vor Schmerz und Schock – auf dem Gestein liegen.

Salvain kam auf ihn zugerannt, eine schwebende, ins Unförmige verzerrte Gestalt. Der Lhare warf sich neben ihn, streichelte ihm das Gesicht und massierte seine Wangen. Seine warmen Hände linderten die Pein. Arrat hielt sich daran fest, während er nach Atem rang.

... so ungestüm... zischelte *ES. ... ja... heile... Liebling... hilf...* Das Lachen tat weh wie ein körperlicher Schmerz.

Salvain richtete sich auf und stierte auf die Denskingestalt. Seine Augen waren Seen der Verzweiflung. »Was ...« Das Entsetzen erstickte die Worte beinahe. »Was willst du von mir ...«

Das Mael Duin kam näher, ohne die Glieder zu bewegen.

... Kleines... Armes... säuselte *ES... hast nichts begriffen... ES bringt... schenkt...* Sein Schatten beugte sich über die beiden Männer. *... schenkt Wahrheit...*

Was war an diesen Worten so fürchterlich, daß es ihnen das Herz vereiste? Arrat sah, wie Salvain sich duckte.

»Welche ... welche Wahrheit ...?« stammelte der Junge.

Das Lächeln des Mael Duin kam zum Stillstand.

ES reckte den zarten Lharenhals. Seine Arme fuhren gen Himmel. Die Luft begann zu flimmern. Schwarzverhornte Fingernägel ritzten einen Kreis in die wirbelnde Atmosphäre. Es war, als sägten sie eine Stück Wirklichkeit aus dem Universum. Eine Scheibe wabernder Finsternis tat sich auf, neben der das Abendgrau grell wie die Sonne schien.

... hörst du sie... flüsterte *ES.*

In der Finsternis begann es zu kreiseln. Konturen und Geräusche formten sich aus der Schwärze. Steintöpfe, die aus ihren Halterungen brachen und zu Boden krachten. Von Stiefeln zertretene Begonienköpfchen. Männer und Frauen, die mit wehenden Haaren vor behelmten Gestalten flohen.

Ein Mann, ein Soldat, drängte sich durch eine Holztüre. Sein Messer fuhr in einen rundlichen Frauenleib.

Arrat hörte Salvain aufschluchzen.

... Wahrheit... lächelte die farblose Stimme des Mael Duin

Türen zersplitterten und wurden aus den Angeln gedrückt.

Weißhaarige Lharenmänner versuchten, mit ihren Körpern Weiber und Kinder vor den Speeren zu schützen. Man trat sie mit Stiefeln beiseite. Stahl zischte durch die Luft, drehte sich ins Fleisch und brachte rote Quellen zum Sprudeln. Unmenschliches Gegröle übertönte das Klagen der Sterbenden.

Salvain preßte die Fäuste gegen die Ohren und die Augenlider gegeneinander. »Nein...«, murmelte er, »...das ist nicht...«

Das Mael Duin lächelte.

Fensterscheiben barsten...

...sieh hin... Liebling...

Brennende Fackeln flogen in die Häuser...

Arrat fühlte, wie Salvain sich bewegte. Der Junge stand auf. Er nahm die Fäuste von den Ohren und blickte direkt in den Kreis. Es war, als ginge ein Ruck durch seinen Körper. Mit weit aufgerissenen Augen starrte er auf das, was sich in den Straßen und Häusern von Aneirin ereignete. Alles an ihm schien wie gebannt von dem entsetzlichen Geschehen. Tränen strömten über sein Gesicht, aber er versuchte nicht mehr, sich abzuschirmen. Im Gegenteil, es war, als bemühte er sich, jedes gräßliche Detail in all seinen Einzelheiten zu erfassen. Und irgendwann, nach einer Weile, die selbst in diesem Durcheinander von Zeit und Raum ewig schien, drehte er den Kopf. Er blickte direkt in die trügerischen Denskinaugen.

»Nein«, sagte er. »Es ist eine Lüge. Das ist *dein* Kreis...« Seine Stimme klang mit einem Male unbegreiflich nüchtern, und wären nicht die Spuren der Tränen gewesen, man hätte sie für kalt halten können.

Das Mael Duin lächelte in einer aufreizenden Parodie des Mitleids. *...Mißtrauisches... Kleines... nimm deine... Magie...*

»Nein, ich... weiß, daß es geschieht.« Salvain tastete nach Arrats Arm. »Aber es sind nicht... die Menschen. Es ist... DU. DU tötest. Das Mael Duin...«

Arrat begriff. Die Erleichterung überspülte und kühlte das Brennen seiner Scham. Natürlich hatte Salvain recht. Warum hätten fünfzig Mann ohne Befehl das Stadttor angreifen sollen, wenn nicht das Mael Duin sie getrieben hatte? Er erinnerte sich an den unmenschlichen Schrei.

... Lieblinge... Das Lachen des Mael Duin blubberte wie faulendes Wasser über sie hinweg.... *Mitleid... Nachsicht... Prinzchen... wie schafft man... aus Nichts...?... Unkraut aus Unkraut... Schlamm aus Schlamm... Haß aus Haß...*

Arrat begriff das Argument des Mael Duin und erfaßte seine tiefe Wahrheit so gründlich, als hätte er sie ein Leben lang erforscht.

»Nein, das ist gelogen«, hörte er seinen armen Freund dagegen anleugnen. »So sind die Menschen nicht... nicht wie... Tiere...« Salvain schwieg atemlos. Seine Fingernägel hatten sich in Arrats Arm gebohrt.

Das Mael Duin kicherte, amüsierte sich so ausgiebig, wie es nur der Sieger kann.... *Wahrheit... Liebchen... schmerzt... Wahrheit...*

»Nein...«

... Wahrheit...

Salvain weigerte sich, sträubte sich mit aller Macht gegen das, was er nicht wahrhaben wollte. Aber das magische Unwesen war noch lange nicht am Ende. Arrat spürte, wie der Blick der toten Augen sich auf ihn, den Menschen, richtete. Er drückte sich mit dem Rücken gegen den Felsen.

Es geschah ihm nichts als ein behutsames Streichen über die Nerven seines Gehirns, und es war so schnell vorüber, daß er kaum Zeit hatte, sich daran zu entsetzen.

Die Bilder in der schwarzen Scheibe begannen zu verlaufen, und Arrat sah etwas Neues aus ihren Rinnsalen erwachsen.

Er hatte keine Mühe, es wiederzuerkennen.

Duror of Appin. Das grüne Tal mit dem gebrochenen Kalksandsteinfels im Hintergrund. Genauso, wie er es gesehen hatte, als er den Steilweg hinuntergaloppiert war. Der Kampf um den Zugang zum Dorp-dennen. Fast ein Dutzend Jahre her. Sein erstes eigenverantwortliches Kommando. Sein erstes eigenes Schlachten.

Behutsam löste er Salvains Finger von seinem Arm.

Die Skelden kamen aus dem Waldstück gejagt, hinter dem sie auf der Lauer gelegen hatten. Sie liefen den Bundessoldaten direkt in die Zange. Ein listenreiches, perfekt organisiertes Spektakel.

Aber das Mael Duin hatte kein Interesse an strategischen Kunststückchen. Seine Finger kratzten aus Arrats Erinnerungen die Bilder der Schlacht heraus. Verstümmelte Männer, die wie Vieh brüllten und sich in ihrem Blut wälzten. Gespaltene Schädel. Aufgeschlitzte Leiber... Lauter Bilder, wie sie zur Schlacht gehörten und wie Arrat sie hundertmal gesehen – oder vielleicht doch nicht gesehen? – hatte.

... bekenne... raunte das Mael Duin ihm zu. *... Wahrheit...*

Die streichelnden Hände besorgten sich die Bestätigung selbst aus seinem Gehirn, und Salvains Erstarrung bewies, daß er sie empfing und wie es ihn schockierte.

... betrogen... kicherte *ES* in unverhüllter Freude... *Prinzchen... betrogen...*

Das Schlachtfeld von Duror of Appin verging. Mart Williams Gesicht lugte durch einen Zeltspalt. »Wo sind die Reitstiefel?« hörte Arrat sich brüllen. Mart trat unsicher näher. Er kratzte sich am Kopf, wie immer, wenn ihm nicht wohl zumute war. »Die Reitstiefel. Tja Herr, wo mögen sie sein. Ich hab sie gestern zum Nähen gebracht...« Was er sonst noch hatte sagen wollen, ging in Arrats Wutgeschrei unter. Dann sauste eine Reitgerte durch die Luft. Langsam, als wäre jemand der Zeit in den Arm gefallen, sah Arrat das elastische Holz auf Marts Schulter sausen. Es schnürte ihm das Herz ab, Marts betroffenes Gesicht und dann sein Schmerzzwinkern zu sehen. Er hatte noch ein zweites Mal und ein drittes Mal zugeschlagen.

Oh, Mart.

Arrat schloß die Augen.

Sie führten den sommersprossigen Jungen in sein Zelt. Feigheit vor dem Feind. Während der Schlacht davongelaufen. Mit wachsbleichem Gesicht hörte der Soldat sein Todesurteil.

Und wieder Mart, der in einer Ecke des Zeltes hockte und mit gesenktem Kopf eine Jacke zu flicken versuchte, die Arrat ihm vor die Füße geschleudert hatte.

Und Gebrüll und Gebrüll und Gebrüll.

Arrat preßte seine Hand gegen den Mund. Ihm war so übel, daß er meinte, sich übergeben zu müssen.

Das Mael Duin suhlte sich in seiner Qual. *ES* war jetzt nicht mehr Denskin. *ES* war zu einer krüppligen Gestalt zerflossen, deren Lächeln aussah wie geronnenes Blut auf schwarzem Teer.

Wieder senkten sich die Finger in das menschliche Hirn.

Die Männer, die im Verdacht standen, für die Skelden spioniert zu haben. Erbarmungslos wurden die Details der Verhöre in den Kreis des Mael Duin gezerrt.

Arrat drehte sich von Salvain fort und preßte die Stirn gegen den Fels. Sein Hals brannte, und er hatte den Geschmack von Galle auf der Zunge. Doch obwohl sein Gesicht vom Druck des Steines schmerzte, konnte er den Bildern nicht entgehen.

Neue Dokumente seiner Grausamkeit erschienen, rückten rotierend an den Rand des Kreises und machten immer weiteren Erinnerungen Platz.

Mouwen.

Ein Junge – er war wirklich noch ein Junge gewesen –, der die Faust in den Mund stopfte, um nicht vor Entsetzen loszubrüllen.

... *WAHRHEIT*... umsäuselte es die beiden Männer... *WAHRHEIT*...

Mouwen kam gekrochen und bettelte den schwarzäugigen Jungen an. Ein verängstigtes Kind, das die Furcht nicht mehr aushielt.

Arrat zwang sich, zu Salvain zu blicken. Sein junger Freund war auf die Knie gesunken, das Gesicht eckig vor Anspannung. Es schien, als wolle er jede Einzelheit des schaurigen Geschehens selbstquälerisch in sich einströmen lassen. *ES* hatte richtig kalkuliert.

Das Zentrum des Kreises wurde jetzt von Mouwen gefüllt, wie er sich in den Schlaf weinte. Und irgendwie brachte das Mael Duin es fertig, Arrats Haß wie einen Schatten über sein Kindergesicht fließen zu lassen.

... bekenne... verlangte raunend die Wisperstimme... *der Haß...*

Arrat tat, wie ihm geboten. Es war die Wahrheit. Er hatte Mouwen wirklich gehaßt. Die Erinnerung daran brannte wie Salz in der Wunde.

Das Mal Duin ließ den Menschen los und strich um Salvain herum. *...ja... weine...* säuselte *ES... die Liebe...... betrogen...*

Jetzt kamen die Wachsoldaten. Sie prügelten Mouwen zusammen.

... Wahrheit...

Sie banden ihn auf das Pferd und hetzten mit dem Gefangenen und dem Jungen, der ihn verraten hatte, auf Thyram zu.

... betrogen... raunte das Mael Duin.

Der Offizier klingelte nach dem Boten, der den Hauptmann holen sollte. Die Nacht der Qual begann.

Arrat weinte Tränen der Scham gegen den Fels. Seine Schuld peinigte ihn im Rhythmus der Schreie. Er konnte Mouwen nicht sehen, genausowenig wie er ihn damals hatte sehen können. Aber inzwischen kannte er die Einzelheiten der Prozedur. Seine Erinnerungen flossen übereinander wie durchsichtige Bildchen und ergänzten sich zu einer Szenerie der Entsetzlichkeit.

Wieder hängte Mouwen sich an seine Knie.

Und wieder wurde ihm nicht geholfen.

Durch einen Tränenschleier sah Arrat Salvains Gesicht. Es war starr wie eine Maske und schien nichts mehr wahrzunehmen, was außerhalb des Kreises lag.

... *betrogen* ... greinte das Mael Duin den Lharenprinzen an. ... *weine* ... *Liebling* ... *schreie* ... *zürne* ... *hasse* ...

Das Gift des Mael Duin tröpfelte in ihre Seelen.

... *betrogen* ...

Aber irgend etwas hatte sich verändert.

Vielleicht war es die aufgezwungene Symbiose mit dem Schwarzen, die Arrat befähigte, es wahrzunehmen. Nicht mehr Salvain, ging ihm plötzlich auf, das Mael Duin war es, das litt. Es schien – Arrat biß sich auf die Finger, um klarer denken zu können –, es schien, als befände sich das ... das Ding, das einmal wie Denskin ausgesehen hatte ... in einem Zustand des ... Verfalls.

Ein Funke Hoffnung glomm in seinem Herzen auf.

Verloren die Ränder der schwarzen Scheibe nicht an Schärfe?

Seine Blicke irrten zwischen Salvain und dem Mael Duin hin und her. War es tatsächlich möglich, daß die Macht sich verschoben hatte?

Plötzlich gefror die kriecherische Gestalt des Mael Duin. Es war, als hätten Arrats Gedanken einen Warnmechanismus in ihr ausgelöst. Aufmerksamkeit, Furcht, ja, ein regelrechtes Entsetzen trat an Stelle des Greinens. Arrat spürte ein blindwütiges Tasten, wie das Schlagen eines Kindes, doch diesmal galt es nicht dem Menschen, sondern dem Lharen.

Sekunden der Ungewißheit vergingen.

Die Lippen des Mael Duin, schwarz jetzt wie Tinte, stülpten sich nach vorn. Tücke verengte die Löcher, die einmal Pupillen gewesen waren. *ES* bewegte die Finger.

Im selben Augenblick schien etwas in dem schwarzen Kreis zu explodieren.

Plötzlich waren es wieder die Lharen von Aneirin, die das Bild füllten. Noch immer rannten sie um ihr Leben. Nur, diesmal vollzog sich jede ihrer Bewegungen in einer Hast, die allen Naturgesetzen Hohn sprach. Wie kleine Irrlichterchen zuckten sie vorwärts in Richtung des Königspalastes.

Das Spitzbogenportal stand offen. In der Mitte des marmornen Vorhofes hatte sich eine Handvoll Lharen mit einigen Uniformierten gesammelt, um den anrückenden Soldaten zu trotzen.

Das Bild verlangsamte sich wieder.

Brewen erschien in der Tür des Haupteinganges. Sein Kleid wehte, vergeblich suchte er sich Gehör zu verschaffen.

Dann stürmten die ersten Soldaten durch das Portal. Das Töten nahm im Vorhof des Königspalastes seinen Fortgang. Blut besudelte die Säulen des Eingangs.

... *Mörder* ... girrte *ES* in abnorm hoher Tonlage.

Ein alter Lhare mit langem, dünnem Haar versuchte, seinen König ins Innere des Palastes zurückzuziehen. Die Soldaten machten einander brüllend darauf aufmerksam. Ihre Spieße und Lanzen hoben sich, um die kostbare Beute am Fliehen zu hindern.

... *töte* ... zischelte *ES.*

Salvains Kopf ruckte in die Höhe. Bewegung kam in seine starre Miene.

... *Mörderpack* ... *verdorbnes Fleisch* ... *ES* begann zu kreischen. ... *töte* ... *Prinz* ... *töte* ...

Salvains Blicke irrten zu Arrat. Sein Gesicht war tränennaß. Tiefe, angestrengte Furchen durchzogen seine Stirn.

... *töte!* ...

Der alte Lhare wurde von dem Anführer der Meute zur Seite geschleudert und niedergemacht. Mit einem Triumphlachen stürzte sich der Mann auf Brewen. Der Lharenkönig wehrte sich nicht. Ja, es schien, als würde er die groben Hände gar nicht fühlen. Wie in Trance blickte er an dem Soldaten vorbei zum Himmel. Er ließ sich schütteln und hin und her zerren und ins Gesicht schlagen, ohne auch nur die Hände zu heben.

Sein Peiniger drängte ihn gegen die Mauer.

... rette deinen König ... töte ... heulte das Mael Duin.

Die Köpfe des Lharen und seines Bedrängers füllten den Kreis. Wie gebannt starrte Arrat in die bläßlichen Menschenaugen, die aussahen wie ein Extrakt jeglichen jemals gefühlten Hasses. Brewen würde sterben ...

... tööötttte ... raunte es über die Stadt und die Hügel von Aneirin ... *tööötttte ...*

»Ja«, hörte Arrat sich auch selber flüstern. »Töte ihn ... «

Er faßte nach dem Freund.

Gegen sein eigenes Erwarten reagierte Salvain auf die Berührung. Der Lhare drehte ihm den Kopf zu. Seine Wangenmuskeln waren hart, sein Gesicht schweißnaß bis zum Hals. Einen Moment sah es aus, als würde er Arrat überhaupt nicht erkennen. Dann wurden seine Züge weich.

»Töte sie«, wiederholte Arrat. »Damit es ein Ende hat.«

Salvain nickte langsam. Er hob seine beiden Arme und legte die Handflächen gegeneinander. Die Spitzen seiner Finger zeigten genau in Richtung des Kreiszentrums, in dem noch immer die blassen Augen den Tod des Lharenkönigs herbeigierten.

Arrat erwartete die Zerstörung.

Und tatsächlich.

Irgend etwas quoll im Zentrum des Kreises auf. Etwas Helles, wie eine auseinandergezogene Wasserblase. Aber sie brachte nicht den Tod des Soldaten. Dort wuchs ... ein neues Bild, eines, das sich über die beiden Gesichter schob. Das Bild eines sehnigen, hochgewachsenen Mannes mit schwarzen Haaren. Es dauerte mehrere Sekunden, bis Arrat sich selbst darin wiedererkannte. Und das auch nur, weil der Riese, der sich dort im Kreis über sein Abbild beugte, Sardeik war.

Beunruhigt starrte Arrat auf den Kreis.

Es sah aus, als würden sie miteinander streiten. Undeutlich

begann er sich zu erinnern. Es hatte mit Salvains Gefangennahme zu tun gehabt. Aber bevor er ganz begriff, knallte Mouwens qualverzerrtes Gesicht über das Bild. Der kniende Mart mit der Jacke reihte sich daneben. Und dann ging es so schnell, daß Arrat nicht mehr fähig war, Einzelheiten zu unterscheiden.

Es war, als verschwämme der Kreis zu einem Strudel. Bilder, Bilder, Bilder reihten sich aneinander, jedes einzelne eine Erinnerung, die Schmerz in ihm auslöste, selbst wenn sein Hirn gar nicht in der Lage war, ihnen auf die Schnelle eine Bedeutung zuzuordnen. Aber es waren keine zufälligen, sofort erlöschenden Fragmente mehr. Als würden sie dirigiert, strebten die Bilder aufeinander zu, ketteten sich aneinander, und aus ihren Umrissen strukturierte sich ein neues, gewaltiges Bild.

Ein Bild der Bosheit, der Niedertracht und der Gemeinheit.

Ein Bild des Hasses.

Arrats Bild.

Das Lachen des Mael Duin erschütterte die Himmel.

... *WAHRHEIT* ... *WAHRHEIT* ... heulte es über die Hügel von Aneirin.

Arrat war unfähig, sich abzuwenden.

Fasziniert und abgestoßen zugleich starrte er auf sein Ich. Er hatte nicht einmal den Trost, es fremd zu finden. Wahrheit. Sein Herz schlug ihm schmerzhaft gegen die Kehle. Das Bild begann erneut zu flimmern. War denn der Napf seiner Bosheit noch immer nicht ausgeschöpft?

In selbstquälerischer Anstrengung versuchte Arrat, das Wirrwarr des Kreises zu enträtseln.

Aber es waren andere, hellere Fragmente, die sich über sein Abbild schoben.

Plötzlich sah er sich wieder mit Sardeik streiten. Das Wasserblasenbild. Es ging um das Messer, mit dem Sardeik ihrem Gefangenen zu Leibe rücken wollte ...

Der schwarze Kreis blähte sich, als wolle er die Blase von

Arrats Antlitz sprengen, aber sie klebte so hartnäckig wie ein Honigtropfen.

Ein zweites Puzzleteil kettete sich an das erste. Torrot hockte auf Arrats Schultern und hielt sich in seinen Haaren fest. Wann war das gewesen? Und noch ein Bild. Lauter Bilder, an die er sich nicht erinnern konnte, weil er sie nie gesehen hatte. Sie mußten, begriff er plötzlich, aus einem fremden, aus Salvains Gedächtnis stammen.

Die Scheibe begann zu rauchen. Ihr Zentrum wölbte sich vor wie der Rücken eines bockenden Pferdes. Die neuen Bilder, die aus Salvains Erinnerungen, drifteten seitlich davon. Aber es gelang nicht, sie völlig abzuschütteln.

Fasziniert und verstört zugleich blickte Arrat auf den Lharenprinzen. Salvain hatte sich vorgebeugt. Seine Fingerspitzen waren gegen die Schläfen gepreßt.

Aber auch die Gestalt, die einmal wie Denskin ausgesehen hatte, schien Kräfte zu sammeln. Arrat sah, wie ihre Umrisse zusammenschmolzen und sich zu einem dunkelschwarzen Kern formten. Er biß sich auf die Lippen, um sein Entsetzen zu beherrschen.

Immer noch sammelten sich Salvains Erinnerungen auf der Scheibe. Helle Flecken, die sich über die schwarzen klebten. Sie konnten sie nicht völlig verdecken, aber das Bild des Menschen im Kreis begann sich zu verwischen, so als würde es durch strömendes Wasser gezogen.

Arrat fuhr zusammen, als er erneut die Macht des Mael Duin über sein Hirn streifen fühlte. Doch seine Nerven waren derart überreizt, daß er nicht mehr fähig war, sich darüber wirklich zu entsetzen.

Schwarze Erinnerungen und graue klinkten auf der Scheibe ineinander und bildeten eine Konföderation der Abwehr gegen das Helle, das sich an sie heften wollte. Es war ein Kampf, so viel begriff Arrat. Aber was für ein Kampf? Mit welchen Mitteln? Und mit welchem Ziel?

Und was war mit dem Mael Duin?

Arrat trotzte sich eine Hoffnung ab.

Das Mael Duin wimmerte. Es hatte nicht einmal mehr die Kraft, die eigenen Ängste gegen den Menschen abzuschirmen, dem es seine Berührung aufgezwungen hatte. Das Mael Duin verlor an Boden. Es litt.

Aber warum? Und wie?

Die Scheibe begann allmählich ihre Gestalt zu wandeln. Sie wölbte sich nach vorn wie der Bauch einer Schwangeren. Der Kopf in ihrem Inneren bekam Strukturen. Die Wangen strebten nach hinten. Er wurde ... räumlich.

»Eine Kugel.«

Hatte Arrat gesprochen oder jemand anders? Der ungewohnte Schall menschlicher Stimmbänder zog ihn ein Stück in die Realität zurück.

Er versuchte aufzustehen.

Die Scheibe war tatsächlich zu einer Kugel geworden.

Sein Kopf schrammte über den Fels, als er versuchte, den Hals zum Himmel zu drehen.

Eine Kugel. Cashels Zeichen.

Die Hand gegen die blutende Stirn gepreßt, blinzelte Arrat zu dem merkwürdigen Gebilde hinauf, dieser Kopie seines eigenen Ichs. Noch immer steckte Grausamkeit in den hageren Zügen, wenn man wußte, wo man sie zu suchen hatte. Aber sie schien jetzt gemildert, ergänzt, erträglicher ...

Er hätte weinen mögen vor Erleichterung ...

Und dann kam auf einmal der Schlag.

Ein gewaltiges, schmerzgezeugtes, wahnsinniges Nein, das Funken in seinen Nervenfasern entzündete und an ihnen entlangglitt wie an einer Zündschnur. Ein fauchendes, hassendes Leugnen, Irrsinn am Rande der Selbstzerstörung.

Arrat preßte die Hände gegen die Ohren.

Die Schwärze des Mael Duins, eben noch eine sickernde Pfütze auf dem Felsgrund, schien ineinanderzufließen. Ein kraftvoller Strahl, das Konzentrat aller unheilvollen Magie, über die *ES* verfügte, schoß daraus hervor und richtete sich gegen die Kugel. Das Menschenbild, Ziel seines Angriffs, begann zu glühen.

Verzweifelt blickte Arrat auf die kniende Gestalt des Lharenprinzen. Salvain kippte nach vorn. Seine noch immer ausgestreckten Arme zitterten, als wären sie mit zentnerschweren Gewichten behangen.

Es kostete Arrat ein Übermenschliches an Kraft, sich auf den Füßen zu halten. Der Stein unter ihm begann zu vibrieren wie bei einem Erdbeben, und er griff blind nach dem Felsen, um nicht zu stürzen. Er hatte keine Ahnung, ob es möglich war, Salvain beizustehen. Aber irgendwie hatte sich in seinem Kopf der Gedanke festgesetzt, es wäre ungeheuer wichtig, die ausgestreckten Arm zu stützen. Und mit diesem Ziel taumelte er vorwärts.

Da blies etwas gegen seine Wangen.

Es war ein Luftzug, ein Windhauch – kaum mehr als ein Streicheln.

Eine nichtige Bedeutungslosigkeit am Rande der Apokalypse, die sich ereignete.

Trotzdem, und obwohl sein Bewußtsein das Wehen kaum mitbekommen hatte, drehte Arrat sich um. Und sein Instinkt, das war der zweite Teil dieses unbegreiflichen Wunders, erfaßte ohne Zeitverlust, was sein Verstand gar nicht fähig war, überhaupt als gesehen zu akzeptieren.

Der Horngeflügelte.

Das Ungeheuer auf der Spitze des Felsens war mehr als eine Illusion gewesen. Mehr als ein Spott, den Gegner zu demütigen.

Arrat starrte auf ein nachtschwarzes, weit ausgebreitetes Flügelpaar, das sich in den Himmel schwang.

Die Draak war ein Teil des Mael Duin. Eine Vernichtungswaffe. Das letzte und endgültige Mittel, den Feind im Moment der Niederlage mit sich ins Verderben reißen zu können.

Wertvolle Sekunden vergingen, während Arrat mit hämmerndem Herzen auf das Untier starrte. Es war so – unpassend. Brutale Gewalt sollte dem geistigen Ringen der magischen Gewalten ein Ende setzen? Das war – nicht fair. Einen Moment lang kämpfte er mit reiner Hysterie.

Dann sah er die schwarzen Flügel auf das Ziel einschwenken, das die geschlitzten Augen anvisiert hatten, und sein Blut wurde kalt.

Es gab keine Zeit mehr zu überlegen.

Salvains Kräfte und Sinne waren auf die Erhaltung der Kugel ausgerichtet. Der Lharenprinz war hilflos.

Arrat stieß sich vom Fels ab und sprang.

Er erreichte die Draak im Flug, aber seine Finger glitten an dem steinernen Horn ab, und er stürzte zu Boden. Doch der Aufprall hatte den Hornflügler ins Taumeln gebracht. Sekundenlang torkelte die Draak nur wenige Schritt über der Erde. Arrat duckte sich und sprang erneut.

Und dieses Mal faßte er gegen etwas Schwammiges. Der Schuppenpanzer war unvollständig, begriff er. Seine Hand durchstieß die feine Haut, die das Innere des Monstrums schützte. Seine Finger verkrallten sich in eine Masse, so zäh und heiß wie kochendes Gummi.

Ein Schmerz, der auf unbegreifliche Weise ihn selber ebenso betraf wie die Kreatur der Finsternis, riß sie beide zu Boden.

Instinktiv zog Arrat den Kopf ein, als die Klauen des Geflügelten nach ihm ausschlugen. Alles, was er noch klar wußte, war, daß sein Gewicht das Mordwesen am Boden hielt. Aber gleichzeitig dämmerte ihm, daß das nicht reichen würde. Das Geschöpf des Mael Duin verdaute den Schmerz wie einen Leckerbissen und sammelte sich bereits zum nächsten Angriff. Und seine, Arrats, Kräfte waren so verzweifelt begrenzt.

Er spürte die Krallen neben sich den Stein aufkratzen. Der Horngeflügelte ruckte wie ein bäumendes Pferd, um sich von der Last zu befreien.

O Salvain, beeile dich, flehte Arrat still. Mach es schnell und gründlich. Ein einziges Mal in deinem Leben.

Seine Finger rutschten ab. Er griff nach, um neuen Halt zu suchen. Etwas Ätzendes tropfte über seinen nackten Arm. Er stöhnte vor Schmerz.

»Nehmt es!« heulte es da plötzlich direkt hinter seinem Ohr. »O verdammt, verdammt, verdammt, so nehmt es doch schon ...«

Das war Torrots Stimme. Wie um alles in der Welt kam Torrot hierher?

»Eure Hand, schnell!«

Die schwarzen Ratthaugen funkelten über Arrats Gesicht. Etwas Grünschimmerndes erleuchtete die Unterseite des schwarzen Flügels.

Arrat griff danach.

»Der Dolch! Es ist Cashels Dolch!« kreischte Torrot. Arrat spürte die Wärme des Lharenmetalls in seiner Hand.

Er wußte nicht, wie und ob es überhaupt helfen würde. Aber er wußte, daß seine Zeit vorüber war. Die Hand, mit der er sich noch hielt, verlor im zähen Schleim den Halt. Wenn er es jetzt nicht wagte, dann würde es zu spät sein.

Arrat ließ sich zu Boden fallen, drehte sich auf die Knie und jagte das Messer mit der Kraft der Verzweiflung irgendwo hinein in das schwarze Biest.

Und er traf.

Das Schuppenwesen bäumte sich auf.

Es konnte kein tödlicher Stich gewesen sein, aber Cashels Dolch zeigte ungeahnte Wirkung. Arrat sah ein grünliches Zischeln um die frisch geschlagene Wunde, so als würde Wasser auf einer heißen Ofenplatte tanzen. Die Substanz, aus der der Geflügelte geschaffen worden war, begann zu dampfen. In wilder Panik schlug das Untier mit der Kralle nach der Drachensteinklinge, aber nur um sie sich noch tiefer ins Fleisch zu bohren.

Die Schuppen seiner Panzerung kratzten über den Oberkörper des Menschen, als die Draak sich im Todeskampf zu winden begann. Vergeblich versuchte Arrat, sich unter dem sterbenden Ungetüm fortzuwälzen. Seine Haut begann aus unzähligen Wunden zu bluten.

Und dann blinkte plötzlich etwas direkt über seinem Gesicht auf. Etwas Geschliffenes, sehr lang und sehr scharf.

Das Paradoxe war, daß der Hornflügler gar keinen Angriff mehr beabsichtigte.

Es war einfach nur noch ein Reflex, der diese Kralle durch die Luft zischen ließ. Unfähig sich zu rühren, sah Arrat sie auf sich niedersausen. Sieben nadelspitze, gebogene Dolche, lang genug, ihm zur Gänze den Leib zu durchstechen. Im letzten Moment versuchte er sich fortzudrehen.

Er schaffte es auch.

Aber nicht ganz.

Die Krallen des Mael Duin bohrten sich über die Hüfte in seine Seite...

Es war anders, als er erwartet hatte. Eine Berührung, kalt, wie das Eis des Nordmeeres, doch ohne jeden Schmerz. Arrat hörte das Splittern seiner Rippenknochen und fühlte die Wärme seines Blutes und den Druck, als das Geschöpf des Mael Duin über ihm zusammenbrach.

Er wartete.

Benommen starrte er über das schartige Horn hinweg auf den Horizont, wo in einer glühendroten Sonne sein Abbild brannte.

Wo blieb der Schmerz? Warum starb er nicht?

»Ihr habt es totgekriegt«, wisperte Torrot in sein Ohr.

Der Rand der Sonne begann sich aufzulösen. Sie war wie ein Farbklecks, der mit Wasser überspült wird.

»Ihr habt's totgekriegt, und der Junge hat seines auch totgekriegt, so wie ich es begreife.«

Der Himmel wurde heller, obwohl die künstliche Sonne zu

verlöschen begann. Warmes Abenddämmerlicht überstrahlte die Hügel von Aneirin. Es roch nach Rosmarin und Habichtskraut. Irgendwo begann ein Fink zu schlagen.

Arrat vergaß das Fremde in seinem Fleisch.

Der Stein, auf dem er lag, war warm, und ein weicher Windhauch streichelte seinen Leib. Er fühlte sich so müde und so glücklich wie nie zuvor.

Dann wurde der Himmel dunkel, und Salvains verdrehtes Gesicht versperrte sein Blickfeld.

Tränen tropften auf Arrats Hals. War dieses Kind denn schon wieder am Flennen? Und Teufel noch mal, warum gerade jetzt, wo sich endlich alles friedlich gab?

Arrat seufzte.

Er versuchte sich zu bewegen.

Das Fleisch an seiner Hüfte war so kalt, als hätte man es mit Eisstückchen ausgestopft. Er wollte die Hand darauf legen, um sich zu wärmen, aber etwas hielt seinen Arm am Boden.

Salvains Hände streichelten seine Wange. Der Junge sagte etwas, und es klang noch immer bedenklich nach Heulerei.

»Ich tät's nicht«, brummte Torrot. »Er blutet dir unter den Händen weg... Ja, schon gut... ich mach ja schon...«

Der Schuppenflügel wurde angehoben. Arrat fühlte Hände unter seine Achseln wandern...

Im nächsten Moment brüllte er auf.

In seiner Hüfte explodierte ein Kugelblitz, der sich in Wahnsinnsschnelle durch den Körper fraß und an jeder Stelle, die er berührte, ein Höllenfeuer zurückzulassen schien. Arrat hörte sich schreien.

Es tat weh, hundsgemein weh.

Er wand sich aus den Händen, die ihn hielten, und brüllte und schlug den Kopf gegen den Boden. Irgend jemand schlang ihm die Hände um die Brust und klammerte sich an ihn.

Dann wurde alles schwarz.

XXXI

Er schwamm in einem See aus schwarzem, flüssigem Eis.

Und er wußte, daß er untergehen würde, wenn er auch nur für einen einzigen Moment aufhörte, die Arme und Beine zu bewegen. Verbissen zerteilte er das nachtschwarze Wasser. Er schwitzte vor Anstrengung und fragte sich mit jedem neuen Zug, ob es nicht erträglicher wäre, aufzugeben.

Aber am Grunde des Sees lauerte das Unaussprechliche.

Es hatte weder Gestalt noch Stimme. Trotzdem wußte er, daß es da war und auf ihn wartete. Und er fürchtete es, wie nichts auf der Welt.

Seine Angst beflügelte ihn. Die Beine vereisten in dem Wasser, dann sein ganzer Unterleib, und irgendwann mußte er sein schweres Gewicht allein mit den Armen an der Oberfläche halten. Trotzdem gab er nicht auf.

Die Wellen schwappten ihm über den Mund und drangen ihm in den Rachenraum. Es schmeckte wie Blut, und er meinte, daran zu ersticken. Aber er schwamm weiter.

Und dann kam der Pfeil. Ein mit Widerhaken besetzter Stahlstift, der sich wie eine Harpune in seine Seite bohrte, ihm Muskeln und Sehnen zerfetzte und in seinem Fleisch einen wilden Götzentanz begann.

Verzweifelt versuchte er, nach dem Marterinstrument zu greifen, aber etwas drückte auf seine Arme und Schultern. Sein Gesicht landete in einem Kissen. Er biß hinein, um nicht an den Schmerzen zu ersticken.

Dann bog man ihm die Kiefer auseinander, und etwas Bitteres, Brennendes, mit einem intensiven Geruch nach Katzenminze, wurde ihm in den Mund gegossen.

Er hustete und wälzte sich und hustete und litt . . .

Irgendwann wurde es heller.

Eine weiche, fleischige Hand streichelte ihm die Wange.

Träge lauschte er dem Klang der tiefen Frauenstimme. Er verstand nicht, was sie sagte, aber es klang freundlich und sanft und tat ihm wohl.

Etwas Öliges, nach Herbstwald Duftendes wurde auf seine Brust gegossen und von den zärtlichen Händen über die Haut verteilt. Arrat bewegte sich nicht. Die Hände strichen über seinen Hals und die Schultern und über die Arme und die Brust und kühlten dort einen Schmerz.

Im Hintergrund begann etwas zu klirren.

Er fühlte die Hand unter seinen Nacken wandern und nach seinen Schultern greifen. Dann bewegte sie den Kopf, und nun begann es weh zu tun.

Arrat versuchte zu protestieren. Aber da berührte etwas Kaltes seine Lippen, und im nächsten Augenblick hatte er wieder den Mund voller gallenbitterer Katzenminze. Er bäumte sich auf, hustete und versuchte, das Zeug auszuspucken. Doch die Hand, die eben noch so zärtlich mit ihm umgegangen war, drückte jetzt energisch seine Kiefer zusammen, bis er gezwungen war zu schlucken.

Halb erstickt, mit Tränen in den Augen, sank er in die Kissen zurück.

Von nun an waren die Hände beständig um ihn.

Sie zerrten ihn aus seinen Träumen und bedrängten ihn mit dem Minzenzeug. Sie rissen an seinen Wundverbänden, sie quälten ihn mit brennenden Salben und Tinkturen, sie drehten ihn, was er kaum ertragen konnte, von einer Seite auf die andere und verrichteten Dinge an ihm, die er nicht einmal Mart gestattet hätte.

Er fing an, sie zu hassen.

Doch die Peinigung schien einen Sinn zu haben. Als die Zeiten verstrichen, begannen die Schmerzen erträglicher zu werden und die Alpträume kürzer.

Und irgendwann gelang es Arrat zu begreifen, daß er in einem Bett lag, irgendwo in einem halbdunklen Zimmer, dessen Wände mit Blumen bemalt waren, und daß die Hände, die ihn plagten, zu einer Lharin gehörten, und daß er einer Art Vernichtung entronnen sein mußte.

Wieder etwas später konnte er den Kopf drehen und seine Füße bewegen, und als er das nächste Mal erwachte, hatte die Frau die Vorhänge von den Fenstern gezogen, so daß die Sonne auf das Holzmosaik des Fußbodens fiel, und er war fähig zu denken.

Arrat tastete mit den Fingerspitzen über die Decke. Seine Kraft reichte gerade, die Hände zu beugen und zu strecken, aber das tat er ausgiebig. Der Stoff war fremdartig. Er konnte sich nicht erinnern, jemals etwas derart Glattes berührt zu haben. Es fühlte sich an wie Stahl, nur daß es weich und anschmiegsam war und wärmte. Versonnen strich er über die Kringelmuster.

Draußen wurde geredet.

Seine Blicke wanderten zu den Fenstern, die die Wand zu seiner Rechten bedeckten. Sie reichten bis zum Boden, und dahinter blühten in einem Raum aus Glas Rosen, Hyazinthen, Königslilien, Nelkwurz und Akeleien und vieles, das er gar nicht kannte.

»Nun komm schon«, bettelte jemand. »Dieser eine Augenblick wird ihn schon nicht umbringen. Ich möchte doch nur sehen, daß er wirklich die Augen aufhat. Betside . . . «

Die tiefe Frauenstimme antwortete etwas, mußte Widerspruch hinnehmen, lachte leise, sprach noch einmal, dann öffnete sich die Tür. »Und ein Augenblick, mein junger Herr, dauert für mich so lange, wie ich brauche, um frische Bettwäsche aus der Kleiderkammer zu holen«, drohte sie, bevor sie wieder hinausging.

Salvain trat an Arrats Bett. Ein Leuchten ging über sein schmales Gesicht, als er sah, daß der Kranke die Augen geöffnet hatte. Er kniete sich neben ihn, ergriff seine Hand und drückte sie. »Hallo . . .« Er hatte etwas im Hals und mußte sich räuspern. »Mein lieber Mann, du kannst einem aber ganz schön Sorgen machen.«

Arrat fand, daß er das von niemandem verlangt hatte, und wollte etwas dergleichen sagen. Statt dessen kam wieder der Husten und mit der Erschütterung der Schmerz in der Seite.

»Hier.« Salvain beugte sich über ihn. »Versuch das zu trinken. Nun komm schon. Was soll denn das? Es wird dir guttun ...«

Es tat aber überhaupt nicht gut. Es brannte im Hals und entzündete Feuer in seinem Magen und trieb ihm das Wasser in die Augen.

»Du bist auf deine alten Tage wehleidig geworden«, stellte Salvain fest. »Komm, trink Wasser hinterher. Das hilft. Und hinterher wirst du wunderbar schlafen.«

Ausgerechnet schlafen! Hatte er in den vergangenen Tagen nicht bereits jede Variation eines Alptraums zusammengeträumt?

»Ich habe wirklich geglaubt, du würdest sterben.« Salvains offenes Gesicht – wie konnte man nur noch so offen schauen, wenn man dem Mael Duin gegenübergestanden hatte? – strahlte. »Weißt du überhaupt, wie lange du hier gelegen hast? Sechs Wochen!«

Der Begriff Mael Duin löste bei Arrat Erinnerungen aus. Das Moor, der Turm, der Kampf auf dem Felsen, war das Wirklichkeit gewesen oder Teil seiner fürchterlichen Träume?

»... die Kugel ...«, krächzte er.

Schatten fielen auf Salvains Gesicht. Es war also kein Traum gewesen.

»Das Mael Duin ist fort«, erklärte der Lhare.

»Tot?«

Sein Freund schüttelte den Kopf. »Nein. Das Mael Duin ... kann wahrscheinlich nicht sterben. Es ist in seinen Turm zurückgeflohen. Und dort«, fügte er mit herzlicher Inbrunst hinzu, »wird es hoffentlich für lange Zeit bleiben. Aber ich glaube, daß es irgendwann zurückkehren wird. Vielleicht in hundert Jahren, vielleicht erst in tausend ...«

Arrat gähnte. Das kurze Gespräch hatte ihn über die Maßen

angestrengt. Vielleicht war es auch der verfluchte Trank. Ihm kippten die Augen zu.

»Ich habe dir erlaubt, eine Weile bei ihm zu sitzen, aber nicht, ihn zu Tode zu reden«, hörte er die Lharin schimpfen. Dann schlief er wieder.

Mit dem nächsten Erwachen kam ein fremder Mann, der sich als Arzt vorstellte. Mit Hilfe der Frau öffnete er den Wundverband. Eine Wolke üblen Geruchs stieg auf, als er das Leinentuch auseinanderschlug.

Arrat mußte sich zwingen, auf die nässende, eiternde Stelle zu schauen. Er verabscheute und fürchtete Krankheiten. Aber er wollte wissen, wie es um ihn stand, und so studierte er, was einmal sein Leib gewesen war. Es sah aus, als hätte jemand ein Messer genommen und es wahllos in seiner Hüfte rotieren lassen.

»Es muß ausgebrannt werden«, murmelte er.

Der Lhare, ein fröhlicher Greis, der seine spärlichen Haare zu einem Zopf gedreht und oben auf dem Kopf zusammengebunden hatte, zog die linke Augenbraue hoch.

»Mein lieber Junge, du hast das Gift überstanden, und die Entzündung und das Fieber, und wenn wir Glück haben und du schön friedlich bist und dich nicht aufregst, bekommen wir vielleicht sogar deine Magengeschichte in den Griff. Warum um alles in der Welt sollten wir uns nun mit neuen Problemen beschweren, indem wir dir das Fleisch verbrennen? Sie haben tatsächlich einem der armen Kerle dort unten Mehl auf die Brandwunden gestreut«, fuhr der Alte, zu seiner Helferin gewandt, fort. »Es war eine schauderhafte Sache, das Zeug wieder abzukratzen. Und einem anderen haben sie versucht, das Bein abzusägen. Als hätte er noch eines zum Ersatz. Sei doch bitte so gut und gib mir einmal den Topf mit dem Hirtentäschelkraut und der Schafsgarbe. Und auch die braune Flasche ...«

Die beiden machten sich daran, die Wunde auszuwaschen, und legten salbenbedeckte, frische Tücher auf.

»Wo ist Salvain?« fragte Arrat.

Die Augenbraue des Alten ruckte wieder in die Höhe. »Habe ich nicht gerade gesagt, du sollst Ruhe geben und dich entspannen? Kein Wunder, daß du in deinem Alter schon mit dem Magen zu kämpfen hast.«

»Ich möchte doch nur wissen ... «

»Ja, ja, schon gut. Ich werde Deek Durin fragen, unsere oberste Heilerin, ob sie dir Besuch erlauben will.«

Deek Durin erlaubte.

Es war allerdings nicht Salvain, sondern Mekeele, die ihn einige Tage später aufsuchte.

Arrat freute sich ehrlich, die Schmiedin zu sehen. Ausführlich ließ er sich ihre Erlebnisse mit Torrot und Tarek berichten, wie der Skelde sie an die Oghools verraten hatte und wie sie mit viel Glück dennoch entkommen waren, und dann auch noch über die Schlacht von Aneirin.

»Es hat also wirklich die vielen Toten gegeben.« Irgendwie hatte er immer noch gehofft, die Szenen im Kreis des Mael Duin könnten eine Täuschung gewesen sein, aber Mekeele schüttelte bekümmert den Kopf. »Vor fünf Wochen waren die Bestattungsfeierlichkeiten.«

»Ist ihr König auch tot?«

»Nein. Das ist ein Lichtblick. Er hat ein paar Schrammen abgekriegt, aber den Abzug der Truppen hat er mit Gny-Kobe schon wieder selbst geregelt.«

»Die Soldaten sind fort?«

»Alle bis auf ein paar hundert, die sich an den Aufräumarbeiten beteiligen, und die Verwundeten natürlich.«

»Die Lharen haben ihnen gestattet, in Aneirin zu bleiben?«

»Tja, es sind seltsame Leute.« Mekeele lächelte eigentümlich. »Allerdings wohnen die Männer nicht in der Stadt. Gny-Kobe hat unten am Fluß Zelte aufschlagen lassen. Dort werden sie von den Lharen versorgt.«

»Werdet Ihr hier in Aneirin bleiben?«

Sie schüttelte den Kopf. »Nein. Ich habe die Lharen gesehen, und nun ist meine Unruhe vorbei.« Sie schwieg und dachte nach. »Ich ... ich bin müde geworden, versteht Ihr? Es war eine Menge Aufregung. Ich habe Sehnsucht nach Jooris und der Schmiede und dem Gedrängel und Gestank und Gekeife unserer gesegneten Hauptstadt.« Sie lächelte schief. »Eigentlich bin ich nur noch geblieben, um mich von Euch zu verabschieden.«

»Das ehrt mich«, sagte Arrat und meinte es völlig ernst. »Darf ich Euch besuchen kommen, wenn ich wieder einmal in Gorrota bin?«

Mekeele schmunzelte. »Wann immer Ihr wollt, und so lange Ihr wollt. Mir scheint, Ihr habt das richtige Organ, mit Jooris zu plaudern. Wird dem Alten Freude machen.« Grinsend reichte sie ihm die Hand.

»Ach«, sagte sie, als sie aufstand. »Jetzt hätte ich es doch beinahe vergessen. Von Torrot soll ich Euch auch noch grüßen. Seine Geschäfte haben ihn nicht ruhen lassen. Aber er läßt Euch ausrichten, daß er Euch gern einmal in Blairgowrie begrüßen würde.« Sie zwinkerte. »Seine Heldentat auf dem Felsen hat seine Geschäfte mächtig angekurbelt. Er kann sich vor Aufträgen kaum noch retten und denkt daran, sich mit den Seeleuten von Valorra zu fusionieren, um Verbindungen nach Übersee zu bekommen.«

»Wie ist er an Cashels Dolch gekommen?«

Mekeele zuckte die Achseln. »Ich denke mir, er wird ihn sich gesucht haben, als wir aus der zerstörten Veste geklettert sind. Anders kann ich es mir nicht vorstellen. Das Messer war seine Besessenheit. Und ist es scheinbar noch, denn sie haben es nicht finden können, als sie die tote Bestie vom Felsen fortschafften, und Torrot rannte die ganze Zeit mit eigentümlichem Gesicht herum.«

»Dann soll er es doch haben. Es ist ein Teufelszeug.« Arrat gähnte. »Ist Sardeik schon fort?«

»Ja. Er hat sich wegen irgendeiner Sache mit Gny-Kobe überworfen. Beleidigungen, Empfindlichkeiten, ach, der Teufel weiß, was! Aber er hat mir etwas für Euch gegeben.« Mekeele zog ein in Leinen gewickeltes Päckchen aus der Tasche ihres Mantels. »Soll ich es für Euch aufmachen?«

Schweigend sah Arrat zu, wie die Schmiedin die geflochtenen Bänder entwirrte.

»Sardeik ist ein seltsamer Mann«, murmelte sie. »Ich hatte immer gedacht, er haßt Euch. Aber nachdem sie Euch vom Felsen geholt hatten, ist er ständig um Euer Lager geschlichen.«

»Wir waren lange zusammen, wir haben uns aneinander gewöhnt.« Arrat nahm Mekeele das Tuch aus der Hand. Ein ellenlanger, gebogener Dolch mit reichgeschnitztem Goldgriff steckte darinnen. Sardeiks Waffe. Ihm wurde das Herz warm.

Später am Tag kam Brewen.

Wenn Arrat sein Gesicht nicht im Kreis des Mael Duin gesehen hätte, dann hätte er ihn niemals erkannt. Der König der Lharen war noch schlichter gekleidet als der Arzt, und so ruhig, daß man ihn für einen der Diener hätte halten können. Er kam auch völlig allein und reichte Arrat sehr unköniglich die Hand zur Begrüßung.

»Dein General drängt darauf, mit dir zu sprechen«, meinte er, nachdem er einen Stuhl herangeholt und sich neben dem Bett niedergelassen hatte. Vielleicht bemerkte er Arrats reservierte Miene, denn er fügte mit einem Lächeln hinzu: »Ich glaube allerdings nicht, daß Deek Durin dir in der nächsten Zeit schon so anstrengenden Besuch erlauben wird.«

»Wo ist Salvain?« wollte Arrat wissen.

»Er hat zu tun.«

Das bekomme ich seit Tagen zu hören, dachte der Kranke. Er war verstimmt, bemühte sich aber, es zu verbergen.

»Ich habe dir noch nicht danken können.« Brewen nahm sich einen Stuhl und setzte sich neben das Bett. »Du hast viel für mein Volk getan. Und auch für dein Volk natürlich.«

»Wenn man keine Wahl hatte, erübrigt sich das Danken.«

»Nach dem, was Salvain erzählte, hattest du lange Zeit eine Wahl.«

»Ich bin Soldat. Ich bekomme Befehle, die ich ausführe.«

Arrat hätte sich am liebsten auf die Zunge gebissen. Diese Bemerkung war so dumm wie kränkend gewesen. Die Wunde auf Brewens Stirn war kaum vernarbt. »Was hat das Mael Duin vertrieben?« fragte er, um abzulenken. »Es sah aus, als würde es ... zusammenschmelzen.«

»Tatsächlich?« Brewen beobachtete ihn, und Arrat fühlte sich erneut unbehaglich.

»Ja. Als würde die Kugel ihm Schmerzen bereiten.«

»Das tat sie auch.«

»Aber ... ich meine: *ES* war doch so mächtig. Sogar Denskin konnte ihm nicht widerstehen – und er war ein starker Mann. Was hatte Salvain ... «

»Salvain ist ein Cashelskind. Er besaß Cashels Magie.«

»Die hatte Aisske doch auch.«

Brewen lächelte. »Hast du nicht begriffen, welches das Band ist, mit dem das Mael Duin seine Opfer zu sich hinabzieht? Es ist der Haß. Gut und Böse sind wie Wasser und Feuer. Das Böse kann nichts absorbieren, was seinem Wesen völlig entgegengesetzt ist. Aisske fing an zu hassen, und damit begann sein Untergang. Und Salvain ... «

»Woher willst du das alles wissen?«

»Ich bin der König der Lharen«, sagte Brewen. »Und gewisse Zusammenhänge sollten mir verständlich sein. Zumindest, wenn sie sich unmittelbar vor meiner Nase abspielen.«

Der Zusatz klang bitter, und Arrat tat seine unhöfliche Bemerkung leid. »Was sollte die Kugel?« fragte er.

Die Tür öffnete sich, und der Arzt trat ein. Er hatte einen Korb mit einem Sammelsurium von Flaschen bei sich und machte sich an dem Tischchen mit der Medizin zu schaffen.

»Die Kugel – ist eine Art Symbol.« Brewen war wirklich

geduldig. »Man sagt, daß Cashel es sich ausgedacht hat. Ich würde sie als Spiegel der Wirklichkeit bezeichnen. Eine Mahnung für uns, daß das Gute selten völlig gut ist und das Böse niemals ... «

» ... nur böse? Unsinn. Das Mael Duin ist schlecht bis in die letzte Pore seiner Existenz.«

»*ES* hat dich verletzt, Arrat. Dir fehlt der Abstand, das zu beurteilen.«

»Und Euer Abstand war so groß geworden, daß Ihr seine Bösartigkeit aus den Augen verloren habt.«

Die Worte waren nicht so streitsüchtig gemeint, wie sie klangen. Arrat merkte nur, wie die Schmerzen wiederkehrten. Er hatte Schwierigkeiten, sich zu konzentrieren und wurde ungeduldig. Der Arzt murmelte etwas und griff nach einer der Flaschen.

»Warte«, sagte Arrat, als Brewen sich erhob. »Wo steckt Salvain?«

»Er ... ist im Moment beschäftigt.«

»Womit ist er beschäftigt?«

Die beiden Lharen tauschten Blicke. »Er hat noch einiges zu erledigen. Es gibt eine Menge Verwundeter in Aneirin und draußen im Lager ... «

Der König log.

Die Erkenntnis traf Arrat wie ein Schlag.

Brewen log. Aber er war ein Stümper im Täuschen, genau wie Salvain. Nur, *warum* log er? Welche Wahrheit versuchte der Lhare ihm vorzuenthalten?

Eine eiserne Faust griff nach Arrats Herzen.

»Wenn Salvain zu beschäftigt ist, um zu mir zu kommen«, sagte er und stützte sich hoch, »dann werde ich eben zu ihm gehen.«

Er schwang die Beine aus dem Bett. Es tat höllisch weh, und ihm wurde so schwindlig, daß er nach dem Bettpfosten greifen mußte, um nicht zu stürzen. Und vielleicht wäre er dennoch gefallen, wenn Brewen nicht auf ihn zugesprungen wäre und ihn gehalten hätte.

»Wo ist Salvain?« fragte Arrat verbissen.

Der Arzt sagte etwas auf lharisch, und Brewen versuchte, den Kranken ins Bett zurückzubugsieren.

»Verdammt, laß mich los. Ich weiß, daß ihr mir etwas verheimlicht. Was ist mit Salvain? Ich will wissen, wenn etwas nicht in Ordnung ist.«

»Salvain ist im Hain«, sagte Brewen.

Es dauerte bestimmt vier, fünf Sekunden, bis Arrat den Sinn der Worte begriff.

»Im Hain . . .«, wiederholte er wie ein Idiot.

Brewen nickte.

»Er wird dort sterben.«

»Nein. Das solltest du nicht denken. Niemand weiß genau, was geschieht, wenn ein Mensch oder ein Halbling den Hain betritt.«

»Doulagh hat gesagt, er wird dort sterben.«

»Natürlich ist es nicht ohne Risiko . . . «

»Doulagh hat gesagt, er wird sterben!« Arrat wurde laut, ohne es zu merken. »Er hat gesagt, jeder Mensch stirbt dort. Ihr . . . ihr seid dabei, ihn umzubringen! Warum . . . Ich meine . . . «

»Komm, Arrat, bitte, es ist nicht gut, wenn du dich aufregst.«

Arrat wehrte sich gegen die Hände. »Er hat Euch geliebt«, schrie er. »Er hat für euch gelitten. Sogar das Mael Duin hat er für euch ertragen. Er hätte sein Leben gegeben . . . «

Brewen versuchte, ihn auf die Matratze zurückzudrücken. »Es war sein eigener Wunsch.«, keuchte der Lharenkönig.

»Das ist eine Lüge! Salvain hat sich vor dem Hain gefürchtet. Er wäre niemals freiwillig gegangen.« Irgendwie brachte Arrat es fertig, ihn beiseite zu stoßen.

Er stolperte in Richtung Tür.

Wieder griff Brewen nach ihm. Der König schrie etwas in seiner Sprache. Stimmen wurden laut, Türen klappten, und plötzlich war das ganze Zimmer voller weißhaariger Gestalten. Wie ein Verrückter schlug Arrat auf die Männer ein, die ihn zu halten versuchten.

Der Verband um seine Hüfte begann zu rutschen.

Jemand schlang die Arme um ihn, dann tauchte das Gesicht des alten Arztes auf. Sie beugten ihm den Kopf nach hinten und preßten ihm einen Lappen vor die Nase.

Es war Nacht, als Arrat erwachte. Jedenfalls nahm er an, daß es Nacht sei, denn um ihn herum war es finster. Er mußte sich wieder in seinem Bett befinden. Das vertraute Glatt der Decke knisterte unter seinen Fingern. Arrat lag stumm und wartete und horchte. Aus einer Ecke kamen leise Atemzüge. Die Lharin, falls sie es war, schien eingeschlafen zu sein.

Über dem Glas des Blumenhauses funkelten Sterne. Es mußte tatsächlich Nacht sein.

Vorsichtig richtete Arrat sich auf. Er hatte einen schalen Geschmack wie nach Bittermandeln im Mund. Aber womit auch immer man ihn betäubt haben mochte, es bewirkte, daß seine Seite kaum noch schmerzte. Einige Minuten lang blieb er auf der Bettkante sitzen. Der Schwindel blieb erträglich, er nahm an, daß er es schaffen könnte.

Sein Vorhaben war einfach: Er wollte fort.

Fort aus Brewens Haus und fort aus Aneirin.

Über das Warum gab er sich keine Rechenschaft. Sein Herz war wund, und sein Verlangen, sich zu verkriechen, übermächtig.

Sie hatten seine Kleider über einen Stuhl neben den Fenstern gelegt. Er knöpfte das Leinenhemd auf, das sie ihm übergezogen hatten, und streifte es in einer mehrere Minuten dauernden Aktion über den Kopf. Er keuchte dabei so sehr, daß er meinte, die Lharin müsse unweigerlich aufwachen, aber in der Ecke blieb es ruhig, und immer wenn er lauschte, hörte er die gleichmäßigen Atemzüge. Die Hose anzuziehen erwies sich als noch schwieriger. Er mußte sich bücken, und der Schmerz in seiner Hüfte begann aufs neue zu toben. Am Ende war er in Schweiß gebadet, und er brauchte lange, um wieder zu Atem zu kommen.

Der Himmel über der Glaskuppel des Blumenzimmers war sternenklar. Zweifellos war es kalt.

Arrat zog seine Jacke über und ergriff nach kurzem Zögern auch noch die Decke. Sie war so leicht, daß er ihr Gewicht kaum spürte. Er schnallte sie sich um den Leib und schob eine der Glastüren beiseite.

Der Weg ins Freie war denkbar einfach. Natürlich. Er war ja auch kein Gefangener.

Als er auf dem kiesbestreuten Gartenweg stand, begann Arrat zum ersten Mal darüber nachzudenken, wohin er eigentlich gehen wollte. Flüchtig dachte er an Gny-Kobes Camp. Aber das Gelächter und die rohen Späße der Soldaten waren das letzte, was er sich jetzt wünschte.

In einer Margeritenstaude steckte ein Holzstab. Er zog ihn aus seinem Band und benutzte ihn, um sich abzustützen.

Die Kiesel stachen in seine nackten Füße. Der Boden war kalt. Es war ein Fehler gewesen, nicht nach den Schuhen zu sehen, ging es ihm durch den Kopf. Aber nun war es zu spät.

Vorsichtig wanderte er auf das schmiedeeiserne Tor am Ende des Weges zu.

Brewens Haus war auf einer Anhebung errichtet worden. Arrat konnte unter sich die Lichter der Häuser von Aneirin sehen. Instinktiv wandte er sich nach rechts, dorthin, wo es dunkel war.

Auf seine Krücke gestützt, humpelte er durch den einsamen Park von Aneirin, an Salvains Springbrunnen vorbei, und dann hinaus auf die Straßen und Gäßchen. Die Blumentöpfe an den Wänden kamen ihm bekannt vor, aber er war zu erschöpft, um sich daran zu erinnern, wo er sie gesehen hatte. Schritt für

Schritt arbeitete er sich auf den dunkelsten Punkt am Rande der Stadt vor.

Die Leute von Aneirin verbrachten die Nächte in ihren Häusern. Es gab keine Betrunkenen und keine finsteren Gestalten, die ihn hätten beobachten können. Es gab auch keine Nachtwächter. Das einzige Geräusch war das Scharren seines Stockes auf dem Pflaster und, weit in der Ferne, das Lachen und der Gesang der Soldaten.

Der Morgen graute bereits, als Arrat das Waldstückchen erreichte, das er sich ausgesucht hatte.

Aufatmend ließ er sich auf die weiche Erde sinken. Er überlegte, daß es sinnvoll wäre, sich noch einmal aufzuraffen und in den Schutz der Bäume zu kriechen, aber etwas warnte ihn. Das dunkelschimmernde Grün kam ihm so vor – nicht ganz, aber doch ein wenig – wie der lebende Wald des Mael Duin.

Er zog sich die Decke über den Bauch und die Schultern und verkroch sich so tief unter dem Stoff, wie es möglich war. Er lag in einer Mulde. Der Boden war mit Sand und Weißmoos gepolstert. Trotzdem war ihm erbärmlich kalt.

Zähneklappernd lauschte er dem Gesang eines Nachtvogels.

Salvain war also tot.

Er war zu erschöpft, um noch etwas anderes als Trauer darüber zu empfinden.

Salvain hätte nicht gehen dürfen, dachte er. Jedenfalls nicht einfach so, ohne sich zu verabschieden. Oder war der Gang in den Hain doch nicht freiwillig gewesen?

Arrat schalt sich einen Dummkopf.

Mit geschlossenen Augen wartete er auf den Schlaf.

Es war Nachmittag, als er erwachte, und es dauerte noch einmal vierundzwanzig Stunden, bis sie ihn entdeckten.

Ein Junge mit einem Seil und einer Tasche voller Kastanien stolperte über ihn. Der Kleine war zu Tod erschrocken. Wie der

Blitz verschwand er hinter einem Gebüsch. Aber kurze Zeit später lugte er durch die Zweige, und dann rannte er mit schnellen Sätzen auf die Stadt zu.

Ein Stunde später war Brewen da.

»Ich hätte wissen sollen, daß es dich zum Hain zieht.«

Er lächelte und setzte sich, ohne eine Einladung abzuwarten. Die Vorhaltungen, die Arrat von ihm erwartet hatte, blieben aus. Brewen legte sich ins Moos zurück und schloß die Augen und wartete.

Arrat konnte nicht umhin, ihn zu beobachten. Der König der Lharen war noch jung. Vielleicht ein halbes Dutzend Jahre älter als Salvain, obwohl man das bei den Lharen schwer schätzen konnte. Seine Haare glänzten wie die Spinnweben, die in den Zweigen der Büsche hingen.

»Ist er wirklich freiwillig gegangen?« fragte Arrat.

»Ja, aber wenn er es nicht von sich aus angeboten hätte, dann hätte ich ihn gebeten.«

»Warum?«

»Weil es gefährlich ist, wenn so viel Macht in einer Hand liegt.«

»Du tust Salvain unrecht.« Das war Arrats eigentlicher Vorwurf, wie ihm erst jetzt bewußt wurde. »Du hast ihm immer unrecht getan. Du hast geglaubt, er hätte euren Großvater umgebracht, obwohl du ein Leben lang mit ihm zusammengewesen bist und ihn kennen mußtest.«

»Das ist richtig.«

Arrat wartete, aber Brewen machte keinen Versuch, sich zu rechtfertigen.

»Du warst treulos und ungerecht«, beschuldigte er ihn.

»Ja. Und sehr grausam.« Nun kam doch Bewegung in die stillen Züge. »Ich weiß, daß ich Salvain weh getan habe, wahrscheinlich mehr als jeder andere.« Brewen stützte sich auf den Ellbogen. »Sogar als er auf dem Felsen kniete und mit dem Mael Duin rang, habe ich ihm noch mißtraut und gezögert, ihm beizustehen. Du nennst das einen Verrat, und ich weiß, daß Salvain es auch tut – obwohl er sich eher die Zunge abbeißen würde, als es zuzugeben.«

Arrat wollte etwas einwenden, aber Brewen hob die Hand.

»Nein, warte. Es gibt ein einziges Ding, das ich zu meiner Entschuldigung zu sagen habe. Und das ist, daß ich die Bürde des Königtums trage. Vielleicht ist die Entschuldigung schlecht. Ich habe sie Salvain gar nicht erst angeboten, weil ich wußte, daß er sie nicht akzeptieren würde.«

»Du brauchst dich vor mir nicht zu rechtfertigen ... «

»Als sein Freund und sein Vetter hätte ich versucht, an ihn zu glauben. Als König meinte ich, dazu kein Recht zu haben.«

»Aber du hättest die Fakten sorgfältiger prüfen können. Es gab vieles, was merkwürdig war.«

»Ja, vielleicht. Aber wenn Salvain sich mit dem Mael Duin eingelassen hätte, Arrat, und es sah so aus, dann wäre das dunkelste Zeitalter der Erdgeschichte angebrochen. Und wahrscheinlich hätte es niemals mehr ein Ende genommen. Hätte ich dieses Wagnis eingehen dürfen?«

»Salvain hat sich niemals etwas aus Macht gemacht.«

»Er ist ein Mensch.«

»Ach Unsinn! Und wenn schon. Du fängst an, wie das Mael Duin zu reden.«

Brewen nahm es ihm nicht übel. Er lachte sogar. »Du hast es leicht, das zu sagen. Ach, Arrat, ich habe mich gewunden wie ein Wurm, als ich die Entscheidung treffen mußte. Und ich versichere dir, nach allem, was geschehen ist, fühle ich mich auch jetzt wieder wie ein Wurm. Ich will gar nicht darum herumreden: Auch wenn Salvain freiwillig gegangen ist – es war eine weitere Grausamkeit von mir, es ihm zu erlauben. Malte sorgt jedesmal, wenn er mich trifft, dafür, daß ich das nicht vergesse.«

Malte. Arrat zwickte das Gewissen. Er hatte den Jungen vollständig vergessen.

»Ist Malte bei dem ... Gemetzel zu Schaden gekommen?«

»Natürlich. Er ist Denskins Sohn. Es war gar nicht möglich, ihn irgendwo einzusperren, als die Menschen kamen.«

»Denskins Sohn?«

»Wußtest du das nicht?«

Nein. Es gab scheinbar eine Menge, was Arrat nicht wußte. »Wird er wieder auf die Beine kommen?«

»Ganz gewiß.«

»Und Denskin. Ist er wirklich – ich meine: vollständig tot?«

»Nach allem, was wir von Salvain wissen: ja.«

»Er war ein tapferer Mann.«

Sie schwiegen.

Es begann zu dämmern. Wind war aufgekommen und wirbelte die roten Blätter durch die Luft. Der Hain hatte eine Feuerhaube bekommen. Noch wenige Minuten, und es würde dunkel sein.

»Ich bin gekommen, weil ich dich um etwas bitten möchte«, sagte Brewen.

Arrat wartete.

»Salvain scheint ... er scheint sehr an dir zu hängen. Bevor er in den Hain gegangen ist, hat er mir ans Herz gelegt, für dich zu sorgen. Und du wirst verstehen, daß es mich schmerzen würde, ihn noch einmal enttäuschen zu müssen. Es ist natürlich reiner Egoismus.« Brewen lächelte schwach. »Trotzdem: Würdest du mir erlauben, mich um dich zu kümmern?«

Die Bitte machte Arrat verlegen, gerade weil sie so ausdrücklich als Bitte vorgetragen worden war. »Ich kehre nicht in deine Stadt zurück. Ich hasse Ärzte und Räume, die nach Medizin riechen«, knurrte er.

»Aber du würdest Deek Durin erlauben, nach deiner Wunde zu sehen, und Essen und Medikamente und ein Zelt von mir annehmen?«

»Wahrscheinlich könnte ich gar nicht verhindern, daß du es hier abladst?«

»Wahrscheinlich nicht.«

Arrat ließ sich ins Moos zurücksinken. Die Sonne hatte keine Kraft mehr. Er war verfroren bis auf die Knochen. Der Gedanke an warme Kleider und Nahrung und sogar an das Minzenkraut tat gut. »Sag deinem Koch«, murmelte er, »daß ich Hirschragout und gebratene Hasenschenkel bevorzuge.«

Brewens Antwort erfolgte in Lharisch und war ein halbes Lachen und ein halbes Schimpfen.

Und natürlich brachten sie ihm ihren Gemüsebrei.

Zwei Tage später, am Nachmittag, kam Gny-Kobe. Das Gespräch mit dem General war kurz und unerfreulich.

Er hatte offenbar damit gerechnet, Arrat nach Gorrota schaffen lassen zu können, um ihm nach seiner Genesung das Kommando über die Nordtruppen zurückzugeben. Womöglich sogar noch mehr, wie er betonte. Um so größer war seine Bestürzung, als Arrat sich weigerte, überhaupt in die Armee zurückzukehren. Er vermutete Animositäten, denn natürlich wußte er von Arrats Gefangennahme, und er ließ sich sogar zu einer Entschuldigung hinreißen.

Der Alte tat Arrat leid.

Halbherzig versuchte er sich in einer Erklärung.

»Wenn es wegen Sardeik ist ...«, unterbrach ihn der General schon nach wenigen Worten.

Aber es war nicht wegen Sardeik. Nicht nur.

Wie konnte man die Bilder eines Kreises erklären?

»Die Skelden sind noch immer eine Gefahr. Eure Heimat braucht Euch«, drängte der Alte.

Arrat schüttelte stumm den Kopf.

Gny-Kobe gab ihm weder eine offizielle Entlassung noch ein Wort des Abschieds. Grollend wie ein Gewitter stapfte er über die Hügel davon, und Arrat blickte ihm ohne das geringste Bedauern nach.

Es war, als hätte der König der Lharen sich mit den Mächten der Natur verbündet, um seinen strapaziösen Pflegling am Leben zu erhalten. Drei Wochen lang strahlte die Herbstsonne vom Himmel und heizte das Moos und die Erde auf. Das Hügelland von Aneirin leuchtete in beständiger rotgoldener Pracht, als hätte der Herbst dem Winter die Türe zugeschlagen.

Arrat lag unter seiner Zeltplane, aß, was man ihm brachte, unterhielt sich mit Brewen und wartete auf das Verheilen seiner Wunden.

Ohne Bitterkeit betrachtete er jetzt den Hain. Mehrmals hatte er mit dem Gedanken gespielt, einfach hineinzugehen. Aber sobald er sich den herbstlichen Bäumen näherte, schien es, als verbiete sich dieses Vorhaben von selbst. Es wäre – ja, wie eine Entweihung gewesen. Die Vorstellung gefiel ihm nicht, und er haderte mit sich selbst, trotzdem mochte er den entscheidenden Schritt nicht tun.

Sinnend schaute er zu den Mauern von Aneirin hinüber. Er hörte das Lachen und die Rufe der Lharen, die ihre Vorbereitungen zum Sonnenwendfest trafen. Nach dem Fest, nahm er sich vor, würde er gehen. Die Hüfte schmerzte kaum noch, und er konnte längst wieder ohne Krücken laufen.

Die Gespräche mit Brewen begannen ihm Freude zu machen. Es war höchste Zeit, daß er verschwand.

Mit geschlossenen Augen genoß er die Wärme der Sonnenstrahlen, die auf seinem Gesicht tanzten. Aneirin war zu schön, um ewig zu sein. Ein Traum, der die Kräfte einschläferte. Noch ein paar Wochen, und er würde niemals mehr fortgehen wollen. Einen Moment lang stellte er sich vor, wie er mit langem Bart und gichtigem Rücken hier in seinem Zelt hocken würde, das Kuriosum der Lharenkinder.

»Was ist denn so komisch, Arrat?« wisperte eine Stimme direkt hinter seinem Ohr. »Darf man mitlachen?«

Arrat spürte wie sein Herz aussetzte.

Nein, sagte er zu sich selbst. Es ist nicht möglich. Du bildest dir das ein. Jetzt hast du endlich deinen Knacks im Kopf, du Kuriosum.

Er weigerte sich, die Augen zu öffnen.

Es war nicht möglich, daß ein Mensch den Hain betrat und ihn lebend wieder verließ. Doulagh hatte es gesagt, und er selber wußte es auch. Hatte er nicht wochenlang im Schatten des Haines gelebt?

»Na großartig. Da freut man sich, einen Freund wiederzusehen, und dann hält der Bursche es nicht einmal der Mühe wert, die Augen aufzumachen.«

Arrat stieß sich den Kopf an der Zeltstange, als er in die Höhe schoß. »Du müßtest tot sein!« krächzte er hinaus.

Salvain räkelte sich neben ihm im Moos. »Das muß ja wohl mein Schicksal sein«, beschwerte er sich mit geheuchelter Traurigkeit. »Ich meine, daß ich ständig alle Welt enttäusche ...«

»Aber du bist ... im Hain gewesen ...«

»Was du alles weißt ...«

»Doulagh hat gesagt, du würdest dort sterben ...«

Salvain schnitt eine Grimasse.

»Und du bist hineingegangen, ohne mir einen einzigen Pieps davon zu sagen. Du warst dabei, dich umzubringen, und du hast es nicht einmal für nötig gehalten, dich von mir zu verabschieden. Du hast dich einfach davongestohlen!«

»Oh, wie ich das vermißt habe.« Salvain drehte sich vom Rükken auf den Bauch und blinzelte in die Sonne. »Wochenlang hat niemand versucht, mit mir zu streiten. Kein einziges lautes Wort. Ehrlich, es gab Augenblicke, da habe ich gedacht, ich halte es nicht mehr aus.«

»Laß den Unfug ...«

»Nein, wirklich. Das einzige, was mich aufrecht gehalten hat, war der Gedanke, daß du es alles bis auf den letzten Heller nachholen würdest. Worüber, habe ich mich immer gefragt, wird er sich als erstes beschweren? Über die Katzenminze? Oder darüber, daß man ihn gewickelt hat wie einen Säugling ...«

»Hältst du wohl dein loses Lästermaul!«

»Aber dann war ich wieder unsicher. Nachdem er wochenlang Gelegenheit hatte, sich an Brewen zu reiben, habe ich mir gesagt, wird er womöglich ganz zahm und freundlich sein. Vielleicht wird ihm sogar eine Nettigkeit herausrutschen. Herzlich willkommen. Schön, dich zu sehen, oder so etwas. Wie unrecht von mir, dir solche Sentimentalitäten unterschieben zu wollen . . . «

Arrat rollte sich zur Seite, packte die Zeltstange und ließ das ganze schwere Leinenzeug, aus dem das Zelt bestand, über Salvain zusammenbrechen.

Aufatmend ließ er sich auf den Boden zurücksinken.

Doulagh hatte sich also geirrt. Salvain war in den Hain gegangen, und er hatte den Hain überlebt. Und, was vielleicht noch das größere Wunder war, es schien ihm keinerlei Schaden zugefügt zu haben. Sein Herz pochte vor Glück – ihm war, als müßte er platzen.

Er legte den Kopf auf die Seite. Aus den Augenwinkeln beobachtete er, wie Salvain sich aus den Zeltplanen hervorkämpfte.

Nein, korrigierte er sich. Ganz unverändert war der Junge doch nicht davongekommen. Die Partie um die Augen- und Mundwinkel war von einem Halbkreis feinster Fältchen durchzogen, die es vorher nicht gegeben hatte. Er sah älter aus. Vorsichtiger. Oder war ihm das vom Mael Duin angetan worden?

Salvain zog sich eine Decke aus dem Stoffberg hervor, rollte sie zu einem Kissen und schob sie sich unter den Kopf.

»Ist es schlimm gewesen?« fragte Arrat ihn.

»Der Hain?«

Arrat nickte.

»Ja.«

Das war alles. Mehr kam nicht und wollte und sollte wohl auch nicht kommen, und Arrat wußte, daß er niemals wieder fragen würde.

»Ist jetzt, nachdem du im Hain gewesen bist, alles vorüber?«

»Ich . . . denke es.«

Auch das war endgültig.

Salvain besorgte den fälligen Themenwechsel selbst. »Was ist mit dir, Arrat? Hat dein General dir seinen Titel angeboten?«

»Wie kommst du darauf?«

»Es gingen solche Gerüchte um.«

»Er hat ihn mir angeboten, aber ich habe abgelehnt.«

»Ist das wahr? Ich wußte, daß du es tun würdest! Und genau das habe ich auch zu Brewen gesagt . . .« Salvain schnurrte zufrieden wie eine Katze und drückte sich die Decke an die Wange. »Was willst du machen, wenn du wieder ganz gesund bist?«

»Ich weiß nicht.« Die Idee kam Arrat, während er die drei Worte sprach. »Vielleicht gehe ich nach Doornklings.«

»Was ist Doornklings?«

»Erinnerst du dich an Hormediel?« Arrat erzählte von seinem Blick über die Wälder, als er vor der Folterkammer gewartet und den Flug der Vögel beobachtet hatte. »Es ist mein Ernst, Salvain. Ich möchte einmal etwas völlig Neues tun. Meinen Horizont erweitern. In Doornklings soll es Gebäude geben, die in Bäume gebaut wurden.«

»In Bäume? Das glaube ich nicht.«

»Und angeblich leben dort Menschen, die fliegen können . . .«

»Wahrscheinlich sind sie irgendwann einmal mit Euereins zusammengetroffen und haben sich gedacht, es wäre die praktischere Art, mit euch auszukommen.«

»In Vallora gibt es gelegentlich Schiffe, die über das Meer nach Doornklings fahren. Ich glaube, ich werde mich im Frühjahr, nach den Winterstürmen, einschiffen.«

Ja, das war ein guter Gedanke. Fort von den Lasten der Vergangenheit. Einen Schlußstrich ziehen. Später konnte man immer noch sehen.

»Arrat?«

»Ja?«

»Nimmst du mich mit?«

Es trat eine Pause ein.

Arrat versuchte sich Rechenschaft über seine Gefühle zu geben. Zu leugnen, daß er den Freund gern bei sich gehabt hätte, wäre sinnlos gewesen. Einsamkeit war eine schwere Last. Aber er wollte auch fair bleiben.

»Jemand wie du, Salvain«, sagte er, »braucht sich nicht in der Welt herumzutreiben. Du hast eine Familie – einen Platz, an den du gehörst. Und das ist eine Gabe, die man nicht mit Füßen treten darf.«

»Habe ich das denn wirklich?«

Arrat schwieg, unfähig zu antworten, weil die Frage mit so viel Ernst befrachtet war.

»Weißt du«, sagte Salvain, »es ist in diesen Wochen so viel passiert. Doulagh und Osbrand und Aisske und das Mael Duin. Aber nun liege ich hier und denke: Im Grunde hat sich gar nichts geändert.«

»Aber ...«

»Ich bin kein Lhare, verstehst du? Auch wenn Brewen es mir hundertmal einzureden versucht. Natürlich bin ich gern in Aneirin, aber ... damit hat es nichts zu tun. Ich bin anders als sie. Ich hätte das Mael Duin getötet, wenn ich gekonnt hätte.«

»Was wäre daran verkehrt gewesen?«

Salvain begann zu lächeln. »Tja, und daran siehst du, daß ich auch wieder kein Mensch bin. Denn *das* zu fragen, darauf wäre ich im Leben nicht gekommen. Ich bin ... ich weiß nicht, was ich bin. Ein Kuckuckskind. Ein Versehen der Natur. Ich gehöre nirgendwohin ...«

»Außer möglicherweise auf ein Schiff nach Doornklings.«

Salvains Augen begannen zu glänzen. »Du würdest mich also mitnehmen?«

»Ich kann dir nicht versprechen, daß du findest, was du suchst.«

»Es ist ja nicht einmal sicher, ob es etwas zu finden gibt.«
»Und du würdest den Umgang mit Waffen lernen müssen.«
»Das werde ich ganz gewiß nicht tun.«
»Und außerdem müßtest du lernen, mich nicht ständig mit deinen Widerworten zu plagen.«
»Ich merke schon, es wird fürchterlich werden.«
»Unerträglich.«
»Wann werden wir aufbrechen?«
»Morgen.«
»Nein. Erst in einer Woche, wenn das Sonnwendfest vorüber ist. Du kannst doch nicht vor dem Fest gehen! Es ist *das* Ereignis in Aneirin. Und du würdest endlich einmal *richtige* Musik zu hören bekommen, nicht dieses Gejaule aus euren Lagern. Und etwas Vernünftiges zu essen ...«
Arrat verschränkte die Arme unter dem Kopf und atmete die milde, würzige Herbstluft ein.
Ja, dachte er zufrieden, es würde entsetzlich werden.
Zweifellos.

Die Personen des Romans

Arrat aus Keswick
Hauptmann in der Armee des Städtebundes

Mart
sein Bursche

General Gny-Kobe
oberster Feldherr des Städtebundes

Kilian
Soldat des Städtebundes

Der oberste Rat
Regierendes Gremium des Städtebundes

Mekeele
Waffenschmiedin aus Gorrota

Sardeik
Chan der Skelden

Tarek
Sardeiks Bruder

Mouwen
Sardeiks (toter) Bruder

Torrot
Waffenhändler aus dem Volk der Ratths

Owoo
Troll

Salvain
Lharenmischling aus Aneirin

Doulagh
Magier der Lharen

Averon
König der Lharen

Brewen
Averons Enkel

Denskin
Chef der Lharengarde

Osbrand
Herr von Hormediel

Aisske
Osbrands Sohn

Jorg
abtrünniger Lhare

Econ & List

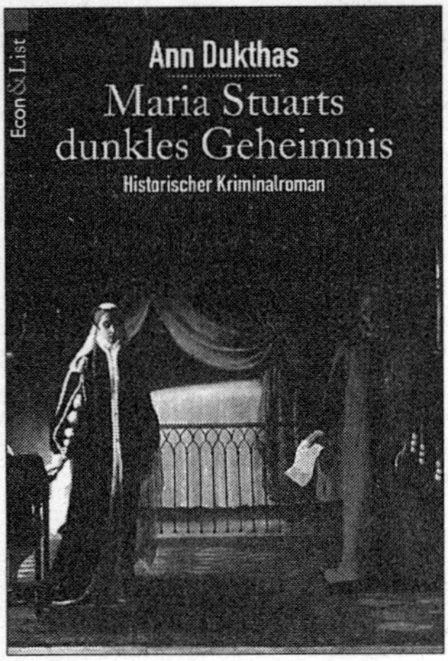

Ann Dukthas

Maria Stuarts dunkles Geheimnis

Historischer Kriminalroman

288 Seiten

TB 27342-6

Maria Stuart war schon zu Lebzeiten eine Legende. Der Name der geheimnisumwitterten Königin ist verbunden mit Intrigen, Verschwörungen, Liebesaffären – und Mord. Nicht wenige Zeitgenossen hielten sie am mysteriösen Tod ihres zweiten Gemahls, Lord Darnley, für schuldig. Sicher ist nur die Todesursache: eine gewaltige Explosion in der Probstei, in der sich Darnley kurzfristig aufhielt.
Ann Dukthas rollt das historische Verbrechen wieder auf und löst es auf geniale Weise durch einen einzigartigen Zeitzeugen.

»Eine geniale Verbindung von Fiktion und historischen Fakten.«

Booklist

Econ & List

Regina Schönfelder
Rebeccas Mond
Roman
284 Seiten
TB 27371-X
Originalausgabe

Rebecca führt ein unbeschwertes Leben als Schriftstellerin – bis sie in einer Vollmondnacht von einem Unbekannten überfallen wird. Plötzlich brechen die dunkelsten Ängste in ihr auf. Zwar wird der Täter wenig später gefaßt, doch nicht einmal ihr Freund Tony, der als Polizist arbeitet, vermag Rebecca ihre Ängste zu nehmen. Sie verhält sich immer rätselhafter und abweisender. Dann, in der nächsten Vollmondnacht wird ein Mann grausam ermordet. Die Tat scheint ohne Motiv, denn der Tote galt als unbescholtener, ehrbarer Bürger. Nur Tony ahnt, daß seine Freundin etwas mit dem Mord zu tun hat. Am Tatort findet er Rebeccas Ohrringe.

Ein spannender, ungewöhnlicher Thriller über eine junge Frau und ihre unheimliche Mondsucht.

Econ & List

Mardi Oakley Medawar
Der Heiler
vom roten Fluß
Roman
368 Seiten
TB 27373-6
Deutsche Erstausgabe

Im Sommer 1866 kommen die Kiowa-Indianer am Regenberg zusammen, um beim Sonnentanz einen neuen Häuptling zu wählen. Doch der Frieden der Versammlung erweist sich als trügerisch. Einer der Klan-Führer wird ermordet – offenbar vom Häuptling einer anderen Sippe. Ein Krieg unter den Klans droht – bis Tay-bodal, der Heiler der Kiowa, vortritt. Eigentlich ist er nur ein Außenseiter, dem niemand Beachtung schenkt, doch nun schwört er, den wahren Mörder zu finden. Tay-bodal ahnt bald, daß nicht nur sein eigenes Schicksal, sondern auch die Zukunft seines Stammes gefährdet ist.

»Ein hervorragend geschriebener Roman mit einer abenteuerlichen, herzergreifenden Geschichte!«

Booklist

Brigitte Blobel
Der Ruf des Falken
Roman
512 Seiten
TB 27529-1

Als die junge Journalistin Nadine Malten erfährt, daß der gefürchtete und geheimnisumwitterte Scheich Zayed an einem Ort in der Wüste Urlaub macht, verfolgt sie nur ein Ziel: Sie will ein Interview. Gegen alle Widerstände setzt sie ihren Willen durch – und ein Abenteuer beginnt, das sie fast das Leben kostet. Eine unkonventionelle Love-Story – der große Bestseller von Brigitte Blobel.

Jenny Hobbs
Tief im Süden
Roman
568 Seiten
TB 27531-3

Eine Liebe in Südafrika: Rose ist weiß, ihr Mann Jake ist schwarz. Gemeinsam versuchen sie, die Apartheid in ihrem Land zu überwinden. Doch dann wird Jake von der Universität suspendiert und geht in den Untergrund. Eine bittersüße Liebesgeschichte, die von Jenny Hobbs nach einer wahren Begebenheit geschrieben wurde.